Italo

La coscienza di Zeno

1.
PREFAZIONE

Io sono il dottore di cui in questa novella si parla talvolta con parole poco lusinghiere. Chi di psico-analisi s'intende, sa dove piazzare l'antipatia che il paziente mi dedica.

Di psico-analisi non parlerò perché qui entro se ne parla già a sufficienza. Debbo scusarmi di aver indotto il mio paziente a scrivere la sua autobiografia; gli studiosi di psico-analisi arricceranno il naso a tanta novità. Ma egli era vecchio ed io sperai che in tale rievocazione il suo passato si rinverdisse, che l'autobiografia fosse un buon preludio alla psico-analisi. Oggi ancora la mia idea mi pare buona perché mi ha dato dei risultati insperati, che sarebbero stati maggiori se il malato sul più bello non si fosse sottratto alla cura truffandomi del frutto della mia lunga paziente analisi di queste memorie.

Le pubblico per vendetta e spero gli dispiaccia. Sappia però ch'io sono pronto di dividere con lui i lauti onorarii che ricaverò da questa pubblicazione a patto egli riprenda la cura. Sembrava tanto curioso di se stesso! Se sapesse quante sorprese potrebbero risultargli dal commento delle tante verità e bugie ch'egli ha qui accumulate!...

DOTTOR S.

2.
PREAMBOLO

Vedere la mia infanzia? Più di dieci lustri me ne separano e i miei occhi presbiti forse potrebbero arrivarci se la luce che ancora ne riverbera non fosse tagliata da ostacoli d'ogni genere, vere alte montagne: i miei anni e qualche mia ora.

Il dottore mi raccomandò di non ostinarmi a guardare tanto lontano. Anche le cose recenti sono preziose per essi e sopra tutto le immaginazioni e i sogni della notte prima. Ma un po' d'ordine pur dovrebb'esserci e per poter cominciare *ab ovo*, appena abbandonato il dottore che di questi giorni e per lungo tempo lascia Trieste, solo per facilitargli il compito, comperai e lessi un trattato di psico-analisi. Non è difficile d'intenderlo, ma molto noioso.

Dopo pranzato, sdraiato comodamente su una poltrona Club, ho la matita e un pezzo di carta in mano. La mia fronte è spianata perché dalla mia mente eliminai ogni sforzo. Il mio pensiero mi appare isolato da me. Io lo vedo. S'alza, s'abbassa... ma è la sua sola attività. Per ricordargli ch'esso è il pensiero e che sarebbe suo compito di manifestarsi, afferro la matita. Ecco che la mia fronte si corruga perché ogni parola è composta di tante lettere e il presente imperioso risorge ed offusca il passato.

Ieri avevo tentato il massimo abbandono. L'esperimento finì nel sonno più profondo e non ne ebbi altro risultato che un grande ristoro e la curiosa sensazione di aver visto durante quel sonno qualche cosa d'importante. Ma era dimenticata, perduta per sempre.

Mercé la matita che ho in mano, resto desto, oggi. Vedo, intravvedo delle immagini bizzarre che non possono avere nessuna relazione col mio passato: una locomotiva che sbuffa su una salita trascinando delle innumerevoli vetture; chissà donde venga e dove vada e perché sia ora capitata qui!

Nel dormiveglia ricordo che il mio testo asserisce che con questo sistema si può arrivar a ricordare la prima infanzia, quella in fasce. Subito vedo un bambino in fasce, ma perché dovrei essere io quello? Non mi somiglia affatto e credo sia invece quello nato poche settimane or sono a mia cognata e che ci fu fatto vedere quale un miracolo perché ha le mani tanto piccole e gli occhi tanto grandi. Povero bambino! Altro che ricordare la mia infanzia! Io non trovo neppure la via di avvisare te, che vivi ora la tua, dell'importanza di ricordarla a vantaggio della tua intelligenza e della tua salute. Quando arriverai a sapere che sarebbe bene tu sapessi mandare a mente la tua vita, anche quella tanta parte di essa che ti ripugnerà? E intanto, inconscio, vai investigando il tuo piccolo organismo alla ricerca del piacere e le tue scoperte deliziose ti avvieranno al dolore e alla malattia cui sarai spinto anche da coloro che non lo vorrebbero. Come fare? È impossibile tutelare la tua culla. Nel tuo seno – fantolino! – si va facendo una combinazione misteriosa. Ogni minuto che passa vi getta un reagente. Troppe probabilità di malattia vi sono per te, perché non tutti i tuoi minuti possono essere puri. Eppoi – fantolino! – sei consanguineo di persone ch'io conosco. I minuti che passano ora possono anche essere puri, ma, certo, tali non furono tutti i secoli che ti prepararono.

Eccomi ben lontano dalle immagini che precorrono il sonno. Ritenterò domani.

3.
IL FUMO

Il dottore al quale ne parlai mi disse d'iniziare il mio lavoro con un'analisi storica della mia propensione al fumo:
– Scriva! Scriva! Vedrà come arriverà a vedersi intero.

Credo che del fumo posso scrivere qui al mio tavolo senz'andar a sognare su quella poltrona. Non so come cominciare e invoco l'assistenza delle sigarette tutte tanto somiglianti a quella che ho in mano.

Oggi scopro subito qualche cosa che più non ricordavo. Le prime sigarette ch'io fumai non esistono più in commercio. Intorno al '70 se ne avevano in Austria di quelle che venivano vendute in scatoline di cartone munite del marchio dell'aquila bicipite. Ecco: attorno a una di quelle scatole s'aggruppano subito varie persone con qualche loro tratto, sufficiente per suggerirmene il nome, non bastevole però a commovermi per l'impensato incontro. Tento di ottenere di più e vado alla poltrona: le persone sbiadiscono e al loro posto si mettono dei buffoni che mi deridono. Ritorno sconfortato al tavolo.

Una delle figure, dalla voce un po' roca, era Giuseppe, un giovinetto della stessa mia età, e l'altra, mio fratello, di un anno di me più giovine e morto tanti anni or sono. Pare che Giuseppe ricevesse molto denaro dal padre suo e ci regalasse di quelle sigarette. Ma sono certo che ne offriva di più a mio fratello che a me. Donde la necessità in cui mi trovai di procurarmene da me delle altre. Così avvenne che rubai. D'estate mio padre abbandonava su una sedia nel tinello il suo panciotto nel cui taschino si trovavano sempre degli spiccioli: mi procuravo i dieci soldi occorrenti per acquistare la preziosa scatoletta e fumavo una dopo l'altra le dieci sigarette che conteneva, per non conservare a lungo il compromettente frutto del furto.

Tutto ciò giaceva nella mia coscienza a portata di mano. Risorge solo ora perché non sapevo prima che potesse avere importanza. Ecco che ho registrata l'origine della sozza abitudine e (chissà?) forse ne sono già guarito. Perciò, per provare, accendo un'ultima sigaretta e forse la getterò via subito, disgustato.

Poi ricordo che un giorno mio padre mi sorprese col suo panciotto in mano. Io, con una sfacciataggine che ora non avrei e che ancora adesso mi disgusta (chissà che tale disgusto non abbia una grande importanza nella mia cura) gli dissi che m'era venuta la curiosità di contarne i bottoni. Mio padre rise delle mie disposizioni alla matematica o alla sartoria e non s'avvide che avevo le dita nel taschino del suo panciotto. A mio onore posso dire che bastò quel riso rivolto alla mia innocenza quand'essa non esisteva più, per impedirmi per sempre di rubare. Cioè... rubai ancora, ma senza saperlo. Mio padre lasciava per la casa dei sigari virginia fumati a mezzo, in bilico su tavoli e armadi. Io credevo fosse il suo modo di gettarli via e credevo anche di sapere che la nostra vecchia fantesca, Catina, li buttasse via. Andavo a fumarli di nascosto. Già all'atto d'impadronirmene venivo pervaso da un brivido di ribrezzo sapendo quale malessere m'avrebbero procurato. Poi li fumavo finché la mia fronte non si fosse coperta di sudori freddi e il mio stomaco si contorcesse. Non si dirà che nella mia infanzia io mancassi di energia.

So perfettamente come mio padre mi guarì anche di quest'abitudine. Un giorno d'estate ero ritornato a casa da un'escursione scolastica, stanco e bagnato di sudore. Mia madre m'aveva aiutato a spogliarmi e, avvoltomi in un accappatoio, m'aveva messo a dormire su un sofà sul quale essa stessa sedette occupata a certo lavoro di cucito. Ero prossimo al sonno, ma avevo gli occhi tuttavia pieni di sole e tardavo a perdere i sensi. La dolcezza che in quell'età s'accompagna al riposo dopo una grande stanchezza, m'è evidente come un'immagine a sé, tanto evidente come se fossi adesso là accanto a quel caro corpo che più non esiste.

Ricordo la stanza fresca e grande ove noi bambini si giuocava e che ora, in questi tempi avari di spazio, è divisa in due parti. In quella scena mio fratello non appare, ciò che mi sorprende perché penso ch'egli pur deve aver preso parte a quell'escursione e avrebbe dovuto poi partecipare al riposo. Che abbia dormito anche lui all'altro capo del grande sofà? Io guardo quel posto, ma mi sembra vuoto. Non vedo che me, la dolcezza del riposo, mia madre, eppoi mio padre di cui sento echeggiare le parole. Egli era entrato e non m'aveva subito visto perché ad alta voce chiamò:

– Maria!

La mamma con un gesto accompagnato da un lieve suono labbiale accennò a me, ch'essa credeva immerso nel sonno su cui invece nuotavo in piena coscienza. Mi piaceva tanto che il babbo dovesse imporsi un riguardo per me, che non mi mossi.

Mio padre con voce bassa si lamentò:

– Io credo di diventar matto. Sono quasi sicuro di aver lasciato mezz'ora fa su quell'armadio un mezzo sigaro ed ora non lo trovo più. Sto peggio del solito. Le cose mi sfuggono.

Pure a voce bassa, ma che tradiva un'ilarità trattenuta solo dalla paura di destarmi, mia madre rispose:

– Eppure nessuno dopo il pranzo è stato in quella stanza.

Mio padre mormorò:

– È perché lo so anch'io, che mi pare di diventar matto!

Si volse ed uscì.

Io apersi a mezzo gli occhi e guardai mia madre. Essa s'era rimessa al suo lavoro, ma continuava a sorridere. Certo non pensava che mio padre stesse per ammattire per sorridere così delle sue paure. Quel sorriso mi rimase tanto impresso che lo ricordai subito ritrovandolo un giorno sulle labbra di mia moglie.

Non fu poi la mancanza di denaro che mi rendesse difficile di soddisfare il mio vizio, ma le proibizioni valsero ad eccitarlo.

Ricordo di aver fumato molto, celato in tutti i luoghi possibili. Perché seguito da un forte disgusto fisico, ricordo un soggiorno prolungato per una mezz'ora in una cantina oscura insieme a due altri fanciulli di cui non ritrovo nella memoria altro che la puerilità del vestito: Due paia di calzoncini che stanno in piedi perché dentro c'è stato un corpo che il tempo eliminò. Avevamo molte sigarette e volevamo vedere chi ne sapesse bruciare di più nel breve tempo. Io vinsi, ed eroicamente celai il malessere che mi derivò dallo strano esercizio. Poi uscimmo al sole e all'aria. Dovetti chiudere gli occhi per non cadere stordito. Mi rimisi e mi vantai della vittoria. Uno dei due piccoli omini mi disse allora:

– A me non importa di aver perduto perché io non fumo che quanto m'occorre.

Ricordo la parola sana e non la faccina certamente sana anch'essa che a me doveva essere rivolta in quel momento.

Ma allora io non sapevo se amavo o odiavo la sigaretta e il suo sapore e lo stato in cui la nicotina mi metteva. Quando seppi di odiare tutto ciò fu peggio. E lo seppi a vent'anni circa. Allora soffersi per qualche settimana di un violento male di gola accompagnato da febbre. Il dottore prescrisse il letto e l'assoluta astensione dal fumo. Ricordo questa parola *assoluta*! Mi ferì e la febbre la colorì: Un vuoto grande e niente per resistere all'enorme pressione che subito si produce attorno ad un vuoto.

Quando il dottore mi lasciò, mio padre (mia madre era morta da molti anni) con tanto di sigaro in bocca restò ancora per qualche tempo a farmi compagnia. Andandosene, dopo di aver passata dolcemente la sua mano sulla mia fronte scottante, mi disse:

– Non fumare, veh!

Mi colse un'inquietudine enorme. Pensai: «Giacché mi fa male non fumerò mai più, ma prima voglio farlo per l'ultima volta». Accesi una sigaretta e mi sentii subito liberato dall'inquietudine ad onta che la febbre forse aumentasse e che ad ogni tirata sentissi alle tonsille un bruciore come se fossero state toccate da un tizzone ardente. Finii tutta la sigaretta con l'accuratezza con cui si compie un voto. E, sempre soffrendo orribilmente, ne fumai molte altre durante la malattia. Mio padre andava e veniva col suo sigaro in bocca dicendomi:

– Bravo! Ancora qualche giorno di astensione dal fumo e sei guarito!

Bastava questa frase per farmi desiderare ch'egli se ne andasse presto, presto, per permettermi di correre alla mia sigaretta. Fingevo anche di dormire per indurlo ad allontanarsi prima.

Quella malattia mi procurò il secondo dei miei disturbi: lo sforzo di liberarmi dal primo. Le mie giornate finirono coll'essere piene di sigarette e di propositi di non fumare più e, per dire subito tutto, di tempo in tempo sono ancora tali. La ridda delle ultime sigarette, formatasi a vent'anni, si muove tuttavia. Meno violento è il proposito e la mia debolezza trova nel mio vecchio animo maggior indulgenza. Da vecchi si sorride della vita e di ogni suo contenuto. Posso anzi dire, che da qualche tempo io fumo molte sigarette... che non sono le ultime.

Sul frontispizio di un vocabolario trovo questa mia registrazione fatta con bella scrittura e qualche ornato:

«Oggi, 2 Febbraio 1886, passo dagli studii di legge a quelli di chimica. Ultima sigaretta!!».

Era un'ultima sigaretta molto importante. Ricordo tutte le speranze che l'accompagnarono. M'ero arrabbiato col diritto canonico che mi pareva tanto lontano dalla vita e correvo alla scienza ch'è la vita stessa benché ridotta in un matraccio. Quell'ultima sigaretta significava proprio il desiderio di attività (anche manuale) e di sereno pensiero sobrio e sodo.

Per sfuggire alla catena delle combinazioni del carbonio cui non credevo ritornai alla legge. Pur troppo! Fu un errore e fu anch'esso registrato da un'ultima sigaretta di cui trovo la data registrata su di un libro. Fu importante anche questa e mi rassegnavo di ritornare a quelle complicazioni del mio, del tuo e del suo coi migliori propositi, sciogliendo finalmente le catene del carbonio. M'ero dimostrato poco idoneo alla chimica anche per la mia deficienza di abilità manuale. Come avrei potuto averla quando continuavo a fumare come un turco?

Adesso che son qui, ad analizzarmi, sono colto da un dubbio: che io forse abbia amato tanto la sigaretta per poter riversare su di essa la colpa della mia incapacità? Chissà se cessando di fumare io sarei divenuto l'uomo ideale e forte che m'aspettavo? Forse fu tale dubbio che mi legò al mio vizio perché è un modo comodo di vivere quello di credersi grande di una grandezza latente. Io avanzo tale ipotesi per spiegare la mia debolezza giovanile, ma senza una decisa convinzione. Adesso che sono vecchio e che nessuno esige qualche cosa da me, passo tuttavia da sigaretta a proposito, e da proposito a sigaretta. Che cosa significano oggi quei propositi? Come quell'igienista vecchio, descritto dal Goldoni, vorrei morire sano dopo di esser vissuto malato tutta la vita?

Una volta, allorché da studente cambiai di alloggio, dovetti far tappezzare a mie spese le pareti della stanza perché le avevo coperte di date. Probabilmente lasciai quella stanza proprio perché essa era divenuta il cimitero dei miei buoni propositi e non credevo più possibile di formarne in quel luogo degli altri.

Penso che la sigaretta abbia un gusto più intenso quand'è l'ultima. Anche le altre hanno un loro gusto speciale, ma meno intenso. L'ultima acquista il suo sapore dal sentimento della vittoria su sé stesso e la speranza di un prossimo futuro di forza e di salute. Le altre hanno la loro importanza perché accendendole si protesta la propria libertà e il futuro di forza e di salute permane, ma va un po' più lontano.

Le date sulle pareti della mia stanza erano impresse coi colori più varii ed anche ad olio. Il proponimento, rifatto con la fede più ingenua, trovava adeguata espressione nella forza del colore che doveva far impallidire quello dedicato al proponimento anteriore. Certe date erano da me preferite per la concordanza delle cifre.

Del secolo passato ricordo una data che mi parve dovesse sigillare per sempre la bara in cui volevo mettere il mio vizio: «Nono giorno del nono mese del 1899». Significativa nevvero? Il secolo nuovo m'apportò delle date ben altrimenti musicali: «Primo giorno del primo mese del 1901». Ancora oggi mi pare che se quella data potesse ripetersi, io saprei iniziare una nuova vita.

Ma nel calendario non mancano le date e con un po' d'immaginazione ognuna di esse potrebbe adattarsi ad un buon proponimento. Ricordo, perché mi parve contenesse un imperativo supremamente categorico, la seguente: «Terzo giorno del sesto mese del 1912 ore 24». Suona come se ogni cifra raddoppiasse la posta.

L'anno 1913 mi diede un momento d'esitazione. Mancava il tredicesimo mese per accordarlo con l'anno. Ma non si creda che occorrano tanti accordi in una data per dare rilievo ad un'ultima sigaretta. Molte date che trovo notate su libri o quadri preferiti, spiccano per la loro deformità. Per esempio il terzo giorno del secondo mese del 1905 ore sei! Ha un suo ritmo quando ci si pensa, perché ogni singola cifra nega la precedente. Molti avvenimenti, anzi tutti, dalla morte di Pio IX alla nascita di mio figlio, mi parvero degni di essere festeggiati dal solito ferreo proposito. Tutti in famiglia si stupiscono della mia memoria per gli anniversarii lieti e tristi nostri e mi credono tanto buono!

Per diminuirne l'apparenza balorda tentai di dare un contenuto filosofico alla malattia dell'ultima sigaretta. Si dice con un bellissimo atteggiamento: «mai più!». Ma dove va l'atteggiamento se si tiene la promessa? L'atteggiamento non è possibile di averlo che quando si deve rinnovare il proposito. Eppoi il tempo, per me, non è quella cosa impensabile che non s'arresta mai. Da me, solo da me, ritorna.

***

La malattia, è una convinzione ed io nacqui con quella convinzione. Di quella dei miei vent'anni non ricorderei gran cosa se non l'avessi allora descritta ad un medico. Curioso come si ricordino meglio le parole dette che i sentimenti che non arrivarono a scotere l'aria.

Ero andato da quel medico perché m'era stato detto che guariva le malattie nervose con l'elettricità. Io pensai di poter ricavare dall'elettricità la forza che occorreva per lasciare il fumo.

Il dottore aveva una grande pancia e la sua respirazione asmatica accompagnava il picchio della macchina elettrica messa in opera subito alla prima seduta, che mi disilluse, perché m'ero aspettato che il dottore studiandomi scoprisse il veleno che inquinava il mio sangue. Invece egli dichiarò di trovarmi sanamente costituito e poiché m'ero lagnato di digerire e dormire male, egli suppose che il mio stomaco mancasse di acidi e che da me il movimento peristaltico (disse tale parola tante volte che non la dimenticai più) fosse poco vivo. Mi propinò anche un certo acido che mi ha rovinato perché da allora soffro di un eccesso di acidità.

Quando compresi che da sé egli non sarebbe mai più arrivato a scoprire la nicotina nel mio sangue, volli aiutarlo ed espressi il dubbio che la mia indisposizione fosse da attribuirsi a quella. Con fatica egli si strinse nelle grosse spalle:

– Movimento peristaltico... acido... la nicotina non c'entra!

Furono settanta le applicazioni elettriche e avrebbero continuato tuttora se io non avessi giudicato di averne avute abbastanza. Più che attendermi dei miracoli, correvo a quelle sedute nella speranza di convincere il dottore a proibirmi il fumo. Chissà come sarebbero andate le cose se allora fossi stato fortificato nei miei propositi da una proibizione simile.

Ed ecco la descrizione della mia malattia quale io la feci al medico: «Non posso studiare e anche le rare volte in cui vado a letto per tempo, resto insonne fino ai primi rintocchi delle campane. È perciò che tentenno fra la legge e la chimica perché ambedue queste scienze hanno l'esigenza di un lavoro che comincia ad un'ora fissa mentre io non so mai a che ora potrò essere alzato».

– L'elettricità guarisce qualsiasi insonnia, – sentenziò l'Esculapio, gli occhi sempre rivolti al quadrante anziché al paziente.

Giunsi a parlare con lui come s'egli avesse potuto intendere la psico-analisi ch'io, timidamente, precorsi. Gli raccontai della mia miseria con le donne. Una non mi bastava e molte neppure. Le desideravo tutte! Per istrada la mia agitazione era enorme: come passavano, le donne erano mie. Le squadravo con insolenza per il bisogno di sentirmi brutale. Nel mio pensiero le spogliavo, lasciando loro gli stivaletti, me le recavo nelle braccia e le lasciavo solo quando ero ben certo di conoscerle tutte.

Sincerità e fiato sprecati! Il dottore ansava:

– Spero bene che le applicazioni elettriche non vi guariranno di tale malattia. Non ci mancherebbe altro! Io non toccherei più un Rumkorff se avessi da temerne un effetto simile.

Mi raccontò un aneddoto ch'egli trovava gustosissimo. Un malato della stessa mia malattia era andato da un medico celebre pregandolo di guarirlo e il medico, essendovi riuscito perfettamente, dovette emigrare perché in caso diverso l'altro gli avrebbe fatta la pelle.

– La mia eccitazione non è la buona, – urlavo io. – Proviene dal veleno che accende le mie vene!

Il dottore mormorava con aspetto accorato:

– Nessuno è mai contento della sua sorte.

E fu per convincerlo ch'io feci quello ch'egli non volle fare e studiai la mia malattia raccogliendone tutti i sintomi: – La mia distrazione! Anche quella m'impedisce lo studio. Stavo preparandomi a Graz per il primo esame di stato e accuratamente avevo notati tutti i testi di cui abbisognavo fino all'ultimo esame. Finì che pochi giorni prima dell'esame m'accorsi di aver studiato delle cose di cui avrei avuto bisogno solo alcuni anni dopo.

Perciò dovetti rimandare l'esame. È vero che avevo studiato poco anche quelle altre cose causa una giovinetta delle vicinanze che, del resto, non mi concedeva altro che una civetteria alquanto sfacciata. Quand'essa era alla finestra io non vedevo più il mio testo. Non è un imbecille colui che si dedica ad un'attività simile? – Ricordo la faccia piccola e bianca della fanciulla alla finestra: ovale, circondata da ricci ariosi, fulvi. La guardavo sognando di premere quel biancore e quel giallo rosseggiante sul mio guanciale.

Esculapio mormorò:
– Dietro al civettare c'è sempre qualche cosa di buono. Alla mia età voi non civetterete più.

Oggi so con certezza ch'egli non sapeva proprio niente del civettare. Ne ho cinquantasette degli anni e sono sicuro che se non cesso di fumare o che la psico-analisi non mi guarisca, la mia ultima occhiata dal mio letto di morte sarà l'espressione del mio desiderio per la mia infermiera, se questa non sarà mia moglie e se mia moglie avrà permesso che sia bella!

Fui sincero come in confessione: La donna a me non piaceva intera, ma... a pezzi! Di tutte amavo i piedini se ben calzati, di molte il collo esile oppure anche poderoso e il seno se lieve, lieve. E continuavo nell'enumerazione di parti anatomiche femminili, ma il dottore m'interruppe:
– Queste parti fanno la donna intera.

Dissi allora una parola importante:
– L'amore sano è quello che abbraccia una donna sola e intera, compreso il suo carattere e la sua intelligenza.

Fino ad allora non avevo certo conosciuto un tale amore e quando mi capitò non mi diede neppur esso la salute, ma è importante per me ricordare di aver rintracciata la malattia dove un dotto vedeva la salute e che la mia diagnosi si sia poi avverata.

Nella persona di un amico non medico trovai chi meglio intese me e la mia malattia. Non ne ebbi grande vantaggio, ma nella mia vita una nota nuova ch'echeggia tuttora.

L'amico mio era un ricco signore che abbelliva i suoi ozii con studii e lavori letterari. Parlava molto meglio di quanto scrivesse e perciò il mondo non poté sapere quale buon letterato egli fosse. Era grasso e grosso e quando lo conobbi stava facendo con grande energia una cura per dimagrare. In pochi giorni era arrivato ad un grande risultato, tale che tutti per via lo accostavano nella speranza di poter sentire meglio la propria salute accanto a lui malato. Lo invidiai perché sapeva fare quello che voleva e m'attaccai a lui finché durò la sua cura. Mi permetteva di toccargli la pancia che ogni giorno diminuiva, ed io, malevolo per invidia, volendo indebolire il suo proposito gli dicevo:

– Ma, a cura finita, che cosa ne farà Lei di tutta questa pelle?

Con una grande calma, che rendeva comico il suo viso emaciato egli rispose:

– Di qui a due giorni comincerà la cura del massaggio.

La sua cura era stata predisposta in tutti i particolari ed era certo ch'egli sarebbe stato puntuale ad ogni data.

Me ne risultò una grande fiducia per lui e gli descrissi la mia malattia. Anche questa descrizione ricordo. Gli spiegai che a me pareva più facile di non mangiare per tre volte al giorno che di non fumare le innumerevoli sigarette per cui sarebbe stato necessario di prendere la stessa affaticante risoluzione ad ogni istante. Avendo una simile risoluzione nella mente non c'è tempo per fare altro perché il solo Giulio Cesare sapeva fare più cose nel medesimo istante. Sta bene che nessuno domanda ch'io lavori finché è vivo il mio amministratore Olivi, ma come va che una persona come me non sappia far altro a questo mondo che sognare o strimpellare il violino per cui non ho alcuna attitudine?

Il grosso uomo dimagrato non diede subito la sua risposta. Era un uomo di metodo e prima ci pensò lungamente. Poi con aria dottorale che gli competeva data la sua grande superiorità in argomento, mi spiegò che la mia vera malattia era il proposito e non la sigaretta. Dovevo tentar di lasciare quel vizio senza farne il proposito. In me – secondo lui – nel corso degli anni erano andate a formarsi due persone di cui una comandava e l'altra non era altro che uno schiavo il quale, non appena la sorveglianza diminuiva, contravveniva alla volontà del padrone per amore alla libertà. Bisognava perciò dargli la libertà assoluta e nello stesso tempo dovevo guardare il mio vizio in faccia come se fosse nuovo e non l'avessi mai visto. Bisognava non combatterlo, ma trascurarlo e dimenticare in certo modo di abbandonarvisi volgendogli le spalle con noncuranza come a compagnia che si riconosce indegna di sé. Semplice, nevvero?

Infatti la cosa mi parve semplice. È poi vero ch'essendo riuscito con grande sforzo ad eliminare dal mio animo ogni proposito, riuscii a non fumare per varie ore, ma quando la bocca fu nettata, sentii un sapore innocente quale deve sentirlo il neonato, mi venne il desiderio di una sigaretta e quando la fumai ne ebbi il rimorso da cui rinnovai il proposito che avevo voluto abolire. Era una via più lunga, ma si arrivava alla stessa meta.

Quella canaglia dell'Olivi mi diede un giorno un'idea: fortificare il mio proposito con una scommessa.

Io credo che l'Olivi abbia avuto sempre lo stesso aspetto che io gli vedo adesso. Lo vidi sempre così, un po' curvo, ma solido e a me parve sempre vecchio, come vecchio lo vedo oggidì che ha ottant'anni. Ha lavorato e lavora per me, ma io non l'amo perché penso che mi ha impedito il lavoro che fa lui.

Scommettemmo! Il primo che avrebbe fumato avrebbe pagato eppoi ambedue avrebbero ricuperato la propria libertà. Così l'amministratore, impostomi per impedire ch'io sciupassi l'eredità di mio padre, tentava di diminuire quella di mia madre, amministrata liberamente da me!

La scommessa si dimostrò perniciosissima. Non ero più alternativamente padrone ma soltanto schiavo e di quell'Olivi che non amavo! Fumai subito. Poi pensai di truffarlo continuando a fumare di nascosto. Ma allora perché aver fatta quella scommessa? Corsi allora in cerca di una data che stesse in bella relazione con la data della scommessa per fumare un'ultima sigaretta che così in certo modo avrei potuto figurarmi fosse registrata anche dall'Olivi stesso. Ma la ribellione continuava e a forza di fumare arrivavo all'affanno. Per liberarmi di quel peso andai dall'Olivi e mi confessai.

Il vecchio incassò sorridendo il denaro e, subito, trasse di tasca un grosso sigaro che accese e fumò con grande voluttà. Non ebbi mai un dubbio ch'egli non avesse tenuta la scommessa. Si capisce che gli altri son fatti altrimenti di me.

Mio figlio aveva da poco compiuti i tre anni quando mia moglie ebbe una buona idea. Mi consigliò, per sviziarmi, di farmi rinchiudere per qualche tempo in una casa di salute. Accettai subito, prima di tutto perché volevo che quando mio figlio fosse giunto all'età di potermi giudicare mi trovasse equilibrato e sereno, eppoi per la ragione più urgente che l'Olivi stava male e minacciava di abbandonarmi per cui avrei potuto essere obbligato di prendere il suo posto da un momento all'altro e mi consideravo poco atto ad una grande attività con tutta quella nicotina in corpo.

Dapprima avevamo pensato di andare in Isvizzera, il paese classico delle case di salute, ma poi apprendemmo che a Trieste v'era un certo dottor Muli che vi aveva aperto uno stabilimento. Incaricai mia moglie di recarsi da lui, ed egli le offerse di mettere a mia disposizione un appartamentino chiuso nel quale sarei stato sorvegliato da un'infermiera coadiuvata anche da altre persone. Parlandomene mia moglie ora sorrideva ed ora clamorosamente rideva. La divertiva l'idea di farmi rinchiudere ed io di cuore ne ridevo con lei. Era la prima volta ch'essa s'associava a me nei miei tentativi di curarmi. Fino allora ella non aveva mai presa la mia malattia sul serio e diceva che il fumo non era altro che un modo un po' strano e non troppo noioso di vivere. Io credo ch'essa fosse stata sorpresa gradevolmente dopo di avermi sposato di non sentirmi mai rimpiangere la mia libertà, occupato com'ero a rimpiangere altre cose.

Andammo alla casa di salute il giorno in cui l'Olivi mi disse che in nessun caso sarebbe rimasto da me oltre il mese dopo. A casa preparammo un po' di biancheria in un baule e subito di sera andammo dal dottor Muli.

Egli ci accolse in persona alla porta. Allora il dottor Muli era un bel giovane. Si era in pieno d'estate ed egli, piccolo, nervoso, la faccina brunita dal sole nella quale brillavano ancor meglio i suoi vivaci occhi neri, era l'immagine dell'eleganza, nel suo vestito bianco dal colletto fino alle scarpe. Egli destò la mia ammirazione, ma evidentemente ero anch'io oggetto della sua.

Un po' imbarazzato, comprendendo la ragione della sua ammirazione, gli dissi:

– Già: Ella non crede né alla necessità della cura né alla serietà con cui mi vi accingo.

Con un lieve sorriso, che pur mi ferì, il dottore rispose:

– Perché? Forse è vero che la sigaretta è più dannosa per lei di quanto noi medici ammettiamo. Solo non capisco perché lei, invece di cessare *ex abrupto* di fumare, non si sia piuttosto risolto di diminuire il numero delle sigarette che fuma. Si può fumare, ma non bisogna esagerare.

In verità, a forza di voler cessare del tutto dal fumare, all'eventualità di fumare di meno non avevo mai pensato. Ma venuto ora, quel consiglio non poteva che affievolire il mio proposito. Dissi una parola risoluta:

– Giacché è deciso, lasci che tenti questa cura.

– Tentare? – e il dottore rise con aria di superiorità. – Una volta che lei vi si è accinto, la cura deve riuscire. Se Lei non vorrà usare della sua forza muscolare con la povera Giovanna, non potrà uscire di qua. Le formalità per liberarla durerebbero tanto che nel frattempo ella avrebbe dimenticato il suo vizio.

Ci trovavamo nell'appartamento che m'era destinato a cui eravamo giunti ritornando a pianoterra dopo di essere saliti al secondo piano.

– Vede? Quella porta sbarrata impedisce la comunicazione con l'altra parte del pianterreno dove si trova l'uscita. Neppure Giovanna ne ha le chiavi. Essa stessa per arrivare all'aperto deve salire al secondo piano ed ha solo lei le chiavi di quella porta che si è aperta per noi su quel pianerottolo. Del resto, al secondo piano c'è sempre sorveglianza. Non c'è male nevvero per una casa di salute destinata a bambini e puerpere?

E si mise a ridere, forse all'idea di avermi rinchiuso fra bambini.

Chiamò Giovanna e me la presentò. Era una piccola donnina di un'età che non si poteva precisare e che poteva variare fra' quaranta e i sessant'anni. Aveva dei piccoli occhi di una luce intensa sotto ai capelli molto grigi. Il dottore le disse:

– Ecco il signore col quale dovete essere pronta di fare i pugni.

Essa mi guardò scrutandomi, si fece molto rossa e gridò con voce stridula:

– Io farò il mio dovere, ma non posso certo lottare con lei. Se lei minaccerà, io chiamerò l'infermiere ch'è un uomo forte e, se non venisse subito, la lascerei andare dove vuole perché io non voglio certo rischiare la pelle!

Appresi poi che il dottore le aveva affidato quell'incarico con la promessa di un compenso abbastanza lauto, e ciò aveva contribuito a spaventarla. Allora le sue parole m'indispettirono. M'ero cacciato volontariamente in una bella posizione!

– Ma che pelle d'Egitto! – urlai. – Chi toccherà la sua pelle? – Mi rivolsi al dottore: – Vorrei che questa donna sia avvisata di non seccarmi! Ho portati con me alcuni libri e vorrei essere lasciato in pace.

Il dottore intervenne con qualche parola di ammonimento a Giovanna. Per scusarsi, costei continuò ad attaccarmi:

– Io ho delle figliuole, due e piccine, e devo vivere.

– Io non mi degnerei di ammazzarla, – risposi con accento che certo non poteva rassicurare la poverina.

Il dottore la fece allontanare incaricandola di andar a prendere non so che cosa al piano superiore e, per rabbonirmi, mi propose di mettere un'altra persona al suo posto, aggiungendo:
– Non è una cattiva donna e quando le avrò raccomandato di essere più discreta, non le darà altro motivo a lagnanze.
Nel desiderio di dimostrare che non davo alcuna importanza alla persona incaricata di sorvegliarmi, mi dichiarai d'accordo di sopportarla. Sentii il bisogno di quietarmi, levai di tasca la penultima sigaretta e la fumai avidamente. Spiegai al dottore che ne avevo prese con me solo due e che volevo cessar di fumare in punto alla mezzanotte.
Mia moglie si congedò da me insieme al dottore. Mi disse sorridendo:
– Giacché hai deciso così, sii forte.
Il suo sorriso che io amavo tanto mi parve una derisione e fu proprio in quell'istante che nel mio animo germinò un sentimento nuovo che doveva far sì che un tentativo intrapreso con tanta serietà dovesse subito miseramente fallire. Mi sentii subito male, ma seppi che cosa mi facesse soffrire soltanto quando fui lasciato solo. Una folle, amara gelosia per il giovine dottore. Lui bello, lui libero! Lo dicevano la Venere fra' Medici. Perché mia moglie non l'avrebbe amato? Seguendola, quando se ne erano andati, egli le aveva guardato i piedi elegantemente calzati. Era la prima volta che mi sentivo geloso dacché m'ero sposato. Quale tristezza! S'accompagnava certamente al mio abietto stato di prigioniero! Lottai! Il sorriso di mia moglie era il suo solito sorriso e non una derisione per avermi eliminato dalla casa. Era certamente lei che m'aveva fatto rinchiudere pur non accordando alcuna importanza al mio vizio; ma certamente l'aveva fatto per compiacermi. Eppoi non ricordavo che non era tanto facile d'innamorarsi di mia moglie? Se il dottore le aveva guardato i piedi, certamente l'aveva fatto per vedere quali stivali dovesse comperare per la sua amante. Ma fumai subito l'ultima sigaretta; e non era la

mezzanotte, ma le ventitré, un'ora impossibile per un'ultima sigaretta.

Apersi un libro. Leggevo senz'intendere e avevo addirittura delle visioni. La pagina su cui tenevo fisso lo sguardo si copriva della fotografia del dottor Muli in tutta la sua gloria di bellezza ed eleganza. Non seppi resistere! Chiamai Giovanna. Forse discorrendo mi sarei quietato.

Essa venne e mi guardò subito con occhio diffidente. Urlò con la sua voce stridula: – Non s'aspetti d'indurmi a deviare dal mio dovere.

Intanto, per quietarla, mentii e le dichiarai ch'io non ci pensavo nemmeno, che non avevo più voglia di leggere e preferivo di far quattro chiacchiere con lei. La feci sedere a me in faccia. Proprio, mi ripugnava con quel suo aspetto da vecchia e gli occhi giovanili e mobili come quelli di tutti gli animali deboli. Compassionavo me stesso, per dover sopportare una compagnia simile! È vero che neppure in libertà io so scegliere le compagnie che meglio mi si confacciano perché di solito sono esse che scelgono me, come fece mia moglie.

Pregai Giovanna di svagarmi e poiché dichiarò di non sapermi dir nulla che valesse la mia attenzione, la pregai di raccontarmi della sua famiglia, aggiungendo che quasi tutti a questo mondo ne avevano almeno una.

Essa allora obbedì e incominciò col raccontarmi che aveva dovuto mettere le sue due figliuole all'Istituto dei Poveri.

Io cominciavo ad ascoltare volentieri il suo racconto perché quei diciotto mesi di gravidanza sbrigati così, mi facevano ridere. Ma essa aveva un'indole troppo polemica ed io non seppi ascoltarla quando dapprima volle provarmi ch'essa non avrebbe potuto fare altrimenti data l'esiguità del suo salario e che il dottore aveva avuto torto quando pochi giorni prima aveva dichiarato che due corone al giorno bastavano dacché l'Istituto dei Poveri manteneva tutta la sua famiglia. Urlava:

– E il resto? Quando sono state provviste del cibo e dei vestiti, non hanno mica avuto tutto quello che occorre! – E giù una filza di cose che doveva procurare alle sue figliole e che io non ricordo più, visto che per proteggere il mio udito dalla sua voce stridula, rivolgevo di proposito il mio pensiero ad altra cosa. Ma ne ero tuttavia ferito e mi parve di aver diritto ad un compenso:

– Non si potrebbe avere una sigaretta, una sola? Io la pagherei dieci corone, ma domani, perché con me non ho neppur un soldo.

Giovanna fu enormemente spaventata della mia proposta. Si mise ad urlare; voleva chiamare subito l'infermiere e si levò dal suo posto per uscire.

Per farla tacere desistetti subito dal mio proposito e, a caso, tanto per dire qualche cosa e darmi un contegno, domandai:

– Ma in questa prigione ci sarà almeno qualche cosa da bere?

Giovanna fu pronta nella risposta e, con mia meraviglia in un vero tono di conversazione, senz'urlare:

– Anzi! Il dottore, prima di uscire mi ha consegnata questa bottiglia di cognac. Ecco la bottiglia ancora chiusa. Guardi, è intatta.

Mi trovavo in condizione tale che non vedevo per me altra via d'uscita che l'ubriachezza. Ecco dove m'aveva condotto la fiducia in mia moglie!

In quel momento a me pareva che il vizio del fumo non valesse lo sforzo cui m'ero lasciato indurre. Ora non fumavo già da mezz'ora e non ci pensavo affatto, occupato com'ero dal pensiero di mia moglie e del dottor Muli. Ero dunque guarito del tutto, ma irrimediabilmente ridicolo!

Stappai la bottiglia e mi versai un bicchierino del liquido giallo. Giovanna stava a guardarmi a bocca aperta, ma io esitai di offrirgliene.

– Potrò averne dell'altro quando avrò vuotata questa bottiglia?

Giovanna sempre nel più gradevole tono di conversazione mi rassicurò: – Tanto quanto ne vorrà! Per soddisfare un suo desiderio la signora che dirige la dispensa dovrebbe levarsi magari a mezzanotte!

Io non soffersi mai d'avarizia e Giovanna ebbe subito il suo bicchierino colmo all'orlo. Non aveva finito di dire un grazie che già l'aveva vuotato e subito diresse gli occhi vivaci alla bottiglia. Fu perciò lei stessa che mi diede l'idea di ubriacarla. Ma non fu mica facile!

Non saprei ripetere esattamente quello ch'essa mi disse, dopo aver ingoiati varii bicchierini, nel suo puro dialetto triestino, ma ebbi tutta l'impressione di trovarmi da canto una persona che, se non fossi stato stornato dalle mie preoccupazioni, avrei potuto stare a sentire con diletto.

Prima di tutto mi confidò ch'era proprio così che a lei piaceva di lavorare. A tutti a questo mondo sarebbe spettato il diritto di passare ogni giorno un paio d'ore su una poltrona tanto comoda, in faccia ad una bottiglia di liquore buono, di quello che non fa male.

Tentai di conversare anch'io. Le domandai se, quand'era vivo suo marito, il lavoro per lei fosse stato organizzato proprio a quel modo.

Essa si mise a ridere. Da vivo suo marito l'aveva più picchiata che baciata e, in confronto a quello ch'essa aveva dovuto lavorare per lui, ora tutto avrebbe potuto sembrarle un riposo anche prima ch'io a quella casa arrivassi con la mia cura.

Poi Giovanna si fece pensierosa e mi domandò se credevo che i morti vedessero quello che facevano i vivi. Annuii brevemente. Ma essa volle sapere se i morti, quando arrivavano al di là, risapevano tutto quello che quaggiù era avvenuto quand'essi erano stati ancora vivi.

Per un momento la domanda valse proprio a distrarmi. Era stata poi mossa con una voce sempre più soave perché, per non farsi sentire dai morti, Giovanna l'aveva abbassata.

– Voi, dunque – le dissi – avete tradito vostro marito.

Essa mi pregò di non gridare eppoi confessò di averlo tradito, ma soltanto nei primi mesi del loro matrimonio. Poi s'era abituata alle busse e aveva amato il suo uomo.

Per conservare viva la conversazione domandai:

– È dunque la prima delle vostre figliuole che deve la vita a quell'altro?

Sempre a bassa voce essa ammise di crederlo anche in seguito a certe somiglianze. Le doleva molto di aver tradito il marito. Lo diceva, ma sempre ridendo perché son cose di cui si ride anche quando dolgono. Ma solo dacché era morto, perché prima, visto che non sapeva, la cosa non poteva aver avuto importanza.

Spintovi da una certa simpatia fraterna, tentai di lenire il suo dolore e le dissi ch'io credevo che i morti sapessero tutto, ma che di certe cose s'infischiassero.

– Solo i vivi ne soffrono! – esclamai battendo sul tavolo il pugno.

Ne ebbi una contusione alla mano e non c'è di meglio di un dolore fisico per destare delle idee nuove. Intravvidi la possibilità che intanto ch'io mi cruciavo al pensiero che mia moglie approfittasse della mia reclusione per tradirmi, forse il dottore si trovasse tuttavia nella casa di salute, nel quale caso io avrei potuto riavere la mia tranquillità. Pregai Giovanna di andar a vedere, dicendole che sentivo il bisogno di dire qualche cosa al dottore e promettendole in premio l'intera bottiglia. Essa protestò che non amava di bere tanto, ma subito mi compiacque e la sentii arrampicarsi trabalando sulla scala di legno fino al secondo piano per uscire dalla nostra clausura. Poi ridiscese, ma scivolò facendo un grande rumore e gridando.

– Che il diavolo ti porti! – mormorai io fervidamente. Se essa si fosse rotto l'osso del collo la mia posizione sarebbe stata semplificata di molto.

Invece arrivò a me sorridendo perché si trovava in quello stato in cui i dolori non dolgono troppo. Mi raccontò di aver parlato con l'infermiere che andava a coricarsi, ma restava a sua disposizione a letto, per il caso in cui fossi divenuto cattivo. Sollevò la mano e con l'indice teso accompagnò quelle parole da un atto di minaccia attenuato da un sorriso. Poi, più seccamente, aggiunse che il dottore non era rientrato dacché era uscito con mia moglie. Proprio da allora! Anzi per qualche ora l'infermiere aveva sperato che fosse ritornato perché un malato avrebbe avuto bisogno di esser visto da lui. Ora non lo sperava più.

Io la guardai indagando se il sorriso che contraeva la sua faccia fosse stereotipato o se fosse nuovo del tutto e originato dal fatto che il dottore si trovava con mia moglie anziché con me, ch'ero il suo paziente. Mi colse un'ira da farmi girare la testa. Devo confessare che, come sempre, nel mio animo lottavano due persone di cui l'una, la più ragionevole, mi diceva: «Imbecille! Perché pensi che tua moglie ti tradisca? Essa non avrebbe il bisogno di rinchiuderti per averne l'opportunità.» L'altra ed era certamente quella che voleva fumare, mi dava pur essa dell'imbecille, ma per gridare: «Non ricordi la comodità che proviene dall'assenza del marito? Col dottore che ora è pagato da te!».

Giovanna, sempre bevendo, disse: – Ho dimenticato di chiudere la porta del secondo piano. Ma non voglio far più quei due piani. Già lassù c'è sempre della gente e lei farebbe una bella figura se tentasse di scappare.

– Già! – feci io con quel minimo d'ipocrisia che occorreva oramai per ingannare la poverina. Poi inghiottii anch'io del cognac e dichiarai che ormai che avevo tanto di quel liquore a mia disposizione, delle sigarette non m'importava più niente. Essa subito mi credette e allora le raccontai che non ero veramente io che volevo svezzarmi dal fumo. Mia moglie lo voleva. Bisognava sapere che quando io arrivavo a fumare una decina di sigarette diventavo terribile. Qualunque donna allora mi fosse stata a tiro si trovava in pericolo.

Giovanna si mise a ridere rumorosamente abbandonandosi sulla sedia:

– Ed è vostra moglie che v'impedisce di fumare le dieci sigarette che occorrono?
– Era proprio così! Almeno a me essa lo impediva.

Non era mica sciocca Giovanna, quand'aveva tanto cognac in corpo. Fu colta da un impeto di riso che quasi la faceva cadere dalla sedia, ma quando il fiato glielo permetteva, con parole spezzate, dipinse un magnifico quadretto suggeritole dalla mia malattia:

– Dieci sigarette... mezz'ora... si punta la sveglia... eppoi...

La corressi:

– Per dieci sigarette io abbisogno di un'ora circa. Poi per aspettarne il pieno effetto occorre un'altra ora circa, dieci minuti di più, dieci di meno...

Improvvisamente Giovanna si fece seria e si levò senza grande fatica dalla sua sedia. Disse che sarebbe andata a coricarsi perché si sentiva un po' di male alla testa. L'invitai di prendere la bottiglia con sé, perché io ne avevo abbastanza di quel liquore. Ipocritamente dissi che il giorno seguente volevo che mi si procurasse del buon vino.

Ma al vino essa non pensava. Prima di uscire con la bottiglia sotto il braccio mi squadrò con un'occhiataccia che mi fece spavento.

Aveva lasciata la porta aperta e dopo qualche istante cadde nel mezzo della stanza un pacchetto che subito raccolsi: Conteneva undici sigarette di numero. Per essere sicura, la povera Giovanna aveva voluto abbondare. Sigarette ordinarie, ungheresi. Ma la prima che accesi fu buonissima. Mi sentii grandemente sollevato. Dapprima pensai che mi compiacevo di averla fatta a quella casa ch'era buonissima per rinchiudervi dei bambini, ma non me. Poi scopersi che l'avevo fatta anche a mia moglie e mi pareva di averla ripagata di pari moneta. Perché, altrimenti, la mia gelosia si sarebbe tramutata in una curiosità tanto sopportabile? Restai tranquillo a quel posto fumando quelle sigarette nauseanti.

Dopo una mezz'ora circa ricordai che bisognava fuggire da quella casa ove Giovanna aspettava il suo compenso. Mi levai le scarpe e uscii sul corridoio. La porta della stanza di Giovanna era socchiusa e, a giudicare dalla sua respirazione rumorosa e regolare, a me parve ch'essa dormisse. Salii con tutta prudenza fino al secondo piano ove dietro di quella porta – l'orgoglio del dottor Muli, – infilai le scarpe. Uscii su un pianerottolo e mi misi a scendere le scale, lentamente per non destar sospetto.

Ero arrivato al pianerottolo del primo piano, quando una signorina vestita con qualche eleganza da infermiera, mi seguì per domandarmi cortesemente:

– Lei cerca qualcuno?

Era bellina e a me non sarebbe dispiaciuto di finire accanto a lei le dieci sigarette. Le sorrisi un po' aggressivo:

– Il dottor Muli non è in casa?

Essa fece tanto d'occhi:

– A quest'ora non è mai qui.

– Non saprebbe dirmi dove potrei trovarlo ora? Ho a casa un malato che avrebbe bisogno di lui.

Cortesemente mi diede l'indirizzo del dottore ed io lo ripetei più volte per farle credere che volessi ricordarlo. Non mi sarei mica tanto affrettato di andar via, ma essa, seccata, mi volse le spalle. Venivo addirittura buttato fuori della mia prigione.

Da basso una donna fu pronta ad aprirmi la porta. Non avevo un soldo con me e mormorai:

– La mancia gliela darò un'altra volta.

Non si può mai conoscere il futuro. Da me le cose si ripetono: non era escluso ch'io fossi ripassato per di là.

La notte era chiara e calda. Mi levai il cappello per sentir meglio la brezza della libertà. Guardai le stelle con ammirazione come se le avessi conquistate da poco. Il giorno seguente, lontano dalla casa di salute, avrei cessato di fumare. Intanto in un caffè ancora aperto mi procurai delle buone sigarette perché non sarebbe stato possibile di chiudere la mia carriera di fumatore con una di quelle sigarette della povera Giovanna. Il cameriere che me le diede mi conosceva e me le lasciò a fido.

Giunto alla mia villa suonai furiosamente il campanello. Dapprima venne alla finestra la fantesca eppoi, dopo un tempo non tanto breve, mia moglie. Io l'attesi pensando con perfetta freddezza: – Sembrerebbe che ci sia il dottor Muli. – Ma, avendomi riconosciuto, mia moglie fece echeggiare nella strada deserta il suo riso tanto sincero che sarebbe bastato a cancellare ogni dubbio.

In casa m'attardai per fare qualche atto d'inquisitore. Mia moglie cui promisi di raccontare il giorno appresso le mie avventure ch'essa credeva di conoscere, mi domandò:

– Ma perché non ti corichi?

Per scusarmi dissi:

– Mi pare che tu abbia approfittato della mia assenza per cambiar di posto a quell'armadio.

È vero ch'io credo che le cose, in casa, sieno sempre spostate ed è anche vero che mia moglie molto spesso le sposta, ma in quel momento io guardavo ogni cantuccio per vedere se vi era nascosto il piccolo, elegante corpo del dottor Muli.

Da mia moglie ebbi una buona notizia. Ritornando dalla casa di salute s'era imbattuta nel figlio dell'Olivi che le aveva raccontato che il vecchio stava molto meglio dopo di aver presa una medicina prescrittagli da un suo nuovo medico.

Addormentandomi pensai di aver fatto bene di lasciare la casa di salute poiché avevo tutto il tempo per curarmi lentamente. Anche mio figlio che dormiva nella stanza vicina non s'apprestava certamente ancora a giudicarmi o ad imitarmi. Assolutamente non v'era fretta.

4.
LA MORTE DI MIO PADRE

Il dottore è partito ed io davvero non so se la biografia di mio padre occorra. Se descrivessi troppo minuziosamente mio padre, potrebbe risultare che per avere la mia guarigione sarebbe stato necessario di analizzare lui dapprima e si arriverebbe così ad una rinunzia. Procedo con coraggio perché so che se mio padre avesse avuto bisogno della stessa cura, ciò sarebbe stato per tutt'altra malattia della mia. Ad ogni modo, per non perdere tempo, dirò di lui solo quanto possa giovare a ravvivare il ricordo di me stesso.

«15. 4. 1890 ore 4 1/2. Muore mio padre. U.S.». Per chi non lo sapesse quelle due ultime lettere non significano *United States*, ma ultima sigaretta. È l'annotazione che trovo su un volume di filosofia positiva dell'Ostwald sul quale pieno di speranza passai varie ore e che mai intesi. Nessuno lo crederebbe, ma ad onta di quella forma, quell'annotazione registra l'avvenimento più importante della mia vita.

Mia madre era morta quand'io non avevo ancora quindici anni. Feci delle poesie per onorarla ciò che mai equivale a piangere e, nel dolore, fui sempre accompagnato dal sentimento che da quel momento doveva iniziarsi per me una vita seria e di lavoro. Il dolore stesso accennava ad una vita più intensa. Poi un sentimento religioso tuttavia vivo attenuò e addolcì la grave sciagura. Mia madre continuava a vivere sebbene distante da me e poteva anche compiacersi dei successi cui andavo preparandomi. Una bella comodità! Ricordo esattamente il mio stato di allora. Per la morte di mia madre e la salutare emozione ch'essa m'aveva procurata, tutto da me doveva migliorarsi.

Invece la morte di mio padre fu una vera, grande catastrofe. Il paradiso non esisteva più ed io poi, a trent'anni, ero un uomo finito. Anch'io! M'accorsi per la prima volta che la parte più importante e decisiva della mia vita giaceva dietro di me, irrimediabilmente. Il mio dolore non era solo egoistico come potrebbe sembrare da queste parole. Tutt'altro! Io piangevo lui e me, e me solo perché era morto lui. Fino ad allora io ero passato di sigaretta in sigaretta e da una facoltà universitaria all'altra, con una fiducia indistruttibile nelle mie capacità. Ma io credo che quella fiducia che rendeva tanto dolce la vita, sarebbe continuata magari fino ad oggi, se mio padre non fosse morto. Lui morto non c'era più una dimane ove collocare il proposito.

Tante volte, quando ci penso, resto stupito della stranezza per cui questa disperazione di me e del mio avvenire si sia prodotta alla morte di mio padre e non prima. Sono in complesso cose recenti e per ricordare il mio enorme dolore e ogni particolare della sventura non ho certo bisogno di sognare come vogliono i signori dell'analisi. Ricordo tutto, ma non intendo niente. Fino alla sua morte io non vissi per mio padre. Non feci alcuno sforzo per avvicinarmi a lui e, quando si poté farlo senz'offenderlo, lo evitai. All'Università tutti lo conoscevano col nomignolo ch'io gli diedi di *vecchio Silva manda denari*. Ci volle la malattia per legarmi a lui; la malattia che fu subito la morte, perché brevissima e perché il medico lo diede subito per spacciato. Quand'ero a Trieste ci vedevamo sì e no per un'oretta al giorno, al massimo. Mai non fummo tanto e sì a lungo insieme, come nel mio pianto. Magari l'avessi assistito meglio e pianto meno! Sarei stato meno malato. Era difficile di trovarsi insieme anche perché fra me e lui, intellettualmente non c'era nulla di comune. Guardandoci, avevamo ambedue lo stesso sorriso di compatimento, reso in lui più acido da una viva paterna ansietà per il mio avvenire; in me, invece, tutto indulgenza, sicuro com'ero che le sue debolezze oramai erano prive di conseguenze, tant'è vero ch'io le attribuivo in parte all'età. Egli fu il primo a diffidare della mia energia e, – a me sembra, – troppo presto. Epperò io sospetto, che, pur senza l'appoggio di una convinzione scientifica, egli diffidasse di me anche perché ero stato fatto da lui, ciò che serviva – e qui con fede scientifica sicura – ad aumentare la mia diffidenza per lui.

Egli godeva però della fama di commerciante abile, ma io sapevo che i suoi affari da lunghi anni erano diretti dall'Olivi. Nell'incapacità al commercio v'era una somiglianza fra di noi, ma non ve ne erano altre; posso dire che, fra noi due, io rappresentavo la forza e lui la debolezza. Già quello che ho registrato in questi fascicoli prova che in me c'è e c'è sempre stato – forse la mia massima sventura – un impetuoso conato al meglio. Tutti i miei sogni di equilibrio e di forza non possono essere definiti altrimenti. Mio padre non conosceva nulla di tutto ciò. Egli viveva perfettamente d'accordo sul modo come l'avevano fatto ed io devo ritenere ch'egli mai abbia compiuti degli sforzi per migliorarsi. Fumava il giorno intero e, dopo la morte di mamma, quando non dormiva, anche di notte. Beveva anche discretamente; da *gentleman*, di sera, a cena, tanto da essere sicuro di trovare il sonno pronto non appena posata la testa sul guanciale. Ma, secondo lui, il fumo e l'alcool erano dei buoni medicinali.

In quanto concerne le donne, dai parenti appresi che mia madre aveva avuto qualche motivo di gelosia. Anzi pare che la mite donna abbia dovuto intervenire talvolta violentemente per tenere a freno il marito. Egli si lasciava guidare da lei che amava e rispettava, ma pare ch'essa non sia mai riuscita ad avere da lui la confessione di alcun tradimento, per cui morì nella fede di essersi sbagliata. Eppure i buoni parenti raccontano ch'essa ha trovato il marito quasi in flagrante dalla propria sarta. Egli si scusò con un accesso di distrazione e con tanta costanza che fu creduto. Non vi fu altra conseguenza che quella che mia madre non andò più da quella sarta e mio padre neppure. Io credo che nei suoi panni io avrei finito col confessare, ma che poi non avrei saputo abbandonare la sarta, visto ch'io metto le radici dove mi soffermo.

Mio padre sapeva difendere la sua quiete da vero *pater familias*. L'aveva questa quiete nella sua casa e nell'animo suo. Non leggeva che dei libri insulsi e morali. Non mica per ipocrisia, ma per la più sincera convinzione: penso ch'egli sentisse vivamente la verità di quelle prediche morali e che la sua coscienza fosse quietata dalla sua adesione sincera alla virtù. Adesso che invecchio e m'avvicino al tipo del patriarca, anch'io sento che un'immoralità predicata è più punibile di un'azione immorale. Si arriva all'assassinio per amore o per odio; alla propaganda dell'assassinio solo per malvagità.

Avevamo tanto poco di comune fra di noi, ch'egli mi confessò che una delle persone che più l'inquietavano a questo mondo ero io. Il mio desiderio di salute m'aveva spinto a studiare il corpo umano. Egli, invece, aveva saputo eliminare dal suo ricordo ogni idea di quella spaventosa macchina. Per lui il cuore non pulsava e non v'era bisogno di ricordare valvole e vene e ricambio per spiegare come il suo organismo viveva. Niente movimento perché l'esperienza diceva che quanto si moveva finiva coll'arrestarsi. Anche la terra era per lui immobile e solidamente piantata su dei cardini. Naturalmente non lo disse mai, ma soffriva se gli si diceva qualche cosa che a tale concezione non si conformasse. M'interruppe con disgusto un giorno che gli parlai degli antipodi. Il pensiero di quella gente con la testa all'ingiù gli sconvolgeva lo stomaco.

Egli mi rimproverava due altre cose: la mia distrazione e la mia tendenza a ridere delle cose più serie. In fatto di distrazione egli differiva da me per un certo suo libretto in cui notava tutto quello ch'egli voleva ricordare e che rivedeva più volte al giorno. Credeva così di aver vinta la sua malattia e non ne soffriva più. Impose quel libretto anche a me, ma io non vi registrai che qualche ultima sigaretta.

In quanto al mio disprezzo per le cose serie, io credo ch'egli avesse il difetto di considerare come serie troppe cose di questo mondo. Eccone un esempio: quando, dopo di essere passato dagli studi di legge a quelli di chimica, io ritornai col suo permesso ai primi, egli mi disse bonariamente: – Resta però assodato che tu sei un pazzo.

Io non me ne offesi affatto e gli fui tanto grato della sua condiscendenza, che volli premiarlo facendolo ridere. Andai dal dottor Canestrini a farmi esaminare per averne un certificato. La cosa non fu facile perché dovetti sottomettermi perciò a lunghe e minuziose disamine. Ottenutolo, portai trionfalmente quel certificato a mio padre, ma egli non seppe riderne. Con accento accorato e con le lacrime agli occhi esclamò: – Ah! Tu sei veramente pazzo!

E questo fu il premio della mia faticosa e innocua commediola. Non me la perdonò mai e perciò mai ne rise. Farsi visitare da un medico per ischerzo? Far redigere per ischerzo un certificato munito di bolli? Cose da pazzi!

Insomma io, accanto a lui, rappresentavo la forza e talvolta penso che la scomparsa di quella debolezza, che mi elevava, fu sentita da me come una diminuzione.

Ricordo come la sua debolezza fu provata allorché quella canaglia dell'Olivi lo indusse a fare testamento. All'Olivi premeva quel testamento che doveva mettere i miei affari sotto la sua tutela e pare abbia lavorato a lungo il vecchio per indurlo a quell'opera tanto penosa. Finalmente mio padre vi si decise, ma la sua larga faccia serena s'oscurò. Pensava costantemente alla morte come se con quell'atto avesse avuto un contatto con essa.

Una sera mi domandò: – Tu credi che quando si è morti tutto cessi?

Al mistero della morte io ci penso ogni giorno, ma non ero ancora in grado di dargli le informazioni ch'egli domandava. Per fargli piacere inventai la fede più lieta nel nostro futuro.

– Io credo che sopravviva il piacere, perché il dolore non è più necessario. La dissoluzione potrebbe ricordare il piacere sessuale. Certo sarà accompagnata dal senso della felicità e del riposo visto che la ricomposizione è tanto faticosa. La dissoluzione dovrebb'essere il premio della vita!

Feci un bel fiasco. Si era ancora a tavola dopo cena. Egli, senza rispondere, si levò dalla sedia, vuotò ancora il suo bicchiere e disse:

– Non è questa l'ora di filosofare specialmente con te!

E uscì. Dispiacente lo seguii e pensai di restare con lui per distoglierlo dai pensieri tristi. M'allontanò dicendomi che gli ricordavo la morte e i suoi piaceri.

Non sapeva dimenticare il testamento finché non me ne aveva data comunicazione. Se ne ricordava ogni qualvolta mi vedeva. Una sera scoppiò:

– Devo dirti che ho fatto testamento.

Io, per stornarlo dal suo incubo, vinsi subito la sorpresa che mi produsse la sua comunicazione e gli dissi:

– Io non avrò mai questo disturbo perché spero che prima di me muoiano tutti i miei eredi!

Egli subito si inquietò del mio riso su una cosa tanto seria e ritrovò tutto il suo desiderio di punirmi. Così gli fu facile di raccontarmi il bel tiro che m'aveva fatto mettendomi sotto la tutela dell'Olivi.

Devo dirlo: io mi dimostrai un buon ragazzo; rinunziai a fare un'obiezione qualunque pur di strapparlo a quel pensiero che lo faceva soffrire. Dichiarai che qualunque fosse stata la sua ultima volontà io mi vi sarei adattato.

– Forse – aggiunsi – io saprò comportarmi in modo che tu ti troverai indotto a cambiare le tue ultime volontà.

Ciò gli piacque anche perché vedeva ch'io gli attribuivo una vita lunga, anzi lunghissima. Tuttavia volle da me addirittura un giuramento, che se egli non avesse disposto altrimenti, io non avrei mai tentato di sminuire le facoltà dell'Olivi. Io giurai visto ch'egli non volle contentarsi della mia parola d'onore. Fui tanto mite allora, che quando sono torturato dal rimorso di non averlo amato abbastanza prima che morisse, rievoco sempre quella scena. Per essere sincero devo dire che la rassegnazione alle sue disposizioni mi fu facile perché in quell'epoca l'idea di essere costretto a non lavorare m'era piuttosto simpatica.

Circa un anno prima della sua morte, io seppi una volta intervenire abbastanza energicamente a vantaggio della sua salute. M'aveva confidato di sentirsi male ed io lo costrinsi di andare da un medico dal quale anche lo accompagnai. Costui prescrisse qualche medicinale e ci disse di ritornare da lui qualche settimana dopo. Ma mio padre non volle, dichiarando che odiava i medici quanto i becchini e non prese neppure la medicina prescrittagli perché anch'essa gli ricordava medici e becchini. Restò per un paio di ore senza fumare e per un solo pasto senza vino. Si sentì molto bene quando poté congedarsi dalla cura, e io, vedendolo più lieto, non ci pensai più.

Poi lo vidi talvolta triste. Ma mi sarei meravigliato di vederlo lieto, solo e vecchio com'era.

***

Una sera della fine di marzo arrivai un po' più tardi del solito a casa. Niente di male: ero caduto nelle mani di un dotto amico che aveva voluto confidarmi certe sue idee sulle origini del Cristianesimo. Era la prima volta che si voleva da me ch'io pensassi a quelle origini, eppure m'adattai alla lunga lezione per compiacere l'amico. Piovigginava e faceva freddo. Tutto era sgradevole e fosco, compresi i Greci e gli Ebrei di cui il mio amico parlava, ma pure m'adattai a quella sofferenza per ben due ore. La mia solita debolezza! Scommetto che oggi ancora sono tanto incapace di resistenza, che se qualcuno ci si mettesse sul serio potrebbe indurmi a studiare per qualche tempo l'astronomia.

Entrai nel giardino che circonda la nostra villa. A questa si accedeva per una breve strada carrozzabile. Maria, la nostra cameriera, m'aspettava alla finestra e sentendomi avvicinare gridò nell'oscurità:

– È lei, signor Zeno?

Maria era una di quelle fantesche come non se ne trovano più. Era da noi da una quindicina d'anni. Metteva mensilmente alla Cassa di Risparmio una parte della sua paga per i suoi vecchi anni, risparmi che però non le servirono perché essa morì in casa nostra poco dopo il mio matrimonio sempre lavorando.

Essa mi raccontò che mio padre era ritornato a casa da qualche ora, ma che aveva voluto attendermi a cena. Allorché essa aveva insistito perché egli intanto mangiasse, era stata mandata via con modi poco gentili. Poi egli aveva domandato di me parecchie volte, inquieto e ansioso. Maria mi fece intendere che pensava che mio padre non si sentisse bene. Gli attribuiva una difficoltà di parola e il respiro mozzo. Debbo dire ch'essendo sempre sola con lui, essa spesso s'era fitto in testa il pensiero ch'egli fosse malato. Aveva poche cose da osservare la povera donna nella casa solitaria e – dopo l'esperienza fatta con mia madre – essa s'aspettava che tutti avessero da morire prima di lei.

Corsi alla camera da pranzo con una certa curiosità e non ancora impensierito. Mio padre si levò subito dal sofà su cui giaceva e m'accolse con una grande gioia che non seppe commovermi perché vi scorsi prima di tutto l'espressione di un rimprovero. Ma intanto bastò a tranquillarmi perché la gioia mi parve un segno di salute. Non scorsi in lui traccia di quel balbettamento e respiro mozzo di cui aveva parlato Maria. Ma, invece di rimproverarmi, egli si scusò d'essere stato caparbio.

– Che vuoi farci? – mi disse bonariamente. – Siamo noi due soli a questo mondo e volevo vederti prima di coricarmi.

Magari mi fossi comportato con semplicità e avessi preso fra le mie braccia il mio caro babbo divenuto per malattia tanto mite e affettuoso! Invece cominciai a fare freddamente una diagnosi: Il vecchio Silva si era tanto mitigato? Che fosse malato? Lo guardai sospettosamente e non trovai di meglio che di fargli un rimprovero:

– Ma perché hai atteso finora per mangiare? Potevi mangiare, eppoi attendermi!

Egli rise assai giovanilmente:

– Si mangia meglio in due.

Poteva questa lietezza essere anche il segno di un buon appetito: io mi tranquillai e mi misi a mangiare. Con le sue ciabatte di casa, con passo malfermo, egli s'accostò al desco e occupò il suo posto solito. Poi stette a guardarmi come mangiavo, mentre lui, dopo un paio di cucchiaiate scarse, non prese altro cibo e allontanò anche da sé il piatto che gli ripugnava. Ma il sorriso persisteva sulla sua vecchia faccia. Soltanto mi ricordo, come se si trattasse di cosa avvenuta ieri, che un paio di volte ch'io lo guardai negli occhi, egli stornò il suo sguardo dal mio. Si dice che ciò è un segno di falsità, mentre io ora so ch'è un segno di malattia. L'animale malato non lascia guardare nei pertugi pei quali si potrebbe scorgere la malattia, la debolezza.

Egli aspettava sempre di sentire come io avessi impiegato quelle tante ore in cui egli m'aveva atteso. E vedendo che ci teneva tanto, cessai per un istante di mangiare e gli dissi secco, secco, ch'io fino a quell'ora avevo discusse le origini del Cristianesimo.

Mi guardò dubbioso e perplesso:

– Anche tu, ora, pensi alla religione?

Era evidente che gli avrei dato una grande consolazione se avessi accettato di pensarci con lui. Invece io, che finché mio padre era vivo mi sentivo combattivo (e poi non più) risposi con una di quelle solite frasi che si sentono tutti i giorni nei caffè situati presso le Università:

– Per me la religione non è altro che un fenomeno qualunque che bisogna studiare.

– Fenomeno? – fece lui sconcertato. Cercò una pronta risposta e aperse la bocca per darla. Poi esitò e guardò il secondo piatto, che giusto allora Maria gli offerse e ch'egli non toccò. Quindi per tapparsi meglio la bocca, vi ficcò un mozzicone di sigaro che accese e che lasciò subito spegnere. S'era così concessa una sosta per riflettere tranquillamente. Per un istante mi guardò risoluto:
– Tu non vorrai ridere della religione?
Io, da quel perfetto studente scioperato che sono sempre stato, con la bocca piena, risposi:
– Ma che ridere! Io studio!
Egli tacque e guardò lungamente il mozzicone di sigaro che aveva deposto su un piatto. Capisco ora perché egli mi avesse detto ciò. Capisco ora tutto quello che passò per quella mente già torbida, e sono sorpreso di non averne capito nulla allora. Credo che allora nel mio animo mancasse l'affetto che fa intendere tante cose. Poi mi fu tanto facile! Egli evitava di affrontare il mio scetticismo: una lotta troppo difficile per lui in quel momento; ma riteneva di poter attaccarlo mitemente di fianco come conveniva ad un malato. Ricordo che quando parlò, il suo respiro mozzava e ritardava la sua parola. È una grande fatica prepararsi ad un combattimento. Ma pensavo ch'egli non si sarebbe rassegnato di coricarsi senza darmi il fatto mio e mi preparai a discussioni che poi non vennero.
– Io – disse, sempre guardando il suo mozzicone di sigaro oramai spento, – sento come la mia esperienza e la scienza mia della vita sono grandi. Non si vivono inutilmente tanti anni. Io so molte cose e purtroppo non so insegnartele tutte come vorrei. Oh, quanto lo vorrei! Vedo dentro nelle cose, e anche vedo quello ch'è giusto e vero e anche quello che non lo è.
Non c'era da discutere. Borbottai poco convinto e sempre mangiando:
– Sì! Papà!
Non volevo offenderlo.

– Peccato che sei venuto tanto tardi. Prima ero meno stanco e avrei saputo dirti molte cose.

Pensai che volesse ancora seccarmi perché ero venuto tardi e gli proposi di lasciare quella discussione per il giorno dopo.

– Non si tratta di una discussione – rispose egli trasognato – ma di tutt'altra cosa. Una cosa che non si può discutere e che saprai anche tu non appena te l'avrò detta. Ma il difficile è dirla!

Qui ebbi un dubbio:

– Non ti senti bene?

– Non posso dire di star male, ma sono molto stanco e vado subito a dormire.

Suonò il campanello e nello stesso tempo chiamò Maria con la voce. Quand'essa venne, egli domandò se nella sua stanza tutto era pronto. S'avviò poi subito strascicando le ciabatte al suolo. Giunto accanto a me, chinò la testa per offrirmi la sua guancia al bacio di ogni sera.

Vedendolo moversi così malsicuro, ebbi di nuovo il dubbio che stesse male e glielo domandai. Ripetemmo ambedue più volte le stesse parole ed egli mi confermò ch'era stanco ma non malato. Poi soggiunse:

– Adesso penserò alle parole che ti dirò domani. Vedrai come ti convinceranno.

– Papà – dichiarai io commosso – ti sentirò volentieri.

Vedendomi tanto disposto a sottomettermi alla sua esperienza, egli esitò di lasciarmi: bisognava pur approfittare di un momento tanto favorevole! Si passò la mano sulla fronte e sedette sulla sedia sulla quale s'era appoggiato per porgermi la sua guancia al bacio. Ansava leggermente.

– Curioso! – disse. – Non so dirti nulla, proprio nulla.

Guardò intorno a sé come se avesse cercato di fuori quello che nel suo interno non arrivava ad afferrare.

– Eppure so tante cose, anzi tutte le cose io so. Dev'essere l'effetto della mia grande esperienza.

Non soffriva tanto di non saper esprimersi perché sorrise alla propria forza, alla propria grandezza.

Io non so perché non abbia chiamato subito il dottore. Invece debbo confessarlo con dolore e rimorso: considerai le parole di mio padre come dettate da una presunzione ch'io credevo di aver più volte constatata in lui. Non poteva però sfuggirmi l'evidenza della sua debolezza e solo perciò non discussi. Mi piaceva di vederlo felice nella sua illusione di essere tanto forte quand'era invece debolissimo. Ero poi lusingato dall'affetto che mi dimostrava manifestando il desiderio di consegnarmi la scienza di cui si credeva possessore, per quanto fossi convinto di non poter apprendere niente da lui. E per lusingarlo e dargli pace gli raccontai che non doveva sforzarsi per trovare subito le parole che gli mancavano, perché in frangenti simili i più alti scienziati mettevano le cose troppo complicate in deposito in qualche cantuccio del cervello perché si semplificassero da sé.

Egli rispose:

– Quello ch'io cerco non è complicato affatto. Si tratta anzi di trovare una parola, una sola e la troverò! Ma non questa notte perché farò tutto un sonno, senza il più piccolo pensiero.

Tuttavia non si levò dalla sedia. Esitante e scrutando per un istante il mio viso, mi disse:

– Ho paura che non saprò dire a te quello che penso, solo perché tu hai l'abitudine di ridere di tutto.

Mi sorrise come se avesse voluto pregarmi di non risentirmi per le sue parole, si alzò dalla sedia e mi offerse per la seconda volta la sua guancia. Io rinunziai a discutere e convincerlo che a questo mondo v'erano molte cose di cui si poteva e doveva ridere e volli rassicurarlo con un forte abbraccio. Il mio gesto fu forse troppo forte, perché egli si svincolò da me più affannato di prima, ma certo fu da lui inteso il mio affetto, perché mi salutò amichevolmente con la mano.

– Andiamo a letto! – disse con gioia e uscì seguito da Maria.

E rimasto solo (strano anche questo!) non pensai alla salute di mio padre, ma, commosso e – posso dirlo – con ogni rispetto filiale, deplorai che una mente simile che mirava a mète alte, non avesse trovata la possibilità di una coltura migliore. Oggi che scrivo, dopo di aver avvicinata l'età raggiunta da mio padre, so con certezza che un uomo può avere il sentimento di una propria altissima intelligenza che non dia altro segno di sé fuori di quel suo forte sentimento. Ecco: si dà un forte respiro e si accetta e si ammira tutta la natura com'è e come, immutabile, ci è offerta: con ciò si manifesta la stessa intelligenza che volle la Creazione intera. Da mio padre è certo che nell'ultimo istante lucido della sua vita, il suo sentimento d'intelligenza fu originato da una sua improvvisa ispirazione religiosa, tant'è vero che s'indusse a parlarmene perché io gli avevo raccontato di essermi occupato delle origini del Cristianesimo. Ora però so anche che quel sentimento era il primo sintomo dell'edema cerebrale.

Maria venne a sparecchiare e a dirmi che le sembrava che mio padre si fosse subito addormentato. Così andai a dormire anch'io del tutto rasserenato. Fuori il vento soffiava e urlava. Lo sentivo dal mio letto caldo come una ninna nanna che s'allontanò sempre di più da me, perché mi immersi nel sonno.

Non so per quanto tempo io abbia dormito. Fui destato da Maria. Pare che più volte essa fosse venuta nella mia stanza a chiamarmi e fosse poi corsa via. Nel mio sonno profondo ebbi dapprima un certo turbamento, poi intravvidi la vecchia che saltava per la camera e infine capii. Mi voleva svegliare, ma quando vi riuscì, essa non era più nella mia stanza. Il vento continuava a cantarmi il sonno ed io, per essere veritiero, debbo confessare che andai alla stanza di mio padre col dolore di essere stato strappato dal mio sonno. Ricordavo che Maria vedeva sempre mio padre in pericolo. Guai a lei se egli non fosse stato ammalato questa volta!

La stanza di mio padre, non grande, era ammobiliata un po' troppo. Alla morte di mia madre, per dimenticare meglio, egli aveva cambiato di stanza, portando con sé nel nuovo ambiente più piccolo, tutti i suoi mobili. La stanza illuminata scarsamente da una fiammella a gas posta sul tavolo da notte molto basso, era tutta in ombra. Maria sosteneva mio padre che giaceva supino, ma con una parte del busto sporgente dal letto. La faccia di mio padre coperta di sudore rosseggiava causa la luce vicina. La sua testa poggiava sul petto fedele di Maria. Ruggiva dal dolore e la bocca era tanto inerte che ne colava la saliva giù per il mento. Guardava immoto la parete di faccia e non si volse quand'io entrai.

Maria mi raccontò di aver sentito il suo lamento e di essere arrivata in tempo per impedirgli di cadere dal letto. Prima – essa assicurava – egli s'era agitato di più, mentre ora le pareva relativamente tranquillo, ma non si sarebbe rischiata di lasciarlo solo. Voleva forse scusarsi di avermi chiamato mentre io già avevo capito che aveva fatto bene a destarmi. Parlandomi essa piangeva, ma io ancora non piansi con lei ed anzi l'ammonii di stare zitta e di non aumentare coi suoi lamenti lo spavento di quell'ora. Non avevo ancora capito tutto. La poverina fece ogni sforzo per calmare i suoi singulti.

M'avvicinai all'orecchio di mio padre e gridai:

– Perché ti lamenti, papà? Ti senti male?

Credo ch'egli sentisse, perché il suo gemito si fece più fioco ed egli stornò l'occhio dalla parete di faccia come se avesse tentato di vedermi; ma non arrivò a rivolgerlo a me. Più volte gli gridai nell'orecchio la stessa domanda e sempre con lo stesso esito. Il mio contegno virile sparve subito. Mio padre, a quell'ora, era più vicino alla morte che a me, perché il mio grido non lo raggiungeva più. Mi prese un grande spavento e ricordai prima di tutto le parole che avevamo scambiate la sera prima. Poche ore dopo egli s'era mosso per andar a vedere chi di noi due avesse ragione. Curioso! Il mio dolore veniva accompagnato dal rimorso. Celai il capo sul guanciale stesso di mio padre e piansi disperatamente emettendo i singulti che poco prima avevo rimproverati a Maria.

Toccò ora a lei di calmarmi, ma lo fece in modo strano. Mi esortava alla calma parlando però di mio padre, che tuttavia gemeva con gli occhi anche troppo aperti, come di un uomo morto.

– Poverino! – diceva. – Morire così! Con questa ricca e bella chioma. – L'accarezzava. Era vero. La testa di mio padre era incoronata da una ricca, bianca chioma ricciuta, mentre io a trent'anni avevo già i capelli molto radi.

Non ricordai che a questo mondo c'erano i medici e che si supponeva che talvolta portassero la salvezza. Io avevo già vista la morte su quella faccia sconvolta dal dolore e non speravo più. Fu Maria che per prima parlò del medico e andò poi a destare il contadino per mandarlo in città.

Restai solo a sostenere mio padre per una decina di minuti che mi parvero un'eternità. Ricordo che cercai di mettere nelle mie mani, che toccavano quel corpo torturato, tutta la dolcezza che aveva invaso il mio cuore. Le parole egli non poteva sentirle. Come avrei fatto a fargli sapere che l'amavo tanto?

Quando venne il contadino, mi recai nella mia stanza per scrivere un biglietto e mi fu difficile di mettere insieme quel paio di parole che dovevano dare al dottore un'idea del caso onde potesse portare subito con sé anche dei medicinali. Continuamente vedevo dinanzi a me la sicura imminente morte di mio padre e mi domandavo: «Che cosa farò io ora a questo mondo?».

Poi seguirono delle lunghe ore d'attesa. Ho un ricordo abbastanza esatto di quelle ore. Dopo la prima non occorse più sostenere mio padre che giaceva privo di sensi composto nel letto. Il suo gemito era cessato, ma la sua insensibilità era assoluta. Aveva una respirazione frettolosa, che io, quasi inconsciamente, imitavo. Non potevo respirare a lungo su quel metro e m'accordavo delle soste sperando di trascinare con me al riposo anche l'ammalato. Ma egli correva avanti instancabile. Tentammo invano di fargli prendere un cucchiaio di tè. La sua incoscienza diminuiva quando si trattava di difendersi da un nostro intervento. Risoluto, chiudeva i denti. Anche nell'incoscienza veniva accompagnato da quella sua indomabile ostinazione. Molto prima dell'alba la sua respirazione mutò di ritmo. Si raggruppò in periodi che esordivano con alcune respirazioni lente che avrebbero potuto sembrare di uomo sano, alle quali seguivano altre frettolose che si fermavano in una sosta lunga, spaventosa, che a Maria e a me sembrava l'annuncio della morte. Ma il periodo riprendeva sempre circa eguale, un periodo musicale di una tristezza infinita, così privo di colore. Quella respirazione che non fu sempre uguale, ma sempre rumorosa, divenne come una parte di quella stanza. Da quell'ora vi fu sempre, per lungo e lungo tempo!

Passai alcune ore gettato su un sofà, mentre Maria stava seduta accanto al letto. Su quel sofà piansi le mie più cocenti lacrime. Il pianto offusca le proprie colpe e permette di accusare, senz'obbiezioni, il destino. Piangevo perché perdevo il padre per cui ero sempre vissuto. Non importava che gli avessi tenuto poca compagnia. I miei sforzi per diventare migliore non erano stati fatti per dare una soddisfazione a lui? Il successo cui anelavo doveva bensì essere anche il mio vanto verso di lui, che di me aveva sempre dubitato, ma anche la sua consolazione. Ed ora invece egli non poteva più aspettarmi e se ne andava convinto della mia insanabile debolezza. Le mie lacrime erano amarissime.

Scrivendo, anzi incidendo sulla carta tali dolorosi ricordi, scopro che l'immagine che m'ossessionò al primo mio tentativo di vedere nel mio passato, quella locomotiva che trascina una sequela di vagoni su per un'erta, io l'ebbi per la prima volta ascoltando da quel sofà il respiro di mio padre. Vanno così le locomotive che trascinano dei pesi enormi: emettono degli sbuffi regolari che poi s'accelerano e finiscono in una sosta, anche quella una sosta minacciosa perché chi ascolta può temere di veder finire la macchina e il suo traino a precipizio a valle. Davvero! Il mio primo sforzo di ricordare, m'aveva riportato a quella notte, alle ore più importanti della mia vita.

Il dottore Coprosich arrivò alla villa quando ancora non albeggiava, accompagnato da un infermiere che portava una cassetta di medicinali. Aveva dovuto venir a piedi perché, a causa del violento uragano, non aveva trovata una vettura.

Lo accolsi piangendo ed egli mi trattò con grande dolcezza incorandomi anche a sperare. Eppure devo subito dire, che dopo quel nostro incontro, a questo mondo vi sono pochi uomini che destino in me una così viva antipatia come il dottor Coprosich. Egli, oggi, vive ancora, decrepito e circondato dalla stima di tutta la città. Quando lo scorgo così indebolito e incerto camminare per le vie in cerca di un poco d'attività e d'aria, in me, ancora adesso, si rinnova l'avversione.

Allora il dottore avrà avuto poco più di quarant'anni. S'era dedicato molto alla medicina legale e, per quanto fosse notoriamente un buonissimo italiano, gli venivano affidate dalle imperial regie autorità le perizie più importanti. Era un uomo magro e nervoso, la faccia insignificante rilevata dalla calvizie che gli simulava una fronte altissima. Un'altra sua debolezza gli dava dell'importanza: quando levava gli occhiali (e lo faceva sempre quando voleva meditare) i suoi occhi accecati guardavano accanto o al disopra del suo interlocutore e avevano il curioso aspetto degli occhi privi di colore di un statua, minacciosi o, forse, ironici. Erano degli occhi spiacevoli allora. Se aveva da dire anche una sola parola rimetteva sul naso gli occhiali ed ecco che i suoi occhi ridivenivano quelli di un buon borghese qualunque che esamina accuratamente le cose di cui parla.

Si sedette in anticamera e riposò per qualche minuto. Mi domandò di raccontargli esattamente quello ch'era avvenuto dal primo allarme fino al suo arrivo. Si levò gli occhiali e fissò con i suoi occhi strani la parete dietro di me.

Cercai di essere esatto, ciò che non fu facile dato lo stato in cui mi trovavo. Ricordavo anche che il dottor Coprosich non tollerava che le persone che non sapevano di medicina usassero termini medici atteggiandosi a sapere qualche cosa di quella materia. E quando arrivai a parlare di quella che a me era apparsa quale una «respirazione cerebrale» egli si mise gli occhiali per dirmi: «Adagio con le definizioni. Vedremo poi di che si tratti». Avevo parlato anche del contegno strano di mio padre, della sua ansia di vedermi, della sua fretta di coricarsi. Non gli riferii i discorsi strani di mio padre: forse temevo di essere costretto di dire qualche cosa delle risposte che allora io a mio padre avevo dato. Raccontai però che papà non arrivava ad esprimersi con esattezza e che pareva pensasse intensamente a qualche cosa che s'aggirava nella sua testa e ch'egli non arrivava a formulare. Il dottore, con tanto d'occhiali sul naso, esclamò trionfalmente:

– So quello che s'aggirava nella sua testa!

Lo sapevo anch'io, ma non lo dissi per non far arrabbiare il dottor Coprosich: erano gli edemi.

Andammo al letto dell'ammalato. Con l'aiuto dell'infermiere egli girò e rigirò quel povero corpo inerte per un tempo che a me parve lunghissimo. Lo ascoltò e lo esplorò. Tentò di farsi aiutare dal paziente stesso, ma invano.

– Basta! – disse ad un certo punto. Mi si avvicinò con gli occhiali in mano guardando il pavimento e, con un sospiro, mi disse:

– Abbiate coraggio! È un caso gravissimo.

Andammo alla mia stanza ove egli si lavò anche la faccia.

Era perciò senza occhiali e quando l'alzò per asciugarla, la sua testa bagnata sembrava la testina strana di un amuleto fatta da mani inesperte. Ricordò di averci visti alcuni mesi prima ed espresse meraviglia perché non fossimo più ritornati da lui. Anzi aveva creduto che lo avessimo abbandonato per altro medico; egli allora aveva ben chiaramente dichiarato che mio padre abbisognava di cure. Quando rimproverava, così senz'occhiali, era terribile. Aveva alzata la voce e voleva spiegazioni. I suoi occhi le cercavano dappertutto.

Certo egli aveva ragione ed io meritavo dei rimproveri. Debbo dire qui, che sono sicuro che non è per quelle parole che io odio il dottor Coprosich. Mi scusai raccontandogli dell'avversione di mio padre per medici e medicine; parlavo piangendo e il dottore, con bontà generosa, cercò di quietarmi dicendomi che se anche fossimo ricorsi a lui prima, la sua scienza avrebbe potuto tutt'al più ritardare la catastrofe cui assistevamo ora, ma non impedirla.

Però, come continuò a indagare sui precedenti della malattia, ebbe nuovi argomenti di rimprovero per me. Egli voleva sapere se mio padre in quegli ultimi mesi si fosse lagnato delle sue condizioni di salute, del suo appetito e del suo sonno. Non seppi dirgli nulla di preciso; neppure se mio padre avesse mangiato molto o poco a quel tavolo a cui sedevamo giornalmente insieme. L'evidenza della mia colpa m'atterrò, ma il dottore non insistette affatto nelle domande. Apprese da me che Maria lo vedeva sempre moribondo e ch'io perciò la deridevo.

Egli stava pulendosi le orecchie, guardando in alto. – Fra un paio d'ore probabilmente ricupererà la coscienza almeno in parte, – disse.

– C'è qualche speranza dunque? – esclamai io.

– Nessunissima! – rispose seccamente. – Però le mignatte non sbagliano mai in questo caso. Ricupererà di sicuro un po' della sua coscienza, forse per impazzire.

Alzò le spalle e rimise a posto l'asciugamano. Quell'alzata di spalle significava proprio un disdegno per l'opera propria e m'incoraggiò a parlare. Ero pieno di terrore all'idea che mio padre avesse potuto rimettersi dal suo torpore per vedersi morire, ma senza quell'alzata di spalle non avrei avuto il coraggio di dirlo.

– Dottore! – supplicai. – Non le pare sia una cattiva azione di farlo ritornare in sé?

Scoppiai in pianto. La voglia di piangere l'avevo sempre nei miei nervi scossi, ma mi vi abbandonavo senza resistenza per far vedere le mie lagrime e farmi perdonare dal dottore il giudizio che avevo osato di dare sull'opera sua.

Con grande bontà egli mi disse:

– Via, si calmi. La coscienza dell'infermo non sarà mai tanto chiara da fargli comprendere il suo stato. Egli non è un medico. Basterà non dirgli ch'è moribondo, ed egli non lo saprà. Ci può invece toccare di peggio: potrebbe cioè impazzire. Ho però portata con me la camicia di forza e l'infermiere resterà qui.

Più spaventato che mai, lo supplicai di non applicargli le mignatte. Egli allora con tutta calma mi raccontò che l'infermiere gliele aveva sicuramente già applicate perché egli ne aveva dato l'ordine prima di lasciare la stanza di mio padre. Allora m'arrabbiai. Poteva esserci un'azione più malvagia di quella di richiamare in sé un ammalato, senz'avere la minima speranza di salvarlo e solo per esporlo alla disperazione, o al rischio di dover sopportare – con quell'affanno! – la camicia di forza? Con tutta violenza, ma sempre accompagnando le mie parole di quel pianto che domandava indulgenza, dichiarai che mi pareva una crudeltà inaudita di non lasciar morire in pace chi era definitivamente condannato.

Io odio quell'uomo perché egli allora s'arrabbiò con me. È ciò ch'io non seppi mai perdonargli. Egli s'agitò tanto che dimenticò d'inforcare gli occhiali e tuttavia scoperse esattamente il punto ove si trovava la mia testa per fissarla con i suoi occhi terribili. Mi disse che gli pareva io volessi recidere anche quel tenue filo di speranza che vi era ancora. Me lo disse proprio così, crudamente.

Ci si avviava a un conflitto. Piangendo e urlando obbiettai che pochi istanti prima egli stesso aveva esclusa qualunque speranza di salvezza per l'ammalato. La casa mia e chi vi abitava non dovevano servire ad esperimenti per i quali c'erano altri posti a questo mondo!

Con grande severità e una calma che la rendeva quasi minacciosa, egli rispose:

– Io le spiegai quale era lo stato della scienza in quell'istante. Ma chi può dire quello che può avvenire fra mezz'ora o fino a domani? Tenendo in vita suo padre io ho lasciata aperta la via a tutte le possibilità.

Si mise allora gli occhiali e, col suo aspetto d'impiegato pedantesco, aggiunse ancora delle spiegazioni che non finivano più, sull'importanza che poteva avere l'intervento del medico nel destino economico di una famiglia. Mezz'ora in più di respiro poteva decidere del destino di un patrimonio.

Piangevo oramai anche perché compassionavo me stesso per dover star a sentire tali cose in simile momento. Ero esausto e cessai dal discutere. Tanto le mignatte erano già state applicate!

Il medico è una potenza quando si trova al letto di un ammalato ed io al dottor Coprosich usai ogni riguardo. Dev'essere stato per tale riguardo ch'io non osai di proporre un consulto, cosa che mi rimprovererai per lunghi anni. Ora anche quel rimorso è morto insieme a tutti i miei altri sentimenti di cui parlo qui con la freddezza con cui racconterei di avvenimenti toccati ad un estraneo. Nel mio cuore, di quei giorni, non v'è altro residuo che l'antipatia per quel medico che tuttavia si ostina a vivere.

Più tardi andammo ancora una volta al letto di mio padre. Lo trovammo che dormiva adagiato sul fianco destro. Gli avevano posta una pezzuola sulla tempia per coprire le ferite prodotte dalle mignatte. Il dottore volle subito provare se la sua coscienza avesse aumentato e gli gridò nelle orecchie. L'ammalato non reagì in alcun modo.

– Meglio così! – dissi io con grande coraggio, ma sempre piangendo.

– L'effetto atteso non potrà mancare! – rispose il dottore. – Non vede che la respirazione s'è già modificata?

Infatti, frettolosa e affaticata, la respirazione non formava più quei periodi che mi avevano spaventato.

L'infermiere disse qualche cosa al medico che annuì. Si trattava di provare al malato la camicia di forza. Trassero quell'ordigno dalla valigia e alzarono mio padre obbligandolo a star seduto sul letto. Allora l'ammalato aperse gli occhi: erano foschi, non ancora aperti alla luce. Io singhiozzai ancora, temendo che subito guardassero e vedessero tutto. Invece, quando la testa dell'ammalato ritornò sul guanciale, quegli occhi si rinchiusero, come quelli di certe bambole.

Il dottore trionfò:

– È tutt'altra cosa; – mormorò.

Sì: era tutt'altra cosa! Per me nient'altro che una grave minaccia. Con fervore baciai mio padre sulla fronte e nel pensiero gli augurai:

– Oh, dormi! Dormi fino ad arrivare al sonno eterno!

Ed è così che augurai a mio padre la morte, ma il dottore non l'indovinò perché mi disse bonariamente:

– Anche a lei fa piacere, ora, di vederlo ritornare in sé!

Quando il dottore partì, l'alba era spuntata. Un'alba fosca, esitante. Il vento che soffiava ancora a raffiche, mi parve meno violento, benché sollevasse tuttavia la neve ghiacciata.

Accompagnai il dottore in giardino. Esageravo gli atti di cortesia perché non indovinasse il mio livore. La mia faccia significava solo considerazione e rispetto. Mi concessi una smorfia di disgusto, che mi sollevò dallo sforzo, solo quando lo vidi allontanare per il viottolo che conduceva all'uscita della villa. Piccolo e nero in mezzo alla neve, barcollava e si fermava ad ogni raffica per poter resistere meglio. Non mi bastò quella smorfia e sentii il bisogno di altri atti violenti, dopo tanto sforzo. Camminai per qualche minuto per il viale, nel freddo, a capo scoperto, pestando irosamente i piedi nella neve alta. Non so però se tanta ira puerile fosse rivolta al dottore o non piuttosto a me stesso. Prima di tutto a me stesso, a me che avevo voluto morto mio padre e che non avevo osato dirlo. Il mio silenzio convertiva quel mio desiderio ispirato dal più puro affetto filiale, in un vero delitto che mi pesava orrendamente.

L'ammalato dormiva sempre. Solo disse due parole che io non intesi, ma nel più calmo tono di conversazione, stranissimo perché interruppe il suo respiro sempre frequentissimo tanto lontano da ogni calma. S'avvicinava alla coscienza e alla disperazione?

Maria era ora seduta accanto al letto assieme all'infermiere. Costui m'ispirò fiducia e mi dispiacque solo per certa sua coscienziosità esagerata. Si oppose alla proposta di Maria di far prendere all'ammalato un cucchiaino di brodo ch'essa credeva un buon farmaco. Ma il medico non aveva parlato di brodo e l'infermiere volle si attendesse il suo ritorno per decidere un'azione tanto importante. Parlò imperioso più di quanto la cosa meritasse. La povera Maria non insistette ed io neppure. Ebbi però un'altra smorfia di disgusto.

M'indussero a coricarmi perché avrei dovuto passare la notte con l'infermiere ad assistere l'ammalato presso il quale bastava fossimo in due; uno poteva riposare sul sofà. Mi coricai e m'addormentai subito, con completa, gradevole perdita della coscienza e – ne son sicuro – non interrotta da alcun barlume di sogno.

Invece la notte scorsa, dopo di aver passata parte della giornata di ieri a raccogliere questi miei ricordi, ebbi un sogno vivissimo che mi riportò con un salto enorme, attraverso il tempo, a quei giorni. Mi rivedevo col dottore nella stessa stanza ove avevamo discusso di mignatte e camicie di forza, in quella stanza che ora ha tutt'altro aspetto perché è la stanza da letto mia e di moglie. Io insegnavo al dottore il modo di curare e guarire mio padre, mentre lui (non vecchio e cadente com'è ora, ma vigoroso e nervoso com'era allora) con ira, gli occhiali in mano e gli occhi disorientati, urlava che non valeva la pena di fare tante cose. Diceva proprio così: «Le mignatte lo richiamerebbero alla vita e al dolore e non bisogna applicargliele!». Io invece battevo il pugno su un libro di medicina ed urlavo: «Le mignatte! Voglio le mignatte! Ed anche la camicia di forza!».

Pare che il mio sogno si sia fatto rumoroso perché mia moglie l'interruppe destandomi. Ombre lontane! Io credo che per scorgervi occorra un ausilio ottico e sia questo che vi capovolga.

Il mio sonno tranquillo è l'ultimo ricordo di quella giornata. Poi seguirono alcuni lunghi giorni di cui ogni ora somigliava all'altra. Il tempo s'era migliorato; si diceva che s'era migliorato anche lo stato di mio padre. Egli si moveva liberamente nella stanza e aveva cominciata la sua corsa in cerca d'aria, dal letto alla poltrona. Traverso alle finestre chiuse guardava per istanti anche il giardino coperto di neve abbacinante al sole. Ogni qualvolta entravo in quella stanza ero pronto per discutere ed annebbiare quella coscienza che il Coprosich aspettava. Ma mio padre ogni giorno dimostrava bensì di sentire e intendere meglio, ma quella coscienza era sempre lontana.

Purtroppo debbo confessare che al letto di morte di mio padre io albergai nell'animo un grande rancore che stranamente s'avvinse al mio dolore e lo falsificò. Questo rancore era dedicato prima di tutto al Coprosich ed era aumentato dal mio sforzo di celarglielo. Ne avevo poi anche con me stesso che non sapevo riprendere la discussione col dottore per dirgli chiaramente ch'io non davo un fico secco per la sua scienza e che auguravo a mio padre la morte pur di risparmiargli il dolore.

Anche con l'ammalato finii coll'averne. Chi ha provato di restare per giorni e settimane accanto ad un ammalato inquieto, essendo inadatto a fungere da infermiere, e perciò spettatore passivo di tutto ciò che gli altri fanno, m'intenderà. Io poi avrei avuto bisogno di un grande riposo per chiarire il mio animo e anche regolare e forse assaporare il mio dolore per mio padre e per me. Invece dovevo ora lottare per fargli ingoiare la medicina ed ora per impedirgli di uscire dalla stanza. La lotta produce sempre del rancore.

Una sera Carlo, l'infermiere, mi chiamò per farmi constatare in mio padre un nuovo progresso. Corsi col cuore in tumulto all'idea che il vecchio potesse accorgersi della propria malattia e rimproverarmela.

Mio padre era in mezzo alla stanza in piedi, vestito della sola biancheria, con in testa il suo berretto da notte di seta rossa. Benché l'affanno fosse sempre fortissimo, egli diceva di tempo in tempo qualche breve parola assennata. Quand'io entrai, egli disse a Carlo:

– Apri!

Voleva che si aprisse la finestra. Carlo rispose che non poteva farlo causa il grande freddo. E mio padre per un certo tempo dimenticò la propria domanda. Andò a sedersi su una poltrona accanto alla finestra e vi si stese cercando sollievo. Quando mi vide, sorrise e mi domandò:

– Hai dormito?

Non credo che la mia risposta lo raggiungesse. Non era quella la coscienza ch'io avevo tanto temuto. Quando si muore si ha ben altro da fare che di pensare alla morte. Tutto il suo organismo era dedicato alla respirazione. E invece di starmi a sentire egli gridò di nuovo a Carlo:

– Apri!

Non aveva riposo. Lasciava la poltrona per mettersi in piedi. Poi con grande fatica e con l'aiuto dell'infermiere si coricava sul letto adagiandovisi prima per un attimo sul fianco sinistro eppoi subito sul fianco destro su cui sapeva resistere per qualche minuto. Invocava di nuovo l'aiuto dell'infermiere per rimettersi in piedi e finiva col ritornare alla poltrona ove restava talvolta più a lungo.

Quel giorno, passando dal letto alla poltrona, si fermò dinanzi allo specchio e, rimirandovisi, mormorò:

– Sembro un Messicano!

Io penso che fosse per togliersi all'orrenda monotonia di quella corsa dal letto alla poltrona ch'egli quel giorno abbia tentato di fumare. Arrivò a riempire la bocca di una sola fumata che subito soffiò via affannato.

Carlo m'aveva chiamato per farmi assistere ad un istante di chiara coscienza nell'ammalato:

– Sono dunque gravemente ammalato? – aveva domandato con angoscia. Tanta coscienza non ritornò più. Invece poco dopo ebbe un istante di delirio. Si levò dal letto e credette di essersi destato dopo una notte di sonno in un albergo di Vienna. Deve aver sognato di Vienna per il desiderio della frescura nella bocca arsa ricordando l'acqua buona e ghiacciata che v'è in quella città. Parlò subito dell'acqua buona che l'aspettava alla prossima fontana.

Del resto era un malato inquieto, ma mite. Io lo paventavo perché temevo sempre di vederlo inasprirsi quando avesse compresa la sua situazione e perciò la sua mitezza non arrivava ad attenuare la mia grande fatica, ma egli accettava obbediente qualunque proposta gli fosse fatta perché da tutte si aspettava di poter venir salvato dal suo affanno. L'infermiere si offerse di andargli a prendere un bicchiere di latte ed egli accettò con vera gioia. Con la stessa ansietà con cui poi attese di ottenere quel latte, volle esserne liberato dopo di averne ingoiato un sorso scarso e poiché non subito fu compiaciuto, lasciò cadere quel bicchiere a terra.

Il dottore non si mostrava mai deluso dello stato in cui trovava il malato. Ogni giorno constatava un miglioramento, ma vedeva imminente la catastrofe. Un giorno venne in vettura ed ebbe fretta di andarsene. Mi raccomandò d'indurre l'ammalato di restar coricato più a lungo che fosse possibile perché la posizione orizzontale era la migliore per la circolazione. Ne fece raccomandazione anche a mio padre stesso il quale intese e, con aspetto intelligentissimo, promise, restando però in piedi in mezzo alla stanza e ritornando subito alla sua distrazione o meglio a quello ch'io dicevo la meditazione sul suo affanno.

Durante la notte che seguì, ebbi per l'ultima volta il terrore di veder risorgere quella coscienza ch'io tanto temevo. Egli s'era seduto sulla poltrona accanto alla finestra e guardava traverso i vetri, nella notte chiara, il cielo tutto stellato. La sua respirazione era sempre affannosa, ma non sembrava ch'egli ne soffrisse assorto com'era a guardare in alto. Forse a causa della respirazione, pareva che la sua testa facesse dei cenni di consenso.
Pensai con spavento: «Ecco ch'egli si dedica ai problemi che sempre evitò». Cercai di scoprire il punto esatto del cielo ch'egli fissava. Egli guardava, sempre eretto sul busto, con lo sforzo di chi spia traverso un pertugio situato troppo in alto. Mi parve guardasse le Pleiadi. Forse in tutta la sua vita egli non aveva guardato sì a lungo tanto lontano. Improvvisamente si volse a me, sempre restando eretto sul busto:
– Guarda! Guarda! – mi disse con un aspetto severo di ammonizione. Tornò subito a fissare il cielo e indi si volse di nuovo a me:
– Hai visto? Hai visto?
Tentò di ritornare alle stelle, ma non poté: si abbandonò esausto sullo schenale della poltrona e quando io gli domandai che cosa avesse voluto mostrarmi, egli non m'intese né ricordò di aver visto e di aver voluto ch'io vedessi. La parola che aveva tanto cercata per consegnarmela, gli era sfuggita per sempre.
La notte fu lunga ma, debbo confessarlo, non specialmente affaticante per me e per l'infermiere. Lasciavamo fare all'ammalato quello che voleva, ed egli camminava per la stanza nel suo strano costume, inconsapevole del tutto di attendere la morte. Una volta tentò di uscire sul corridoio ove faceva tanto freddo. Io glielo impedii ed egli m'obbedì subito. Un'altra volta, invece, l'infermiere che aveva sentita la raccomandazione del medico, volle impedirgli di levarsi dal letto, ma allora mio padre si ribellò. Uscì dal suo stupore, si levò piangendo e bestemmiando ed io ottenni gli fosse lasciata la libertà di moversi

com'egli voleva. Egli si quietò subito e ritornò alla sua vita silenziosa e alla sua corsa vana in cerca di sollievo.

Quando il medico ritornò, egli si lasciò esaminare tentando persino di respirare più profondamente come gli si domandava. Poi si rivolse a me:
– Che cosa dice?

Mi abbandonò per un istante, ma ritornò subito a me:
– Quando potrò uscire?

Il dottore incoraggiato da tanta mitezza mi esortò a dirgli che si forzasse di restare più a lungo nel letto. Mio padre ascoltava solo le voci a cui era più abituato, la mia e quelle di Maria e dell'infermiere. Non credevo all'efficacia di quelle raccomandazioni, ma tuttavia le feci mettendo nella mia voce anche un tono di minaccia.

– Sì, sì, – promise mio padre e in quello stesso istante si levò e andò alla poltrona.

Il medico lo guardò e, rassegnato, mormorò:
– Si vede che un mutamento di posizione gli dà un po' di sollievo.

Poco dopo ero a letto, ma non seppi chiuder occhio. Guardavo nell'avvenire indagando per trovare perché e per chi avrei potuto continuare i miei sforzi di migliorarmi. Piansi molto, ma piuttosto su me stesso che sul disgraziato che correva senza pace per la sua camera.

Quando mi levai, Maria andò a coricarsi ed io restai accanto a mio padre insieme all'infermiere. Ero abbattuto e stanco; mio padre più irrequieto che mai.

Fu allora che avvenne la scena terribile che non dimenticherò mai e che gettò lontano lontano la sua ombra, che offuscò ogni mio coraggio, ogni mia gioia. Per dimenticarne il dolore, fu d'uopo che ogni mio sentimento fosse affievolito dagli anni.

L'infermiere mi disse:
– Come sarebbe bene se riuscissimo di tenerlo a letto. Il dottore vi dà tanta importanza!

Fino a quel momento io ero rimasto adagiato sul sofà. Mi levai e andai al letto ove, in quel momento, ansante più che mai, l'ammalato s'era coricato. Ero deciso: avrei costretto mio padre di restare almeno per mezz'ora nel riposo voluto dal medico. Non era questo il mio dovere?

Subito mio padre tentò di ribaltarsi verso la sponda del letto per sottrarsi alla mia pressione e levarsi. Con mano vigorosa poggiata sulla sua spalla, gliel'impedii mentre a voce alta e imperiosa gli comandavo di non moversi. Per un breve istante, terrorizzato, egli obbedì. Poi esclamò:

– Muoio!

E si rizzò. A mia volta, subito spaventato dal suo grido, rallentai la pressione della mia mano. Perciò egli poté sedere sulla sponda del letto proprio di faccia a me. Io penso che allora la sua ira fu aumentata al trovarsi – sebbene per un momento solo – impedito nei movimenti e gli parve certo ch'io gli togliessi anche l'aria di cui aveva tanto bisogno, come gli toglievo la luce stando in piedi contro di lui seduto. Con uno sforzo supremo arrivò a mettersi in piedi, alzò la mano alto alto, come se avesse saputo ch'egli non poteva comunicarle altra forza che quella del suo peso e la lasciò cadere sulla mia guancia. Poi scivolò sul letto e di là sul pavimento. Morto!

Non lo sapevo morto, ma mi si contrasse il cuore dal dolore della punizione ch'egli, moribondo, aveva voluto darmi. Con l'aiuto di Carlo lo sollevai e lo riposi in letto. Piangendo, proprio come un bambino punito, gli gridai nell'orecchio:

– Non è colpa mia! Fu quel maledetto dottore che voleva obbligarti di star sdraiato!

Era una bugia. Poi, ancora come un bambino, aggiunsi la promessa di non farlo più:

– Ti lascerò movere come vorrai.

L'infermiere disse:

– È morto.

Dovettero allontanarmi a viva forza da quella stanza. Egli era morto ed io non potevo più provargli la mia innocenza!

Nella solitudine tentai di riavermi. Ragionavo: era escluso che mio padre, ch'era sempre fuori di sensi, avesse potuto risolvere di punirmi e dirigere la sua mano con tanta esattezza da colpire la mia guancia.

Come sarebbe stato possibile di avere la certezza che il mio ragionamento era giusto? Pensai persino di dirigermi a Coprosich. Egli, quale medico, avrebbe potuto dirmi qualche cosa sulle capacità di risolvere e agire di un moribondo. Potevo anche essere stato vittima di un atto provocato da un tentativo di facilitarsi la respirazione! Ma col dottor Coprosich non parlai. Era impossibile di andar a rivelare a lui come mio padre si fosse congedato da me. A lui, che m'aveva già accusato di aver mancato di affetto per mio padre!

Fu un ulteriore grave colpo per me quando sentii che Carlo, l'infermiere, in cucina, di sera, raccontava a Maria: – Il padre alzò alto alto la mano e con l'ultimo suo atto picchiò il figliuolo. – Egli lo sapeva e perciò Coprosich l'avrebbe risaputo.

Quando mi recai nella stanza mortuaria, trovai che avevano vestito il cadavere. L'infermiere doveva anche avergli ravviata la bella, bianca chioma. La morte aveva già irrigidito quel corpo che giaceva superbo e minaccioso. Le sue mani grandi, potenti, ben formate, erano livide, ma giacevano con tanta naturalezza che parevano pronte ad afferrare e punire. Non volli, non seppi più rivederlo.

Poi, al funerale, riuscii a ricordare mio padre debole e buono come l'avevo sempre conosciuto dopo la mia infanzia e mi convinsi che quello schiaffo che m'era stato inflitto da lui moribondo, non era stato da lui voluto. Divenni buono, buono e il ricordo di mio padre s'accompagnò a me, divenendo sempre più dolce. Fu come un sogno delizioso: eravamo oramai perfettamente d'accordo, io divenuto il più debole e lui il più forte.

Ritornai e per molto tempo rimasi nella religione della mia infanzia. Immaginavo che mio padre mi sentisse e potessi dirgli che la colpa non era stata mia, ma del dottore. La bugia non aveva importanza perché egli oramai intendeva tutto ed io pure. E per parecchio tempo i colloqui con mio padre continuarono dolci e celati come un amore illecito, perché io dinanzi a tutti continuai a ridere di ogni pratica religiosa, mentre è vero – e qui voglio confessarlo – che io a qualcuno giornalmente e ferventemente raccomandai l'anima di mio padre. È proprio la religione vera quella che non occorre professare ad alta voce per averne il conforto di cui qualche volta – raramente – non si può fare a meno.

5.
LA STORIA DEL MIO MATRIMONIO

Nella mente di un giovine di famiglia borghese il concetto di vita umana s'associa a quello della carriera e nella prima gioventù la carriera è quella di Napoleone I. Senza che perciò si sogni di diventare imperatore perché si può somigliare a Napoleone restando molto ma molto più in basso. La vita più intensa è raccontata in sintesi dal suono più rudimentale, quello dell'onda del mare, che, dacché si forma, muta ad ogni istante finché non muore! M'aspettavo perciò anch'io di divenire e disfarmi come Napoleone e l'onda.

La mia vita non sapeva fornire che una nota sola senz'alcuna variazione, abbastanza alta e che taluni m'invidiano, ma orribilmente tediosa. I miei amici mi conservarono durante tutta la mia vita la stessa stima e credo che neppur io, dacché son giunto all'età della ragione, abbia mutato di molto il concetto che feci di me stesso.

Può perciò essere che l'idea di sposarmi mi sia venuta per la stanchezza di emettere e sentire quell'unica nota. Chi non l'ha ancora sperimentato crede il matrimonio più importante di quanto non sia. La compagna che si sceglie rinnoverà, peggiorando o migliorando, la propria razza nei figli, ma madre natura che questo vuole e che per via diretta non saprebbe dirigerci, perché in allora ai figli non pensiamo affatto, ci dà a credere che dalla moglie risulterà anche un rinnovamento nostro, ciò ch'è un'illusione curiosa non autorizzata da alcun testo. Infatti si vive poi uno accanto all'altro, immutati, salvo che per una nuova antipatia per chi è tanto dissimile da noi o per un'invidia per chi a noi è superiore.

Il bello si è che la mia avventura matrimoniale esordì con la conoscenza del mio futuro suocero e con l'amicizia e l'ammirazione che gli dedicai prima che avessi saputo ch'egli era il padre di ragazze da marito. Perciò è evidente che non fu una risoluzione quella che mi fece procedere verso la mèta ch'io ignoravo. Trascurai una fanciulla che per un momento avrei creduto facesse al caso mio e restai attaccato al mio futuro suocero. Mi verrebbe voglia di credere anche nel destino.

Il desiderio di novità che c'era nel mio animo veniva soddisfatto da Giovanni Malfenti ch'era tanto differente da me e da tutte le persone di cui io fino ad allora avevo ricercato la compagnia e l'amicizia. Io ero abbastanza cólto essendo passato attraverso due facoltà universitarie eppoi per la mia lunga inerzia, ch'io credo molto istruttiva. Lui, invece, era un grande negoziante, ignorante ed attivo. Ma dalla sua ignoranza gli risultava forza e serenità ed io m'incantavo a guardarlo, invidiandolo.

Il Malfenti aveva allora circa cinquant'anni, una salute ferrea, un corpo enorme alto e grosso del peso di un quintale e più. Le poche idee che gli si movevano nella grossa testa erano svolte da lui con tanta chiarezza, sviscerate con tale assiduità, applicate evolvendole ai tanti nuovi affari di ogni giorno, da divenire sue parti, sue membra, suo carattere. Di tali idee io ero ben povero e m'attaccai a lui per arricchire.

Ero venuto al Tergesteo per consiglio dell'Olivi che mi diceva sarebbe stato un buon esordio alla mia attività commerciale frequentare la Borsa e che da quel luogo avrei anche potuto procurargli delle utili notizie. M'assisi a quel tavolo al quale troneggiava il mio futuro suocero e di là non mi mossi più, sembrandomi di essere arrivato ad una vera cattedra commerciale, quale la cercavo da tanto tempo.

Egli presto s'accorse della mia ammirazione e vi corrispose con un'amicizia che subito mi parve paterna. Che egli avesse saputo subito come le cose sarebbero andate a finire? Quando, entusiasmato dall'esempio della sua grande attività, una sera dichiarai di voler liberarmi dall'Olivi e dirigere io stesso i miei affari, egli me ne sconsigliò e parve persino allarmato dal mio proposito. Potevo dedicarmi al commercio, ma dovevo tenermi sempre solidamente legato all'Olivi ch'egli conosceva.

Era dispostissimo ad istruirmi, ed anzi annotò di propria mano nel mio libretto tre comandamenti ch'egli riteneva bastassero per far prosperare qualunque ditta: 1. Non occorre saper lavorare, ma chi non sa far lavorare gli altri perisce. 2. Non c'è che un solo grande rimorso, quello di non aver saputo fare il proprio interesse. 3. In affari la teoria è utilissima, ma è adoperabile solo quando l'affare è stato liquidato.

Io so questi e tanti altri teoremi a mente, ma a me non giovarono.

Quando io ammiro qualcuno, tento immediatamente di somigliargli. Copiai anche il Malfenti. Volli essere e mi sentii molto astuto. Una volta anzi sognai d'essere più furbo di lui. Mi pareva di aver scoperto un errore nella sua organizzazione commerciale: volli dirglielo subito per conquistarmi la sua stima. Un giorno al tavolo del Tergesteo l'arrestai quando, discutendo di un affare, stava dando della bestia ad un suo interlocutore. L'avvertii ch'io trovavo ch'egli sbagliava di proclamare con tutti la sua furberia. Il vero furbo, in commercio, secondo me, doveva fare in modo di apparire melenso.

Egli mi derise. La fama di furberia era utilissima. Intanto molti venivano a prender consiglio da lui e gli portavano delle notizie fresche mentre lui dava loro dei consigli utilissimi confermati da un'esperienza raccolta dal Medio Evo in poi. Talvolta egli aveva l'opportunità di aver insieme alle notizie anche la possibilità di vendere delle merci. Infine – e qui si mise ad urlare perché gli parve d'aver trovato finalmente l'argomento che doveva convincermi – per vendere o per comperare vantaggiosamente, tutti si rivolgevano al più furbo. Dal melenso non potevano sperare altro fuorché indurlo a sacrificare ogni suo beneficio, ma la sua merce era sempre più cara di quella del furbo, perché egli era stato già truffato al momento dell'acquisto.

Io ero la persona più importante per lui a quel tavolo. Mi confidò suoi segreti commerciali ch'io mai tradii. La sua fiducia era messa benissimo, tant'è vero che poté ingannarmi due volte, quand'ero già divenuto suo genero. La prima volta la sua accortezza mi costò bensì del denaro, ma fu l'Olivi ad esser l'ingannato e perciò io non mi dolsi troppo. L'Olivi m'aveva mandato da lui per averne accortamente delle notizie e le ebbe. Le ebbe tali che non me la perdonò più e quando aprivo la bocca per dargli un'informazione, mi domandava: «Da chi l'avete avuta? Da vostro suocero?». Per difendermi dovetti difendere Giovanni e finii col sentirmi piuttosto l'imbroglione che l'imbrogliato. Un sentimento gradevolissimo.

Ma un'altra volta feci proprio io la parte dell'imbecille, ma neppure allora seppi nutrire del rancore per mio suocero. Egli provocava ora la mia invidia ed ora la mia ilarità. Vedevo nella mia disgrazia l'esatta applicazione dei suoi principii ch'egli giammai m'aveva spiegati tanto bene. Trovò anche il modo di riderne con me, mai confessando di avermi ingannato e asserendo di dover ridere dell'aspetto comico della mia disdetta. Una sola volta egli confessò di avermi giocato quel tiro e ciò fu alle nozze di sua figlia Ada (non con me) dopo di aver bevuto dello sciampagna che turbò quel grosso corpo abbeverato di solito da acqua pura.

Allora egli raccontò il fatto, urlando per vincere l'ilarità che gl'impediva la parola:

– Capita dunque quel decreto! Abbattuto sto facendo il calcolo di quanto mi costi. In quel momento entra mio genero. Mi dichiara che vuol dedicarsi al commercio. «Ecco una bella occasione», gli dico. Egli si precipita sul documento per firmare temendo che l'Olivi potesse arrivare in tempo per impedirglielo e l'affare è fatto. – Poi mi faceva delle grandi lodi: – Conosce i classici a mente. Sa chi ha detto questo e chi ha detto quello. Non sa però leggere un giornale!

Era vero! Se avessi visto quel decreto apparso in luogo poco vistoso dei cinque giornali ch'io giornalmente leggo, non sarei caduto in trappola. Avrei dovuto anche subito intendere quel decreto e vederne le conseguenze ciò che non era tanto facile perché con esso si riduceva il tasso di un dazio per cui la merce di cui si trattava veniva deprezzata.

Il giorno dopo mio suocero smentì le sue confessioni. L'affare in bocca sua riacquistava la fisonomia che aveva avuta prima di quella cena. – Il vino inventa, – diceva egli serenamente e restava acquisito che il decreto in questione era stato pubblicato due giorni dopo la conclusione di quell'affare. Mai egli emise la supposizione che se avessi visto quel decreto avrei potuto fraintenderlo. Io ne fui lusingato, ma non era per gentilezza, ch'egli mi risparmiasse, ma perché pensava che tutti leggendo i giornali ricordino i proprii interessi. Invece io, quando leggo un giornale, mi sento trasformato in opinione pubblica e vedendo la riduzione di un dazio ricordo Cobden e il liberismo. È un pensiero tanto importante che non resta altro posto per ricordare la mia merce.

Una volta però m'avvenne di conquistare la sua ammirazione e proprio per me, come sono e giaccio, ed anzi proprio per le mie qualità peggiori. Possedevamo io e lui da vario tempo delle azioni di una fabbrica di zucchero dalla quale si attendevano miracoli. Invece le azioni ribassavano, tenuemente, ma ogni giorno, e Giovanni, che non intendeva di nuotare contro corrente, si disfece delle sue e mi convinse di vendere le mie. Perfettamente d'accordo, mi proposi di dare quell'ordine di vendita al mio agente e intanto ne presi nota in un libretto che in quel torno di tempo avevo di nuovo istituito. Ma si sa che la tasca non si vede durante il giorno e così per varie sere ebbi la sorpresa di ritrovare nella mia quell'annotazione al momento di coricarmi e troppo tardi perché mi servisse. Una volta gridai dal dispiacere e, per non dover dare troppe spiegazioni a mia moglie le dissi che m'ero morsa la lingua. Un'altra volta, stupito di tanta sbadataggine, mi morsi le mani. «Occhio ai piedi, ora!» disse mia moglie ridendo. Poi non vi furono altri malanni perché vi ero abituato. Guardavo istupidito quel maledetto libretto troppo sottile per farsi percepire durante il giorno con la sua pressione e non ci pensavo più sino alla sera appresso.

Un giorno un improvviso acquazzone mi costrinse di rifugiarmi al Tergesteo. Colà trovai per caso il mio agente il quale mi raccontò che negli ultimi otto giorni il prezzo di quelle azioni s'era quasi raddoppiato.

– Ed io ora vendo! – esclamai trionfalmente.

Corsi da mio suocero il quale già sapeva dell'aumento di prezzo di quelle azioni e si doleva di aver vendute le sue e un po' meno di avermi indotto a vendere le mie.

– Abbi pazienza! – disse ridendo. – È la prima volta che perdi per aver seguito un mio consiglio.

L'altro affare non era risultato da un suo consiglio ma da una sua proposta ciò che, secondo lui, era molto differente.

Io mi misi a ridere di gusto.

– Ma io non ho mica seguito quel consiglio! – Non mi bastava la fortuna e tentai di farmene un merito. Gli raccontai che le azioni sarebbero state vendute solo la dimane e, assumendo un'aria d'importanza, volli fargli credere che io avessi avuto delle notizie che avevo dimenticato di dargli e che m'avevano indotto a non tener conto del suo consiglio.

Torvo e offeso mi parlò senza guardarmi in faccia. – Quando si ha una mente come la tua non ci si occupa di affari. E quando capita di aver commessa una tale malvagità, non la si confessa. Hai da imparare ancora parecchie cose, tu.

Mi spiacque d'irritarlo. Era tanto più divertente quand'egli danneggiava me. Gli raccontai sinceramente com'erano andate le cose.

– Come vedi è proprio con una mente come la mia che bisogna dedicarsi agli affari.

Subito rabbonito, rise con me:

– Non è un utile quello che ricavi da tale affare; è un indenizzo. Quella tua testa ti costò già tanto, ch'è giusto ti rimborsi di una parte della tua perdita!

Non so perché mi fermai tanto a raccontare dei dissidi ch'ebbi con lui e che sono tanto pochi. Io gli volli veramente bene, tant'è vero che ricercai la sua compagnia ad onta che avesse l'abitudine di urlare per pensare più chiaramente. Il mio timpano sapeva sopportare le sue urla. Se le avesse gridate meno, quelle sue teorie immorali sarebbero state più offensive e, se egli fosse stato educato meglio, la sua forza sarebbe sembrata meno importante. E ad onta ch'io fossi tanto differente da lui, credo ch'egli abbia corrisposto al mio con un affetto simile. Lo saprei con maggiore sicurezza se egli non fosse morto tanto presto. Continuò a darmi assiduamente delle lezioni dopo il mio matrimonio e le condì spesso di urla ed insolenze che io accettavo convinto di meritarle.

Sposai sua figlia. Madre natura misteriosa mi diresse e si vedrà con quale violenza imperativa. Adesso io talvolta scruto le faccie dei miei figliuoli e indago se accanto al mento sottile mio, indizio di debolezza, accanto agli occhi di sogno miei, ch'io loro tramandai, non vi sia in loro almeno qualche tratto della forza brutale del nonno ch'io loro elessi.

E alla tomba di mio suocero io piansi ad onta che anche l'ultimo addio che mi diede non sia stato troppo affettuoso. Dal suo letto di morte mi disse che ammirava la mia sfacciata fortuna che mi permetteva di movermi liberamente mentre lui era crocifisso su quel letto. Io, stupito, gli domandai che cosa gli avessi fatto per fargli desiderare di vedermi malato. Ed egli mi rispose proprio così:

– Se dando a te la mia malattia io potessi liberarmene, te la darei subito, magari raddoppiata! Non ho mica le ubbie umanitarie che hai tu!

Non v'era niente di offensivo: egli avrebbe voluto ripetere quell'altro affare col quale gli era riuscito di caricarmi di una merce deprezzata. Poi anche qui c'era stata la carezza perché a me non spiaceva di veder spiegata la mia debolezza con le ubbie umanitarie ch'egli mi attribuiva.

Alla sua tomba come a tutte quelle su cui piansi, il mio dolore fu dedicato anche a quella parte di me stesso che vi era sepolta. Quale diminuzione per me venir privato di quel mio secondo padre, ordinario, ignorante, feroce lottatore che dava risalto alla mia debolezza, la mia cultura, la mia timidezza. Questa è la verità: io sono un timido! Non l'avrei scoperto se non avessi qui studiato Giovanni. Chissà come mi sarei conosciuto meglio se egli avesse continuato a starmi accanto!

Presto m'accorsi che al tavolo del Tergesteo, dove si divertiva a rivelarsi quale era e anche un poco peggiore, Giovanni s'imponeva una riserva: non parlava mai di casa sua o soltanto quando vi era costretto, compostamente e con voce un poco più dolce del solito. Portava un grande rispetto alla sua casa e forse non tutti coloro che sedevano a quel tavolo gli sembravano degni di saperne qualche cosa. Colà appresi soltanto che le sue quattro figliuole avevano tutti i nomi dall'iniziale in a, una cosa praticissima, secondo lui, perché le cose su cui era impressa quell'iniziale potevano passare dall'una all'altra, senz'aver da subire dei mutamenti. Si chiamavano (seppi subito a mente quei nomi): Ada, Augusta, Alberta e Anna. A quel tavolo si disse anche che tutt'e quattro erano belle. Quell'iniziale mi colpì molto più di quanto meritasse. Sognai di quelle quattro fanciulle legate tanto bene insieme dal loro nome. Pareva fossero da consegnarsi in fascio. L'iniziale diceva anche qualche cosa d'altro. Io mi chiamo Zeno ed avevo perciò il sentimento che stessi per prendere moglie lontano dal mio paese.

Fu forse un caso che prima di presentarmi in casa Malfenti io mi fossi liberato da un legame abbastanza antico con una donna che forse avrebbe meritato un trattamento migliore. Ma un caso che dà da pensare. La decisione a tale distacco fu presa per ragione ben lieve. Alla poverina era parso un bel sistema di legarmi meglio a lei, quello di rendermi geloso. Il sospetto invece bastò per indurmi ad abbandonarla definitivamente. Essa non poteva sapere che io allora ero invaso dall'idea del matrimonio e che credevo di non poter contrarlo con lei, solo perché con lei la novità non mi sarebbe sembrata abbastanza grande. Il sospetto ch'essa aveva fatto nascere in me ad arte era una dimostrazione della superiorità del matrimonio nel quale tali sospetti non devono sorgere. Quando quel sospetto di cui sentii presto l'inconsistenza dileguò, ricordai anche ch'essa spendeva troppo. Oggidì, dopo ventiquattr'anni di onesto matrimonio, non sono più di quel parere.

Per essa fu una vera fortuna perché, pochi mesi dopo, fu sposata da persona molto abbiente ed ottenne l'ambito mutamento prima di me. Non appena sposato, me la trovai in casa perché il marito era un amico di mio suocero. C'incontrammo spesso, ma, per molti anni, finché fummo giovani, fra noi regnò il massimo riserbo e mai si fece allusione al passato. L'altro giorno ella mi domandò a bruciapelo, con la sua faccia incorniciata da capelli grigi giovanilmente arrossata:

– Perché mi abbandonaste?

Io fui sincero perché non ebbi il tempo necessario per confezionare una bugia:

– Non lo so più, ma ignoro anche tante altre cose della mia vita.

– A me dispiace, – ella disse e già m'inchinavo al complimento che così mi prometteva. – Nella vecchiaia mi sembrate un uomo molto divertente. – Mi rizzai con uno sforzo. Non era il caso di ringraziare.

Un giorno appresi che la famiglia Malfenti era ritornata in città da un viaggio di piacere abbastanza prolungato seguito al soggiorno estivo in campagna. Non arrivai a fare alcun passo per essere introdotto in quella casa perché Giovanni mi prevenne.

Mi fece vedere la lettera di un suo amico intimo che domandava mie nuove: Era stato mio compagno di studii costui e gli avevo voluto molto bene finché l'avevo creduto destinato a divenire un grande chimico. Ora, invece, di lui non m'importava proprio niente perché s'era trasformato in un grande commerciante in concimi ed io come tale non lo conoscevo affatto. Giovanni m'invitò a casa sua proprio perché ero l'amico di quel suo amico e, – si capisce, – io non protestai affatto.

Quella prima visita io la ricordo come se l'avessi fatta ieri. Era un pomeriggio fosco e freddo d'autunno; e ricordo persino il sollievo che mi derivò dal liberarmi del soprabito nel tepore di quella casa. Stavo proprio per arrivare in porto. Ancora adesso sto ammirando tanta cecità che allora mi pareva chiaroveggenza. Correvo dietro alla salute, alla legittimità. Sta bene che in quell'iniziale *a* erano racchiuse quattro fanciulle, ma tre di loro sarebbero state eliminate subito e in quanto alla quarta anch'essa avrebbe subito un esame severo. Giudice severissimo sarei stato. Ma intanto non avrei saputo dire le qualità che avrei domandate da lei e quelle che avrei abbominate.

Nel salotto elegante e vasto fornito di mobili in due stili differenti, di cui uno Luigi XIV e l'altro veneziano ricco di oro impresso anche sui cuoi, diviso dai mobili in due parti, come allora si usava, trovai la sola Augusta che leggeva accanto ad una finestra. Mi diede la mano, sapeva il mio nome e arrivò a dirmi ch'ero atteso perché il suo babbo aveva preavvisata la mia visita. Poi corse via a chiamare la madre.

Ecco che delle quattro fanciulle dalla stessa iniziale una ne moriva in quanto mi riguardava. Come avevano fatto a dirla bella? La prima cosa che in lei si osservava era lo strabismo tanto forte che, ripensando a lei dopo di non averla vista per qualche tempo, la personificava tutta. Aveva poi dei capelli non molto abbondanti, biondi, ma di un colore fosco privo di luce e la figura intera non disgraziata, pure un po' grossa per quell'età. Nei pochi istanti in cui restai solo pensai: «Se le altre tre somigliano a questa!...»

Poco dopo il gruppo delle fanciulle si ridusse a due. Una di esse, ch'entrò con la mamma, non aveva che otto anni. Carina quella bambina dai capelli inanellati, luminosi, lunghi e sciolti sulle spalle! Per la sua faccia pienotta e dolce pareva un'angioletta pensierosa (finché stava zitta) di quel pensiero come se lo figurava Raffaello Sanzio.

Mia suocera... Ecco! Anch'io provo un certo ritegno a parlarne con troppa libertà! Da molti anni io le voglio bene perché è mia madre, ma sto raccontando una vecchia storia nella quale essa non figurò quale mia amica e intendo di non rivolgerle neppure in questo fascicolo, ch'essa mai vedrà, delle parole meno che rispettose. Del resto il suo intervento fu tanto breve che avrei potuto anche dimenticarlo: Un colpetto al momento giusto, non più forte di quanto occorse per farmi perdere il mio equilibrio labile. Forse l'avrei perduto anche senza il suo intervento, eppoi chissà se essa volle proprio quello che avvenne? È tanto bene educata che non può capitarle come al marito di bere troppo per rivelarmi i miei affari. Infatti mai le accadde nulla di simile e perciò io sto raccontando una storia che non conosco bene; non so cioè se sia dovuta alla sua furberia o alla mia bestialità ch'io abbia sposata quella delle sue figliuole ch'io non volevo.

Intanto posso dire che all'epoca di quella mia prima visita mia suocera era tuttavia una bella donna. Era elegante anche per il suo modo di vestire di un lusso poco appariscente. Tutto in lei era mite e intonato.

Avevo così nei miei stessi suoceri un esempio d'integrazione fra marito e moglie quale io la sognavo. Erano stati felicissimi insieme, lui sempre vociando e lei sorridendo di un sorriso che nello stesso tempo voleva dire consenso e compatimento. Essa amava il suo grosso uomo ed egli deve averla conquistata e conservata a furia di buoni affari. Non l'interesse, ma una vera ammirazione la legava a lui, un'ammirazione cui io partecipavo e che perciò facilmente intendevo. Tanta vivacità messa da lui in un ambito tanto ristretto, una gabbia in cui non v'era altro che una merce e due nemici (i due contraenti) ove nascevano e si scoprivano sempre delle nuove combinazioni e relazioni, animava meravigliosamente la vita. Egli le raccontava tutti i suoi affari e lei era tanto bene educata da non dare mai dei consigli perché avrebbe temuto di fuorviarlo. Egli sentiva il bisogno di tale muta assistenza e talvolta correva a casa a monologare nella convinzione di andar a prendere consiglio dalla moglie.

Non fu una sorpresa per me quando appresi ch'egli la tradiva, ch'essa lo sapeva e che non gliene serbava rancore. Io ero sposato da un anno allorché un giorno Giovanni, turbatissimo, mi raccontò che aveva smarrita una lettera di cui molto gl'importava e volle rivedere delle carte che m'aveva consegnate sperando di ritrovarla fra quelle. Invece, pochi giorni appresso, tutto lieto, mi raccontò che l'aveva ritrovata nel proprio portafogli. «Era di una donna?» domandai io, e lui accennò di sì con la testa, vantandosi della sua buona fortuna. Poi io, per difendermi, un giorno in cui m'accusavano di aver perdute delle carte, dissi a mia moglie e a mia suocera che non potevo avere la fortuna del babbo cui le carte ritornavano da sole al portafogli. Mia suocera si mise a ridere tanto di gusto ch'io non dubitai che quella carta non fosse stata rimessa a posto proprio da lei. Evidentemente nella loro relazione ciò non aveva importanza. Ognuno fa all'amore come sa e il loro, secondo me, non ne era il modo più stupido.

La signora m'accolse con grande gentilezza. Si scusò di dover tenere con sé la piccola Anna che aveva il suo quarto d'ora in cui non si poteva lasciarla con altri. La bambina mi guardava studiandomi con gli occhi serii. Quando Augusta ritornò e s'assise su un piccolo sofà posto dirimpetto a quello su cui eravamo io e la signora Malfenti, la piccina andò a coricarsi in grembo alla sorella donde m'osservò per tutto il tempo con una perseveranza che mi divertì finché non seppi quali pensieri si movessero in quella piccola testa.

La conversazione non fu subito molto divertente. La signora, come tutte le persone bene educate, era abbastanza noiosa ad un primo incontro. Mi domandava anche troppe notizie dell'amico che si fingeva m'avesse introdotto in quella casa e di cui io non ricordavo neppure il nome di battesimo.

Entrarono finalmente Ada e Alberta. Respirai: erano belle ambedue e portavano in quel salotto la luce che fino ad allora vi aveva mancato. Ambedue brune e alte e slanciate, ma molto differenti l'una dall'altra. Non era una scelta difficile quella che avevo da fare. Alberta aveva allora non più di diciasett'anni. Come la madre essa aveva – benché bruna – la pelle rosea e trasparente, ciò che aumentava l'infantilità del suo aspetto. Ada, invece, era già una donna con i suoi occhi serii in una faccia che per essere meglio nivea era un poco azzurra e la sua capigliatura ricca, ricciuta, ma accomodata con grazia e severità.

È difficile di scoprire le origini miti di un sentimento divenuto poi tanto violento, ma io sono certo che da me mancò il cosidetto *coup de foudre* per Ada. Quel colpo di fulmine, però, fu sostituito dalla convinzione ch'ebbi immediatamente che quella donna fosse quella di cui abbisognavo e che doveva addurmi alla salute morale e fisica per la santa monogamia. Quando vi ripenso resto sorpreso che sia mancato quel colpo di fulmine e che vi sia stata invece quella convinzione. È noto che noi uomini non cerchiamo nella moglie le qualità che adoriamo e disprezziamo nell'amante. Sembra dunque ch'io non abbia subito vista tutta la grazia e tutta la bellezza di Ada e che mi sia invece incantato ad ammirare altre qualità ch'io le attribuii di serietà e anche di energia, insomma, un po' mitigate, le qualità ch'io amavo nel padre suo. Visto che poi credetti (come credo ancora) di non essermi sbagliato e che tali qualità Ada da fanciulla avesse possedute, posso ritenermi un buon osservatore ma un buon osservatore alquanto cieco. Quella prima volta io guardai Ada con un solo desiderio: quello di innamorarmene perché bisognava passare per di là per sposarla. Mi vi accinsi con quell'energia ch'io sempre dedico alle mie pratiche igieniche. Non so dire quando vi riuscii; forse già nel tempo relativamente piccolo di quella prima visita.

Giovanni doveva aver parlato molto di me alle figliuole sue. Esse sapevano, fra altro, ch'ero passato nei miei studi dalla facoltà di legge a quella di chimica per ritornare – pur troppo! – alla prima. Cercai di spiegare: era certo che quando ci si rinchiudeva in una facoltà, la parte maggiore dello scibile restava coperta dall'ignoranza. E dicevo:

– Se ora su di me non incombesse la serietà della vita, – e non dissi che tale serietà io la sento da poco tempo, dacché avevo risolto di sposarmi – io sarei passato ancora di facoltà in facoltà.

Poi, per far ridere, dissi ch'era curioso ch'io abbandonassi una facoltà proprio al momento di dare gli esami.

– Era un caso – dicevo col sorriso di chi vuol far credere che stia dicendo una bugia. E invece era vero ch'io avevo cambiato di studi nelle più varie stagioni.

Partii così alla conquista di Ada e continuai sempre nello sforzo di farla ridere di me e alle spalle mie dimenticando ch'io l'avevo prescelta per la sua serietà. Io sono un po' bizzarro, ma a lei dovetti apparire veramente squilibrato. Non tutta la colpa è mia e lo si vede dal fatto che Augusta e Alberta, ch'io non avevo prescelte, mi giudicarono altrimenti. Ma Ada, che proprio allora era tanto seria da girare intorno i begli occhi alla ricerca dell'uomo ch'essa avrebbe ammesso nel suo nido, era incapace di amare la persona che la faceva ridere. Rideva, rideva a lungo, troppo a lungo e il suo riso copriva di un aspetto ridicolo la persona che l'aveva provocato. La sua era una vera inferiorità e doveva finire col danneggiarla, ma danneggiò prima me. Se avessi saputo tacere a tempo forse le cose sarebbero andate altrimenti. Intanto le avrei lasciato il tempo perché parlasse lei, mi si rivelasse e potessi guardarmene.

Le quattro fanciulle erano sedute sul piccolo sofà sul quale stavano a stento ad onta che Anna sedesse sulle ginocchia di Augusta. Erano belle così insieme. Lo constatai con un'intima soddisfazione vedendo ch'ero avviato magnificamente all'ammirazione e all'amore. Veramente belle! Il colore sbiadito di Augusta serviva a dare rilievo al color bruno delle capigliature delle altre.

Io avevo parlato dell'Università e Alberta, che stava facendo il penultimo anno del ginnasio, raccontò dei suoi studii. Si lamentò che il latino le riusciva molto difficile. Dissi di non meravigliarmene perché era una lingua che non faceva per le donne, tanto ch'io pensavo che già dagli antichi romani le donne avessero parlato l'italiano. Invece per me – asserii – il latino aveva rappresentata la materia prediletta. Poco dopo però commisi la leggerezza di fare una citazione latina che Alberta dovette correggermi. Un vero infortunio! Io non vi diedi importanza e avvertii Alberta che quando essa avesse avuto dietro di sé una diecina di semestri d'Università, anche lei avrebbe dovuto guardarsi dal fare citazioni latine.

Ada che recentemente era stata col padre per qualche mese in Inghilterra, raccontò che in quel paese molte fanciulle sapevano il latino. Poi sempre con la sua voce seria, aliena da ogni musicalità, un po' più bassa di quella che si sarebbe aspettata dalla sua gentile personcina, raccontò che le donne in Inghilterra erano tutt'altra cosa che da noi. S'associavano per scopi di beneficenza, religiosi o anche economici. Ada veniva spinta a parlare dalle sorelle che volevano riudire quelle cose che apparivano meravigliose a fanciulle della nostra città in quell'epoca. E, per compiacerle, Ada raccontò di quelle donne presidentesse, giornaliste, segretarie e propagandiste politiche che salivano il pulpito per parlare a centinaia di persone senz'arrossire e senza confondersi quando venivano interrotte o vedevano confutati i loro argomenti. Diceva semplicemente, con poco colore, senz'alcuna intenzione di far meravigliare o ridere.

Io amavo la sua parola semplice, io, che come aprivo la bocca svisavo cose o persone perché altrimenti mi sarebbe sembrato inutile di parlare. Senz'essere un oratore, avevo la malattia della parola. La parola doveva essere un avvenimento a sé per me e perciò non poteva essere imprigionata da nessun altro avvenimento.

Ma io avevo uno speciale odio per la perfida Albione e lo manifestai senza temere di offendere Ada che del resto non aveva manifestato né odio né amore per l'Inghilterra. Io vi avevo trascorso alcuni mesi, ma non vi avevo conosciuto alcun inglese di buona società visto che avevo smarrite in viaggio alcune lettere di presentazione ottenute da amici d'affari di mio padre. A Londra perciò avevo praticato solo alcune famiglie francesi ed italiane e finito col pensare che tutte le persone dabbene in quella città provenissero dal continente. La mia conoscenza dell'inglese era molto limitata. Con l'aiuto degli amici potei tuttavia intendere qualche cosa della vita di quegl'isolani e sopra tutto fui informato della loro antipatia per tutti i non inglesi.

Descrissi alle fanciulle il sentimento poco gradevole che mi veniva dal soggiorno in mezzo a nemici. Avrei però resistito e sopportata l'Inghilterra per quei sei mesi che mio padre e l'Olivi volevano infliggermi acciocché studiassi il commercio inglese (in cui intanto non m'imbattei mai perché pare si faccia in luoghi reconditi) se non mi fosse toccata un'avventura sgradevole. Ero andato da un libraio a cercare un vocabolario. In quel negozio, sul banco, riposava sdraiato un grosso, magnifico gatto àngora che proprio attirava le carezze sul soffice pelo. Ebbene! Solo perché dolcemente l'accarezzai, esso proditoriamente m'assaltò e mi graffiò malamente le mani. Da quel momento non seppi più sopportare l'Inghilterra e il giorno appresso mi trovavo a Parigi.

Augusta, Alberta e anche la signora Malfenti risero di cuore. Ada invece era stupita e credeva di avere frainteso. Era stato almeno il libraio stesso che m'aveva offeso e graffiato? Dovetti ripetermi, ciò ch'è noioso perché si ripete male.

Alberta, la dotta, volle aiutarmi:
– Anche gli antichi si lasciavano dirigere nelle loro decisioni dai movimenti degli animali.
Non accettai l'aiuto. Il gatto inglese non s'era mica atteggiato ad oracolo; aveva agito da fato!
Ada, coi grandi occhi spalancati, volle delle altre spiegazioni:
– E il gatto rappresentò per voi l'intero popolo inglese?
Com'ero sfortunato! Per quanto vera, quell'avventura a me era parsa istruttiva e interessante come se a scopi precisi fosse stata inventata. Per intenderla non bastava ricordare che in Italia dove conosco ed amo tanta gente, l'azione di quel gatto non avrebbe potuto assurgere a tale importanza? Ma io non dissi questo e dissi invece:
– È certo che nessun gatto italiano sarebbe capace di una tale azione.
Ada rise a lungo, molto a lungo. Mi parve persino troppo grande il mio successo perché m'immiserii e immiserii la mia avventura con ulteriori spiegazioni:
– Lo stesso libraio fu stupito del contegno del gatto che con tutti gli altri si comportava bene. L'avventura toccò a me perché ero io o forse perché ero italiano. *It was really disgusting* e dovetti fuggire.

Qui avvenne qualche cosa che pur avrebbe dovuto avvisarmi e salvarmi. La piccola Anna che fino ad allora era rimasta immota ad osservarmi, a gran voce si diede ad esprimere il sentimento di Ada. Gridò:
– È vero ch'è pazzo, pazzo del tutto?
La signora Malfenti la minacciò:
– Vuoi stare zitta? Non ti vergogni d'ingerirti nei discorsi dei grandi?
La minaccia fece peggio. Anna gridò:
– È pazzo! Parla coi gatti! Bisognerebbe procurarsi subito delle corde per legarlo!

Augusta, rossa dal dispiacere, si alzò e la portò via ammonendola e domandandomi nello stesso tempo scusa. Ma ancora alla porta la piccola vipera poté fissarmi negli occhi, farmi una brutta smorfia e gridarmi.

– Vedrai che ti legheranno!

Ero stato assaltato tanto impensatamente che non subito seppi trovare il modo di difendermi. Mi sentii però sollevato all'accorgermi che anche Ada era dispiacente di veder dare espressione a quel modo al suo proprio sentimento. L'impertinenza della piccina ci riavvicinava.

Raccontai ridendo di cuore ch'io a casa possedevo un certificato regolarmente bollato che attestava in tutte le forme la mia sanità di mente. Così appresero del tiro che avevo giocato al mio vecchio padre. Proposi di produrre quel certificato alla piccola Annuccia.

Quando accennai di andarmene non me lo permisero. Volevano che prima dimenticassi i graffi inflittimi da quell'altro gatto. Mi trattennero con loro, offrendomi una tazza di tè.

È certo ch'io oscuramente sentii subito che per esser gradito da Ada avrei dovuto essere un po' differente di quanto ero; pensai che mi sarebbe stato facile di divenire quale essa mi voleva. Si continuò a parlare della morte di mio padre e a me parve che rivelando il grande dolore che tuttavia mi pesava, la seria Ada avrebbe potuto sentirlo con me. Ma subito, nello sforzo di somigliarle, perdetti la mia naturalezza e perciò da lei – come si vide subito – m'allontanai. Dissi che il dolore per una simile perdita era tale che se io avessi avuto dei figliuoli avrei cercato di fare in modo che m'amassero meno per risparmiare loro più tardi di soffrire tanto per la mia dipartita. Fui un poco imbarazzato quando mi domandarono in qual modo mi sarei comportato per raggiungere tale scopo. Maltrattarli e picchiarli? Alberta, ridendo, disse:

– Il mezzo più sicuro sarebbe di ucciderli.

Vedevo che Ada era animata dal desiderio di non spiacermi. Perciò esitava; ma ogni suo sforzo non poteva condurla oltre l'esitazione. Poi disse che vedeva ch'era per bontà ch'io pensavo di organizzare così la vita dei miei figliuoli, ma che non le pareva giusto di vivere per prepararsi alla morte. M'ostinai e asserii che la morte era la vera organizzatrice della vita. Io sempre alla morte pensavo e perciò non avevo che un solo dolore: La certezza di dover morire. Tutte le altre cose divenivano tanto poco importanti che per esse non avevo che un lieto sorriso o un riso altrettanto lieto. M'ero lasciato trascinare a dire delle cose ch'erano meno vere, specie trovandomi con lei, una parte della mia vita già tanto importante. In verità io credo di averle parlato così per il desiderio di farle sapere ch'io ero un uomo tanto lieto. Spesso la lietezza m'aveva favorito con le donne.

Pensierosa ed esitante, essa mi confessò che non amava uno stato d'animo simile. Diminuendo il valore della vita, si rendeva questa anche più pericolante di quanto madre natura avesse voluto. Veramente ella m'aveva detto che non facevo per lei, ma ero tuttavia riuscito a renderla esitante e pensierosa e mi parve un successo.

Alberta citò un filosofo antico che doveva somigliarmi nell'interpretazione della vita e Augusta disse che il riso era una gran bella cosa. Anche suo padre ne era ricco.

– Perché gli piacciono i buoni affari – disse la signora Malfenti ridendo.

Interruppi finalmente quella visita memoranda.

Non v'è niente di più difficile a questo mondo che di fare un matrimonio proprio come si vuole. Lo si vede dal caso mio ove la decisione di sposarmi aveva preceduto di tanto la scelta della fidanzata. Perché non andai a vedere tante e tante ragazze prima di sceglierne una? No! Pareva proprio mi fosse spiaciuto di vedere troppe donne e non volli faticare. Scelta la fanciulla, avrei anche potuto esaminarla un po' meglio e accertarmi almeno ch'essa sarebbe stata disposta di venirmi incontro a mezza strada come si usa nei romanzi d'amore a conclusione felice. Io, invece, elessi la fanciulla dalla voce tanto grave e dalla capigliatura un po' ribelle, ma assettata severamente e pensai che, tanto seria, non avrebbe rifiutato un uomo intelligente, non brutto, ricco e di buona famiglia come ero io. Già alle prime parole che scambiammo sentii qualche stonatura, ma la stonatura è la via all'unisono. Devo anzi confessare che pensai: «Ella deve rimanere quale è, poiché così mi piace e sarò io che mi cambierò se essa lo vorrà». In complesso ero ben modesto perché è certamente più facile di mutare sé stesso che non di rieducare altri.

Dopo brevissimo tempo la famiglia Malfenti divenne il centro della mia vita. Ogni sera la passavo con Giovanni che, dopo che m'aveva introdotto in casa sua, s'era fatto con me anche più affabile e intimo. Fu tale affabilità che mi rese invadente. Dapprima feci visita alle sue signore una volta alla settimana, poi più volte e finii coll'andare in casa sua ogni giorno a passarci varie ore del pomeriggio. Per insediarmi in quella casa non mancarono pretesti ed io credo di non sbagliare asserendo che mi fossero anche offerti. Portai talvolta con me il mio violino e passai qualche poco di musica con Augusta, la sola che in quella casa sonasse il piano. Era male che Ada non sonasse, poi era male che io sonassi tanto male il violino e malissimo che Augusta non fosse una grande musicista. Di ogni sonata io ero obbligato di eliminare qualche periodo perché troppo difficile, col pretesto non vero di non aver toccato il violino da troppo tempo. Il pianista è quasi sempre superiore al dilettante violinista e Augusta aveva una tecnica discreta, ma io, che sonavo tanto peggio di lei, non sapevo dirmene contento e pensavo: «Se sapessi sonare come lei, come sonerei meglio!» Intanto ch'io giudicavo Augusta, gli altri giudicavano me e, come appresi più tardi, non favorevolmente. Poi Augusta avrebbe volentieri ripetute le nostre sonate, ma io m'accorsi che Ada vi si annoiava e perciò finsi più volte di aver dimenticato il violino a casa. Augusta allora non ne parlò più.

Purtroppo io non vivevo solo con Ada le ore che passavo in quella casa. Essa ben presto m'accompagnò il giorno intero. Era la donna da me prescelta, era perciò già mia ed io l'adornai di tutti i sogni perché il premio della vita m'apparisse più bello. L'adornai, le prestai tutte le tante qualità di cui sentivo il bisogno e che a me mancavano, perché essa doveva divenire oltre che la mia compagna anche la mia seconda madre che m'avrebbe addotto a una vita intera, virile, di lotta, e di vittoria.

Nei miei sogni anche fisicamente l'abellii prima di consegnarla ad altri. In realtà io nella mia vita corsi dietro a molte donne e molte di esse si lasciarono anche raggiungere. Nel sogno le raggiunsi tutte. Naturalmente non le abbellisco alterandone i tratti, ma faccio come un mio amico, pittore delicatissimo, che quando ritratta delle donne belle, pensa intensamente anche a qualche altra bella cosa per esempio a della porcellana finissima. Un sogno pericoloso perché può conferire nuovo potere alle donne di cui si sognò e che rivedendo alla luce reale conservano qualche cosa delle frutta, dei fiori e della porcellana da cui furono vestite.

M'è difficile di raccontare della mia corte ad Ada. Vi fu poi una lunga epoca della mia vita in cui io mi sforzai di dimenticare la stupida avventura che proprio mi faceva vergognare di quella vergogna che fa gridare e protestare. «Non sono io che fui tanto bestia!». E chi allora? Ma la protesta conferisce pure un po' di sollievo ed io vi insistetti. Meno male se avessi agito a quel modo un dieci anni prima, a vent'anni! Ma esser stato punito di tanta bestialità solo perché avevo deciso di sposarmi, mi pare proprio ingiusto. Io che già ero passato per ogni specie di avventure condotte sempre con uno spirito intraprendente che arrivava alla sfacciataggine, ecco ch'ero ridivenuto il ragazzetto timido che tenta di toccar la mano dell'amata magari senza ch'essa se ne avveda, eppoi adora quella parte del proprio corpo ch'ebbe l'onore di simile contatto. Questa ch'è stata la più pura avventura della mia vita, anche oggi che son vecchio io la ricordo quale la più turpe. Era fuori di posto, fuori di tempo quella roba, come se un ragazzo di dieci anni si fosse attaccato al petto della balia. Che schifo!

Come spiegare poi la mia lunga esitazione di parlare chiaro e dire alla fanciulla: Risolviti! Mi vuoi o non mi vuoi? Io andavo a quella casa arrivandovi dai miei sogni; contavo gli scalini che mi conducevano a quel primo piano dicendomi che se erano dispari ciò avrebbe provato ch'essa m'amava ed erano sempre dispari essendovene quarantatré. Arrivavo a lei accompagnato da tanta sicurezza e finivo col parlare di tutt'altra cosa. Ada non aveva ancora trovata l'occasione di significarmi il suo disdegno ed io tacevo! Anch'io al posto di Ada avrei accolto quel giovinetto di trent'anni a calci nel sedere!

Devo dire che in certo rapporto io non somigliavo esattamente al ventenne innamorato il quale tace aspettando che l'amata gli si getti al collo. Non m'aspettavo niente di simile. Io avrei parlato, ma più tardi. Se non procedevo, ciò era dovuto ai dubbii su me stesso. Io m'aspettavo di divenire più nobile, più forte, più degno della mia divina fanciulla. Ciò poteva avvenire da un giorno all'altro. Perché non aspettare?

Mi vergogno anche di non essermi accorto a tempo ch'ero avviato ad un fiasco simile. Avevo da fare con una fanciulla delle più semplici e fu a forza di sognarne ch'essa m'apparì quale una civetta delle più consumate. Ingiusto quell'enorme mio rancore quand'essa riuscì a farmi vedere ch'essa di me non ne voleva sapere. Ma io avevo mescolato tanto intimamente la realtà ai sogni che non riuscivo a convincermi ch'essa mai m'avesse baciato.

È proprio un indizio di scarsa virilità quello di fraintendere le donne. Prima non avevo sbagliato mai e devo credere di essermi ingannato sul conto di Ada per avere da bel principio falsati i miei rapporti con lei. A lei m'ero avvicinato non per conquistarla ma per sposarla ciò ch'è una via insolita dell'amore, una via ben larga, una via ben comoda, ma che conduce non alla mèta per quanto ben vicino ad essa. All'amore cui così si giunge manca la caratteristica principale: l'assoggettamento della femmina. Così il maschio si prepara alla sua parte in una grande inerzia che può estendersi a tutti i suoi sensi, anche a quelli della vista e dell'udito.

Io portai giornalmente dei fiori a tutt'e tre le fanciulle e a tutt'e tre regalai le mie bizzarrie e, sopra tutto, con una leggerezza incredibile, giornalmente feci loro la mia autobiografia.

A tutti avviene di ricordarsi con più fervore del passato quando il presente acquista un'importanza maggiore. Dicesi anzi che i moribondi, nell'ultima febbre, rivedano tutta la loro vita. Il mio passato m'afferrava ora con la violenza dell'ultimo addio perché io avevo il sentimento di allontanarmene di molto. E parlai sempre di questo passato alle tre fanciulle, incoraggiato dall'attenzione intensa di Augusta e di Alberta che, forse, copriva la disattenzione di Ada di cui non sono sicuro. Augusta, con la sua indole dolce, facilmente si commoveva e Alberta stava a sentire le mie descrizioni di scapigliatura studentesca con le guancie arrossate dal desiderio di poter in avvenire passare anch'essa per avventure simili.

Molto tempo dopo appresi da Augusta che nessuna delle tre fanciulle aveva creduto che le mie storielle fossero vere. Ad Augusta apparvero perciò più preziose perché, inventate da me, le sembrava fossero più mie che se il destino me le avesse inflitte. Ad Alberta quella parte in cui non credette fu tuttavia gradevole perché vi scorse degli ottimi suggerimenti. La sola che si fosse indignata delle mie bugie fu la seria Ada. Coi miei sforzi a me toccava come a quel tiratore cui era riuscito di colpire il centro del bersaglio, però di quello posto accanto al suo.

Eppure in gran parte quelle storielle erano vere. Non so più dire in quanta parte perché avendole raccontate a tante altre donne prima che alle figlie del Malfenti, esse, senza ch'io lo volessi, si alterarono per divenire più espressive. Erano vere dal momento che io non avrei più saputo raccontarle altrimenti. Oggidì non m'importa di provarne la verità. Non vorrei disingannare Augusta che ama crederle di mia invenzione. In quanto ad Ada io credo che ormai ella abbia cambiato di parere e le ritenga vere.

Il mio totale insuccesso con Ada si manifestò proprio nel momento in cui giudicavo di dover finalmente parlar chiaro. Ne accolsi l'evidenza con sorpresa e dapprima con incredulità. Non era stata detta da lei una sola parola che avesse manifestata la sua avversione per me ed io intanto chiusi gli occhi per non vedere quei piccoli atti che non mi significavano una grande simpatia. Eppoi io stesso non avevo detta la parola necessaria e potevo persino figurarmi che Ada non sapesse ch'io ero là pronto per sposarla e potesse credere che io – lo studente bizzarro e poco virtuoso – volessi tutt'altra cosa.

Il malinteso si prolungava sempre a causa di quelle mie intenzioni troppo decisamente matrimoniali. Vero è che oramai desideravo tutta Ada cui avevo continuato a levigare assiduamente le guancie, a impicciolire le mani e i piedi e ad isveltire e affinare la taglia. La desideravo quale moglie e quale amante. Ma è decisivo il modo con cui si avvicina per la prima volta una donna.

Ora avvenne che per ben tre volte consecutive, in quella casa fossi ricevuto dalle altre due fanciulle. L'assenza di Ada fu scusata la prima volta con una visita doverosa, la seconda con un malessere e la terza non mi si disse alcuna scusa finché io, allarmato, non lo domandai. Allora Augusta, a cui per caso m'ero rivolto, non rispose. Rispose per lei Alberta ch'essa aveva guardata come per invocarne l'assistenza: Ada era andata da una zia.

A me mancò il fiato. Era evidente che Ada mi evitava. Il giorno prima ancora io avevo sopportata la sua assenza ed avevo anzi prolungata la mia visita sperando ch'essa pur avrebbe finito coll'apparire. Quel giorno, invece, restai ancora per qualche istante, incapace di aprir bocca, eppoi protestando un improvviso male di testa m'alzai per andarmene. Curioso che quella prima volta il più forte sentimento che sentissi allo scontrarmi nella resistenza di Ada fosse di collera e sdegno! Pensai anche di appellarmi a Giovanni per mettere la fanciulla all'ordine. Un uomo che vuole sposarsi è anche capace di azioni simili, ripetizioni di quelle dei suoi antenati.

Quella terza assenza di Ada doveva divenire anche più significativa. Il caso volle ch'io scoprissi ch'essa si trovava in casa, ma rinchiusa nella sua stanza.

Devo prima di tutto dire che in quella casa v'era un'altra persona ch'io non ero riuscito a conquistare: la piccola Anna. Dinanzi agli altri essa non m'aggrediva più, perché l'avevano redarguita duramente. Anzi qualche volta anch'essa s'era accompagnata alle sorelle ed era stata a sentire le mie storielle. Quando però me ne andavo, essa mi raggiungeva alla soglia, gentilmente mi pregava di chinarmi a lei, si rizzava sulle punte dei piedini e quando arrivava a far addirittura aderire la boccuccia al mio orecchio, mi diceva abbassando la voce in modo da non poter essere udita che da me:

– Ma tu sei pazzo, veramente pazzo!

Il bello si è che dinanzi agli altri la sorniona mi dava del lei. Se c'era presente la signora Malfenti, essa subito si rifugiava nelle sue braccia, e la madre l'accarezzava dicendo:

– Come la mia piccola Anna s'è fatta gentile! Nevvero?

Non protestavo e la gentile Anna mi diede ancora spesso allo stesso modo del pazzo. Io accoglievo la sua dichiarazione con un sorriso vile che avrebbe potuto sembrare di ringraziamento. Speravo che la bambina non avesse il coraggio di raccontare delle sue aggressioni agli adulti e mi dispiaceva di far sapere ad Ada quale giudizio facesse di me la sua sorellina. Quella bambina finì realmente coll'imbarazzarmi. Se, quando parlavo con gli altri, il mio occhio s'incontrava nel suo, subito dovevo trovare il modo di guardare altrove ed era difficile di farlo con naturalezza. Certo arrossivo. Mi pareva che quell'innocente col suo giudizio potesse danneggiarmi. Le portai dei doni, ma non valsero ad ammansarla. Essa dovette accorgersi del suo potere e della mia debolezza e, in presenza degli altri, mi guardava indagatrice, insolente. Credo che tutti abbiamo nella nostra coscienza come nel nostro corpo dei punti delicati e coperti cui non volentieri si pensa. Non si sa neppure che cosa sieno, ma si sa che vi sono. Io stornavo il mio occhio da quello infantile che voleva frugarmi.

Ma quel giorno in cui solo e abbattuto uscivo da quella casa e ch'essa mi raggiunse per farmi chinare a sentire il solito complimento, mi piegai a lei con tale faccia stravolta di vero pazzo e tesi verso di lei con tanta minaccia le mani contratte ad artigli, ch'essa corse via piangendo ed urlando.

Così arrivai a vedere Ada anche quel giorno perché fu lei che accorse a quei gridi. La piccina raccontò singhiozzando ch'io l'avevo minacciata duramente perché essa m'aveva dato del pazzo:

– Perché egli è un pazzo ed io voglio dirglielo. Cosa c'è di male?

Non stetti a sentire la bambina, stupito di vedere che Ada si trovava in casa. Le sue sorelle avevano dunque mentito, anzi la sola Alberta cui Augusta ne aveva passato l'incarico esimendosene essa stessa! Per un istante fui esattamente nel giusto indovinando tutto. Dissi ad Ada:

– Ho piacere di vederla. Credevo si trovasse da tre giorni da sua zia.

Ella non mi rispose perché dapprima si piegò sulla bambina piangente. Quell'indugio di ottenere le spiegazioni cui credevo di aver diritto mi fece salire veemente il sangue alla testa. Non trovavo parole. Feci un altro passo per avvicinarmi alla porta d'uscita e se Ada non avesse parlato, io me ne sarei andato e non sarei ritornato mai più. Nell'ira mi pareva cosa facilissima quella rinunzia ad un sogno che aveva oramai durato tanto a lungo.

Ma intanto essa, rossa, si volse a me e disse ch'era rientrata da pochi istanti non avendo trovata la zia in casa.

Bastò per calmarmi. Com'era cara, così maternamente piegata sulla bambina che continuava ad urlare! Il suo corpo era tanto flessibile che pareva divenuto più piccolo per accostarsi meglio alla piccina. Mi indugiai ad ammirarla considerandola di nuovo mia.

Mi sentii tanto sereno che volli far dimenticare il risentimento che poco prima avevo manifestato e fui gentilissimo con Ada ed anche con Anna. Dissi ridendo di cuore:

– Mi dà tanto spesso del pazzo che volli farle vedere la vera faccia e l'atteggiamento del pazzo. Voglia scusarmi! Anche tu, povera Annuccia, non aver paura perché io sono un pazzo buono.

Anche Ada fu molto, ma molto gentile. Redarguì la piccina che continuava a singhiozzare e mi domandò scusa per essa. Se avessi avuta la fortuna che Anna nell'ira fosse corsa via, io avrei parlato. Avrei detta una frase che forse si trova anche in qualche grammatica di lingue straniere, bell'e fatta per facilitare la vita a chi non conosca la lingua del paese ove soggiorna: «Posso domandare la sua mano a suo padre?». Era la prima volta ch'io volevo sposarmi e mi trovavo perciò in un paese del tutto sconosciuto. Fino ad allora avevo trattato altrimenti con le donne con cui avevo avuto a fare. Le avevo assaltate mettendo loro prima di tutto addosso le mani.

Ma non arrivai a dire neppure quelle poche parole. Dovevano pur stendersi su un certo spazio di tempo! Dovevano esser accompagnate da un'espressione supplice della faccia, difficile a foggiarsi immediatamente dopo la mia lotta con Anna ed anche con Ada, e dal fondo del corridoio s'avanzava già la signora Malfenti richiamata dalle strida della bambina.

Stesi la mano ad Ada, che mi porse subito cordialmente la sua e le dissi:

– Arrivederci domani. Mi scusi con la signora.

Esitai però di lasciar andare quella mano che riposava fiduciosa nella mia. Sentivo che, andandomene allora, rinunziavo ad un'occasione unica con quella fanciulla tutt'intenta ad usarmi delle cortesie per indennizzarmi delle villanie della sorella. Seguii l'ispirazione del momento, mi chinai sulla sua mano e la sfiorai con le mie labbra. Indi apersi la porta e uscii lesto lesto dopo di aver visto che Ada, che fino ad allora m'aveva abbandonata la destra mentre con la sinistra sosteneva Anna che s'aggrappava alla sua gonna, stupita si guardava la manina che aveva subito il contatto delle mie labbra, quasi avesse voluto vedere se ci fosse stato scritto qualche cosa. Non credo che la signora Malfenti avesse scorto il mio atto.

Mi arrestai per un istante sulle scale, stupito io stesso del mio atto assolutamente non premeditato. V'era ancora la possibilità di ritornare a quella porta che avevo chiusa dietro di me, suonare il campanello e domandar di poter dire ad Ada quelle parole ch'essa sulla propria mano aveva cercato invano? Non mi parve! Avrei mancato di dignità dimostrando troppa impazienza. Eppoi avendola prevenuta che sarei ritornato le avevo preannunziate le mie spiegazioni. Non dipendeva ora che da lei di averle, procurandomi l'opportunità di dargliele. Ecco che avevo finalmente cessato di raccontare delle storie a tre fanciulle e avevo invece baciata la mano ad una sola di esse.

Ma il resto della giornata fu piuttosto sgradevole. Ero inquieto e ansioso. Io andavo dicendomi che la mia inquietudine provenisse solo dall'impazienza di veder chiarita quell'avventura. Mi figuravo che se Ada m'avesse rifiutato, io avrei potuto con tutta calma correre in cerca di altre donne. Tutto il mio attaccamento per lei proveniva da una mia libera risoluzione che ora avrebbe potuto essere annullata da un'altra che la cancellasse! Non compresi allora che per il momento a questo mondo non v'erano altre donne per me e che abbisognavo proprio di Ada.

Anche la notte che seguì mi sembrò lunghissima; la passai quasi del tutto insonne. Dopo la morte di mio padre, io avevo abbandonate le mie abitudini di nottambulo e ora, dacché avevo risolto di sposarmi, sarebbe stato strano di ritornarvi. M'ero perciò coricato di buon'ora col desiderio del sonno che fa passare tanto presto il tempo.

Di giorno io avevo accolte con la più cieca fiducia le spiegazioni di Ada su quelle sue tre assenze dal suo salotto nelle ore in cui io vi era, fiducia dovuta alla mia salda convinzione che la donna seria ch'io avevo scelta non sapesse mentire. Ma nella notte tale fiducia diminuì. Dubitavo che non fossi stato io ad informarla che Alberta – quando Augusta aveva rifiutato di parlare – aveva addotta a sua scusa quella visita alla zia. Non ricordavo bene le parole che le avevo dirette con la testa in fiamme, ma credevo di esser certo di averle riferita quella scusa. Peccato! Se non l'avessi fatto, forse lei, per scusarsi, avrebbe inventato qualche cosa di diverso e io, avendola còlta in bugia, avrei già avuto il chiarimento che anelavo.

Qui avrei pur potuto accorgermi dell'importanza che Ada aveva oramai per me, perché per quietarmi io andavo dicendomi che se essa non m'avesse voluto, avrei rinunziato per sempre al matrimonio. Il suo rifiuto avrebbe dunque mutata la mia vita. E continuavo a sognare confortandomi nel pensiero che forse quel rifiuto sarebbe stato una fortuna per me. Ricordavo quel filosofo greco che prevedeva il pentimento tanto per chi si sposava quanto per chi restava celibe. Insomma non avevo ancora perduta la capacità di ridere della mia avventura; la sola capacità che mi mancasse era quella di dormire.

Presi sonno che già albeggiava. Quando mi destai era tanto tardi che poche ore ancora mi dividevano da quella in cui la visita in casa Malfenti m'era permessa. Perciò non vi sarebbe stato più bisogno di fantasticare e raccogliere degli altri indizii che mi chiarissero l'animo di Ada. Ma è difficile di trattenere il proprio pensiero dall'occuparsi di un argomento che troppo c'importa. L'uomo sarebbe un animale più fortunato se sapesse farlo. In mezzo alle cure della mia persona che quel giorno esagerai, io non pensai ad altro: Avevo fatto bene baciando la mano di Ada o avevo fatto male di non baciarla anche sulle labbra?

Proprio quella mattina ebbi un'idea che credo m'abbia fortemente danneggiato privandomi di quel poco d'iniziativa virile che quel mio curioso stato d'adolescenza m'avrebbe concesso. Un dubbio doloroso: e se Ada m'avesse sposato solo perché indottavi dai genitori, senz'amarmi ed anzi avendo una vera avversione per me? Perché certamente tutti in quella famiglia, cioè Giovanni, la signora Malfenti, Augusta e Alberta mi volevano bene; potevo dubitare della sola Ada. Sull'orizzonte si delineava proprio il solito romanzo popolare della giovinetta costretta dalla famiglia ad un matrimonio odioso. Ma io non l'avrei permesso. Ecco la nuova ragione per cui dovevo parlare con Ada, anzi con la sola Ada. Non sarebbe bastato di dirigerle la frase fatta che avevo preparata. Guardandola negli occhi le avrei domandato: «Mi ami tu?» E se essa m'avesse detto di sì, io l'avrei serrata fra le mie braccia per sentirne vibrare la sincerità.

Così mi parve d'essermi preparato a tutto. Invece dovetti accorgermi d'esser arrivato a quella specie d'esame dimenticando di rivedere proprio quelle pagine di testo di cui mi sarebbe stato imposto di parlare.

Fui ricevuto dalla sola signora Malfenti che mi fece accomodare in un angolo del grande salotto e si mise subito a chiacchierare vivacemente impedendomi persino di domandare delle notizie delle fanciulle. Ero perciò alquanto distratto e mi ripetevo la lezione per non dimenticarla al momento buono. Tutt'ad un tratto fui richiamato all'attenzione come da uno squillo di tromba. La signora stava elaborando un preambolo. M'assicurava dell'amicizia sua e del marito e dell'affetto di tutta la famiglia loro, compresavi la piccola Anna. Ci conoscevamo da tanto tempo. Ci eravamo visti giornalmente da quattro mesi.

– Cinque! – corressi io che ne avevo fatto il calcolo nella notte, ricordando che la mia prima visita era stata fatta d'autunno e che ora ci trovavamo in piena primavera.

– Sì! Cinque! – disse la signora pensandoci su come se avesse voluto rivedere il mio calcolo. Poi, con aria di rimprovero: – A me sembra che voi comprometttiate Augusta.

– Augusta? – domandai io credendo di aver sentito male.

– Sì! – confermò la signora. – Voi la lusingate e la compromettete.

Ingenuamente rivelai il mio sentimento.

– Ma io l'Augusta non la vedo mai.

Essa ebbe un gesto di sorpresa e (o mi parve?) di sorpresa dolorosa.

Io intanto tentavo di pensare intensamente per arrivare presto a spiegare quello che mi sembrava un equivoco di cui però subito intesi l'importanza. Mi rivedevo in pensiero, visita per visita, durante quei cinque mesi, intento a spiare Ada. Avevo suonato con Augusta e, infatti, talvolta avevo parlato più con lei, che mi stava a sentire, che non con Ada, ma solo perché essa spiegasse ad Ada le mie storie accompagnate dalla sua approvazione. Dovevo parlare chiaramente con la signora e dirle delle mie mire su Ada? Ma poco prima io avevo risolto di parlare con la sola Ada e d'indagarne l'animo. Forse se avessi parlato chiaramente con la signora Malfenti, le cose sarebbero andate altrimenti e cioè non potendo sposare Ada non avrei sposata neppure Augusta. Lasciandomi dirigere dalla risoluzione presa prima ch'io avessi veduta la signora Malfenti e, sentite le cose sorprendenti ch'essa m'aveva dette, tacqui.

Pensavo intensamente, ma perciò con un po' di confusione. Volevo intendere, volevo indovinare e presto. Si vedono meno bene le cose quando si spalancano troppo gli occhi. Intravvidi la possibilità che volessero buttarmi fuori di casa. Mi parve di poter escluderla. Io ero innocente, visto che non facevo la corte ad Augusta ch'essi volevano proteggere. Ma forse m'attribuivano delle intenzioni su Augusta per non compromettere Ada. E perché proteggere a quel modo Ada, che non era più una fanciullina? Io ero certo di non averla afferrata per le chiome che in sogno. In realtà non avevo che sfiorata la sua mano con le mie labbra. Non volevo mi si interdicesse l'accesso a quella casa, perché prima di abbandonarla volevo parlare con Ada. Perciò con voce tremante domandai:

– Mi dica Lei, signora, quello che debbo fare per non spiacere a nessuno.

Essa esitò. Io avrei preferito di aver da fare con Giovanni che pensava urlando. Poi, risoluta, ma con uno sforzo di apparire cortese che si manifestava evidente nel suono della voce, disse:

– Dovrebbe per qualche tempo venir meno frequentemente da noi; dunque non ogni giorno, ma due o tre volte alla settimana.

È certo che se mi avesse detto rudemente di andarmene e di non ritornare più, io, sempre diretto dal mio proposito, avrei supplicato che mi si tollerasse in quella casa, almeno per uno o due giorni ancora, per chiarire i miei rapporti con Ada. Invece le sue parole, più miti di quanto avessi temuto, mi diedero il coraggio di manifestare il mio risentimento:

– Ma se lei lo desidera, io in questa casa non riporrò più piede!

Venne quello che avevo sperato. Essa protestò, riparlò della stima di tutti loro e mi supplicò di non essere adirato con lei. Ed io mi dimostrai magnanimo, le promisi tutto quello ch'essa volle e cioè di astenermi dal venire in quella casa per un quattro o cinque giorni, di ritornarvi poi con una certa regolarità ogni settimana due o tre volte e, sopra tutto, di non tenerle rancore.

Fatte tali promesse, volli dar segno di tenerle e mi levai per allontanarmi. La signora protestò ridendo:

– Con me non c'è poi compromissione di sorta e può rimanere.

E poiché io pregavo di lasciarmi andare per un impegno di cui solo allora m'ero ricordato, mentre era vero che non vedevo l'ora di essere solo per riflettere meglio alla straordinaria avventura che mi toccava, la signora mi pregò addirittura di rimanere dicendo che così le avrei data la prova di non essere adirato con lei. Perciò rimasi, sottoposto continuamente alla tortura di ascoltare il vuoto cicaleccio cui la signora ora s'abbandonava sulle mode femminili ch'essa non voleva seguire, sul teatro e anche sul tempo tanto secco con cui la primavera s'annunziava.

Poco dopo fui contento d'essere rimasto perché m'avvidi che avevo bisogno di un ulteriore chiarimento. Senz'alcun riguardo interruppi la signora, di cui non sentivo più le parole, per domandarle:

– E tutti in famiglia sapranno che lei m'ha invitato a tenermi lontano da questa casa?

Parve dapprima ch'essa neppure avesse ricordato il nostro patto. Poi protestò:

– Lontano da questa casa? Ma solo per qualche giorno, intendiamoci. Io non ne dirò a nessuno, neppure a mio marito ed anzi le sarei grata se anche lei volesse usare la stessa discrezione.

Anche questo promisi, promisi anche che se mi fosse stata chiesta una spiegazione perché non mi si vedesse più tanto di spesso, avrei addotti dei pretesti varii. Per il momento prestai fede alle parole della signora e mi figurai che Ada potesse essere stupita e addolorata dalla mia improvvisa assenza. Un'immagine gradevolissima!

Poi rimasi ancora, sempre aspettando che qualche altra ispirazione venisse a dirigermi ulteriormente, mentre la signora parlava dei prezzi dei commestibili nell'ultimo tempo divenuti onerosissimi.

Invece di altre ispirazioni, capitò la zia Rosina, una sorella di Giovanni, più vecchia di lui, ma di lui molto meno intelligente. Aveva però qualche tratto della sua fisonomia morale bastevole a caratterizzarla quale sua sorella. Prima di tutto la stessa coscienza dei proprii diritti e dei doveri altrui alquanto comica, perché priva di qualsiasi arma per imporsi, eppoi anche il vizio di alzare presto la voce. Essa credeva di aver tanti diritti nella casa del fratello che – come appresi poi – per lungo tempo considerò la signora Malfenti quale un'intrusa. Era nubile e viveva con un'unica serva di cui parlava sempre come della sua più grande nemica. Quando morì raccomandò a mia moglie di sorvegliare la casa finché la serva che l'aveva assistita non se ne fosse andata. Tutti in casa di Giovanni la sopportavano temendo la sua aggressività.

Ancora non me ne andai. Zia Rosina prediligeva Ada fra le nipoti. Mi venne il desiderio di conquistarmene l'amicizia anch'io e cercai una frase amabile a indirizzarle. Mi ricordai oscuramente che l'ultima volta in cui l'avevo vista (cioè intravvista, perché allora non avevo sentito il bisogno di guardarla) le nipoti, non appena essa se ne era andata, avevano osservato che non aveva una buona cera. Anzi una di esse aveva detto:

– Si sarà guastato il sangue per qualche rabbia con la serva!

Trovai quello che cercavo. Guardando affettuosamente il faccione grinzoso della vecchia signora, le dissi:

– La trovo molto rimessa, signora.

Non avessi mai detta quella frase. Mi guardò stupita e protestò:

– Io sono sempre uguale. Da quando mi sarei rimessa?

Voleva sapere quando l'avessi vista l'ultima volta. Non ricordavo esattamente quella data e dovetti ricordarle che avevamo passato un intero pomeriggio insieme, seduti in quello stesso salotto con le tre signorine, ma non dalla parte dove eravamo allora, dall'altra. Io m'ero proposto di dimostrarle dell'interessamento, ma le spiegazioni ch'essa esigeva lo facevano durare troppo a lungo. La mia falsità mi pesava producendomi un vero dolore.

La signora Malfenti intervenne sorridendo:

– Ma lei non voleva mica dire che zia Rosina è ingrassata?

Diavolo! Là stava la ragione del risentimento di zia Rosina ch'era molto grossa come il fratello e sperava tuttavia di dimagrire.

– Ingrassata! Mai più! Io volevo parlare solo della cera migliore della signora.

Tentavo di conservare un aspetto affettuoso e dovevo invece trattenermi per non dirle un'insolenza.

Zia Rosina non parve soddisfatta neppur allora. Essa non era mai stata male nell'ultimo tempo e non capiva perché avesse dovuto apparire malata. E la signora Malfenti le diede ragione:
– Anzi, è una sua caratteristica di non mutare di cera – disse rivolta a me. – Non le pare?
A me pareva. Era anzi evidente. Me ne andai subito. Porsi con grande cordialità la mano a zia Rosina sperando di rabbonirla, ma essa mi concedette la sua guardando altrove.

Non appena ebbi varcata la soglia di quella casa il mio stato d'animo mutò. Che liberazione! Non avevo più da studiare le intenzioni della signora Malfenti né di forzarmi di piacere alla zia Rosina. Credo in verità che se non ci fosse stato il rude intervento di zia Rosina, quella politicona della signora Malfenti avrebbe raggiunto perfettamente il suo scopo ed io mi sarei allontanato da quella casa tutto contento di essere stato trattato bene. Corsi saltellando giù per le scale. Zia Rosina era stata quasi un commento della signora Malfenti. La signora Malfenti m'aveva proposto di restar lontano dalla sua casa per qualche giorno. Troppo buona la cara signora! Io l'avrei compiaciuta al di là delle sue aspettative e non m'avrebbe rivisto mai più! M'avevano torturato, lei, la zia ed anche Ada! Con quale diritto? Perché avevo voluto sposarmi? Ma io non ci pensavo più! Com'era bella la libertà!

Per un buon quarto d'ora corsi per le vie accompagnato da tanto sentimento. Poi sentii il bisogno di una libertà ancora maggiore. Dovevo trovare il modo di segnare in modo definitivo la mia volontà di non rimettere più il piede in quella casa. Scartai l'idea di scrivere una lettera con la quale mi sarei congedato. L'abbandono diveniva più sdegnoso ancora se non ne comunicavo l'intenzione. Avrei semplicemente dimenticato di vedere Giovanni e tutta la sua famiglia.

Trovai l'atto discreto e gentile e perciò un po' ironico col quale avrei segnata la mia volontà. Corsi da un fioraio e scelsi un magnifico mazzo di fiori che indirizzai alla signora Malfenti accompagnato dal mio biglietto da visita sul quale non scrissi altro che la data. Non occorreva altro. Era una data che non avrei dimenticata più e non l'avrebbero dimenticata forse neppure Ada e sua madre: 5 Maggio, anniversario della morte di Napoleone.

Provvidi in fretta a quell'invio. Era importantissimo che giungesse il giorno stesso.

Ma poi? Tutto era fatto, tutto, perché non c'era più nulla da fare! Ada restava segregata da me con tutta la sua famiglia ed io dovevo vivere senza fare più nulla, in attesa che qualcuno di loro fosse venuto a cercarmi e darmi l'occasione di fare o dire qualche cosa d'altro.

Corsi al mio studio per riflettere e per rinchiudermi. Se avessi ceduto alla mia dolorosa impazienza, subito sarei ritornato di corsa a quella casa a rischio di arrivarvi prima del mio mazzo di fiori. I pretesti non potevano mancare. Potevo anche averci dimenticato il mio ombrello!

Non volli fare una cosa simile. Con l'invio di quel mazzo di fiori io avevo assunta una bellissima attitudine che bisognava conservare. Dovevo ora stare fermo, perché la prossima mossa toccava a loro.

Il raccoglimento ch'io mi procurai nel mio studiolo e da cui m'aspettavo un sollievo, chiarì solo le ragioni della mia disperazione che s'esasperò fino alle lagrime. Io amavo Ada! Non sapevo ancora se quel verbo fosse proprio e continuai l'analisi. Io la volevo non solo mia, ma anche mia moglie. Lei, con quella sua faccia marmorea sul corpo acerbo, eppoi ancora lei con la sua serietà, tale da non intendere il mio spirito che non le avrei insegnato, ma cui avrei rinunziato per sempre, lei che m'avrebbe insegnata una vita d'intelligenza e di lavoro. Io la volevo tutta e tutto volevo da lei. Finii col conchiudere che il verbo fosse proprio quello: Io amavo Ada.

Mi parve di aver pensata una cosa molto importante che poteva guidarmi. Via le esitazioni! Non importava più di sapere se ella mi amasse. Bisognava tentare di ottenerla e non occorreva più parlare con lei se Giovanni poteva disporne. Prontamente bisognava chiarire tutto per arrivare subito alla felicità o altrimenti dimenticare tutto e guarire. Perché avevo da soffrire tanto nell'attesa? Quando avessi saputo – e potevo saperlo solo da Giovanni – che io definitivamente avevo perduta Ada, almeno non avrei più dovuto lottare col tempo che sarebbe continuato a trascorrere lentamente senza ch'io sentissi il bisogno di sospingerlo. Una cosa definitiva è sempre calma perché staccata dal tempo.

Corsi subito in cerca di Giovanni. Furono due le corse. Una verso il suo ufficio situato in quella via che noi continuiamo a dire delle Case Nuove, perché così facevano i nostri antenati. Alte vecchie case che offuscano una via tanto vicina alla riva del mare poco frequentata all'ora del tramonto, e dove potei procedere rapido. Non pensai, camminando, che a preparare più brevemente che fosse possibile la frase che dovevo dirigergli. Bastava dirgli la mia determinazione di sposare sua figlia. Non avevo né da conquiderlo né da convincerlo. Quell'uomo d'affari avrebbe saputa la risposta da darmi non appena intesa la mia domanda. Mi preoccupava tuttavia la quistione se in un'occasione simile avrei dovuto parlare in lingua o in dialetto.

Ma Giovanni aveva già abbandonato l'ufficio e s'era recato al Tergesteo. Mi vi avviai. Più lentamente perché sapevo che alla Borsa dovevo attendere più tempo per potergli parlare da solo a solo. Poi, giunto in via Cavana, dovetti rallentare per la folla che ostruiva la stretta via. E fu proprio battendomi per passare traverso a quella folla, che ebbi finalmente come in una visione la chiarezza che da tante ore cercavo. I Malfenti volevano ch'io sposassi Augusta e non volevano ch'io sposassi Ada e ciò per la semplice ragione che Augusta era innamorata di me e Ada niente affatto. Niente affatto perché altrimenti non sarebbero intervenuti a dividerci. M'avevano detto ch'io compromettevo Augusta, ma era invece lei che si compromtteva amandomi. Compresi tutto in quel momento, con viva chiarezza, come se qualcuno della famiglia me l'avesse detto. E indovinai anche che Ada era d'accordo ch'io fossi allontanato da quella casa. Essa non m'amava e non m'avrebbe amato almeno finché la sorella sua m'avesse amato. Nell'affollata via Cavana avevo dunque pensato più dirittamente che nel mio studio solitario.

Oggidì, quando ritorno al ricordo di quei cinque giorni memorandi che mi condussero al matrimonio, mi stupisce il fatto che il mio animo non si sia mitigato all'apprendere che la povera Augusta mi amava. Io, ormai scacciato da casa Malfenti, amavo Ada irosamente. Perché non mi diede alcuna soddisfazione la visione chiara che la signora Malfenti m'aveva allontanato invano, perché io in quella casa rimanevo, e vicinissimo ad Ada, cioè nel cuore di Augusta? A me pareva invece una nuova offesa l'invito della signora Malfenti di non compromettere Augusta e cioè di sposarla. Per la brutta fanciulla che m'amava, avevo tutto il disdegno che non ammettevo avesse per me la sua bella sorella, che io amavo.

Accelerai ancora il passo, ma deviai e mi diressi verso casa mia. Non avevo più bisogno di parlare con Giovanni perché sapevo ormai chiaramente come condurmi; con un'evidenza tanto disperante che forse finalmente m'avrebbe data la pace staccandomi dal tempo troppo lento. Era anche pericoloso parlarne con quel maleducato di Giovanni. La signora Malfenti aveva parlato in modo ch'io non l'avevo intesa che là in via Cavana. Il marito era capace di comportarsi altrimenti. Forse m'avrebbe detto addirittura: «Perché vuoi sposare Ada? Vediamo! Non faresti meglio di sposare Augusta?». Perché egli aveva un assioma che ricordavo e che avrebbe potuto guidarlo in questo caso: «Devi sempre spiegare chiaramente l'affare al tuo avversario perché allora appena sarai sicuro d'intenderlo meglio di lui!». E allora? Ne sarebbe conseguita un'aperta rottura. Solo allora il tempo avrebbe potuto camminare come voleva, perché io non avrei più avuta alcuna ragione d'ingerirmene: sarei arrivato al punto fermo!

Ricordai anche un altro assioma di Giovanni e mi vi attaccai perché mi procurava una grande speranza. Seppi restarvi attaccato per cinque giorni, per quei cinque giorni che convertirono la mia passione in malattia. Giovanni soleva dire che non bisogna aver fretta di arrivare alla liquidazione di un affare quando da questa liquidazione non si può attendersi un vantaggio: ogni affare arriva prima o poi da sé alla liquidazione, come lo prova il fatto che la storia del mondo è tanto lunga e che tanto pochi affari sono rimasti in sospeso. Finché non si è proceduti alla sua liquidazione, ogni affare può ancora evolversi vantaggiosamente.

Non ricordai che v'erano altri assiomi di Giovanni che dicevano il contrario e m'attaccai a quello. Già a qualche cosa dovevo pur attaccarmi. Feci il proposito ferreo di non movermi finché non avessi appreso che qualche cosa di nuovo avesse fatto evolvere il mio affare in mio favore. E ne ebbi tale danno che forse per questo, in seguito, nessun mio proposito m'accompagnò per tanto tempo.

Non appena fatto il proposito, ricevetti un biglietto dalla signora Malfenti. Ne riconobbi la scrittura sulla busta e, prima di aprirlo, mi lusingai fosse bastato quel mio proposito ferreo, perché essa si pentisse di avermi maltrattato e mi corresse dietro. Quando trovai che non conteneva che le lettere p. r. che significavano il ringraziamento per i fiori che le avevo inviati, mi disperai, mi gettai sul mio letto e ficcai i denti nel guanciale quasi per inchiodarmivi e impedirmi di correr via a rompere il mio proposito. Quanta ironica serenità risultava da quelle iniziali! Ben maggiore di quella espressa dalla data ch'io avevo apposta al mio biglietto e che significava già un proposito e forse anche un rimprovero. *Remember* aveva detto Carlo I. prima che gli tagliassero il collo e doveva aver pensata la data di quel giorno! Anch'io avevo esortata la mia avversaria a ricordare e temere!

Furono cinque giorni e cinque notti terribili ed io ne sorvegliai le albe e i tramonti che significavano fine e principio e avvicinavano l'ora della mia libertà, la libertà di battermi di nuovo per il mio amore.

Mi preparavo a quella lotta. Oramai sapevo come la mia fanciulla voleva io fossi fatto. M'è facile di ricordarmi dei propositi che feci allora, prima di tutto perché ne feci d'identici in epoca più recente, eppoi perché li annotai su un foglio di carta che conservo tuttora. Mi proponevo di diventare più serio. Ciò significava allora di non raccontare quelle barzellette che facevano ridere e mi diffamavano, facendomi anche amare dalla brutta Augusta e disprezzare dalla mia Ada. Poi v'era il proponimento di essere ogni mattina alle otto nel mio ufficio che non vedevo da tanto tempo, non per discutere sui miei diritti con l'Olivi, ma per lavorare con lui e poter assumere a suo tempo la direzione dei miei affari. Ciò doveva essere attuato in un'epoca più tranquilla di quella, come dovevo anche cessar di fumare più tardi, cioè quando avessi riavuta la mia libertà, perché non bisognava peggiorare quell'orribile intervallo. Ad Ada spettava un marito perfetto. Perciò v'erano anche varii proponimenti di dedicarmi a letture serie, eppoi di passare ogni giorno una mezz'oretta sulla pedana e di cavalcare un paio di volte alla settimana. Le ventiquattr'ore della giornata non erano troppe.

Durante quei giorni di segregazione la gelosia più amara fu la mia compagna di tutte le ore. Era un proposito eroico quello di voler correggersi di ogni difetto per prepararsi a conquistare Ada dopo qualche settimana. Ma intanto? Intanto ch'io m'assoggettavo alla più dura constrizione, si sarebbero tenuti tranquilli gli altri maschi della città e non avrebbero cercato di portarmi via la mia donna? Fra di loro v'era certamente qualcuno che non aveva bisogno di tanto esercizio per essere gradito. Io sapevo, io credevo di sapere che quando Ada avesse trovato chi faceva al caso suo, avrebbe subito consentito senza attendere di innamorarsi. Quando in quei giorni io m'imbattevo in un maschio ben vestito, sano e sereno, l'odiavo, perché mi pareva facesse al caso di Ada. Di quei giorni, la cosa che meglio ricordo è la gelosia che s'era abbassata come una nebbia sulla mia vita.

Dell'atroce dubbio di vedermi portar via Ada in quei giorni non si può ridere, ormai che si sa come le cose andarono a finire. Quando ripenso a quei giorni di passione sento un'ammirazione grande per la profetica anima mia.

Varie volte, di notte, passai sotto alle finestre di quella casa. Lassù apparentemente continuavano a divertirsi come quando c'ero stato anch'io. Alla mezzanotte o poco prima, nel salotto si spegnevano i lumi. Scappavo pel timore di essere scorto da qualche visitatore che allora doveva lasciare la casa.

Ma ogni ora di quei giorni fu affannosa anche per l'impazienza. Perché nessuno domandava di me? Perché non si moveva Giovanni? Non doveva egli meravigliarsi di non vedermi né a casa sua né al Tergesteo? Dunque era d'accordo anche lui ch'io fossi stato allontanato? Interrompevo spesso le mie passeggiate di giorno e di notte per correre a casa ad accertarmi che nessuno fosse venuto a domandare di me. Non sapevo andare a letto nel dubbio, e destavo per interrogarla la povera Maria. Restavo per ore ad aspettare in casa, nel luogo ove ero più facilmente raggiungibile. Ma nessuno domandò di me ed è certo che se non mi fossi risolto a movermi io, sarei tuttavia celibe.

Una sera andai a giocare al club. Era da molti anni che non mi vi facevo vedere per rispetto ad una promessa fatta a mio padre. Mi pareva che la promessa non potesse più valere poiché mio padre non poteva aver previste tali mie dolorose circostanze e l'urgente mia necessità di procurarmi uno svago. Dapprima guadagnai con una fortuna che mi dolse perché mi parve un indennizzo della mia sfortuna in amore. Poi perdetti e mi dolse ancora perché mi parve di soggiacere al giuoco com'ero soggiaciuto all'amore. Ebbi presto disgusto del giuoco: non era degno di me e neppure di Ada. Tanto puro mi rendeva quell'amore!

Di quei giorni so anche che i sogni d'amore erano stati annientati da quella realtà tanto rude. Il sogno era oramai tutt'altra cosa. Sognavo la vittoria invece che l'amore. Il mio sonno fu una volta abbellito da una visita di Ada. Era vestita di sposa e veniva con me all'altare, ma quando fummo lasciati soli non facemmo all'amore, neppure allora. Ero suo marito e avevo acquistato il diritto di domandarle: «Come hai potuto permettere ch'io fossi trattato così?» Di altro diritto non mi premeva.

Trovo in un mio cassetto degli abbozzi di lettere ad Ada, a Giovanni e alla signora Malfenti. Sono di quei giorni. Alla signora Malfenti scrivevo una lettera semplice con la quale prendevo congedo prima d'intraprendere un lungo viaggio. Non ricordo però di aver avuto una tale intenzione: non potevo lasciare la città quando non ero ancora certo che nessuno sarebbe venuto a cercarmi. Quale sventura se fossero venuti e non m'avessero trovato! Nessuna di quelle lettere è stata inviata. Credo anzi le avessi scritte solo per mettere in carta i miei pensieri.

Da molti anni io mi consideravo malato, ma di una malattia che faceva soffrire piuttosto gli altri che me stesso. Fu allora che conobbi la malattia «dolente», una quantità di sensazioni fisiche sgradevoli che mi resero tanto infelice.

S'iniziarono così. Alla una di notte circa, incapace di prendere sonno, mi levai e camminai nella mite notte finché non giunsi ad un caffè di sobborgo nel quale non ero mai stato e dove perciò non avrei trovato alcun conoscente, ciò che mi era molto gradito perché volevo continuarvi una discussione con la signora Malfenti, cominciata a letto e nella quale non volevo che nessuno si frammettesse. La signora Malfenti m'aveva fatti dei rimproveri nuovi. Diceva ch'io avevo tentato di «giocar di pedina» con le sue figliuole. Intanto se avevo tentato una cosa simile l'avevo certamente fatto con la sola Ada. Mi venivano i sudori freddi al pensare che forse in casa Malfenti oramai mi si movessero dei rimproveri simili. L'assente ha sempre torto e potevano aver approfittato della mia lontananza per associarsi ai miei danni. Nella viva luce del caffè mi difendevo meglio. Certo talvolta io avrei voluto toccare col mio piede quello di Ada ed una volta anzi m'era parso di averlo raggiunto, lei consenziente. Poi però risultò che avevo premuto il piede di legno del tavolo e quello non poteva aver parlato.

Fingevo di pigliar interesse al gioco del biliardo. Un signore, appoggiato ad una gruccia, s'avvicinò e venne a sedere proprio accanto a me. Ordinò una spremuta e poiché il cameriere aspettava anche i miei ordini, per distrazione ordinai una spremuta anche per me ad onta ch'io non possa soffrire il sapore del limone. Intanto la gruccia appoggiata al sofà su cui sedevamo, scivolò a terra ed io mi chinai a raccoglierla con un movimento quasi istintivo.

– Oh, Zeno! – fece il povero zoppo riconoscendomi nel momento in cui voleva ringraziarmi.

– Tullio! – esclamai io sorpreso e tendendogli la mano. Eravamo stati compagni di scuola e non ci eravamo visti da molti anni. Sapevo di lui che, finite le scuole medie, era entrato in una banca, dove occupava un buon posto.

Ero tuttavia tanto distratto che bruscamente gli domandai come fosse avvenuto ch'egli aveva la gamba destra troppo corta così da aver bisogno della gruccia.

Di buonissimo umore, egli mi raccontò che sei mesi prima s'era ammalato di reumatismi che avevano finito col danneggiargli la gamba.

M'affrettai di suggerirgli molte cure. È il vero modo per poter simulare senza grande sforzo una viva partecipazione Egli le aveva fatte tutte. Allora suggerii ancora:

– E perché a quest'ora non sei ancora a letto? A me non pare che ti possa far bene di esporti all'aria notturna.

Egli scherzò bonariamente: riteneva che neppure a me l'aria notturna potesse giovare e riteneva che chi non soffriva di reumatismi, finché aveva vita, poteva ancora procurarseli. Il diritto di andare a letto alle ore piccole era ammesso persino dalla costituzione austriaca. Del resto, contrariamente all'opinione generale, il caldo e il freddo non avevano a che fare coi reumatismi. Egli aveva studiata la sua malattia ed anzi non faceva altro a questo mondo che studiarne le cause e i rimedi. Più che per la cura aveva avuto bisogno di un lungo permesso dalla banca per poter approfondirsi in quello studio. Poi mi raccontò che stava facendo una cura strana. Mangiava ogni giorno una quantità enorme di limoni. Quel giorno ne aveva ingoiati una trentina, ma sperava con l'esercizio di arrivare a sopportarne anche di più. Mi confidò che i limoni secondo lui erano buoni anche per molte altre malattie. Dacché li prendeva sentiva meno fastidio per il fumare esagerato, al quale anche lui era condannato.

Io ebbi un brivido alla visione di tanto acido, ma, subito dopo, una visione un po' più lieta della vita: i limoni non mi piacevano, ma se mi avessero data la libertà di fare quello che dovevo o volevo senz'averne danno e liberandomi da ogni altra costrizione, ne avrei ingoiati altrettanti anch'io. È libertà completa quella di poter fare ciò che si vuole a patto di fare anche qualche cosa che piaccia meno. La vera schiavitù è la condanna all'astensione: Tantalo e non Ercole.

Poi Tullio finse anche lui di essere ansioso di mie notizie. Io ero ben deciso di non raccontargli del mio amore infelice, ma abbisognavo di uno sfogo. Parlai con tale esagerazione dei miei mali (così li registrai e sono sicuro ch'erano lievi) che finii con l'avere le lagrime agli occhi, mentre Tullio andava sentendosi sempre meglio credendomi più malato di lui.

Mi domandò se lavoravo. Tutti in città dicevano ch'io non facevo niente ed io temevo egli avesse da invidiarmi mentre in quell'istante avevo l'assoluto bisogno di essere commiserato. Mentii! Gli raccontai che lavoravo nel mio ufficio, non molto, ma giornalmente almeno per sei ore e che poi gli affari molto imbrogliati ereditati da mio padre e da mia madre mi davano da fare per altre sei ore.

– Dodici ore! – commentò Tullio, e con un sorriso soddisfatto, mi concedette quello che ambivo, la sua commiserazione: – Non sei mica da invidiare, tu!

La conclusione era esatta ed io ne fui tanto commosso che dovetti lottare per non lasciar trapelare le lagrime. Mi sentii più infelice che mai e, in quel morbido stato di compassione di me stesso, si capisce io sia stato esposto a delle lesioni.

Tullio s'era rimesso a parlare della sua malattia ch'era anche la sua principale distrazione. Aveva studiato l'anatomia della gamba e del piede. Mi raccontò ridendo che quando si cammina con passo rapido, il tempo in cui si svolge un passo non supera il mezzo secondo e che in quel mezzo secondo si movevano nientemeno che cinquantaquattro muscoli. Trasecolai e subito corsi col pensiero alle mie gambe a cercarvi la macchina mostruosa. Io credo di avercela trovata. Naturalmente non riscontrai i cinquantaquattro ordigni, ma una complicazione enorme che perdette il suo ordine dacché io vi ficcai la mia attenzione.

Uscii da quel caffè zoppicando e per alcuni giorni zoppicai sempre. Il camminare era per me divenuto un lavoro pesante, e anche lievemente doloroso. A quel groviglio di congegni pareva mancasse ormai l'olio e che, movendosi, si ledessero a vicenda. Pochi giorni appresso, fui colto da un male più grave di cui dirò e che diminuì il primo. Ma ancora oggidì, che ne scrivo, se qualcuno mi guarda quando mi movo, i cinquantaquattro movimenti s'imbarazzano ed io sono in procinto di cadere.

Anche questa lesione io la devo ad Ada. Molti animali diventano preda dei cacciatori o di altri animali quando sono in amore. Io fui allora preda della malattia e sono certo che se avessi appreso della macchina mostruosa in altro momento, non ne avrei avuto alcun danno.

Qualche segno su un foglio di carta che conservai, mi ricorda un'altra strana avventura di quei giorni. Oltre all'annotazione di un'ultima sigaretta accompagnata dall'espressione della fiducia di poter guarire della malattia dei cinquantaquattro movimenti, v'è un tentativo di poesia... su una mosca. Se non sapessi altrimenti, crederei che quei versi provengano da una signorina dabbene che dà del tu agl'insetti di cui canta, ma visto che sono stati stesi da me, devo credere che poiché io sono passato per di là, tutti possano capitare dappertutto.

Ecco come quei versi nacquero. A tarda notte ero ritornato a casa e invece che coricarmi m'ero recato nel mio studiolo ove avevo acceso il gas. Alla luce una mosca si mise a tormentarmi. Riuscii a darle un colpo, lieve però per non insudiciarmi. La dimenticai, ma poi la rividi in mezzo al tavolo come lentamente si rimetteva. Era ferma, eretta e pareva più alta di prima perché una delle sue zampine era stata anchilosata e non poteva flettersi. Con le due zampine posteriori si lisciava assiduamente le ali. Tentò di moversi, ma si ribaltò sulla schiena. Si rizzò e ritornò ostinata al suo assiduo lavoro.

Scrissi allora quei versi, stupito di aver scoperto che quel piccolo organismo pervaso da tanto dolore, fosse diretto nel suo sforzo immane da due errori: prima di tutto lisciando con tanta ostinazione le ali che non erano lese, l'insetto rivelava di non sapere da quale organo venisse il suo dolore; poi l'assiduità del suo sforzo dimostrava che c'era nella sua minuscola mente la fede fondamentale che la salute spetti a tutti e che debba certamente ritornare quando ci ha lasciato. Erano errori che si possono facilmente scusare in un insetto che non vive che la vita di una sola stagione, e non ha tempo di far dell'esperienza.

Ma venne la domenica. Scadeva il quinto giorno dalla mia ultima visita in casa Malfenti. Io, che lavoro tanto poco, conservai sempre un grande rispetto per il giorno festivo che divide la vita in periodi brevi che la rendono più sopportabile. Quel giorno festivo chiudeva anche una mia settimana faticosa e me ne competeva la gioia. Io non cambiai per nulla i miei piani ma per quel giorno non dovevano valere ed io avrei rivista Ada. Non avrei compromessi quei piani con alcuna parola, ma dovevo rivederla perché c'era anche la possibilità che l'affare si fosse già cambiato in mio favore ed allora sarebbe stato un bel danno di continuar a soffrire senza scopo.

Perciò, a mezzodì, con la fretta che le mie povere gambe mi concedevano, corsi in città e sulla via che sapevo la signora Malfenti e le figliuole dovevano percorrere al ritorno dalla messa. Era una festa piena di sole e, camminando, pensai che forse in città m'aspettava la novità attesa, l'amore di Ada!

Non fu così, ma per un altro istante n'ebbi l'illusione. La fortuna mi favorì in modo incredibile. M'imbattei faccia a faccia in Ada, nella sola Ada. Mi mancò il passo e il fiato. Che fare? Il mio proponimento avrebbe voluto che mi tirassi in disparte e la lasciassi passare con un saluto misurato. Ma nella mia mente ci fu un po' di confusione perché prima c'erano stati altri proponimenti tra cui uno che ricordavo secondo il quale avrei dovuto parlarle chiaro e apprendere dalla sua bocca il mio destino. Non mi trassi in disparte e quand'ella mi salutò come se ci fossimo lasciati cinque minuti prima, io m'accompagnai a lei.

Ella mi aveva detto:
– Buon giorno, signor Cosini! Ho un po' fretta.
Ed io:
– Mi permette di accompagnarla per un tratto?
Ella accettò sorridendo. Ma dunque avrei dovuto parlarle? Ella aggiunse che andava direttamente a casa sua, perciò compresi che non avevo a disposizione che cinque minuti per parlare ed anche di quel tempo ne perdetti una parte a calcolare se sarebbe bastato per le cose importanti che dovevo dirle. Meglio non dirle che non dirle interamente. Mi confondeva anche il fatto che allora nella nostra città, per una fanciulla, era già un'azione compromettente quella di lasciarsi accompagnare sulla via da un giovanotto. Ella me lo permetteva. Non potevo già accontentarmi? Intanto la guardavo, tentando di sentir di nuovo intero il mio amore annebbiatosi nell'ira e nel dubbio. Riavrei almeno i miei sogni? Ella m'appariva piccola e grande nello stesso tempo, nell'armonia

delle sue linee. I sogni ritornavano in folla anche accanto a lei, reale. Era il mio modo di desiderare e vi ritornai con gioia intensa. Spariva dal mio animo qualunque traccia d'ira o di rancore.

Ma dietro di noi si sentì un'invocazione esitante:

– Se permette, signorina!

Mi volsi indignato. Chi osava interrompere le spiegazioni che non avevo ancora iniziate? Un signorino imberbe, bruno e pallido, la guardava con occhi ansiosi. A mia volta guardai Ada nella folle speranza ch'essa invocasse il mio aiuto. Sarebbe bastato un suo segno ed io mi sarei gettato su quell'individuo a domandargli ragione della sua audacia. E magari avesse insistito. I miei mali sarebbero stati guariti subito se mi fosse stato concesso d'abbandonarmi ad un atto brutale di forza.

Ma Ada non fece quel segno. Con un sorriso spontaneo perché mutava lievemente il disegno delle guancie e della bocca ma anche la luce dell'occhio, ella gli stese la mano:

– Il signor Guido!

Quel prenome mi fece male. Ella, poco prima, mi aveva chiamato col nome mio di famiglia.

Guardai meglio quel signor Guido. Era vestito con un'eleganza ricercata e teneva nella destra inguantata un bastone dal manico d'avorio lunghissimo, che io non avrei portato neppure se m'avessero pagato perciò una somma per ogni chilometro. Non mi rimproverai di aver potuto vedere in una simile persona una minaccia per Ada. Vi sono dei loschi figuri che vestono elegantemente e portano anche di tali bastoni.

Il sorriso di Ada mi ricacciò nei più comuni rapporti mondani. Ada fece la presentazione. E sorrisi anch'io! Il sorriso di Ada ricordava un poco l'increspatura di un'acqua limpida sfiorata da una lieve brezza. Anche il mio ricordava un simile movimento, ma prodotto da un sasso che fosse stato gettato nell'acqua.

Si chiamava Guido Speier. Il mio sorriso si fece più spontaneo perché subito mi si presentava l'occasione di dirgli qualche cosa di sgradevole:

– Lei è tedesco?

Cortesemente egli mi disse che riconosceva che al nome tutti potevano crederlo tale. Invece i documenti della sua famiglia provavano ch'essa era italiana da varii secoli. Egli parlava il toscano con grande naturalezza mentre io e Ada eravamo condannati al nostro dialettaccio.

Lo guardavo per sentire meglio quello ch'egli diceva. Era un bellissimo giovine: le labbra naturalmente socchiuse lasciavano vedere una bocca di denti bianchi e perfetti. L'occhio suo era vivace ed espressivo e, quando s'era scoperto il capo, avevo potuto vedere che i suoi capelli bruni e un po' ricciuti, coprivano tutto lo spazio che madre natura aveva loro destinato, mentre molta parte della mia testa era stata invasa dalla fronte.

Io l'avrei odiato anche se Ada non fosse stata presente, ma soffrivo di quell'odio e cercai di attenuarlo. Pensai: – È troppo giovine per Ada. – E pensai poi che la confidenza e la gentilezza ch'essa gli usava fossero dovute ad un ordine del padre. Forse era un uomo importante per gli affari del Malfenti e a me era parso che in simili casi tutta la famiglia fosse obbligata alla collaborazione. Gli domandai:

– Ella si stabilisce a Trieste?

Mi rispose che vi si trovava da un mese e che vi fondava una casa commerciale. Respirai! Potevo aver indovinato.

Camminavo zoppicando, ma abbastanza disinvolto, vedendo che nessuno se ne accorgeva. Guardavo Ada e tentavo di dimenticare tutto il resto compreso l'altro che ci accompagnava. In fondo io sono l'uomo del presente e non penso al futuro quando esso non offuschi il presente con ombre evidenti. Ada camminava fra noi due e aveva sulla faccia, stereotipata, un'espressione vaga di lietezza che arrivava quasi al sorriso.

Quella lietezza mi pareva nuova. Per chi era quel sorriso? Non per me ch'essa non vedeva da tanto tempo?

Prestai orecchio a quello che si dicevano. Parlavano di spiritismo e appresi subito che Guido aveva introdotto in casa Malfenti il tavolo parlante.

Ardevo dal desiderio di assicurarmi che il dolce sorriso che vagava sulle labbra di Ada fosse mio e saltai nell'argomento di cui parlavano, improvvisando una storia di spiriti. Nessun poeta avrebbe potuto improvvisare a rime obbligate meglio di me. Quando ancora non sapevo dove sarei andato a finire, esordii dichiarando che ormai credevo anch'io negli spiriti per una storia capitatami il giorno innanzi su quella stessa via... anzi no!... sulla via parallela a quella e che noi scorgevamo. Poi dissi che anche Ada aveva conosciuto il professor Bertini ch'era morto poco tempo prima a Firenze ove s'era stabilito dopo il suo pensionamento. Seppimo della sua morte da una breve notizia su un giornale locale che io avevo dimenticata, tant'è vero che, quando pensavo al professore Bertini, io lo vedevo passeggiare per le Cascine nel suo meritato riposo. Ora, il giorno innanzi, su un punto che precisai della via parallela a quella che stavamo percorrendo, fui accostato da un signore che mi conosceva e che io sapevo di conoscere. Aveva un'andatura curiosa di donnetta che si dimenì per facilitarsi il passo...

– Certo! Poteva essere il Bertini! – disse Ada ridendo.

Il riso era mio ed incorato continuai:

– Sapevo di conoscerlo, ma non sapevo ricordarlo. Si parlò di politica. Era il Bertini perché disse tante di quelle bestialità, con quella sua voce da pecora...

– Anche la sua voce! – ancora Ada rise guardandomi ansiosamente per sentire la chiusa.

– Sì! Avrebbe dovuto essere il Bertini, – dissi io fingendo spavento da quel grande attore che in me è andato perduto. – Mi strinse la mano per congedarsi e se ne andò ballonzolando. Lo seguii per qualche passo cercando di raccapezzarmi. Scopersi di aver parlato col Bertini solo quando l'ebbi perduto di vista. Col Bertini ch'era morto da un anno!

Poco dopo essa si fermò dinanzi al portone di casa sua. Stringendogli la mano, disse a Guido che lo aspettava quella sera. Poi, salutando anche me, mi disse che se non temevo di annoiarmi andassi quella sera da loro a far ballare il tavolino.

Non risposi né ringraziai. Dovevo analizzare quell'invito prima di accettarlo. Mi pareva avesse suonato come un atto di cortesia obbligata. Ecco: forse per me il giorno festivo si sarebbe chiuso con quell'incontro. Ma volli apparire cortese per lasciarmi aperte tutte le vie, anche quella di accettare quell'invito. Le domandai di Giovanni col quale avevo da parlare. Ella mi rispose che l'avrei trovato nel suo ufficio ove s'era recato per un affare urgente.

Guido ed io ci fermammo per qualche istante a guardar dietro all'elegante figurina che spariva nell'oscurità dell'atrio della casa. Non so quello che Guido abbia pensato in quel momento. In quanto a me, mi sentivo infelicissimo; perché ella non aveva fatto quell'invito prima a me e poi a Guido?

Ritornammo insieme sui nostri passi, quasi fino al punto ove ci eravamo imbattuti con Ada. Guido, cortese e disinvolto (era proprio la disinvoltura quella ch'io più di tutto invidiavo agli altri) parlò ancora di quella storia ch'io avevo improvvisata e ch'egli prendeva sul serio. Di vero, invece, in quella storia non c'era che questo: a Trieste, anche dopo morto il Bertini, viveva una persona che diceva delle bestialità, camminava in modo che pareva si movesse sulle punte dei piedi ed aveva anche una voce strana. Ne avevo fatta la conoscenza in quei giorni e, per un momento, m'aveva ricordato il Bertini. Non mi dispiaceva che Guido si rompesse la testa a studiare quella mia invenzione. Era stabilito ch'io non dovevo odiarlo perché egli per i Malfenti non era altro che un commerciante importante; ma m'era antipatico per la sua eleganza ricercata e il suo bastone. M'era anzi tanto antipatico che non vedevo l'ora di liberarmene. Sentii ch'egli concludeva:

– È possibile anche che la persona con cui ella parlò, fosse ben più giovane del Bertini, camminasse come un granatiere e avesse la voce virile e che la sua somiglianza con lui fosse limitata al dire bestialità. Ciò sarebbe bastato per fissare il suo pensiero sul Bertini. Ma per ammettere questo, bisognerebbe anche credere ch'ella sia una persona molto distratta.

Non seppi aiutarlo nei suoi sforzi:

– Distratto io? Che idea! Sono un uomo d'affari. Dove finirei se fossi distratto?

Poi pensai che perdevo il mio tempo. Volevo veder Giovanni. Giacché avevo vista la figlia, avrei potuto vedere anche il padre ch'era tanto meno importante. Dovevo far presto se volevo ancora trovarlo nel suo ufficio.

Guido continuava ad almanaccare quanta parte di un miracolo si potesse attribuire alla disattenzione di chi lo fa o di chi vi assiste. Io volli congedarmi e apparire almeno altrettanto disinvolto di lui. Da ciò provenne una fretta nell'interromperlo e nel lasciarlo molto simile ad una brutalità:

– Per me i miracoli esistono e non esistono. Non bisogna complicarli con troppe storie. Bisogna crederci o non crederci ed in ambedue i casi le cose sono molto semplici.

Io non volevo dimostrargli dell'antipatia tant'è vero che con le mie parole mi pareva di fargli una concessione, visto ch'io sono un positivista convinto ed ai miracoli non ci credo. Ma era una concessione fatta con grande malumore.

M'allontanai zoppicando più che mai e sperai che Guido non sentisse il bisogno di guardarmi dietro.

Era proprio necessario ch'io parlassi con Giovanni. Intanto m'avrebbe istruito come avrei dovuto comportarmi quella sera. Ero stato invitato da Ada, e dal comportamento di Giovanni avrei potuto comprendere se dovevo seguire quell'invito o non piuttosto ricordarmi che quell'invito contravveniva all'espresso volere della signora Malfenti. Chiarezza ci voleva nei miei rapporti con quella gente, e se a darmela non fosse bastata la domenica, vi avrei dedicato anche il lunedì. Continuavo a contravvenire ai miei proponimenti e non me ne accorgevo. Anzi mi pareva di eseguire una risoluzione presa dopo cinque giorni di meditazione. È così ch'io designavo la mia attività di quei giorni.

Giovanni m'accolse con un bel saluto gridato, che mi fece bene, e m'invitò di prender posto su una poltrona addossata alla parete di faccia al suo tavolo.

– Cinque minuti! Sono subito con lei! – E subito dopo: – Ma lei zoppica?

Arrossii! Ero però in vena d'improvvisazione. Gli dissi ch'ero scivolato mentre uscivo dal caffè, e designai proprio il caffè ove m'era capitato quell'accidente. Temetti ch'egli potesse attribuire la mia tombola ad annebbiamento della mente per alcool, e ridendo aggiunsi il particolare che quando caddi mi trovavo in compagnia di una persona afflitta da reumatismi e che zoppicava.

Un impiegato e due facchini si trovavano in piedi accanto al tavolo di Giovanni. Doveva essersi verificato qualche disordine in una consegna di merci e Giovanni aveva uno di quei suoi interventi ruvidi nel funzionamento del suo magazzino del quale egli raramente si occupava volendo avere la mente libera per fare – come diceva lui – solo quello che nessun altro avrebbe potuto fare in vece sua. Urlava più del consueto come se avesse voluto incidere nelle orecchie dei suoi dipendenti le sue disposizioni. Credo si trattasse di stabilire la forma in cui dovevano svolgersi i rapporti fra l'ufficio e il magazzino.

– Questa carta – urlava Giovanni passando dalla mano destra alla sinistra una carta ch'egli aveva strappata da un libro, – sarà firmata da te e l'impiegato che la riceverà te ne darà una identica firmata da lui.

Fissava in faccia i suoi interlocutori ora traverso gli occhiali ed ora al disopra di essi e concluse con un altro urlo:

– Avete capito?

Voleva riprendere le sue spiegazioni da capo, ma a me sembrava di perdere troppo tempo. Avevo il sentimento curioso che affrettandomi avrei potuto meglio battermi per Ada, mentre poi m'accorsi con grande sorpresa che nessuno m'aspettava e che io nessuno aspettavo, e che non c'era niente da fare per me. Andai a Giovanni con la mano tesa:

– Vengo da lei questa sera.

Egli fu subito da me, mentre gli altri si tiravano in disparte.

– Perché non la vediamo da tanto tempo? – domandò con semplicità.

Io fui colto da una meraviglia che mi confuse. Era proprio questa la domanda che Ada non m'aveva fatta e cui avrei avuto diritto. Se non ci fossero stati quegli altri, io avrei parlato sinceramente con Giovanni che quella domanda m'aveva fatta e m'aveva provata la sua innocenza in quella ch'io oramai sentivo quale una congiura ai miei danni. Lui solo era innocente e meritava la mia fiducia.

Forse subito allora non pensai con tanta chiarezza e ne è prova il fatto che non ebbi la pazienza di aspettare che l'impiegato ed i facchini si fossero allontanati. Eppoi volevo studiare se forse ad Ada non fosse stata impedita quella domanda dall'arrivo inopinato di Guido.

Ma anche Giovanni m'impedì di parlare, manifestando una grande fretta di ritornare al suo lavoro.

– Ci vediamo allora questa sera. Sentirà un violinista quale non ha sentito mai. Si presenta quale un dilettante del violino solo perché ha tanti di quei denari che non si degna di farne la sua professione. Intende di dedicarsi al commercio. – Si strinse nelle spalle in atto di dispregio. – Io, che pur amo il commercio, al posto suo non venderei che delle note. Non so se lei lo conosce. È un certo Guido Speier.

– Davvero? Davvero? – dissi simulando compiacenza, scotendo la testa e aprendo la bocca, movendo insomma tutto quello che potevo raggiungere per mio volere. Quel bel giovinotto sapeva anche sonare il violino? – Davvero? Tanto bene? – Speravo che Giovanni avesse scherzato e con l'esagerazione delle sue lodi avesse voluto significare che Guido non fosse altro che un tartassatore del violino. Ma egli scoteva la testa sempre con grande ammirazione.

Gli strinsi la mano:

– Arrivederci!

M'avviai zoppicando alla porta. Fui fermato da un dubbio. Forse avrei fatto meglio di non accettare quell'invito nel quale caso avrei dovuto prevenirne Giovanni. Mi volsi per ritornare a lui, ma allora m'accorsi ch'egli mi guardava con grande attenzione proteso per innanzi per vedermi più da vicino. Questo non seppi sopportare e me ne andai!

Un violinista! Se era vero ch'egli sonava tanto bene, io semplicemente ero un uomo distrutto. Almeno non avessi sonato io quell'istrumento o non mi fossi lasciato indurre di sonarlo in casa Malfenti. Avevo portato il violino in quella casa non per conquistare col mio suono il cuore della gente, ma quale un pretesto per prolungarvi le mie visite. Ero stato una bestia! Avrei potuto usare di tanti altri pretesti meno compromettenti!

Nessuno potrà dire ch'io m'abbandoni ad illusioni sul conto mio. So di avere un alto sentimento musicale e non è per affettazione ch'io ricerco la musica più complessa; però il mio stesso alto sentimento musicale m'avverte e m'avvertì da anni, ch'io mai arriverò a sonare in modo da dar piacere a chi m'ascolta. Se tuttavia continuo a sonare, lo faccio per la stessa ragione per cui continuo a curarmi. Io potrei sonare bene se non fossi malato, e corro dietro alla salute anche quando studio l'equilibrio sulle quattro corde. C'è una lieve paralisi nel mio organismo, e sul violino si rivela intera e perciò più facilmente guaribile. Anche l'essere più basso quando sa che cosa sieno le terzine, le quartine o le sestine, sa passare dalle une alle altre con esattezza ritmica come il suo occhio sa passare da un colore all'altro. Da me, invece, una di quelle figure, quando l'ho fatta, mi si appiccica e non me ne libero più, così ch'essa s'intrufola nella figura seguente e la sforma. Per mettere al posto giusto le note, io devo battermi il tempo coi piedi e con la testa, ma addio disinvoltura, addio serenità, addio musica. La musica che proviene da un organismo equilibrato è lei stessa il tempo ch'essa crea ed esaurisce. Quando la farò così sarò guarito.

Per la prima volta pensai di abbandonare il campo, lasciare Trieste e andare altrove in cerca di svago. Non c'era più nulla da sperare. Ada era perduta per me. Ne ero certo! Non sapevo io forse, ch'essa avrebbe sposato un uomo dopo di averlo vagliato e pesato come se si fosse trattato di concedergli un'onorificenza accademica? Mi pareva ridicolo perché veramente il violino fra esseri umani non avrebbe potuto contare nella scelta di un marito, ma ciò non mi salvava. Io sentivo l'importanza di quel suono. Era decisiva come dagli uccelli canori.

Mi rintanai nel mio studio e il giorno festivo per gli altri non era ancora finito! Trassi il violino dalla busta, indeciso se mandarlo a pezzi o suonarlo. Poi lo provai come se avessi voluto dargli l'ultimo addio e infine mi misi a studiare l'eterno Kreutzer. In quello stesso posto avevo fatto percorrere tanti di quei chilometri al mio arco, che nel mio disorientamento mi rimisi a percorrerne macchinalmente degli altri.

Tutti coloro che si dedicarono a quelle maledette quattro corde sanno come, finché si viva isolati, si creda che ogni piccolo sforzo apporti un corrispondente progresso. Se così non fosse, chi accetterebbe di sottoporsi a quei lavori forzati senza termine, come se si avesse avuta la disgrazia di ammazzare qualcuno? Dopo un po' di tempo mi parve che la mia lotta con Guido non fosse definitivamente perduta. Chissà che forse non mi fosse concesso d'intervenire fra Guido e Ada con un violino vittorioso?

Non era presunzione questa, ma il mio solito ottimismo da cui mai seppi liberarmi. Ogni minaccia di sventura m'atterrisce dapprima, ma subito dopo è dimenticata nella fiducia più sicura di saper evitarla. Lì, poi, non occorreva che rendere più benevolo il mio giudizio sulle mie capacità di violinista. Nelle arti in genere si sa che il giudizio sicuro risulta dal confronto, che qui mancava. Eppoi il proprio violino echeggia tanto vicino all'orecchio che ha breve la via al cuore. Quando, stanco, smisi di suonare, mi dissi:

– Bravo Zeno, hai guadagnato il tuo pane.

Senz'alcuna esitazione mi recai dai Malfenti. Avevo accettato l'invito ed oramai non potevo mancare. Mi parve di buon augurio che la cameriera m'accogliesse con un sorriso gentile e la domanda se fossi stato male per non esser venuto per tanto tempo. Le diedi una mancia. Per bocca sua tutta la famiglia di cui essa era la rappresentante, mi faceva quella domanda.

Essa mi condusse al salotto ch'era immerso nell'oscurità più profonda. Arrivatovi dalla piena luce dell'anticamera, per un momento non vidi nulla e non osai movermi. Poi scorsi varie figure disposte intorno ad un tavolino, in fondo al salotto, abbastanza lontano da me.

Fui salutato dalla voce di Ada che nell'oscurità mi parve sensuale. Sorridente, una carezza:

– S'accomodi, da quella parte e non turbi gli spiriti! – Se continuava così io non li avrei certamente turbati.

Da un altro punto della periferia del tavolino echeggiò un'altra voce, di Alberta o forse di Augusta:

– Se vuole prendere parte all'evocazione, c'è qui ancora un posticino libero.

Io ero ben risoluto di non lasciarmi mettere in disparte e avanzai risoluto verso il punto donde m'era provenuto il saluto di Ada. Urtai col ginocchio contro lo spigolo di quel tavolino veneziano ch'era tutto spigoli. Ne ebbi un dolore intenso, ma non mi lasciai arrestare e andai a cadere su un sedile offertomi non sapevo da chi, fra due fanciulle di cui una, quella alla mia destra, pensai fosse Ada e l'altra Augusta. Subito, per evitare ogni contatto con questa, mi spinsi verso l'altra. Ebbi però il dubbio

che mi sbagliassi e alla vicina di destra domandai per sentirne la voce:
– Aveste già qualche comunicazione dagli spiriti?
Guido, che mi parve sedesse a me di faccia, m'interruppe. Imperiosamente gridò:
– Silenzio!
Poi, più mitemente:
– Raccoglietevi e pensate intensamente al morto che desiderate di evocare.

Io non ho alcun'avversione per i tentativi di qualunque genere di spiare il mondo di là. Ero anzi seccato di non aver introdotto io in casa di Giovanni quel tavolino, giacché vi otteneva tale successo. Ma non mi sentivo di obbedire agli ordini di Guido e perciò non mi raccolsi affatto. Poi m'ero fatti tanti di quei rimproveri per aver permesso che le cose arrivassero a quel punto senz'aver detta una parola chiara ad Ada, che giacché avevo la fanciulla accanto, in quell'oscurità tanto favorevole, avrei chiarito tutto. Fui trattenuto solo dalla dolcezza di averla tanto vicina a me dopo di aver temuto di averla perduta per sempre. Intuivo la dolcezza delle stoffe tiepide che sfioravano i miei vestiti e pensavo anche che così stretti l'uno all'altra, il mio toccasse il suo piedino che di sera sapevo vestito di uno stivaletto laccato. Era addirittura troppo dopo un martirio tanto lungo.

Parlò di nuovo Guido:
– Ve ne prego, raccoglietevi. Supplicate ora lo spirito che invocaste di manifestarsi movendo il tavolino.

Mi piaceva ch'egli continuasse ad occuparsi del tavolino. Oramai era evidente che Ada si rassegnava di portare quasi tutto il mio peso! Se non m'avesse amato non m'avrebbe sopportato. Era venuta l'ora della chiarezza. Tolsi la mia destra dal tavolino e pian pianino le posi il braccio alla taglia:
– Io vi amo, Ada! – dissi a bassa voce e avvicinando la mia faccia alla sua per farmi sentire meglio.

La fanciulla non rispose subito. Poi, con un soffio di voce, però quella di Augusta, mi disse:
– Perché non veniste per tanto tempo?
La sorpresa e il dispiacere quasi mi facevano crollare dal mio sedile. Subito sentii che se io dovevo finalmente eliminare quella seccante fanciulla dal mio destino, pure dovevo usarle il riguardo che un buon cavaliere quale son io, deve tributare alla donna che lo ama e sia dessa la più brutta che mai sia stata creata. Come m'amava! Nel mio dolore sentii il suo amore. Non poteva essere altro che l'amore che le aveva suggerito di non dirmi ch'essa non era Ada, ma di farmi la domanda che da Ada avevo attesa invano e che lei invece certo s'era preparata di farmi subito quando m'avesse rivisto.
Seguii un mio istinto e non risposi alla sua domanda, ma, dopo una breve esitazione, le dissi:
– Ho tuttavia piacere di essermi confidato a voi, Augusta, che io credo tanto buona!
Mi rimisi subito in equilibrio sul mio treppiede. Non potevo avere la chiarezza con Ada, ma intanto l'avevo completa con Augusta. Qui non potevano esserci altri malintesi.
Guido ammonì di nuovo:
– Se non volete star zitti, non c'è alcuno scopo di passare qui il nostro tempo all'oscuro!
Egli non lo sapeva, ma io avevo tuttavia bisogno di un po' di oscurità che m'isolasse e mi permettesse di raccogliermi. Avevo scoperto il mio errore e il solo equilibrio che avessi riconquistato era quello sul mio sedile.
Avrei parlato con Ada, ma alla chiara luce. Ebbi il sospetto che alla mia sinistra non ci fosse lei, ma Alberta. Come accertarmene? Il dubbio mi fece quasi cadere a sinistra e, per riconquistare l'equilibrio, mi poggiai sul tavolino. Tutti si misero ad urlare: – Si muove, si muove! – Il mio atto involontario avrebbe potuto condurmi alla chiarezza. Donde veniva la voce di Ada? Ma Guido coprendo con la sua la voce di tutti, impose quel

silenzio che io, tanto volentieri, avrei imposto a lui. Poi con voce mutata, supplice (imbecille!) parlò con lo spirito ch'egli credeva presente:

– Te ne prego, di' il tuo nome designandone le lettere in base all'alfabeto nostro!

Egli prevedeva tutto: aveva paura che lo spirito ricordasse l'alfabeto greco.

Io continuai la commedia sempre spiando l'oscurità alla ricerca di Ada. Dopo una lieve esitazione feci alzare il tavolino per sette volte così che la lettera G era acquisita. L'idea mi parve buona e per quanto la U che seguiva costasse innumerevoli movimenti, dettai netto netto il nome di Guido. Non dubito che dettando il suo nome, io non fossi diretto dal desiderio di relegarlo fra gli spiriti.

Quando il nome di Guido fu perfetto, Ada finalmente parlò:

– Qualche vostro antenato? – suggerì. Sedeva proprio accanto a lui. Avrei voluto muovere il tavolino in modo da cacciarlo fra loro due e dividerli.

– Può essere! – disse Guido. Egli credeva di avere degli antenati, ma non mi faceva paura. La sua voce era alterata da una reale emozione che mi diede la gioia che prova uno schermidore quando s'accorge che l'avversario è meno temibile di quanto egli credesse. Non era mica a sangue freddo ch'egli faceva quegli esperimenti. Era un vero imbecille! Tutte le debolezze trovavano facilmente il mio compatimento, ma non la sua.

Poi egli si rivolse allo spirito:

– Se ti chiami Speier fa un movimento solo. Altrimenti movi il tavolino per due volte. – Giacché egli voleva avere degli antenati, lo compiacqui movendo il tavolino per due volte.

– Mio nonno! – mormorò Guido.

Poi la conversazione con lo spirito camminò più rapida. Allo spirito fu domandato se volesse dare delle notizie. Rispose di sì. D'affari od altre? D'affari! Questa risposta fu preferita solo perché per darla bastava movere il tavolo per una volta sola.

Guido domandò poi se si trattava di buone o di cattive notizie. Le cattive dovevano essere designate con due movimenti ed io, – questa volta senz'alcun'esitazione, – volli movere il tavolo per due volte. Ma il secondo movimento mi fu contrastato e doveva esserci qualcuno nella compagnia che avrebbe desiderato che le nuove fossero buone. Ada, forse? Per produrre quel secondo movimento mi gettai addirittura sul tavolino e vinsi facilmente! Le notizie erano cattive!

Causa la lotta, il secondo movimento risultò eccessivo e spostò addirittura tutta la compagnia.

– Strano! – mormorò Guido. Poi, deciso, urlò:

– Basta! Basta! Qui qualcuno si diverte alle nostre spalle!

Fu un comando cui molti nello stesso tempo ubbidirono e il salotto fu subito inondato dalla luce accesa in più punti. Guido mi parve pallido! Ada s'ingannava sul conto di quell'individuo ed io le avrei aperti gli occhi.

Nel salotto, oltre alle tre fanciulle, v'erano la signora Malfenti ed un'altra signora la cui vista m'ispirò imbarazzo e malessere perché credetti fosse la zia Rosina. Per ragioni differenti le due signore ebbero da me un saluto compassato.

Il bello si è ch'ero rimasto al tavolino, solo accanto ad Augusta. Era una nuova compromissione, ma non sapevo rassegnarmi d'accompagnarmi a tutti gli altri che attorniavano Guido, il quale con qualche veemenza spiegava come avesse capito che il tavolo veniva mosso non da uno spirito ma da un malizioso in carne ed ossa. Non Ada, lui stesso aveva tentato di frenare il tavolino fattosi troppo chiacchierino. Diceva:

– Io trattenni il tavolino con tutte le mie forze per impedire che si movesse la seconda volta. Qualcuno dovette addirittura gettarsi su di esso per vincere la mia resistenza.

Bello quel suo spiritismo: Uno sforzo potente non poteva provenire da uno spirito!

Guardai la povera Augusta per vedere quale aspetto avesse dopo di aver avuta la mia dichiarazione d'amore per sua sorella.

Era molto rossa, ma mi guardava con un sorriso benevolo. Solo allora si decise di confermare d'aver sentita quella dichiarazione:
– Non lo dirò a nessuno! – mi disse a bassa voce.
Ciò mi piacque molto.
– Grazie, – mormorai stringendole la mano non piccola, ma modellata perfettamente. Io ero disposto di diventare un buon amico di Augusta mentre prima di allora ciò non sarebbe stato possibile perché io non so essere l'amico delle persone brutte. Ma sentivo una certa simpatia per la sua taglia che avevo stretta e che avevo trovata più sottile di quanto l'avessi creduta. Anche la sua faccia era discreta, e pareva deforme solo causa quell'occhio che batteva una strada non sua. Avevo certamente esagerata quella deformità ritenendola estesa fino alla coscia.

Avevano fatto portare della limonata per Guido. Mi avvicinai al gruppo che tuttavia l'attorniava e m'imbattei nella signora Malfenti che se ne staccava. Ridendo di gusto le domandai.
– Abbisogna di un cordiale? – Ella ebbe un lieve movimento di disprezzo con le labbra:
– Non sembrerebbe un uomo! – disse chiaramente.

Io mi lusingai che la mia vittoria potesse avere un'importanza decisiva. Ada non poteva pensare altrimenti della madre. La vittoria ebbe subito l'effetto che non poteva mancare in un uomo fatto come son io. Mi sparì ogni rancore e non volli che Guido soffrisse ulteriormente. Certo il mondo sarebbe meno aspro se molti mi somigliassero.

Sedetti a lui da canto e, senza guardare gli altri, gli dissi:
– Dovete scusarmi, signor Guido. Mi sono permesso uno scherzo di cattivo genere. Sono stato io che ho fatto dichiarare al tavolino di essere mosso da uno spirito portante il vostro stesso nome. Non l'avrei fatto se avessi saputo che anche vostro nonno aveva quel nome.

Guido tradì nella sua cera, che si schiarì, come la mia comunicazione fosse importante per lui. Non volle però ammetterlo e mi disse:

– Queste signore sono troppo buone! Io non ho mica bisogno di conforto. La cosa non ha alcun'importanza. Vi ringrazio per la vostra sincerità, ma io avevo già indovinato che qualcuno aveva indossata la parrucca di mio nonno.

Rise, soddisfatto, dicendomi:

– Siete molto robusto, voi! Avrei dovuto indovinare che il tavolo veniva mosso dal solo altro uomo della compagnia.

M'ero dimostrato più forte di lui, infatti, ma presto dovetti sentirmi di lui più debole. Ada mi guardava con occhio poco amico e m'aggredì, le belle guancie infiammate:

– Mi dispiace per voi che abbiate potuto credervi autorizzato ad uno scherzo simile.

Mi mancò il fiato e, balbettando, dissi:

– Volevo ridere! Credevo che nessuno di noi avrebbe presa sul serio quella storia del tavolino.

Era un po' tardi per attaccare Guido ed anzi, se avessi avuto un orecchio sensibile, avrei sentito che, mai più, in una lotta con lui, la vittoria avrebbe potuto essere mia. L'ira che Ada mi dimostrava era ben significativa. Come non intesi ch'essa era già tutta sua? Ma io m'ostinavo nel pensiero ch'egli non la meritava perché non era l'uomo ch'essa cercava col suo occhio serio. Non l'aveva sentito persino la signora Malfenti?

Tutti mi protestero e aggravarono la mia situazione. La signora Malfenti disse ridendo:

– Non fu che uno scherzo riuscito benissimo. – La zia Rosina aveva tuttavia il grosso corpo vibrante dal ridere e diceva ammirando:

– Magnifica!

Mi spiacque che Guido fosse tanto amichevole. Già, a lui non importava altro che di essere sicuro che le cattive notizie che il tavolino gli aveva date, non fossero state portate da uno spirito. Mi disse:

– Scommetto che dapprima non avete mosso il tavolo di proposito. L'avrete mosso la prima volta senza volerlo, eppoi appena avrete deciso di moverlo con malizia. Così la cosa conserverebbe una certa importanza, cioè soltanto fino al momento in cui non decideste di sabotare la vostra ispirazione.

Ada si volse e mi guardò con curiosità. Essa stava per manifestare a Guido una devozione eccessiva perdonandomi perché Guido m'aveva concesso il suo perdono. Glielo impedii:

– Ma no! – dissi deciso. – Io ero stanco d'aspettare quegli spiriti che non volevano venire e li sostituii per divertirmi.

Ada mi volse le spalle arcuandole in modo ch'ebbi tutto il sentimento d'essere stato schiaffeggiato. Persino i riccioli alla sua nuca mi parve significassero disdegno.

Come sempre, invece che guardare e ascoltare, ero tutt'occupato dal mio proprio pensiero. M'opprimeva il fatto che Ada si comprometteva orribilmente. Ne provavo un forte dolore come dinanzi alla rivelazione che la donna mia mi tradisse. Ad onta di quelle sue manifestazioni d'affetto per Guido, essa tuttavia poteva ancora essere mia, ma sentivo che non le avrei mai perdonato il suo contegno. È il mio pensiero troppo lento per saper seguire gli avvenimenti che si svolgono senz'attendere che nel mio cervello si siano cancellate le impressioni lasciatevi dagli avvenimenti precedenti? Io dovevo tuttavia movermi sulla via segnatami dal mio proposito. Una vera, una cieca ostinazione. Volli anzi rendere il mio proposito più forte registrandolo un'altra volta. Andai ad Augusta che mi guardava ansiosamente con un sincero sorriso incoraggiante sulla faccia e le dissi serio e accorato:

– È forse l'ultima volta ch'io vengo in casa vostra perché io, questa sera stessa, dichiarerò il mio amore ad Ada.

– Non dovete farlo, – mi disse essa supplice. – Non v'accorgete di quello che qui succede? Mi dispiacerebbe se aveste a soffrirne.

Essa continuava a frapporsi fra me e Ada. Le dissi proprio per farle dispetto:

– Parlerò con Ada perché lo debbo. M'è poi del tutto indifferente quello ch'essa risponderà.

Zoppicai di nuovo verso Guido. Giunto accanto a lui, guardandomi in uno specchio, accesi una sigaretta. Nello specchio mi vidi molto pallido ciò che per me è una ragione per impallidire di più. Lottai per sentirmi meglio ed apparire disinvolto. Nel duplice sforzo la mia mano distratta afferrò il bicchiere di Guido. Una volta afferratolo non seppi far di meglio che vuotarlo.

Guido si mise a ridere:

– Così saprete tutti i miei pensieri perché poco fa ho bevuto anch'io da quel bicchiere.

Il sapore del limone m'è sempre sgradito. Quello dovette apparirmi velenoso addirittura perché, prima di tutto, per aver bevuto dal suo bicchiere a me parve d'aver subito un contatto odioso con Guido eppoi perché fui colpito nello stesso tempo dall'espressione d'impazienza iraconda che si stampò sulla faccia di Ada. Chiamò subito la cameriera per ordinarle un altro bicchiere di limonata e insistette nel suo ordine ad onta che Guido dichiarasse di non aver più sete.

Allora fui veramente compassionevole. Essa si comprometteva sempre più.

– Scusatemi, Ada, – le dissi sommessamente e guardandola come se mi fossi aspettata qualche spiegazione. – Io non volevo spiacervi.

Poi fui invaso dal timore che i miei occhi si bagnassero di lagrime. Volli salvarmi dal ridicolo. Gridai:

– Mi sono spruzzato del limone nell'occhio.

Mi coprii gli occhi col fazzoletto e perciò non ebbi più bisogno di sorvegliare le mie lagrime e bastò che badassi a non singhiozzare.

Non dimenticherò mai quell'oscurità dietro di quel fazzoletto. Vi celavo le mie lagrime, ma anche un momento di pazzia.

Pensavo ch'io le avrei detto tutto, ch'essa m'avrebbe inteso e amato e ch'io non le avrei perdonato mai più.

Allontanai dalla mia faccia il fazzoletto, lasciai che tutti vedessero i miei occhi lagrimosi e feci uno sforzo per ridere e far ridere:

– Scommetto che il signor Giovanni manda a casa dell'acido citrico per fare le spremute.

In quel momento giunse Giovanni che mi salutò con la sua solita grande cordialità. Ne ebbi un piccolo conforto, che non durò a lungo, perché egli dichiarò ch'era venuto prima del solito per il desiderio di sentir suonare Guido. S'interruppe per domandare ragione delle lagrime che mi bagnavano gli occhi. Gli raccontarono dei miei sospetti sulla qualità delle sue spremute, ed egli ne rise.

Io fui tanto vile d'associarmi con calore alle preghiere che Giovanni rivolgeva a Guido perché suonasse. Ricordavo: non ero io venuto quella sera per sentire il violino di Guido? Ed il curioso è che so d'aver sperato di rabbonire Ada con le mie sollecitazioni a Guido. La guardai sperando d'essere finalmente associato a lei per la prima volta in quella sera. Quale stranezza! Non avevo da parlarle e da non perdonarle? Invece non vidi che le sue spalle e i riccioli sdegnosi alla sua nuca. Era corsa a trarre il violino dalla busta.

Guido domandò di essere lasciato in pace ancora per un quarto d'ora. Pareva esitante. Poi nei lunghi anni in cui lo conobbi feci l'esperienza ch'egli sempre esitava prima di fare le cose anche più semplici di cui veniva pregato. Egli non faceva che ciò che gli piaceva e, prima di consentire ad una preghiera, procedeva ad un'indagine nelle proprie cavità per vedere quello che laggiù si desiderava.

Poi in quella memoranda serata ci fu per me il quarto d'ora più felice. La mia chiacchierata capricciosa fece divertire tutti, Ada compresa. Era certamente dovuta alla mia eccitazione, ma anche al mio sforzo supremo di vincere quel violino minaccioso che s'avvicinava, s'avvicinava... E quel piccolo tratto di tempo che gli altri per opera mia sentirono come tanto divertente, io lo ricordo dedicato ad una lotta affannosa.

Giovanni aveva raccontato che nel tram, sul quale era rincasato, aveva assistito ad una scena penosa. Una donna ne era scesa quando il veicolo era ancora in movimento e tanto malamente da cadere e ferirsi. Giovanni descriveva con un poco di esagerazione la sua ansia all'accorgersi che quella donna s'apprestava a fare quel salto e in modo tale che era evidente sarebbe stata atterrata e forse travolta. Era ben doloroso di prevedere e di non essere più in tempo di salvare.

Io ebbi una trovata. Raccontai che per quelle vertigini che in passato m'avevano fatto soffrire, avevo scoperto un rimedio. Quando vedevo un ginnasta fare i suoi esercizi troppo in alto, o quando assistevo alla discesa da un tram in corsa di persona troppo vecchia o poco abile, mi liberavo da ogni ansia augurando loro dei malanni. Arrivavo persino a modulare le parole con cui auguravo loro di precipitare e sfracellarsi. Ciò mi tranquillava enormemente per cui potevo assistere del tutto inerte alla minaccia della disgrazia. Se i miei augurii poi non si compivano, potevo dirmi ancora più contento.

Guido fu incantato della mia idea che gli pareva una scoperta psicologica. L'analizzava come faceva di tutte le inezie, non vedeva l'ora di poter provare il rimedio. Ma faceva una riserva: che i malaugurii non facessero aumentare le disgrazie. Ada s'associò al suo riso ed ebbe per me persino un'occhiata d'ammirazione. Io, baggeo, ne ebbi una grande soddisfazione. Ma scoprii che non era vero ch'io non avrei più saputo perdonarle: anche questo era un grande vantaggio.

Si rise insieme moltissimo, da buoni ragazzi che si vogliono bene. Ad un certo momento ero rimasto da una parte del salotto, solo con zia Rosina. Essa parlava ancora del tavolino. Abbastanza grassa, stava immobile sulla sua sedia e mi parlava senza guardarmi. Io trovai il modo di far capire agli altri che mi seccavo e tutti mi guardavano, senza farsi vedere dalla zia, ridendo discretamente.

Per aumentare l'ilarità mi pensai di dirle senz'alcuna preparazione:

– Ma Lei, signora, è molto rimessa, la trovo ringiovanita.

Ci sarebbe stato da ridere se essa si fosse arrabbiata. Ma la signora invece di arrabbiarsi mi si dimostrò gratissima e mi raccontò che infatti s'era molto rimessa dopo di una recente malattia. Fui tanto stupito da quella risposta che la mia faccia dovette assumere un aspetto molto comico così che l'ilarità che aveva sperata non mancò. Poco dopo l'enigma mi fu spiegato. Seppi, cioè, che non era zia Rosina, ma zia Maria, una sorella della signora Malfenti. Avevo così eliminato da quel salotto una fonte di malessere per me, ma non la maggiore.

A un dato momento Guido domandò il violino. Faceva a meno per quella sera dell'accompagnamento del piano, eseguendo la *Chaconne*. Ada gli porse il violino con un sorriso di ringraziamento. Egli non la guardò, ma guardò il violino come se avesse voluto segregarsi seco e con l'ispirazione. Poi si mise in mezzo al salotto volgendo la schiena a buona parte della piccola società, toccò lievemente le corde con l'arco per accordarle e fece anche qualche arpeggio. S'interruppe per dire con un sorriso:

– Un bel coraggio il mio, quando si pensi che non ho toccato il violino dall'ultima volta in cui suonai qui!

Ciarlatano! Egli volgeva le spalle anche ad Ada. Io la guardai ansiosamente per vedere se essa ne soffrisse. Non pareva! Aveva poggiato il gomito su un tavolino e il mento sulla mano raccogliendosi per ascoltare.

Poi, contro di me, si mise il grande Bach in persona. Giammai, né prima né poi, arrivai a sentire a quel modo la bellezza di quella musica nata su quelle quattro corde come un angelo di Michelangelo in un blocco di marmo. Solo il mio stato d'animo era nuovo per me e fu desso che m'indusse a guardare estatico in su, come a cosa novissima. Eppure io lottavo per tenere quella musica lontana da me. Mai cessai di pensare: «Bada! Il violino è una sirena e si può far piangere con esso anche senz'avere il cuore di un eroe!». Fui assaltato da quella musica che mi prese. Mi parve dicesse la mia malattia e i miei dolori con indulgenza e mitigandoli con sorrisi e carezze. Ma era Guido che parlava! Ed io cercavo di sottrarmi alla musica dicendomi: «Per saper fare ciò, basta disporre di un organismo ritmico, una mano sicura e una capacità d'imitazione; tutte cose che io non ho, ciò che non è un'inferiorità, ma una sventura».

Io protestavo, ma Bach procedeva sicuro come il destino. Cantava in alto con passione e scendeva a cercare il basso ostinato che sorprendeva per quanto l'orecchio e il cuore l'avessero anticipato: proprio al suo posto! Un attimo più tardi e il canto sarebbe dileguato e non avrebbe potuto essere raggiunto dalla risonanza; un attimo prima e si sarebbe sovrapposto al canto, strozzandolo. Per Guido ciò non avveniva: non gli tremava il braccio neppure affrontando Bach e ciò era una vera inferiorità.

Oggi che scrivo ho tutte le prove di ciò. Non gioisco per aver visto allora tanto esattamente. Allora ero pieno di odio e quella musica, ch'io accettavo come la mia anima stessa, non seppe addolcirlo. Poi venne la vita volgare di ogni giorno e l'annullò senza che da parte mia vi fosse alcuna resistenza. Si capisce! La vita volgare sa fare tante di quelle cose. Guai se i geni se ne accorgessero!

Guido cessò di suonare sapientemente. Nessuno plaudì fuori di Giovanni, e per qualche istante nessuno parlò. Poi, purtroppo, sentii io il bisogno di parlare. Come osai di farlo davanti a gente che il mio violino conosceva? Pareva parlasse il mio violino che invano anelava alla musica e biasimasse l'altro sul quale – non si poteva negarlo – la musica era divenuta vita, luce ed aria.

– Benissimo! – dissi e aveva tutto il suono di una concessione più che di un applauso. – Ma però non capisco perché, verso la chiusa, abbiate voluto scandere quelle note che il Bach segnò legate.

Io conoscevo la *Chaconne* nota per nota. C'era stata un'epoca in cui avevo creduto che, per progredire, avrei dovuto affrontare di simili imprese e per lunghi mesi passai il tempo a compitare battuta per battuta alcune composizioni del Bach.

Sentii che in tutto il salotto non v'era per me che biasimo e derisione. Eppure parlai ancora lottando contro quell'ostilità.

– Bach – aggiunsi – è tanto modesto nei suoi mezzi che non ammette un arco fatturato a quel modo.

Io avevo probabilmente ragione, ma era anche certo ch'io non avrei neppur saputo fatturare l'arco a quel modo.

Guido fu subito altrettanto spropositato quanto lo ero stato io. Dichiarò:

– Forse Bach non conosceva la possibilità di quell'espressione. Gliela regalo io!

Egli montava sulle spalle di Bach, ma in quell'ambiente nessuno protestò mentre mi si aveva deriso perché io avevo tentato di montare soltanto sulle sue.

Allora avvenne una cosa di minima importanza, ma che fu per me decisiva. Da una stanza abbastanza lontana da noi echeggiarono le urla della piccola Anna. Come si seppe poi, era caduta insanguinandosi le labbra. Fu così ch'io per qualche minuto mi trovai solo con Ada perché tutti uscirono di corsa dal salotto. Guido, prima di seguire gli altri, aveva posto il suo prezioso violino nelle mani di Ada.

– Volete dare a me quel violino? – domandai io ad Ada vedendola esitante se seguire gli altri. Davvero che non m'ero ancora accorto che l'occasione tanto sospirata s'era finalmente presentata.

Ella esitò, ma poi una sua strana diffidenza ebbe il sopravvento. Trasse il violino ancora meglio a sé:

– No – rispose, – non occorre ch'io vada con gli altri. Non credo che Anna si sia fatta tanto male. Essa strilla per nulla.

Sedette col suo violino e a me parve che con quest'atto essa m'avesse invitato di parlare. Del resto, come avrei potuto io andar a casa senz'aver parlato? Che cosa avrei poi fatto in quella lunga notte? Mi vedevo ribaltarmi da destra a sinistra nel mio letto o correre per le vie o le bische in cerca di svago. No! Non dovevo abbandonare quella casa senz'essermi procurata la chiarezza e la calma.

Cercai di essere semplice e breve. Vi ero anche costretto perché mi mancava il fiato. Le dissi:

– Io vi amo, Ada. Perché non mi permettereste di parlarne a vostro padre?

Ella mi guardò stupita e spaventata. Temetti che si mettesse a strillare come la piccina, là fuori. Io sapevo che il suo occhio sereno e la sua faccia dalle linee tanto precise non sapevano l'amore, ma tanto lontana dall'amore come ora, non l'avevo mai vista. Incominciò a parlare e disse qualcosa che doveva essere come un esordio. Ma io volevo la chiarezza: un sì o un no! Forse m'offendeva già quanto mi pareva un'esitazione. Per fare presto e indurla a decidersi, discussi il suo diritto di prendersi tempo:

– Ma come non ve ne sareste accorta? A voi non era possibile di credere ch'io facessi la corte ad Augusta!

Volli mettere dell'enfasi nelle mie parole, ma, nella fretta, la misi fuori di posto e finì che quel povero nome di Augusta fu accompagnato da un accento e da un gesto di disprezzo.

Fu così che levai Ada dall'imbarazzo. Essa non rilevò altro che l'offesa fatta ad Augusta:

– Perché credete di essere superiore ad Augusta? Io non penso mica che Augusta accetterebbe di divenire vostra moglie!

Poi appena ricordò che mi doveva una risposta:

– In quanto a me... mi meraviglia che vi sia capitata una cosa simile in testa.

La frase acre doveva vendicare l'Augusta. Nella mia grande confusione pensai che anche il senso della parola non avesse avuto altro scopo; se mi avesse schiaffeggiato credo che sarei stato esitante a studiarne la ragione. Perciò ancora insistetti:

– Pensateci, Ada. Io non sono un uomo cattivo. Sono ricco... Sono un po' bizzarro, ma mi sarà facile di correggermi.

Anche Ada fu più dolce, ma parlò di nuovo di Augusta.

– Pensateci anche voi, Zeno: Augusta è una buona fanciulla e farebbe veramente al caso vostro. Io non posso parlare per conto suo, ma credo...

Era una grande dolcezza di sentirmi invocare da Ada per la prima volta col mio prenome. Non era questo un invito a parlare ancora più chiaro? Forse era perduta per me, o almeno non avrebbe accettato subito di sposarmi, ma intanto bisognava evitare che si compromettesse di più con Guido sul conto del quale dovevo aprirle gli occhi. Fui accorto, e prima di tutto le dissi che stimavo e rispettavo Augusta, ma che assolutamente non volevo sposarla. Lo dissi due volte per farmi intendere chiaramente: «io non volevo sposarla». Così potevo sperare di aver rabbonita Ada che prima aveva creduto io volessi offendere Augusta.

– Una buona, una cara, un'amabile ragazza quell'Augusta; ma non fa per me.

Poi appena precipitai le cose, perché c'era del rumore sul corridoio e mi poteva essere tagliata la parola da un momento all'altro.

– Ada! Quell'uomo non fa per voi. È un imbecille! Non v'accorgeste come sofferse per i responsi del tavolino? Avete visto il suo bastone? Suona bene il violino, ma vi sono anche delle scimmie che sanno suonarlo. Ogni sua parola tradisce il bestione...

Essa, dopo d'esser stata ad ascoltarmi con l'aspetto di chi non sa risolversi ad ammettere nel loro senso le parole che gli sono dirette, m'interruppe. Balzò in piedi sempre col violino e l'arco in mano e mi soffiò addosso delle parole offensive. Io feci del mio meglio per dimenticarle e vi riuscii. Ricordo solo che cominciò col domandarmi ad alta voce come avevo potuto parlare così di lui e di lei! Io feci gli occhi grandi dalla sorpresa perché mi pareva di non aver parlato che di lui solo. Dimenticai le tante parole sdegnose ch'essa mi diresse, ma non la sua bella, nobile e sana faccia arrossata dallo sdegno e dalle linee rese più precise, quasi marmoree, dall'indignazione. Quella non dimenticai più e quando penso al mio amore e alla mia giovinezza, rivedo la faccia bella e nobile e sana di Ada nel momento in cui essa m'eliminò definitivamente dal suo destino.

Ritornarono tutti in gruppo intorno alla signora Malfenti che teneva in braccio Anna ancora piangente. Nessuno si occupò di me o di Ada ed io, senza salutare nessuno, uscii dal salotto; nel corridoio presi il mio cappello. Curioso! Nessuno veniva a trattenermi. Allora mi trattenni da solo, ricordando ch'io non dovevo mancare alle regole della buona educazione e che perciò prima di andarmene dovevo salutare compitamente tutti. Vero è che non dubito io non sia stato impedito di abbandonare quella casa dalla convinzione che troppo presto sarebbe cominciata per me la notte ancora peggiore delle cinque notti che l'avevano preceduta. Io che finalmente avevo la chiarezza, sentivo ora un altro bisogno: quello della pace, la pace con tutti. Se avessi saputo eliminare ogni asprezza dai miei rapporti con Ada e con tutti gli altri, mi sarebbe stato più facile di dormire. Perché aveva da sussistere tale asprezza? Se non potevo prendermela neppure con Guido il quale se anche non ne aveva alcun merito, certamente non aveva nessuna colpa di essere stato preferito da Ada!

Essa era la sola che si fosse accorta della mia passeggiata sul corridoio e, quando mi vide ritornare, mi guardò ansiosa. Temeva di una scena? Subito volli rassicurarla. Le passai accanto e mormorai:

– Scusate se vi ho offesa!

Essa prese la mia mano e, rasserenata, la strinse. Fu un grande conforto. Io chiusi per un istante gli occhi per isolarmi con la mia anima e vedere quanta pace gliene fosse derivata.

Il mio destino volle che mentre tutti ancora si occupavano della bimba, io mi trovassi seduto accanto ad Alberta. Non l'avevo vista e di lei non m'accorsi che quando essa mi parlò dicendomi:

– Non s'è fatta nulla. Il grave è la presenza di papà il quale, se la vede piangere, le fa un bel regalo.

Io cessai dall'analizzarmi perché mi vidi intero! Per avere la pace io avrei dovuto fare in modo che quel salotto non mi fosse mai più interdetto. Guardai Alberta! Somigliava ad Ada! Era un po' di lei più piccola e portava sul suo organismo evidenti dei segni non ancora cancellati dell'infanzia. Facilmente alzava la voce, e il suo riso spesso eccessivo le contraeva la faccina e gliel'arrossava. Curioso! In quel momento ricordai una raccomandazione di mio padre: «Scegli una donna giovine e ti sarà più facile di educarla a modo tuo». Il ricordo fu decisivo. Guardai ancora Alberta. Nel mio pensiero m'industriavo di spogliarla e mi piaceva così dolce e tenerella come supposi fosse.

Le dissi:

– Sentite, Alberta! Ho un'idea: avete mai pensato che siete nell'età di prendere marito?

– Io non penso di sposarmi! – disse essa sorridendo e guardandomi mitemente, senz'imbarazzo o rossore. – Penso invece di continuare i miei studii. Anche mamma lo desidera.

– Potreste continuare gli studii anche dopo sposata.

Mi venne un'idea che mi parve spiritosa e le dissi subito:

– Anch'io penso d'iniziarli dopo essermi sposato.

Essa rise di cuore, ma io m'accorsi che perdevo il mio tempo, perché non era con tali scipitezze che si poteva conquistare una moglie e la pace. Bisognava essere serii. Qui poi era facile perché venivo accolto tutt'altrimenti che da Ada.

Fui veramente serio. La mia futura moglie doveva intanto sapere tutto. Con voce commossa le dissi:

– Io, poco fa, ho indirizzata ad Ada la stessa proposta che ora feci a voi. Essa rifiutò con sdegno. Potete figurarvi in quale stato io mi trovi.

Queste parole accompagnate da un atteggiamento di tristezza non erano altro che la mia ultima dichiarazione d'amore per Ada. Divenivo troppo serio e, sorridendo, aggiunsi:

– Ma credo che se voi accettaste di sposarmi, io sarei felicissimo e dimenticherei per voi tutto e tutti.

Essa si fece molto seria per dirmi:

– Non dovete offendervene, Zeno, perché mi dispiacerebbe. Io faccio una grande stima di voi. So che siete un buon diavolo eppoi, senza saperlo, sapete molte cose, mentre i miei professori sanno esattamente tutto quello che sanno. Io non voglio sposarmi. Forse mi ricrederò, ma per il momento non ho che una mèta: vorrei diventare una scrittrice. Vedete quale fiducia vi dimostro. Non lo dissi mai a nessuno e spero non mi tradirete. Dal canto mio, vi prometto che non ripeterò a nessuno la vostra proposta.

– Ma anzi potete dirlo a tutti! – la interruppi io con stizza. Mi sentivo di nuovo sotto la minaccia di essere espulso da quel salotto e corsi al riparo. C'era poi un solo modo per attenuare in Alberta l'orgoglio di aver potuto respingermi ed io l'adottai non appena lo scopersi. Le dissi:

– Io ora farò la stessa proposta ad Augusta e racconterò a tutti che la sposai perché le sue due sorelle mi rifiutarono!

Ridevo di un buon umore eccessivo che m'aveva colto in seguito alla stranezza del mio procedere. Non era nella parola che mettevo lo spirito di cui ero tanto orgoglioso, ma nelle azioni.

Mi guardai d'intorno per trovare Augusta. Era uscita sul corridoio con un vassoio sul quale non v'era che un bicchiere semivuoto contenente un calmante per Anna. La seguii di corsa chiamandola per nome ed essa s'addossò alla parete per aspettarmi. Mi misi a lei di faccia e subito le dissi:

– Sentite, Augusta, volete che noi due ci sposiamo?

La proposta era veramente rude. Io dovevo sposare lei e lei me, ed io non domandavo quello ch'essa pensasse né pensavo potrebbe toccarmi di essere io costretto di dare delle spiegazioni. Se non facevo altro che quello che tutti volevano!

Essa alzò gli occhi dilatati dalla sorpresa. Così quello sbilenco era anche più differente del solito dall'altro. La sua faccia vellutata e bianca, dapprima impallidì di più, eppoi subito si congestionò. Afferrò con la destra il bicchiere che ballava sul vassoio. Con un filo di voce mi disse:

– Voi scherzate e ciò è male.

Temetti si mettesse a piangere ed ebbi la curiosa idea di consolarla dicendole della mia tristezza.

– Io non scherzo, – dissi serio e triste. – Domandai dapprima la sua mano ad Ada che me la rifiutò con ira, poi domandai ad Alberta di sposarmi ed essa, con belle parole, vi si rifiutò anch'essa. Non serbo rancore né all'una né all'altra. Solo mi sento molto, ma molto infelice.

Dinanzi al mio dolore essa si ricompose e si mise a guardarmi commossa, riflettendo intensamente. Il suo sguardo somigliava ad una carezza che non mi faceva piacere.

– Io devo dunque sapere e ricordare che voi non mi amate? – domandò.

Che cosa significava questa frase sibillina? Preludiava ad un consenso? Voleva ricordare! Ricordare per tutta la vita da trascorrersi con me? Ebbi il sentimento di chi per ammazzarsi si sia messo in una posizione pericolosa ed ora sia costretto a faticare per salvarsi. Non sarebbe stato meglio che anche Augusta m'avesse rifiutato e che mi fosse stato concesso di ritornare sano e salvo nel mio studiolo nel quale neppure quel giorno stesso m'ero sentito troppo male? Le dissi:

– Sì! Io non amo che Ada e sposerei ora voi...

Stavo per dirle che non potevo rassegnarmi di divenire un estraneo per Ada e che perciò mi contentavo di divenirle cognato.

Sarebbe stato un eccesso, ed Augusta avrebbe di nuovo potuto credere che volessi dileggiarla. Perciò dissi soltanto:
– Io non so più rassegnarmi di restar solo.

Essa rimaneva tuttavia poggiata alla parete del cui sostegno forse sentiva il bisogno; però pareva più calma ed il vassoio era ora tenuto da una sola mano. Ero salvo e cioè dovevo abbandonare quel salotto, o potevo restarci e dovevo sposarmi? Dissi delle altre parole, solo perché impaziente di aspettare le sue che non volevano venire:
– Io sono un buon diavolo e credo che con me si possa vivere facilmente anche senza che ci sia un grande amore.

Questa era una frase che nei lunghi giorni precedenti avevo preparata per Ada per indurla a dirmi di sì anche senza sentire per me un grande amore.

Augusta ansava leggermente e taceva ancora. Quel silenzio poteva anche significare un rifiuto, il più delicato rifiuto che si potesse immaginare: io quasi sarei scappato in cerca del mio cappello, in tempo per porlo su una testa salva.

Invece Augusta, decisa, con un movimento dignitoso che mai dimenticai, si rizzò e abbandonò il sostegno della parete. Nel corridoio non largo essa si avvicinò così ancora di più a me che le stavo di faccia. Mi disse:
– Voi, Zeno, avete bisogno di una donna che voglia vivere per voi e vi assista. Io voglio essere quella donna.

Mi porse la mano paffutella ch'io quasi istintivamente baciai. Evidentemente non c'era più la possibilità di fare altrimenti. Devo poi confessare che in quel momento fui pervaso da una soddisfazione che m'allargò il petto. Non avevo più da risolvere niente, perché tutto era stato risolto. Questa era la vera chiarezza.

Fu così che mi fidanzai. Fummo subito festeggiatissimi. Il mio somigliava un poco al grande successo del violino di Guido, tanti furono gli applausi di tutti. Giovanni mi baciò e mi diede subito del tu. Con eccessiva espressione di affetto mi disse:

– Mi sentivo tuo padre da molto tempo, dacché cominciai a darti dei consigli per il tuo commercio.

La mia futura suocera mi porse anch'essa la guancia che sfiorai. A quel bacio non sarei sfuggito neppure se avessi sposato Ada.

– Vede ch'io avevo indovinato tutto, – mi disse con una disinvoltura incredibile e che non fu punita perché io non seppi né volli protestare.

Essa poi abbracciò Augusta e la grandezza del suo affetto si rivelò in un singhiozzo che le sfuggì interrompendo le sue manifestazioni di gioia. Io non potevo soffrire la signora Malfenti, ma devo dire che quel singhiozzo colorì, almeno per tutta quella sera, di una luce simpatica e importante il mio fidanzamento.

Alberta, raggiante, mi strinse la mano:

– Io voglio essere per voi una buona sorella. – E Ada:

– Bravo, Zeno! – Poi, a bassa voce: – Sappiatelo: giammai un uomo che creda di aver fatta una cosa con precipitazione, ha agito più saviamente di voi.

Guido mi diede una grande sorpresa:

– Da questa mattina avevo capito che volevate una o l'altra delle signorine Malfenti, ma non arrivavo a sapere quale.

Non dovevano dunque essere molto intimi se Ada non gli aveva parlato della mia corte! Che avessi davvero agito precipitosamente?

Poco dopo però, Ada mi disse ancora:

– Vorrei che mi voleste bene come un fratello. Il resto sia dimenticato: io non dirò mai nulla a Guido.

Era del resto bello di aver provocata tanta gioia in una famiglia. Non potevo goderne molto, solo perché ero molto stanco. Ero anche assonnato. Ciò provava che avevo agito con grande accortezza. La mia notte sarebbe stata buona.

A cena Augusta ed io assistemmo muti ai festeggiamenti che ci venivano fatti. Essa sentì il bisogno di scusarsi della sua incapacità di prender parte alla conversazione generale:

– Non so dir nulla. Dovete ricordare che, mezz'ora fa, io non sapevo quello che stava per succedermi.

Essa diceva sempre l'esatta verità. Si trovava fra il riso e il pianto e mi guardò. Volli accarezzarla anch'io con l'occhio e non so se vi riuscii.

Quella stessa sera a quel tavolo subii un'altra lesione. Fui ferito proprio da Guido.

Pare che poco prima ch'io fossi giunto per prendere parte alla seduta spiritistica, Guido avesse raccontato che nella mattina io avevo dichiarato di non essere una persona distratta. Gli diedero subito tante di quelle prove ch'io avevo mentito che, per vendicarsi, (o forse per far vedere ch'egli sapeva disegnare) fece due mie caricature. Nella prima ero rappresentato come, col naso in aria, mi poggiavo su un ombrello puntato a terra. Nella seconda l'ombrello s'era spezzato e il manico m'era penetrato nella schiena. Le due caricature raggiungevano lo scopo e facevano ridere col mezzuccio semplice che l'individuo che doveva rappresentarmi – invero affatto somigliante, ma caratterizzato da una grande calvizie – era identico nel primo e nel secondo schizzo e si poteva perciò figurarselo tanto distratto da non aver cambiato di aspetto per il fatto che un ombrello lo aveva trafitto.

Tutti risero molto e anzi troppo. Mi dolse intensamente il tentativo tanto ben riuscito di gettare su me del ridicolo. E fu allora che per la prima volta fui colto dal mio dolore lancinante. Quella sera mi dolsero l'avambraccio destro e l'anca. Un intenso bruciore, un formicolio nei nervi come se avessero minacciato di rattrappirsi. Stupito portai la mano destra all'anca e con la mano sinistra afferrai l'avambraccio colpito. Augusta mi domandò:

– Che hai?

Risposi che sentivo un dolore al posto contuso da quella caduta al caffè della quale s'era parlato anche quella sera stessa.

Feci subito un energico tentativo per liberarmi da quel dolore. Mi parve che ne sarei guarito se avessi saputo vendicarmi dell'ingiuria che m'era stata fatta. Domandai un pezzo di carta ed una matita e tentai di disegnare un individuo che veniva oppresso da un tavolino ribaltatoglisi addosso. Misi poi accanto a lui un bastone sfuggitogli di mano in seguito alla catastrofe. Nessuno riconobbe il bastone e perciò l'offesa non riuscì quale io l'avrei voluta. Perché poi si riconoscesse chi fosse quell'individuo e come fosse capitato in quella posizione, scrissi di sotto: «Guido Speier alle prese col tavolino». Del resto di quel disgraziato sotto al tavolino non si vedevano che le gambe, che avrebbero potuto somigliare a quelle di Guido se non le avessi storpiate ad arte, e lo spirito di vendetta non fosse intervenuto a peggiorare il mio disegno già tanto infantile.

Il dolore assillante mi fece lavorare in grande fretta. Certo giammai il mio povero organismo fu talmente pervaso dal desiderio di ferire e se avessi avuta in mano la sciabola invece di quella matita che non sapevo muovere, forse la cura sarebbe riuscita.

Guido rise sinceramente del mio disegno, ma poi osservò mitemente:

– Non mi pare che il tavolino m'abbia nociuto!

Non gli aveva infatti nociuto ed era questa l'ingiustizia di cui mi dolevo.

Ada prese i due disegni di Guido e disse di voler conservarli. Io la guardai per esprimerle il mio rimprovero ed essa dovette stornare il suo sguardo dal mio. Avevo il diritto di rimproverarla perché faceva aumentare il mio dolore.

Trovai una difesa in Augusta. Essa volle che sul mio disegno mettessi la data del nostro fidanzamento perché voleva conservare anche lei quello sgorbio. Un'onda calda di sangue inondò le mie vene a tale segno d'affetto che per la prima volta riconobbi tanto importante per me. Il dolore però non cessò e dovetti pensare che se quell'atto d'affetto mi fosse venuto da Ada, esso avrebbe provocata nelle mie vene una tale ondata di sangue che tutti i detriti accumulatisi nei miei nervi ne sarebbero stati spazzati via.

Quel dolore non m'abbandonò più. Adesso, nella vecchiaia, ne soffro meno perché, quando mi coglie, lo sopporto con indulgenza: «Ah! Sei qui, prova evidente che sono stato giovine?». Ma in gioventù fu altra cosa. Io non dico che il dolore sia stato grande, per quanto talvolta m'abbia impedito il libero movimento o mi abbia tenuto desto per notti intere. Ma esso occupò buona parte della mia vita. Volevo guarirne! Perché avrei dovuto portare per tutta la vita sul mio corpo stesso lo stigma del vinto? Divenire addirittura il monumento ambulante della vittoria di Guido? Bisognava cancellare dal mio corpo quel dolore.

Così cominciarono le cure. Ma, subito dopo, l'origine rabbiosa della malattia fu dimenticata e mi fu ora persino difficile di ritrovarla. Non poteva essere altrimenti: io avevo una grande fiducia nei medici che mi curarono e credetti loro sinceramente quando attribuirono quel dolore ora al ricambio ed ora alla circolazione difettosa, poi alla tubercolosi o a varie infezioni di cui qualcuna vergognosa. Devo poi confessare che tutte le cure m'arrecarono qualche sollievo temporaneo per cui ogni volta l'eventuale nuova diagnosi sembrava confermata. Prima o poi risultava meno esatta, ma non del tutto erronea, perché da me nessuna funzione è idealmente perfetta.

Una volta sola ci fu un vero errore: una specie di veterinario nelle cui mani m'ero posto, s'ostinò per lungo tempo ad attaccare il mio nervo sciatico coi suoi vescicanti e finì coll'essere beffato dal mio dolore che improvvisamente, durante una seduta, saltò dall'anca alla coppa, lungi perciò da ogni connessione col nervo sciatico. Il cerusico s'arrabbiò e mi mise alla porta ed io me ne andai – me lo ricordo benissimo – niente affatto offeso, ammirato invece che il dolore al nuovo posto non avesse cambiato per nulla. Rimaneva rabbioso e irraggiungibile come quando m'aveva torturata l'anca. È strano come ogni parte del nostro corpo sappia dolere allo stesso modo.

Tutte le altre diagnosi vivono esattissime nel mio corpo e si battono fra di loro per il primato. Vi sono delle giornate in cui vivo per la diatesi urica ed altre in cui la diatesi è uccisa, cioè guarita, da un'infiammazione delle vene. Io ho dei cassetti interi di medicinali e sono i soli cassetti miei che tengo io stesso in ordine. Io amo le mie medicine e so che quando ne abbandono una, prima o poi vi ritornerò. Del resto non credo di aver perduto il mio tempo. Chissà da quanto tempo e di quale malattia io sarei già morto se il mio dolore in tempo non le avesse simulate tutte per indurmi a curarle prima ch'esse m'afferrassero.

Ma pur senza saper spiegarne l'intima natura, io so quando il mio dolore per la prima volta si formò. Proprio per quel disegno tanto migliore del mio. Una goccia che fece traboccare il vaso! Io sono sicuro di non aver mai prima sentito quel dolore. Ad un medico volli spiegarne l'origine, ma non m'intese. Chissà? Forse la psico-analisi porterà alla luce tutto il rivolgimento che il mio organismo subì in quei giorni e specialmente nelle poche ore che seguirono al mio fidanzamento.

Non furono neppure poche, quelle ore!

Quando, tardi, la compagnia si sciolse, Augusta lietamente mi disse:

– A domani!

L'invito mi piacque perché provava che avevo raggiunto il mio scopo e che niente era finito e tutto avrebbe continuato il giorno appresso. Essa mi guardò negli occhi e trovò i miei vivamente annuenti così da confortarla. Scesi quegli scalini, che non contai più, domandandomi:

– Chissà se l'amo?

È un dubbio che m'accompagnò per tutta la vita e oggidì posso pensare che l'amore accompagnato da tanto dubbio sia il vero amore.

Ma neppure dopo abbandonata quella casa, mi fu concesso di andar a coricarmi e raccogliere il frutto della mia attività di quella serata in un sonno lungo e ristoratore. Faceva caldo. Guido sentì il bisogno di un gelato e m'invitò ad accompagnarlo ad un caffè. S'aggrappò amichevolmente al mio braccio ed io, altrettanto amichevolmente, sostenni il suo. Egli era una persona molto importante per me e non avrei saputo rifiutargli niente. La grande stanchezza che avrebbe dovuto cacciarmi a letto, mi rendeva più arrendevole del solito.

Entrammo proprio nella bottega ove il povero Tullio m'aveva infettato con la sua malattia, e ci mettemmo a sedere ad un tavolo appartato. Sulla via il mio dolore che io ancora non sapevo quale compagno fedele mi sarebbe stato, m'aveva fatto soffrire molto e, per qualche istante, mi parve si attenuasse perché mi fu concesso di sedere.

La compagnia di Guido fu addirittura terribile. S'informava con grande curiosità della storia dei miei amori con Augusta. Sospettava ch'io lo ingannassi? Gli dissi sfacciatamente che io di Augusta m'ero innamorato subito alla mia prima visita in casa Malfenti. Il mio dolore mi rendeva ciarliero, quasi avessi voluto gridare più di esso. Ma parlai troppo e se Guido fosse stato più attento si sarebbe accorto che io non ero tanto innamorato di Augusta. Parlai della cosa più interessante nel corpo di Augusta, cioè quell'occhio sbilenco che a torto faceva credere che anche il resto non fosse al suo vero posto. Poi volli spiegare perché non mi fossi fatto avanti prima. Forse Guido era meravigliato di avermi visto capitare in quella casa all'ultimo momento per fidanzarmi. Urlai:

– Intanto le signorine Malfenti sono abituate ad un grande lusso ed io non potevo sapere se ero al caso di addossarmi una cosa simile.

Mi dispiacque di aver così parlato anche di Ada, ma non v'era più rimedio; era tanto difficile di isolare Augusta da Ada! Continuai abbassando la voce per sorvegliarmi meglio:

– Dovetti perciò fare dei calcoli. Trovai che il mio denaro non bastava. Allora mi misi a studiare se potevo allargare il mio commercio.

Dissi poi che, per fare quei calcoli, avevo avuto bisogno di molto tempo e che perciò m'ero astenuto dal far visita ai Malfenti per cinque giorni. Finalmente la lingua abbandonata a se stessa era arrivata ad un po' di sincerità. Ero vicino al pianto e, premendomi l'anca, mormorai:

– Cinque giorni son lunghi!

Guido disse che si compiaceva di scoprire in me una persona tanto previdente.

Io osservai seccamente:

– La persona previdente non è più gradevole della stordita!

Guido rise:

– Curioso che il previdente senta il bisogno di difendere lo stordito!

Poi, senz'altra transizione, mi raccontò seccamente ch'egli era in procinto di domandare la mano di Ada. M'aveva trascinato al caffè per farmi quella confessione oppure s'era seccato di aver dovuto starmi a sentire per tanto tempo a parlare di me e si procurava la rivincita?

Io sono quasi sicuro d'esser riuscito a dimostrare la massima sorpresa e la massima compiacenza. Ma subito dopo trovai il modo di addentarlo vigorosamente:

– Adesso capisco perché ad Ada piacque tanto quel Bach svisato a quel modo! Era ben suonato, ma *gli Otto proibiscono di lordare* in certi posti.

La botta era forte e Guido arrossì dal dolore. Fu mite nella risposta perché ora gli mancava l'appoggio di tutto il suo piccolo pubblico entusiasta.

– Dio mio! – cominciò per guadagnar tempo. – Talvolta suonando si cede ad un capriccio. In quella stanza pochi conoscevano il Bach ed io lo presentai loro un poco modernizzato.

Parve soddisfatto della sua trovata, ma io ne fui soddisfatto altrettanto perché mi parve una scusa e una sommissione. Ciò bastò a mitigarmi e, del resto, per nulla al mondo avrei voluto litigare col futuro marito di Ada. Proclamai che raramente avevo sentito un dilettante che suonasse così bene.

A lui non bastò: osservò ch'egli poteva essere considerato quale un dilettante, solo perché non accettava di presentarsi come professionista.

Non voleva altro? Gli diedi ragione. Era evidente ch'egli non poteva essere considerato quale un dilettante.

Così fummo di nuovo buoni amici.

Poi, di punto in bianco, egli si mise a dir male delle donne. Restai a bocca aperta! Ora che lo conosco meglio, so ch'egli si lancia a un discorrere abbondante in qualsiasi direzione quando si crede sicuro di piacere al suo interlocutore. Io, poco prima, avevo parlato del lusso delle signorine Malfenti, ed egli ricominciò a parlare di quello per finire col dire di tutte le altre cattive qualità delle donne. La mia stanchezza m'impediva d'interromperlo e mi limitavo a continui segni d'assenso ch'erano già troppo faticosi per me. Altrimenti, certo, avrei protestato. Io sapevo ch'io avevo ogni ragione di dir male delle donne rappresentate per me da Ada, Augusta e dalla mia futura suocera; ma lui non aveva alcuna ragione di prendersela col sesso rappresentato per lui dalla sola Ada che l'amava.

Era ben dotto, e ad onta della mia stanchezza stetti a sentirlo con ammirazione. Molto tempo dopo scopersi ch'egli aveva fatte sue le geniali teorie del giovine suicida Weininger. Per allora subivo il peso di un secondo Bach. Mi venne persino il dubbio ch'egli volesse curarmi. Perché altrimenti avrebbe voluto convincermi che la donna non sa essere né geniale né buona? A me parve che la cura non riuscì perché somministrata da Guido. Ma conservai quelle teorie e le perfezionai con la lettura del Weininger. Non guariscono però mai, ma sono una comoda compagnia quando si corre dietro alle donne.

Finito il suo gelato, Guido sentì il bisogno di una boccata d'aria fresca e m'indusse ad accompagnarlo ad una passeggiata verso la periferia della città.

Ricordo: da giorni, in città, si anelava ad un poco di pioggia da cui si sperava qualche sollievo al caldo anticipato. Io non m'ero neppure accorto di quel caldo. Quella sera il cielo aveva cominciato a coprirsi di leggere nubi bianche, di quelle da cui il popolo spera la pioggia abbondante, ma una grande luna s'avanzava nel cielo intensamente azzurro dov'era ancora limpido, una di quelle lune dalle guancie gonfie che lo stesso popolo crede capaci di mangiare le nubi. Era infatti evidente che là dov'essa toccava, scioglieva e nettava.

Volli interrompere il chiacchierio di Guido che mi costringeva ad un annuire continuo, una tortura, e gli descrissi il bacio nella luna scoperto dal poeta Zamboni: com'era dolce quel bacio nel centro delle nostre notti in confronto all'ingiustizia che Guido accanto a me commetteva! Parlando e scotendomi dal torpore in cui ero caduto a forza di assentire, mi parve che il mio dolore s'attenuasse. Era il premio per la mia ribellione e vi insistetti.

Guido dovette adattarsi di lasciare per un momento in pace le donne e guardare in alto. Ma per poco! Scoperta, in seguito alle mie indicazioni, la pallida immagine di donna nella luna, ritornò al suo argomento con uno scherzo di cui rise fortemente, ma solo lui, nella via deserta:

– Vede tante cose quella donna! Peccato ch'essendo donna non sa ricordarle.

Faceva parte della sua teoria (o di quella del Weininger) che la donna non può essere geniale perché non sa ricordare.

Arrivammo sotto la via Belvedere. Guido disse che un po' di salita ci avrebbe fatto bene. Anche questa volta lo compiacqui. Lassù, con uno di quei movimenti che si confanno meglio ai giovanissimi ragazzi, egli si sdraiò sul muricciuolo che arginava la via da quella sottostante. Gli pareva di fare un atto di coraggio esponendosi ad una caduta di una diecina di metri. Sentii dapprima il solito ribrezzo al vederlo esposto a tanto pericolo, ma poi ricordai il sistema da me escogitato quella sera stessa, in uno slancio d'improvvisazione, per liberarmi da quell'affanno e mi misi ad augurare ferventemente ch'egli cadesse.

In quella posizione egli continuava a predicare contro le donne. Diceva ora che abbisognavano di giocattoli come i bambini, ma di alto prezzo. Ricordai che Ada diceva di amare molto i gioielli. Era dunque proprio di lei ch'egli parlava? Ebbi allora un'idea spaventosa! Perché non avrei fatto fare a Guido quel salto di dieci metri? Non sarebbe stato giusto di sopprimere costui che mi portava via Ada senz'amarla? In quel momento mi pareva che quando l'avessi ucciso, avrei potuto correre da Ada per averne subito il premio. Nella strana notte piena di luce, a me era parso ch'essa stesse a sentire come Guido l'infamava.

Debbo confessare ch'io in quel momento m'accinsi veramente ad uccidere Guido! Ero in piedi accanto a lui ch'era sdraiato sul basso muricciuolo ed esaminai freddamente come avrei dovuto afferrarlo per essere sicuro del fatto mio. Poi scopersi che non avevo neppur bisogno di afferrarlo. Egli giaceva sulle proprie braccia incrociate dietro la testa, e sarebbe bastata una buona spinta improvvisa per metterlo senza rimedio fuori d'equilibrio.

Mi venne un'altra idea che mi parve tanto importante da poter compararla alla grande luna che s'avanzava nel cielo nettandolo: avevo accettato di fidanzarmi ad Augusta per essere sicuro di dormir bene quella notte. Come avrei potuto dormire se avessi ammazzato Guido? Quest'idea salvò me e lui. Volli subito abbandonare quella posizione nella quale sovrastavo a Guido e che mi seduceva a quell'azione. Mi piegai sulle ginocchia abbattendomi su me stesso e arrivando quasi a toccare il suolo con la mia testa:

– Che dolore, che dolore! – urlai.

Spaventato, Guido balzò in piedi a domandarmi delle spiegazioni. Io continuai a lamentarmi più mitemente senza rispondere. Sapevo perché mi lamentavo: perché avevo voluto uccidere e forse, anche, perché non avevo saputo farlo. Il dolore e il lamento scusavano tutto. Mi pareva di gridare ch'io non avevo voluto uccidere e mi pareva anche di gridare che non era colpa mia se non avevo saputo farlo. Tutto era colpa della mia malattia e del mio dolore. Invece ricordo benissimo che proprio allora il mio dolore scomparve del tutto e che il mio lamento rimase una pura commedia cui io invano cercai di dare un contenuto evocando il dolore e ricostruendolo per sentirlo e soffrirne. Ma fu uno sforzo vano perché esso non ritornò che quando volle.

Come al solito Guido procedeva per ipotesi. Fra altro mi domandò se non si fosse trattato dello stesso dolore prodotto da quella caduta al caffè. L'idea mi parve buona e assentii.

Egli mi prese per il braccio e, amorevolmente, mi fece rizzare. Poi, con ogni riguardo, sempre appoggiandomi, mi fece scendere la piccola erta. Quando fummo giù, dichiarai che mi sentivo un poco meglio e che credevo che, appoggiato a lui, avrei potuto procedere più spedito. Così si andava finalmente a letto! Poi era la prima vera grande soddisfazione che quel giorno mi fosse stata accordata. Egli lavorava per me, perché quasi mi portava. Ero io che finalmente gl'imponevo il mio volere.

Trovammo una farmacia ancora aperta ed egli ebbe l'idea di mandarmi a letto accompagnato da un calmante. Costruì tutta una teoria sul dolore reale e sul sentimento esagerato dello stesso: un dolore si moltiplicava per l'esasperazione ch'esso stesso aveva prodotta. Con quella bottiglietta s'iniziò la mia raccolta di medicinali, e fu giusto fosse stata scelta da Guido.

Per dar base più solida alla sua teoria, egli suppose ch'io avessi sofferto di quel dolore da molti giorni. Mi spiacque di non poter compiacerlo. Dichiarai che quella sera, in casa dei Malfenti, io non avevo sentito alcun dolore. Nel momento in cui m'era stata concessa la realizzazione del mio lungo sogno, evidentemente non avevo potuto soffrire.

E per essere sincero volli proprio essere come avevo asserito ch'io fossi e dissi più volte a me stesso: «Io amo Augusta, io non amo Ada. Amo Augusta e questa sera arrivai alla realizzazione del mio lungo sogno».

Così procedemmo nella notte lunare. Suppongo che Guido fosse affaticato dal mio peso, perché finalmente ammutolì. Mi propose però di accompagnarmi fino a letto. Rifiutai e quando mi fu concesso di chiudere la porta di casa dietro di me, diedi un sospiro di sollievo. Ma certamente anche Guido dovette emettere lo stesso sospiro.

Feci gli scalini della mia villa a quattro a quattro e in dieci minuti fui a letto. M'addormentai presto e, nel breve periodo che precede il sonno, non ricordai né Ada né Augusta, ma il solo Guido, così dolce e buono e paziente. Certo, non avevo dimenticato che poco prima avevo voluto ucciderlo, ma ciò non aveva alcun'importanza perché le cose di cui nessuno sa e che non lasciarono delle tracce, non esistono.

Il giorno seguente mi recai alla casa della mia sposa un po' titubante. Non ero sicuro se gl'impegni presi la sera prima avessero il valore ch'io credevo di dover conferire loro. Scopersi che l'avevano per tutti. Anche Augusta riteneva d'essersi fidanzata, anzi più sicuramente di quanto lo credessi io.

Fu un fidanzamento laborioso. Io ho il senso di averlo annullato varie volte e ricostituito con grande fatica e sono sorpreso che nessuno se ne sia accorto. Mai non ebbi la certezza d'avviarmi proprio al matrimonio, ma pare che tuttavia io mi sia comportato da fidanzato abbastanza amoroso. Infatti io baciavo e stringevo al seno la sorella di Ada ogni qualvolta ne avevo la possibilità. Augusta subiva le mie aggressioni come credeva che una sposa dovesse ed io mi comportai relativamente bene, solo perché la signora Malfenti non ci lasciò soli che per brevi istanti. La mia sposa era molto meno brutta di quanto avessi creduto, e la sua più grande bellezza la scopersi baciandola: il suo rossore! Là dove baciavo sorgeva una fiamma in mio onore ed io baciavo più con la curiosità dello sperimentatore che col fervore dell'amante.

Ma il desiderio non mancò e rese un po' più lieve quella grave epoca. Guai se Augusta e sua madre non m'avessero impedito di bruciare quella fiamma in una sola volta come io spesso ne avrei avuto il desiderio. Come si avrebbe continuato a vivere allora? Almeno così il mio desiderio continuò a darmi sulle scale di quella casa la stessa ansia come quando le salivo per andare alla conquista di Ada. Gli scalini dispari mi promettevano che quel giorno avrei potuto far vedere ad Augusta che cosa fosse il fidanzamento ch'essa aveva voluto. Sognavo un'azione violenta che m'avrebbe ridato tutto il sentimento della mia libertà. Non volevo mica altro io ed è ben strano che quando Augusta intese quello ch'io volevo, l'abbia interpretato quale un segno di febbre d'amore.

Nel mio ricordo quel periodo si divide in due fasi. Nella prima la signora Malfenti ci faceva spesso sorvegliare da Alberta o cacciava nel salotto con noi la piccola Anna con una sua maestrina. Ada non fu allora mai associata in alcun modo a noi ed io dicevo a me stesso che dovevo compiacermene, mentre invece ricordo oscuramente di aver pensato una volta che sarebbe stata una bella soddisfazione per me di poter baciare Augusta in presenza di Ada. Chissà con quale violenza l'avrei fatto.

La seconda fase s'iniziò quando Guido ufficialmente si fidanzò con Ada e la signora Malfenti da quella pratica donna che era, unì le due coppie nello stesso salotto perché si sorvegliassero a vicenda.

Della prima fase so che Augusta si diceva perfettamente soddisfatta di me. Quando non l'assaltavo, divenivo di una loquacità straordinaria. La loquacità era un mio bisogno. Me ne procurai l'opportunità figgendomi in capo l'idea che giacché dovevo sposare Augusta, dovessi anche imprenderne l'educazione. L'educavo alla dolcezza, all'affetto e sopra tutto alla fedeltà. Non ricordo esattamente la forma che davo alle mie prediche di cui taluna m'è ricordata da lei che giammai le obliò. M'ascoltava attenta e sommessa. Io, una volta, nella foga dell'insegnamento, proclamai che se essa avesse scoperto un mio tradimento, ne sarebbe conseguito il suo diritto di ripagarmi della stessa moneta. Essa, indignata, protestò che neppure col mio permesso avrebbe saputo tradirmi e che, da un mio tradimento, a lei non sarebbe risultata che la libertà di piangere.

Io credo che tali prediche fatte per tutt'altro scopo che di dire qualche cosa, abbiano avuta una benefica influenza sul mio matrimonio. Di sincero v'era l'effetto ch'esse ebbero sull'animo di Augusta. La sua fedeltà non fu mai messa a prova perché dei miei tradimenti essa mai seppe nulla, ma il suo affetto e la sua dolcezza restarono inalterati nei lunghi anni che passammo insieme, proprio come l'avevo indotta a promettermelo.

Quando Guido si promise, la seconda fase del mio fidanzamento s'iniziò con un mio proponimento che fu espresso così: «Eccomi ben guarito del mio amore per Ada!» Fino ad allora avevo creduto che il rossore di Augusta fosse bastato per guarirmi, ma si vede che non si è mai guariti abbastanza! Il ricordo di quel rossore mi fece pensare ch'esso oramai ci sarebbe stato anche fra Guido e Ada. Questo, molto meglio di quell'altro, doveva abolire ogni mio desiderio.

È della prima fase il desiderio di violare Augusta. Nella seconda fui molto meno eccitato. La signora Malfenti non aveva certo sbagliato organizzando così la nostra sorveglianza con tanto piccolo suo disturbo.

Mi ricordo che una volta scherzando mi misi a baciare Augusta. Invece di scherzare con me, Guido si mise a sua volta a baciare Ada. Mi parve poco delicato da parte sua, perché egli non baciava castamente come avevo fatto io per riguardo a loro, ma baciava Ada proprio nella bocca che addirittura suggeva. Sono certo che in quell'epoca io m'ero già assueffatto a considerare Ada quale una sorella, ma non ero preparato a vederne far uso a quel modo. Dubito anche che ad un vero fratello piacerebbe di veder manipolare così la sorella.

Perciò, in presenza di Guido, io non baciai mai più Augusta. Invece Guido, in mia presenza, tentò un'altra volta di attirare a sé Ada, ma fu dessa che se ne schermì ed egli non ripeté più il tentativo.

Molto confusamente mi ricordo delle tante e tante sere che passammo insieme. La scena che si ripeté all'infinito, s'impresse nella mia mente così: tutt'e quattro eravamo seduti intorno al fine tavolo veneziano su cui ardeva una grande lampada a petrolio coperta da uno schermo di stoffa verde che metteva tutto nell'ombra, meno i lavori di ricamo cui le due fanciulle attendevano, Ada su un fazzoletto di seta che teneva libero in mano, Augusta su un piccolo telaio rotondo. Vedo Guido perorare e dev'essere successo di spesso che sia stato io solo a dargli ragione. Mi ricordo ancora della testa di capelli neri lievemente ricciuti di Ada, rilevati da un effetto strano che vi produceva la luce gialla e verde.

Si discusse di quella luce e anche del colore vero di quei capelli. Guido, che sapeva anche dipingere, ci spiegò come si dovesse analizzare un colore. Neppure questo suo insegnamento non dimenticai più e ancora oggidì, quando voglio intendere meglio il colore di un paesaggio, socchiudo gli occhi finché non spariscano molte linee e non si vedano che le sole luci che anch'esse s'abbrunano nel solo e vero colore. Però, quando mi dedico ad un'analisi simile, sulla mia retina, subito dopo le immagini reali, quasi una reazione mia fisica, riappare la luce gialla e verde e i capelli bruni sui quali per la prima volta educai il mio occhio.

Non so dimenticare una sera che fra tutte fu rilevata da un'espressione di gelosia di Augusta e subito dopo anche da una mia riprovevole indiscrezione. Per farci uno scherzo, Guido e Ada erano andati a sedere lontano da noi, dall'altra parte del salotto, al tavolo Luigi XIV. Così io ebbi presto un dolore al collo che torcevo per parlare con loro. Augusta mi disse:

– Lasciali! Là si fa veramente all'amore.

Ed io, con una grande inerzia di pensiero, le dissi a bassa voce che non doveva crederlo perché Guido non amava le donne. Così m'era sembrato di scusarmi di essermi ingerito nei discorsi dei due amanti. Era invece una malvagia indiscrezione quella di riferire ad Augusta i discorsi sulle donne cui Guido s'abbandonava in mia compagnia, ma giammai in presenza di alcun altro della famiglia delle nostre spose. Il ricordo di quelle mie parole m'amareggiò per varii giorni, mentre posso dire che il ricordo di aver voluto uccidere Guido non m'aveva turbato neppure per un'ora. Ma uccidere e sia pure a tradimento, è cosa più virile che danneggiare un amico riferendo una sua confidenza.

Già allora Augusta aveva torto di essere gelosa di Ada. Non era per vedere Ada ch'io a quel modo torcevo il mio collo. Guido, con la sua loquacità, m'aiutava a trascorrere quel lungo tempo. Io gli volevo già bene e passavo una parte delle mie giornate con lui. Ero legato a lui anche dalla gratitudine che gli portavo per la considerazione in cui egli mi teneva e che comunicava agli altri. Persino Ada stava ora a sentirmi attentamente quando parlavo.

Ogni sera aspettavo con una certa impazienza il suono del *gong* che ci chiamava a cena, e di quelle cene ricordo principalmente la mia perenne indigestione. Mangiavo troppo per un bisogno di tenermi attivo. A cena abbondavo di parole affettuose per Augusta; proprio quanto la mia bocca piena me lo permetteva, e i genitori suoi potevano aver solo la brutta impressione che il grande mio affetto fosse diminuito dalla mia bestiale voracità. Si sorpresero che al mio ritorno dal viaggio di nozze non avessi riportato con me tanto appetito. Sparì quando non si esigette più da me di dimostrare una passione che non sentivo. Non è permesso di farsi veder freddo con la sposa dai suoi genitori nel momento in cui ci si accinge di andar a letto con essa! Augusta ricorda specialmente le affettuose parole che le mormoravo a quel tavolo. Fra boccone e boccone devo averne inventate di magnifiche e resto stupito, quando mi vengono ricordate, perché non mi sembrerebbero mie.

Lo stesso mio suocero, Giovanni il furbo, si lasciò ingannare e, finché visse, quando voleva dare un esempio di una grande passione amorosa, citava la mia per sua figlia, cioè per Augusta. Ne sorrideva beato da quel buon padre ch'egli era, ma gliene derivava un aumento di disprezzo per me, perché secondo lui, non era un vero uomo colui che metteva tutto il proprio destino nelle mani di una donna e che sopra tutto non s'accorgeva che all'infuori della propria v'erano a questo mondo anche delle altre donne. Da ciò si vede che non sempre fui giudicato con giustizia.

Mia suocera, invece, non credette nel mio amore neppure quando la stessa Augusta vi si adagiò piena di fiducia.

Per lunghi anni essa mi squadrò con occhio diffidente, dubbiosa del destino della figliuola sua prediletta. Anche per questa ragione io sono convinto ch'essa deve avermi guidato nei giorni che mi condussero al fidanzamento. Era impossibile d'ingannare anche lei che deve aver conosciuto il mio animo meglio di me stesso.

Venne finalmente il giorno del mio matrimonio e proprio quel giorno ebbi un'ultima esitazione. Avrei dovuto essere dalla sposa alle otto del mattino, e invece alle sette e tre quarti mi trovavo ancora a letto fumando rabbiosamente e guardando la mia finestra su cui brillava, irridendo, il primo sole che durante quell'inverno fosse apparso. Meditavo di abbandonare Augusta! Diveniva evidente l'assurdità del mio matrimonio ora che non m'importava più di restar attaccato ad Ada. Non sarebbero mica avvenute di grandi cose se io non mi fossi presentato all'appuntamento! Eppoi: Augusta era stata una sposa amabile, ma non si poteva mica sapere come si sarebbe comportata la dimane delle nozze. E se subito m'avesse dato della bestia perché m'ero lasciato prendere a quel modo?

Per fortuna venne Guido, ed io, nonché resistere, mi scusai del mio ritardo asserendo di aver creduto che fosse stata stabilita un'altra ora per le nozze. Invece di rimproverarmi, Guido si mise a raccontare di sé e delle tante volte ch'egli, per distrazione, aveva mancato a degli appuntamenti. Anche in fatto di distrazione egli voleva essere superiore a me e dovetti non dargli altro ascolto per arrivare a uscir di casa. Così avvenne che andai al matrimonio a passo di corsa.

Arrivai tuttavia molto tardi. Nessuno mi rimproverò e tutti meno la sposa s'accontentarono di certe spiegazioni che Guido diede in vece mia. Augusta era tanto pallida che persino le sue labbra erano livide. Se anche non potevo dire di amarla, pure è certo che non avrei voluto farle del male. Tentai di riparare e commisi la bestialità d'attribuire al mio ritardo ben tre cause. Erano troppe e raccontavano con tanta chiarezza quello ch'io avevo meditato là nel mio letto, guardando il sole invernale, che si dovette ritardare la nostra partenza per la chiesa onde dar tempo ad Augusta di rimettersi.

All'altare dissi di sì distrattamente perché nella mia viva compassione per Augusta stavo escogitando una quarta spiegazione al mio ritardo e mi pareva la migliore di tutte.

Invece, quando uscimmo dalla chiesa, m'accorsi che Augusta aveva ricuperati tutti i suoi colori. Ne ebbi una certa stizza perché quel mio sì non avrebbe mica dovuto bastare a rassicurarla del mio amore. E mi preparavo a trattarla molto rudemente se si fosse rimessa da tanto da darmi della bestia perché m'ero lasciato prendere a quel modo. Invece, a casa sua, approfittò di un momento in cui ci lasciarono soli, per dirmi piangendo:

– Non dimenticherò mai che, pur non amandomi, mi sposasti.

Io non protestai perché la cosa era stata tanto evidente che non si poteva. Ma, pieno di compassione, l'abbracciai.

Poi di tutto questo non si parlò più fra me ed Augusta perché il matrimonio è una cosa ben più semplice del fidanzamento. Una volta sposati non si discute più d'amore e, quando si sente il bisogno di dirne, l'animalità interviene presto a rifare il silenzio. Ora tale animalità può essere divenuta tanto umana da complicarsi e falsificarsi ed avviene che, chinandosi su una capigliatura femminile, si faccia anche lo sforzo di evocarvi una luce che non c'è. Si chiudono gli occhi e la donna diventa un'altra per ridivenire lei quando la si abbandona. A lei s'indirizza tutta la gratitudine e maggiore ancora se lo sforzo riuscì. È per questo che se io avessi da nascere un'altra volta (madre natura è capace di tutto!) accetterei di sposare Augusta, ma mai di promettermi con lei.

Alla stazione Ada mi porse la guancia al bacio fraterno. Io la vidi solo allora, frastornato com'ero dalla tanta gente ch'era venuta ad accompagnarci e subito pensai: «Sei proprio tu che mi cacciasti in questi panni!» Avvicinai le mie labbra alla sua guancia vellutata badando di non sfiorarla neppure. Fu la prima soddisfazione di quel giorno, perché per un istante sentii quale vantaggio mi derivasse dal mio matrimonio: m'ero vendicato rifiutando d'approfittare dell'unica occasione che m'era stata offerta di baciare Ada! Poi, mentre il treno correva, seduto accanto ad Augusta, dubitai di non aver fatto bene. Temevo ne fosse compromessa la mia amicizia con Guido. Però soffrivo di più quando pensavo che forse Ada non s'era neppure accorta che non avevo baciata la guancia che mi aveva offerta.

Essa se ne era accorta, ma io non lo seppi che quando, a sua volta, molti mesi dopo, partì con Guido da quella stessa stazione. Tutti essa baciò. A me solo offerse con grande cordialità la mano. Io gliela strinsi freddamente. La sua vendetta arrivava proprio in ritardo perché le circostanze erano del tutto mutate. Dal ritorno dal mio viaggio di nozze avevamo avuti dei rapporti fraterni e non si poteva spiegare perché mi avesse escluso dal bacio.

6.
LA MOGLIE E L'AMANTE

Nella mia vita ci furono varii periodi in cui credetti di essere avviato alla salute e alla felicità. Mai però tale fede fu tanto forte come nel tempo in cui durò il mio viaggio di nozze eppoi qualche settimana dopo il nostro ritorno a casa. Cominciò con una scoperta che mi stupì: io amavo Augusta com'essa amava me. Dapprima diffidente, godevo intanto di una giornata e m'aspettavo che la seguente fosse tutt'altra cosa. Ma una seguiva e somigliava all'altra, luminosa, tutta gentilezza di Augusta ed anche – ciò ch'era la sorpresa – mia. Ogni mattina ritrovavo in lei lo stesso commosso affetto e in me la stessa riconoscenza che, se non era amore, vi somigliava molto. Chi avrebbe potuto prevederlo quando avevo zoppicato da Ada ad Alberta per arrivare ad Augusta? Scoprivo di essere stato non un bestione cieco diretto da altri, ma un uomo abilissimo. E vedendomi stupito, Augusta mi diceva:

– Ma perché ti sorprendi? Non sapevi che il matrimonio è fatto così? Lo sapevo pur io che sono tanto più ignorante di te!

Non so più se dopo o prima dell'affetto, nel mio animo si formò una speranza, la grande speranza di poter finire col somigliare ad Augusta ch'era la salute personificata. Durante il fidanzamento io non avevo neppur intravvista quella salute, perché tutto immerso a studiare me in primo luogo eppoi Ada e Guido. La lampada a petrolio in quel salotto non era mai arrivata ad illuminare gli scarsi capelli di Augusta.

Altro che il suo rossore! Quando questo sparve con la semplicità con cui i colori dell'aurora spariscono alla luce diretta del sole, Augusta batté sicura la via per cui erano passate le sue sorelle su questa terra, quelle sorelle che possono trovare tutto nella legge e nell'ordine o che altrimenti a tutto rinunziano. Per quanto la sapessi mal fondata perché basata su di me, io amavo, io adoravo quella sicurezza. Di fronte ad essa io dovevo comportarmi almeno con la modestia che usavo quando si trattava di spiritismo. Questo poteva essere e poteva perciò esistere anche la fede nella vita.

Però mi sbalordiva; da ogni sua parola, da ogni suo atto risultava che in fondo essa credeva la vita eterna. Non che la dicesse tale: si sorprese anzi che una volta io, cui gli errori ripugnavano prima che non avessi amati i suoi, avessi sentito il bisogno di ricordargliene la brevità. Macché! Essa sapeva che tutti dovevano morire, ma ciò non toglieva che oramai ch'eravamo sposati, si sarebbe rimasti insieme, insieme, insieme. Essa dunque ignorava che quando a questo mondo ci si univa, ciò avveniva per un periodo tanto breve, breve, breve, che non s'intendeva come si fosse arrivati a darsi del tu dopo di non essersi conosciuti per un tempo infinito e pronti a non rivedersi mai più per un altro infinito tempo. Compresi finalmente che cosa fosse la perfetta salute umana quando indovinai che il presente per lei era una verità tangibile in cui si poteva segregarsi e starci caldi. Cercai di esservi ammesso e tentai di soggiornarvi risoluto di non deridere me e lei, perché questo conato non poteva essere altro che la mia malattia ed io dovevo almeno guardarmi dall'infettare chi a me s'era confidato. Anche perciò, nello sforzo di proteggere lei, seppi per qualche tempo movermi come un uomo sano.

Essa sapeva tutte le cose che fanno disperare, ma in mano sua queste cose cambiavano di natura. Se anche la terra girava non occorreva mica avere il mal di mare! Tutt'altro! La terra girava, ma tutte le altre cose restavano al loro posto. E queste cose immobili avevano un'importanza enorme: l'anello di matrimonio, tutte le gemme e i vestiti, il verde, il nero, quello da passeggio che andava in armadio quando si arrivava a casa e quello di sera che in nessun caso si avrebbe potuto indossare di giorno, né quando io non m'adattavo di mettermi in marsina. E le ore dei pasti erano tenute rigidamente e anche quelle del sonno. Esistevano, quelle ore, e si trovavano sempre al loro posto.

Di domenica essa andava a Messa ed io ve l'accompagnai talvolta per vedere come sopportasse l'immagine del dolore e della morte. Per lei non c'era, e quella visita le infondeva serenità per tutta la settimana. Vi andava anche in certi giorni festivi ch'essa sapeva a mente. Niente di più, mentre se io fossi stato religioso mi sarei garantita la beatitudine stando in chiesa tutto il giorno.

C'erano un mondo di autorità anche quaggiù che la rassicuravano. Intanto quella austriaca o italiana che provvedeva alla sicurezza sulle vie e nelle case ed io feci sempre del mio meglio per associarmi anche a quel suo rispetto. Poi v'erano i medici, quelli che avevano fatto tutti gli studii regolari per salvarci quando – Dio non voglia – ci avesse a toccare qualche malattia. Io ne usavo ogni giorno di quell'autorità: lei, invece, mai. Ma perciò io sapevo il mio atroce destino quando la malattia mortale m'avesse raggiunto, mentre lei credeva che anche allora, appoggiata solidamente lassù e quaggiù, per lei vi sarebbe stata la salvezza.

Io sto analizzando la sua salute, ma non ci riesco perché m'accorgo che, analizzandola, la converto in malattia. E, scrivendone, comincio a dubitare se quella salute non avesse avuto bisogno di cura o d'istruzione per guarire. Ma vivendole accanto per tanti anni, mai ebbi tale dubbio.

Quale importanza m'era attribuita in quel suo piccolo mondo! Dovevo dire la mia volontà ad ogni proposito, per la scelta dei cibi e delle vesti, delle compagnie e delle letture. Ero costretto ad una grande attività che non mi seccava. Stavo collaborando alla costruzione di una famiglia patriarcale e diventavo io stesso il patriarca che avevo odiato e che ora m'appariva quale il segnacolo della salute. È tutt'altra cosa essere il patriarca o dover venerare un altro che s'arroghi tale dignità. Io volevo la salute per me a costo d'appioppare ai non patriarchi la malattia, e, specialmente durante il viaggio, assunsi talvolta volentieri l'atteggiamento di statua equestre.

Ma già in viaggio non mi fu sempre facile l'imitazione che m'ero proposta. Augusta voleva veder tutto come se si fosse trovata in un viaggio d'istruzione. Non bastava mica essere stati a palazzo Pitti, ma bisognava passare per tutte quelle innumerevoli sale, fermandosi almeno per qualche istante dinanzi ad ogni opera d'arte. Io rifiutai d'abbandonare la prima sala e non vidi altro, addossandomi la sola fatica di trovare dei pretesti alla mia infingardaggine. Passai una mezza giornata dinanzi ai ritratti dei fondatori di casa Medici e scopersi che somigliavano a Carnegie e Vanderbilt. Meraviglioso! Eppure erano della mia razza! Augusta non divideva la mia meraviglia. Sapeva che cosa fossero i *Yankees*, ma non ancora bene chi fossi io.

Qui la sua salute non la vinse ed essa dovette rinunziare ai musei. Le raccontai che una volta al Louvre, m'imbizzarrii talmente in mezzo a tante opere d'arte, che fui in procinto di mandare in pezzi la Venere. Rassegnata, Augusta disse:

– Meno male che i musei si incontrano in viaggio di nozze eppoi mai più!

Infatti nella vita manca la monotonia dei musei. Passano i giorni capaci di cornice, ma sono ricchi di suoni che frastornano eppoi oltre che di linee e di colori anche di vera luce, di quella che scotta e perciò non annoia.

La salute spinge all'attività e ad addossarsi un mondo di seccature. Chiusi i musei, cominciarono gli acquisti. Essa, che non vi aveva mai abitato, conosceva la nostra villa meglio di me e sapeva che in una stanza mancava uno specchio, in un'altra un tappeto e che in una terza v'era il posto per una statuina. Comperò i mobili di un intero salotto e, da ogni città in cui soggiornammo, fu organizzata almeno una spedizione. A me pareva che sarebbe stato più opportuno e meno fastidioso di fare tutti quegli acquisti a Trieste. Ecco che dovevamo pensare alla spedizione, all'assicurazione e alle operazioni doganali.

– Ma tu non sai che tutte le merci devono viaggiare? Non sei un negoziante, tu? – E rise.

Aveva quasi ragione. Obbiettai:

– Le merci si fanno viaggiare per vendere e guadagnare! Mancando quello scopo si lasciano tranquille e si sta tranquilli!

Ma l'intraprendenza era una delle cose che in lei più amavo. Era deliziosa quell'intraprendenza così ingenua! Ingenua perché bisogna ignorare la storia del mondo per poter credere di aver fatto un buon affare col solo acquisto di un oggetto: è alla vendita che si giudica l'accortezza dell'acquisto.

Credevo di trovarmi in piena convalescenza. Le mie lesioni s'erano fatte meno velenose. Fu da allora che l'atteggiamento mio immutabile fu di lietezza. Era come un impegno che in quei giorni indimenticabili avessi preso con Augusta e fu l'unica fede che non violai che per brevi istanti, quando cioè la vita rise più forte di me. La nostra fu e rimase una relazione sorridente perché io sorrisi sempre di lei, che credevo non sapesse e lei di me, cui attribuiva molta scienza e molti errori ch'essa – così si lusingava – avrebbe corretti. Io rimasi apparentemente lieto anche quando la malattia mi riprese intero. Lieto come se il mio dolore fosse stato sentito da me quale un solletico.

Nel lungo cammino traverso l'Italia, ad onta della mia nuova salute, non andai immune da molte sofferenze. Eravamo partiti senza lettere di raccomandazione e, spessissimo, a me parve che molti degl'ignoti fra cui ci movevamo, mi fossero nemici. Era una paura ridicola, ma non sapevo vincerla. Potevo essere assaltato, insultato e sopra tutto calunniato, e chi avrebbe potuto proteggermi?

Ci fu anche una vera crisi di questa paura della quale per fortuna nessuno, neppur Augusta, s'accorse. Usavo prendere quasi tutti i giornali che m'erano offerti sulla via. Fermatomi un giorno davanti al banco di un giornalaio, mi venne il dubbio, ch'egli, per odio, avrebbe potuto facilmente farmi arrestare come un ladro avendo io preso da lui un solo giornale e tenendone molti, sotto il braccio, comperati altrove e neppure aperti. Corsi via seguito da Augusta a cui non dissi la ragione della mia fretta.

Mi legai d'amicizia con un vetturino e un cicerone in compagnia dei quali ero almeno sicuro di non poter essere accusato di furti ridicoli.

Fra me e il vetturino c'era qualche evidente punto di contatto. Egli amava molto i vini dei Castelli e mi raccontò che ad ogni tratto gli si gonfiavano i piedi. Andava allora all'ospedale e, guarito, ne veniva congedato con molte raccomandazioni di rinunziare al vino. Egli allora faceva un proposito che diceva ferreo perché, per materializzarlo, lo accompagnava con un nodo ch'egli allacciava alla catena di metallo del suo orologio. Ma quando io lo conobbi la sua catena gli pendeva sul panciotto, senza nodo. Lo invitai di venir a stare con me a Trieste. Gli descrissi il sapore del nostro vino, tanto differente da quello del suo, per assicurarlo dell'esito della drastica cura. Non ne volle sapere e rifiutò con una faccia in cui v'era già stampata la nostalgia.

Col cicerone mi legai perché mi parve fosse superiore ai suoi colleghi. Non è difficile sapere di storia molto più di me, ma anche Augusta con la sua esattezza e col suo *Baedeker* verificò l'esattezza di molte sue indicazioni. Intanto era giovine e si andava di corsa traverso i viali seminati di statue.

Quando perdetti quei due amici, abbandonai Roma. Il vetturino avendo avuto da me tanto denaro, mi fece vedere come il vino gli attaccasse qualche volta anche la testa e ci gettò contro una solidissima antica costruzione Romana. Il cicerone poi si pensò un giorno di asserire che gli antichi Romani conoscevano benissimo la forza elettrica e ne facessero largo uso. Declamò anche dei versi latini che dovevano farne fede.

Ma mi colse allora un'altra piccola malattia da cui non dovevo più guarire. Una cosa da niente: la paura d'invecchiare e sopra tutto la paura di morire. Io credo abbia avuto origine da una speciale forma di gelosia. L'invecchiamento mi faceva paura solo perché m'avvicinava alla morte. Finché ero vivo, certamente Augusta non m'avrebbe tradito, ma mi figuravo che non appena morto e sepolto, dopo di aver provveduto acché la mia tomba fosse tenuta in pieno ordine e mi fossero dette le Messe necessarie, subito essa si sarebbe guardata d'intorno per darmi il successore ch'essa avrebbe circondato del medesimo mondo sano e regolato che ora beava me. Non poteva mica morire la sua bella salute perché ero morto io. Avevo una tale fede in quella salute che mi pareva non potesse perire che sfracellata sotto un intero treno in corsa.

Mi ricordo che una sera, a Venezia, si passava in gondola per uno di quei canali dal silenzio profondo ad ogni tratto interrotto dalla luce e dal rumore di una via che su di esso improvvisamente s'apre. Augusta, come sempre, guardava le cose e accuratamente le registrava: un giardino verde e fresco che sorgeva da una base sucida lasciata all'aria dall'acqua che s'era ritirata; un campanile che si rifletteva nell'acqua torbida; una viuzza lunga e oscura con in fondo un fiume di luce e di gente. Io, invece, nell'oscurità, sentivo, con pieno sconforto, me stesso. Le dissi del tempo che andava via e che presto essa avrebbe rifatto quel viaggio di nozze con un altro. Io ne ero tanto sicuro che mi pareva di dirle una storia già avvenuta. E mi parve fuori di posto ch'essa si mettesse a piangere per negare la verità di quella storia. Forse m'aveva capito male e credeva io le avessi attribuita l'intenzione di uccidermi. Tutt'altro! Per spiegarmi meglio le descrissi un mio eventuale modo di morire: le mie gambe, nelle quali la circolazione era certamente già povera, si sarebbero incancrenite e la cancrena dilatata, dilatata, sarebbe giunta a toccare un organo qualunque, indispensabile per poter tener aperti gli occhi. Allora li avrei chiusi, e addio patriarca! Sarebbe stato necessario stamparne un altro.

Essa continuò a singhiozzare e a me quel suo pianto, nella tristezza enorme di quel canale, parve molto importante. Era forse provocato dalla disperazione per la visione esatta di quella sua salute atroce? Allora tutta l'umanità avrebbe singhiozzato in quel pianto. Poi, invece, seppi ch'essa neppur sapeva come fosse fatta la salute. La salute non analizza se stessa e neppur si guarda nello specchio. Solo noi malati sappiamo qualche cosa di noi stessi.

Fu allora ch'essa mi raccontò di avermi amato prima di avermi conosciuto. M'aveva amato dacché aveva sentito il mio nome, presentato da suo padre in questa forma: Zeno Cosini, un ingenuo, che faceva tanto d'occhi quando sentiva parlare di qualunque accorgimento commerciale e s'affrettava a prenderne nota in un libro di comandamenti, che però smarriva. E se io non m'ero accorto della sua confusione al nostro primo incontro, ciò doveva far credere che fossi stato confuso anch'io.

Mi ricordai che al vedere Augusta ero stato distratto dalla sua bruttezza visto che m'ero atteso di trovare in quella casa le quattro fanciulle dall'iniziale in a tutte bellissime. Apprendevo ora ch'essa m'amava da molto tempo, ma che cosa provava ciò? Non le diedi la soddisfazione di ricredermi. Quando fossi stato morto, essa ne avrebbe preso un altro. Mitigato il pianto, essa s'appoggiò ancora meglio a me e, subito ridendo, mi domandò:

– Dove troverei il tuo successore? Non vedi come sono brutta?

Infatti, probabilmente, mi sarebbe stato concesso qualche tempo di putrefazione tranquilla.

Ma la paura d'invecchiare non mi lasciò più, sempre per la paura di consegnare ad altri mia moglie. Non s'attenuò la paura quando la tradii e non s'accrebbe neppure per il pensiero di perdere nello stesso modo l'amante. Era tutt'altra cosa, che non aveva niente a che fare con l'altra. Quando la paura di morire m'assillava, mi rivolgevo ad Augusta per averne conforto come quei bambini che porgono al bacio della mamma la manina ferita.

Essa trovava sempre delle nuove parole per confortarmi. In viaggio di nozze m'attribuiva ancora trent'anni di gioventù ed oggidì altrettanti. Io invece sapevo che già le settimane di gioia del viaggio di nozze m'avevano sensibilmente accostato alle smorfie orribili dell'agonia. Augusta poteva dire quello che voleva, il conto era presto fatto: ogni settimana io mi vi accostavo di una settimana.

Quando m'accorsi di esser colto troppo spesso dallo stesso dolore, evitai di stancarla col dirle sempre le stesse cose e, per avvertirla del mio bisogno di conforto, bastò mormorassi: «Povero Cosini!» Ella sapeva allora esattamente cosa mi turbava e accorreva a coprirmi del suo grande affetto. Così riuscii ad avere il suo conforto anche quand'ebbi tutt'altri dolori. Un giorno, ammalato dal dolore di averla tradita, mormorai per svista: «Povero Cosini!» Ne ebbi gran vantaggio perché anche allora il suo conforto mi fu prezioso.

Ritornato dal viaggio di nozze, ebbi la sorpresa di non aver mai abitata una casa tanto comoda e calda. Augusta v'introdusse tutte le comodità che aveva avute nella propria, ma anche molte altre ch'essa stessa inventò. La stanza da bagno, che a memoria d'uomo era stata sempre in fondo a un corridoio a mezzo chilometro dalla mia stanza da letto, si accostò alla nostra e fu fornita di un numero maggiore di getti d'acqua. Poi una stanzuccia accanto al tinello fu convertita in stanza da caffè. Imbottita di tappeti e addobbata da grandi poltrone in pelle, vi soggiornavamo ogni giorno per un'oretta dopo colazione. Contro mia voglia, vi era tutto il necessario per fumare. Anche il mio piccolo studio, per quanto io lo difendessi, subì delle modificazioni. Io temevo che i mutamenti me lo rendessero odioso e invece subito m'accorsi che solo allora era possibile viverci. Essa dispose la sua illuminazione in modo che potevo leggere seduto al tavolo, sdraiato sulla poltrona o coricato sul sofà. Persino per il violino fu provveduto un leggìo con la sua brava lampadina che illuminava la musica senza ferire gli occhi.

Anche colà, e contro mia voglia, fui accompagnato da tutti gli ordigni necessarii per fumare tranquillamente.

Perciò in casa si costruiva molto e c'era qualche disordine che diminuiva la nostra quiete. Per lei, che lavorava per l'eternità, il breve incomodo poteva non importare, ma per me la cosa era ben diversa. Mi opposi energicamente quando le venne il desiderio d'impiantare nel nostro giardino una piccola lavanderia che implicava addirittura la costruzione di una casuccia. Augusta asseriva che la lavanderia in casa era una garanzia della salute dei *bébés*. Ma intanto i *bébés* non c'erano ed io non vedevo alcuna necessità di lasciarmi incomodare da loro prima ancora che arrivassero. Ella invece portava nella mia vecchia casa un istinto che veniva dall'aria aperta, e, in amore, somigliava alla rondinella che subito pensa al nido.

Ma anch'io facevo all'amore e portavo a casa fiori e gemme. La mia vita fu del tutto mutata dal mio matrimonio. Rinunziai, dopo un debole tentativo di resistenza, a disporre a mio piacere del mio tempo e m'acconciai al più rigido orario. Sotto questo riguardo la mia educazione ebbe un esito splendido. Un giorno, subito dopo il nostro viaggio di nozze, mi lasciai innocentemente trattenere dall'andar a casa a colazione e, dopo di aver mangiato qualche cosa in un *bar*, restai fuori fino alla sera. Rientrato a notte fatta, trovai che Augusta non aveva fatto colazione ed era disfatta dalla fame. Non mi fece alcun rimprovero, ma non si lasciò convincere d'aver fatto male. Dolcemente, ma risoluta, dichiarò che se non fosse stata avvisata prima, m'avrebbe atteso per la colazione fino all'ora del pranzo. Non c'era da scherzare! Un'altra volta mi lasciai indurre da un amico a restar fuori di casa fino alle due di notte. Trovai Augusta che m'aspettava e che batteva i denti dal freddo avendo trascurata la stufa. Ne seguì anche una sua lieve indisposizione che rese indimenticabile la lezione inflittami.

Un giorno volli farle un altro grande regalo: lavorare! Essa lo desiderava ed io stesso pensavo che il lavoro sarebbe stato utile per la mia salute. Si capisce che è meno malato chi ha poco tempo per esserlo. Andai al lavoro e, se non vi restai, non fu davvero colpa mia. Vi andai coi migliori propositi e con vera umiltà. Non reclamai di partecipare alla direzione degli affari e domandai invece di tenere intanto il libro mastro. Davanti al grosso libro in cui le scritturazioni erano disposte con la regolarità di strade e case, mi sentii pieno di rispetto e cominciai a scrivere con mano tremante.

Il figliuolo dell'Olivi, un giovinotto sobriamente elegante, occhialuto, dotto di tutte le scienze commerciali, assunse la mia istruzione e di lui davvero non ho da lagnarmi. Mi diede qualche seccatura con la sua scienza economica e la teoria della domanda e dell'offerta che a me pareva più evidente di quanto egli non volesse ammettere. Ma si vedeva in lui un certo rispetto per il padrone, ed io gliene ero tanto più grato in quanto non era ammissibile che l'avesse appreso da suo padre. Il rispetto della proprietà doveva far parte della sua scienza economica. Non mi rimproverò giammai gli errori di registrazione che spesso facevo; solo era incline ad attribuirli ad ignoranza e mi dava delle spiegazioni che veramente erano superflue.

Il male si è che a forza di guardare gli affari, mi venne la voglia di farne. Nel libro, con grande chiarezza, arrivai a raffigurare la mia tasca e quando registravo un importo nel «dare» dei clienti mi pareva di tener in mano invece della penna il bastoncino del *croupier* che raccoglie i denari sparsi sul tavolo da giuoco.

Il giovine Olivi mi faceva anche vedere la posta che arrivava ed io la leggevo con attenzione e – devo dirlo – in principio con la speranza d'intenderla meglio degli altri. Un'offerta comunissima conquistò un giorno la mia attenzione appassionata. Anche prima di leggerla sentii moversi nel mio petto qualche cosa che subito riconobbi come l'oscuro presentimento che talvolta veniva a trovarmi al tavolo da giuoco. È difficile descrivere tale presentimento. Esso consiste in una certa dilatazione dei polmoni per cui si respira con voluttà l'aria per quanto sia affumicata. Ma poi c'è di più: sapete subito che quando avrete raddoppiata la posta starete ancora meglio. Però ci vuole della pratica per intendere tutto questo. Bisogna essersi allontanati dal tavolo da giuoco con le tasche vuote e il dolore di averlo trascurato; allora non sfugge più. E quando lo si ha trascurato, non c'è più salvezza per quel giorno perché le carte si vendicano. Però al tavolo verde è assai più perdonabile di non averlo sentito che dinanzi al tranquillo libro mastro, ed infatti io lo percepii chiaramente, mentre gridava in me: «Compera subito quella frutta secca!».

Ne parlai con tutta mitezza all'Olivi, naturalmente senza accennare della mia ispirazione. L'Olivi rispose che quegli affari non li faceva che per conto di terzi quando poteva realizzare un piccolo beneficio. Così egli eliminava dai miei affari la possibilità dell'ispirazione e la riservava ai terzi.

La notte rafforzò la mia convinzione: il presentimento era dunque in me. Respiravo tanto bene da non poter dormire. Augusta sentì la mia inquietudine e dovetti dirgliene la ragione. Essa ebbe subito la mia stessa ispirazione e nel sonno arrivò a mormorare:

– Non sei forse il padrone?

Vero è che alla mattina, prima che uscissi, mi disse impensierita:

– A te non conviene d'indispettire l'Olivi. Vuoi che ne parli al babbo?

Non lo volli perché sapevo che anche Giovanni dava assai poco peso alle ispirazioni.

Arrivai all'ufficio ben deciso di battermi per la mia idea anche per vendicarmi dell'insonnia sofferta. La battaglia durò fino a mezzodì quando spirava il termine utile per accettare l'offerta. L'Olivi restò irremovibile e mi saldò con la solita osservazione:

– Lei vuole forse diminuire le facoltà attribuitemi dal defunto suo padre?

Risentito, ritornai per il momento al mio mastro, ben deciso di non ingerirmi più di affari. Ma il sapore dell'uva sultanina mi restò in bocca ed ogni giorno al Tergesteo m'informavo del suo prezzo. Di altro non m'importava. Salì lento, lento come se avesse avuto bisogno di raccogliersi per prendere lo slancio. Poi in un giorno solo fu un balzo formidabile in alto. Il raccolto era stato miserabile e lo si sapeva appena ora. Strana cosa l'ispirazione! Essa non aveva previsto il raccolto scarso ma solo l'aumento di prezzo.

Le carte si vendicarono. Intanto io non sapevo restare al mio mastro e perdetti ogni rispetto per i miei insegnanti, tanto più che ora l'Olivi non pareva tanto sicuro di aver fatto bene. Io risi e derisi; fu la mia occupazione principale.

Arrivò una seconda offerta dal prezzo quasi raddoppiato. L'Olivi, per rabbonirmi, mi domandò consiglio ed io, trionfante, dissi che non avrei mangiata l'uva a quel prezzo. L'Olivi, offeso, mormorò:

– Io m'attengo al sistema che seguii per tutta la mia vita.

E andò in cerca del compratore. Ne trovò uno per un quantitativo molto ridotto e, sempre con le migliori intenzioni, ritornò da me e mi domandò esitante:

– La copro, questa piccola vendita?

Risposi, sempre cattivo:

– Io l'avrei coperta prima di farla.

Finì che l'Olivi perdette la forza della propria convinzione e lasciò la vendita scoperta. Le uve continuarono a salire e noi si perdette tutto quello che sul piccolo quantitativo si poteva perdere.

Ma l'Olivi si arrabbiò con me e dichiarò che aveva giuocato solo per compiacermi. Il furbo dimenticava che io l'avevo consigliato di puntare sul rosso e ch'egli, per farmela, aveva puntato sul nero. La nostra lite fu insanabile. L'Olivi s'appellò a mio suocero dicendogli che fra lui e me la ditta sarebbe stata sempre danneggiata, e che se la mia famiglia lo desiderava, egli e suo figlio si sarebbero ritirati per lasciarmi il campo libero. Mio suocero decise subito in favore dell'Olivi. Mi disse:

– L'affare della frutta secca è troppo istruttivo. Siete due uomini che non potete stare insieme. Ora chi ha da ritirarsi? Chi senza l'altro avrebbe fatto un solo buon affare, o chi da mezzo secolo dirige da solo la casa?

Anche Augusta fu indotta dal padre a convincermi di non ingerirmi più nei miei propri affari.

– Pare che la tua bontà e la tua ingenuità – mi disse – ti rendano disadatto agli affari. Resta a casa con me.

Io, irato, mi ritirai nella mia tenda, ossia nel mio studiolo. Per qualche tempo leggiucchiai e suonai, poi sentii il desiderio di una attività più seria e poco mancò non ritornassi alla chimica eppoi alla giurisprudenza. Infine, e non so veramente perché, per qualche tempo mi dedicai agli studi di religione. Mi parve di riprendere lo studio che avevo iniziato alla morte di mio padre. Forse questa volta fu per un tentativo energico di avvicinarmi ad Augusta e alla sua salute. Non bastava andare a messa con lei; io dovevo andarci altrimenti, leggendo cioè Renan e Strauss, il primo con diletto, il secondo sopportandolo come una punizione. Ne dico qui solo per rilevare quale grande desiderio m'attaccasse ad Augusta. E lei questo desiderio non indovinò quando mi vide nelle mani i Vangeli in edizione critica. Preferiva l'indifferenza alla scienza e così non seppe apprezzare il massimo segno d'affetto che le avevo dato. Quando, come soleva, interrompendo la sua *toilette* o le sue occupazioni in casa, s'affacciava alla porta della mia stanza per dirmi una parola di saluto, vedendomi chino su quei testi, torceva la bocca:

– Sei ancora con quella roba?

La religione di cui Augusta abbisognava non esigeva del tempo per acquisirsi o per praticarsi. Un inchino e l'immediato ritorno alla vita! Nulla di più. Da me la religione acquistava tutt'altro aspetto. Se avessi avuto la fede vera, io a questo mondo non avrei avuto che quella.

Poi nella mia stanzetta magnificamente organizzata venne talvolta la noia. Era piuttosto un'ansia perché proprio allora mi pareva di sentirmi la forza di lavorare, ma stavo aspettando che la vita m'avesse imposto qualche compito. Nell'attesa uscivo frequentemente e passavo molte ore al Tergesteo o in qualche caffè.

Vivevo in una simulazione di attività. Un'attività noiosissima.

La visita di un amico d'Università, che aveva dovuto rimpatriare in tutta furia da un piccolo paese della Stiria per curarsi di una grave malattia, fu la mia Nemesi, benché non ne avesse avuto l'aspetto. Arrivò a me dopo di aver fatto a Trieste un mese di letto ch'era valso a convertire la sua malattia, una nefrite, da acuta in cronica e probabilmente inguaribile. Ma egli credeva di star meglio e s'apprestava lietamente a trasferirsi subito, durante la primavera, in qualche luogo dal clima più dolce del nostro, dove s'aspettava di essere restituito alla piena salute. Gli fu fatale forse di essersi indugiato troppo nel rude luogo natio.

Io considero la visita di quell'uomo tanto malato, ma lieto e sorridente, come molto nefasta per me; ma forse ho torto: essa non segna che una data nella mia vita, per la quale bisognava pur passare.

Il mio amico, Enrico Copler, si stupì ch'io nulla avessi saputo né di lui né della sua malattia di cui Giovanni doveva essere informato. Ma Giovanni, dacché era malato anche lui, non aveva tempo per nessuno e non me ne aveva detto niente ad onta che ogni giorno di sole venisse nella mia villa per dormire qualche ora all'aria aperta.

Fra' due malati si passò un pomeriggio lietissimo. Si parlò delle loro malattie, ciò che costituisce il massimo svago per un malato ed è una cosa non troppo triste per i sani che stanno a sentire. Ci fu solo un dissenso perché Giovanni aveva bisogno dell'aria aperta che all'altro era proibita. Il dissenso si dileguò quando si levò un po' di vento che indusse anche Giovanni di restare con noi, nella piccola stanza calda.

Il Copler ci raccontò della sua malattia che non dava dolore ma toglieva la forza. Soltanto ora che stava meglio sapeva quanto fosse stato malato. Parlò delle medicine che gli erano state propinate e allora il mio interesse fu più vivo. Il suo dottore gli aveva consigliato fra altro un efficace sistema per procurargli un lungo sonno senza perciò avvelenarlo con veri sonniferi. Ma questa era la cosa di cui io avevo sopra tutto bisogno!

Il mio povero amico, sentendo il mio bisogno di medicine, si lusingò per un istante ch'io potessi essere affetto della stessa sua malattia e mi consigliò di farmi vedere, ascoltare e analizzare.

Augusta si mise a ridere di cuore e dichiarò ch'io non ero altro che un malato immaginario. Allora sul volto emaciato del Copler passò qualche cosa che somigliava ad un risentimento. Subito, virilmente, si liberò dallo stato d'inferiorità a cui pareva fosse condannato, aggredendomi con grande energia:

– Malato immaginario? Ebbene, io preferisco di essere un malato reale. Prima di tutto un malato immaginario è una mostruosità ridicola eppoi per lui non esistono dei farmachi mentre la farmacia, come si vede in me, ha sempre qualche cosa di efficace per noi malati veri!

La sua parola sembrava quella di un sano ed io – voglio essere sincero – ne soffersi.

Mio suocero s'associò a lui con grande energia, ma le sue parole non arrivavano a gettare un disprezzo sul malato immaginario, perché tradivano troppo chiaramente l'invidia per il sano. Disse che se egli fosse stato sano come me, invece di seccare il prossimo con le lamentele, sarebbe corso ai suoi cari e buoni affari, specie ora che gli era riuscito di diminuire la sua pancia. Egli non sapeva neppure che il suo dimagrimento non veniva considerato come un sintomo favorevole.

Causa l'assalto del Copler, io avevo veramente l'aspetto di un malato e di un malato maltrattato. Augusta sentì il bisogno d'intervenire in mio soccorso. Carezzando la mano che avevo abbandonata sul tavolo, essa disse che la mia malattia non disturbava nessuno e ch'ella non era neppur convinta ch'io credessi d'esser ammalato, perché altrimenti non avrei avuto tanta gioia di vivere. Così il Copler ritornò allo stato d'inferiorità cui era condannato. Egli era del tutto solo a questo mondo e se poteva lottare con me in fatto di salute, non poteva contrappormi alcun affetto simile a quello che Augusta m'offriva. Sentendo vivo il bisogno di un'infermiera, si rassegnò di confessarmi più tardi quanto egli m'aveva invidiato per questo.

La discussione continuò nei giorni seguenti con un tono più calmo mentre Giovanni dormiva in giardino. E il Copler, dopo averci pensato sù, asseriva ora che il malato immaginario era un malato reale, ma più intimamente di questi ed anche più radicalmente. Infatti i suoi nervi erano ridotti così da accusare una malattia quando non c'era, mentre la loro funzione normale sarebbe consistita nell'allarmare col dolore e indurre a correre al riparo.

– Sì! – dicevo io. – Come ai denti, dove il dolore si manifesta solo quando il nervo è scoperto e per la guarigione occorre la sua distruzione.

Si terminò col trovarsi d'accordo sul fatto che un malato e l'altro si valevano. Proprio nella sua nefrite era mancato e mancava tuttavia un avviso dei nervi, mentre che i miei nervi, invece, erano forse tanto sensibili da avvisarmi della malattia di cui sarei morto qualche ventennio più tardi. Erano dunque dei nervi perfetti e avevano l'unico svantaggio di concedermi pochi giorni lieti a questo mondo. Essendogli riuscito a mettermi fra gli ammalati, il Copler fu soddisfattissimo.

Non so perché il povero malato avesse la mania di parlare di donne e, quando non c'era mia moglie, non si parlava d'altro. Egli pretendeva che dal malato reale, almeno nelle malattie che noi sapevamo, il sesso s'affievolisse, ciò ch'era una buona difesa dell'organismo, mentre dal malato immaginario che non soffriva che pel disordine di nervi troppo laboriosi (questa era la nostra diagnosi) esso fosse patologicamente vivo. Io corroborai la sua teoria con la mia esperienza e ci compiangemmo reciprocamente. Ignoro perché non volli dirgli che io mi trovavo lontano da ogni sregolatezza e ciò da lungo tempo. Avrei almeno potuto confessare che mi ritenevo convalescente se non sano, per non offenderlo troppo e perché dirsi sano quando si conoscono tutte le complicazioni del nostro organismo è una cosa difficile.

– Tu desideri tutte le donne belle che vedi? – inquisì ancora il Copler.

– Non tutte! – mormorai io per dirgli che non ero tanto malato. Intanto io non desideravo Ada che vedevo ogni sera. Quella, per me, era proprio la donna proibita. Il fruscio delle sue gonne non mi diceva niente e, se mi fosse stato permesso di muoverle con le mie stesse mani, sarebbe stata la stessa cosa. Per fortuna non l'avevo sposata. Questa indifferenza era, o mi sembrava, una manifestazione di salute genuina. Forse il mio desiderio per lei era stato tanto violento da esaurirsi da sé. Però la mia indifferenza si estendeva anche ad Alberta ch'era pur tanto carina nel suo vestitino accurato e serio da scuola. Che il possesso di Augusta fosse stato sufficiente a calmare il mio desiderio per tutta la famiglia Malfenti? Ciò sarebbe stato davvero molto morale!

Forse non parlai della mia virtù perché nel pensiero io tradivo sempre Augusta, e anche ora, parlando col Copler, con un fremito di desiderio, pensai a tutte le donne che per lei trascuravo. Pensai alle donne che correvano le vie, tutte coperte, e dalle quali perciò gli organi sessuali secondarii divenivano tanto importanti mentre dalla donna che si possedeva scomparivano come se il possesso li avesse atrofizzati. Avevo sempre vivo il desiderio dell'avventura; quell'avventura che cominciava dall'ammirazione di uno stivaletto, di un guanto, di una gonna, di tutto quello che copre e altera la forma. Ma questo desiderio non era ancora una colpa. Il Copler però non faceva bene ad analizzarmi. Spiegare a qualcuno come è fatto, è un modo per autorizzarlo ad agire come desidera. Ma il Copler fece anche di peggio, solo che tanto quando parlò, come quando agì, egli non poteva prevedere dove mi avrebbe condotto.

Resta così importante nel mio ricordo la parola del Copler che, quando la ricordo, essa rievoca tutte le sensazioni che vi si associarono, e le cose e le persone. Avevo accompagnato in giardino il mio amico che doveva rincasare prima del tramonto. Dalla mia villa, che giace su una collina, si aveva la vista del porto e del mare, vista che ora è intercettata da nuovi fabbricati. Ci fermammo a guardare lungamente il mare mosso da una brezza leggera che rimandava in miriadi di luci rosse la luce tranquilla del cielo. La penisola istriana dava riposo all'occhio con la sua mitezza verde che s'inoltrava in arco enorme nel mare come una penombra solida. I moli e le dighe erano piccoli e insignificanti nelle loro forme rigidamente lineari, e l'acqua nei bacini era oscurata dalla sua immobilità o era forse torbida? Nel vasto panorama la pace era piccola in confronto a tutto quel rosso animato sull'acqua e noi, abbacinati, dopo poco volgemmo la schiena al mare. Sulla piccola spianata dinanzi alla casa, incombeva in confronto già la notte.

Dinanzi al portico, su una grande poltrona, il capo coperto da un berretto e anche protetto dal bavero rialzato della pelliccia, le gambe avvolte in una coperta, mio suocero dormiva. Ci fermammo a guardarlo. Aveva la bocca spalancata, la mascella inferiore pendente come una cosa morta e la respirazione rumorosa e troppo frequente. Ad ogni tratto la sua testa ricadeva sul petto ed egli, senza destarsi, la rialzava. C'era allora un movimento delle sue palpebre come se avesse voluto aprire gli occhi per ritrovare più facilmente l'equilibrio e la sua respirazione cambiava di ritmo. Una vera interruzione del sonno.

Era la prima volta che la grave malattia di mio suocero mi si presentasse con tanta evidenza e ne fui profondamente addolorato.

Il Copler a bassa voce mi disse:

– Bisognerebbe curarlo. Probabilmente è ammalato anche di nefrite. Il suo non è un sonno: io so che cosa sia quello stato. Povero diavolo!

Terminò consigliando di chiamare il suo medico.

Giovanni ci sentì e aperse gli occhi. Parve subito meno malato e scherzò con Copler:

– Lei s'attenta di stare all'aria aperta? Non le farà male?

Gli sembrava di aver dormito saporitamente e non pensava di aver avuto mancanza d'aria in faccia al vasto mare che gliene mandava tanta! Ma la sua voce era fioca e la sua parola interrotta dall'ansare; aveva la faccia terrea e, levatosi dalla poltrona, si sentiva ghiacciare. Dovette rifugiarsi in casa. Lo vedo ancora muoversi traverso la spianata, la coperta sotto il braccio, ansante ma ridendo, mentre ci mandava il suo saluto.

– Vedi com'è fatto l'ammalato reale? – disse il Copler che non sapeva liberarsi dalla sua idea dominante. – È moribondo e non sa d'essere ammalato.

Parve anche a me che l'ammalato reale soffrisse poco. Mio suocero e anche il Copler riposano da molti anni a Sant'Anna, ma ci fu un giorno in cui passai accanto alle loro tombe e mi parve che per il fatto di trovarsi da tanti anni sotto alle loro pietre, la tesi propugnata da uno di loro non fosse infirmata.

Prima di lasciare il suo antico domicilio, il Copler aveva liquidati i suoi affari e perciò come me non ne aveva affatto. Però, non appena lasciato il letto, non seppe restar tranquillo e, mancando di affari propri, cominciò ad occuparsi di quelli degli altri che gli parevano molto più interessanti. Ne risi allora, ma più tardi anch'io dovevo apprendere quale sapore gradevole avessero gli affari altrui. Egli si dedicava alla beneficenza ed essendosi proposto di vivere dei soli interessi del suo capitale, non poteva concedersi il lusso di farla tutta a spese proprie. Perciò organizzava delle collette e tassava amici e conoscenti. Registrava tutto da quel bravo uomo d'affari che era, ed io pensai che quel libro fosse il suo viatico e che io, nel caso suo, condannato a breve vita e privo di famiglia com'egli era, l'avrei arricchito intaccando il mio capitale. Ma egli era il sano immaginario e non toccava che gl'interessi che gli spettavano, non sapendo rassegnarsi di ammettere breve il futuro.

Un giorno mi assalì con la richiesta di alcune centinaia di corone per procurare un pianino ad una povera fanciulla la quale veniva già sovvenzionata da me insieme ad altri, per suo mezzo, con un piccolo mensile. Bisognava far presto per approfittare di una buona occasione. Non seppi esimermi, ma, un po' di malagrazia, osservai che avrei fatto un buon affare se quel giorno non fossi uscito di casa. Io sono di tempo in tempo soggetto ad accessi di avarizia.

Il Copler prese il denaro e se ne andò con una breve parola di ringraziamento, ma l'effetto delle mie parole si vide pochi giorni appresso e fu, purtroppo, importante. Egli venne ad informarmi che il pianino era a posto e che la signorina Carla Gerco e sua madre mi pregavano di andar a trovarle per ringraziarmi. Il Copler aveva paura di perdere il cliente e voleva legarmi facendomi assaporare la riconoscenza delle beneficate. Dapprima volli esimermi da quella noia assicurandolo che ero convinto ch'egli sapesse fare la beneficenza più accorta, ma insistette tanto che finii con l'accondiscendere:

– È bella? – domandai ridendo.

– Bellissima – egli rispose – ma non è pane per i nostri denti.

Curiosa cosa che egli mettesse i miei denti assieme ai suoi, col pericolo di comunicarmi la sua carie. Mi raccontò dell'onestà di quella famiglia disgraziata che aveva perduto da qualche anno il suo capo di casa e che nella più squallida miseria era vissuta nella più rigida onestà.

Era una giornata sgradevole. Soffiava un vento diaccio ed io invidiavo il Copler che s'era messa la pelliccia. Dovevo trattenere con la mano il cappello che altrimenti sarebbe volato via. Ma ero di buon umore, perché andavo a raccogliere la gratitudine dovuta alla mia filantropia. Percorremmo a piedi la Corsia Stadion, traversammo il Giardino Pubblico. Era una parte della città ch'io non vedevo mai. Entrammo in una di quelle case cosidette di speculazione, che i nostri antenati s'erano messi a fabbricare quarant'anni prima, in posti lontani dalla città che subito li invase; aveva un aspetto modesto ma tuttavia più cospicuo delle case che si fanno oggidì con le stesse intenzioni. La scala occupava una piccola area e perciò era molto alta.

Ci fermammo al primo piano dove arrivai molto prima del mio compagno, assai più lento. Fui stupito che delle tre porte che davano su quel pianerottolo, due, quelle ai lati, fossero contrassegnate dal biglietto di visita di Carla Gerco, attaccatovi con chiodini, mentre la terza aveva anch'essa un biglietto ma con altro nome. Il Copler mi spiegò che le Gerco avevano a destra la cucina e la camera da letto mentre a sinistra non c'era che una stanza sola, lo studio della signorina Carla. Avevano potuto subaffittare una parte del quartiere al centro e così l'affitto costava loro pochissimo, ma avevano l'incomodo di dover passare il pianerottolo per recarsi da una stanza all'altra.

Bussammo a sinistra, alla stanza da studio ove madre e figlia, avvisate della nostra visita, ci attendevano. Il Copler fece le presentazioni. La signora, una persona timidissima vestita di un povero vestito nero, con la testa rilevata da un biancore di neve, mi tenne un piccolo discorso che doveva aver preparato: erano onorate dalla mia visita e mi ringraziavano del cospicuo dono che avevo fatto loro. Poi essa non aperse più bocca.

Il Copler assisteva come un maestro che ad un esame ufficiale stia ad ascoltare la lezione ch'egli con grande fatica ha insegnata. Corresse la signora dicendole che non soltanto io avevo elargito il denaro per il pianino, ma che contribuivo anche al soccorso mensile ch'egli aveva loro raggranellato. Amava l'esattezza, lui.

La signorina Carla si alzò dalla sedia ove era seduta accanto al pianino, mi porse la mano e mi disse la semplice parola:

– Grazie!

Ciò almeno era meno lungo. La mia carica di filantropo cominciava a pesarmi. Anch'io mi occupavo degli affari altrui come un qualunque ammalato reale! Che cosa doveva vedere in me quella graziosa giovinetta? Una persona di grande riguardo ma non un uomo! Ed era veramente graziosa! Credo che essa volesse sembrare più giovine di quanto non fosse, con la sua gonna troppo corta per la moda di quell'epoca a meno che non usasse per casa una gonna del tempo in cui non aveva ancora finito di crescere. La sua testa era però di donna e, per la pettinatura alquanto ricercata, di donna che vuol piacere. Le ricche treccie brune erano disposte in modo da coprire le orecchie e anche in parte il collo. Ero tanto compreso della mia dignità e temevo tanto l'occhio inquisitore del Copler che dapprima non guardai neppur bene la fanciulla; ma ora la so tutta. La sua voce aveva qualche cosa di musicale quando parlava e, con un'affettazione oramai divenuta natura, essa si compiaceva di stendere le sillabe come se avesse voluto carezzare il suono che le riusciva di metterci. Perciò e anche per certe sue vocali eccessivamente larghe persino per Trieste, il suo linguaggio aveva qualche cosa di straniero. Appresi poi che certi maestri, per insegnare l'emissione della voce, alterano il valore delle vocali. Era proprio tutt'altra pronuncia di quella di Ada. Ogni suo suono mi pareva d'amore.

Durante quella visita la signorina Carla sorrise sempre, forse immaginando di avere così stereotipata sulla faccia l'espressione della gratitudine. Era un sorriso un po' forzato; il vero aspetto della gratitudine. Poi, quando poche ore dopo cominciai a sognare Carla, immaginai che su quella faccia ci fosse stata una lotta fra la letizia e il dolore. Nulla di tutto questo trovai poi in lei ed una volta di più appresi che la bellezza femminile simula dei sentimenti coi quali nulla ha a vedere. Così la tela su cui è dipinta una battaglia non ha alcun sentimento eroico.

Il Copler pareva soddisfatto della presentazione come se le due donne fossero state opera sua. Me le descriveva: erano sempre liete del loro destino e lavoravano. Egli diceva delle parole che parevano tolte da un libro scolastico e, annuendo macchinalmente, pareva che io volessi confermare di aver fatti i miei studii e sapessi perciò come dovessero essere fatte le povere donne virtuose prive di denaro.

Poi egli domandò a Carla di cantarci qualche cosa. Essa non volle dichiarando di essere raffreddata. Proponeva di farlo un altro giorno. Io sentivo con simpatia ch'essa temeva il nostro giudizio, ma avevo il desiderio di prolungare la seduta e m'associai alle preghiere del Copler. Dissi anche che non sapevo se m'avrebbe rivisto mai più, perché ero molto occupato. Il Copler, che pur sapeva ch'io a questo mondo non avevo alcun impegno, confermò con grande serietà quanto dicevo. Mi fu poi facile d'intendere ch'egli desiderava che io non rivedessi più Carla.

Questa tentò ancora di esimersi, ma il Copler insistette con una parola che somigliava ad un comando ed essa obbedì: com'era facile costringerla!

Cantò «La mia bandiera». Dal mio soffice sofà io seguivo il suo canto. Avevo un ardente desiderio di poterla ammirare. Come sarebbe stato bello di vederla rivestita di genialità! Ma invece ebbi la sorpresa di sentire che la sua voce, quando cantava, perdeva ogni musicalità. Lo sforzo l'alterava. Carla non sapeva neppure suonare e il suo accompagnamento monco rendeva anche più povera quella povera musica. Ricordai di trovarmi dinanzi ad una scolara e analizzai se il volume di voce fosse bastevole. Abbondante anzi! Nel piccolo ambiente ne avevo l'orecchio ferito. Pensai, per poter continuare ad incoraggiarla, che solo la sua scuola fosse cattiva.

Quando cessò, m'associai all'applauso abbondante e parolaio del Copler. Egli diceva:

– Figurati quale effetto farebbe questa voce quando fosse accompagnata da una buona orchestra.

Questo era certamente vero. Un'intera potente orchestra ci voleva su quella voce. Io dissi con grande sincerità che mi riservavo di riudire la signorina di là a qualche mese e che allora mi sarei pronunciato sul valore della sua scuola. Meno sinceramente aggiunsi che certamente quella voce meritava una scuola di primo ordine. Poi, per attenuare quanto di sgradevole ci poteva essere stato nelle mie prime parole, filosofai sulla necessità per una voce eccelsa, di trovare una scuola eccelsa. Questo superlativo coperse tutto. Ma poi, restato solo, fui meravigliato di aver sentito la necessità di essere sincero con Carla. Che già l'avessi amata? Ma se non l'avevo ancora ben vista!

Sulle scale dall'odore dubbio, il Copler disse ancora:
– La voce sua è troppo forte. È una voce da teatro.

Egli non sapeva che a quell'ora io sapevo qualcosa di più: quella voce apparteneva ad un ambiente piccolissimo dove si poteva gustare l'impressione d'ingenuità di quell'arte e sognare di portarci dentro l'arte, cioè vita e dolore.

Nel lasciarmi, il Copler mi disse che m'avrebbe avvertito quando il maestro di Carla avrebbe organizzato un concerto pubblico. Si trattava di un maestro poco noto ancora in città, ma sarebbe certo divenuto una futura grande celebrità. Il Copler ne era sicuro ad onta che il maestro fosse abbastanza vecchio. Pareva che la celebrità gli sarebbe venuta ora, dopo che il Copler lo conosceva. Due debolezze da morituri, quella del maestro e quella del Copler.

Il curioso si è che sentii il bisogno di raccontare tale visita ad Augusta. Si potrebbe forse credere che sia stato per prudenza, visto che il Copler ne sapeva e che io non mi sentivo di pregarlo di tacere. Ma però ne parlai troppo volentieri. Fu un grande sfogo. Fino ad allora non avevo da rimproverarmi altro che di aver taciuto con Augusta. Ecco che ora ero innocente del tutto.

Ella mi domandò qualche notizia della fanciulla e se fosse bella. Mi fu difficile di rispondere: dissi che la povera fanciulla mi era parsa molto anemica. Poi ebbi una buona idea:

– E se tu ti occupassi un poco di lei?

Augusta aveva tanto da fare nella sua nuova casa e nella sua vecchia famiglia ove la chiamavano per farsi aiutare nell'assistenza al padre malato, che non vi pensò più. Ma la mia idea era stata perciò veramente buona.

Il Copler però riseppe da Augusta che io l'avevo avvertita della nostra visita e anche lui dimenticò perciò le qualità ch'egli aveva attribuite al malato immaginario. Mi disse in presenza di Augusta che di lì a poco tempo avremmo fatta un'altra visita a Carla. Mi concedeva la sua piena fiducia.

Nella mia inerzia subito fui preso dal desiderio di rivedere Carla. Non osai correre da lei temendo che il Copler avesse a risaperne. I pretesti però non mi sarebbero mica mancati. Potevo andare da lei per offrirle un aiuto maggiore ad insaputa del Copler, ma avrei dovuto prima essere sicuro che, a proprio vantaggio, ella avrebbe accettato di tacere. E se quell'ammalato reale fosse già l'amante della fanciulla? Io, degli ammalati reali, non sapevo proprio niente e poteva essere benissimo che avessero il costume di farsi pagare dagli altri le loro amanti. In quel caso sarebbe bastata una sola visita a Carla per compromettermi. Non potevo mettere a pericolo la pace della mia famigliuola; ossia, non la misi a pericolo finché il mio desiderio di Carla non ingrandì.

Ma esso ingrandì costantemente. Già conoscevo quella fanciulla molto meglio che non quando le aveva stretta la mano per congedarmi da lei. Ricordavo specialmente quella treccia nera che copriva il suo collo niveo e che sarebbe stato necessario di allontanare col naso per arrivare a baciare la pelle ch'essa celava. Per stimolare il mio desiderio bastava io ricordassi che su un dato pianerottolo, nella stessa mia piccola città, era esposta una bella fanciulla e che con una breve passeggiata si poteva andare a prenderla! La lotta col peccato diventa in tali circostanze difficilissima perché bisogna rinnovarla ad ogni ora ed ogni giorno, finché cioè la fanciulla rimanga su quel pianerottolo. Le lunghe vocali di Carla mi chiamavano, e forse proprio il loro suono m'aveva messo nell'anima la convinzione che quando la mia resistenza fosse sparita, altre resistenze non ci sarebbero state più. Però m'era chiaro che potevo ingannarmi e che forse il Copler vedeva le cose con maggior esattezza; anche questo dubbio valeva a diminuire la mia resistenza visto che la povera Augusta poteva essere salvata da un mio tradimento da Carla stessa che, come donna, aveva la missione della resistenza.

Perché il mio desiderio avrebbe dovuto darmi un rimorso quando pareva fosse proprio venuto a tempo per salvarmi dal tedio che in quell'epoca mi minacciava? Non danneggiava affatto i miei rapporti con Augusta, anzi tutt'altro. Io le dicevo oramai non più soltanto le parole di affetto che avevo sempre avute per lei, ma anche quelle che nel mio animo andavano formandosi per l'altra. Non c'era mai stata una simile abbondanza di dolcezza in casa mia e Augusta ne pareva incantata. Ero sempre esatto in quello che io chiamavo l'orario della famiglia. La mia coscienza è tanto delicata che, con le mie maniere, già allora mi preparavo ad attenuare il mio futuro rimorso.

Che la mia resistenza non sia mancata del tutto è provato dal fatto che io arrivai a Carla non con uno slancio solo, ma a tappe. Dapprima per varii giorni giunsi solo fino al Giardino Pubblico e con la sincera intenzione di gioire di quel verde che apparisce tanto puro in mezzo al grigio delle strade e delle case che lo circondano. Poi, non avendo avuta la fortuna di imbattermi, come speravo, casualmente in lei, uscii dal Giardino per movermi proprio sotto le sue finestre. Lo feci con una grande emozione che ricordava proprio quella deliziosissima del giovinetto che per la prima volta accosta l'amore. Da tanto tempo ero privo non d'amore, ma delle corse che vi conducono.

Ero appena uscito dal Giardino Pubblico che m'imbattei proprio faccia a faccia in mia suocera. Dapprima ebbi un dubbio curioso: di mattina, così di buon'ora, da quelle parti tanto lontane dalle nostre? Forse anche lei tradiva il marito ammalato. Seppi poi subito che le facevo un torto perché essa era stata a trovare il medico per averne conforto dopo una cattiva notte passata accanto a Giovanni. Il medico le aveva detto delle buone parole, ma essa era tanto agitata che presto mi lasciò dimenticando persino di sorprendersi di avermi trovato in quel luogo visitato di solito da vecchi, bambini e balie.

Ma mi bastò di averla vista per sentirmi riafferrato dalla mia famiglia. Camminai verso casa mia con un passo deciso, a cui battevo il tempo mormorando: «Mai più! Mai più!» In quell'istante la madre di Augusta con quel suo dolore mi aveva dato il sentimento di tutti i miei doveri. Fu una buona lezione e bastò per tutto quel giorno.

Augusta non era in casa perché era corsa dal padre col quale rimase tutta la mattina. A tavola mi disse che avevano discusso se, dato lo stato di Giovanni, non avrebbero dovuto rimandare il matrimonio di Ada ch'era stabilito per la settimana dopo. Giovanni stava già meglio. Pare che a cena si fosse lasciato indurre a mangiar troppo e l'indigestione avesse assunto l'aspetto di un aggravamento del male.

Io le raccontai di aver già avute quelle notizie dalla madre in cui m'ero imbattuto la mattina al Giardino Pubblico. Neppure Augusta si meravigliò della mia passeggiata, ma io sentii il bisogno di darle delle spiegazioni. Le raccontai che preferivo da qualche tempo il Giardino Pubblico quale meta delle mie passeggiate. Mi sedevo su una banchina e vi leggevo il mio giornale. Poi aggiunsi:

– Quell'Olivi! Me l'ha fatta grossa condannandomi a tanta inerzia.

Augusta, che a quel proposito si sentiva un poco colpevole, ebbe un aspetto di dolore e di rimpianto. Io, allora, mi sentii benissimo. Ma ero realmente purissimo perché passai il pomeriggio intero nel mio studio e potevo veramente credere di essere definitivamente guarito di ogni desiderio perverso. Leggevo oramai l'Apocalisse.

E ad onta che fosse oramai assodato ch'io avevo l'autorizzazione di andare ogni mattina al Giardino Pubblico, tanto grande s'era fatta la mia resistenza alla tentazione che quando il giorno appresso uscii, mi diressi proprio dalla parte opposta. Andavo a cercare certa musica volendo provare un nuovo metodo del violino che m'era stato consigliato. Prima di uscire seppi che mio suocero aveva passata una notte ottima e che sarebbe venuto da noi in vettura nel pomeriggio. Ne avevo piacere tanto per mio suocero quanto per Guido, che finalmente avrebbe potuto sposarsi. Tutto andava bene: io ero salvo ed era salvo anche mio suocero.

Ma fu proprio la musica che mi ricondusse a Carla! Fra i metodi che il venditore m'offerse ve ne fu per errore uno che non era del violino ma del canto. Ne lessi accuratamente il titolo: «Trattato completo dell'Arte del Canto (Scuola di Garcia) di E. Garcia (figlio) contenente una Relazione sulla Memoria riguardante la Voce Umana presentata all'Accademia delle Scienze di Parigi».

Lasciai che il venditore s'occupasse di altri clienti e mi misi a leggere l'operetta. Devo dire che leggevo con un'agitazione che forse somigliava a quella con cui il giovinetto depravato accosta le opere di pornografia. Ecco: quella era la via per arrivare a Carla; essa abbisognava di quell'opera e sarebbe stato un delitto da parte mia di non fargliela conoscere. La comperai e ritornai a casa.

L'opera del Garcia constava di due parti di cui una teorica e l'altra pratica. Continuai la lettura con l'intenzione di intenderla tanto bene da poter poi dare i miei consigli a Carla quando fossi andato da lei col Copler. Intanto avrei guadagnato del tempo e avrei potuto tuttavia continuare a dormire i miei sonni tranquilli, pur sollazzandomi sempre col pensiero all'avventura che m'aspettava.

Ma Augusta stessa fece precipitare gli avvenimenti. M'interruppe nella mia lettura per venir a salutarmi, si chinò su di me e sfiorò la mia guancia con le sue labbra. Mi domandò che cosa facessi e sentito che si trattava di un nuovo metodo, pensò fosse per violino e non si curò di guardare meglio. Io, quand'essa mi lasciò, esagerai il pericolo che avevo corso e pensai che per la mia sicurezza avrei fatto bene di non tenere nel mio studio quel libro. Bisognava portarlo subito al suo destino, ed è così che fui costretto di andar dritto verso la mia avventura. Avevo trovato qualche cosa di più di un pretesto per poter fare quello ch'era il mio desiderio.

Non ebbi più esitazioni di sorta. Giunto su quel pianerottolo, mi rivolsi subito alla porta a sinistra. Però dinanzi a quella porta m'arrestai per un istante ad ascoltare i suoni della ballata «La mia bandiera» ch'echeggiavano gloriosamente sulle scale. Pareva che, per tutto quel tempo, Carla avesse continuato a cantare la stessa cosa. Sorrisi pieno di affetto e di desiderio per tanta infantilità. Apersi poi cautamente la porta senza bussare ed entrai nella stanza in punta di piedi. Volevo vederla subito, subito. Nel piccolo ambiente la sua voce era veramente sgradevole. Essa cantava con grande entusiasmo e maggior calore che non quella volta della mia prima visita. Era addirittura abbandonata sullo schienale della sedia per poter emettere tutto il fiato dei suoi polmoni. Io vidi solo la testina fasciata dalle grosse treccie e mi ritirai còlto da un'emozione profonda per aver osato tanto. Essa intanto era arrivata all'ultima nota che non voleva finire più ed io potei ritornare sul pianerottolo e chiudere dietro di me la porta senza ch'essa di me s'accorgesse. Anche quell'ultima nota aveva oscillato in sù e in giù prima di affermarsi sicura. Carla sentiva dunque la nota giusta e toccava ora al Garcia d'intervenire per insegnarle a trovarla più presto.

Bussai quando mi sentii più calmo. Subito essa accorse ad aprire la porta ed io non dimenticherò giammai la sua figurina gentile, poggiata allo stipite, mentre mi fissava coi suoi grandi occhi bruni prima di saper riconoscermi nell'oscurità.

Ma intanto io m'ero calmato in modo da venir ripreso da tutte le mie esitazioni. Ero avviato a tradire Augusta, ma pensavo che come nei giorni precedenti avevo potuto contentarmi di giungere fino al Giardino Pubblico, tanto più facilmente ora avrei potuto fermarmi a quella porta, consegnare quel libro compromettente e andarmene pienamente soddisfatto. Fu un breve istante pieno di buoni propositi. Ricordai persino un consiglio strano che m'era stato dato per liberarmi dall'abitudine del fumo e che poteva valere in quell'occasione: talvolta, per contentarsi, bastava accendere il cerino e gettare poi via e sigaretta e cerino.

Mi sarebbe stato anche facile di far così, perché Carla stessa, quando mi riconobbe, arrossì e accennò a fuggire vergognandosi – come seppi poi – di farsi trovare vestita di un povero consunto vestitino di casa.

Una volta riconosciuto, sentii il bisogno di scusarmi:

– Le ho portato questo libro ch'io credo la interesserà. Se vuole, posso lasciarglielo e andarmene subito.

Il suono delle parole – o così mi parve – era abbastanza brusco, ma non il significato, perché in complesso la lasciavo arbitra di decidere lei se avessi dovuto andarmene o restare e tradire Augusta.

Essa subito decise, perché afferrò la mia mano per trattenermi più sicuramente e mi fece entrare. L'emozione m'oscurò la vista e ritengo sia stata provocata non tanto dal dolce contatto di quella mano, ma da quella familiarità che mi parve decidesse del mio e del destino di Augusta. Perciò credo di essere entrato con qualche riluttanza e, quando rievoco la storia del mio primo tradimento, ho il sentimento di averlo compiuto perché trascinatovi.

La faccia di Carla era veramente bella così arrossata. Fui deliziosamente sorpreso all'accorgermi che se non ero stato aspettato da lei, essa pur aveva sperata la mia visita. Essa mi disse con grande compiacenza:

– Lei sentì dunque il bisogno di rivedermi? Di rivedere la poverina che le deve tanto?

Io, certo, se avessi voluto, avrei potuto prenderla subito fra le mie braccia, ma non ci pensavo neppure. Ci pensavo tanto poco che non risposi neppure alle sue parole che mi parevano compromettenti e mi rimisi a parlare del Garcia e della necessità di quel libro per lei. Ne parlai con una furia che mi portò a qualche parola meno considerata. Garcia le avrebbe insegnato il modo di rendere le note solide come il metallo e dolci come l'aria. Le avrebbe spiegato come una nota non possa rappresentare che una linea retta e anzi un piano, ma un piano veramente levigato.

Il mio fervore sparì solo quand'essa m'interruppe per manifestarmi un suo dubbio doloroso:

– Ma dunque a lei non piace come io canto?

Fui stupito della sua domanda. Io avevo fatta una critica rude, ma non ne avevo la coscienza e protestai in piena buona fede. Protestai tanto bene che mi parve di esser ritornato, sempre parlando del solo canto, all'amore che tanto imperiosamente m'aveva trascinato in quella casa. E le mie parole furono tanto amorose che lasciarono tuttavia trasparire una parte di sincerità:

– Come può credere una cosa simile? Sarei qui se così fosse? Io sono stato su quel pianerottolo per lungo tempo a bearmi del suo canto, delizioso ed eccelso canto nella sua ingenuità. Soltanto io ritengo che alla sua perfezione occorra qualche cosa d'altro e sono venuto a portarglielo.

Quale potenza aveva tuttavia nel mio animo il pensiero di Augusta, se continuavo ostinatamente a protestare di non essere stato trascinato dal mio desiderio!

Carla stette a sentire le mie parole lusinghiere, ch'essa non era neppure al caso di analizzare. Non era molto colta, ma, con mia grande sorpresa, compresi che non mancava di buon senso. Mi raccontò ch'essa stessa aveva dei forti dubbii sul suo talento e sulla sua voce: sentiva che non faceva dei progressi. Spesso, dopo una certa quantità di ore di studio, essa si concedeva lo svago e il premio di cantare «La mia Bandiera» sperando di scoprire nella propria voce qualche nuova qualità. Ma era sempre la stessa cosa: non peggio e forse sempre abbastanza bene come le assicuravano quanti la udivano ed io anche (e qui mi mandò dai suoi begli occhi bruni un lampo mitemente interrogativo che dimostrava com'essa avesse bisogno di essere rassicurata sul senso delle mie parole che ancora le sembrava dubbio) ma un vero progresso non c'era. Il maestro diceva che in arte non c'erano progressi lenti, ma grandi salti che portavano alla meta e che un bel giorno essa si sarebbe destata grande artista.

– È una cosa lunga, però, – aggiunse guardando nel vuoto e rivedendo forse tutte le sue ore di noia e di dolore.

Si dice onesto prima di tutto quello ch'è sincero e da parte mia sarebbe stato onestissimo di consigliare alla povera fanciulla di lasciare lo studio del canto e divenire la mia amante. Ma io non ero ancora giunto tanto lontano dal Giardino Pubblico, eppoi, se non altro, non ero molto sicuro del mio giudizio nell'arte del canto. Da alcuni istanti io ero fortemente preoccupato da una sola persona: quel noioso Copler che passava ogni festa nella mia villa con me e con mia moglie. Sarebbe stato quello il momento di trovare un pretesto per pregare la fanciulla di non raccontare al Copler della mia visita. Ma non lo feci non sapendo come travestire la mia domanda e fu bene, perché pochi giorni appresso il povero mio amico ammalò e subito dopo morì.

Intanto le dissi ch'essa avrebbe trovato nel Garcia tutto quello che cercava, e per un istante solo, ma solo per un istante, essa ansiosamente aspettò dei miracoli da quel libro. Presto però, trovandosi dinanzi a tante parole, dubitò dell'efficacia della magia. Io leggevo le teorie del Garcia in italiano, poi in italiano gliele spiegavo e, quando non bastava, gliele traducevo in triestino, ma essa non sentiva moversi niente nella sua gola e una vera efficacia in quel libro essa avrebbe potuto riconoscere solo se si fosse manifestata in quel punto. Il male è che anch'io, poco dopo, ebbi la convinzione che in mano mia quel libro non valeva molto. Rivedendo per ben tre volte quelle frasi e non sapendo che farmene, mi vendicai della mia incapacità criticandole liberamente. Ecco che il Garcia perdeva il suo e il mio tempo per provare che poiché la voce umana sapeva produrre varii suoni non era giusto di considerarla quale uno strumento solo. Anche il violino allora avrebbe dovuto essere considerato quale un conglomerato di strumenti. Ebbi forse torto di comunicare a Carla tale mia critica, ma accanto ad una donna che si vuole conquistare è difficile di trattenersi dall'approfittare di un'occasione che si presenti per dimostrare la propria superiorità. Essa infatti m'ammirò, ma proprio fisicamente allontanò da sé il libro ch'era il nostro Galeotto, ma che non ci accompagnò fino alla colpa. Io ancora non mi rassegnai di rinunziarvi e lo rimandai ad altra mia visita. Quando il Copler morì non ve ne fu più di bisogno. Era rotto qualunque nesso fra quella casa e la mia e così il mio procedere non poteva essere frenato che dalla mia coscienza.

Ma intanto eravamo divenuti abbastanza intimi, di un'intimità maggiore di quanto si avrebbe potuto attendersi da quella mezz'ora di conversazione. Io credo che l'accordo in un giudizio critico unisca intimamente. La povera Carla approfittò di tale intimità per mettermi a parte delle sue tristezze. Dopo l'intervento del Copler, in quella casa si viveva modestamente ma senza grandi privazioni. Il maggior peso per le due povere donne era il pensiero del futuro. Perché il Copler portava loro a date ben precise il suo soccorso, ma non permetteva di calcolarvi con sicurezza; egli non voleva pensieri e preferiva li avessero loro. Poi non dava gratuitamente quei denari: Era il vero padrone in quella casa e intendeva di essere informato di ogni piccolezza. Guai se si permettevano una spesa non preventivamente approvata da lui! La madre di Carla, poco tempo prima, era stata indisposta e Carla, per poter accudire alle faccende domestiche, aveva trascurato per qualche giorno di cantare. Informatone dal maestro, il Copler fece una scenata e se ne andò dichiarando che allora non valeva la pena di seccare dei valentuomini per indurli a soccorrerle. Per varii giorni esse vissero nel terrore temendo di essere abbandonate al loro destino. Poi, quando ritornò, rinnovò patti e condizioni e stabilì esattamente per quante ore al giorno Carla dovesse sedere al pianoforte e quante ne potesse dedicare alla casa. Minacciò anche di venir a sorprenderle a tutte le ore del giorno.

– Certo, – concludeva la fanciulla, – egli non vuole altro che il nostro bene, ma s'arrabbia tanto per cose di nessuna importanza, che una volta o l'altra, nell'ira, finirà col gettarci sul lastrico. Ma ora che anche lei si occupa di noi, non c'è più questo pericolo, nevvero?

E di nuovo mi strinse la mano. Poiché io non risposi subito, essa temette ch'io mi sentissi solidale col Copler, e aggiunse:

– Anche il signor Copler dice che lei è tanto buono!

Questa frase voleva essere un complimento diretto a me, ma anche al Copler.

La sua figura presentatami con tanta antipatia da Carla, era nuova per me e destava proprio la mia simpatia. Avrei voluto somigliargli mentre il desiderio che mi aveva portato in quella casa me ne rendeva tanto dissimile! Era ben vero che alle due donne egli portava i denari altrui, ma dava tutta l'opera propria, una parte della propria vita. Quella rabbia, ch'egli dedicava loro, era veramente paterna. Ebbi però un dubbio: e se a tale opera fosse stato indotto dal desiderio? Senz'esitare domandai a Carla:

– Il Copler le ha mai chiesto un bacio?

– Mai! – rispose Carla con vivacità. – Quand'è soddisfatto del mio comportamento, seccamente impartisce la sua approvazione, mi stringe leggermente la mano e se ne va. Altre volte, quand'è arrabbiato, mi rifiuta anche la stretta di mano e non s'accorge nemmeno ch'io dallo spavento piango. Un bacio in quel momento sarebbe per me una liberazione.

Visto ch'io mi misi a ridere, Carla si spiegò meglio:
– Accetterei con riconoscenza il bacio di un uomo tanto vecchio cui devo tanto!

Ecco il vantaggio dei malati reali; appariscono più vecchi di quanto non sieno.

Feci un debole tentativo di somigliare al Copler. Sorridendo per non spaventare troppo la povera fanciulla, le dissi che anch'io, quando mi occupavo di qualcuno, finivo col divenire molto imperioso. In complesso anch'io trovavo che quando si studiava un'arte si dovesse farlo seriamente. Poi m'investii tanto bene della mia parte che cessai persino di sorridere. Il Copler aveva ragione d'essere severo con una giovinetta che non poteva intendere il valore del tempo: bisognava anche ricordare quante persone facevano dei sacrifici per aiutarla. Ero veramente serio e severo.

Venne così per me l'ora di andare a colazione e specialmente quel giorno non avrei voluto far aspettare Augusta. Porsi la mano a Carla e allora m'avvidi com'essa fosse pallida. Volli confortarla:
– Stia sicura ch'io farò sempre del mio meglio per appoggiarla presso il Copler e tutti gli altri.

Essa ringraziò, ma pareva tuttavia abbattuta. Poi seppi che vedendomi arrivare, essa subito aveva indovinata quasi la verità e aveva pensato ch'io fossi innamorato di lei e quindi salva. Poi invece – e proprio quando m'accinsi ad andarmene – essa credette che anch'io fossi innamorato solo dell'arte e del canto e che perciò se essa non avesse cantato bene e fatti dei progressi, l'avrei abbandonata.

Mi parve abbattutissima. Fui preso da compassione e, visto che non c'era altro tempo da perdere, la rassicurai col mezzo ch'essa stessa aveva designato quale il più efficace. Ero già alla porta che l'attrassi a me, spostai accuratamente col naso la grossa treccia dal suo collo cui così giunsi con le labbra e sfiorai persino coi denti. Aveva l'apparenza di uno scherzo ed anch'essa finì col riderne, ma soltanto quando io la lasciai. Fino a quel momento essa era rimasta inerte e stupita fra le mie braccia.

Mi seguì sul pianerottolo e, quando cominciai a scendere, mi domandò ridendo:

– Quando ritorna?

– Domani o forse più tardi! – risposi io già incerto. Poi più deciso: – Certamente vengo domani! – Quindi, in seguito al desiderio di non compromettermi troppo, aggiunsi: – Continueremo la lettura del Garcia.

Ella non mutò di espressione in quel breve tempo: assentì alla prima malsicura promessa, assentì riconoscente alla seconda e assentì anche al mio terzo proposito, sempre sorridendo. Le donne sanno sempre quello che vogliono. Non ci furono esitazioni né per parte di Ada che mi respinse, né dall'Augusta che mi prese, e neppure da Carla, che mi lasciò fare.

Sulla via mi trovai subito più vicino ad Augusta che non a Carla. Respirai l'aria fresca, aperta ed ebbi pieno il sentimento della mia libertà. Io non avevo fatto altro che uno scherzo che non poteva perdere tale suo carattere perché era finito su quel collo e sotto quella treccia. Infine Carla aveva accettato quel bacio come una promessa di affetto e sopra tutto di assistenza.

Quel giorno a tavola, però, cominciai veramente a soffrire. Tra me e Augusta stava la mia avventura, come una grande ombra fosca che mi pareva impossibile non fosse vista anche da lei. Mi sentivo piccolo, colpevole e malato, e sentivo il dolore al fianco come un dolore simpatico che riverberasse dalla grande ferita alla mia coscienza. Mentre distrattamente fingevo di mangiare, cercai il sollievo in un proposito ferreo: «Non la rivedrò più – pensai – e se, per riguardo, la dovrò rivedere, sarà per l'ultima volta». Non si pretendeva poi mica tanto da me: un solo sforzo, quello di non rivedere più Carla.

Augusta ridendo, mi domandò:

– Sei stato dall'Olivi che ti vedo tanto preoccupato?

Mi misi a ridere anch'io. Era un grande sollievo quello di poter parlare. Le parole non erano quelle che avrebbero potuto dare la pace intera perché per dire quelle sarebbe occorso di confessare eppoi promettere, ma, non potendo altrimenti, era già un bel sollievo di dirne delle altre. Parlai abbondantemente, sempre lieto e buono. Poi trovai ancora di meglio: parlai della piccola lavanderia ch'essa tanto desiderava e che io fino ad allora le avevo rifiutata, e le diedi subito il permesso di costruirla. Essa fu tanto commossa del mio non sollecitato permesso che si alzò e venne a darmi un bacio. Ecco un bacio ch'evidentemente cancellava quell'altro, ed io mi sentii subito meglio.

Fu così ch'ebbimo la lavanderia e ancora oggidì, quando passo dinanzi alla minuscola costruzione, ricordo che Augusta la volle e Carla la consentì.

Seguì un pomeriggio incantevole riempito dal nostro affetto. Nella solitudine la mia coscienza era più seccante. La parola e l'affetto di Augusta valevano a calmarla. Uscimmo insieme. Poi l'accompagnai da sua madre e passai anche tutta la serata con lei.

Prima di mettermi a dormire, come m'avviene di spesso, guardai lungamente mia moglie che già dormiva raccolta nella sua lieve respirazione. Anche dormendo essa era tutta ordinata, con le coperte fino al mento e i capelli non abbondanti riuniti in una breve treccia annodata alla nuca. Pensai: «Non voglio procurarle dei dolori. Mai!». Mi addormentai tranquillo. Il giorno seguente avrei chiarita la mia relazione con Carla e avrei trovato il modo di rassicurare la povera fanciulla sul suo avvenire, senza perciò essere obbligato di darle dei baci.

Ebbi un sogno bizzarro: non solo baciavo il collo di Carla, ma lo mangiavo. Era però un collo fatto in modo che le ferite ch'io le infliggevo con rabbiosa voluttà non sanguinavano, e il collo restava perciò sempre coperto dalla sua bianca pelle e inalterato nella sua forma lievemente arcuata. Carla, abbandonata fra le mie braccia, non pareva soffrisse dei miei morsi. Chi invece ne soffriva era Augusta che improvvisamente era accorsa. Per tranquillarla le dicevo: «Non lo mangerò tutto: ne lascerò un pezzo anche a te».

Il sogno ebbe l'aspetto di un incubo soltanto quando in mezzo alla notte mi destai e la mia mente snebbiata poté ricordarlo, ma non prima, perché finché durò, neppure la presenza di Augusta m'aveva levato il sentimento di soddisfazione ch'esso mi procurava.

Non appena desto, ebbi la piena coscienza della forza del mio desiderio e del pericolo ch'esso rappresentava per Augusta e anche per me. Forse nel grembo della donna che mi dormiva accanto già s'iniziava un'altra vita di cui sarei stato responsabile. Chissà quello che avrebbe preteso Carla quando fosse stata la mia amante? A me pareva desiderosa del godimento che fino ad allora le era stato conteso, e come avrei io saputo provvedere a due famiglie? Augusta domandava l'utile lavanderia, l'altra avrebbe domandata qualche altra cosa, ma non meno costosa. Rividi Carla mentre dal pianerottolo mi salutava ridendo dopo di essere stata baciata. Essa già sapeva ch'io sarei stato la sua preda. N'ebbi spavento e là, solo e nell'oscurità, non seppi trattenere un gemito.

Mia moglie, subito desta, mi domandò che cosa avessi ed io risposi con una breve parola, la prima che mi si fosse affacciata alla mente quando seppi rimettermi dallo spavento di vedermi interrogato in un momento in cui mi pareva di aver gridata una confessione:

– Penso alla vecchiaia incombente!

Ella rise e cercò di consolarmi senza perciò tagliare il sonno cui s'aggrappava. M'inviò la frase stessa che sempre mi diceva quando mi vedeva spaventato del tempo che andava via:

– Non pensarci, ora che siamo giovani... il sonno è tanto buono!

L'esortazione giovò: non ci pensai più e mi riaddormentai. La parola nella notte è come un raggio di luce. Illumina un tratto di realtà in confronto al quale sbiadiscono le costruzioni della fantasia. Perché avevo tanto da temere della povera Carla di cui ancora non ero l'amante? Era evidente che avevo fatto di tutto per spaventarmi della mia situazione. Infine, il «bébé» che avevo evocato nel grembo di Augusta finora non aveva dato altro segno di vita che la costruzione della lavanderia.

Mi alzai sempre accompagnato dai migliori propositi. Corsi al mio studio e preparai in una busta qualche poco di denaro che volevo offrire a Carla nello stesso istante in cui le avrei annunziato il mio abbandono. Però mi sarei dichiarato pronto di mandarle per posta dell'altro denaro ogni qualvolta essa me ne avesse domandato scrivendomi ad un indirizzo che le avrei fatto sapere. Proprio quando m'accingevo ad uscire, Augusta m'invitò con un dolce sorriso ad accompagnarla in casa del padre. Era arrivato da Buenos Aires il padre di Guido per assistere alle nozze, e bisognava andare a farne la conoscenza. Essa certamente si curava meno del padre di Guido che di me. Voleva rinnovare la dolcezza del giorno prima. Ma la cosa non era più la stessa: a me pareva fosse male lasciar trascorrere del tempo fra il mio buon proposito e la sua esecuzione. Intanto che noi camminavamo sulla via uno accanto all'altro e, all'apparenza, sicuri del nostro affetto, l'altra si riteneva già amata da me. Ciò era male. Sentii quella passeggiata come una vera e propria constrizione.

Trovammo Giovanni che stava realmente meglio. Solo non poteva mettere gli stivali per una certa gonfiezza ai piedi cui egli non attribuiva importanza ed io in allora neppure. Si trovava in salotto col padre di Guido cui mi presentò. Augusta ci lasciò subito per andare a raggiungere la madre e la sorella.

Il Signor Francesco Speier mi parve un uomo molto meno istruito del figlio. Era piccolo, tozzo, sulla sessantina, di poche idee e di poca vivacità, forse anche perché in seguito ad una malattia aveva l'orecchio molto indebolito. Ficcava qualche parola spagnuola nel suo italiano:

– Cada volta che vengo a Trieste...

I due vecchi parlavano di affari, e Giovanni ascoltava attentamente perché quegli affari erano molto importanti per il destino di Ada. Stetti ad ascoltare distrattamente. Sentii che il vecchio Speier aveva deciso di liquidare i suoi affari nell'Argentina e di consegnare a Guido tutti i suoi *duros* perché li impiegasse alla fondazione di una ditta a Trieste; poi egli sarebbe ritornato a Buenos Aires per vivere con la moglie e con la figlia con un piccolo podere che gli rimaneva. Non compresi perché raccontasse in mia presenza a Giovanni tutto ciò, né lo so neppur oggi.

A me parve che ambedue a un dato punto cessassero di parlare, guardandomi come se avessero aspettato da me un consiglio ed io, per essere gentile, osservai:

– Non dev'essere piccolo quel podere se le basta per viverci!

Giovanni urlò subito:

– Ma che cosa vai dicendo? – Lo scoppio di voce ricordava i suoi migliori tempi, ma è certo che se egli non avesse urlato tanto, il signor Francesco non avrebbe rilevata la mia osservazione. Così, invece, impallidì e disse:

– Spero bene che Guido non mancherà di pagarmi gl'interessi del mio capitale.

Giovanni, sempre urlando, cercò di rassicurarlo:

– Altro che gl'interessi! Anche il doppio se le occorrerà! Non è forse suo figlio?

Il signor Francesco tuttavia non parve molto rasserenato ed aspettava proprio da me una parola che lo rassicurasse. Io la diedi subito e abbondante perché il vecchio ora sentiva meno di prima.

Poi il discorso fra i due uomini di affari continuò, ma io mi guardai bene dall'intervenire più oltre. Giovanni mi guardava di tempo in tempo al disopra degli occhiali per sorvegliarmi e il suo respiro pesante pareva una minaccia. Parlò poi a lungo e mi domandò a un dato punto:

– Ti pare?

Io annuii fervidamente.

Tanto più fervido dovette apparire il mio consenso in quanto ogni mio atto era reso più espressivo dalla rabbia che sempre più mi pervadeva. Che cosa stavo facendo in quel luogo lasciando trascorrere il tempo utile per effettuare i miei buoni propositi? Mi obbligavano di trascurare un'opera tanto utile a me e ad Augusta! Stavo preparando una scusa per andarmene, ma in quel momento il salotto fu invaso dalle donne accompagnate da Guido. Questi, subito dopo l'arrivo del padre, aveva regalato alla sposa un magnifico anello. Nessuno mi guardò o salutò, nemmeno la piccola Anna. Ada aveva già al dito la gemma splendente e, sempre poggiando il braccio sulla spalla del fidanzato, la faceva vedere al padre. Le donne guardavano anche loro estatiche.

Neppure gli anelli m'interessavano. Se non portavo neppure quello matrimoniale perché m'impediva la circolazione del sangue! Senza salutare infilai la porta del salotto, andai alla porta di casa e m'accinsi ad uscire. Augusta però s'accorse della mia fuga e mi raggiunse in tempo. Fui stupito del suo aspetto sconvolto. Le sue labbra erano pallide come il giorno del nostro matrimonio, poco prima che andassimo in chiesa. Le dissi che avevo un affare di premura. Poi essendomi in buon punto ricordato che pochi giorni prima, per un capriccio, avevo comperato degli occhiali leggerissimi da presbite che poi non avevo provati dopo di averli posti nel taschino del panciotto dove li sentivo, le dissi che avevo un appuntamento con un oculista per farmi esaminare la vista che da qualche tempo mi pareva indebolita. Essa rispose che avrei potuto andarmene subito, ma che mi pregava di fare prima i miei convenevoli col padre di Guido. Mi strinsi nelle spalle dall'impazienza, ma tuttavia la compiacqui.

Rientrai nel salotto e tutti gentilmente mi salutarono. In quanto a me, sicuro che ora mi mandavano via, ebbi persino un momento di buon umore. Il padre di Guido che in tanta famiglia non si raccapezzava bene, mi domandò:

– Ci rivedremo ancora prima della mia partenza per Buenos Aires?

– Oh! – dissi io, – cada volta ch'ella verrà in questa casa, probabilmente mi ci troverà!

Tutti risero ed io me ne andai trionfalmente accompagnato anche da un saluto abbastanza lieto da parte di Augusta. Andavo via tanto ordinatamente dopo di aver corrisposto a tutte le formalità legali, che potevo camminare sicuro. Ma v'era un altro motivo che mi liberava dai dubbi che fino a quel momento m'avevano trattenuto: io correvo via dalla casa di mio suocero per allontanarmene più che fosse possibile, cioè fino da Carla. In quella casa e non per la prima volta (così mi pareva) mi sospettavano di congiurare bassamente ai danni di Guido. Innocentemente e in piena distrazione io avevo parlato di quel podere che si trovava nell'Argentina, e Giovanni subito aveva interpretate le mie parole come se fossero state meditate per danneggiare Guido presso suo padre. Con Guido mi sarebbe stato facile di spiegarmi se fosse abbisognato: con Giovanni e gli altri, che mi sospettavano capace di simili macchinazioni, bastava la vendetta. Non che io mi fossi proposto di correre a tradire Augusta. Facevo però alla luce del sole quello che desideravo. Una visita a Carla non implicava ancora niente di male ed anzi, se io da quelle parti mi fossi imbattuto ancora una volta in mia suocera, e se essa mi avesse domandato che cosa io fossi andato a farvi, le avrei subito risposto:

– Oh bella! Vado da Carla! – Fu perciò quella la sola volta che andai da Carla senza ricordare Augusta. Tanto mi aveva offeso il contegno di mio suocero!

Sul pianerottolo non sentii echeggiare la voce di Carla. Ebbi un istante di terrore: che essa fosse uscita? Bussai e subito entrai prima che qualcuno me ne avesse dato il permesso. Carla v'era bensì, ma con lei si trovava anche sua madre. Cucivano assieme in un'associazione che potrà essere frequente, ma che io mai prima avevo vista. Lavoravano ambedue allo stesso grande lenzuolo, ai suoi lembi, una molto lontana dall'altra. Ecco ch'io ero corso da Carla e arrivavo a Carla accompagnata dalla madre.

Era tutt'altra cosa. Non si potevano attuare né i buoni né i cattivi propositi. Tutto continuava a restare in sospeso.

Molto accesa, Carla si levò in piedi mentre la vecchia lentamente si levò gli occhiali che ripose in una busta. Io intanto credetti di poter essere indignato per altra ragione che non fosse quella di vedermi interdetto di chiarire subito l'animo mio. Non erano queste le ore che il Copler aveva destinate allo studio? Salutai gentilmente la vecchia signora e mi fu difficile persino di sottopormi a tale atto di gentilezza. Salutai anche Carla quasi senza guardarla. Le dissi:

– Sono venuto per vedere se possiamo cavare da questo libro – e accennai al Garcia che si trovava intatto sul tavolo al posto ove l'avevamo lasciato, – qualche altra cosa di utile.

M'assisi al posto che avevo occupato il giorno prima e subito apersi il libro. Carla tentò dapprima di sorridermi, ma visto che io non corrisposi alla sua gentilezza, sedette con una certa sollecitudine di obbedienza accanto a me, per guardare. Era esitante; non comprendeva. Io la guardai e vidi che sulla sua faccia si distendeva qualche cosa che poteva significare sdegno e ostinazione. Mi figurai che così usasse di accogliere i rimproveri del Copler. Solo essa non era ancora sicura che i miei rimproveri fossero proprio quelli che il Copler le indirizzava perché – come me lo disse poi – ricordava ch'io il giorno prima l'avevo baciata e perciò credeva di essere per sempre rassicurata sulla mia ira. Era perciò sempre ancora pronta a convertire quel suo sdegno in un sorriso amichevole. Debbo dire qui, perché più tardi non ne avrò il tempo, che questa sua fiducia di avermi addomesticato definitivamente con quel solo bacio che m'aveva concesso, mi dispiacque enormemente: una donna che pensa così è molto pericolosa.

Ma in quel momento il mio animo era proprio quello stesso del Copler, carico di rimproveri e di risentimento. Mi misi a leggere ad alta voce proprio quella parte che il giorno prima avevamo già letta e che io stesso avevo demolita, pedantescamente, e non commentando altrimenti, pesando su alcune parole che mi parevano più significative.

Con voce un po' tremante Carla m'interruppe:

– Mi pare che questo l'abbiamo già letto!

Così fui finalmente obbligato di dire parole mie. Anche la parola propria può dare un po' di salute. La mia non soltanto fu più mite del mio animo e del mio comportamento, ma addirittura mi ricondusse alla vita di società:

– Vede, signorina, – e accompagnai subito l'appellativo vezzeggiativo con un sorriso che poteva essere anche di amante, – vorrei rivedere questa roba prima di passare oltre. Forse noi ieri l'abbiamo giudicata un po' precipitosamente, ed un mio amico poco fa m'avvertì che per intendere tutto quello che il Garcia dice, bisognava studiarlo tutto.

Sentii finalmente anche il bisogno di usare un riguardo alla povera vecchia signora che certamente nel corso della sua vita e per quanto poco fortunata fosse stata, non s'era mai trovata in un frangente simile. Inviai anche a lei un sorriso che mi costò più fatica di quello regalato a Carla:

– La cosa non è molto divertente, – le dissi, – ma può essere sentita con qualche vantaggio anche da chi non si occupa di canto.

Continuai ostinatamente a leggere. Carla certamente si sentiva meglio, e sulle sue labbra carnose errava qualche cosa che somigliava ad un sorriso. La vecchia invece appariva sempre come un povero animale catturato e restava in quella stanza solo perché la sua timidezza le impediva di trovare il modo di andarsene. Io, poi, a nessun prezzo avrei tradito il mio desiderio di buttarla fuori di quella stanza. Sarebbe stata una cosa grave e compromettente.

Carla fu più decisa: con molto riguardo mi pregò sospendere per un momento quella lettura e, rivoltasi alla madre, le disse che poteva andarsene e che il lavoro a quel lenzuolo l'avrebbero continuato nel pomeriggio.

La signora s'avvicinò a me, esitante se porgermi la mano. Io gliela strinsi addirittura affettuosamente e le dissi:
– Capisco che questa lettura non è troppo divertente.
Sembrava volessi deplorare ch'essa ci lasciasse. La signora se ne andò dopo di aver posto su di una sedia il lenzuolo ch'essa fino ad allora aveva tenuto in grembo. Poi Carla la seguì per un istante sul pianerottolo per dirle qualche cosa mentre io smaniavo di averla finalmente accanto. Rientrò, chiuse dietro di sé la porta e ritornando al suo posto ebbe di nuovo attorno alla bocca qualche cosa di rigido che ricordava l'ostinazione su una faccia infantile. Disse:
– Ogni giorno a quest'ora io studio. Giusto ora doveva capitarmi di attendere a quel lavoro di premura!
– Ma non vede che a me non importa nulla del suo canto? – gridai io e l'aggredii con un abbraccio violento che mi portò a baciarla prima in bocca eppoi subito sul punto stesso ove avevo baciato il giorno prima.

Curioso! Essa si mise a piangere dirottamente e si sottrasse a me. Disse singhiozzando che aveva sofferto troppo di avermi visto entrare a quel modo. Essa piangeva per quella solita compassione di sé stesso che tocca a chi vede compianto il proprio dolore. Le lacrime non sono espresse dal dolore, ma dalla sua storia. Si piange quando si grida all'ingiustizia. Era infatti ingiusto di obbligare allo studio questa bella fanciulla che si poteva baciare.

In complesso andava peggio di quanto m'ero figurato. Dovetti spiegarmi e per far presto non mi presi il tempo necessario per inventare e raccontai l'esatta verità. Le dissi della mia impazienza di vederla e di baciarla. Io m'ero proposto di venir da lei di buon'ora; in questo proposito avevo persino passata la notte. Naturalmente non seppi dire che cosa mi prefiggessi di fare venendo da lei, ma ciò era poco d'importante. Era vero che la stessa dolorosa impazienza l'avevo sentita quando avevo voluto andare da lei per dirle che volevo abbandonarla per sempre e quand'ero accorso per prenderla fra le mie braccia. Poi le raccontai degli avvenimenti della mattina e come mia moglie m'avesse obbligato di uscire con lei e m'avesse condotto da mio suocero ove ero stato immobilizzato ad ascoltare come si discorreva di affari che non mi toccavano. Infine, con grandi sforzi arrivo a svincolarmi e a fare la lunga via a passo celere e che cosa trovo?... La stanza tutta ingombra di quel lenzuolo!

Carla scoppiò a ridere perché comprese che in me non v'era niente del Copler. Il riso sulla sua bella faccia pareva l'arcobaleno ed io la baciai ancora. Essa non rispondeva alle mie carezze, ma le subiva sommessa, un atteggiamento ch'io adoro forse perché amo il sesso debole in proporzione diretta della sua debolezza. Per la prima volta essa mi raccontò d'aver risaputo dal Copler ch'io amavo tanto mia moglie:

– Perciò – aggiunse ed io vidi passare sulla sua bella faccia l'ombra del proposito serio, – fra noi due non ci può essere che una buona amicizia e niente altro.

Io a quel proposito tanto saggio non credetti molto perché quella stessa bocca che lo esprimeva non sapeva neppur allora sottrarsi ai miei baci.

Carla parlò lungamente. Voleva evidentemente destare la mia compassione. Ricordo tutto quello ch'essa mi disse e cui credetti solo quando essa sparì dalla mia vita. Finché l'ebbi accanto, sempre la paventai come una donna che prima o poi avrebbe approfittato del suo ascendente su di me per rovinare me e la mia famiglia. Non le credetti quand'essa m'assicurò che non domandava altro che di essere sicura della propria e della vita della madre. Ora lo so con certezza ch'essa mai ebbe il proposito di ottenere da me più di quanto le occorresse, e quando penso a lei arrossisco dalla vergogna di averla compresa e amata tanto male. Essa, poverina, non ebbe nulla da me. Io le avrei dato tutto, perché io sono di quelli che pagano i proprii debiti. Ma aspettavo sempre che me lo domandasse.

Mi raccontò dello stato disperato in cui s'era trovata alla morte di suo padre. Per mesi e mesi lei e la vecchia erano state obbligate a lavorare giorno e notte a certi ricami che venivano commessi loro da un mercante. Ingenuamente essa credeva che l'aiuto dovesse venire dalla provvidenza divina tant'è vero che talvolta per ore era rimasta alla finestra per guardare sulla via, donde doveva giungere. Venne invece il Copler. Ora essa si diceva contenta del suo stato, ma lei e sua madre passavano le notti inquiete perché l'aiuto che veniva concesso era ben precario. Se un giorno fosse risultato ch'essa non aveva né la voce né il talento per cantare? Il Copler le avrebbe abbandonate. Poi egli parlava di farla apparire su un teatro di lì a pochi mesi. E se ci fosse stato un vero e proprio fiasco?

Sempre nello sforzo di destare la mia compassione, essa mi raccontò che la disgrazia finanziaria della sua famiglia aveva anche travolto un suo sogno d'amore: il suo fidanzato l'aveva abbandonata.

Io ero sempre lontano dalla compassione. Le dissi:

– Quel suo fidanzato l'avrà baciata molto? Come faccio io?

Essa rise perché le impedivo di parlare. Io vidi così dinanzi a me un uomo che mi segnava la via.

Era da lungo tempo trascorsa l'ora in cui avrei dovuto trovarmi a colazione a casa. Avrei voluto andarmene. Per quel giorno bastava. Ero ben lontano da quel rimorso che m'aveva tenuto desto durante la notte, e l'inquietudine che m'aveva trascinato da Carla era del tutto scomparsa. Ma tranquillo non ero. È, forse, mio destino di non esserlo mai. Non avevo rimorsi perché intanto Carla m'aveva promesso tanti baci che volevo a nome di un'amicizia che non poteva offendere Augusta. Mi parve di scoprire la ragione del malcontento che come al solito faceva serpeggiare vaghi dolori nel mio organismo. Carla mi vedeva in una luce falsa! Carla poteva disprezzarmi vedendomi tanto desideroso dei suoi baci quando amavo Augusta! Quella stessa

Carla che faceva mostra di stimarmi tanto perché di me aveva tanto bisogno!

Decisi di conquistarmi la sua stima e dissi delle parole che dovevano dolermi come il ricordo di un crimine vigliacco, come un tradimento commesso per libera elezione, senza necessità e senza nessun vantaggio.

Ero quasi alla porta e con l'aspetto di persona serena che a malincuore si confessi, dissi a Carla:

– Il Copler le ha raccontato dell'affetto ch'io porto a mia moglie. È vero: io stimo molto mia moglie.

Poi le raccontai per filo e per segno la storia del mio matrimonio, come mi fossi innamorato della sorella maggiore di Augusta che non aveva voluto saperne di me perché innamorata di un altro, come poi avessi tentato di sposare un'altra delle sue sorelle che pure mi respinse e come infine mi adattassi a sposare lei.

Carla credette subito nell'esattezza di questo racconto. Poi seppi che il Copler ne aveva appreso qualche cosa a casa mia e le aveva riferito dei particolari non del tutto veri, ma quasi, ch'io avevo ora rettificato e confermato.

– È bella la sua signora? – domandò essa pensierosa.

– Secondo i gusti, – dissi io.

C'era qualche centro proibitivo che agiva ancora in me. Avevo detto di stimare mia moglie, ma non avevo mica ancora detto di non amarla. Non avevo detto che mi piacesse, ma neppure che non potesse piacermi. In quel momento mi pareva di essere molto sincero; ora so di aver tradito con quelle parole tutt'e due le donne e tutto l'amore, il mio e il loro.

A dire il vero non ero ancora tranquillo; dunque mancava ancora qualche cosa. Mi sovvenni della busta dai buoni propositi e l'offersi a Carla. Essa l'aperse e me la restituì dicendomi che pochi giorni prima il Copler le aveva portata la mesata e che per il momento essa proprio non aveva bisogno di danaro. La mia inquietudine aumentò per un'antica idea che m'ero fatta che le donne veramente pericolose non accettano poco denaro. Essa s'avvide del mio malessere e con un'ingenuità deliziosa e che apprezzo solamente ora che ne scrivo, mi domandò poche corone con le quali avrebbe acquistati dei piatti di cui le due donne erano state private da una catastrofe in cucina.

Poi avvenne una cosa che lasciò un segno indelebile nella mia memoria. Al momento di andarmene io la baciai, ma questa volta, con tutta intensità, essa rispose al mio bacio. Il mio veleno aveva agito. Essa disse con tutta ingenuità:

– Io le voglio bene perché lei è tanto buono che neppure la ricchezza poté guastarla.

Poi aggiunse con malizia:

– Io so ora che non bisogna farla attendere e che fuori di quel pericolo non ce n'è altro con lei.

Sul pianerottolo essa domandò ancora:

– Potrò mandare a quel paese il maestro di canto assieme al Copler?

Scendendo rapidamente le scale io le dissi:

– Vedremo!

Ecco che qualche cosa restava tuttavia in sospeso nei nostri rapporti; tutto il resto era stato chiaramente stabilito.

Me ne derivò tale malessere, che quando arrivai all'aria aperta, indeciso mi mossi nella direzione opposta a quella della mia casa. Avrei quasi avuto il desiderio di ritornare subito subito da Carla per spiegarle ancora qualche cosa: il mio amore per Augusta. Si poteva farlo perché io non avevo detto di non amarla. Soltanto, come conclusione a quella vera storia che avevo raccontata, avevo dimenticato di dire che oramai io amavo veramente Augusta. Carla, poi, ne aveva dedotto che non l'amavo affatto e perciò aveva corrisposto tanto fervidamente al mio bacio, sottolineandolo con una sua dichiarazione di amore. Mi pareva che, se non ci fosse stato tale episodio, io avrei potuto sopportare più facilmente lo sguardo confidente di Augusta. E pensare che poco prima io ero stato lieto di apprendere che Carla sapesse del mio amore per mia moglie e che così, per sua decisione, l'avventura ch'io aveva cercata mi venisse offerta nella forma di un'amicizia condita da baci.

Al Giardino Pubblico sedetti su una panchina e, col bastone, segnai distrattamente sulla ghiaia la data di quel giorno. Poi risi amaramente: sapevo che quella non era la data che avrebbe segnata la fine dei miei tradimenti. Anzi, s'iniziavano quel giorno. Dove avrei potuto trovare io la forza per non ritornare da quella donna tanto desiderabile che m'aspettava? Poi avevo già assunti degl'impegni, degl'impegni d'onore. Avevo avuto dei baci e non m'era stato concesso di dare che il controvalore di alcune terraglie! Era proprio un conto non saldato quello che ora mi legava a Carla.

La colazione fu triste. Augusta non aveva domandate delle spiegazioni per il mio ritardo ed io non le diedi. Avevo paura di tradirmi, tanto più che nel breve percorso dal Giardino a casa mi ero baloccato con l'idea di raccontarle tutto e la storia del mio tradimento poteva perciò essere segnata sulla mia faccia onesta. Questo sarebbe stato l'unico mezzo per salvarmi. Raccontandole tutto mi sarei messo sotto la sua protezione e sotto la sua sorveglianza. Sarebbe stato un atto di tale decisione che allora in buona fede avrei potuto segnare la data di quel giorno come un avviamento all'onestà e alla salute.

Si parlò di molte cose indifferenti. Cercai di essere lieto, ma non seppi neppur tentare di essere affettuoso. A lei mancava il fiato; certo aspettava una spiegazione che non venne.

Poi essa andò a continuare il suo grande lavoro di riporre i panni d'inverno in armadi speciali. La intravvidi spesso nel pomeriggio, tutta intenta al suo lavoro, là, in fondo al corridoio lungo, aiutata dalla fantesca. Il suo grande dolore non interrompeva la sua sana attività.

Inquieto, passai spesso dalla mia stanza da letto alla camera da bagno. Avrei voluto chiamare Augusta e dirle almeno che l'amavo perché a lei – povera sempliciona! – questo sarebbe bastato. Ma invece continuai a meditare e a fumare.

Passai naturalmente per varie fasi. Ci fu persino un momento in cui quell'accesso di virtù fu interrotto da una viva impazienza di veder arrivare il giorno appresso per poter correre da Carla. Può essere che anche questo desiderio fosse stato ispirato da qualche buon proposito. In fondo la grande difficoltà era di poter, così solo, impegnarsi e legarsi al dovere. La confessione che m'avrebbe procurata la collaborazione di mia moglie era impensabile; restava dunque Carla sulla cui bocca avrei potuto giurare con un ultimo bacio! Chi era Carla? Nemmeno il ricatto era il massimo pericolo che con lei correvo! Il giorno appresso essa sarebbe stata la mia amante: chissà quello che ne sarebbe poi conseguito! Io la conoscevo solo per quanto me ne aveva detto quell'imbecille del Copler e in base ad informazioni provenienti da costui, un uomo più accorto di me come ad esempio l'Olivi, non avrebbe neppure accettato di contrarre un affare commerciale.

Tutta la sana, bella attività di Augusta intorno alla mia casa era sprecata. La cura drastica del matrimonio che avevo intrapresa nella mia affannosa ricerca della salute era fallita. Io rimanevo malato più che mai e sposato ai danni miei e degli altri.

Più tardi, quando fui effettivamente l'amante di Carla, riandando col pensiero a quel triste pomeriggio non arrivai a intendere perché prima d'impegnarmi più oltre, non mi fossi arrestato con un virile proposito. Avevo tanto pianto il mio tradimento prima di commetterlo, che si sarebbe dovuto credere facile di evitarlo. Ma del senno di poi si può sempre ridere e anche di quello di prima, perché non serve. Fu marcata in quelle ore angosciose in caratteri grandi nel mio vocabolario alla lettera C (Carla) la data di quel giorno con l'annotazione: «ultimo tradimento». Ma il primo tradimento effettivo, che impegnava a tradimenti ulteriori, seguì soltanto il giorno dopo.

A una tarda ora, non sapendo fare di meglio, presi un bagno. Sentivo una bruttura sul mio corpo e volevo lavarmi. Ma quando fui in acqua pensai: «Per nettarmi dovrei essere capace di sciogliermi tutto in quest'acqua». Mi vestii poi, così privo di volontà, che neppure m'asciugai accuratamente. Il giorno sparì ed io restai alla finestra a guardare le nuove foglie verdi degli alberi del mio giardino. Fui colto da brividi e con una certa soddisfazione pensai fossero di febbre. Non la morte desiderai ma la malattia, una malattia che mi servisse di pretesto per fare quello che volevo o che me lo impedisse.

Dopo aver esitato per tanto tempo, Augusta venne a cercarmi. Vedendola tanto dolce e priva di rancore, si aumentarono da me i brividi fino a farmi battere i denti. Spaventata, essa mi costrinse di mettermi a letto. Battevo sempre i denti dal freddo, ma già sapevo di non aver la febbre e le impedii di chiamare il medico. La pregai di spegnere la lampada, di sedere accanto a me e di non parlare. Non so per quanto tempo restammo così: riconquistai il necessario calore e anche qualche fiducia. Avevo però la mente ancor tanto offuscata che quando essa riparlò di chiamare il medico, le dissi che sapevo la ragione del mio malore e che glielo avrei detto più tardi. Ritornavo al proposito di confessare. Non mi rimaneva aperta altra via per liberarmi da tanta oppressione.

Così restammo ancora per vario tempo muti. Più tardi m'accorsi che Augusta s'era levata dalla sua poltrona e mi si accostava. Ebbi paura: forse essa aveva indovinato tutto. Mi prese la mano, l'accarezzò, poi leggermente poggiò la sua mano sulla mia testa per sentire se scottasse, e infine mi disse:

– Dovevi aspettartelo! Perché tanta dolorosa sorpresa?

Mi meravigliai delle strane parole e nello stesso tempo che passassero traverso un singhiozzo soffocato. Era evidente che essa non alludeva alla mia avventura. Come avrei io potuto prevedere di essere fatto così? Con una certa rudezza le domandai:

– Ma che cosa vuoi dire? Che cosa dovevo io prevedere?

Confusa essa mormorò:

– L'arrivo del padre di Guido per le nozze di Ada...

Finalmente compresi: essa credeva ch'io soffrissi per l'imminenza del matrimonio di Ada. A me parve ch'essa veramente mi facesse torto: io non ero colpevole di un simile delitto. Mi sentii puro e innocente come un neonato e subito liberato da ogni oppressione. Saltai dal letto:

– Tu credi ch'io soffra per il matrimonio di Ada? Sei pazza! Dacché sono sposato, io non ho più pensato a lei: Non ricordavo neppure ch'era arrivato quest'oggi il signor *Cada*!

La baciai e abbracciai con pieno desiderio e il mio accento fu improntato a tale sincerità ch'essa si vergognò del suo sospetto.

Anche lei ebbe la ingenua faccia sgombera da ogni nube e andammo presto a cena ambedue affamati. A quello stesso tavolo, dove avevamo sofferto tanto, poche ore prima, sedevamo ora come due buoni compagni in vacanza.

Ella mi ricordò che le avevo promesso di dirle la ragione del mio malessere. Io finsi una malattia, quella malattia che doveva darmi la facoltà di fare senza colpa tutto quello che mi piaceva. Le raccontai che già in compagnia dei due vecchi signori, alla mattina, m'ero sentito scoraggiato profondamente. Poi ero andato a prendere gli occhiali che l'oculista m'aveva prescritti. Forse quel segno di vecchiezza m'aveva avvilito maggiormente. E avevo camminato per le vie della città per ore ed ore. Raccontai anche qualche cosa delle immaginazioni che tanto m'avevano fatto soffrire e ricordo che contenevano persino un abbozzo di confessione. Non so in quale connessione con la malattia immaginaria, parlai anche del nostro sangue che girava, girava, ci teneva eretti, capaci al pensiero e all'azione e perciò alla colpa e al rimorso. Essa non capì che si trattava di Carla, ma a me parve di averlo detto.

Dopo cena inforcai gli occhiali e finsi lungamente di leggere il mio giornale, ma quei vetri m'annebbiavano la vista. Ne ebbi un aumento del mio turbamento lieto come di alcolizzato. Dissi di non poter intendere quello che leggevo. Continuavo a fare il malato.

La notte la passai pressocché insonne. Aspettavo l'abbraccio di Carla con pieno grande desiderio. Desideravo proprio lei, la fanciulla dalle ricche treccie fuori di posto e la voce tanto musicale quando la nota non le era imposta. Ella era resa desiderabile anche da tutto ciò che per lei avevo già sofferto. Fui accompagnato tutta la notte da un ferreo proposito. Sarei stato sincero con Carla prima di farla mia e le avrei detta l'intera verità sui miei rapporti con Augusta. Nella mia solitudine mi misi a ridere: era molto originale di andare alla conquista di una donna con in bocca la dichiarazione d'amore per un'altra. Forse Carla sarebbe ritornata alla sua passività! E che perciò? Per il momento nessun suo atto avrebbe potuto diminuire il pregio della sua sottomissione di cui mi sembrava di poter essere sicuro.

La mattina seguente vestendomi mormoravo le parole che le avrei dette. Prima di essere mia, Carla doveva sapere che Augusta col suo carattere e anche con la sua salute (avrei potuto spendere molte parole per spiegare quello ch'io intendessi per salute ciò che avrebbe anche servito ad educare Carla) aveva saputo conquistare il mio rispetto, ma anche il mio amore.

Prendendo il caffè, ero tanto assorto nel preparare un tanto elaborato discorso, che Augusta non ebbe da me altro segno di affetto che un lieve bacio prima di uscire. Se ero tutto suo! Andavo da Carla per riaccendere la mia passione per lei.

Non appena entrai nella stanza di studio di Carla, ebbi un tale sollievo al trovarla sola e pronta, che subito l'attirai a me e appassionatamente l'abbracciai. Fui spaventato dall'energia con la quale essa mi respinse. Una vera violenza! Essa non voleva saperne ed io rimasi a bocca aperta in mezzo alla stanza, dolorosamente deluso.

Ma Carla subito rimessasi mormorò:

– Non vede che la porta è rimasta aperta e che qualcuno sta scendendo le scale?

Assunsi l'aspetto di un visitatore cerimonioso finché l'importuno non passò. Poi chiudemmo la porta. Essa impallidì vedendo che giravo anche la chiave. Così tutto era chiaro. Poco dopo essa mormorò fra le mie braccia con voce soffocata:
– Lo vuoi? Veramente lo vuoi?
M'aveva dato del tu, e questo fu decisivo. Io poi avevo subito risposto:
– Se non desidero altro!
Avevo dimenticato che avrei voluto prima chiarire qualche cosa.

Subito dopo io avrei voluto cominciare a parlarle dei miei rapporti con Augusta avendo tralasciato di farlo prima. Ma era difficile per il momento. Parlando con Carla d'altro in quel momento sarebbe stato come diminuire l'importanza della sua dedizione. Anche il più sordo fra gli uomini sa che non si può fare una cosa simile, per quanto tutti sappiano che non c'è confronto fra l'importanza di quella dedizione prima che avvenga e immediatamente dopo. Sarebbe una grande offesa per una donna, che aperse le braccia per la prima volta, sentirsi dire: «Prima di tutto debbo chiarire quelle parole che ti dissi ieri...» Ma che ieri? Tutto quello che avvenne il giorno prima deve apparire indegno di essere menzionato e se ad un gentiluomo avviene di non sentire così, tanto peggio per lui e deve fare in modo che nessuno se ne avveda.

È certo che io ero quel gentiluomo che non sentiva così perché nella simulazione sbagliai come la sincerità non saprebbe. Le domandai:
– Com'è che ti concedesti a me? Come meritai una cosa simile?
Volevo dimostrarmi grato o rimproverarla? Probabilmente non era che un tentativo per iniziare delle spiegazioni.

Essa un po' stupita guardò in alto per vedere il mio aspetto:
– A me pare che tu mi abbia presa, – e sorrise affettuosamente per provarmi che non intendeva di rimproverarmi.

Ricordai che le donne esigono si dica che sono state prese. Poi, essa stessa si accorse di aver sbagliato, che le cose si prendono e le persone si accordano e mormorò:

– Io ti aspettavo! Eri il cavaliere che doveva venire a liberarmi. Certo è male che tu sia sposato, ma, visto che non ami tua moglie, io so almeno che la mia felicità non distrugge quella di nessun altro.

Fui preso dal mio dolore al fianco con tale intensità che dovetti cessare dall'abbracciarla. Dunque l'importanza delle mie sconsiderate parole non era stata esagerata da me? Era proprio la mia menzogna che aveva indotta Carla di divenire mia? Ecco che se ora avessi pensato di parlare del mio amore per Augusta, Carla avrebbe avuto il diritto di rimproverarmi nientemeno che di un tranello! Rettifiche e spiegazioni non erano più possibili per il momento. Ma in seguito ci sarebbe stata l'opportunità di spiegarsi e di chiarire. Aspettando che si presentasse, ecco che si costituiva un nuovo legame fra me e Carla.

Lì, accanto a Carla, rinacque intera la mia passione per Augusta. Ora non avrei avuto che un desiderio: correre dalla mia vera moglie, solo per vederla intenta al suo lavoro di formica assidua, mentre metteva in salvo le nostre cose in un'atmosfera di canfora e di naftalina.

Ma restai al mio dovere, che fu gravissimo per un episodio che mi turbò molto dapprima perché m'apparve come un'altra minaccia della sfinge con la quale aveva da fare. Carla mi raccontò che subito dopo che me n'ero andato il giorno prima, era venuto il maestro di canto e che essa lo aveva semplicemente messo alla porta.

Non seppi celare un gesto di contrarietà. Era lo stesso che avvisare il Copler della nostra tresca!

– Che cosa ne dirà il Copler? – esclamai.

Essa si mise a ridere e si rifugiò, questa volta di sua iniziativa, fra le mie braccia:

– Non avevamo detto che l'avremmo buttato fuori della porta anche lui?

Era carina, ma non poteva più conquistarmi. Trovai subito anch'io un atteggiamento che mi stava bene, quello del pedagogo, perché mi dava anche la possibilità di sfogare quel rancore che c'era in fondo all'anima mia per la donna che non mi permetteva di parlare come avrei voluto di mia moglie. – Bisognava lavorare a questo mondo – le dissi – perché, come ella già doveva saperlo, questo era un mondo cattivo dove solamente i validi reggevano. E se io ora dovessi morire? Che cosa avverrebbe di lei? – Avevo prospettata l'eventualità del mio abbandono in modo ch'essa proprio non poteva offendersene e infatti se ne commosse. Poi, con l'evidente intenzione di avvilirla, le dissi che con mia moglie bastava io manifestassi un desiderio per vederlo esaudito.

– Ebbene! – disse lei rassegnata – manderemo a dire al maestro che ritorni! – Poi tentò di comunicarmi la sua antipatia per quel maestro. Ogni giorno doveva subire la compagnia di quel vecchione antipatico che le faceva ripetere per infinite volte gli stessi esercizi che non giovavano a nulla, proprio a nulla. Essa non ricordava di aver passato qualche bel giorno che quando il maestro si ammalava. Aveva anche sperato che morisse, ma essa non aveva fortuna.

Divenne infine addirittura violenta nella sua disperazione. Ripeté, aumentandolo, il suo lamento di non aver fortuna: era disgraziata, irreparabilmente disgraziata. Quando ricordava che m'aveva subito amato perché le era sembrato che dal mio fare, dal mio dire, dai miei occhi, venisse una promessa di vita meno rigida, meno obbligata, meno noiosa, doveva piangere.

Così conobbi subito i suoi singhiozzi e mi seccarono; erano violenti fino a scuotere, pervadendolo, il suo debole organismo. Mi sembrava di subire immediatamente un brusco assalto alla mia tasca e alla mia vita. Le domandai:

– Ma credi tu che mia moglie a questo mondo non faccia nulla? Adesso che noi due parliamo, essa ha i polmoni inquinati dalla canfora e dalla naftalina.

Carla singhiozzò:

– Le cose, le masserizie, i vestiti... beata lei!

Pensai irritato ch'essa volesse che io corressi a comperarle tutte quelle cose, solo per procurarle l'occupazione che prediligeva. Non dimostrai dell'ira, grazie al cielo e obbedii alla voce del dovere che gridava: «accarezza la fanciulla che si abbandonò a te!». L'accarezzai. Passai la mia mano leggermente sui suoi capelli. Ne risultò che i suoi singhiozzi si calmarono e le sue lagrime fluirono abbondanti e non trattenute come la pioggia che segue ad un temporale.

– Tu sei il mio primo amante – disse essa ancora – ed io spero che continuerai ad amarmi!

Quella sua comunicazione, ch'ero il suo primo amante, designazione che preparava il posto ad un secondo, non mi commosse molto. Era una dichiarazione che arrivava in ritardo perché da una buona mezz'ora l'argomento era stato abbandonato. Eppoi era una nuova minaccia. Una donna crede di avere tutti i diritti verso il suo primo amante. Dolcemente le mormorai all'orecchio:

– Anche tu sei la mia prima amante... dacché mi sono sposato.

La dolcezza della voce mascherava il tentativo di pareggiare le due partite.

Poco dopo io la lasciai perché a nessun prezzo avrei voluto arrivare tardi a colazione. Prima di andarmene trassi di nuovo di tasca la busta che io dicevo dei buoni propositi perché un ottimo proposito l'aveva creata. Sentivo il bisogno di pagare per sentirmi più libero. Carla rifiutò dolcemente di nuovo quel denaro ed io allora m'arrabbiai fortemente, ma seppi trattenermi dal manifestare questa rabbia, se non urlando delle parole dolcissime. Gridavo per non picchiarla, ma nessuno avrebbe potuto accorgersene. Dissi che ero arrivato al colmo dei miei desideri possedendola e che adesso volevo aver il senso di possederla ancora più mantenendola completamente. Perciò doveva guardarsi dal farmi arrabbiare perché ne soffrivo troppo. Volendo correre via, riassunsi in poche parole il mio concetto che divenne – così gridato – molto brusco.

– Sei la mia amante? Perciò il tuo mantenimento incombe a me.

Essa, spaventata, cessò dal resistere e prese la busta mentre mi guardava ansiosa studiando che cosa fosse la verità, il mio urlo d'odio oppure la parola d'amore con cui le veniva concesso tutto quello ch'essa aveva desiderato. Si rasserenò un poco quando prima di andarmene sfiorai con le mie labbra la sua fronte. Sulle scale mi venne il dubbio ch'essa, disponendo di quei denari e avendo sentito ch'io m'incaricavo del suo avvenire, avrebbe messo alla porta anche il Copler nel caso in cui egli nel pomeriggio fosse venuto da lei. Avrei voluto risalire quelle scale per andare ad esortarla di non compromettermi con un atto simile. Ma non v'era tempo e dovetti correr via.

Io temo che il dottore che leggerà questo mio manoscritto abbia a pensare che anche Carla sarebbe stata un soggetto interessante alla psico-analisi. A lui sembrerà che quella dedizione, preceduta dal congedo al maestro di canto, fosse stata troppo rapida. Anche a me sembrava che in premio del suo amore essa si fosse attese da me troppe concessioni. Occorsero molti, ma molti mesi, perché io intendessi meglio la povera fanciulla. Probabilmente essa s'era lasciata prendere per liberarsi dall'inquietante tutela del Copler, e dovette essere per lei una ben dolorosa sorpresa all'accorgersi che s'era concessa invano perché da lei si continuava a pretendere proprio quello che le pesava tanto, cioè il canto. Si trovava ancora fra le mie braccia e apprendeva che doveva continuare a cantare. Da ciò un'ira e un dolore che non trovavano le parole giuste. Per ragioni differenti dicemmo così ambedue delle stranissime parole. Quand'essa mi volle bene, riebbe tutta la naturalezza che il calcolo le aveva tolto. Io la naturalezza non la ebbi mai con lei.

Correndo via pensai ancora: «Se essa sapesse quanto io ami mia moglie si comporterebbe altrimenti». Quando lo seppe si comportò infatti altrimenti.

All'aria aperta respirai la libertà e non sentii il dolore di averla compromessa. Fino al giorno dopo c'era tempo e avrei forse trovato un riparo alle difficoltà che mi minacciavano. Correndo verso casa ebbi anche il coraggio di prendermela con l'ordine sociale, come se esso fosse stato la colpa dei miei trascorsi. Mi pareva avrebbe dovuto essere tale da permettere di tempo in tempo (non sempre) di fare all'amore, senz'aver a temerne delle conseguenze, anche con le donne che non si amano affatto. Di rimorso non v'era traccia in me. Perciò io penso che il rimorso non nasca dal rimpianto di una mala azione già commessa, ma dalla visione della propria colpevole disposizione. La parte superiore del corpo si china a guardare e giudicare l'altra parte e la trova deforme. Ne sente ribrezzo e questo si chiama rimorso. Anche nella tragedia antica la vittima non ritornava in vita e tuttavia il rimorso passava. Ciò significava che la deformità era guarita e che oramai il pianto altrui non aveva alcuna importanza. Dove poteva esserci posto per il rimorso in me che con tanta gioia e tanto affetto correvo dalla mia legittima moglie? Da molto tempo non m'ero sentito tanto puro.

A colazione, senz'alcuno sforzo, fui lieto ed affettuoso con Augusta. Non ci fu quel giorno alcuna nota stonata fra di noi. Niente di eccessivo: ero come dovevo essere con la donna onestamente e sicuramente mia. Altre volte ci furono degli eccessi d'affettuosità da parte mia, ma solamente quando nel mio animo si combatteva una lotta fra le due donne ed eccedendo nelle manifestazioni d'affetto m'era più facile di celare ad Augusta che fra di noi c'era l'ombra per il momento abbastanza potente di un'altra donna. Posso anche dire che perciò Augusta mi preferiva quando non ero tutto e con grande sincerità suo.

Io stesso ero un po' stupito della mia calma e l'attribuivo al fatto ch'ero riuscito di far accettare a Carla quella busta dai buoni propositi. Non che con quella credessi di averla saldata. Ma mi pareva che avevo cominciato a pagare un'indulgenza. Disgraziatamente per tutta la durata della mia relazione con Carla, il denaro restò la mia preoccupazione principale. Ad ogni occasione ne mettevo in disparte in un posto ben celato della mia biblioteca, per essere preparato a far fronte a qualunque esigenza dell'amante che tanto temevo. Così quel denaro, quando Carla m'abbandonò lasciandomelo, servì per pagare tutt'altra cosa.

Dovevamo passare la sera in casa di mio suocero ad un pranzo cui non erano invitati che i membri della famiglia e che doveva sostituire il tradizionale banchetto, preludio alle nozze che dovevano aver luogo due giorni appresso. Guido voleva approfittare per sposarsi del miglioramento di Giovanni, ch'egli credeva non avrebbe durato.

Andai con Augusta di buon'ora nel pomeriggio da mio suocero. Sulla via le ricordai ch'essa il giorno prima aveva sospettato ch'io soffrissi tuttavia per quelle nozze. Essa si vergognò del suo sospetto ed io parlai molto di quella mia innocenza. Se ero ritornato a casa non ricordando neppure che quella stessa sera v'era la solennità che doveva preparare quelle nozze!

Quantunque non vi fossero altri invitati che noi di famiglia, i vecchi Malfenti volevano che il banchetto fosse preparato solennemente. Augusta era stata pregata di aiutare a preparare la sala e la tavola. Alberta non ne voleva sapere. Poco tempo prima essa aveva ottenuto un premio ad un concorso per una commedia in un atto e s'accingeva ora alacremente alla riforma del teatro nazionale. Così restammo intorno a quella tavola io ed Augusta coadiuvati da una cameriera e da Luciano un ragazzo dell'ufficio di Giovanni che dimostrava altrettanto talento per l'ordine in casa quanto per quello d'ufficio.

Aiutai a trasportare sulla tavola dei fiori e a distribuirli in bell'ordine.

– Vedi – dissi scherzando ad Augusta – che contribuisco anch'io alla loro felicità. Se mi domandassero di preparare per loro anche il letto nuziale, lo farei con lo stesso aspetto sereno!

Più tardi andammo a trovare gli sposi ritornati allora da una visita ufficiale. S'erano messi nel cantuccio più riposto del salotto e suppongo che fino al nostro arrivo si fossero baciucchiati. La sposina non aveva neppur smesso il suo abito da passeggio ed era tanto bellina, così arrossata dal caldo.

Io credo che gli sposi, per celare ogni traccia dei baci che si erano scambiati, volessero darci ad intendere che avessero discusso di scienza. Era una sciocchezza, forse anche sconveniente! Volevano allontanarci dalla loro intimità o credevano che i loro baci potessero dolere a qualcuno? Ciò però non guastò il mio buon umore. Guido m'aveva detto che Ada non voleva credergli che certe vespe sapevano paralizzare con una puntura altri insetti anche più forti di loro per conservarli così paralizzati, vivi e freschi, quale nutrimento per la loro discendenza. Io credevo di ricordare ch'esisteva qualche cosa di tanto mostruoso in natura, ma in quel momento non volli concedere una soddisfazione a Guido:

– Mi credi una vespa che ti dirigi a me? – gli dissi ridendo.

Lasciammo gli sposi per permettere loro di occuparsi di cose più liete. Io però cominciavo a trovare alquanto lungo il pomeriggio e avrei voluto andare a casa ad aspettare nel mio studio l'ora del pranzo.

Nell'anticamera trovammo il dottor Paoli che usciva dalla stanza da letto di mio suocero. Era un medico giovine che aveva però già saputo conquistarsi una buona clientela. Era biondissimo e bianco e rosso come un ragazzone. Nel potente organismo il suo occhio era però tanto importante da rendere seria ed imponente tutta la sua persona. Gli occhiali lo facevano apparire più grande e il suo sguardo s'attaccava alle cose come una carezza. Ora che conosco bene tanto lui che il Dottor S. – quello della psico-analisi – mi pare che l'occhio di questi sia indagatore per intenzione, mentre nel dottor Paoli lo è per una sua instancabile curiosità. Il Paoli vede esattamente il suo cliente, ma anche la moglie di questi e la sedia su cui poggia. Dio sa quale dei due conci meglio i suoi clienti! Durante la malattia di mio suocero io andai spesso dal Paoli per indurlo a non fare intendere alla famiglia che la catastrofe che la minacciava era imminente, e ricordo che un giorno, guardandomi più a lungo di quanto mi fosse piaciuto, mi disse sorridendo:

– Ma Lei adora sua moglie!

Egli era un buon osservatore perché infatti io in quel momento adoravo mia moglie che soffriva tanto per la malattia del padre e che io giornalmente tradivo.

Ci disse che Giovanni stava anche meglio del giorno prima. Adesso egli non aveva altre preoccupazioni perché la stagione era molto favorevole, e riteneva che gli sposi serenamente potessero mettersi in viaggio. – Naturalmente – aggiunse cautamente – salvo complicazioni imprevedibili. – La sua prognosi s'avverò perché intervennero le complicazioni imprevedibili.

Al momento di congedarsi si ricordò che noi conoscevamo certo Copler al cui letto egli era stato chiamato quel giorno stesso a consulto. Lo aveva trovato colpito da una paralisi renale. Raccontò che la paralisi s'era annunciata con un orrendo male di denti. Qui fece una prognosi grave, ma, secondo il solito, attenuata da un dubbio:

– La sua vita può anche prolungarsi a patto ch'egli arrivi a vedere il sole di domani.

Augusta, dalla compassione, ebbe le lagrime agli occhi e mi pregò di correre subito dal nostro povero amico. Dopo un'esitazione, ottemperai al suo desiderio, e volentieri, perché la mia anima improvvisamente si riempì di Carla. Com'ero stato duro con la povera fanciulla! Ecco che, sparito il Copler, essa rimaneva là, solitaria su quel pianerottolo, nient'affatto compromettente perché tagliata da ogni comunicazione col mio mondo. Era necessario correre da lei per cancellare l'impressione che doveva averle fatto il mio duro contegno della mattina.

Ma, prudentemente, andai prima di tutto dal Copler. Dovevo pur poter dire ad Augusta che lo avevo visto.

Conoscevo già il modesto ma comodo e decente quartiere che il Copler abitava in Corsia Stadion. Un vecchio pensionato gli aveva cedute tre delle sue cinque stanze. Fui ricevuto da questi, un grosso uomo, ansante, dagli occhi rossi, che camminava inquieto su e giù per un breve corridoio oscuro. Mi raccontò che il medico curante se ne era andato da poco, dopo di aver constatato che il Copler si trovava in agonia. Il vecchio parlava a bassa voce, sempre ansando, come se avesse temuto di turbare la quiete del moribondo. Anch'io abbassai la mia. È una forma di rispetto come lo sentiamo noi uomini, mentre non è ben certo se al moribondo non piacerebbe di più di venir accompagnato per l'ultimo tratto di via da voci chiare e forti che gli ricorderebbero la vita.

Il vecchio mi disse che il moribondo era assistito da una suora. Pieno di rispetto mi fermai per qualche tempo dinanzi alla porta di quella camera nella quale il povero Copler col suo rantolo, dal ritmo tanto esatto, misurava il suo ultimo tempo. La sua respirazione rumorosa era composta da due suoni: esitante pareva quello prodotto dall'aria ch'egli ispirava, precipitoso quello che nasceva dall'aria espulsa. Fretta di morire? Una pausa seguiva ai due suoni ed io pensai che quando quella pausa si fosse allungata, allora si sarebbe iniziata la nuova vita.

Il vecchio voleva ch'io entrassi in quella stanza, ma io non volli. Troppi moribondi m'avevano guatato con un'espressione di rimprovero.

Non attesi che quella pausa s'allungasse e corsi da Carla. Bussai alla porta del suo studio ch'era chiusa a chiave, ma nessuno rispose. Impazientito presi la porta a calci e allora dietro di me si aperse la porta del quartiere. La voce della madre di Carla domandò:

– Ma chi è? – Poi la vecchia timorosa si sporse e, quando alla luce gialla che veniva dalla sua cucina m'ebbe riconosciuto, m'accorsi che la sua faccia si era coperta di un intenso rossore rilevato dalla nitida bianchezza dei suoi capelli. Carla non c'era, ed essa si profferse di andar a prendere la chiave dello studio per ricevermi in quella stanza ch'essa riteneva fosse la sola degna di ricevermi. Ma io le dissi di non scomodarsi, entrai nella sua cucina e sedetti senz'altro su una sedia di legno. Sul focolare, sotto ad una pentola, ardeva un modesto mucchio di carbone. Le dissi di non trascurare per causa mia la cucinatura della cena. Essa mi rassicurò. Cucinava dei fagiuoli, che non erano mai troppo cotti. La povertà del cibo che si preparava nella casa le cui spese dovevo oramai sostenere io solo, m'ammorbidì e smorzò la stizza che provavo per non aver trovata pronta la mia amante.

La signora rimase in piedi ad onta ch'io ripetutamente l'avessi invitata di sedere. Bruscamente le raccontai ch'ero venuto a portare alla signorina Carla una bruttissima notizia: il Copler era moribondo.

Alla vecchia caddero le braccia e subito sentì il bisogno di sedere.

– Dio mio! – mormorò – che cosa faremo ora noi?

Poi si ricordò che quello che toccava al Copler era peggio di quello che toccava a lei e aggiunse un compianto:

– Il povero signore! Tanto buono!

Aveva già la faccia irrorata dalle lagrime. Essa, evidentemente, non sapeva che se il pover'uomo non fosse morto a tempo, sarebbe stato buttato fuori di quella casa. Anche questo mi rassicurò. Com'ero circondato dalla più assoluta discrezione!

Volli tranquillarla e le dissi che quello che il Copler aveva fatto per loro fino ad allora, avrei continuato a farlo io. Essa protestò che non era per sé stessa ch'essa piangeva, visto che sapeva ch'esse erano circondate da tanta buona gente, ma per il destino del loro grande benefattore.

Volle sapere di quale malattia morisse. Raccontandole come la catastrofe s'era annunciata, ricordai quella discussione ch'io tempo prima avevo avuta col Copler sull'utilità del dolore. Ecco che da lui i nervi dei denti s'erano agitati e s'erano messi a chiamare aiuto perché, ad un metro di distanza da loro, i reni avevano cessato di funzionare. Ero tanto indifferente al fato del mio amico di cui avevo sentito poco prima il rantolo, che continuavo a giocherellare con le sue idee. Se fosse stato ancora a sentirmi, gli avrei detto che si capiva così come dall'ammalato immaginario i nervi potessero legittimamente dolere per una malattia scoppiata a qualche chilometro di distanza.

Fra la vecchia e me c'era ben poco ancora da discorrere ed accettai di andar ad aspettare Carla nel suo studio. Presi in mano il Garcia e tentai di leggerne qualche pagina. Ma l'arte del canto mi toccava poco.

La vecchia mi raggiunse di nuovo. Era inquieta perché non vedeva giungere Carla. Mi raccontò ch'era andata a comperare dei piatti di cui avevano urgente bisogno.

La mia pazienza stava proprio per esaurirsi. Irosamente le domandai:

– Avete rotti dei piatti? Non potreste usare maggior attenzione?

Così mi liberai della vecchia che borbottò andandosene:

– Due soli... li ho rotti io...

Ciò mi procurò un momento d'ilarità perché io sapevo ch'erano stati distrutti tutti quelli che c'erano in casa e non dalla vecchia, ma proprio da Carla. Poi seppi che Carla era tutt'altro che dolce con la madre che perciò aveva una paura folle di parlare troppo dei fatti della figlia coi suoi protettori. Pare che una volta, ingenuamente, avesse raccontato al Copler del fastidio che risultava a Carla dalle lezioni di canto. Il Copler se ne adirò con Carla e questa se la prese con la madre.

Ed è così che quando la mia deliziosa amante finalmente mi raggiunse, io l'amai violentemente e irosamente. Essa, incantata, balbettava:

– E io che dubitavo del tuo amore! Il giorno intero fui perseguitata dal desiderio di uccidermi per essermi abbandonata ad un uomo che subito dopo mi trattò così male!

Le spiegai che spesso io venivo preso da gravi mali di testa e, quando mi ritrovai nello stato che, se non avessi valorosamente resistito, m'avrebbe ricondotto di corsa da Augusta, riparlai di quei mali e seppi domarmi. Andavo facendomi. Intanto piangemmo insieme il povero Copler; proprio assieme!

Del resto Carla non era indifferente all'atroce fine del suo benefattore. Parlandone si scolorì:

– Io so come son fatta! – disse. – Per lungo tempo avrò paura di restare sola. Da vivo già mi faceva tanta paura!

E per la prima volta, timidamente, mi propose di restare con lei la notte intera. Io non ci pensavo neppure e non avrei saputo prolungare nemmeno di mezz'ora il mio soggiorno in quella stanza. Ma, sempre attento di non rivelare alla povera fanciulla il mio animo di cui ero il primo io a dolermi, feci delle obbiezioni dicendole che una cosa simile non era possibile perché in quella casa c'era anche sua madre. Con vero disdegno essa arcuò le labbra:

– Avremmo trasportato qui il letto; la mamma non s'arrischia di spiarmi.

Allora le raccontai del banchetto di nozze che m'aspettava a casa, ma poi sentii il bisogno di dirle che mai mi sarebbe stato possibile di passare una notte con lei. Nel proposito di bontà che avevo fatto poco prima, arrivavo a domare ogni mio accento che perciò restò sempre affettuoso, ma mi pareva che ogni altra concessione che le avessi fatta od anche soltanto fatta sperare, sarebbe equivaluta ad un nuovo tradimento ad Augusta che io non volevo commettere.

In quel momento sentivo quali erano i miei più forti legami con Carla: il mio proposito d'affettuosità eppoi le menzogne dette da me sui miei rapporti con Augusta e che pian pianino, nel corso del tempo, bisognava attenuare ed anzi cancellare. Perciò iniziai quella stessa sera tale opera, naturalmente con la debita prudenza perché era tuttavia troppo facile di ricordare il frutto che aveva avuto la mia bugia. Le dissi che io sentivo fortemente i miei obblighi verso mia moglie ch'era una donna tanto stimabile che certamente avrebbe meritato di essere amata meglio e cui mai avrei voluto far sapere come la tradivo.

Carla m'abbracciò:

– Così ti amo: buono e dolce come ti sentii subito la prima volta. Non tenterò mai di fare del male a quella poverina.

A me spiaceva sentir dare della poverina ad Augusta, ma ero riconoscente alla povera Carla della sua mitezza. Era una buona cosa ch'essa non odiasse mia moglie. Volli dimostrarle la mia riconoscenza e mi guardai d'attorno alla ricerca di un segno di affetto. Finii col trovarlo. Regalai anche a lei la sua lavanderia: le permisi di non richiamare il maestro di canto.

Carla ebbe un impeto di affetto che mi seccò abbastanza, ma che sopportai valorosamente. Poi mi raccontò ch'essa non avrebbe mai abbandonato il canto. Cantava tutto il giorno, ma a modo suo. Voleva anzi farmi sentire subito una sua canzone. Ma io non ne volli sapere e alquanto villanamente corsi via. Perciò penso che anche quella notte essa abbia meditato il suicidio, ma io non le lasciai mai il tempo di dirmelo.

Ritornai dal Copler perché dovevo portare ad Augusta le ultime notizie dell'ammalato per farle credere che io avessi passate con lui tutte quelle ore. Il Copler era morto da due ore circa, subito dopo ch'io me n'ero andato. Accompagnato dal vecchio pensionato che aveva continuato a misurare col suo passo il piccolo corridoio, entrai nella stanza mortuaria. Il cadavere, già vestito, giaceva sul nudo materazzo del letto. Teneva nelle mani il crocifisso. A bassa voce il pensionato mi raccontò che tutte le formalità erano state compiute e che una nipote dell'estinto sarebbe venuta a passare la notte presso il cadavere.

Così avrei potuto andarmene sapendo che al mio povero amico si dava tutto quel poco che ancora poteva occorrergli, ma restai per qualche minuto a guardarlo. Avrei amato di sentirmi sgorgare dagli occhi una lacrima sincera di compianto per il poverino che tanto aveva lottato con la malattia fino a tentar di trovare un accordo con essa. – È doloroso! – dissi. La malattia per la quale esistevano tanti farmachi, l'aveva brutalmente ucciso. Pareva un'irrisione. Ma la mia lacrima mancò. La faccia emaciata del Copler non era mai apparsa tanto forte come nella rigidezza della morte. Pareva prodotta dallo scalpello in un marmo colorato e nessuno avrebbe potuto prevedere che vi sovrastasse imminente la putrefazione. Era tuttavia una vera vita che quella faccia manifestava: disapprovava sdegnosamente forse me, l'ammalato immaginario, o fors'anche Carla, che non voleva cantare. Trasalii un momento sembrandomi che il morto ricominciasse a rantolare. Subito ritornai alla mia calma di critico quando m'accorsi che quello che m'era sembrato un rantolo non era che l'ansare, aumentato dall'emozione, del pensionato.

Il quale poi m'accompagnò alla porta e mi pregò di raccomandarlo se avessi conosciuto chi avrebbe potuto aver bisogno di un quartierino come quello:

– Vede che anche in una circostanza simile ho saputo fare il mio dovere e anche più, molto di più!

Alzò per la prima volta la voce in cui echeggiò un risentimento ch'era senza dubbio destinato al povero Copler che gli aveva lasciato libero il quartiere senza il debito preavviso. Corsi via promettendo tutto quello che voleva.

Da mio suocero trovai che la compagnia s'era messa in quel momento a tavola. Mi domandarono delle notizie ed io, per non compromettere la gaiezza di quel convito, dissi che il Copler viveva tuttavia e che c'era dunque ancora qualche speranza.

A me parve che quell'adunanza fosse ben triste. Forse tale impressione si fece in me alla vista di mio suocero condannato ad una minestrina e ad un bicchiere di latte, mentre attorno a lui tutti si caricavano dei cibi più prelibati. Aveva tutto il suo tempo libero, lui, e lo impiegava per guardare in bocca agli altri. Vedendo che il signor Francesco si dedicava attivamente all'antipasto, mormorò:

– E pensare che ha due anni più di me!

Poi, quando il signor Francesco giunse al terzo bicchierino di vino bianco, brontolò sottovoce:

– E il terzo! Che gli andasse in tanto fiele!

L'augurio non m'avrebbe disturbato se non avessi mangiato e bevuto anch'io a quel tavolo, e non avessi saputo che la medesima metamorfosi sarebbe stata augurata anche al vino che passava per la mia bocca. Perciò mi misi a mangiare e a bere di nascosto. Approfittavo di qualche momento in cui mio suocero ficcava il grosso naso nella tazza del latte o rispondeva a qualche parola che gli era stata rivolta, per inghiottire dei grossi bocconi o per tracannare dei grandi bicchieri di vino. Alberta, solo per il desiderio di far ridere la gente, avvisò Augusta ch'io bevevo troppo. Mia moglie, scherzosamente, mi minacciò coll'indice. Questo non fu male ma fu male perché così non valeva più la pena di mangiare di nascosto. Giovanni, che fino ad allora non s'era quasi ricordato di me, mi guardò sopra gli occhiali con un'occhiataccia di vero odio. Disse:

– Io non ho mai abusato di vino o di cibo. Chi ne abusa non è un vero uomo ma un... – e ripeté più volte l'ultima parola che non significava proprio un complimento.

Per l'effetto del vino, quella parola offensiva accompagnata da una risata generale, mi cacciò nell'animo un desiderio veramente irragionevole di vendetta. Attaccai mio suocero dal suo lato più debole: la sua malattia. Gridai che non era un vero uomo non chi abusava dei cibi ma colui che supinamente s'adattava alle prescrizioni del medico. Io, nel caso suo, sarei stato ben altrimenti indipendente. Alle nozze di mia figlia – se non altro per affetto – non avrei mica permesso che mi si impedisse di mangiare e di bere.

Giovanni osservò con ira:

– Vorrei vederti nei miei panni!

– E non ti basta di vedermi nei miei? lascio io forse di fumare?

Era la prima volta che mi riusciva di vantarmi della mia debolezza, e accesi subito una sigaretta per illustrare le mie parole. Tutti ridevano e raccontavano al signor Francesco come la mia vita fosse piena di ultime sigarette. Ma quella non era l'ultima e mi sentivo forte e combattivo. Però perdetti subito l'appoggio degli altri quando versai del vino a Giovanni nel suo grande bicchiere d'acqua. Avevano paura che Giovanni bevesse e urlavano per impedirglielo finché la signora Malfenti non poté afferrare e allontanare quel bicchiere.

– Proprio, vorresti uccidermi? – domandò mitemente Giovanni guardandomi con curiosità. – Hai il vino cattivo, tu! – Egli non aveva fatto un solo gesto per approfittare del vino che gli avevo offerto.

Mi sentii veramente avvilito e vinto. Mi sarei quasi gettato ai piedi di mio suocero per chiedergli perdono. Ma anche quello mi parve un suggerimento del vino e lo respinsi. Domandando perdono avrei confessata la mia colpa, mentre il banchetto continuava e sarebbe durato abbastanza per offrirmi l'opportunità di riparare a quel primo scherzo tanto mal riuscito. C'è tempo a tutto a questo mondo. Non tutti gli ubriachi sono preda immediata di ogni suggerimento del vino. Quando ho bevuto troppo, io analizzo i miei conati come quando sono sereno e probabilmente con lo stesso risultato. Continuai ad osservarmi per intendere come fossi arrivato a quel pensiero malvagio di danneggiare mio suocero. E m'accorsi d'essere stanco, mortalmente stanco. Se tutti avessero saputo quale giornata io avevo trascorsa, m'avrebbero scusato. Avevo presa e violentemente abbandonata per ben due volte una donna ed ero ritornato due volte a mia moglie per rinnegare anche lei per due volte. La mia fortuna fu che allora, per associazione, nel mio ricordo fece capolino quel cadavere su cui invano avevo tentato di piangere, e il pensiero alle due donne sparve; altrimenti avrei finito col parlare di Carla. Non avevo sempre il desiderio di confessarmi anche quando non ero reso più magnanimo dall'azione del vino? Finii col parlare del Copler. Volevo che tutti sapessero che quel giorno avevo perduto il mio grande amico. Avrebbero scusato il mio contegno.

Gridai che il Copler era morto, veramente morto e che fino ad allora ne avevo taciuto per non rattristarli. Guarda! Guarda! Ecco che finalmente sentii salirmi le lacrime agli occhi e dovetti volgere altrove lo sguardo per celarle.

Tutti risero perché non mi credettero e allora intervenne l'ostinazione ch'è proprio il carattere più evidente del vino. Descrissi il morto:

– Pareva scolpito da Michelangelo, così rigido, nella pietra più incorruttibile.

Ci fu un silenzio generale interrotto da Guido che esclamò:

– E adesso non senti più il bisogno di non rattristarci?

L'osservazione era giusta. Avevo mancato ad un proponimento che ricordavo! Non ci sarebbe stato il verso di riparare? Mi misi a ridere sgangheratamente:

– Ve l'ho fatta! È vivo e sta meglio.

Tutti mi guardavano per raccapezzarsi.

– Sta meglio, – soggiunsi seriamente – mi riconobbe e mi sorrise persino.

Tutti mi credettero, ma l'indignazione fu generale. Giovanni proclamò che se non avesse temuto di farsi del male sottoponendosi ad uno sforzo, m'avrebbe gettato un piatto sulla testa. Era infatti imperdonabile ch'io avessi turbata la festa con una simile notizia inventata. Se fosse stata vera non ci sarebbe stata colpa. Non avrei fatto meglio di dire loro di nuovo la verità? Il Copler era morto, e non appena fossi stato solo, avrei trovate le lacrime pronte per piangerlo, spontanee e abbondanti. Cercai le parole, ma la signora Malfenti, con quella sua gravità di gran signora m'interruppe:

– Lasciamo stare per ora quel povero malato. Ci penseremo domani!

Obbedii subito persino col pensiero che si staccò definitivamente dal morto: «Addio! Aspettami! Ritornerò a te subito dopo!».

Era venuta l'ora del brindisi. Giovanni aveva ottenuta la concessione dal medico di sorbire a quell'ora un bicchiere di champagne. Gravemente sorvegliò come gli versarono il vino, e rifiutò di portare il bicchiere alle labbra finché non fosse stato colmo. Dopo di aver fatto un augurio serio e disadorno ad Ada e a Guido, lo vuotò lentamente fino all'ultima goccia. Guardandomi biecamente mi disse che l'ultimo sorso l'aveva votato proprio alla mia salute. Per annullare l'augurio, che io sapevo non buono, con ambe le mani sotto la tovaglia feci le corna.

Il ricordo del resto della serata è per me un poco confuso. So che per iniziativa di Augusta, a quel tavolo, poco dopo si disse un mondo di bene di me citandomi quale un modello di marito. Mi fu perdonato tutto e persino mio suocero si fece più gentile. Soggiunse però che sperava che il marito di Ada si dimostrasse buono come me, ma anche nello stesso tempo un miglior negoziante e soprattutto una persona... e cercava la parola. Non la trovò e nessuno intorno a noi la reclamò; neppure il signor Francesco che per avermi visto per la prima volta quella stessa mattina, poco poteva conoscermi. Dal canto mio non mi offesi. Come mitiga il proprio animo il sentimento di avere dei grossi torti da riparare! Accettavo con grato animo tutte le insolenze a patto fossero accompagnate da quell'affetto che non meritavo. E nella mia mente, confusa dalla stanchezza e dal vino, sereno del tutto, accarezzai la mia immagine di buon marito che non diviene meno buono per essere adultero. Bisognava essere buoni, buoni, buoni, e il resto non importava. Mandai con la mano un bacio ad Augusta che lo accolse con un sorriso riconoscente.

Poi vi fu a quel tavolo chi volle approfittare della mia ebbrezza per ridere e fui costretto di dire un brindisi. Avevo finito con l'accettare perché in quel momento mi pareva che sarebbe stata una cosa decisiva di poter fare così in pubblico dei buoni propositi. Non che io dubitassi in quel momento di me, perché mi sentivo proprio quale ero stato descritto, ma sarei divenuto anche migliore quando avessi affermato un proposito dinanzi a tante persone che in certo modo l'avrebbero sottoscritto.

Ed è così che nel brindisi parlai solo di me e di Augusta. Feci per la seconda volta in quei giorni la storia del mio matrimonio. L'avevo falsificata per Carla tacendo del mio innamoramento per mia moglie; qui la falsificai altrimenti perché non parlai delle due persone tanto importanti nella storia del mio matrimonio, cioè Ada e Alberta. Raccontai le mie esitazioni di cui non sapevo consolarmi perché m'avevano derubato di tanto tempo di felicità. Poi, per cavalleria, attribuii anche ad Augusta delle esitazioni. Ma essa negò ridendo vivacemente.

Ritrovai il filo del discorso con qualche difficoltà. Raccontai come finalmente fossimo arrivati al viaggio di nozze e come avessimo fatto all'amore in tutti i musei d'Italia. Ero tanto bene immerso fino al collo nella menzogna che vi cacciai dentro anche quel dettaglio bugiardo che non serviva ad alcuno scopo. Eppoi si dice che nel vino ci sia la verità.

Augusta m'interruppe una seconda volta per mettere le cose a posto e raccontò come essa avesse dovuto evitare i musei per il pericolo che, per causa mia, correvano i capolavori. Non s'accorgeva che così rivelava non la falsità di quel particolare soltanto! Se ci fosse stato a quel tavolo un osservatore, avrebbe presto fatto a scoprire di quale natura fosse quell'amore ch'io prospettavo in un ambiente ove non aveva potuto svolgersi.

Ripresi il lungo, slavato discorso raccontando l'arrivo in casa nostra e come ambedue ci fossimo messi a perfezionarla facendo questo e quello e fra altro anche una lavanderia.

Sempre ridendo, Augusta m'interruppe di nuovo:

– Questa non è mica una festa data in nostro onore, ma in onore di Ada e Guido! Parla di loro!

Tutti annuirono rumorosamente. Risi anch'io accorgendomi che per opera mia si era arrivati ad una vera lietezza rumorosa quale è di prammatica in simili occasioni. Ma non trovai più nulla da dire. Mi pareva di aver parlato per ore. Ingoiai vari altri bicchieri di vino uno dopo l'altro:

– Questo per Ada! – Mi rizzai per un momento per vedere se essa avesse fatte le corna sotto la tovaglia.

– Questo per Guido! – e aggiunsi, dopo aver tracannato il vino:

– Di tutto cuore! – obliando che al primo bicchiere non era stata aggiunta tale dichiarazione.

– Questo per il vostro figliolo maggiore!

E ne avrei bevuti parecchi di quei bicchieri per i loro figliuoli, se non ne fossi stato finalmente impedito. Per quei poveri innocenti io avrei bevuto tutto il vino che si trovava su quel tavolo.

Poi tutto divenne anche più oscuro. Chiaramente ricordo una cosa sola: la mia principale preoccupazione era di non apparire ubriaco. Mi tenevo eretto e parlavo poco. Diffidavo di me stesso, sentivo il bisogno di analizzare ogni parola prima di dirla. Mentre il discorso generale si svolgeva, io dovevo rinunziare a prendervi parte perché non mi si lasciava il tempo di chiarire il mio torbido pensiero. Volli iniziare un discorso io stesso e dissi a mio suocero:

– Hai sentito che l'*Extérieur* è caduto di due punti?

Avevo detto una cosa che non mi concerneva affatto e che avevo sentita dire in Borsa; volevo solo parlare di affari, roba seria di cui un ubbriaco di solito non si ricorda. Ma pare che per mio suocero la cosa fosse meno indifferente e mi diede del corvo dalle male nuove. Con lui non ne indovinavo una.

Allora mi occupai della mia vicina, Alberta. Si parlò di amore. A lei interessava in teoria e a me, per il momento, non interessava affatto in pratica. Perciò era bello parlarne. Mi domandò delle idee ed io ne scopersi subito una che mi parve risultare evidente dalla mia esperienza della giornata stessa. Una donna era un oggetto che variava di prezzo ben più di qualunque valore di Borsa. Alberta mi fraintese e credette che io volessi dire una cosa saputa da tutti, cioè che una donna di una certa età aveva tutt'altro valore che ad un'altra. Mi spiegai più chiaramente: una donna poteva avere un alto valore ad una certa ora della mattina, nessunissimo a mezzodì, per valere nel pomeriggio il doppio che alla mattina e finire alla sera con un valore addirittura negativo. Spiegai il concetto di valore negativo: una donna aveva tale valore quando un uomo calcolava quale somma sarebbe pronto di pagare per mandarla molto ma molto lontano da lui.

Tuttavia la povera commediografa non vedeva la giustezza della mia scoperta mentre io, ricordando il movimento di valore che quel giorno stesso avevano subito Carla e Augusta, ne ero sicuro. Intervenne il vino quando volli spiegarmi meglio e deviai assolutamente:

– Vedi, – le dissi – supponendo che tu ora abbia il valore di X e mi permetta di premere il tuo piedino col mio, tu aumenti immediatamente almeno di un altro X.

Accompagnai subito alle parole l'atto.

Rossa, rossa ella sottrasse il piede e, volendo apparire spiritosa, disse:

– Ma questa è pratica e non più teoria. Me ne appellerò ad Augusta.

Devo confessare che anch'io sentivo quel piedino ben altrimenti che un'arida teoria, ma protestai gridando con l'aria più candida del mondo:

– È pura teoria, purissima, ed è male da parte tua di sentirla altrimenti.

Le fantasie del vino sono veri avvenimenti.

Per lungo tempo io ed Alberta non dimenticammo che io avevo toccato una parte del suo corpo avvisandola che lo facevo per goderne. La parola aveva rilevato l'atto e l'atto la parola.

Finché essa non si sposò ebbe per me un sorriso e un rossore, poi, invece, rossore ed ira. Le donne son fatte così. Ogni giorno che sorge porta loro una nuova interpretazione del passato. Dev'essere una vita poco monotona la loro. Da me, invece, l'interpretazione di quel mio atto fu sempre la stessa: il furto di piccolo oggetto dal sapore intenso e fu colpa di Alberta se in certa epoca cercai di far ricordare quell'atto mentre invece più tardi avrei pagato qualche cosa perché fosse dimenticato del tutto.

Ricordo anche che prima di lasciare quella casa avvenne un'altra cosa e ben più grave. Restai, per un istante, solo con Ada. Giovanni si era coricato da tempo e gli altri prendevano congedo dal signor Francesco che andava all'albergo accompagnato da Guido. Io guardai Ada lungamente vestita tutta di pizzi bianchi, le spalle e le braccia nude. Restai lungamente muto benché sentissi il bisogno di dirle qualche cosa; ma, dopo analizzata, sopprimevo qualunque frase che mi venisse alle labbra. Ricordo che analizzai anche se mi fosse stato permesso di dirle: «Come mi fa piacere che finalmente ti sposi e sposi il mio grande amico Guido. Ora appena sarà tutto finito fra di noi.» Volevo dire una bugia perché tutti sapevano che fra di noi tutto era finito da varii mesi, ma mi pareva che quella bugia fosse un bellissimo complimento ed è certo che una donna, vestita così, domanda complimenti e se ne compiace. Però dopo lunga riflessione non ne feci nulla. Soppressi quelle parole perché nel mare di vino in cui nuotavo, trovai una tavola che mi salvò. Pensai che avevo torto di rischiare l'affetto di Augusta per fare un piacere ad Ada che non mi voleva bene. Ma, nel dubbio che per qualche istante mi turbò la mente, eppoi anche quando con uno sforzo da quelle parole mi staccai, diedi ad Ada una tale occhiata ch'essa si alzò e uscì dopo di essersi voltata a sorvegliarmi con spavento, pronta forse di mettersi a correre.

Anche una propria occhiata si ricorda quanto e forse meglio di una parola; è più importante di una parola perché non v'è in tutto il vocabolario una parola che sappia spogliare una donna. Io so ora che quella mia occhiata falsò le parole che avevo ideate, semplificandole. Essa per gli occhi di Ada, aveva tentato di penetrare al di là dei vestiti e anche della sua epidermide. E aveva certamente significato: «Vuoi venire intanto subito a letto con me?». Il vino è un grande pericolo specie perché non porta a galla la verità. Tutt'altro che la verità anzi: rivela dell'individuo specialmente la storia passata e dimenticata e non la sua attuale volontà; getta capricciosamente alla luce anche tutte le ideuccie con le quali in epoca più o meno recente ci si baloccò e che si è dimenticate; trascura le cancellature e legge tutto quello ch'è ancora percettibile nel nostro cuore. E si sa che non v'è modo di cancellarvi niente tanto radicalmente, come si fa di un giro errato su di una cambiale. Tutta la nostra storia vi è sempre leggibile e il vino la grida, trascurando quello che poi la vita vi aggiunse.

Per andare a casa, Augusta ed io prendemmo una vettura. Nell'oscurità mi parve fosse mio dovere di baciare e abbracciare mia moglie perché in simili incontri molte volte avevo usato così e temevo che, se non l'avessi fatto, essa avrebbe potuto pensare che fra di noi ci fosse qualche cosa di mutato. Non v'era nulla di cambiato fra di noi: il vino gridava anche questo! Ella aveva sposato Zeno Cosini che, immutato, le stava accanto. Che cosa importava se quel giorno io avevo possedute delle altre donne di cui il vino, per rendermi più lieto, aumentava il numero ponendo fra di esse non so più se Ada o Alberta?

Ricordo che, addormentandomi, rividi per un istante la faccia marmorea del Copler sul letto di morte. Pareva domandasse giustizia, cioè le lacrime ch'io gli avevo promesse. Ma non le ebbe neppure allora perché il sonno mi abbracciò annientandomi. Prima però mi scusai col fantasma: «Aspetta ancora per poco. Sono subito con te!». Con lui non fui più, giammai, perché non assistetti neppure al suo funerale. Avevamo tanto da fare in casa ed io anche fuori, che non ci fu tempo per lui. Se ne parlò talvolta, ma solo per ridere ricordando che il mio vino l'aveva tante volte ammazzato e fatto risuscitare. Anzi egli restò proverbiale in famiglia e quando i giornali, come avviene spesso, annunziano e smentiscono la morte di qualcuno, noi diciamo: «Come il povero Copler».

La mattina dopo mi levai con un po' di male di testa. Mi affannò un poco il mio dolore al fianco, probabilmente perché, finché era durato l'effetto del vino, non lo avevo sentito affatto e subito ne avevo perduta l'abitudine. Ma in fondo non ero triste. Augusta contribuì alla mia serenità dicendomi che sarebbe stato male se io non fossi andato a quella cena di nozze, perché prima del mio arrivo le era sembrato di assistere ad un mortorio. Non avevo dunque da aver rimorso del mio contegno. Poi sentii che una cosa sola non mi era stata perdonata: l'occhiataccia ad Ada!

Quando c'incontrammo nel pomeriggio, Ada mi porse la mano con un'ansietà che aumentò la mia. Forse però le pesava sulla coscienza quella sua fuga ch'era stata tutt'altro che gentile. Ma anche la mia occhiata era stata una gran brutta azione. Ricordavo esattamente il movimento del mio occhio e capivo come non sapesse dimenticare chi ne era stato trafitto. Bisognava riparare con un contegno accuratamente fraterno.

Si dice che quando si soffre per aver bevuto troppo, non ci sia miglior cura che di berne dell'altro. Io, quella mattina, andai a rianimarmi da Carla. Andai da lei proprio col desiderio di vivere più intensamente ed è quello che riconduce all'alcool, ma camminando verso di lei, avrei desiderato ch'essa m'avesse fornita tutt'altra intensità di vita del giorno prima. Mi accompagnavano dei propositi poco precisi ma tutti onesti. Sapevo di non poter abbandonarla subito, ma potevo avviarmi a quell'atto tanto morale pian pianino. Intanto avrei continuato a parlarle di mia moglie. Senza sorprendersene, un bel giorno essa avrebbe saputo com'io amassi mia moglie. Avevo nella mia giubba un'altra busta con del denaro per essere pronto ad ogni evenienza.

Arrivai da Carla, e un quarto d'ora dopo essa mi rimproverò con una parola che per la sua giustezza lungamente mi risonò all'orecchio: «Come sei rude, tu, in amore!». Non sono conscio di essere stato rude proprio allora. Avevo cominciato a parlarle di mia moglie, e le lodi tributate ad Augusta erano risonate all'orecchio di Carla come tanti rimproveri rivolti a lei.

Poi fu Carla che mi ferì. Per passare il tempo, le avevo raccontato come mi fossi seccato al banchetto, specie per un brindisi che avevo detto e ch'era stato assolutamente spropositato. Carla osservò:

– Se tu amassi tua moglie non sbaglieresti i brindisi al tavolo di suo padre.

E mi diede anche un bacio per rimeritarmi del poco amore che portavo a mia moglie.

Intanto lo stesso desiderio d'intensificare la mia vita, che m'aveva tratto da Carla, m'avrebbe riportato subito da Augusta, ch'era la sola con cui avrei potuto parlare del mio amore per lei. Il vino preso come cura era già di troppo o volevo oramai tutt'altro vino. Ma quel giorno la mia relazione con Carla doveva ingentilirsi, coronarsi finalmente di quella simpatia che – come seppi più tardi – la povera giovinetta meritava. Essa più volte m'aveva offerto di cantarmi una canzonetta, desiderosa di avere il mio giudizio. Ma io non avevo voluto saperne di quel canto di cui non m'importava nemmeno più l'ingenuità. Le dicevo che giacché essa rifiutava di studiare, non valeva la pena di cantare più.

La mia era proprio una grave offesa ed essa ne sofferse. Seduta accanto a me, per non farmi vedere le sue lacrime essa guardava immota le mani che teneva intrecciate in grembo. Ripeté il suo rimprovero:

– Come devi essere rude con chi non ami, se lo sei tanto con me!

Buon diavolo come sono, mi lasciai intenerire da quelle lacrime e pregai Carla di squarciarmi le orecchie con la sua grande voce nel piccolo ambiente. Essa ora se ne schermiva e dovetti persino minacciare di andarmene se non fossi stato compiaciuto. Devo riconoscere che mi sembrò per un istante anche di aver trovato un pretesto per riconquistare almeno temporaneamente la mia libertà, ma, alla minaccia, la mia umile serva si recò con gli occhi bassi a sedere al pianoforte. Dedicò poi un istante breve breve al raccoglimento e si passò la mano sul viso quasi a scacciarne ogni nube. Vi riuscì con una prontezza che mi sorprese e la sua faccia, quando fu scoperta da quella mano, non ricordava affatto il dolore di prima.

Ebbi subito una grande sorpresa. Carla diceva la sua canzonetta, la raccontava, non la gridava. Le grida – come essa poi mi disse – le erano state imposte dal suo maestro; ora le aveva congedate insieme a lui. La canzonetta triestina:

> Fazzo l'amor xe vero
> Cossa ghe xe de mal
> Volè che a sedes'ani
> Stio là come un cocal...

è una specie di racconto o di confessione. Gli occhi di Carla brillavano di malizia e confessavano anche più delle parole. Non c'era paura di sentirsi leso il timpano ed io m'avvicinai a lei, sorpreso e incantato. Sedetti accanto a lei ed essa allora raccontò la canzonetta proprio a me, socchiudendo gli occhi per dirmi con la nota più lieve e più pura che quei sedici anni volevano la libertà e l'amore.

Per la prima volta vidi esattamente la faccina di Carla: un ovale purissimo interrotto dalla profonda e arcuata incavatura degli occhi e degli zigomi tenui, reso anche più puro da un biancore niveo, ora ch'essa teneva la faccia rivolta a me e alla luce, e perciò non offuscata da alcun'ombra. E quelle linee dolci in quella carne che pareva trasparente, e celava tanto bene il sangue e le vene forse troppo deboli per poter apparire, domandavano affetto e protezione.

Ora ero pronto di accordarle tanto affetto e protezione, incondizionatamente, ed anche nel momento in cui mi sarei sentito tanto disposto di ritornare ad Augusta, perché essa in quel momento non domandava che un affetto paterno che potevo concedere senza tradire. Quale soddisfazione! Restavo là con Carla, le accordavo quello che la sua faccina ovale domandava e non mi allontanavo da Augusta! Il mio affetto per Carla si ingentilì. Da allora, quando sentivo il bisogno di onestà e purezza, non occorse più abbandonarla, ma potei restare con lei e cambiare discorso.

Questa nuova dolcezza era dovuta alla sua faccina ovale ch'io allora avevo scoperto o al suo talento musicale? Innegabile il talento! La strana canzonetta triestina finisce con una strofe in cui la stessa giovinetta proclama di essere vecchia e malandata e che oramai non ha più bisogno di altra libertà che di morire. Carla continuava a profondere malizia e lietezza nel verso povero. Era tuttavia la giovinezza che si fingeva vecchia per proclamare meglio da quel nuovo punto di vista il suo diritto.

Quando terminò e mi trovò in piena ammirazione, anch'essa per la prima volta oltre che amarmi mi volle veramente bene. Sapeva che a me quella canzonetta sarebbe piaciuta di più del canto che le insegnava il suo maestro:

– Peccato – aggiunse con tristezza, – che se non si vuole andare pei *cafés-chantants*, non si possa trarre da ciò il necessario per vivere.

La convinsi facilmente che le cose non stavano così. V'erano a questo mondo molte grandi artiste che dicevano e non cantavano.

Essa si fece dire dei nomi. Era beata di apprendere quanto importante avrebbe potuto divenire la sua arte.

– Io so – aggiunse ingenuamente, – che questo canto è ben più difficile dell'altro per il quale basta gridare a perdifiato.

Io sorrisi e non discussi. La sua arte era anch'essa certamente difficile ed essa lo sapeva perché era quella la sola arte che conoscesse. Quella canzonetta le era costata uno studio lunghissimo. L'aveva detta e ridetta correggendo l'intonazione di ogni parola, di ogni nota. Adesso ne studiava un'altra, ma l'avrebbe saputa soltanto di lì a qualche settimana. Prima non voleva farla sentire.

Seguirono dei momenti deliziosi in quella stanza ove fino ad allora non s'erano svolte che delle scene di brutalità. Ecco che a Carla s'apriva anche una carriera. La carriera che m'avrebbe liberato di lei. Molto simile a quella che per lei aveva sognato il Copler! Le proposi di trovarle un maestro. Essa dapprima si spaventò della parola, ma poi si lasciò convincere facilmente quando le dichiarai che si poteva provare, e ch'essa sarebbe rimasta libera di congedarlo quando le fosse sembrato noioso o poco utile.

Anche con Augusta mi trovai quel giorno molto bene. Avevo l'animo tranquillo come se fossi ritornato da una passeggiata e non dalla casa di Carla o come avrebbe dovuto averlo il povero Copler quando abbandonava quella casa nei giorni in cui non gli avevano dato motivo ad arrabbiarsi. Ne godetti come se fossi giunto a un'oasi. Per me e per la mia salute sarebbe stato gravissimo se tutta la mia lunga relazione con Carla si fosse svolta in un'eterna agitazione. Da quel giorno, come risultato della bellezza estetica, le cose si svolsero più calme con le lievi interruzioni necessarie a rianimare tanto il mio amore per Carla, quanto quello per Augusta. Ogni mia visita a Carla significava bensì un tradimento per Augusta, ma tutto era presto dimenticato in un bagno di salute e di buoni propositi. Ed il buon proposito non era brutale ed eccitante come quando avevo nella strozza il desiderio di dichiarare a Carla che non l'avrei rivista mai più. Ero dolce e paterno: ecco che di nuovo io pensavo alla sua carriera. Abbandonare ogni giorno una donna per correrle dietro il giorno appresso, sarebbe stata una fatica a cui il mio povero cuore non avrebbe saputo reggere. Così, invece, Carla restava sempre in mio potere ed io l'avviavo ora in una direzione ed ora in un'altra.

Per lungo tempo i propositi buoni non furono tanto forti da indurmi a correre per la città in cerca del maestro che avrebbe fatto per Carla. Mi baloccavo col proposito buono, restando sempre seduto. Poi un bel giorno Augusta mi confidò che si sentiva madre ed allora il mio proposito per un istante ingigantì e Carla ebbe il suo maestro.

Avevo esitato tanto anche perché era evidente che, anche senza maestro, Carla aveva saputo avviarsi ad un lavoro veramente serio nella sua nuova arte. Ogni settimana essa sapeva dirmi una canzonetta nuova, analizzata accuratamente nell'atteggiamento e nella parola. Certe note avrebbero abbisognato di essere levigate un poco, ma forse avrebbero finito con l'affinarsi da sé. Una prova decisiva che Carla era una vera artista, io l'avevo nel modo com'essa perfezionava continuamente le sue canzonette senza mai rinunziare alle cose migliori ch'essa aveva saputo far sue di prim'acchito. La indussi spesso a ridirmi il suo primo lavoro e vi trovavo aggiunto ogni volta qualche accento nuovo ed efficace. Data la sua ignoranza, era meraviglioso che nel grande sforzo di scoprire una forte espressione, non le fosse mai capitato di cacciare nella canzonetta dei suoni falsi o esagerati. Da vera artista, essa aggiungeva ogni giorno una pietruccia al piccolo edificio, e tutto il resto restava intatto. Non la canzonetta era stereotipata, ma il sentimento che la dettava. Carla, prima di cantare, si passava sempre la mano sulla faccia e dietro quella mano si creava un istante di raccoglimento che bastava a piombarla nella commediola ch'essa doveva costruire. Una commedia non sempre puerile. Il mentore ironico di

Rosina te xe nata in un casoto

minacciava, ma non troppo seriamente. Pareva che la cantante avvertisse di sapere ch'era la storia di ogni giorno. Il pensiero di Carla era un altro, ma finiva con l'arrivare allo stesso risultato:

– La mia simpatia è per Rosina perché altrimenti la canzonetta non meriterebbe di essere cantata, – essa diceva.

Avvenne qualche volta che Carla inconsapevolmente riaccendesse il mio amore per Augusta e il mio rimorso. Infatti ciò si avverò ogni qualvolta ella si permise dei movimenti offensivi contro la posizione tanto solidamente occupata da mia moglie. Era sempre vivo il suo desiderio di avermi tutto suo per una notte intera; mi confidò che le pareva che, per non avere mai dormito uno accanto all'altro, fossimo meno intimi. Volendo abituarmi ad essere più dolce con lei, non mi rifiutai risolutamente di compiacerla, ma quasi sempre pensai che non sarebbe stato possibile di fare una cosa simile a meno che non mi fossi rassegnato di trovare alla mattina Augusta ad una finestra donde m'avesse aspettato la notte intera. Eppoi, non sarebbe stato questo un nuovo tradimento a mia moglie? Talvolta, cioè quando correvo a Carla pieno di desiderio, mi sentivo propenso di accontentarla, ma subito dopo ne vedevo l'impossibilità e la sconvenienza. Ma così non si arrivò per lungo tempo né ad eliminare la prospettiva della cosa né a realizzarla. Apparentemente si era d'accordo: prima o poi avremmo passata una notte intera insieme. Intanto ora ce n'era la possibilità perché io avevo indotto le Gerco di congedare quegl'inquilini che tagliavano la loro casa in due parti, e Carla aveva finalmente la sua camera da letto.

Ora avvenne che poco dopo le nozze di Guido, mio suocero fu colto da quella crisi che doveva ucciderlo ed io ebbi l'imprudenza di raccontare a Carla che mia moglie doveva passare una notte al capezzale di suo padre per concedere un riposo a mia suocera. Non ci fu più il caso di esimermi: Carla pretese che passassi con lei quella stessa notte ch'era tanto dolorosa per mia moglie. Non ebbi il coraggio di ribellarmi a tale capriccio e mi vi acconciai col cuore pesante.

Mi preparai a quel sacrificio. Non andai da Carla alla mattina e così corsi da lei alla sera con pieno desiderio dicendomi anche ch'era infantile di credere di tradire più gravemente Augusta perché la tradivo in un momento in cui essa per altre cause soffriva. Perciò arrivai persino a spazientirmi perché la povera Augusta mi tratteneva per spiegarmi come avessi dovuto movermi per avere pronte le cose di cui potevo aver bisogno a cena, per la notte ed anche per il caffè della mattina dopo.

Carla m'accolse nello studio. Poco dopo colei ch'era sua madre e serva ci servì una cenetta squisita a cui io aggiunsi i dolci che avevo portati con me. La vecchia ritornò poi per sparecchiare ed io veramente avrei voluto coricarmi subito, ma era veramente ancora troppo di buon'ora e Carla m'indusse di starla a sentir cantare. Essa passò tutto il suo repertorio e fu quella certamente la parte migliore di quelle ore, perché l'ansietà con cui aspettavo la mia amante, andava ad aumentare il piacere che sempre m'aveva data la canzonetta di Carla.

– Un pubblico ti coprirebbe di fiori e d'applausi – le dichiarai ad un certo momento dimenticando che sarebbe stato impossibile di mettere tutto un pubblico nello stato d'animo in cui mi trovavo io.

Ci coricammo infine nello stesso letto in una stanzuccia piccola e del tutto disadorna. Pareva un corridoio stroncato da una parete. Non avevo ancora sonno e mi disperavo al pensiero che, se ne avessi avuto, non avrei potuto dormire con tanta poca aria a mia disposizione.

Carla fu chiamata dalla voce timida di sua madre. Essa, per rispondere, andò all'uscio e lo socchiuse. La sentii come con voce concitata domandava alla vecchia che cosa volesse. Timidamente l'altra disse delle parole di cui non percepii il senso e allora Carla urlò prima di sbattere l'uscio in faccia alla madre:

– Lasciami in pace. T'ho già detto che per questa notte dormo di qua!

Così appresi che Carla, tormentata di notte dalla paura, dormiva sempre nella sua antica stanza da letto con la madre, ove aveva un altro letto, mentre quello sul quale dovevamo dormire insieme restava vuoto. Era certamente per paura ch'essa m'aveva indotto di fare quella partaccia ad Augusta. Confessò con una maliziosa allegria cui non partecipai, che con me si sentiva più sicura che con sua madre. Mi diede da pensare quel letto in prossimità di quella stanza da studio solitaria. Non l'avevo mai visto prima. Ero geloso! Poco dopo fui sprezzante anche per il contegno che Carla aveva avuto con quella sua povera madre. Era fatta un po' differentemente di Augusta che aveva rinunziato alla mia compagnia pur di assistere i suoi genitori. Io sono specialmente sensibile a mancanze di riguardo verso i proprii genitori, io, che avevo sopportato con tanta rassegnazione le bizze del mio povero padre.

Carla non poté accorgersi né della mia gelosia né del mio disprezzo. Soppressi le manifestazioni di gelosia ricordando come non avessi alcun diritto ad essere geloso visto che passavo buona parte delle mie giornate augurandomi che qualcuno mi portasse via la mia amante. Non v'era neppure alcuno scopo di far vedere il mio disprezzo alla povera giovinetta ormai che già mi baloccavo di nuovo col desiderio di abbandonarla definitivamente, e quantunque il mio sdegno fosse ora ingrandito anche dalle ragioni che poco prima avrebbero provocata la mia gelosia. Quello che occorreva era di allontanarsi al più presto da quella piccola stanzuccia non contenente di più di un metro cubo di aria, per soprappiù caldissima.

Non ricordo neppure bene il pretesto che addussi per allontanarmi subito. Affannosamente mi misi a vestirmi. Parlai di una chiave che avevo dimenticato di consegnare a mia moglie per cui essa, se le fosse occorso, non avrebbe potuto entrare in casa. Feci vedere la chiave che non era altra che quella che io avevo sempre in tasca, ma che fu presentata come la prova tangibile della verità delle mie asserzioni. Carla non tentò neppure di fermarmi; si vestì e m'accompagnò fin giù per farmi luce. Nell'oscurità delle scale, mi parve ch'essa mi squadrasse con un'occhiata inquisitrice che mi turbò: cominciava essa a intendermi? Non era tanto facile, visto ch'io sapevo simulare troppo bene. Per ringraziarla perché mi lasciava andare, continuavo di tempo in tempo ad applicare la mie labbra sulle sue guancie e simulavo di essere pervaso tuttavia dallo stesso entusiasmo che m'aveva condotto da lei. Non ebbi poi ad avere alcun dubbio della buona riuscita della mia simulazione. Poco prima, con un'ispirazione d'amore, Carla m'aveva detto che il brutto nome di Zeno, che m'era stato appioppato dai miei genitori, non era certamente quello che spettava alla mia persona. Essa avrebbe voluto ch'io mi chiamassi Dario e lì, nell'oscurità, si congedò da me appellandomi così. Poi s'accorse che il tempo era minaccioso e m'offerse di andar a prendere per me un ombrello. Ma io assolutamente non potevo sopportarla più oltre, e corsi via tenendo sempre quella chiave in mano nella cui autenticità cominciavo a credere anch'io.

L'oscurità profonda della notte veniva interrotta di tratto in tratto da bagliori abbacinanti. Il mugolio del tuono pareva lontanissimo. L'aria era ancora tranquilla e soffocante quanto nella stessa stanzetta di Carla. Anche i radi goccioloni che cadevano erano tiepidi. In alto, evidente, c'era la minaccia ed io mi misi a correre. Ebbi la ventura di trovare in Corsia Stadion un portone ancora aperto e illuminato in cui mi rifugiai proprio a tempo! Subito dopo il nembo s'abbatté sulla via. Lo scroscio di pioggia fu interrotto da una ventata furiosa che parve portasse con sé anche il tuono tutt'ad un tratto vicinissimo. Trasalii! Sarebbe stato un vero compromettermi se fossi stato ammazzato dal fulmine, a quell'ora, in Corsia Stadion! Meno male ch'ero noto anche a mia moglie come un uomo dai gusti bizzarri che poteva correre fin là di notte e allora c'è sempre la scusa a tutto.

Dovetti rimanere in quel portone per più di un'ora. Pareva sempre che il tempo volesse mitigarsi, ma subito riprendeva il suo furore sempre in altra forma. Ora grandinava.

Era venuto a tenermi compagnia il portinaio della casa e dovetti regalargli qualche soldo perché ritardasse la chiusura del portone. Poi entrò nel portone un signore vestito di bianco e grondante d'acqua. Era vecchio, magro e secco. Non lo rividi mai più, ma non so dimenticarlo per la luce del suo occhio nero e per l'energia ch'emanava da tutta la sua personcina. Bestemmiava per essere stato infradiciato a quel modo.

A me è sempre piaciuto d'intrattenermi con la gente che non conosco. Con loro mi sento sano e sicuro. È addirittura un riposo. Devo stare attento di non zoppicare, e sono salvo.

Quando finalmente il tempo si mitigò, io mi recai subito non a casa mia, ma da mio suocero. Mi pareva in quel momento di dover correre subito all'appello e vantarmi di esservi.

Mio suocero s'era addormentato e Augusta, ch'era aiutata da una suora, poté venire da me. Essa disse che avevo fatto bene di venire e si gettò piangente fra le mie braccia. Aveva visto soffrire suo padre orrendamente.

S'accorse ch'ero tutto bagnato. Mi fece adagiare in una poltrona e mi coperse con delle coperte. Poi per qualche tempo poté restarmi accanto. Io ero molto stanco e anche nel breve tempo in cui essa poté restare con me, lottai col sonno. Mi sentivo molto innocente perché intanto non l'avevo tradita restando lontano dal domicilio coniugale per tutta una notte. Era tanto bella l'innocenza che tentai di aumentarla. Incominciai a dire delle parole che somigliavano ad una confessione. Le dissi che mi sentivo debole e colpevole e, visto che a questo punto essa mi guardò domandando delle spiegazioni, subito ritirai la testa nel guscio e, gettandomi nella filosofia, le raccontai che il sentimento della colpa io l'avevo ad ogni mio pensiero, ad ogni mio respiro.

– Così pensano anche i religiosi, – disse Augusta; – chissà che non sia per le colpe che ignoriamo che veniamo puniti così!

Diceva delle parole adatte ad accompagnare le sue lacrime che continuavano a scorrere. A me parve ch'essa non avesse ben compresa la differenza che correva fra il mio pensiero e quello dei religiosi, ma non volli discutere e al suono monotono del vento che s'era rinforzato, con la tranquillità che mi dava anche quel mio slancio alla confessione, m'addormentai di un lungo sonno ristoratore.

***

Quando venne la volta del maestro di canto, tutto fu regolato in poche ore. Io da tempo l'avevo scelto, e, per dire il vero, m'ero arrestato al suo nome, prima di tutto perché era il maestro più a buon mercato di Trieste. Per non compromettermi, fu Carla stessa che andò a parlare con lui. Io non lo vidi mai, ma devo dire che oramai so molto di lui ed è una delle persone che più stimo a questo mondo. Dev'essere un semplicione sano ciò che è strano per un artista che viveva per la sua arte, come questo Vittorio Lali. Insomma un uomo invidiabile, perché geniale e anche sano.

Intanto sentii subito che la voce di Carla s'ammorbidì e divenne più flessibile e più sicura. Noi avevamo avuto paura che il maestro le avesse imposto uno sforzo come aveva fatto quello scelto dal Copler. Forse egli s'adattò al desiderio di Carla, ma sta di fatto che restò sempre nel genere da lei prediletto. Solo molti mesi dopo essa s'accorse di essersene lievemente allontanata, affinandosi. Non cantava più le canzonette triestine e poi neppure le napoletane, ma era passata ad antiche canzoni italiane e a Mozart e Schubert. Ricordo specialmente una «Ninna nanna» attribuita al Mozart, e nei giorni in cui sento meglio la tristezza della vita e rimpiango l'acerba fanciulla che fu mia e che io non amai, la «Ninna nanna» mi echeggia all'orecchio come un rimprovero. Rivedo allora Carla travestita da madre che trae dal suo seno i suoni più dolci per conquistare il sonno al suo bambino. Eppure essa, ch'era stata un'amante indimenticabile, non poteva essere una buona madre, dato ch'era una cattiva figlia. Ma si vede che saper cantare da madre è una caratteristica che copre ogni altra.

Da Carla seppi la storia del suo maestro. Egli aveva fatto qualche anno di studii al Conservatorio di Vienna ed era poi venuto a Trieste ove aveva avuto la fortuna di lavorare per il nostro maggiore compositore colpito da cecità. Scriveva le sue composizioni sotto dettatura, ma ne aveva anche la fiducia, che i ciechi devono concedere intera. Così ne conobbe i propositi, le convinzioni tanto mature e i sogni sempre giovanili. Presto egli ebbe nell'anima tutta la musica, anche quella che occorreva a Carla. Mi fu descritto anche il suo aspetto; giovine, biondo, piuttosto robusto, dal vestire negletto, una camicia molle non sempre di bucato, una cravatta che doveva essere stata nera, abbondante e sciolta, un cappello a cencio dalle falde spropositate. Di poche parole – a quanto mi diceva Carla e devo crederle perché pochi mesi appresso con lei si fece ciarliero ed essa me lo disse subito, – e tutt'intento al compito che s'era assunto.

Ben presto la mia giornata subì delle complicazioni. Alla mattina portavo da Carla oltre che amore anche un'amara gelosia, che diveniva molto meno amara nel corso della giornata. Mi pareva impossibile che quel giovinotto non approfittasse della buona, facile preda. Carla pareva stupita ch'io potessi pensare una cosa simile, ma io lo ero altrettanto al vederla stupita. Non ricordava più come le cose si erano svolte fra me e lei?

Un giorno arrivai a lei furibondo di gelosia ed essa spaventata si dichiarò subito pronta di congedare il maestro. Io non credo che il suo spavento fosse prodotto solo dalla paura di vedersi privata del mio appoggio, perché in quell'epoca io ebbi da lei delle manifestazioni di affetto di cui non posso dubitare e che alle volte mi resero beato, mentre, quando mi trovavo in altro stato d'animo, mi seccarono sembrandomi atti ostili ad Augusta ai quali, e per quanto mi costasse, ero obbligato d'associarmi. La sua proposta m'imbarazzò. Che mi trovassi nel momento dell'amore o del pentimento, io non volevo accettare un suo sacrificio. Doveva pur esserci qualche comunicazione fra' miei due stati d'essere ed io non volevo diminuire la mia già scarsa libertà di passare dall'uno all'altro. Perciò non sapevo accettare una tale proposta che invece mi rese più cauto così che anche quando ero esasperato dalla gelosia, seppi celarla. Il mio amore si fece più iroso e finì che quando la desideravo e anche quando non la desideravo affatto, Carla mi sembrò un essere inferiore. Mi tradiva o di lei non m'importava nulla. Quando non l'odiavo non ricordavo che ci fosse. Io appartenevo all'ambiente di salute e di onestà in cui regnava Augusta a cui ritornavo subito col corpo e l'anima non appena Carla mi lasciava libero.

Data l'assoluta sincerità di Carla, io so esattamente per quanto lunghissimo tempo essa fu tutta mia, e la mia gelosia ricorrente di allora non può essere considerata che quale una manifestazione di un recondito senso di giustizia. Doveva pur toccarmi quello che meritavo. Prima s'innamorò il maestro. Credo il primo sintomo del suo amore sia consistito in certe parole che Carla mi riferì con aria di trionfo ritenendo segnassero il primo suo grande successo artistico pel quale le competesse una mia lode. Egli le avrebbe detto che oramai s'era tanto affezionato al suo compito di maestro che, se essa non avesse potuto pagarlo, egli avrebbe continuato ad impartirle gratuitamente le sue lezioni. Io le avrei dato uno schiaffo, ma venne poi il momento in cui potei pretendere di saper gioire di quel suo vero trionfo. Essa poi dimenticò il crampo che alla prima aveva colto tutta la mia faccia come di chi ficca i denti in un limone e accettò serena la lode tardiva. Egli le aveva raccontati tutti gli affari proprii che non erano molti: musica, miseria e famiglia. La sorella gli aveva dati dei grandi dispiaceri ed egli aveva saputo comunicare a Carla una grande antipatia per quella donna ch'essa non conosceva. Quell'antipatia mi parve molto compromettente. Cantavano ora insieme delle canzoni sue che mi parvero povera cosa tanto quando amavo Carla quanto allorché la sentivo come una catena. Può tuttavia essere che fossero buone ad onta che io poi non ne abbia più sentito parlare. Egli diresse poi delle orchestre negli Stati Uniti e forse colà si cantano anche quelle canzoni.

Ma un bel giorno essa mi raccontò ch'egli le aveva chiesto di diventare sua moglie e ch'essa aveva rifiutato. Allora io passai due quarti d'ora veramente brutti: il primo quando mi sentii tanto invaso dall'ira che avrei voluto aspettare il maestro per gettarlo fuori a furia di calci, ed il secondo quando non trovai il verso per conciliare la possibilità della continuazione della mia tresca, con quel matrimonio ch'era in fondo una bella e morale cosa e una ben più sicura semplificazione della mia posizione che non la carriera di Carla ch'essa immaginava d'iniziare in mia compagnia.

Perché quel benedetto maestro s'era scaldato a quel modo e tanto presto? Oramai, in un anno di relazione, tutto s'era attenuato fra me e Carla, anche il cipiglio mio quando l'abbandonavo. I rimorsi miei erano oramai sopportabilissimi e quantunque Carla avesse ancora ragione di dirmi rude in amore, pareva ch'essa ci si fosse abituata. Ciò doveva esserle riuscito anche facile, perché io non fui mai più tanto brutale come nei primi giorni della nostra relazione e, sopportato quel primo eccesso, il resto dovette esserle sembrato in confronto mitissimo.

Perciò anche quando di Carla non m'importava più tanto, mi fu sempre facile prevedere che il giorno appresso io non sarei stato contento di venir a cercare la mia amante e di non trovarla più. Certo sarebbe stato bellissimo allora di saper ritornare ad Augusta senza il solito intermezzo con Carla ed in quel momento io me ne sentivo capacissimo; ma prima avrei voluto provare. Il mio proposito in quel momento dev'essere stato circa il seguente: «Domani la pregherò di accettare la proposta del maestro, ma oggi gliel'impedirò». E con grande sforzo continuai a comportarmi da amante. Adesso, dicendone, dopo di aver registrate tutte le fasi della mia avventura, potrebbe sembrare ch'io facessi il tentativo di far sposare da altri la mia amante e di conservarla mia, ciò che sarebbe stata la politica di un uomo più avveduto di me e più equilibrato, sebbene altrettanto corrotto. Ma non è vero: essa doveva sposare il maestro, ma doveva decidervisi solo la dimane. È perciò che solo allora cessò quel mio stato ch'io m'ostino a qualificare d'innocenza. Non era più possibile adorare Carla per un breve periodo della giornata eppoi odiarla per ventiquattr'ore continue, e levarsi ogni mattina ignorante come un neonato a rivivere la giornata, tanto simile alle precedenti, per sorprendersi delle avventure ch'essa apportava e che avrei dovuto sapere a mente. Ciò non era più possibile. Mi si prospettava l'eventualità di perdere per sempre la mia amante se non avessi saputo domare il mio desiderio di liberarmene. Io subito lo domai!

Ed è così che quel giorno, quando di lei non m'importò più, feci a Carla una scena d'amore che per la sua falsità e la sua furia somigliava a quella che, preso dal vino, avevo fatto ad Augusta quella notte in vettura. Solo che qui mancava il vino ed io finii col commovermi veramente al suono delle mie parole. Le dichiarai ch'io l'amavo, che non sapevo più restare senza di lei e che d'altronde mi pareva di esigere da lei il sacrificio della sua vita, visto che io non potevo offrirle niente che potesse eguagliare quanto le veniva offerto dal Lali.

Fu proprio una nota nuova nella nostra relazione che pur aveva avuto tante ore di grande amore. Essa stava a sentire le mie parole beandovisi. Molto tardi si accinse a convincermi che non era il caso di affliggersi tanto perché il Lali s'era innamorato. Essa non ci pensava affatto!

Io la ringraziai, sempre col medesimo fervore che ora però non arrivava più a commovermi. Sentivo un certo peso allo stomaco: evidentemente ero più compromesso che mai. Il mio apparente fervore invece che diminuire aumentò, solo per permettermi di dire qualche parola d'ammirazione pel povero Lali. Io non volevo mica perderlo, io volevo salvarlo, ma per il giorno dopo.

Quando si trattò di risolvere se tenere o congedare il maestro, andammo presto d'accordo. Io non avrei poi voluto privarla oltre che del matrimonio anche della carriera. Anche lei confessò che al suo maestro ci teneva: ad ogni lezione aveva la prova della necessità della sua assistenza. M'assicurò che potevo vivere tranquillo e fiducioso: essa amava me e nessun altro.

Evidentemente il mio tradimento s'era allargato ed esteso. M'ero attaccato alla mia amante di una nuova affettuosità che legava di nuovi legami e invadeva un territorio finora riservato solo al mio affetto legittimo. Ma, ritornato a casa mia, anche quest'affettuosità non esisteva più e si riversava aumentata su Augusta. Per Carla non avevo altro che una profonda sfiducia. Chissà che cosa c'era di vero in quella proposta di matrimonio! Non mi sarei meravigliato se un bel giorno, senz'aver sposato quell'altro, Carla m'avesse regalato un figlio dotato di un grande talento per la musica. E ricominciarono i ferrei propositi che m'accompagnavano da Carla, per abbandonarmi quand'ero con lei e per riprendermi quando non l'avevo ancora lasciata. Tutta roba senza conseguenze di nessun genere.

E non vi furono altre conseguenze da queste novità. L'estate passò e si portò via mio suocero. Io ebbi poi un gran da fare nella nuova casa commerciale di Guido ove lavorai più che in qualunque altro luogo, comprese le varie facoltà universitarie. Di questa mia attività dirò più tardi. Passò anche l'inverno eppoi sbocciarono nel mio giardinetto le prime foglie verdi e queste non mi videro mai tanto accasciato come quelle dell'anno prima. Nacque mia figlia Antonia. Il maestro di Carla era sempre a nostra disposizione, ma Carla tuttavia non ne voleva sapere affatto ed io neppure, ancora.

Vi furono invece delle gravi conseguenze nei miei rapporti con Carla per avvenimenti che veramente non si sarebbero creduti importanti. Passarono quasi inavvertiti e furono rilevati solo dalle conseguenze che lasciarono.

Precisamente agli albori di quella primavera, io dovetti accettare di andar a passeggiare con Carla al Giardino Pubblico. Mi sembrava una grave compromissione, ma Carla desiderava tanto di camminare al braccio mio al sole, che finii col compiacerla. Non doveva mai esserci concesso di vivere neppure per brevi istanti da marito e moglie ed anche questo tentativo finì male.

Per gustare meglio il nuovo improvviso tepore che veniva dal cielo nel quale sembrava il sole avesse riacquistato da poco

l'imperio, sedemmo su una banchina. Il giardino, nelle mattine dei giorni feriali, era deserto e a me sembrava, che non movendomi, il rischio di venir osservato fosse ancora diminuito. Invece, appoggiato con l'ascella alla sua gruccia, a passi lenti, ma enormi, s'avvicinò a noi Tullio, quello dai cinquantaquattro muscoli e, senza guardarci, s'assise proprio accanto a noi. Poi levò la testa, il suo si scontrò nel mio sguardo e mi salutò:
– Dopo tanto tempo! Come stai? Hai finalmente meno da fare?
S'era messo a sedere proprio accanto a me e nella prima sorpresa io mi movevo in modo da impedirgli la vista di Carla. Ma lui, dopo di avermi stretta la mano, mi domandò:
– La tua Signora?
S'aspettava di venir presentato.
Mi sottomisi:
– La signorina Carla Gerco, un'amica di mia moglie.
Poi continuai a mentire e so da Tullio stesso che la seconda menzogna bastò a rivelargli tutto. Con un sorriso forzato, dissi:
– Anche la signorina sedette a questo banco per caso accanto a me senza vedermi.
Il mentitore dovrebbe tener presente che per essere creduto non bisogna dire che le menzogne necessarie. Col suo buon senso popolare, quando c'incontrammo di nuovo, Tullio mi disse:
– Spiegasti troppe cose ed io indovinai perciò che mentivi e che quella bella signorina era la tua amante.
Io allora avevo già perduta Carla e con grande voluttà gli confermai ch'egli aveva colto nel segno, ma gli raccontai con tristezza che oramai essa m'aveva abbandonato. Non mi credette ed io gliene fui grato. Mi pareva che la sua incredulità fosse un buon auspicio.
Carla fu colta da un malumore quale io non le avevo mai visto. Io so ora che da quel momento cominciò la sua ribellione. Subito non me ne avvidi perché per stare a sentire Tullio, che s'era messo a raccontarmi della sua malattia e delle cure che intraprendeva, io le volgevo le spalle. Più tardi appresi che una

donna, quand'anche si lasci trattare con meno gentilezza sempre salvo in certi istanti, non ammette di venir rinnegata in pubblico. Essa manifestò il suo sdegno piuttosto verso il povero zoppo che verso me e non gli rispose quand'egli le indirizzò la parola. Neppure io stavo a sentire Tullio perché per il momento non arrivavo ad interessarmi delle sue cure. Lo guardavo nei suoi piccoli occhi per intendere che cosa egli pensasse di quell'incontro. Sapevo ch'egli ormai era pensionato e che avendo tutto il giorno libero poteva facilmente invadere con le sue chiacchiere tutto il piccolo ambiente sociale della nostra Trieste di allora.

Poi, dopo una lunga meditazione, Carla si levò per lasciarci. Mormorò:

– Arrivederci, – e si avviò.

Io sapevo che l'aveva con me e, sempre tenendo conto della presenza di Tullio, cercai di conquistare il tempo necessario per placarla. Le domandai il permesso di accompagnarla avendo da dirigermi dalla sua parte stessa. Quel suo saluto secco significava addirittura l'abbandono e fu quella la prima volta in cui seriamente lo temetti. La dura minaccia mi toglieva il fiato.

Ma Carla stessa ancora non sapeva dove s'avviasse con quel suo passo deciso. Dava sfogo a una stizza del momento che fra poco l'avrebbe lasciata.

M'attese e poi mi camminò accanto senza parole. Quando fummo a casa, fu presa da un impeto di pianto che non mi spaventò perché la indusse a rifugiarsi fra le mie braccia. Io le spiegai chi fosse Tullio e quanto danno sarebbe potuto venirmi dalla sua lingua. Vedendo che piangeva tuttavia, ma sempre fra le mie braccia, osai un tono più risoluto: voleva dunque compromettermi? Non avevamo sempre detto che avremmo fatto di tutto per risparmiare dei dolori a quella povera donna ch'era tuttavia mia moglie e la madre di mia figlia?

Parve che Carla si ravvedesse, ma volle restare sola per calmarsi. Io corsi via contentone.

Dev'essere da quest'avventura che le venne ad ogni istante il desiderio di apparire in pubblico quale mia moglie. Pareva che, non volendo sposare il maestro, intendesse costringermi di occupare una parte maggiore del posto che a lui rifiutava. Mi seccò per lungo tempo perché prendessi due sedie ad un teatro, che avremmo poi occupate venendo da parti diverse per trovarci seduti uno accanto all'altro come per caso. Io con lei raggiunsi soltanto ma varie volte il Giardino Pubblico, quella pietra miliare dei miei trascorsi, cui ora arrivavo dall'altra parte. Oltre, mai! Perciò la mia amante finì col somigliarmi troppo. Senz'alcuna ragione, ad ogni istante, se la prendeva con me in scoppi di collera improvvisi. Presto si ravvedeva, ma bastavano per rendermi tanto eppoi tanto buono e docile. Spesso la trovavo che si scioglieva in lacrime e non arrivavo mai ad ottenere da lei una spiegazione del suo dolore. Forse la colpa fu mia perché non insistetti abbastanza per averla. Quando la conobbi meglio, cioè quand'essa mi abbandonò, non abbisognai di altre spiegazioni. Essa, stretta dal bisogno, s'era gettata in quell'avventura con me, che proprio non faceva per lei. Fra le mie braccia era divenuta donna e – amo supporlo – donna onesta. Naturalmente che ciò non va attribuito ad alcun merito mio, tanto più che tutto mio fu il danno.

Le capitò un nuovo capriccio che dapprima mi sorprese e subito dopo teneramente mi commosse: volle vedere mia moglie. Giurava che non le si sarebbe avvicinata e che si sarebbe comportata in modo da non essere scorta da lei. Le promisi che quando avessi saputo di un'uscita di mia moglie ad un'ora precisa, glel'avrei fatto sapere. Essa doveva vedere mia moglie non vicino alla mia villa, luogo deserto ove il singolo è troppo osservato, ma in qualche via affollata della città.

In quel torno di tempo mia suocera fu colpita da un malore agli occhi per cui dovette bendarseli per varii giorni. S'annoiava mortalmente e, per indurla a tenere rigidamente la cura, le sue figliuole si dividevano la guardia presso di lei: mia moglie alla mattina, e Ada fino alle quattro precise del pomeriggio. Con risoluzione istantanea io dissi a Carla che mia moglie abbandonava la casa di mia suocera ogni giorno alle quattro precise. Neppure adesso so esattamente perché io abbia presentata Ada a Carla quale mia moglie. È certo che io, dopo la domanda di matrimonio fattale dal maestro, sentivo il bisogno di vincolare meglio la mia amante a me e può essere abbia creduto che quanto più bella avesse trovata mia moglie, tanto più avrebbe apprezzato l'uomo che le sacrificava (per modo di dire) una donna simile. Augusta in quel tempo non era altro che una buona balia sanissima. Può avere influito sulla mia decisione anche la prudenza. Avevo certamente ragione di temere gli umori della mia amante e se essa si fosse lasciata trascinare a qualche atto inconsulto con Ada, ciò non avrebbe avuto importanza visto che questa m'aveva già dato prova che mai avrebbe tentato di diffamarmi presso mia moglie.

Se Carla m'avesse compromesso con Ada, a questa avrei raccontato tutto e per dire il vero con una certa soddisfazione.

Ma la mia politica ebbe un esito non prevedibile davvero. Indottovi da una certa ansietà, andai la mattina appresso da Carla più di buon'ora del solito. La trovai mutata del tutto dal giorno prima. Una grande serietà aveva invaso il nobile ovale della sua faccina. Volli baciarla, ma essa mi respinse eppoi si lasciò sfiorare dalle mie labbra le guancie, tanto per indurmi a starla ad ascoltare docilmente. Sedetti a lei di faccia dall'altra parte del tavolo. Essa, senza troppo affrettarsi, prese un foglio di carta su cui fino al mio arrivo aveva scritto e lo ripose fra certa musica che giaceva sul tavolo. Io a quel foglio non feci attenzione e solo più tardi appresi ch'era una lettera ch'essa scriveva al Lali.

Eppure io ora so che persino in quel momento l'animo di Carla era conteso da dubbi. Il suo occhio serio si posava su di me indagando; poi lo rivolgeva alla luce della finestra per meglio isolarsi e studiare il proprio animo. Chissà! Se avessi subito indovinato meglio quello che in lei si dibatteva, avrei potuto ancora conservarmi la mia deliziosa amante.

Mi raccontò del suo incontro con Ada. L'aveva attesa dinanzi alla casa di mia suocera e, quando la vide arrivare, subito la riconobbe.

– Non c'era il caso di sbagliare. Tu me l'avevi descritta nei suoi tratti più importanti. Oh! Tu la conosci bene!

Tacque per un istante per dominare la commozione che le chiudeva la gola. Poi continuò:

– Io non so quello che ci sia stato fra di voi, ma io non voglio mai più tradire quella donna tanto bella e tanto triste! E scrivo oggi al maestro di canto che sono pronta a sposarlo!

– Triste! – gridai io sorpreso. – Tu t'inganni, oppure in quel momento essa avrà sofferto per una scarpa troppo stretta.

Ada triste! Se rideva e sorrideva sempre; anche quella stessa mattina in cui l'avevo vista per un istante a casa mia.

Ma Carla era meglio informata di me:

– Una scarpa stretta! Essa aveva il passo di una dea quando cammina sulle nubi!

Mi raccontò sempre più commossa che aveva saputo farsi rivolgere una parola – oh! dolcissima! – da Ada. Questa aveva lasciato cadere il suo fazzoletto e Carla lo raccolse e glielo porse. La sua breve parola di ringraziamento commosse Carla fino alle lacrime. Ci fu poi dell'altro ancora fra le due donne: Carla asseriva che Ada avesse anche notato ch'essa piangeva e che si fosse divisa da lei con un'occhiata accorata di solidarietà. Per Carla tutto era chiaro: mia moglie sapeva ch'io la tradivo e ne soffriva! Da ciò il proposito di non vedermi più e di sposare il Lali.

Non sapevo come difendermi! M'era facile di parlare con piena antipatia di Ada ma non di mia moglie, la sana balia che non s'accorgeva affatto di quello che avveniva nell'animo mio, tutt'intenta com'era al suo ministero. Domandai a Carla se essa non avesse notata la durezza dell'occhio di Ada, e se non si fosse accorta che la sua voce era bassa e rude, priva di alcuna dolcezza. Per riavere subito l'amore di Carla, io ben volentieri avrei attribuiti a mia moglie molti altri delitti, ma non si poteva perché, da un anno circa, io con la mia amante non facevo altro che portarla ai sette cieli.

Mi salvai altrimenti. Fui preso io stesso da una grande emozione che mi spinse le lagrime agli occhi. Mi pareva di poter legittimamente commiserarmi. Senza volerlo, m'ero gettato in un ginepraio in cui mi sentivo infelicissimo. Quella confusione fra Ada e Augusta era insopportabile. La verità era che mia moglie non era tanto bella e che Ada (era di lei che Carla si prendeva di tanta compassione) aveva avuti dei grandi torti verso di me. Perciò Carla era veramente ingiusta nel giudicarmi.

Le mie lacrime resero Carla più mite:
– Dario caro! Come mi fanno bene le tue lacrime! Dev'esserci stato qualche malinteso fra voi due e importa ora di chiarirlo. Io non voglio giudicarti troppo severamente, ma io non tradirò mai più quella donna, né voglio essere io la causa delle sue lacrime. L'ho giurato!

Ad onta del giuramento essa finì col tradirla per l'ultima volta. Avrebbe voluto dividersi da me per sempre con un ultimo bacio, ma io quel bacio lo accordavo in un'unica forma, altrimenti me ne sarei andato pieno di rancore. Perciò essa si rassegnò. Mormoravamo ambedue:
– Per l'ultima volta!

Fu un istante delizioso. Il proposito fatto a due aveva un'efficacia che cancellava qualsiasi colpa. Eravamo innocenti e beati! Il mio benevolo destino m'aveva riservato un istante di felicità perfetta.

Mi sentivo tanto felice che continuai la commedia fino al momento di dividerci. Non ci saremmo visti mai più. Essa rifiutò la busta che portavo sempre nella mia tasca e non volle neppure un ricordo mio. Bisognava cancellare dalla nostra nuova vita ogni traccia dei trascorsi passati. Allora la baciai volentieri paternamente sulla fronte com'essa aveva voluto prima.

Poi, sulle scale, ebbi un'esitazione perché la cosa si faceva un poco troppo seria mentre se avessi saputo ch'essa la dimane sarebbe stata tuttavia a mia disposizione, il pensiero al futuro non mi sarebbe venuto così presto. Essa, dal suo pianerottolo, mi guardava scendere ed io, un po' ridendo, le gridai:

– A domani!

Essa si ritrasse sorpresa e quasi spaventata e si allontanò dicendo:

– Mai più!

Io mi sentii tuttavia sollevato di aver osato di dire la parola che poteva avviarmi ad un altro ultimo abbraccio quando l'avrei desiderato. Privo di desiderii e privo d'impegni, passai tutta una bella giornata con mia moglie eppoi nell'ufficio di Guido. Devo dire che la mancanza d'impegni m'avvicinava a mia moglie e a mia figlia. Ero per loro qualche cosa più del solito: non solo gentile, ma un vero padre che dispone e comanda serenamente, tutta la mente rivolta alla sua casa. Andando a letto mi dissi in forma di proponimento:

– Tutte le giornate dovrebbero somigliare a questa.

Prima di addormentarsi, Augusta sentì il bisogno di confidarmi un grande segreto: essa lo aveva saputo dalla madre quel giorno stesso. Alcuni giorni prima Ada aveva sorpreso Guido mentre abbracciava una loro domestica. Ada aveva voluto fare la superba, ma poi la fantesca s'era fatta insolente e Ada l'aveva messa alla porta. Il giorno prima erano stati ansiosi di sentire come Guido avrebbe presa la cosa. Se si fosse lagnato, Ada avrebbe domandata la separazione. Ma Guido aveva riso e protestato che Ada non aveva visto bene; però non aveva niente in contrario che, anche innocente, quella donna, per cui diceva di sentire una sincera antipatia, fosse stata allontanata di casa. Pareva che ora le cose si fossero appianate.

A me importava di sapere se Ada avesse avute le traveggole quando aveva sorpreso il marito in quella posizione. C'era ancora la possibilità di un dubbio? Perché bisognava ricordare che quando due s'abbracciano, hanno tutt'altra posizione che quando l'una netta le scarpe dell'altro. Ero di ottimo umore. Sentivo persino il bisogno di dimostrarmi giusto e sereno nel giudicare Guido. Ada era certamente di carattere geloso e poteva avvenire ch'essa avesse viste diminuite le distanze e spostate le persone.

Con voce accorata Augusta mi disse ch'essa era sicura che Ada aveva visto bene e che ora per troppo affetto giudicava male. Aggiunse:

– Essa avrebbe fatto ben meglio di sposare te!

Io, che mi sentivo sempre più innocente, le regalai la frase:

– Sta a vedere se io avrei fatto un miglior affare sposando lei invece di te!

Poi, prima d'addormentarmi, mormorai:

– Una bella canaglia! Insudiciare così la propria casa!

Ero abbastanza sincero di rimproverargli esattamente quella parte della sua azione ch'io non avevo da rimproverare a me stesso.

La mattina appresso io mi levai col desiderio vivo che almeno quella prima giornata avesse a somigliare esattamente a quella precedente. Era probabile che i proponimenti deliziosi del giorno prima non avrebbero impegnata Carla più di me, ed io me ne sentivo del tutto libero. Erano stati troppo belli per essere impegnativi. Certo l'ansia di sapere quello che ne pensasse Carla mi faceva correre. Il mio desiderio sarebbe stato di trovarla pronta per un altro proponimento. La vita sarebbe corsa via, ricca bensì di godimenti, ma anche più di sforzi per migliorarsi, ed ogni mio giorno sarebbe stato dedicato in gran parte al bene ed in piccolissima al rimorso. L'ansia c'era, perché in tutto quell'anno per me tanto ricco di propositi, Carla non ne aveva avuto che uno: dimostrare di volermi bene. L'aveva mantenuto e c'era una certa difficoltà d'inferirne se ora le sarebbe stato facile di tenere il nuovo proposito che rompeva il vecchio.

Carla non c'era a casa. Fu una grande disillusione e mi morsi le dita dal dispiacere. La vecchia mi fece entrare in cucina. Mi raccontò che Carla sarebbe ritornata prima di sera. Le aveva detto che avrebbe mangiato fuori e perciò su quel focolare non c'era neppure quel piccolo fuoco che vi ardeva di solito:

– Lei non lo sapeva? – mi domandò la vecchia facendo gli occhi grandi per la sorpresa.

Pensieroso e distratto, mormorai:

– Ieri lo sapevo. Non ero però sicuro che la comunicazione di Carla valesse proprio per oggi.

Me ne andai dopo di aver salutato gentilmente. Digrignavo i denti, ma di nascosto. Ci voleva del tempo per darmi il coraggio di arrabbiarmi pubblicamente. Entrai nel Giardino Pubblico e vi passeggiai per una mezz'ora per prendermi il tempo d'intendere meglio le cose. Erano tanto chiare che non ci capivo più niente. Tutt'ad un tratto, senz'alcuna pietà, venivo costretto di tenere un proposito simile. Stavo male, realmente male. Zoppicavo e lottavo anche con una specie di affanno. Io ne ho di quegli affanni: respiro benissimo, ma conto i singoli respiri, perché devo farli uno dopo l'altro di proposito. Ho la sensazione che se non stessi attento, morrei soffocato.

A quell'ora avrei dovuto andare al mio ufficio o meglio a quello di Guido. Ma non era possibile di allontanarmi così da quel posto. Che cosa avrei fatto poi? Ben dissimile era questa dalla giornata precedente! Almeno avessi conosciuto l'indirizzo di quel maledetto maestro che a forza di cantare a mie spese m'aveva portata via la mia amante.

Finii col ritornare dalla vecchia. Avrei trovata una parola da mandare a Carla per indurla a rivedermi. Già il più difficile era di averla al più presto a tiro. Il resto non avrebbe offerto delle grandi difficoltà.

Trovai la vecchia seduta accanto ad una finestra della cucina intenta a rammendare una calza. Essa si levò gli occhiali e, quasi timorosa, mi mandò uno sguardo interrogatore. Io esitai! Poi le domandai:
– Lei sa che Carla ha deciso di sposare il Lali?

A me pareva di raccontare tale nuova a me stesso. Carla me l'aveva detta ben due volte, ma io il giorno prima vi avevo fatta poca attenzione. Quelle parole di Carla avevano colpito l'orecchio e ben chiaramente perché ve le avevo ritrovate, ma erano scivolate via senza penetrare oltre. Adesso appena arrivavano ai visceri che si contorcevano dal dolore.

La vecchia mi guardò anch'essa esitante. Certamente aveva paura di commettere delle indiscrezioni che avrebbero potuto esserle rimproverate. Poi scoppiò, tutta gioia evidente:
– Glielo ha detto Carla? Allora dovrebbe essere così! Io credo che farebbe bene! Che cosa gliene sembra a lei?

Ora rideva di gusto, la maledetta vecchia, che io avevo sempre creduto informata dei miei rapporti con Carla. L'avrei picchiata volentieri, ma poi mi limitai a dire che prima avrei atteso che il maestro si facesse una posizione. A me, insomma, pareva che la cosa fosse precipitata.

Nella sua gioia la signora divenne per la prima volta loquace con me. Non era del mio parere. Quando ci si sposava da giovani, si doveva fare la carriera dopo di essersi sposati. Perché occorreva farla prima? Carla aveva così pochi bisogni. La sua voce, ora, sarebbe costata meno, visto che nel marito avrebbe avuto il maestro.

Queste parole che potevano significare un rimprovero alla mia avarizia, mi diedero un'idea che mi parve magnifica e che per il momento mi sollevò. Nel plico che portavo sempre nella mia tasca di petto, doveva esserci oramai un bell'importo. Lo trassi di tasca, lo chiusi e lo consegnai alla vecchia perché lo desse a Carla. Avevo forse anche il desiderio di pagare finalmente in modo decoroso la mia amante, ma il desiderio più forte era di rivederla e riaverla. Carla m'avrebbe rivisto tanto nel caso in cui avesse voluto restituirmi il denaro quanto in quello in cui le fosse stato comodo di tenerlo, perché allora avrebbe sentito il bisogno di ringraziarmi. Respirai: tutto non era ancora finito per sempre!

Dissi alla vecchia che la busta conteneva poco denaro residuo di quello consegnatomi per loro dagli amici del povero Copler. Poi, molto rasserenato, mandai a dire a Carla che io restavo il suo buon amico per tutta la vita e che, se essa avesse avuto bisogno di un appoggio, avrebbe potuto rivolgersi liberamente a me. Così potei mandarle il mio indirizzo ch'era quello dell'ufficio di Guido.

Partii con un passo molto più elastico di quello che m'aveva condotto colà.

Ma quel giorno ebbi un violento litigio con Augusta. Si trattava di cosa da poco. Io dicevo che la minestra era troppo salata ed essa pretendeva di no. Ebbi un accesso folle d'ira perché mi sembrava ch'essa mi deridesse e trassi a me con violenza la tovaglia così che tutte le stoviglie dalla tavola volarono a terra. La piccina ch'era in braccio della bambinaia si mise a strillare, ciò che mi mortificò grandemente perché la piccola bocca sembrava mi rimproverasse. Augusta impallidì come sapeva impallidire lei, prese la fanciulla in braccio e uscì. A me parve che anche il suo fosse un eccesso: mi avrebbe ora lasciato mangiare solo come un cane? Ma subito essa, senza la bambina, rientrò, riapparecchiò la tavola, sedette dinanzi al proprio piatto nel quale mosse il cucchiaio come se avesse voluto accingersi a mangiare.

Io, fra me e me, bestemmiavo, ma già sapevo d'essere stato un giocattolo in mano di forze sregolate della natura. La natura che non trovava difficoltà nell'accumularle, ne trovava ancor meno nello scatenarle. Le mie bestemmie andavano ora contro Carla che fingeva di agire solo a vantaggio di mia moglie. Ecco come me l'aveva conciata!

Augusta, per un sistema cui rimase fedele fino ad oggi, quando mi vede in quelle condizioni, non protesta, non piange, non discute. Quand'io mitemente mi misi a domandarle scusa, essa volle spiegare una cosa: non aveva riso, aveva soltanto sorriso nello stesso modo che m'era piaciuto tante volte e che tante volte avevo vantato.

Mi vergognai profondamente. Supplicai che la bambina fosse portata subito con noi e quando l'ebbi fra le mie braccia, lungamente giuocai con lei. Poi la feci sedere sulla mia testa e sotto la sua vesticciuola che mi copriva la faccia, asciugai i miei occhi che s'erano bagnati delle lacrime che Augusta non aveva sparse. Giuocavo con la bambina, sapendo che così, senz'abbassarmi a fare delle scuse, mi riavvicinavo ad Augusta e infatti le sue guancie avevano già riacquistato il loro colore consueto.

Poi anche quella giornata finì molto bene e il pomeriggio somigliò a quello precedente. Era proprio la stessa cosa come se alla mattina avessi trovata Carla al solito posto. Non m'era mancato lo sfogo. Avevo ripetutamente domandato scusa perché dovevo indurre Augusta di ritornare al suo sorriso materno quando dicevo o facevo delle bizzarrie. Guai se avesse dovuto forzarsi ad avere in mia presenza un dato contegno o se avesse dovuto sopprimere anche uno dei soliti suoi sorrisi affettuosi che mi parevano il giudizio più completo e benevolo che si potesse dare su me.

Alla sera riparlammo di Guido. Pareva che la sua pace con Ada fosse completa. Augusta si meravigliava della bontà di sua sorella. Questa volta però toccava a me di sorridere perché era evidente ch'ella non ricordava la propria bontà che era enorme. Le domandai:

– E se io insudiciassi la nostra casa, non mi perdoneresti? – Ella esitò:

– Noi abbiamo la nostra bambina, – esclamò – mentre Ada non ha dei figliuoli che la leghino a quell'uomo.

Ella non amava Guido; penso talvolta che gli tenesse rancore perché m'aveva fatto soffrire.

Pochi mesi dopo, Ada regalò a Guido due gemelli e Guido non comprese mai perché gli facessi delle congratulazioni tanto calorose. Ecco che avendo dei figlioli, anche secondo il giudizio di Augusta, le serve di casa potevano essere sue senza pericolo per lui.

Alla mattina seguente, però, quando in ufficio trovai sul mio tavolo una busta al mio indirizzo scritto da Carla, respirai. Ecco che niente era finito e che si poteva continuare a vivere munito di tutti gli elementi necessarii. In brevi parole Carla mi dava un appuntamento per le undici della mattina al Giardino Pubblico, all'ingresso posto di faccia alla sua casa. Ci saremmo trovati non nella sua stanza, ma tuttavia in un posto vicinissimo alla stessa.

Non seppi aspettare e arrivai all'appuntamento un quarto d'ora prima. Se Carla non fosse stata al posto indicato, io mi sarei recato dritto dritto a casa sua, ciò che sarebbe stato ben più comodo.

Anche quella era una giornata pregna della nuova primavera dolce e luminosa. Quando abbandonai la rumorosa Corsia Stadion ed entrai nel giardino, mi trovai nel silenzio della campagna che non si può dire interrotto dal lieve, continuo stormire delle piante lambite dalla brezza.

Con passo celere m'avviavo ad uscire dal giardino quando Carla mi venne incontro. Aveva in mano la mia busta e mi si avvicinava senza un sorriso di saluto, anzi con una rigida decisione sulla faccina pallida. Portava un semplice vestito di tela dal tessuto grosso traversato da striscie azzurre, che le stava molto bene. Pareva anch'essa una parte del giardino. Più tardi, nei momenti in cui più la odiai, le attribuii l'intenzione di essersi vestita così per rendersi più desiderabile nel momento stesso in cui mi si rifiutava. Era invece il primo giorno di primavera che la vestiva. Bisogna anche ricordare che nel mio lungo ma brusco amore, l'adornamento della mia donna aveva avuto piccolissima parte. Io ero sempre andato direttamente a quella sua stanza da studio, e le donne modeste sono proprio molto semplici quando restano in casa.

Essa mi porse la mano ch'io strinsi dicendole:

– Ti ringrazio di essere venuta!

Come sarebbe stato più decoroso per me se durante tutto quel colloquio io fossi rimasto così mite!

Carla pareva commossa e, quando parlava, una specie di convulso le faceva tremare le labbra. Talvolta anche nel cantare quel movimento delle labbra le impediva la nota. Mi disse:

– Vorrei compiacerti e accettare da te questo denaro, ma non posso, assolutamente non posso. Te ne prego, riprendilo.

Vedendola vicina alle lacrime, subito la compiacqui prendendo la busta che mi ritrovai poi in mano, lungo tempo dopo di aver abbandonato quel luogo.

– Veramente non ne vuoi più sapere di me?

Feci questa domanda non pensando ch'essa vi aveva risposto il giorno prima. Ma era possibile che, desiderabile come la vedevo, essa si contendesse a me?

– Zeno! – rispose la fanciulla con qualche dolcezza, – non avevamo noi promesso che non ci saremmo rivisti mai più? In seguito a quella nostra promessa ho assunti degl'impegni che somigliano a quelli che tu avevi già prima di conoscermi. Sono altrettanto sacri dei tuoi. Io spero che a quest'ora tua moglie si sarà accorta che sei tutto suo.

Nel suo pensiero continuava dunque ad avere importanza la bellezza di Ada. Se io fossi stato sicuro che il suo abbandono era causato da lei, avrei avuto il modo di correre al riparo. Le avrei fatto sapere che Ada non era mia moglie e le avrei fatto vedere Augusta col suo occhio sbilenco e la sua figura di balia sana. Ma non erano oramai più importanti gl'impegni presi da lei? Bisognava discutere quelli.

Cercai di parlare calmo mentre anche a me le labbra tremavano, ma dal desiderio. Le raccontai che ancora ella non sapeva quanto mia essa fosse e come non avesse più il diritto di disporre di sé. Nella mia testa si moveva la prova scientifica di quanto volevo dire, cioè quel celebre esperimento di Darwin su una cavalla araba, ma, grazie al Cielo, sono quasi sicuro di non averne parlato. Devo però aver parlato di bestie e della loro fedeltà fisica, in un balbettio senza senso. Abbandonai poi gli argomenti più difficili che non erano accessibili né a lei né a me in quel momento e dissi:

– Quali impegni puoi avere presi? E quale importanza possono avere in confronto a un affetto come quello che ci legò per più di un anno?

L'afferrai rudemente per la mano sentendo il bisogno di un atto energico, non trovando nessuna parola che sapesse supplirvi.

Essa si levò con tanta energia dalla mia stretta come se fosse stata la prima volta ch'io mi fossi permessa una cosa simile.

– Mai – disse con l'atteggiamento di chi giura – ho preso un impegno più sacro! L'ho preso con un uomo che a sua volta ne assunse uno identico verso di me.

Non v'era dubbio! Il sangue che le colorì improvvisamente le guancie vi era spinto dal rancore per l'uomo che verso di lei non aveva assunto alcun impegno. E si spiegò anche meglio:

– Ieri abbiamo camminato per le strade, uno a braccio dell'altra in compagnia di sua madre.

Era evidente che la mia donna correva via, sempre più lontano da me. Io le corsi dietro follemente, con certi salti simili a quelli di un cane cui venga conteso un saporito pezzo di carne. Ripresi la sua mano con violenza:

– Ebbene, – proposi – camminiamo così, tenendoci per mano, traverso tutta la città. In questa posizione insolita, per farci meglio osservare, passiamo la Corsia Stadion eppoi i volti di Chiozza e giù giù traverso il Corso fino a Sant'Andrea per ritornare alla camera nostra per tutt'altra parte, perché tutta la città ci veda.

Ecco che per la prima volta rinunziavo ad Augusta! E mi parve una liberazione perché era dessa che voleva togliermi Carla.

Essa si tolse di nuovo alla mia stretta e disse seccamente:
– Sarebbe circa la stessa via che abbiamo fatta noi ieri!
Saltai ancora:
– Ed egli sa, sa tutto? Sa che anche ieri fosti mia?
– Sì – essa disse con orgoglio. – Egli sa tutto, tutto.

Mi sentivo perduto e nella mia rabbia, simile al cane che, quando non può più raggiungere il boccone desiderato, addenta le vesti di chi glielo contende, dissi:

– Questo tuo sposo ha uno stomaco eccellente. Oggi digerisce me e domani potrà digerire tutto ciò che vorrai.

Non sentivo l'esatto suono delle mie parole. Sapevo di gridare dal dolore. Essa ebbe invece un'espressione d'indignazione di cui non avrei creduto capace il suo occhio bruno e mite di gazzella:

– A me lo dici? E perché non hai il coraggio di dirlo a lui?

Mi volse le spalle e con passo celere s'avviò verso l'uscita. Io già avevo rimorso delle parole dette, offuscato però dalla grande sorpresa che oramai mi fosse interdetto di trattare Carla con meno dolcezza. Quella mi teneva inchiodato al posto. La piccola figurina azzurra e bianca, con un passo breve e celere, raggiungeva già l'uscita, quando mi decisi di correrle dietro. Non sapevo quello che le avrei detto, ma era impossibile che ci si separasse così.

La fermai al portone di casa sua e le dissi solo sinceramente il grande dolore di quel momento:

– Ci separeremo proprio così, dopo tanto amore?

Essa procedette oltre senza rispondermi ed io la seguii anche sulle scale. Poi mi guardò con quel suo occhio nemico:

– Se lei vuol vedere il mio sposo, venga con me. Non lo sente? È lui che suona il piano.

Sentii appena allora le note sincopate del «Saluto» dello Schubert ridotto dal Liszt.

Quantunque dalla mia infanzia io non abbia maneggiata né una sciabola né un bastone, io non sono un uomo pauroso. Il grande desiderio che m'aveva commosso fino ad allora, era improvvisamente sparito. Del maschio non restava in me che la combattività. Avevo domandato imperiosamente una cosa che non mi competeva. Per diminuire il mio errore adesso bisognava battersi, perché altrimenti il ricordo di quella donna che minacciava di farmi punire dal suo sposo, sarebbe stato atroce.

– Ebbene! – le dissi. – Se lo permetti vengo con te.

Mi batteva il cuore non per paura, ma per il timore di non comportarmi bene.

Continuai a salire accanto a lei. Ma improvvisamente essa si fermò, s'appoggiò al muro e si mise a piangere senza parole. Lassù continuavano ad echeggiare le note del «Saluto» su quel pianoforte che io avevo pagato. Il pianto di Carla rese quel suono molto commovente.

– Io farò quello che vuoi! Vuoi che me ne vada? – domandai.

– Sì, – disse essa appena capace di articolare quella breve parola.

– Addio! – le dissi. – Giacché lo vuoi, addio per sempre!

Scesi lentamente le scale, fischiettando anch'io il «Saluto» di Schubert. Non so se sia stata un'illusione, ma a me parve ch'essa mi chiamasse:

– Zeno!

In quel momento essa avrebbe potuto chiamarmi anche con quello strano nome di Dario ch'essa sentiva quale un vezzeggiativo e non mi sarei fermato. Avevo un grande desiderio di andarmene e ritornavo anche una volta, puro, ad Augusta. Anche il cane cui a forza di pedate si impedisce l'approccio alla femmina, corre via purissimo, per il momento.

Quando il giorno dopo fui ridotto nuovamente allo stato in cui m'ero trovato al momento d'avviarmi al Giardino Pubblico, mi parve semplicemente di essere stato un vigliacco: essa m'aveva chiamato sebbene non col nome dell'amore, ed io non avevo risposto! Fu il primo giorno di dolore cui seguirono molti altri di desolazione amara. Non comprendendo più perché mi fossi allontanato così, mi attribuivo la colpa di aver avuto paura di quell'uomo o paura dello scandalo. Avrei ora nuovamente accettata qualunque compromissione, come quando avevo proposto a Carla quella lunga passeggiata traverso alla città. Avevo perduto un momento favorevole e sapevo benissimo che certe donne ne hanno per una volta sola. A me sarebbe bastata quella sola volta.

Decisi subito di scrivere a Carla. Non m'era possibile di lasciar trascorrere neppure un solo giorno di più senza fare un tentativo per riavvicinarmi a lei. Scrissi e riscrissi quella lettera per mettere in quelle poche parole tutto l'accorgimento di cui ero capace. La riscrissi tante volte anche perché lo scriverla era un grande conforto per me; era lo sfogo di cui abbisognavo. Le domandavo perdono per l'ira che le avevo dimostrata, asserendo che il grande mio amore abbisognava di tempo per calmarsi. Aggiungevo: «Ogni giorno che passa m'apporta un altro briciolo di calma» e scrissi questa frase tante volte sempre digrignando i denti. Poi le dicevo che non sapevo perdonarmi le parole che le avevo dirette e sentivo il bisogno di domandarle scusa. Io non potevo, purtroppo, offrirle quello che il Lali le offriva e di cui ella era tanto degna.

Io mi figuravo che la lettera avrebbe avuto un grande effetto. Giacché il Lali sapeva tutto, Carla gliel'avrebbe fatta vedere e per il Lali avrebbe potuto esser vantaggioso di avere un amico della mia qualità. Sognai persino che ci si sarebbe potuti avviare a una dolce vita a tre, perché il mio amore era tale che per il momento io avrei vista raddolcita la mia sorte se mi fosse stato permesso di fare anche solo la corte a Carla.

Il terzo giorno ricevetti da lei un breve biglietto. Non vi venivo invocato affatto né come Zeno né come Dario. Mi diceva soltanto: «Grazie! Sia anche lei felice con la consorte Sua, tanto degna di ogni bene!». Parlava di Ada, naturalmente.

Il momento favorevole non aveva continuato e dalle donne non continua mai se non lo si ferma prendendole per le treccie. Il mio desiderio si condensò in una bile furiosa. Non contro

Augusta! L'animo mio era tanto pieno di Carla che ne avevo rimorso e mi costringevo con Augusta ad un sorriso ebete, stereotipato, che a lei pareva autentico.

Ma dovevo fare qualche cosa. Non potevo mica aspettare e soffrire così ogni giorno! Non volevo più scriverle. La carta scritta per le donne ha troppo poca importanza. Bisognava trovare di meglio.

Senza un proposito esatto, m'avviai di corsa al Giardino Pubblico. Poi, molto più lentamente, alla casa di Carla e, giunto a quel pianerottolo, bussai alla porta della cucina. Se ve n'era la possibilità, avrei evitato di vedere il Lali, ma non mi sarebbe dispiaciuto d'imbattermi in lui. Sarebbe stata la crisi di cui sentivo di aver bisogno.

La vecchia signora, come al solito, era al focolare su cui ardevano due grandi fuochi. Fu stupita al vedermi, ma poi rise da quella buona innocente ch'essa era. Mi disse:

– Mi fa piacere di vederla! Era tanto abituata lei di vederci ogni giorno, che si capisce non le riesca di evitarci del tutto.

Mi fu facile di farla ciarlare. Mi raccontò che gli amori di Carla con Vittorio erano grandi. Quel giorno lui e la madre venivano a desinare da loro. Aggiunse ridendo: – Presto egli finirà con l'indurla ad accompagnarlo persino alle tante lezioni di canto cui egli è obbligato ogni giorno. Non sanno restar divisi neppure per brevi istanti.

Sorrideva di quella felicità, maternamente. Mi raccontò che di lì a poche settimane si sarebbero sposati.

Avevo un cattivo sapore in bocca, e quasi mi sarei avviato alla porta per andarmene. Poi mi trattenni sperando che la ciarla della vecchia avrebbe potuto suggerirmi qualche buona idea o darmi qualche speranza. L'ultimo errore, ch'io avevo commesso con Carla, era stato proprio di correre via prima di avere studiato tutte le possibilità che potevano essermi offerte.

Per un istante credetti anche di avere la mia idea. Domandai alla vecchia se proprio avesse deciso di fare da serva alla figlia fino alla propria morte. Le dissi ch'io sapevo che Carla non era molto dolce con lei.

Essa continuò a lavorare assiduamente accanto al focolare, ma stava a sentirmi. Fu di un candore ch'io non meritavo. Si lagnò di Carla che perdeva la pazienza per cose da niente. Si scusava:

– Certamente io divento ogni giorno più vecchia e dimentico tutto. Non ne ho colpa!

Ma sperava che adesso le cose sarebbero andate meglio. I malumori di Carla sarebbero diminuiti, ora ch'era felice. Eppoi Vittorio, da bel principio, s'era messo a dimostrarle un grande rispetto. Infine, sempre intenta a foggiare certe forme con un intruglio di pasta e di frutta, aggiunse:

– È mio dovere di restare con mia figlia. Non si può fare altrimenti.

Con una certa ansia tentai di convincerla. Le dissi che poteva benissimo liberarsi da tanta schiavitù. Non c'ero io? Avrei continuato a passarle il mensile che fino ad allora avevo concesso a Carla. Io volevo oramai mantenere qualcuno! Volevo tenere con me la vecchia che mi pareva parte della figlia.

La vecchia mi manifestò la sua riconoscenza. Ammirava la mia bontà, ma si mise a ridere all'idea che le si potesse proporre di lasciare la figlia. Era una cosa che non si poteva pensare.

Ecco una dura parola che andò a battere contro la mia fronte che si curvò! Ritornavo a quella grande solitudine dove non c'era Carla e neppure visibile una via che conducesse a lei. Ricordo che feci un ultimo sforzo per illudermi che quella via potesse rimanere almeno segnata. Dissi alla vecchia, prima di andarmene, che poteva avvenire che di lì a qualche tempo essa fosse di altro umore. La pregavo allora di voler ricordarsi di me.

Uscendo da quella casa ero pieno di sdegno e di rancore, proprio come se fossi stato maltrattato quando m'accingevo ad una buona azione. Quella vecchia m'aveva proprio offeso con quel suo scoppio di riso. Lo sentivo risonare ancora nelle orecchie e significava non mica solo l'irrisione alla mia ultima proposta.

Non volli andare da Augusta in quello stato. Prevedevo il mio destino. Se fossi andato da lei, avrei finito col maltrattarla ed essa si sarebbe vendicata con quel suo grande pallore che mi faceva tanto male. Preferii di camminare le vie con un passo ritmico che avrebbe potuto avviare ad un poco d'ordine il mio animo. E infatti l'ordine venne! Cessai di lagnarmi del mio destino e vidi me stesso come se una grande luce m'avesse proiettato intero sul selciato che guardavo. Io non domandavo Carla, io volevo il suo abbraccio e preferibilmente il suo ultimo abbraccio. Una cosa ridicola! Mi ficcai i denti nelle labbra per gettare il dolore, cioè un poco di serietà, sulla mia ridicola immagine. Sapevo tutto di me stesso ed era imperdonabile che soffrissi tanto perché mi veniva offerta una opportunità unica di svezzamento. Carla non c'era più proprio come tante volte l'avevo desiderato.

Con tale chiarezza nell'animo, quando poco dopo, in una via eccentrica della città, cui ero pervenuto senz'alcun proposito, una donna imbellettata mi fece un cenno, io corsi senz'esitazione a lei.

Arrivai ben tardi a colazione, ma fui tanto dolce con Augusta ch'essa fu subito lieta. Non fui però capace di baciare la bimba mia e per varie ore non seppi neppure mangiare. Mi sentivo ben sudicio! Non finsi alcuna malattia come avevo fatto altre volte per celare e attenuare il delitto e il rimorso. Non mi pareva di poter trovare conforto in un proposito per l'avvenire, e per la prima volta non ne feci affatto. Occorsero molte ore per ritornare al ritmo solito che mi traeva dal fosco presente al luminoso avvenire.

Augusta s'accorse che c'era qualche cosa di nuovo in me. Ne rise:

– Con te non ci si può mai annoiare. Sei ogni giorno un uomo nuovo.

Sì! Quella donna del sobborgo non somigliava a nessun'altra e io l'avevo in me.

Passai anche il pomeriggio e la sera con Augusta. Essa era occupatissima ed io le stavo accanto inerte. Mi pareva di essere trasportato così, inerte, da una corrente, una corrente di acqua limpida: la vita onesta della mia casa.

M'abbandonavo a quella corrente che mi trasportava ma non mi nettava. Tutt'altro! Rilevava la mia sozzura.

Naturalmente nella lunga notte che seguì arrivai al proposito. Il primo fu il più ferreo. Mi sarei procurata un'arma per abbattermi subito quando mi fossi sorpreso avviato a quella parte della città. Mi fece bene quel proposito e mi mitigò.

Non gemetti mai nel mio letto ed anzi simulai il respiro regolare del dormente. Così ritornai all'antica idea di purificarmi con una confessione a mia moglie, proprio come quand'ero stato in procinto di tradirla con Carla. Ma era oramai una confessione ben difficile e non per la gravità del misfatto, ma per la complicazione da cui era risultato. Di fronte a un giudice quale era mia moglie, avrei pur dovuto accampare le circostanze attenuanti e queste sarebbero risultate solo se avessi potuto dire della violenza impensata con cui era stata spezzata la mia relazione con Carla. Ma allora sarebbe occorso di confessare anche quel tradimento oramai antico. Era più puro di questo, ma (chissà?) per una moglie più offensivo.

A forza di studiarmi arrivai a dei propositi sempre più ragionevoli. Pensai di evitare il ripetersi di un trascorso simile affrettandomi ad organizzare un'altra relazione quale quella che avevo perduta e di cui si vedeva avevo bisogno. Ma anche la donna nuova mi spaventava. Mille pericoli avrebbero insidiato me e la mia famigliuola. A questo mondo un'altra Carla non c'era, e con lacrime amarissime la rimpiansi, lei, la dolce, la buona, che aveva persino tentato di amare la donna ch'io amavo e che non vi era riuscita solo perché io le avevo messa dinanzi un'altra donna e proprio quella che non amavo affatto!

7.
STORIA DI UN'ASSOCIAZIONE COMMERCIALE

Fu Guido che mi volle con lui nella sua nuova casa commerciale. Io morivo dalla voglia di farne parte, ma son sicuro di non avergli mai lasciato indovinare tale mio desiderio. Si capisce che, nella mia inerzia, la proposta di quell'attività in compagnia di un amico, mi fosse simpatica. Ma c'era dell'altro ancora. Io non avevo ancora abbandonata la speranza di poter divenire un buon negoziante e mi pareva più facile di progredire insegnando a Guido, che facendomi insegnare dall'Olivi. Tanti a questo mondo apprendono soltanto ascoltando se stessi o almeno non sanno apprendere ascoltando gli altri.

Per desiderare quell'associazione avevo anche altre ragioni. Io volevo essere utile a Guido! Prima di tutto gli volevo bene e benché egli volesse sembrare forte e sicuro, a me pareva un inerme abbisognante di una protezione che io volentieri volevo accordargli. Poi anche nella mia coscienza e non solo agli occhi di Augusta, mi pareva che più m'attaccavo a Guido e più chiara risultasse la mia assoluta indifferenza per Ada.

Insomma io non aspettavo che una parola di Guido per mettermi a sua disposizione, e questa parola non venne prima, solo perché egli non mi credeva tanto inclinato al commercio visto che non avevo voluto saperne di quello che mi veniva offerto in casa mia.

Un giorno mi disse:

– Io ho fatta tutta la Scuola Superiore di Commercio, ma pur mi dà un po' di pensiero di dover regolare sanamente tutti quei particolari che garantiscono il sano funzionamento di una casa commerciale. Sta bene che il commerciante non ha bisogno di saper di nulla, perché se ha bisogno di una bilancia chiama il bilanciaio, se ha bisogno di legge invoca l'avvocato e per la propria contabilità si rivolge ad un contabile. Ma è ben duro dover consegnare da bel principio la propria contabilità ad un estraneo!

Fu la sua prima allusione chiara al suo proposito di tenermi con lui. Veramente io non avevo fatta altra pratica di contabilità che in quei pochi mesi in cui avevo tenuto il libro mastro per l'Olivi, ma ero certo d'essere il solo contabile che non fosse stato un estraneo per Guido.

Si parlò chiaramente per la prima volta dell'eventualità di una nostra associazione quand'egli andò a scegliere i mobili per il suo ufficio. Ordinò senz'altro due scrivanie per la stanza della direzione. Gli domandai arrossendo:

– Perché due?

Rispose:

– L'altra è per te.

Sentii per lui una tale riconoscenza che quasi l'avrei abbracciato.

Quando fummo usciti dalla bottega, Guido, un po' imbarazzato, mi spiegò che ancora non era al caso di offrirmi una posizione in casa sua. Lasciava a mia disposizione quel posto nella sua stanza, solo per indurmi a venir a tenergli compagnia ogni qualvolta mi fosse piaciuto. Non voleva obbligarmi a nulla ed anche lui restava libero. Se il suo commercio fosse andato bene m'avrebbe concesso un posto nella direzione della sua casa.

Parlando del suo commercio, la bella faccia bruna di Guido si faceva molto seria. Pareva ch'egli avesse già pensate tutte le operazioni a cui voleva dedicarsi. Guardava lontano, al disopra della mia testa, ed io mi fidai tanto della serietà delle sue meditazioni, che mi volsi anch'io a guardare quello ch'egli vedeva, cioè quelle operazioni che dovevano portargli la fortuna. Egli non voleva camminare né la via percorsa con tanto successo da nostro suocero né quella della modestia e della sicurezza battuta dall'Olivi. Tutti costoro, per lui, erano dei commercianti all'antica. Bisognava seguire tutt'altra via, ed egli volentieri si associava a me perché mi riteneva non ancora rovinato dai vecchi.

Tutto ciò mi parve vero. Mi veniva regalato il mio primo successo commerciale ed arrossii dal piacere una seconda volta. Fu così e per la gratitudine della stima ch'egli m'aveva dimostrato, ch'io lavorai con lui e per lui, ora più ora meno intensamente, per ben due anni, senz'altro compenso che la gloria di quel posto nella stanza direttoriale. Fino ad allora fu quello certamente il più lungo periodo ch'io avessi dedicato ad una stessa occupazione. Non posso vantarmene solo perché tale mia attività non diede alcun frutto né a me né a Guido ed in commercio – tutti lo sanno – non si può giudicare che dal risultato.

Io conservai la fiducia d'esser avviato ad un grande commercio per circa tre mesi, il tempo occorrente a fondare quella ditta. Seppi che a me sarebbe toccato non solo di regolare dei particolari come la corrispondenza e la contabilità, ma anche di sorvegliare gli affari. Guido conservò tuttavia un grande ascendente su di me, tanto che avrebbe potuto anche rovinarmi e solo la mia buona fortuna glielo impedì. Bastava un suo cenno perché accorressi a lui. Ciò desta la mia stupefazione ancora adesso che ne scrivo, dopo che ho avuto il tempo di pensarci per tanta parte della mia vita.

E scrivo ancora di questi due anni perché il mio attaccamento a lui mi sembra una chiara manifestazione della mia malattia. Che ragione c'era di attaccarsi a lui per apprendere il grande commercio e subito dopo restare attaccato a lui per insegnargli quello piccolo? Che ragione c'era di sentirsi bene in quella posizione solo perché mi sembrava significasse una grande indifferenza per Ada la mia grande amicizia per Guido? Chi esigeva da me tutto questo? Non bastava a provare la nostra indifferenza reciproca l'esistenza di tutti quei marmocchi cui davamo assiduamente la vita? Io non volevo male a Guido, ma non sarebbe stato certamente l'amico che avrei liberamente prescelto. Ne vidi sempre tanto chiaramente i difetti che il suo pensiero spesso mi irritava, quando non mi commoveva qualche suo atto di debolezza. Per tanto tempo gli portai il sacrificio della mia libertà e mi lasciai trascinare da lui nelle posizioni più odiose solo per assisterlo! Una vera e propria manifestazione di malattia o di grande bontà, due qualità che stanno in rapporto molto intimo fra di loro.

Ciò rimane vero se anche col tempo fra noi si sviluppò un grande affetto come succede sempre fra gente dabbene che si vede ogni giorno. E fu un grande affetto il mio! Allorché egli scomparve, per lungo tempo sentii com'egli mi mancava ed anzi l'intera mia vita mi sembrò vuota poiché tanta parte ne era stata invasa da lui e dai suoi affari.

Mi viene da ridere al ricordare che subito, nel nostro primo affare, l'acquisto dei mobili, sbagliammo in certo qual modo un termine. Ci eravamo accollati i mobili e non ci decidevamo ancora a stabilire l'ufficio. Per la scelta dell'ufficio, fra me a Guido c'era una divergenza di opinione che la ritardò. Da mio suocero e dall'Olivi io avevo sempre visto che per rendere possibile la sorveglianza del magazzino, l'ufficio vi era contiguo. Guido protestava con una smorfia di disgusto:

– Quegli uffici triestini che puzzano di baccalà o di pellami! – Egli assicurava che avrebbe saputo organizzare la sorveglianza anche da lontano, ma intanto esitava. Un bel giorno il venditore dei mobili gl'intimò di ritirarli perché altrimenti li avrebbe gettati sulla strada e allora lui corse a stabilire un ufficio, l'ultimo che gli era stato offerto, privo di un magazzino nelle vicinanze, ma proprio al centro della città. È perciò che il magazzino non lo ebbimo mai più.

L'ufficio si componeva di due vaste stanze bene illuminate e di uno stanzino privo di finestre. Sulla porta di questo stanzino inabitabile fu appiccicato un bollettino con l'iscrizione in lettere lapidarie: *Contabilità*; poi, delle altre due porte l'una ebbe il bollettino: *Cassa* e l'altra fu addobbata dalla designazione tanto inglese di *Privato*. Anche Guido aveva studiato il commercio in Inghilterra e ne aveva riportate delle nozioni utili. La *Cassa* fu, come di dovere, fornita di una magnifica cassa di ferro e del cancello tradizionale. La nostra stanza *Privata* divenne una camera di lusso splendidamente tappezzata in un colore bruno vellutato e fornita delle due scrivanie, di un sofà e di varie comodissime poltrone.

Poi venne l'acquisto dei libri e dei varii utensili. Qui la mia parte di direttore fu indiscussa. Io ordinavo e le cose arrivavano. Invero avrei preferito di non essere seguito tanto prontamente, ma era mio dovere di dire tutte le cose che occorrevano in un ufficio. Allora credetti di scoprire la grande differenza che c'era fra me e Guido. Quanto sapevo io, mi serviva per parlare e a lui per agire. Quand'egli arrivava a sapere quello che sapevo io e non più, lui comperava. È vero che talvolta in commercio fu ben deciso a non far nulla, cioè a non comperare né vendere, ma anche questa mi parve una risoluzione di persona che crede di saper molto. Io sarei stato più dubbioso anche nell'inerzia.

In quegli acquisti fui molto prudente. Corsi dall'Olivi a prendere le misure per i copialettere e per i libri di contabilità. Poi il giovine Olivi m'aiutò ad aprire i libri e mi spiegò anche una volta la contabilità a partita doppia, tutta roba non difficile, ma che si dimentica tanto facilmente. Quando si sarebbe arrivati al bilancio, egli m'avrebbe spiegato anche quello.

Non sapevamo ancora quello che avremmo fatto in quell'ufficio (adesso so che neppure Guido allora lo sapeva) e si discuteva di tutta la nostra organizzazione. Ricordo che per giorni si parlò dove avremmo messi gli altri impiegati se di essi avessimo avuto bisogno. Guido suggeriva di metterne quanti potessero capirvi nella *Cassa*. Ma il piccolo Luciano, l'unico nostro impiegato per il momento, dichiarava che là dove c'era la cassa, non potessero esserci altre persone fuori di quelle addette alla cassa stessa. Era ben dura di dover accettare delle lezioni dal nostro galoppino! Io ebbi un'ispirazione:

– A me sembra di ricordare che in Inghilterra si paghi tutto con assegni.

Era una cosa che m'era stata detta a Trieste.

– Bravo! – disse Guido. – Anch'io lo ricordo ora. Curioso che l'avevo dimenticato!

Si mise a spiegare a Luciano in lungo e in largo come non si usasse più di maneggiare tanto denaro. Gli assegni giravano dall'uno all'altro in tutti gl'importi che si voleva. Fu una bella vittoria la nostra, e Luciano tacque.

Costui ebbe un grande vantaggio da quanto apprese da Guido. Il nostro galoppino è oggidì un commerciante di Trieste assai rispettato. Egli mi saluta ancora con una certa umiltà attenuata da un sorriso. Guido spendeva sempre una parte della giornata ad insegnare dapprima a Luciano, poi a me e quindi all'impiegata. Ricordo ch'egli aveva accarezzato per lungo tempo l'idea di fare il commercio in commissione per non arrischiare il proprio denaro. Spiegò l'essenza di tale commercio a me e, visto che evidentemente io capivo troppo presto, si mise a spiegarlo a Luciano che per molto tempo stette a sentirlo coi segni della più viva attenzione, i grandi occhi lucenti nella faccia ancora imberbe. Non si può dire che Guido abbia perduto il suo tempo, perché Luciano è il solo fra di noi che sia riuscito in quel genere di commercio. Eppoi si dice che la scienza è quella che vince!

Intanto da Buenos Aires arrivarono i *pesos*. Fu un affare serio! A me era parsa dapprima una cosa facile, ma invece il mercato di Trieste non era preparato a quella moneta esotica. Ebbimo di nuovo bisogno del giovine Olivi che c'insegnò il modo di realizzare quegli assegni. Poi, perché a un dato punto fummo lasciati soli, sembrando all'Olivi di averci condotti a buon porto, Guido si trovò per varii giorni con le tasche gonfie di corone, finché non trovammo la via ad una Banca che ci sbrigò dell'incomodo fardello consegnandoci un libretto assegni di cui presto apprendemmo a far uso.

Guido sentì il bisogno di dire all'Olivi che gli facilitava il cosidetto impianto:

– Le assicuro che non farò mai la concorrenza alla ditta del mio amico!

Ma il giovinotto che del commercio aveva un altro concetto, rispose:

– Magari ci fosse un maggior numero di contraenti nei nostri articoli. Si starebbe meglio!

Guido restò a bocca aperta, comprese troppo bene come gli succedeva sempre e si attaccò a quella teoria che propinò a chi la volle.

Ad onta della sua Scuola Superiore, Guido aveva un concetto poco preciso del dare e dell'avere. Stette a guardare con sorpresa come io costituii il Conto Capitale ed anche come registrai le spese. Poi fu tanto dotto di contabilità che quando gli si proponeva un affare, lo analizzava prima di tutto dal punto di vista contabile. Gli pareva addirittura che la conoscenza della contabilità conferisse al mondo un nuovo aspetto. Egli vedeva nascere debitori e creditori dappertutto anche quando due si picchiavano o si baciavano.

Si può dire ch'egli entrò in commercio armato della massima prudenza. Rifiutò una quantità di affari ed anzi per sei mesi li rifiutò tutti con l'aria tranquilla di chi sa meglio:

– No! – diceva, e il monosillabo pareva il risultato di un calcolo preciso anche quando si trattava di un articolo ch'egli non aveva mai visto. Ma tutta quella riflessione era stata sprecata a vedere come l'affare eppoi il suo eventuale beneficio o la sua perdita avrebbe dovuto passare traverso ad una contabilità. Era l'ultima cosa ch'egli avesse appreso e s'era sovrapposta a tutte le sue nozioni.

Mi duole di dover dire tanto male del mio povero amico, ma devo essere veritiero anche per intendere meglio me stesso.

Ricordo quanta intelligenza egli impiegò per ingombrare il nostro piccolo ufficio di fantasticherie che c'impedivano ogni sana operosità. A un dato punto, per iniziare il lavoro in commissione, lanciammo per posta un migliaio di circolari. Guido fece questa riflessione:

– Quanti francobolli risparmiati se prima di spedire queste circolari sapessimo quali di esse raggiungeranno le persone che le considereranno!

La frase sola non avrebbe impedito nulla, ma egli se ne compiacque troppo e cominciò a gettare per aria le circolari chiuse per spedire solo quelle che cadevano dalla parte dell'indirizzo. L'esperimento ricordava qualche cosa di simile ch'io avevo fatto in passato, ma tuttavia a me sembra di non essere mai arrivato a tale punto. Naturalmente io non raccolsi né spedii le circolari da lui eliminate, perché non potevo essere certo che non ci fosse stata realmente una seria ispirazione che lo avesse diretto in quell'eliminazione e dovessi perciò non sprecare i francobolli che toccava di pagare a lui.

La mia buona sorte m'impedì di venir rovinato da Guido, ma la stessa buona sorte m'impedì pure di prendere una parte troppo attiva nei suoi affari. Lo dico ad alta voce perché altri a Trieste pensa che non sia stato così: durante il tempo che passai con lui, non intervenni mai con un'ispirazione qualunque, del genere di quelle della frutta secca. Mai lo spinsi ad un affare e mai gliene impedii alcuno. Ero l'ammonitore! Lo spingevo all'attività, all'oculatezza. Ma non avrei osato di gettare sul tavolo da giuoco i suoi denari.

Accanto a lui io mi feci molto inerte. Cercai di metterlo sulla retta via e forse non ci riuscii per troppa inerzia. Del resto, quando due si trovano insieme, non spetta loro di decidere chi dei due deve essere Don Quijote e chi Sancio Panza. Egli faceva l'affare ed io da buon Sancio lo seguivo lento lento nei miei libri dopo di averlo esaminato e criticato come dovevo.

Il commercio in commissione fiascheggiò completamente, ma senz'arrecarci alcun danno. Il solo che c'inviò delle merci fu un cartolaio di Vienna, e una parte di quegli oggetti di cancelleria furono venduti da Luciano che pian pianino arrivò a sapere quanta commissione ci spettasse e se la fece concedere quasi tutta da Guido. Guido finì con l'accondiscendere perché erano piccolezze, eppoi perché il primo affare liquidato così doveva portare fortuna. Questo primo affare ci lasciò lo strascico nel camerino dei ripostigli di una quantità di oggetti di cancelleria che dovemmo pagare e tenere. Ne avevamo per il consumo di molti anni di una casa commerciale ben più attiva della nostra.

Per un paio di mesi quel piccolo ufficio luminoso, nel centro della città, fu per noi un ritrovo gradevole. Vi si lavorava ben poco (io credo vi si abbiano conchiusi in tutto due affari in imballaggi usati vuoti per i quali nello stesso giorno s'incontrarono da noi la domanda e l'offerta e da cui ricavammo un piccolo utile) e vi si chiacchierava molto, da buoni ragazzi, anche con quell'innocente di Luciano, il quale, quando si parlava d'affari, s'agitava come altri della sua età quando sente dire di donne.

Allora m'era facile di divertirmi da innocente con gl'innocenti perché non avevo ancora perduta Carla. E di quell'epoca ricordo con piacere la giornata intera. La sera, a casa, avevo molte cose da raccontare ad Augusta e potevo dirle tutte quelle che si riferivano all'ufficio, senz'alcun'eccezione e senza dover aggiungervi qualche cosa per falsarle.

Non mi preoccupava affatto quando Augusta impensierita esclamava:

– Ma quando comincerete a guadagnare dei denari?

Denari? A quelli non ci avevamo ancora neppur pensato. Noi sapevamo che prima bisognava fermarsi a guardare, studiare le merci, il paese e anche il nostro *Hinterland*. Non s'improvvisava mica così una casa di commercio! E anche Augusta s'acquietava alle mie spiegazioni.

Poi nel nostro ufficio fu ammesso un ospite molto rumoroso. Un cane da caccia di pochi mesi, agitato e invadente. Guido lo amava molto e aveva organizzato per lui un approvvigionamento regolare di latte e di carne. Quando non avevo da fare né da pensare, lo vedevo anch'io con piacere saltellare per l'ufficio in quei quattro o cinque atteggiamenti che noi sappiamo interpretare dal cane e che ce lo rendono tanto caro. Ma non mi pareva fosse al suo posto con noi, così rumoroso e sudicio! Per me la presenza di quel cane nel nostro ufficio, fu la prima prova che Guido fornì di non essere degno di dirigere una casa commerciale. Ciò provava un'assenza assoluta di serietà. Tentai di spiegargli che il cane non poteva promovere i nostri affari, ma non ebbi il coraggio di insistere ed egli con una risposta qualunque mi fece tacere.

Perciò mi parve di dover dedicarmi io all'educazione di quel mio collega e gli assestai con grande voluttà qualche calcio quando Guido non c'era. Il cane guaiva e dapprima ritornava a me credendo io l'avessi urtato per errore. Ma un secondo calcio gli spiegava meglio il primo ed allora egli si rincantucciava e finché Guido non arrivava nell'ufficio non v'era pace. Mi pentii poi di aver imperversato su di un innocente, ma troppo tardi. Colmai il cane di gentilezze, ma esso non si fidò più di me ed in presenza di Guido diede chiaro segno della sua antipatia.

– Strano! – disse Guido. – Fortuna che so chi tu sia, perché altrimenti diffiderei di te. I cani di solito non sbagliano con le loro antipatie.

Per far dileguare i sospetti di Guido, quasi quasi gli avrei raccontato in quale modo io avevo saputo conquistarmi l'antipatia del cane.

Ebbi presto una scaramuccia con Guido su una questione che veramente non avrebbe dovuto importarmi tanto. Occupatosi con tanta passione di contabilità, egli si mise in capo di mettere le sue spese di famiglia nel conto delle spese generali. Dopo di essermi consultato con l'Olivi, io mi vi opposi e difesi gl'interessi del vecchio *Cada*. Non era infatti possibile di mettere in quel conto tutto ciò che spendeva Guido, Ada eppoi anche quello che costarono i due gemelli quando nacquero. Erano delle spese che incombevano personalmente a Guido e non alla ditta. Poi, in compenso, suggerii di scrivere a Buenos Aires per accordarsi per un salario per Guido. Il padre si rifiutò di concederlo osservando che Guido percepiva già il settantacinque per cento dei benefici mentre a lui non toccava che il residuo. A me parve una risposta giusta mentre Guido si mise a scrivere delle lunghe lettere al padre per discutere la questione da un punto di vista superiore, come egli diceva. Buenos Aires era molto lontana e così la corrispondenza durò finché durò la nostra casa. Ma io vinsi il mio punto! Il conto spese generali rimase puro e non fu inquinato dalle spese particolari di Guido e il capitale fu compromesso intero dal crollo della casa, ma proprio intero senza deduzioni.

La quinta persona ammessa nel nostro ufficio (calcolando anche Argo) fu Carmen. Io assistetti alla sua assunzione all'impiego. Ero venuto all'ufficio dopo di essere stato da Carla e mi sentivo molto sereno, di quella serenità delle otto di mattina del principe di Taillerand. Nell'oscuro corridoio vidi una signorina, e Luciano mi disse ch'essa voleva parlare con Guido in persona. Io avevo qualche cosa da fare e la pregai di attendere là fuori. Guido entrò poco dopo nella nostra stanza evidentemente senz'aver vista la signorina e Luciano venne a porgergli il biglietto di presentazione di cui la signorina era fornita. Guido lo lesse eppoi:

– No! – disse seccamente levandosi la giubba perché faceva caldo. Ma subito dopo ebbe un'esitazione:

– Bisognerà che le parli per riguardo a chi la raccomanda.

La fece entrare ed io la guardai soltanto quando vidi che Guido s'era gettato con un balzo sulla propria giubba per indossarla e s'era rivolto alla fanciulla con la bella faccia bruna arrossata e gli occhi scintillanti.

Ora io sono sicuro di aver viste delle fanciulle altrettanto belle di Carmen, ma non di una bellezza tanto aggressiva cioè tanto evidente alla prima occhiata. Di solito le donne prima si creano per il proprio desiderio mentre questa non aveva il bisogno di tale prima fase. Guardandola sorrisi e anche risi. Mi pareva simile ad un industriale che corresse per il mondo gridando l'eccellenza dei suoi prodotti. Si presentava per avere un impiego, ma io avrei avuto voglia d'intervenire nelle trattative per domandarle: – Quale impiego? Per un'alcova?

Io vidi che la sua faccia non era tinta, ma i colori ne erano tanto precisi, tanto azzurro il candore e tanto simile a quello delle frutta mature il rossore, che l'artificio vi era simulato alla perfezione. I suoi grandi occhi bruni rifrangevano una tale quantità di luce che ogni loro movimento aveva una grande importanza.

Guido l'aveva fatta sedere ed essa modestamente guardava la punta del proprio ombrellino o più probabilmente il proprio stivaletto verniciato. Quand'egli le parlò, essa levò rapidamente gli occhi e glieli rivolse sulla faccia così luminosi, che il mio povero principale ne fu proprio abbattuto. Era vestita modestamente, ma ciò non le giovava perché ogni modestia sul suo corpo s'annullava. Solo gli stivaletti erano di lusso e ricordavano un po' la carta bianchissima che Velasquez metteva sotto ai piedi dei suoi modelli. Anche Velasquez, per staccare Carmen dall'ambiente, l'avrebbe poggiata sul nero di lacca.

Nella mia serenità io stetti a sentire curiosamente, Guido le domandò se conoscesse la stenografia. Essa confessò di non conoscerla affatto, ma aggiunse che aveva una grande pratica di scrivere sotto dettatura. Curioso! Quella figura alta, slanciata e tanto armonica, produceva una voce roca. Non seppi celare la mia sorpresa:

– È raffreddata? – le domandai.

– No! – mi rispose – Perché me lo domanda? – e fu tanto sorpresa che l'occhiata in cui m'avvolse fu anche più intensa.

Non sapeva di avere una voce tanto stonata ed io dovetti supporre che anche il suo piccolo orecchio non fosse tanto perfetto come appariva.

Guido le domandò se conoscesse l'inglese, il francese o il tedesco. Egli le lasciava la scelta visto che noi ancora non sapevamo di quale lingua avremmo avuto bisogno. Carmen rispose che sapeva un po' di tedesco, ma pochissimo.

Guido non prendeva mai alcuna decisione senza ragionare:

– Noi non abbiamo bisogno del tedesco perché lo so molto bene io.

La signorina aspettava la parola decisiva che a me pareva fosse già stata detta e, per affrettarla, raccontò ch'essa nel nuovo impiego cercava anche la possibilità d'impratichirsi e che perciò si sarebbe contentata di un salario ben modesto.

Uno dei primi effetti della bellezza femminile su di un uomo è quello di levargli l'avarizia. Guido si strinse nelle spalle per significare che di cose tanto insignificanti non si occupava, le stabilì il salario ch'essa riconoscente accettò e le raccomandò con grande serietà di studiare la stenografia. Questa raccomandazione egli la fece solo per riguardo a me col quale s'era compromesso dichiarando che il primo impiegato ch'egli avrebbe assunto sarebbe stato uno stenografo perfetto.

Quella sera stessa raccontai del mio nuovo collega a mia moglie. Essa ne fu oltremodo spiacente. Senza ch'io gliel'avessi detto, essa pensò subito che Guido avesse assunta al suo servizio quella fanciulla per farsene un'amante. Io discussi con lei e, pur ammettendo che Guido si comportava un poco da innamorato, asserii ch'egli avrebbe potuto riaversi da quel colpo di fulmine senza che vi fossero delle conseguenze. La fanciulla, in complesso, pareva dabbene.

Pochi giorni dopo – non so se per caso – ebbimo in ufficio la visita di Ada. Guido non c'era ancora ed essa si fermò con me per un istante per domandarmi a che ora sarebbe venuto. Poi, con passo esitante, si recò nella stanza vicina ove in quel momento non c'erano che Carmen e Luciano. Carmen stava esercitandosi alla macchina da scrivere, tutt'assorta a rintracciarvi le singole lettere. Alzò i begli occhi per guardare Ada che la fissava. Come erano differenti le due donne! Si somigliavano un poco, ma Carmen pareva un'Ada caricata. Io pensai che veramente l'una che pur era vestita più riccamente, fosse fatta per divenire una moglie o una madre mentre all'altra, ad onta che in quell'istante portasse un modesto grembiule per non insudiciare il suo vestito alla macchina, toccava la parte di amante. Non so se a questo mondo vi sieno dei dotti che saprebbero dire perché il bellissimo occhio di Ada adunasse meno luce di quello di Carmen e fosse perciò un vero organo per guardare le cose e le persone e non per sbalordirle. Così Carmen ne sopportò benissimo l'occhiata sdegnosa, ma anche curiosa; v'era dentro fors'anche un poco d'invidia, o ve la misi io?

Questa fu l'ultima volta in cui io vidi Ada ancora bella, proprio quale s'era rifiutata a me. Poi venne la sua disastrosa gravidanza e i due gemelli ebbero bisogno dell'intervento del chirurgo per venire all'aria. Subito dopo fu colpita da quella malattia che le tolse ogni bellezza. Perciò io ricordo tanto bene quella visita. Ma la ricordo anche perché in quel momento tutta la mia simpatia andò a lei dalla bellezza mite e modesta abbattuta da quella tanto differente dell'altra. Io non amavo certo Carmen e non ne sapevo altro che i magnifici occhi, gli splendidi colori, poi la voce roca e infine il modo – di cui essa era innocente – come era stata ammessa lì dentro. Volli invece proprio bene ad Ada in quel momento, ed è una cosa ben strana di voler bene ad una donna che si desiderò ardentemente, che non si ebbe e di cui ora non importa niente. In complesso si arriva così alle stesse condizioni in cui ci si troverebbe qualora essa avesse aderito ai nostri desiderii, ed è sorprendente di poter constatare ancora una volta come certe cose per cui viviamo hanno una ben piccola importanza.

Volli abbreviarle il dolore e la precedetti all'altra stanza. Guido, che subito dopo entrò, si fece molto rosso alla vista della moglie. Ada gli disse una ragione plausibilissima per cui era venuta, ma subito dopo e in atto di lasciarci, gli domandò:

– Avete assunto in ufficio una nuova impiegata?

– Si! – disse Guido e, per celare la sua confusione, non trovò di meglio che d'interrompersi per domandare se qualcuno fosse venuto a cercarlo. Poi, avuta la mia risposta negativa, ebbe ancora una smorfia di dispiacere come se avesse sperata una visita importante, mentre io sapevo che non aspettavamo proprio nessuno e appena allora disse ad Ada con un aspetto d'indifferenza che finalmente gli riuscì di assumere:

– Avevamo bisogno di uno stenografo!

Io mi divertii moltissimo all'udire ch'egli sbagliava anche il sesso della persona di cui aveva bisogno.

La venuta di Carmen apportò una grande vita nel nostro ufficio. Non parlo della vivacità che veniva dai suoi occhi, dalla gentile sua figura e dai colori della sua faccia; parlo proprio di affari. Guido ebbe una spinta al lavoro dalla presenza di quella fanciulla. Prima di tutto volle dimostrare a me e a tutti gli altri che la nuova impiegata era necessaria, ed ogni giorno inventava dei nuovi lavori cui partecipava anche lui. Poi, per lungo tempo, la sua attività fu un mezzo per corteggiare più efficacemente la fanciulla. Raggiunse un'efficacia inaudita. Doveva insegnarle la forma della lettera ch'egli dettava e correggerle l'ortografia di molte moltissime parole. Lo fece sempre dolcemente. Qualunque compenso da parte della fanciulla non sarebbe stato eccessivo.

Pochi degli affari inventati da lui in amore gli diedero un frutto. Una volta lavorò lungamente intorno ad un affare in un articolo che risultò essere proibito. Ci trovammo ad un certo punto di fronte ad un uomo dalla faccia contratta dal dolore sui cui calli noi, senza saperlo, eravamo montati. Voleva sapere quest'uomo che cosa c'entrassimo noi in quell'articolo e supponeva fossimo stati mandatarii di potenti concorrenti esteri.

La prima volta era sconvolto e temeva il peggio. Quando indovinò la nostra ingenuità, ci rise in faccia e ci assicurò che non saremmo riusciti a nulla. Finì ch'ebbe ragione, ma prima che ci acconciassimo alla condanna durò non poco tempo e da Carmen furono scritte non poche lettere. Trovammo che l'articolo era irraggiungibile perché circondato da trincee. Io non dissi nulla di tale affare ad Augusta, ma essa ne parlò a me perché Guido ne aveva parlato ad Ada per dimostrarle quanto da fare avesse il nostro stenografo. Ma l'affare che non fu fatto, rimase molto importante per Guido. Ne parlò ogni giorno. Era convinto che in nessun'altra città del mondo sarebbe avvenuta una cosa simile. Il nostro ambiente commerciale era miserabile ed ogni commerciante intraprendente vi veniva strangolato. Così toccava anche a lui

Nella folle, disordinata sequela di affari che in quell'epoca passò per le nostre mani, ve ne fu uno che addirittura ce le bruciò. Non lo cercammo noi; fu l'affare che ci assaltò. Vi fummo cacciati dentro da un dalmata, certo Tacich, il cui padre aveva lavorato all'Argentina col padre di Guido. Venne dapprima a trovarci solo per avere da noi delle informazioni commerciali che noi seppimo procurargli.

Il Tacich era un bellissimo giovine, anzi troppo bello. Alto, forte, aveva una faccia olivastra in cui si fondevano in un'intonazione deliziosa l'azzurro fosco degli occhi, le lunghe sopracciglia e i brevi folti mustacchi bruni dai riflessi aurei. Insomma v'era in lui un tale intonato studio di colore che a me parve l'uomo nato per accompagnarsi a Carmen. Anche a lui parve così e venne a trovarci ogni giorno. La conversazione nel nostro ufficio durava ogni giorno per delle ore, ma non fu mai noiosa. I due uomini lottavano per conquistare la donna e, come tutti gli animali in amore, sfoggiavano le loro migliori qualità. Guido era un po' trattenuto dal fatto che il dalmata veniva a trovarlo anche a casa sua e conosceva perciò Ada, ma niente poteva più danneggiarlo agli occhi di Carmen; io, che conoscevo tanto bene quegli occhi, lo seppi subito, mentre il Tacich lo apprese molto più tardi e, per avere più frequente il pretesto di vederla, comperò da noi anziché dal fabbricante, varii vagoni di sapone che pagò per qualche percento più cari. Poi, sempre per amore, ci ficcò in quell'affare disastroso.

Suo padre aveva osservato che, costantemente, in certe stagioni, il solfato di rame saliva e in altre calava di prezzo. Decise perciò di comperarne per speculazione nel momento più favorevole, in Inghilterra, una sessantina di tonnellate. Noi parlammo a lungo di quell'affare ed anzi lo preparammo mettendoci in relazione con una casa inglese. Poi il padre telegrafò al figlio che il buon momento gli sembrava giunto e disse anche il prezzo al quale sarebbe stato disposto di concludere l'affare. Il Tacich, innamorato com'era, corse da noi e ci consegnò l'affare avendone in premio una bella, grande, carezzevole occhiata da Carmen. Il povero dalmata incassò riconoscente l'occhiata non sapendo ch'era una manifestazione d'amore per Guido.

Mi ricordo la tranquillità e la sicurezza con cui Guido s'accinse all'affare che infatti si presentava facilissimo perché in Inghilterra si poteva fissare la merce per consegna al nostro porto donde veniva ceduta, senz'esserne rimossa, al nostro compratore. Egli fissò esattamente l'importo che voleva guadagnare e col mio aiuto stabilì quale limite dovesse stabilire al nostro amico inglese per l'acquisto. Con l'aiuto del vocabolario combinammo insieme il dispaccio in inglese. Una volta speditolo, Guido si fregò le mani e si mise a calcolare quante corone gli sarebbero piovute in cassa in premio di quella lieve e breve fatica. Per tenersi favorevoli gli dei, trovò giusto di promettere una piccola provvigione a me e quindi, con qualche malizia, anche a Carmen che all'affare aveva collaborato con i suoi occhi. Ambedue volemmo rifiutare, ma egli ci supplicò di fingere almeno di accettare. Temeva altrimenti il nostro malocchio ed io lo compiacqui subito per rassicurarlo. Sapevo con certezza matematica che da me non potevano venirgli che i migliori auguri, ma capivo ch'egli potesse dubitarne. Quaggiù quando non ci vogliamo male ci amiamo tutti, ma però i nostri vivi desideri accompagnano solo gli affari cui partecipiamo.

L'affare fu vagliato in tutti i sensi ed anzi ricordo che Guido calcolò persino per quanti mesi, col beneficio che ne avrebbe tratto, avrebbe potuto mantenere la sua famiglia e l'ufficio, cioè le sue due famiglie, come egli diceva talvolta o i suoi due uffici come diceva tale altra quando si seccava molto in casa. Fu vagliato troppo, quell'affare, e non riuscì forse per questo. Da Londra capitò un breve dispaccio: *Notato* eppoi l'indicazione del prezzo di quel giorno del solfato, più elevato di molto di quello concessoci dal nostro compratore. Addio affare. Il Tacich ne fu informato e poco dopo abbandonò Trieste.

In quell'epoca io cessai per circa un mese di frequentare l'ufficio e perciò, per le mie mani, non passò una lettera che giunse alla ditta, dall'aspetto inoffensivo, ma che doveva avere gravi conseguenze per Guido. Con essa, quella ditta inglese ci confermava il suo dispaccio e finiva con l'informarci che notava il nostro ordine valido sino a revoca. Guido non ci pensò affatto di dare tale revoca ed io, quando ritornai in ufficio, non ricordai più quell'affare. Così varii mesi appresso, una sera, Guido venne a cercarmi a casa con un dispaccio ch'egli non intendeva e che credeva fosse stato indirizzato a noi per errore ad onta che portasse chiaro il nostro indirizzo telegrafico che io avevo fatto regolarmente notare non appena fummo installati nel nostro ufficio. Il dispaccio conteneva solo tre parole: *60 tons settled*, ed io lo intesi subito, ciò che non era difficile perché quello del solfato di rame era il solo affare grosso che avessimo trattato. Glielo dissi: si capiva da quel dispaccio che il prezzo, che noi avevamo fissato per l'esecuzione del nostro ordine, era stato raggiunto e che perciò eravamo felici proprietari di sessanta tonnellate di solfato di rame.

Guido protestò:

– Come si può pensare ch'io accetti tanto in ritardo l'esecuzione del mio ordine?

Pensai subito io che nel nostro ufficio dovesse esserci la lettera di conferma del primo dispaccio, mentre Guido non ricordava di averla ricevuta. Lui, inquieto, propose di correre subito all'ufficio per vedere se ci fosse, ciò che mi fu molto gradito perché mi seccava quella discussione dinanzi ad Augusta la quale ignorava che io per un mese non m'ero fatto vedere in ufficio.

Corremmo all'ufficio. Guido era tanto dispiacente di vedersi costretto a quel primo grande affare che, per esimersene, sarebbe corso fino a Londra. Aprimmo l'ufficio; poi, a tastoni nell'oscurità, trovammo la via alla nostra stanza e raggiungemmo il gas, per accenderlo. Allora la lettera fu subito trovata ed era fatta come io l'avevo supposta; c'informava cioè che il nostro ordine valido sino a revoca era stato eseguito.

Guido guardò la lettera con la fronte contratta non so se dal dispiacere o dallo sforzo di voler annientare col suo sguardo quanto si annunciava esistente con tanta semplicità di parola.

– E pensare – osservò – che sarebbe bastato di scrivere due parole per risparmiarsi un danno simile.

Non era certo un rimprovero diretto a me perché io ero stato assente dall'ufficio e, per quanto avessi saputo trovare subito la lettera sapendo ove doveva trovarsi, prima di allora non l'avevo mai vista. Ma per nettarmi più radicalmente da ogni rimprovero, lo rivolsi deciso a lui:

– Durante la mia assenza avresti pur dovuto leggere accuratamente tutte le lettere!

La fronte di Guido si spianò. Alzò le spalle e mormorò:

– Può ancora finire coll'essere una fortuna quest'affare.

Poco dopo mi lasciò ed io ritornai a casa mia. Ma il Tacich ebbe ragione: in certe stagioni il solfato di rame andava giù, giù, ogni giorno più giù e noi avevamo nell'esecuzione del nostro ordine e nella immediata impossibilità di cedere la merce a quel prezzo ad altri, l'opportunità di studiare tutto il fenomeno. La nostra perdita aumentò. Il primo giorno Guido mi domandò consiglio. Avrebbe potuto vendere con una perdita piccola in confronto di quella che dovette sopportare poi. Io non volli dare dei consigli, ma non trascurai di ricordargli la convinzione del Tacich secondo la quale il ribasso avrebbe dovuto continuare per oltre cinque mesi. Guido rise:

– Adesso non mi mancherebbe altro che farmi dirigere nei miei affari da un provinciale!

Ricordo che tentai pure di correggerlo, dicendogli che quel provinciale da molti anni passava il suo tempo nella piccola cittadina dalmata a guardare il solfato di rame. Io non posso avere alcun rimorso per la perdita che Guido subì in quell'affare. Se mi avesse ascoltato gli sarebbe stata risparmiata.

Più tardi discutemmo l'affare del solfato di rame con un agente, un uomo piccolo, grassoccio, vivo e accorto, che ci biasimò di aver fatto quell'acquisto, ma che non sembrava di dividere l'opinione del Tacich. Secondo lui il solfato di rame, per quanto facesse un mercato a sé, pur risentiva la fluttuazione del prezzo del metallo. Guido da quell'intervista acquistò una certa sicurezza. Pregò l'agente di tenerlo informato di ogni movimento nel prezzo; avrebbe aspettato volendo vendere non soltanto senza perdita, ma con un piccolo utile. L'agente rise discretamente eppoi nel corso del discorso disse una parola ch'io notai perché mi parve molto vera:

– Curioso come a questo mondo vi sia poca gente che si rassegni a perdite piccole; sono le grandi che inducono immediatamente alla grande rassegnazione.

Guido non ne fece caso. Io ammirai però anche lui, perché all'agente non raccontò per quale via noi fossimo arrivati a quell'acquisto. Glielo dissi ed egli ne menò vanto. Avrebbe temuto, mi disse, di screditare noi e anche la nostra merce raccontando la storia di quell'acquisto.

Poi, per parecchio tempo, non parlammo più del solfato, finché cioè non venne da Londra una lettera con la quale ci si invitava al pagamento e a dare istruzioni per la spedizione. Ricevere, immagazzinare sessanta tonnellate! A Guido cominciò a girare la testa. Facemmo i calcoli di quanto avremmo speso per conservare tale merce per varii mesi. Una somma enorme! Io non dissi niente, ma il sensale che volontieri avrebbe vista la merce arrivare a Trieste perché allora prima o poi avrebbe avuto lui l'incarico di venderla, fece osservare a Guido che quella somma che a lui pareva enorme, non era gran cosa se espressa in «percenti» sul valore della merce.

Guido si mise a ridere perché l'osservazione gli pareva strana:

– Io non ho mica soli cento chili di solfato; ne ho sessanta tonnellate, purtroppo!

Egli avrebbe finito col lasciarsi convincere dal calcolo dell'agente, evidentemente giusto, visto che con un piccolo movimento in sù del prezzo, le spese sarebbero state coperte ad usura, se in quel momento non fosse stato arrestato da una sua cosidetta ispirazione. Quando gli avveniva di avere un'idea commerciale proprio sua, egli ne era addirittura allucinato e non c'era posto nella sua mente per altre considerazioni. Ecco la sua idea: la merce gli era stata venduta franco Trieste da gente che doveva pagarne il trasporto dall'Inghilterra. Se egli ora avesse ceduta la merce ai suoi stessi venditori che avrebbero perciò risparmiate le spese per tale trasporto, egli avrebbe potuto fruire di un prezzo ben più vantaggioso di quello che gli veniva offerto a Trieste. La cosa non era tanto vera, ma, per fargli piacere, nessuno la discusse. Una volta liquidata la faccenda, egli ebbe un sorriso un po' amarognolo sulla sua faccia che allora parve proprio di pensatore pessimista e disse:

– Non ne parliamo più. La lezione fu alquanto cara; bisogna ora saperne approfittare.

Invece se ne parlò ancora. Egli non ebbe mai più quella sua bella sicurezza nel rifiutare degli affari e, quando alla fine d'anno gli feci vedere quanti denari avevamo perduti, egli mormorò:

– Quel maledetto solfato di rame fu la mia disgrazia! Sentivo sempre il bisogno di rimettermi di quella perdita!

La mia assenza dall'ufficio era stato provocato dall'abbandono di Carla. Non avevo più potuto assistere agli amori di Carmen e Guido. Essi si guardavano, si sorridevano, in mia presenza. Me ne andai sdegnosamente con una risoluzione che presi di sera al momento di chiudere l'ufficio e senza dirne nulla a nessuno. M'aspettavo che Guido m'avrebbe chiesta la ragione di tale abbandono e mi preparavo allora di dargli il fatto suo. Io potevo essere molto severo con lui visto ch'egli non sapeva assolutamente nulla delle mie gite al Giardino Pubblico.

Era una specie di gelosia la mia, perché Carmen m'appariva quale la Carla di Guido, una Carla più mite e sottomessa. Anche con la seconda donna egli era stato più fortunato di me, come con la prima. Ma forse – e ciò mi forniva la ragione ad un nuovo rimprovero per lui – egli doveva anche tale fortuna a quelle sue qualità ch'io gl'invidiavo e che continuavo a considerare quali inferiori: parallelamente alla sua sicurezza sul violino, correva anche la sua disinvoltura nella vita. Io oramai sapevo con certezza di aver sacrificata Carla ad Augusta. Quando riandavo col pensiero a quei due anni di felicità che Carla m'aveva concessi, m'era difficile d'intendere come essa – essendo fatta nel modo che ora sapevo – avesse potuto sopportarmi per tanto tempo. Non l'avevo io offesa ogni giorno per amore ad Augusta? Di Guido invece sapevo con certezza ch'egli avrebbe saputo godersi Carmen senza neppur ricordarsi di Ada. Nel suo animo disinvolto due donne non erano di troppo. Confrontandomi con lui, a me pareva di essere addirittura innocente. Io avevo sposata Augusta senz'amore e tuttavia non sapevo tradirla senza soffrirne. Forse anche lui aveva sposata Ada senz'amarla, ma – per quanto ora di Ada non m'importasse affatto – ricordavo l'amore ch'essa mi aveva ispirato e mi pareva che poiché io l'avevo amata tanto, al suo posto sarei stato anche più delicato di quanto non lo fossi ora al mio.

Non fu Guido che venne a cercarmi. Fui io che da solo ritornai a quell'ufficio a cercare il sollievo ad una grande noia. Egli si comportò in conformità ai patti del nostro contratto secondo i quali io non avevo alcun obbligo ad un'attività regolare nei suoi affari e quando s'imbatteva in me a casa o altrove, mi dimostrava la solita grande amicizia di cui gli ero sempre grato e non sembrava ricordare ch'io avessi lasciato vuoto il posto a quel tavolo ch'egli aveva comperato per me. Fra noi due non c'era che un solo imbarazzo: il mio. Quando ritornai al mio posto m'accolse come se dall'ufficio io fossi stato assente per un giorno solo, m'espresse con calore il suo piacere di aver riconquistata la mia compagnia e, sentito il mio proposito di riprendere il mio lavoro, esclamò:

– Ho fatto dunque bene a non permettere a nessuno di toccare i tuoi libri!

Infatti trovai il mastro ed anche il giornale al punto ove li avevo lasciati.

Luciano mi disse:

– Speriamo che ora che lei è qui, ci moveremo di nuovo. Penso che il signor Guido sia scoraggiato per un paio di affari che tentò e che non gli riuscirono. Non gli dica nulla che io le parlo così, ma guardi se può incoraggiarlo.

M'accorsi infatti che in quell'ufficio si lavorava ben poco e finché la perdita subita col solfato di rame non ci vivificò, vi si menò una vita veramente idillica. Io ne conclusi subito che Guido non sentisse più tanto urgente il bisogno di lavorare per far muovere Carmen sotto la sua direzione e, altrettanto presto, che il periodo della corte da loro fosse passato e che oramai essa fosse divenuta la sua amante.

L'accoglienza di Carmen mi portò una sorpresa perché essa subito sentì il bisogno di ricordarmi una cosa che io avevo completamente dimenticata. Pare che prima di abbandonare quell'ufficio, in quei giorni in cui ero corso dietro a tante donne perché non m'era stato più possibile di raggiungere la mia, io avessi aggredita anche Carmen. Essa mi parlò con grande serietà e con qualche imbarazzo: aveva piacere di rivedermi perché pensava io volessi bene a Guido e che i miei consigli potrebbero essergli utili, e voleva intrattenere con me – se io vi consentivo – una bella, una fraterna amicizia. Mi disse proprio qualche cosa di simile porgendomi con gesto largo la sua destra. Sulla sua faccia tanto bella che sempre pareva dolce, vi fu un atteggiamento molto severo per rilevare la pura fraternità della relazione che mi veniva offerta.

Allora ricordai e arrossii. Forse se avessi ricordato prima, non sarei ritornato a quell'ufficio mai più. Era stata una cosa tanto breve e ficcata in mezzo a tante altre azioni dello stesso valore, che se ora non fosse stata ricordata, si avrebbe potuto credere non fosse esistita mai. Pochi giorni dopo l'abbandono di Carla, io m'ero messo a esaminare i libri facendomi aiutare da Carmen e pian pianino, per veder meglio nella stessa pagina, avevo passato il mio braccio intorno alla sua vita che poi avevo stretta sempre più. Con un balzo Carmen s'era sottratta a me ed io allora avevo abbandonato l'ufficio.

Io avrei potuto difendermi con un sorriso inducendola a sorridere con me perché le donne sono tanto propense a sorridere di delitti siffatti! Avrei potuto dirle:

– Ho tentato una cosa che non m'è riuscita e me ne duole, ma non vi tengo rancore e voglio esservi amico finché non vi piacerà altrimenti.

O avrei potuto rispondere anche da persona seria, scusandomi con lei e anche con Guido:

– Scusatemi e non giudicatemi prima di sapere in quali condizioni io mi sia trovato allora.

Invece mi mancò la parola. La mia gola – credo – era chiusa dal rancore solidificatovisi e non potevo parlare. Tutte queste donne che mi respingevano risolutamente davano addirittura una tinta tragica alla mia vita. Non avevo mai avuto un periodo tanto disgraziato. Invece di una risposta non mi sarei trovato pronto che a digrignare i denti, cosa poca comoda dovendo celarla. Forse mi mancò la parola anche pel dolore di veder così recisamente esclusa una speranza che tuttavia accarezzavo. Non posso fare a meno di confessarlo: meglio che con Carmen non avrei potuto rimpiazzare l'amante ch'io avevo perduta, quella fanciulla tanto poco compromettente che non m'aveva chiesto altro che il permesso di vivermi accanto finché non domandò quello di non vedermi più. Un'amante in due è l'amante meno compromettente. Certamente allora non avevo chiarite tanto bene le mie idee, ma le sentivo e adesso le so. Divenendo l'amante di Carmen, io avrei fatto il bene di Ada e non avrei danneggiato di troppo Augusta. Ambedue sarebbero state tradite molto meno che se Guido ed io avessimo avuta una donna intera per ciascuno.

La risposta a Carmen io la diedi varii giorni appresso, ma ancor oggidì ne arrossisco. L'orgasmo in cui m'aveva gettato l'abbandono di Carla doveva sussistere tuttavia per farmi arrivare ad un punto simile. Ne ho rimorso come di nessun'altra azione della mia vita. Le parole bestiali che ci lasciamo scappare rimordono più fortemente delle azioni più nefande cui la nostra passione c'induca. Naturalmente designo come parole solo quelle che non sono azioni, perché so benissimo che le parole di Jago, per esempio, sono delle vere e proprie azioni. Ma le azioni, comprese le parole di Jago, si commettono per averne un piacere o un beneficio e allora tutto l'organismo, anche quella parte che poi dovrebbe erigersi a giudice, vi partecipa e diventa dunque un giudice molto benevolo. Ma la stupida lingua agisce a propria e a soddisfazione di qualche piccola parte dell'organismo che senza di essa si sente vinta e procede alla simulazione di una lotta quando la lotta è finita e perduta. Vuole ferire o vuole accarezzare. Si muove sempre in mezzo a dei traslati mastodontici. E quando son roventi, le parole scottano chi le ha dette.

Io avevo osservato ch'essa non aveva più i colori che l'avevano fatta ammettere tanto prontamente nel nostro ufficio.

Mi figurai fossero andati perduti per una sofferenza che non ammisi avesse potuto essere fisica e l'attribuii all'amore per Guido. Del resto noi uomini siamo molto inclinati a compiangere le donne che si abbandonarono agli altri. Non vediamo mai quale vantaggio se ne possano aspettare. Possiamo magari amare l'uomo di cui si tratta – come avveniva nel caso mio – ma non sappiamo neppur allora dimenticare come di solito vadano a finire quaggiù le avventure d'amore. Sentii una sincera compassione per Carmen come non l'avevo sentita mai per Augusta o per Carla. Le dissi: – E giacché avete avuta la gentilezza d'invitarmi ad esservi amico, mi permettereste di farvi degli ammonimenti?

Essa non me lo permise, perché, come tutte le donne in quei frangenti, anch'essa credette che ogni ammonimento sia un'aggressione. Arrossì e balbettò: – Non capisco! Perché dice così? – E subito dopo, per farmi tacere: – Se avessi bisogno di consigli ricorrerei certamente a lei, signor Cosini.

Perciò non mi fu concesso di predicarle la morale e fu un danno per me. Predicandole la morale certamente sarei arrivato ad un grado superiore di sincerità, magari tentando di prenderla di nuovo fra le mie braccia. Non m'arrovellerei più di aver voluto assumere quell'aspetto bugiardo di Mentore.

Per varii giorni di ogni settimana, Guido non si faceva neppur vedere in ufficio perché s'era appassionato alla caccia e alla pesca. Io, invece, dopo il mio ritorno, per qualche tempo vi fui assiduo, occupatissimo nel mettere a giorno i libri. Ero spesso solo con Carmen e Luciano che mi consideravano quale il loro capo ufficio. Non mi pareva che Carmen soffrisse per l'assenza di Guido e mi figurai ch'essa l'amasse tanto da gioire al sapere che si divertiva. Doveva anche essere avvisata dei giorni in cui egli sarebbe stato assente, perché non tradiva alcuna attesa ansiosa. Sapeva da Augusta che Ada invece non era fatta così, perché si lagnava amaramente delle frequenti assenze del marito. Del resto non era questa la sua unica lagnanza. Come tutte le donne non amate, essa si lagnava con lo stesso calore delle offese grandi e di quelle piccole. Non soltanto Guido la tradiva, ma quando era in casa suonava sempre il violino. Quel violino, che m'aveva fatto tanto soffrire, era una specie di lancia di Achille per la varietà delle sue prestazioni. Appresi ch'era passato anche per il nostro ufficio ove aveva promossa la corte a Carmen con delle bellissime variazioni sul «Barbiere». Poi era ripartito perché in ufficio non occorreva più ed era ritornato a casa ove risparmiava a Guido la noia di dover conversare con la moglie.

Fra me e Carmen non ci fu mai più nulla. Ben presto io ebbi per lei un sentimento d'indifferenza assoluta come se essa avesse cambiato di sesso, qualche cosa di simile a quello che provavo per Ada. Una viva compassione per ambedue e nient'altro. Proprio così!

Guido mi colmava di gentilezze. Io credo che in quel mese in cui l'avevo lasciato solo, avesse imparato ad apprezzare la mia conpagnia. Una donnina come Carmen può essere gradevole di tempo in tempo, ma non si può mica sopportarla per giornate intere. Egli m'invitò a caccia e a pesca. Aborro la caccia e decisamente mi rifiutai di accompagnarvelo. Invece, una sera, spintovi dalla noia, finii con l'andare con lui a pesca. Al pesce manca ogni mezzo di comunicazione con noi e non può destare la nostra compassione. Se boccheggia anche quand'è sano e salvo in acqua! Persino la morte non ne altera l'aspetto. Il suo dolore, se esiste, è celato perfettamente sotto le sue squame.

Quando un giorno m'invitò ad una pesca notturna, mi riservai di vedere se Augusta m'avrebbe permesso di uscire quella sera e di restar fuori tanto tardi. Gli dissi che avrei ricordato che la sua barchetta si sarebbe staccata dal molo Sartorio alle nove di sera e che, potendo, mi vi sarei trovato. Pensai perciò che anche lui dovette sapere subito che per quella sera non m'avrebbe riveduto e che come avevo fatto tante altre volte, non mi sarei recato all'appuntamento.

Invece quella sera fui cacciato di casa dalle strida della mia piccola Antonia. Più la madre l'accarezzava e più la piccina strillava. Allora tentai un mio sistema che consisteva nel gridar delle insolenze nel piccolo orecchio di quella scimmietta urlante. N'ebbi il solo risultato di far cambiare il ritmo alle sue strida, perché si mise a gridare dallo spavento. Poi avrei voluto tentare un altro sistema un poco più energico, ma Augusta ricordò in tempo l'invito di Guido e m'accompagnò alla porta promettendomi di coricarsi sola se io non fossi rincasato che tardi. Anzi, pur di mandarmi via, si sarebbe anche adattata di prendere senza di me il caffè la mattina appresso, se fossi rimasto fuori fino allora. C'è un piccolo dissidio fra me e Augusta – l'unico – sul modo di trattare i bambini fastidiosi: a me pare che il dolore del bambino sia meno importante del nostro e che valga la pena d'infliggerglielo pur di risparmiare un grande disturbo all'adulto; a lei invece sembra che noi, che abbiamo fatti i bambini, dobbiamo anche subirli.

Avevo tutto il tempo per arrivare all'appuntamento e attraversai lentamente la città guardando le donne e nello stesso tempo inventando un ordigno speciale che avrebbe impedito ogni dissidio fra me ed Augusta. Ma per il mio ordigno l'umanità non era abbastanza evoluta! Esso era destinato al futuro lontano e non poteva più giovare a me se non dimostrandomi per quale piccola ragione si rendevano possibili le mie dispute con Augusta: la mancanza di un piccolo ordigno! Esso sarebbe stato semplice, un tramvai casalingo, una sediola fornita di ruote e rotaie sulla quale la mia bimba avrebbe passata la sua giornata: poi un bottone elettrico toccando il quale la sediola con la bimba urlante si sarebbe messa a correre via fino a raggiungere il punto più lontano della casa donde la sua voce affievolita dalla lontananza ci sarebbe sembrata perfino gradevole. Ed io ed Augusta saremmo rimasti insieme tranquilli ed affettuosi.

Era una notte ricca di stelle e priva di luna, una di quelle notti in cui si vede molto lontano e perciò addolcisce e quieta. Guardai le stelle che avrebbero potuto ancora portare il segno dell'occhiata d'addio di mio padre moribondo. Sarebbe passato il periodo orrendo in cui i miei bimbi sporcavano e urlavano. Poi sarebbero stati simili a me; io li avrei amati secondo il mio dovere e senza sforzo. Nella bella, vasta notte mi rasserenai del tutto e senz'aver bisogno di fare dei propositi.

Alla punta del molo Sartorio le luci provenienti dalla città erano tagliate dall'antica casetta da cui sporge la punta stessa quale una breve fondamenta. L'oscurità era perfetta e l'acqua alta e fosca e quieta mi pareva pigramente gonfia.

Non guardai più né il cielo né il mare. A pochi passi da me c'era una donna che destò la mia curiosità per uno stivaletto verniciato che per un istante brillò nell'oscurità. Nel breve spazio e nel buio, a me parve che quella donna alta e forse elegante, si trovasse chiusa in una stanza con me. Le avventure più gradevoli possono capitare quando meno ci si pensa, e vedendo che quella donna tutt'ad un tratto deliberatamente s'avvicinava, ebbi per un istante un sentimento piacevolissimo, che sparve subito quando sentii la voce roca di Carmen. Voleva fingere di aver piacere d'apprendere ch'ero anch'io della partita. Ma nell'oscurità e con quella specie di voce non si poteva fingere.

Le dissi rudemente:

– Guido m'ha invitato. Ma se volete, io trovo altro da fare e vi lascio soli!

Ella protestò dichiarando che anzi era felice di vedermi per la terza volta in quel giorno. Mi raccontò che in quella piccola barchetta si sarebbe trovato riunito l'ufficio intero perché c'era anche Luciano. Guai per i nostri affari se fosse andata a picco! M'aveva detto che c'era anche Luciano, certo per darmi la prova dell'innocenza del ritrovo. Poi chiacchierò ancora volubilmente, dapprima dicendomi ch'era la prima volta che andava con Guido a pesca eppoi confessando ch'era la seconda. S'era lasciato sfuggire che non le dispiaceva di star seduta «a pagliolo» in una barchetta e a me era sembrato strano ch'essa conoscesse quel termine. Così dovette confessarmi di averlo appreso la prima volta ch'era stata a pesca con Guido.

– Quel giorno – aggiunse per rivelare la completa innocenza di quella prima gita – andammo alla pesca degli sgombri e non delle orate. Di mattina.

Peccato che non abbia avuto il tempo di farla chiacchierare di più, perché avrei potuto sapere tutto quello che m'importava, ma dall'oscurità della Sacchetta uscì e s'approssimò a noi rapidamente la barchetta di Guido. Io ero sempre in dubbio: dal momento che c'era Carmen, non avrei dovuto allontanarmi? Forse Guido non aveva neppur avuto l'intenzione d'invitarci ambedue perché io ricordavo di aver quasi rifiutato il suo invito. Intanto la barchetta approdò e, giovanilmente sicura anche nell'oscurità, Carmen vi scese trascurando di appoggiarsi alla mano che Luciano le aveva offerta. Poiché esitavo, Guido urlò:

– Non farci perder tempo!

Con un balzo fui anch'io nella barchetta. Il balzo mio era quasi involontario: un prodotto dell'urlo di Guido. Guardavo con grande desiderio la terra, ma bastò un istante di esitazione per rendermi impossibile lo sbarco. Finii col sedermi a prua della non grande barchetta. Quando m'abituai all'oscurità, vidi che a poppa, di faccia a me, sedeva Guido e ai suoi piedi, a pagliolo, Carmen. Luciano, che vogava, ci divideva. Io non mi sentivo né molto sicuro né molto comodo nella piccola barca, ma presto mi vi abituai e guardai le stelle che di nuovo mi mitigarono. Era vero che in presenza di Luciano – un servo devoto delle famiglie delle nostre mogli – Guido non si sarebbe rischiato di tradire Ada e non c'era perciò niente di male che io fossi con loro. Desideravo vivamente di poter godere di quel cielo, quel mare e la vastissima quiete. Se avessi dovuto sentirne rimorso e perciò soffrire, avrei fatto meglio di restare a casa mia a farmi torturare dalla piccola Antonia. L'aria fresca notturna mi gonfiò i polmoni e compresi ch'io potevo divertirmi in compagnia di Guido e Carmen, cui in fondo volevo bene.

Passammo dinanzi al faro e arrivammo al mare aperto. Qualche miglio più in là brillavano le luci d'innumerevoli velieri: là si tendevano ben altre insidie al pesce. Dal Bagno Militare, – una mole poderosa nereggiante sui suoi pali, – cominciammo a moverci su e giù lungo la riviera di Sant'Andrea. Era il posto prediletto dei pescatori. Accanto a noi, silenziosamente, molte altre barche facevano la stessa nostra manovra. Guido preparò le tre lenze e inescò gli ami configgendovi dei gamberelli per la coda. Consegnò una lenza ad ognuno di noi dicendo che la mia, a prua, – la sola munita di piombino – sarebbe stata preferita dal pesce. Scorsi nell'oscurità il mio gamberello dalla coda trafitta e mi parve che movesse lentamente la parte superiore del corpo, quella parte che non era diventata una guaina. Per questo movimento mi parve piuttosto meditabondo che spasimante dal dolore. Forse ciò che produce il dolore nei grandi organismi, nei piccolissimi può ridursi fino a divenire un'esperienza nuova, un solletico al pensiero. Lo ficcai nell'acqua calandovelo, come mi fu detto da Guido, per dieci braccia. Dopo di me Carmen e Guido calarono le loro lenze. Guido aveva ora a poppa anche un remo col quale spingeva la barca con l'arte che occorreva perché le lenze non s'aggrovigliassero. Pare che Luciano non fosse ancora al caso di dirigere in tale modo la barchetta. Del resto Luciano aveva ora l'incarico della piccola rete con la quale avrebbe levato dall'acqua il pesce portato dall'amo fino alla superficie. Per lungo tempo egli non ebbe nulla da fare. Guido ciarlava molto. Chissà che non sia stato attaccato a Carmen dalla sua passione per l'insegnamento piuttosto che dall'amore. Io avrei voluto non starlo a sentire per continuare a pensare al piccolo animaletto che tenevo esposto alla voracità dei pesci, sospeso nell'acqua e che coi cenni della testolina – se li continuava anche in acqua – avrebbe adescato meglio il pesce. Ma Guido mi chiamò ripetute volte e dovetti star a sentire la sua teoria sulla pesca. Il pesce avrebbe toccato varie volte l'esca e noi l'avremmo sentito, ma dovevamo guardarci del tirare la lenza finché non si fosse tesa.

Allora dovevamo essere pronti per dare lo strappo che avrebbe infilzato sicuramente l'amo nella bocca del pesce. Guido, come al solito, fu lungo nelle sue spiegazioni. Voleva spiegarci chiaramente quello che avremmo sentito nella mano quando il pesce avrebbe annusato l'amo. E continuava le sue spiegazioni quando io e Carmen conoscevamo già per esperienza la quasi sonora ripercussione sulla mano di ogni contatto che l'amo subiva. Più volte dovemmo raccogliere la lenza per rinnovare l'esca. Il piccolo animaluccio pensieroso finiva invendicato nelle fauci di qualche pesce accorto che sapeva evitare l'amo.

A bordo c'era della birra e dei panini. Guido condiva tutto ciò con la sua chiacchiera inesauribile. Parlava ora delle enormi ricchezze che giacevano nel mare. Non si trattava, come Luciano credeva, né del pesce né delle ricchezze immersevi dall'uomo. Nell'acqua del mare c'era disciolto dell'oro. Improvvisamente ricordò ch'io avevo studiato chimica e mi disse:

– Anche tu devi sapere qualche cosa di quest'oro.

Io non ne ricordavo molto, ma annuii arrischiando un'osservazione della cui verità non potevo essere sicuro. Dichiarai:

– L'oro del mare è il più costoso di tutti. Per avere uno di quei napoleoni che giacciono qui disciolti, bisognerebbe spenderne cinque.

Luciano che ansiosamente s'era rivolto a me per sentirmi confermare le ricchezze su cui nuotavamo, mi volse disilluso la schiena. A lui di quell'oro non importava più. Guido invece mi diede ragione credendo di ricordare che il prezzo di quell'oro era esattamente di cinque volte tanto, proprio come avevo detto io. Mi glorificava addirittura confermando la mia asserzione, che io sapevo del tutto cervellotica. Si vedeva che mi sentiva poco pericoloso e che in lui non c'era ombra di gelosia per quella donna coricata ai suoi piedi. Pensai per un istante di metterlo in imbarazzo dichiarando che ricordavo ora meglio e che per trarre dal mare uno di quei napoleoni ne sarebbero bastati tre o che ne sarebbero abbisognati addirittura dieci.

Ma in quell'istante fui chiamato dalla mia lenza che improvvisamente s'era tesa per uno strappo poderoso. Strappai anch'io e gridai. Con un balzo Guido mi fu vicino e mi prese di mano la lenza. Gliel'abbandonai volentieri. Egli si mise a tirarla su, prima a piccoli tratti, poi, essendo diminuita la resistenza, a grandissimi. E nell'acqua fosca si vide brillare l'argenteo corpo del grosso animale. Correva oramai rapidamente e senza resistenza dietro al suo dolore. Perciò compresi anche il dolore dell'animale muto, perché era gridato da quella fretta di correre alla morte. Presto l'ebbi boccheggiante ai miei piedi. Luciano l'aveva tratto dall'acqua con la rete e, strappandonelo senza riguardo, gli aveva levato di bocca l'amo.

Palpò il grosso pesce:

– Un'orata di tre chilogrammi!

Ammirando, disse il prezzo che se ne sarebbe domandato in pescheria. Poi Guido osservò che l'acqua era ferma a quell'ora e che sarebbe stato difficile di pigliare dell'altro pesce. Raccontò che i pescatori ritenevano che quando l'acqua non cresceva né calava, i pesci non mangiavano e perciò non potevano essere presi. Fece della filosofia sul pericolo che risultava ad un animale dal suo appetito. Poi, mettendosi a ridere, senz'accorgersi che si comprometteva, disse:

– Tu sei l'unico che sappia pescare questa sera.

La mia preda si dibatteva tuttavia nella barca, quando Carmen diede uno strido. Guido domandò senza muoversi e con una gran voglia di ridere nella voce:

– Un'altra orata?

Carmen confusa rispose:

– Mi pareva! Ma ha già abbandonato l'amo!

Io sono sicuro che, trascinato dal suo desiderio, egli le aveva dato un pizzicotto.

Io oramai mi sentivo a disagio in quella barca. Non accompagnavo più col desiderio l'opera del mio amo, anzi agitavo la lenza in modo che i poveri animali non potessero abboccare. Dichiarai che avevo sonno e pregai Guido di sbarcarmi a Sant'Andrea. Poi mi preoccupai di togliergli il sospetto ch'io me ne andassi perché infastidito da quanto doveva avermi rivelato lo strido di Carmen, e gli raccontai della scena che aveva fatta la mia piccina quella sera e il mio desiderio di accertarmi presto che non stesse male.

Compiacente come sempre, Guido accostò la barca alla riva. M'offerse l'orata ch'io avevo pescata, ma io rifiutai. Proposi di ridarle la libertà gettandola in mare, ciò che fece dare un urlo di protesta a Luciano, mentre Guido bonariamente disse:

– Se sapessi di poter ridarle la vita e la salute lo farei. Ma a quest'ora la povera bestia non può servire che in piatto!

Li seguii con gli occhi e potei accertarmi che non approfittarono dello spazio lasciato libero da me. Stavano bene serrati insieme e la barchetta andò via un po' sollevata a prua dal troppo peso a poppa.

Mi parve una punizione divina all'apprendere che la mia bambina era stata colta dalla febbre. Non l'avevo resa malata io, simulando con Guido una preoccupazione che non sentivo per la sua salute? Augusta non s'era ancora coricata, ma poco prima c'era stato il dottor Paoli che l'aveva rassicurata dicendo di essere sicuro che una febbre improvvisa tanto violenta non poteva annunziare una malattia grave. Restammo lungamente a guardare Antonia che giaceva abbandonata sul piccolo giaciglio, la faccina dalla pelle asciutta arrossata intensamente sotto i bruni ricci scomposti. Non gridava, ma si lamentava di tempo in tempo con un lamento breve che veniva interrotto da un torpore imperioso. Dio mio! Come il male me la portava vicina! Avrei data una parte della mia vita per liberarle il respiro. Come togliermi il rimorso di aver pensato di non saper amarla, eppoi di aver passato tutto quel tempo in cui soffriva, lontano da lei e in quella compagnia?

– Somiglia ad Ada! – disse Augusta con un singulto. Era vero! Ce ne accorgemmo allora per la prima volta e quella somiglianza divenne sempre più evidente a mano a mano che Antonia crebbe, tanto che io talvolta mi sento tremare il cuore al pensiero che le potrebbe toccare il destino della poverina a cui assomiglia.

Ci coricammo dopo di aver posto il letto della bambina accanto a quello di Augusta. Ma io non potevo dormire: avevo un peso al cuore come quelle sere in cui i miei trascorsi della giornata si specchiavano in immagini notturne di dolore e di rimorso. La malattia della bambina mi pesava come un'opera mia. Mi ribellai! Io ero puro e potevo parlare, potevo dire tutto. E dissi tutto. Raccontai ad Augusta dell'incontro con Carmen, della posizione ch'essa occupava nella barca, eppoi del suo strido che io dubitai fosse stato provocato da una carezza brutale di Guido senza però poter esserne sicuro. Ma Augusta ne era sicura. Perché altrimenti, subito dopo, la voce di Guido sarebbe stata alterata dall'ilarità? Cercai di attenuare la sua convinzione, ma poi dovetti ancora raccontare. Feci una confessione anche per quanto concerneva me, descrivendo la noia che m'aveva cacciato di casa e il mio rimorso di non amare meglio Antonia. Mi sentii subito meglio e m'addormentai profondamente.

La mattina appresso, Antonia stava meglio; era quasi priva di febbre. Giaceva calma e libera di affanno, ma era pallida e affranta come se si fosse consunta in uno sforzo sproporzionato al suo piccolo organismo; evidentemente essa era già uscita vittoriosa dalla breve battaglia. Nella calma che ne derivò anche a me, ricordai, dolendomene, di aver compromesso orribilmente Guido e volli da Augusta la promessa ch'essa non avrebbe comunicato a nessuno i miei sospetti. Ella protestò che non si trattava di sospetti, ma di evidenza certa ciò che io negai senza riuscire a convincerla. Poi essa mi promise tutto quello che volli ed io me ne andai tranquillamente in ufficio.

Guido non c'era ancora e Carmen mi raccontò ch'erano stati ben fortunati dopo la mia partenza. Avevano prese altre due orate, più piccole della mia, ma di un peso considerevole. Io non volli crederlo e pensai che essa volesse convincermi che alla mia partenza avessero abbandonata l'occupazione a cui avevano atteso finché c'ero stato io. L'acqua non s'era fermata? Fino a che ora erano stati in mare?

Carmen per convincermi mi fece confermare anche da Luciano la pesca delle due orate ed io da quella volta pensai che Luciano per ingraziarsi Guido sia stato capace di qualunque azione.

Sempre durante la calma idillica che precorse l'affare del solfato di rame, avvenne in quell'ufficio una cosa abbastanza strana che non so dimenticare, tanto perché mette in evidenza la smisurata presunzione di Guido, quanto perché pone me in una luce nella quale m'è difficile di ravvisarmi.

Un giorno eravamo tutt'e quattro in ufficio e il solo che fra di noi parlasse di affari era, come sempre, Luciano. Qualche cosa nelle sue parole suonò all'orecchio di Guido quale una rampogna che, in presenza di Carmen, gli era difficile di sopportare. Ma altrettanto difficile era difendersene, perché Luciano aveva le prove che un affare ch'egli aveva consigliato mesi prima e che da Guido era stato rifiutato, aveva finito col rendere una quantità di denaro a chi se ne era occupato. Guido finì col dichiarare di disprezzare il commercio e asserire che se la fortuna non l'avesse assistito in questo, egli avrebbe trovato il mezzo di guadagnare del denaro con altre attività molto più intelligenti. Col violino, per esempio. Tutti furono d'accordo con lui ed anch'io, ma con la riserva:

– A patto di studiare molto.

La mia riserva gli dispiacque e disse subito che se si trattava di studiare, egli allora avrebbe potuto fare molte altre cose, per esempio, della letteratura. Anche qui gli altri furono d'accordo, ed io stesso, ma con qualche esitazione. Non ricordavo bene le fisonomie dei nostri grandi letterati e le evocavo per trovarne una che somigliasse a Guido. Egli allora urlò:

– Volete delle buone favole? Io ve ne improvviso come Esopo!

Tutti risero, meno lui. Si fece dare la macchina da scrivere e, correntemente, come se avesse scritto sotto dettatura, con gesti più ampi di quanto esigesse un lavoro utile alla macchina, stese la prima favola. Porgeva già il foglietto a Luciano, ma si ricredette, lo riprese e lo rimise a posto nella macchina, scrisse una seconda favola, ma questa gli costò più fatica della prima tanto che dimenticò di continuare a simulare con gesti l'ispirazione e dovette correggere il suo scritto più volte. Perciò io ritengo che la prima delle due favole non sia stata sua e che invece la seconda sia veramente uscita dal suo cervello di cui mi sembra degna. La prima favola diceva di un uccelletto al quale avvenne d'accorgersi che lo sportellino della sua gabbia era rimasto aperto. Dapprima pensò di approfittarne per volar via, ma poi si ricredette temendo che se, durante la sua assenza, lo sportellino fosse stato rinchiuso egli avrebbe perduta la sua libertà. La seconda trattava di un elefante ed era veramente elefantesca. Soffrendo di debolezza alle gambe, il grosso animale andava a consultare un uomo, celebre medico, il quale al vedere quegli arti poderosi gridava: – Non vidi giammai delle gambe tanto forti.

Luciano non si lasciò imporre da quelle favole anche perché non le capiva. Rideva abbondantemente, ma si vedeva che gli sembrava comico che una cosa simile gli fosse presentata come commerciabile. Rise poi anche per compiacenza quando gli fu spiegato che l'uccellino temeva di essere privato della libertà di ritornare in gabbia e l'uomo ammirava le gambe per quanto deboli dell'elefante. Ma poi chiese:

– Quanto si ricava da due favole così?

Guido fece da uomo superiore:

– Il piacere d'averle fatte eppoi, volendo farne di più, anche molti denari.

Carmen invece era agitata dall'emozione. Domandò il permesso di poter copiare quelle due favole e ringraziò riconoscente quando Guido le offerse in dono il foglietto ch'egli aveva scritto dopo di averlo anche firmato a penna.

Che cosa c'entravo io? Non avevo da battermi per l'ammirazione di Carmen della quale, come ho detto, non m'importava nulla, ma ricordando il mio modo di fare, devo credere che anche una donna che non sia rilevata dal nostro desiderio possa spingerci alla lotta. Infatti non si battevano gli eroi medievali anche per donne che non avevano mai viste? A me quel giorno avvenne che i dolori lancinanti del mio povero organismo improvvisamente si facessero acuti e mi parve di non poterli attenuare altrimenti che battendomi con Guido facendo subito delle favole anch'io.

Mi feci consegnare la macchina ed io veramente improvvisai. Vero è che la prima delle favole che feci, stava da molti giorni nel mio animo. Ne improvvisai il titolo: «Inno alla vita». Poi, dopo breve riflessione, scrissi di sotto: «Dialogo». Mi pareva più facile di far parlare le bestie che descriverle. Così nacque la mia favola dal dialogo brevissimo:

Il gamberello meditabondo: – La vita è bella ma bisogna badare al posto dove ci si siede.

L'orata, correndo dal dentista: – La vita è bella ma bisognerebbe eliminare quegli animalucci traditori che celano nella carne saporita il metallo acuminato.

Ora bisognava fare la seconda favola ma mi mancavano le bestie. Guardai il cane che giaceva nel suo cantuccio ed anch'esso guardò me. Da quegli occhi timidi trassi un ricordo: pochi giorni prima Guido era ritornato da caccia pieno di pulci ed era andato a nettarsi nel nostro ripostiglio. Ebbi allora subito la favola e la scrissi correntemente: «C'era una volta un principe morso da molte pulci. S'appellò agli dei che gl'infliggessero una sola pulce, grossa e famelica, ma una sola, e destinassero le altre agli altri uomini. Ma nessuna delle pulci accettò di restare sola con quella bestia d'uomo, ed egli dovette tenersele tutte».

In quel momento le mie favole mi parvero splendide. Le cose ch'escono dal nostro cervello hanno un aspetto sovranamente amabile specie quando si esaminano non appena nate. Per dire la verità il mio dialogo mi piace anche adesso, che ho fatta tanta pratica nel comporre. L'inno alla vita fatto dal morituro è una cosa molto simpatica per coloro che lo guardano morire ed è anche vero che molti moribondi spendono l'ultimo fiato per dire quella che a loro sembra la causa per cui muoiono, innalzando così un inno alla vita degli altri che sapranno evitare quell'accidente. In quanto alla seconda favola non voglio parlarne e fu commentata argutamente da Guido stesso che gridò ridendo:

– Non è una favola, ma un modo di darmi della bestia.

Risi con lui e i dolori che m'avevano spinto a scrivere s'attenuarono subito. Luciano rise quando gli spiegai quello che avevo voluto dire e trovò che nessuno avrebbe pagato qualche cosa né per le mie né per le favole di Guido. Ma a Carmen le mie favole non piacquero. Mi diede un'occhiataccia indagatrice ch'era veramente nuova per quegli occhi e che io intesi come se fosse stata una parola detta:

– Tu non ami Guido!

Ne fui addirittura sconvolto perché in quel momento essa certamente non sbagliava. Pensai che avevo torto di comportarmi come se non amassi Guido, io che poi lavoravo disinteressatamente per lui. Dovevo far attenzione al mio modo di comportarmi.

Dissi mitemente a Guido:

– Riconosco volentieri che le tue favole sono migliori delle mie. Bisogna però ricordare che sono le prime favole che ho fatte in vita mia.

Egli non s'arrese:

– Credi forse ch'io ne abbia fatte delle altre?

Lo sguardo di Carmen s'era già raddolcito e, per ottenerlo più dolce ancora, io dissi a Guido:

– Tu hai certamente un talento speciale per le favole.

Ma il complimento fece ridere tutti e due e subito dopo anche me, ma tutti bonariamente perché si vedeva che avevo parlato senz'alcuna intenzione maligna.

L'affare del solfato di rame diede una maggiore serietà al nostro ufficio. Non c'era più tempo per le favole. Quasi tutti gli affari che ci venivano proposti erano ormai da noi accettati. Alcuni diedero qualche utile, ma piccolo; altri delle perdite, ma grandi. Una strana avarizia era il principale difetto di Guido che fuori degli affari era tanto generoso. Quando un affare si dimostrava buono, egli lo liquidava frettolosamente, avido d'incassare il piccolo utile che gliene derivava. Quando invece si trovava involto in un affare sfavorevole, non si decideva mai ad uscirne pur di ritardare il momento in cui doveva toccare la propria tasca. Per questo io credo che le sue perdite sieno state sempre rilevanti e i suoi utili piccoli. Le qualità di un commerciante non sono altro che le risultanti di tutto il suo organismo, dalla punta dei capelli fino alle unghie dei piedi. A Guido si sarebbe adattata una parola che hanno i Greci: «astuto imbecille». Veramente astuto, ma anche veramente uno scimunito. Era pieno di accortezze che non servivano ad altro che ad ungere il piano inclinato sul quale scivolava sempre più in giù.

Assieme al solfato di rame gli capitarono tra capo e collo i due gemelli. La sua prima impressione fu di sorpresa tutt'altro che piacevole, ma subito dopo di avermi annunziato l'avvenimento, gli riuscì di dire una facezia che mi fece ridere molto, per cui, compiacendosi del successo, non seppe conservare il cipiglio. Associando i due bambini alle sessanta tonnellate di solfato, disse:

– Sono condannato a lavorare all'ingrosso, io!

Per confortarlo gli ricordai che Augusta era di nuovo nel settimo mese e che ben presto in fatto di bambini avrei raggiunto il suo tonnellaggio. Rispose sempre argutamente:

– A me, da buon contabile, non sembra la stessa cosa.

Dopo qualche giorno, per qualche tempo, fu preso da un grande affetto per i due marmocchi. Augusta che passava una parte della sua giornata dalla sorella, mi raccontò ch'egli dedicava loro ogni giorno qualche ora. Li carezzava, e ninnava e

Ada gliene era tanto riconoscente che fra i due coniugi sembrava rifiorire un nuovo affetto. In quei giorni egli versò un importo abbastanza vistoso ad una società d'Assicurazioni per far trovare ai figli a vent'anni una piccola sostanza. Lo ricordo per aver io registrato quell'importo a suo debito.

Fui invitato anch'io a vedere i due gemelli; anzi da Augusta m'era stato detto che avrei potuto salutare anche Ada, che invece non poté ricevermi dovendo stare a letto ad onta che fossero passati già dieci giorni dal parto.

I due bambini giacevano in due culle in un gabinetto attiguo alla stanza da letto dei genitori. Ada, dal suo letto, mi gridò:

– Sono belli, Zeno?

Restai sorpreso dal suono di quella voce. Mi parve più dolce: era un vero grido perché vi si sentiva uno sforzo, eppure rimaneva tanto dolce. Senza dubbio la dolcezza in quella voce veniva dalla maternità, ma io ne fui commosso perché ve la scoprivo proprio quand'era rivolta a me. Quella dolcezza mi fece sentire come se Ada non m'avesse chiamato col solo mio nome, ma premettendovi anche qualche qualificativo affettuoso come «caro» o «fratello mio»! Ne sentii una viva riconoscenza e divenni buono ed affettuoso. Risposi festosamente:

– Belli, cari, somiglianti, due meraviglie. – Mi parevano invece due morticini scoloriti. Vagivano ambedue e non andavano d'accordo.

Presto Guido ritornò alla vita di prima. Dopo l'affare del solfato veniva più assiduo in ufficio, ma ogni settimana, al sabato, partiva per la caccia e non ritornava che al lunedì mattina tardi e giusto in tempo per dare un'occhiata all'ufficio prima di colazione. Alla pesca andava di sera e passava spesso la notte in mare. Augusta mi raccontava dei dispiaceri di Ada, la quale soffriva bensì di una frenetica gelosia, ma anche di trovarsi sola per tanta parte della giornata. Augusta tentava di calmarla ricordandole che a caccia e a pesca non c'erano donne. Però – non si sapeva da chi – Ada era stata informata che Carmen talvolta aveva accompagnato Guido a pesca. Guido, poi, l'aveva confessato aggiungendo che non c'era niente di male in una gentilezza ch'egli usava ad un'impiegata che gli era tanto utile. Eppoi non c'era stato sempre presente Luciano? Egli finì col promettere che non l'avrebbe invitata più, visto che ad Ada ciò dispiaceva. Dichiarava di non voler rinunciare né alla sua caccia che gli costava tanti denari né alla pesca. Diceva di lavorare molto (e infatti in quell'epoca nel nostro ufficio c'era molto da fare) e gli pareva che un po' di svago gli spettasse. Ada non era di tale parere e le sembrava che il miglior svago egli l'avrebbe avuto in famiglia, e trovava in ciò l'assenso incondizionato di Augusta, mentre a me quello sembrava uno svago troppo sonoro.

Augusta allora esclamava:

– E tu non sei forse a casa ogni giorno, ad ore debite?

Era vero ed io dovevo confessare che fra me e Guido c'era una grande differenza, ma non sapevo vantarmene. Dicevo ad Augusta accarezzandola:

– Il merito è tuo perché hai usato dei metodi molto drastici di educazione.

D'altronde per il povero Guido le cose andavano peggiorandosi ogni giorno di più: dapprima c'erano stati bensì due bambini, ma una balia sola perché si sperava che Ada avrebbe potuto nutrire uno dei bambini. Invece essa non lo poté e dovettero far venire un'altra balia. Quando Guido voleva farmi ridere, camminava su e giù per l'ufficio battendosi il tempo con le parole: – Una moglie... due bambini... due balie!

C'era una cosa che Ada specialmente odiava: Il violino di Guido. Essa sopportava i vagiti dei bambini, ma soffriva orrendamente per il suono del violino. Aveva detto ad Augusta:

– Mi sentirei di abbaiare come un cane contro quei suoni!

Strano! Augusta invece era beata quando passando dinanzi al mio studiolo sentiva uscirne i miei suoni aritmici!

– Eppure anche il matrimonio di Ada è stato un matrimonio d'amore, – dicevo io stupido. – Non è il violino la miglior parte di Guido?

Tali chiacchiere furono del tutto dimenticate quando io rividi per la prima volta Ada. Fui proprio io che per il primo m'accorsi della sua malattia. Uno dei primi giorni del Novembre – una giornata fredda, priva di sole, umida, – abbandonai eccezionalmente l'ufficio alle tre del pomeriggio e corsi a casa pensando di riposare e sognare per qualche ora nel mio studiolo caldo. Per recarmivi dovevo passare il lungo corridoio, e dinanzi alla stanza di lavoro di Augusta mi fermai perché sentii la voce di Ada. Era dolce o malsicura (ciò che si equivale, io credo) come quel giorno in cui era stata indirizzata a me. Entrai in quella stanza spintovi dalla strana curiosità di vedere come la serena, la calma Ada, potesse vestirsi di quella voce che ricordava un po' quella di qualche nostra attrice quando vuol far piangere senza saper piangere essa stessa. Infatti era una voce falsa o io la sentivo così, solo perché senza neppur aver visto chi la emetteva, la percepivo per la seconda volta dopo tanti giorni sempre ugualmente commossa e commovente. Pensai parlassero di Guido, perché quale altro argomento avrebbe potuto commuovere a quel modo Ada?

Invece le due donne, prendendo una tazza di caffè insieme, parlavano di cose domestiche: biancheria, servitù eccetera. Ma mi bastò di aver vista Ada per intendere che quella voce non era falsa. Commovente era anche la sua faccia ch'io per primo scoprivo tanto alterata, e quella voce, se non si accordava con un sentimento, rispecchiava esattamente tutto un organismo, ed era perciò vera e sincera. Questo io sentii subito. Io non sono un medico e perciò non pensai ad una malattia, ma cercai di spiegarmi l'alterazione nell'aspetto di Ada come un effetto della convalescenza dopo il parto. Ma come si poteva spiegare che Guido non si fosse accorto di tanto mutamento avvenuto nella sua donna? Intanto io, che sapevo a mente quell'occhio, quell'occhio ch'io tanto avevo temuto perché subito m'ero accorto che freddamente esaminava cose e persone per ammetterle o respingerle, potei constatare subito ch'era mutato, ingrandito, come se per vedere meglio avesse forzata l'orbita. Stonava quell'occhio grande nella faccina immiserita e scolorita.

Mi stese con grande affetto la mano:

– Già lo so, – mi disse – tu approfitti di ogni istante per venir a riveder tua moglie e la tua bambina.

Aveva la mano madida di sudore ed io so che ciò denota debolezza. Tanto più mi figurai che, rimettendosi, avrebbe riacquistati gli antichi colori e le linee sicure delle guancie e dell'incassatura dell'occhio.

Interpretai le parole che m'aveva indirizzate quale un rimprovero rivolto a Guido, e bonariamente risposi che Guido, quale proprietario della ditta, aveva maggiori responsabilità delle mie che lo legavano all'ufficio.

Mi guardò indagatrice per assicurarsi ch'io parlavo sul serio.

– Ma pure – disse – mi sembra che potrebbe trovare un po' di tempo per sua moglie e i suoi figli, – e la sua voce era piena di lacrime. Si rimise con un sorriso che domandava indulgenza e soggiunse:

– Oltre agli affari ci sono anche la caccia e la pesca! Quelle, quelle portano via tanto tempo.

Con una volubilità che mi stupì raccontò dei cibi prelibati che si mangiavano alla loro tavola in seguito alla caccia e alla pesca di Guido.

– Tuttavia vi rinunzierei volentieri! – soggiunse poi con un sospiro e una lagrima. Non si diceva però infelice, anzi! Raccontava che ormai non sapeva neppur figurarsi che non le fossero nati i due bambini ch'essa adorava! Con un po' di malizia aggiungeva sorridendo che li amava di più ora che ciascuno aveva la sua balia. Essa non dormiva molto, ma almeno, quando arrivava a prender sonno, nessuno la disturbava. E quando le

chiesi se davvero dormisse tanto poco, si rifece seria e commossa per dirmi ch'era il suo maggior disturbo. Poi, lieta, aggiunse:
– Ma va già meglio!

Poco dopo ci lasciò per due ragioni: prima di sera doveva andar a salutare la madre eppoi non sapeva sopportare la temperatura delle nostre stanze munite di grandi stufe. Io, che ritenevo quella temperatura appena gradevole, pensai fosse un segno di forza quello di sentirla eccessivamente calda:
– Non pare che tu sia tanto debole, – dissi sorridendo, – vedrai come sentirai diversamente alla mia età.

Essa si compiacque molto di sentirsi designare come troppo giovine.

Io ed Augusta l'accompagnammo fino al pianerottolo. Pareva sentisse un grande bisogno della nostra amicizia perché per fare quei pochi passi camminò in mezzo a noi e si prese prima al braccio di Augusta eppoi al mio che io subito irrigidii per paura di cedere ad un'antica abitudine di premere ogni braccio femminile che s'offrisse al mio contatto. Sul pianerottolo parlò ancora molto e, avendo ricordato il padre suo, ebbe gli occhi di nuovo umidi, per la terza volta in un quarto d'ora. Quando se ne fu andata, io dissi ad Augusta che quella non era una donna ma una fontana. Benché avessi vista la malattia di Ada, non vi diedi alcun'importanza. Aveva l'occhio ingrandito; aveva la faccina magra; la sua voce s'era trasformata ed anche il carattere in quell'affettuosità che non era sua, ma io attribuivo tutto ciò alla doppia maternità e alla debolezza. Insomma io mi dimostrai un magnifico osservatore perché vidi tutto, ma un grande ignorante perché non dissi la vera parola: Malattia!

Il giorno appresso l'ostetrico, che curava Ada, domandò l'assistenza del dottor Paoli il quale subito pronunziò la parola ch'io non avevo saputo dire: *Morbus Basedowii*. Guido me lo raccontò descrivendomi con grande dottrina la malattia e compiangendo Ada che soffriva molto. Senz'alcuna malizia io penso che la sua compassione e la sua scienza non fossero grandi.

Assumeva un aspetto accorato quando parlava della moglie, ma quando dettava delle lettere a Carmen manifestava tutta la gioia di vivere e insegnare; credeva poi che colui che aveva dato il suo nome alla malattia fosse il Basedow ch'era stato l'amico di Goethe, mentre quando io studiai quella malattia in un'enciclopedia, m'accorsi subito che si trattava di un altro.

Grande, importante malattia quella di Basedow! Per me fu importantissimo di averla conosciuta. La studiai in varie monografie e credetti di scoprire appena allora il segreto essenziale del nostro organismo. Io credo che da molti come da me vi sieno dei periodi di tempo in cui certe idee occupino e ingombrino tutto il cervello chiudendolo a tutte le altre. Ma se anche alla collettività succede la stessa cosa! Vive di Darwin dopo di essere vissuta di Robespierre e di Napoleone eppoi di Liebig o magari di Leopardi quando su tutto il cosmo non troneggi Bismark!

Ma di Basedow vissi sol io! Mi parve ch'egli avesse portate alla luce le radici della vita la quale è fatta così: tutti gli organismi si distribuiscono su una linea, ad un capo della quale sta la malattia di Basedow che implica il generosissimo, folle consumo della forza vitale ad un ritmo precipitoso, il battito di un cuore sfrenato, e all'altro stanno gli organismi immiseriti per avarizia organica, destinati a perire di una malattia che sembrerebbe di esaurimento ed è invece di poltronaggine. Il giusto medio fra le due malattie si trova al centro e viene designato impropriamente come la salute che non è che una sosta. E fra il centro ed un'estremità – quella di Basedow – stanno tutti coloro ch'esasperano e consumano la vita in grandi desiderii. ambizioni, godimenti e anche lavoro, dall'altra quelli che non gettano sul piatto della vita che delle briciole e risparmiano preparando quegli abietti longevi che appariscono quale un peso per la società. Pare che questo peso sia anch'esso necessario. La società procede perché i Basedowiani la sospingono, e non precipita perché gli altri la trattengono. Io sono convinto che volendo costruire una società, si poteva farlo più semplicemente, ma è fatta così, col gozzo ad uno dei suoi capi e l'edema all'altro, e non c'è rimedio. In mezzo stanno coloro che hanno incipiente o gozzo o edema e su tutta la linea, in tutta l'umanità, la salute assoluta manca.

Anche ad Ada il gozzo mancava a quanto mi diceva Augusta, ma aveva tutti gli altri sintomi della malattia. Povera Ada! M'era apparsa come la figurazione della salute e dell'equilibrio, tanto che per lungo tempo avevo pensato avesse scelto il marito con lo stesso animo freddo col quale suo padre sceglieva la sua merce, ed ora era stata afferrata da una malattia che la trascinava a tutt'altro regime: le perversioni psichiche! Ma io ammalai con lei di una malattia lieve, ma lunga. Per troppo tempo pensai a Basedow. Già credo che in qualunque punto dell'universo ci si stabilisca si finisce coll'inquinarsi. Bisogna moversi. La vita ha dei veleni, ma poi anche degli altri veleni che servono di contravveleni. Solo correndo si può sottrarsi ai primi e giovarsi degli altri.

La mia malattia fu un pensiero dominante, un sogno, e anche uno spavento. Deve aver avuto origine da un ragionamento: con la designazione di perversione si vuole intendere una deviazione dalla salute, quella specie di salute che ci accompagnò per un tratto della nostra vita. Ora sapevo che cosa fosse stata la salute da Ada. Non poteva la sua perversione portarla ad amare me, che da sana aveva respinto?

Io non so come questo terrore (o questa speranza) sia nato nel mio cervello!

Forse perché la voce dolce e spezzata di Ada mi parve di amore quando s'indirizzò a me? La povera Ada s'era fatta ben brutta ed io non sapevo più desiderarla. Ma andavo rivedendo i nostri rapporti passati e mi pareva che se essa fosse stata còlta da un improvviso amore per me, mi sarei trovato nelle brutte condizioni che ricordavano un poco quelle di Guido verso l'amico inglese dalle sessanta tonnellate di solfato di rame.

Proprio lo stesso caso! Pochi anni prima io le avevo dichiarato il mio amore e non avevo fatto alcun atto di revoca fuori di quello di sposarne la sorella. In tale contratto essa non era protetta dalla legge ma dalla cavalleria. A me pareva di essere tanto fortemente impegnato con lei, che se essa si fosse presentata da me molti ma molti anni più tardi, perfezionata magari nella malattia di Basedow da un bel gozzo, io avrei dovuto far onore alla mia firma.

Ricordo però che tale prospettiva rese il mio pensiero più affettuoso per Ada. Fino ad allora, quando m'avevano informato dei dolori di Ada causati da Guido, io non ne avevo certamente goduto, ma pure avevo rivolto il pensiero con una certa soddisfazione alla mia casa nella quale Ada aveva rifiutato di entrare ed ove non si soffriva affatto. Ora le cose avevano cambiato: quell'Ada che m'aveva respinto con disdegno non c'era più, a meno che i miei testi di medicina non sbagliassero.

La malattia di Ada era grave. Il dottor Paoli, pochi giorni dopo, consigliò di allontanarla dalla famiglia e di mandarla in una casa di salute a Bologna. Seppi ciò da Guido, ma Augusta poi mi raccontò che alla povera Ada anche in quel momento non furono risparmiati dei grandi dispiaceri. Guido aveva avuto la sfacciataggine di proporre di metter Carmen alla direzione della famiglia durante l'assenza di sua moglie. Ada non ebbe il coraggio di dire apertamente quello che pensava di una simile proposta, ma dichiarò che non si sarebbe mossa di casa se non le fosse stato permesso di affidarne la direzione alla zia Maria, e Guido si adattò senz'altro. Egli però continuò ad accarezzare l'idea di poter aver Carmen a sua disposizione al posto lasciato libero da Ada. Un giorno disse a Carmen che se essa non fosse stata tanto occupata in ufficio, egli le avrebbe volentieri affidata la direzione della sua casa. Luciano ed io ci guardammo, e certamente scoprimmo ognuno nella faccia dell'altro un'espressione maliziosa. Carmen arrossì e mormorò che non avrebbe potuto accettare.

– Già – disse Guido con ira – per quegli sciocchi riguardi al mondo non si può fare quello che gioverebbe tanto!

Però tacque anche lui presto ed era sorprendente abbreviasse una predica tanto interessante.

Tutta la famiglia accompagnò Ada alla stazione. Augusta m'aveva pregato di portare dei fiori per la sorella. Arrivai un po' in ritardo con un bel mazzo di orchidee che porsi ad Augusta. Ada ci sorvegliava e quando Augusta le offerse i fiori ci disse:

– Vi ringrazio di cuore!

Voleva significare di aver ricevuto i fiori anche da me, ma io sentii ciò come una manifestazione di affetto fraterno, dolce e anche un po' fredda. Basedow certo non ci entrava.

Pareva una sposina, la povera Ada con quegli occhi ingranditi smisuratamente dalla felicità. La sua malattia sapeva simulare tutte le emozioni.

Guido partiva con lei per accompagnarla e ritornare dopo pochi giorni. Aspettammo sulla banchina la partenza del treno. Ada rimase affacciata alla finestra della sua vettura e continuò ad agitare il fazzoletto finché poté vederci.

Poi accompagnammo la signora Malfenti lacrimante a casa. Al momento di dividerci mia suocera dopo di aver baciata Augusta, baciò anche me.

– Scusa! – desse ridendo fra le lacrime – l'ho fatto senza proposito, ma se lo permetti ti dò anche un altro bacio.

Anche la piccola Anna, ormai dodicenne, volle baciarmi. Alberta, ch'era in procinto di abbandonare il teatro nazionale per fidanzarsi, e che di solito era un po' sostenuta con me, quel giorno mi porse calorosamente la mano. Tutte mi volevano bene perché mia moglie era fiorente, e facevano così delle manifestazioni di antipatia per Guido, la cui moglie era malata.

Ma proprio allora corsi il rischio di divenire un marito meno buono. Diedi un grande dolore a mia moglie, senza mia colpa, per un sogno cui innocentemente la feci addirittura partecipare.

Ecco il sogno: eravamo in tre, Augusta, Ada ed io che ci eravamo affacciati ad una finestra e precisamente alla più piccola che ci fosse stata nelle nostre tre abitazioni, cioè la mia, quella di mia suocera e quella di Ada. Eravamo cioè alla finestra della cucina della casa di mia suocera che veramente si apre sopra un piccolo cortile mentre nel sogno dava proprio sul Corso. Al piccolo davanzale c'era tanto poco spazio che Ada, che stava in mezzo a noi tenendosi alle nostre braccia, aderiva proprio a me. Io la guardai e vidi che il suo occhio era ridivenuto freddo e preciso e le linee della sua faccia purissime fino alla nuca ch'io vedevo coperta dei suoi riccioli lievi, quei riccioli ch'io avevo visti tanto spesso quando Ada mi volgeva le spalle. Ad onta di tanta freddezza (tale mi pareva la sua salute) essa rimaneva aderente a me come avevo creduto lo fosse quella sera del mio fidanzamento intorno al tavolino parlante. Io, giocondamente, dissi ad Augusta (certo facendo uno sforzo per occuparmi anche di lei): «Vedi com'è risanata? Ma dov'è Basedow?». «Non vedi?», domandò Augusta ch'era la sola fra di noi che arrivasse a guardare sulla via. Con uno sforzo ci sporgemmo anche noi e scorgemmo una grande folla che s'avanzava minacciosa urlando. «Ma dov'è Basedow?» domandai ancora una volta. Poi lo vidi. Era lui che s'avanzava inseguito da quella folla: un vecchio pezzente coperto di un grande mantello stracciato, ma di broccato rigido, la grande testa coperta di una chioma bianca disordinata, svolazzante all'aria, gli occhi sporgenti dall'orbita che guardavano ansiosi con uno sguardo ch'io avevo notato in bestie inseguite, di paura e di minaccia. E la folla urlava: «Ammazzate l'untore!».

Poi ci fu un intervallo di notte vuota. Indi, subito, Ada ed io ci trovavamo soli sulla più erta scala che ci fosse nelle nostre tre case, quella che conduce alla soffitta della mia villa. Ada era posta per alcuni scalini più in alto, ma rivolta a me ch'ero in atto di salire, mentre lei sembrava volesse scendere. Io le abbracciavo le gambe e lei si piegava verso di me non so se per debolezza o per essermi più vicina. Per un istante mi parve sfigurata dalla sua malattia, ma poi, guardandola con affanno, riuscivo a rivederla come m'era apparsa alla finestra, bella e sana. Mi diceva con la sua voce soda: «Precedimi, ti seguo subito!» Io, pronto, mi volgevo per precederla correndo, ma non abbastanza presto per non scorgere che la porta della mia soffitta veniva aperta pian pianino e ne sporgeva la testa chiomata e bianca di Basedow con quella sua faccia fra timorosa e minacciosa. Ne vidi anche le gambe malsicure e il povero misero corpo che il mantello non arrivava a celare. Arrivai a correre via, ma non so se per precedere Ada o per fuggirla.

Ora pare che trafelato io mi sia destato nella notte, e nell'assopimento abbia raccontato tutto o parte del sogno ad Augusta per riprendere poi il sonno più tranquillo e più profondo. Credo che nella mezza coscienza io abbia seguito ciecamente l'antico desiderio di confessare i miei trascorsi.

Alla mattina, sulla faccia di Augusta, c'era il cereo pallore delle grandi occasioni. Io ricordavo perfettamente il sogno, ma non esattamente quello che gliene avessi riferito. Con un aspetto di rassegnazione dolorosa essa mi disse:

– Ti senti infelice perché essa è malata ed è partita e perciò sogni di lei.

Io mi difesi ridendo ed irridendo. Non Ada era importante per me, ma Basedow, e le raccontai dei miei studi e anche delle applicazioni che avevo fatte. Ma non so se riuscii di convincerla. Quando si viene colti nel sogno è difficile di difendersi. È tutt'altra cosa che arrivare alla moglie freschi freschi dall'averla tradita in piena coscienza. Del resto, per tali gelosie di Augusta, io non avevo nulla da perdere perché essa amava tanto Ada che da quel lato la sua gelosia non gettava alcun'ombra e, in quanto a me, essa mi trattava con un riguardo anche più affettuoso e m'era anche più grata di ogni mia più lieve manifestazione di affetto.

Pochi giorni dopo, Guido ritornò da Bologna con le migliori notizie. Il direttore della casa di salute garantiva una guarigione definitiva a patto che Ada trovasse poi in casa una grande quiete. Guido riferì con semplicità e bastevole incoscienza la prognosi del sanitario non avvedendosi che in famiglia Malfenti quel verdetto veniva a confermare molti sospetti sul suo conto. Ed io dissi ad Augusta:

– Ecco che sono minacciato di altri baci di tua madre.

Pare che Guido non si trovasse molto bene nella casa diretta da zia Maria. Talvolta camminava su e giù per l'ufficio mormorando:

– Due bambini... tre balie... nessuna moglie.

Anche dall'ufficio rimaneva più spesso assente perché sfogava il suo malumore imperversando sulle bestie a caccia e a pesca. Ma quando verso la fine dell'anno, ebbimo da Bologna la notizia che Ada veniva considerata guarita e che s'accingeva a rimpatriare, non mi parve che egli ne fosse troppo felice. S'era abituato a zia Maria oppure la vedeva tanto poco che gli era facile e gradevole di sopportarla? Con me naturalmente non manifestò il suo malumore se non esprimendo il dubbio che forse Ada s'affrettava troppo a lasciare la casa di salute prima di essersi assicurata contro una ricaduta. Infatti quand'essa, dopo breve tempo e ancora nel corso di quello stesso inverno, dovette ritornare a Bologna, egli mi disse trionfante:

– L'avevo detto io?

Non credo però che in quel trionfo ci fosse stata altra gioia che quella da lui tanto viva di aver saputo prevedere qualche cosa. Egli non augurava del male ad Ada, ma l'avrebbe tenuta volentieri per lungo tempo a Bologna.

Quando Ada ritornò, Augusta era relegata a letto per la nascita del mio piccolo Alfio e in quell'occasione fu veramente commovente. Volle io andassi alla stazione con dei fiori e dicessi ad Ada ch'essa voleva vederla quello stesso giorno. E se Ada non avesse potuto venire da lei addirittura dalla stazione, mi pregava ritornassi subito a casa, per saperle descrivere Ada e dirle se la sua bellezza, di cui in famiglia erano tanto orgogliosi, le fosse stata restituita intera.

Alla stazione eravamo io, Guido e la sola Alberta, perché la signora Malfenti passava una gran parte delle sue giornate presso Augusta. Sulla banchina, Guido cercava di convincerci della sua grande gioia per l'arrivo di Ada, ma Alberta lo ascoltava fingendo una grande distrazione allo scopo – come poi mi disse – di non dover rispondergli. In quanto a me la simulazione con Guido mi costava oramai poca fatica. M'ero abituato a fingere di non accorgermi delle sue preferenze per Carmen e non avevo mai osato alludere ai suoi torti verso la moglie. Non m'era perciò difficile di avere un atteggiamento d'attenzione come se ammirassi la sua gioia per il ritorno della sua amata moglie.

Quando il treno in punto a mezzodì entrò in stazione, egli ci precedette per raggiungere la moglie che ne scendeva. La prese fra le braccia e la baciò affettuosamente. Io, che gli vedevo il dorso piegato per arrivare a baciare la moglie più piccola di lui, pensai: «Un bravo attore!». Poi prese Ada per mano e la condusse a noi:

– Eccola riconquistata al nostro affetto!

Allora si rivelò quale era, cioè falso e simulatore, perché se egli avesse guardata meglio in faccia la povera donna, si sarebbe accorto che invece che al nostro affetto essa veniva consegnata alla nostra indifferenza. La faccia di Ada era male costruita perché aveva riconquistate delle guancie ma fuori di posto come se la carne, quando ritornò, avesse dimenticato dove apparteneva e si fosse poggiata troppo in basso. Avevano perciò l'aspetto di gonfiezze anziché di guancie. E l'occhio era ritornato nell'orbita, ma nessuno aveva saputo riparare i danni ch'esso aveva prodotto uscendone. Aveva spostate o distrutte delle linee precise e importanti. Quando ci congedammo fuori della stazione, al sole invernale abbacinante vidi che tutto il colorito di quella faccia non era più quello che io avevo tanto amato. Era impallidito e sulle parti carnose si arrossava per chiazzette rosse. Pareva che la salute non appartenesse più a quella faccia e si fosse riusciti di fingervela.

Raccontai subito ad Augusta che Ada era bellissima proprio come era stata da fanciulla ed essa ne fu beata. Poi, dopo di averla vista, a mia sorpresa essa confermò più volte come se fossero state evidenti verità le mie pietose bugie. Essa diceva:

– È bella com'era da fanciulla e come lo sarà mia figlia!

Si vede che l'occhio di una sorella non è molto acuto.

Per lungo tempo non rividi Ada. Essa aveva troppi figliuoli e così pure noi. Tuttavia Ada e Augusta facevano in modo di trovarsi insieme varie volte alla settimana, ma sempre in ore in cui io ero fuori di casa.

Si approssimava l'epoca del bilancio ed io avevo molto da fare. Fu anzi quella l'epoca della mia vita in cui lavorai di più. Qualche giorno restai a tavolino persino per dieci ore. Guido m'aveva offerto di farmi assistere da un contabile, ma io non ne volli sapere. Avevo assunto un incarico e dovevo corrispondervi. Intendevo compensare Guido di quella mia funesta assenza di un mese, e mi piaceva anche dimostrare a Carmen la mia diligenza, che non poteva essere ispirata da altro che dal mio affetto per Guido.

Ma come procedetti nel regolare i conti, incominciai a scoprire la grossa perdita in cui eravamo incorsi in quel primo anno di esercizio. Impensierito ne dissi a quattr'occhi qualche cosa a Guido, ma lui, che s'apprestava a partire per la caccia, non volle starmi a sentire:

– Vedrai che non è tanto grave come ti sembra eppoi l'anno non è ancora finito.

Infatti mancavano ancora otto giorni interi a capo d'anno.

Allora mi confidai ad Augusta. Dapprima essa vide in quella faccenda solo il danno che ne avrebbe potuto derivare a me. Le donne sono sempre fatte così, ma Augusta era straordinaria persino fra le donne quando qui si doleva del proprio danno. Non avrei finito anch'io – essa domandava – con l'essere ritenuto un po' responsabile delle perdite subite da Guido? Voleva si consultasse subito un avvocato. Bisognava intanto staccarsi da Guido e cessare dal frequentare quell'ufficio.

Non mi fu facile di convincerla ch'io non potevo essere tenuto responsabile di niente non essendo io altra cosa che un impiegato di Guido. Essa sosteneva che chi non ha un emolumento fisso non possa essere considerato quale un impiegato, ma qualche cosa di simile ad un padrone. Quando fu ben convinta, naturalmente restò della sua opinione perché allora scoprì che non avrei perduto niente se avessi cessato di frequentare quell'ufficio dove sicuramente avrei finito col diffamarmi commercialmente. Diamine: la mia fama commerciale! Fui anch'io d'accordo ch'era importante di salvarla e, per quanto essa avesse avuto torto negli argomenti, si conchiuse che dovevo fare com'ella voleva. Consentì ch'io terminassi il bilancio poiché l'avevo iniziato, ma poi avrei dovuto trovare il modo di ritornare al mio studiolo nel quale non si guadagnavano dei denari, ma nemmeno se ne perdevano.

Feci però allora una curiosa esperienza su me stesso. Io non fui capace di abbandonare quella mia attività per quanto lo avessi deciso. Ne fui stupito! Per intendere bene le cose, occorre lavorare di immagini. Ricordai allora che una volta in Inghilterra la condanna ai lavori forzati veniva applicata appendendo il condannato al disopra di una ruota azionata a forza d'acqua, obbligando così la vittima a muovere in un certo ritmo le gambe che altrimenti gli sarebbero state sfracellate. Quando si lavora si ha sempre il senso di una costrizione di quel genere. È vero che quando non si lavora la posizione è la stessa e credo giusto di asserire che io e l'Olivi fummo sempre ugualmente appesi; soltanto che io lo fui in modo da non dover movere le gambe. La nostra posizione dava bensì un risultato differente, ma ora so con certezza ch'esso non legittimava né un biasimo né una lode. Insomma dipende dal caso se si viene attaccati ad una ruota mobile o ad una immobile. Staccarsene è sempre difficile.

Per varii giorni, dopo chiuso il bilancio, continuai ad andare all'ufficio pur avendo deciso di non andarci affatto. Uscivo di casa incerto; incerto prendevo una direzione ch'era quasi sempre quella dell'ufficio e, come procedevo, tale direzione si precisava finché non mi trovavo seduto sulla solita sedia in faccia a Guido. Per fortuna a un dato momento fui pregato di non lasciare il mio posto ed io subito vi accondiscesi visto che nel frattempo m'ero accorto d'esservi inchiodato.

Per il quindici di Gennaio il mio bilancio era chiuso. Un vero disastro! Chiudevamo con la perdita di metà del capitale. Guido non avrebbe voluto farlo vedere al giovine Olivi temendone qualche indiscrezione, ma io insistetti nella speranza che costui, con la sua grande pratica, vi avesse trovato qualche errore tale da mutare tutta la posizione. Poteva esserci qualche importo spostato dal dare, ove apparteneva, all'avere, e con una rettifica si sarebbe arrivati ad una differenza importante. Sorridendo, l'Olivi promise a Guido la massima discrezione e lavorò poi con me per una giornata intera. Disgraziatamente non trovò alcun errore. Devo dire che io da quella revisione fatta in due, appresi molto e che oramai saprei affrontare e chiudere dei bilanci anche più importanti di quello.

– E che cosa farete ora? – domandò l'occhialuto giovinotto prima di andarsene. Io sapevo già quello ch'egli avrebbe suggerito. Mio padre, che spesso mi aveva parlato di commercio nella mia infanzia, me l'aveva già insegnato. Secondo le leggi vigenti, data la perdita di metà del capitale, noi si avrebbe dovuto liquidare la ditta e magari ristabilirla subito su nuove basi. Lasciai ch'egli mi ripetesse il consiglio. Aggiunse:

– Si tratta di una formalità. – Poi, sorridendo:

– Può costare caro il non attenervisi!

Alla sera anche Guido si mise a rivedere il bilancio cui non sapeva adattarsi ancora. Lo fece senz'alcun metodo, verificando questo o quell'importo a casaccio. Volli interrompere quel lavoro inutile e gli comunicai il consiglio dell'Olivi di liquidare subito, ma pro forma, la gestione.

Fino ad allora Guido aveva avuto la faccia contratta dallo sforzo di trovare in quei conti l'errore liberatore: un cipiglio complicato dalla contrazione di chi ha in bocca un sapore disgustoso. Alla mia comunicazione alzò la faccia che si spianò in uno sforzo d'attenzione. Non comprese subito, ma quando capì si mise subito a ridere di cuore. Io interpretai l'espressione della sua faccia così: aspra, acida finché si trovava di fronte a quelle cifre che non si potevano alterare; lieta e risoluta quando il doloroso problema fu spinto in disparte da una proposta che gli dava aggio di riavere il sentimento di padrone e arbitro.

Non comprendeva. Gli pareva il consiglio di un nemico. Gli spiegai che il consiglio dell'Olivi aveva il suo valore specialmente per il pericolo, che incombeva in modo evidente sulla ditta, di perdere degli altri denari e fallire. Un'eventuale bancarotta sarebbe stata colposa se dopo questo bilancio, oramai consegnato nei nostri libri, non si fossero prese le misure consigliate dall'Olivi. E aggiunsi:

– La pena comminata dalle nostre leggi per il fallimento colposo è il carcere!

La faccia di Guido si coperse di tanto rosso che temetti egli fosse minacciato da una congestione cerebrale. Urlò:

– In questo caso l'Olivi non ha bisogno di darmi dei consigli! Se mai ciò dovesse avverarsi saprei risolvere da solo!

La sua decisione m'impose ed ebbi il sentimento di trovarmi di fronte a persona perfettamente conscia della propria responsabilità. Abbassai il tono della mia voce. Mi buttai poi tutto dalla sua parte e, dimenticando di aver già presentato il consiglio dell'Olivi come degno di esser preso in considerazione, gli dissi:

– È quello che obiettai anch'io all'Olivi. La responsabilità è tua e noi non ci entriamo quando tu decidi qualche cosa circa il destino della ditta che appartiene a te ed a tuo padre.

Veramente io questo l'avevo detto a mia moglie e non all'Olivi, ma insomma era vero che a qualcuno l'avevo detto. Ora, dopo aver sentita la virile dichiarazione di Guido, sarei stato anche capace di dirlo all'Olivi, perché la decisione e il coraggio m'hanno sempre conquistato. Se amavo già tanto anche la sola disinvoltura che può risultare da quelle qualità, ma anche da altre inferiori di molto.

Poiché volevo riferire tutte le sue parole ad Augusta per tranquillarla, insistetti:

– Tu sai che di me, e probabilmente a ragione, si dice che io non abbia alcun talento per il commercio. Io posso eseguire quello che tu mi ordini, ma non posso mica assumermi una responsabilità per quello che fai tu.

Egli assentì vivamente. Si sentiva tanto bene nella parte che io gli attribuivo, da dimenticare il suo dolore per il cattivo bilancio. Dichiarò:

– Io sono il solo responsabile. Tutto porta il mio nome ed io non ammetterei neppure che altri accanto a me volesse addossarsi delle responsabilità.

Ciò andava benissimo per essere riferito ad Augusta, ma molto di più di quanto io avevo domandato. E bisognava vedere l'aspetto ch'egli assumeva facendo quella dichiarazione: invece di un mezzo fallito sembrava un apostolo! S'era adagiato comodamente sul suo bilancio passivo e da lì diventava il mio padrone e signore. Questa volta come tante altre nel corso della nostra vita in comune, il mio slancio d'affetto per lui fu soffocato dalle sue espressioni rivelanti la spropositata stima ch'egli faceva di sé stesso. Egli stonava. Sì: bisogna dire proprio così; quel grande musicista stonava!

Gli domandai bruscamente:

– Vuoi che domani faccia una copia del bilancio per tuo padre?

Per un momento ero stato in procinto di fargli una dichiarazione ben più rude dicendogli che subito dopo chiuso il bilancio io mi sarei astenuto dal frequentare il suo ufficio. Non lo feci non sapendo come avrei impiegate le tante ore libere che mi sarebbero rimaste. Ma la mia domanda sostituiva quasi perfettamente la dichiarazione che m'ero rimangiata. Intanto gli avevo ricordato ch'egli in quell'ufficio non era il solo padrone.

Si dimostrò sorpreso delle mie parole perché gli parevano non conformi a quanto fino ad allora, col mio evidente consenso, s'era parlato e, col tono di prima, mi disse:

– Ti dirò io come si dovrà fare quella copia.

Protestai gridando. In tutta la mia vita non gridai tanto come con Guido perché talvolta mi sembrava sordo. Gli dichiarai che esisteva in legge anche una responsabilità del contabile ed io non ero disposto di gabellare per copie esatte dei raggruppamenti cervellotici di cifre.

Egli impallidì e riconobbe che avevo ragione, ma soggiunse ch'egli era padrone d'ordinare che non si dessero affatto degli estratti dai suoi libri. In ciò riconobbi volentieri che aveva ragione e allora, rinfrancatosi, dichiarò che a suo padre avrebbe scritto lui. Parve anzi che volesse immediatamente mettersi a scrivere, ma poi cambiò d'idea e mi propose di andar a pigliare una boccata d'aria. Volli compiacerlo. Supponevo che non avesse ancora digerito bene il bilancio e volesse moversi per cacciarlo giù.

La passeggiata mi ricordò quella della notte dopo il mio fidanzamento. Mancava la luna perché in alto c'era molta nebbia, ma giù era la stessa cosa, perché si camminava sicuri traverso un'aria limpida. Anche Guido ricordò quella sera memoranda:

– È la prima volta che camminiamo di nuovo insieme di notte. Ricordi? Tu allora mi spiegasti che anche nella luna ci si baciava come quaggiù. Adesso invece nella luna continuano il bacio eterno; ne sono sicuro ad onta che questa sera non si veda. Quaggiù, invece...

Voleva ricominciare a dir male di Ada? Della povera malata? Lo interruppi, ma mitemente, quasi associandomi a lui (non l'avevo forse accompagnato per aiutarlo a dimenticare?):

– Già! Quaggiù non si può sempre baciare! Lassù poi non c'è che l'immagine del bacio. Il bacio è soprattutto movimento.

Tentavo di allontanarmi da tutte le sue quistioni, cioè bilancio e Ada, tant'è vero che a tempo seppi eliminare una frase ch'ero stato in procinto di dire che cioè lassù il bacio non generava dei gemelli. Ma lui, per liberarsi dal bilancio, non trovava di meglio che lagnarsi delle altre sue disgrazie. Come avevo presentito, disse male di Ada. Cominciò col rimpiangere che quel suo primo anno di matrimonio fosse stato per lui tanto disastroso. Non parlava dei due gemelli ch'erano tanto cari e belli, ma della malattia di Ada. Egli pensava che la malattia la rendesse irascibile, gelosa e nello stesso tempo poco affettuosa. Terminò coll'esclamare sconsolato:

– La vita è ingiusta e dura!

A me sembrava assolutamente che mi fosse vietato di dire una sola parola che implicasse un mio giudizio fra lui e Ada. Ma mi pareva di dover pur dire qualche cosa. Egli aveva finito col parlare della vita e le aveva appioppati due predicati che non peccavano di soverchia originalità. Io scopersi il meglio proprio perché m'ero messo a fare la critica di quello ch'egli aveva detto. Tante volte si dicono delle cose seguendo il suono delle parole come s'associarono casualmente. Poi, appena, si va a vedere se quello che si disse valeva il fiato che vi si è consumato e qualche volta si scopre che la casuale associazione partorì un'idea. Dissi:

– La vita non è né brutta né bella, ma è originale!

Quando ci pensai mi parve d'aver detta una cosa importante. Designata così, la vita mi parve tanto nuova che stetti a guardarla come se l'avessi veduta per la prima volta coi suoi corpi gassosi, fluidi e solidi. Se l'avessi raccontata a qualcuno che non vi fosse stato abituato e fosse perciò privo del nostro senso comune, sarebbe rimasto senza fiato dinanzi all'enorme costruzione priva di scopo. M'avrebbe domandato: «Ma come l'avete sopportata?» E, informatosi di ogni singolo dettaglio, da quei corpi celesti appesi lassù perché si vedano ma non si tocchino, fino al mistero che circonda la morte, avrebbe certamente esclamato: «Molto originale!»

– Originale la vita! – disse Guido ridendo. – Dove l'hai letto?

Non m'importò di assicurargli che non l'avevo letto in nessun posto perché altrimenti le mie parole avrebbero avuta meno importanza per lui. Ma, più che ci pensavo, più originale trovavo la vita. E non occorreva mica venire dal di fuori per vederla messa insieme in un modo tanto bizzarro. Bastava ricordare tutto quello che noi uomini dalla vita si è aspettato, per vederla tanto strana da arrivare alla conclusione che forse l'uomo vi è stato messo dentro per errore e che non vi appartiene.

Senza esserci accordati sulla direzione della nostra passeggiata, avevamo finito come l'altra volta sull'erta di via Belvedere. Trovato il muricciuolo su cui s'era steso quella notte, Guido vi salì e vi si coricò proprio come l'altra volta. Egli canticchiava, forse sempre oppresso dai suoi pensieri, e meditava certamente sulle inesorabili cifre della sua contabilità. Io invece ricordai che in quel luogo l'avevo voluto uccidere, e confrontando i miei sentimenti di allora con quelli di adesso, ammiravo una volta di più l'incomparabile originalità della vita. Ma improvvisamente ricordai che poco prima e per una bizza di persona ambiziosa, avevo imperversato contro il povero Guido e ciò in una delle peggiori giornate della sua vita. Mi dedicai ad un'indagine: assistevo senza grande dolore alla tortura che veniva inflitta a Guido dal bilancio messo insieme da me con tanta cura e me ne venne un dubbio curioso e subito dopo un curiosissimo ricordo. Il dubbio: ero io buono o cattivo? Il ricordo, provocato improvvisamente dal dubbio che non era nuovo: mi vedevo bambino e vestito (ne sono certo) tuttavia in gonne corte, quando alzavo la mia faccia per domandare a mia madre sorridente: «Sono buono o cattivo, io?». Allora il dubbio doveva essere stato ispirato al bimbo dai tanti che l'avevano detto buono e dai tanti altri che, scherzando, l'avevano qualificato cattivo. Non era affatto da meravigliarsi che il bimbo fosse stato imbarazzato da quel dilemma. Oh incomparabile originalità della vita! Era meraviglioso che il dubbio ch'essa aveva già inflitto al bimbo in forma tanto puerile, non fosse stato sciolto dall'adulto quando aveva già varcata la metà della sua vita.

Nella notte fosca, proprio su quel posto ove io una volta avevo già voluto uccidere, quel dubbio mi angosciò, profondamente. Certamente il bimbo quando aveva sentito vagare quel dubbio nella testa da poco libera dalla cuffia, non ne aveva sofferto tanto perché ai bambini si racconta che della cattiveria si guarisce. Per liberarmi da tanta angoscia volli credere di nuovo così, e vi riuscii. Se non vi fossi riuscito avrei dovuto piangere per me, per Guido e per la tristissima nostra vita. Il proposito rinnovò l'illusione! Il proposito di mettermi accanto a Guido e di collaborare con lui allo sviluppo del suo commercio da cui dipendeva la sua e la vita dei suoi e ciò senz'alcun utile per me. Intravvidi la possibilità di correre, brigare e studiare per lui e ammisi la possibilità di divenire, per aiutarlo, un grande, un intraprendente, un geniale negoziante. Proprio così pensai in quella fosca sera di questa vita originalissima!

Guido intanto cessò di pensare al bilancio. Abbandonò il suo posto e parve rasserenato. Come se avesse tratta una conclusione da un ragionamento di cui io non sapevo niente, mi disse che al padre non avrebbe detto nulla perché altrimenti il povero vecchio avrebbe intrapreso quell'enorme viaggio dal suo sole estivo alla nostra nebbia invernale. Mi disse poi che la perdita a prima vista sembrava ingente, ma che non lo era poi tanto se non doveva sopportarla tutta da solo. Avrebbe pregata Ada di addossarsene la metà e in compenso le avrebbe concesso una parte degli utili dell'anno seguente. L'altra metà della perdita l'avrebbe sopportata lui.

Io non dissi nulla. Pensai anche che mi fosse proibito di dare dei consigli, perché altrimenti avrei finito col fare quello che assolutamente non volevo, erigendomi a giudice fra i due coniugi. Del resto in quel momento ero tanto pieno di buoni propositi che mi pareva che Ada avrebbe fatto un buon affare partecipando ad un'impresa diretta da noi.

Accompagnai Guido fino alla porta di casa sua e gli strinsi lungamente la mano per rinnovare silenziosamente il proposito di volergli bene. Poi mi studiai di dirgli qualche cosa di gentile e finii col trovare questa frase:

– Che i tuoi gemelli abbiano una buona notte e ti lascino dormire perché certamente hai bisogno di riposo.

Andando via mi morsi le labbra al rimpianto di non aver trovato di meglio. Ma se sapevo che i gemelli oramai che avevano ciascuno la loro balia dormivano a mezzo chilometro da lui e non avrebbero potuto turbargli il sonno! Ad ogni modo egli aveva capita l'intenzione dell'augurio perché l'aveva accettato riconoscente.

Giunto a casa, trovai che Augusta s'era ritirata nella stanza da letto coi bambini. Alfio era attaccato al suo petto mentre Antonia dormiva nel suo lettino volgendoci la nuca ricciuta. Dovetti spiegare la ragione del mio ritardo e perciò le raccontai anche il mezzo escogitato da Guido per liberarsi delle sue passività. Ad Augusta la proposta di Guido parve indegna:

– Al posto di Ada io rifiuterei, – esclamò con violenza per quanto a bassa voce per non spaventare il piccino.

Diretto dai miei propositi di bontà, discussi:

– Perciò, se io capitassi nelle stesse difficoltà di Guido tu non m'aiuteresti?

Essa rise:

– La cosa è ben differente! Fra noi due si vedrebbe quello che sarebbe più vantaggioso per loro! – e accennò al bambino che teneva in braccio e ad Antonia. Poi, dopo un momento di riflessione, continuò: – E se noi ora consigliassimo ad Ada di concedere il suo denaro per continuare quell'affare di cui tu fra breve non farai più parte, non saremmo poi impegnati ad indennizzarla se dovesse poi perderlo?

Era un'idea da ignorante, ma nel mio nuovo altruismo esclamai:

– E perché no?

– Ma non vedi che ne abbiamo due dei bambini cui dobbiamo pensare?

Se li vedevo! La domanda era una figura rettorica veramente vuota di senso.

– E non ne hanno anche loro due dei bambini? – domandai vittoriosamente.

Essa si mise a ridere clamorosamente facendo spaventare Alfio che lasciò di poppare per piangere subito. Essa s'occupò di lui, ma sempre ridendo, ed io accettai il suo riso come se me lo fossi conquistato col mio spirito mentre, in verità, nel momento in cui avevo fatta quella domanda, m'ero sentito movere nel petto un grande amore per i genitori di tutti i bambini e per i bambini di tutti i genitori. Avendone poi riso, di quell'affetto non restò più niente.

Ma anche il cruccio di non sapermi essenzialmente buono si mitigò. Mi pareva di aver sciolto il problema angoscioso. Non si era né buoni né cattivi come non si era tante altre cose ancora. La bontà era la luce che a sprazzi e ad istanti illuminava l'oscuro animo umano. Occorreva la fiaccola bruciante per dare la luce (nell'animo mio c'era stata e prima o poi sarebbe sicuramente anche ritornata) e l'essere pensante a quella luce poteva scegliere la direzione per moversi poi nell'oscurità. Si poteva perciò manifestarsi buoni, tanto buoni, sempre buoni, e questo era l'importante. Quando la luce sarebbe ritornata non avrebbe sorpreso e non avrebbe abbacinato. Ci avrei soffiato su per spegnerla prima, visto ch'io non ne avevo bisogno. Perché io avrei saputo conservare il proposito, cioè la direzione.

Il proposito di bontà è placido e pratico ed io ora ero calmo e freddo. Curioso! L'eccesso di bontà m'aveva fatto eccedere nella stima di me stesso e del mio potere. Che cosa potevo io fare per Guido? Era vero ch'io nel suo ufficio sovrastavo di tanto agli altri quanto nel mio ufficio l'Olivi padre stava al disopra di me. Ma ciò non provava molto. E per essere ben pratico: che cosa avrei io consigliato a Guido il giorno appresso? Forse una mia ispirazione? Ma se neppure al tavolo di giuoco si seguivano le ispirazioni quando si giuocava coi denari altrui! Per far vivere una casa commerciale bisogna crearle un lavoro di ogni giorno e questo si può raggiungere lavorando ogni ora attorno ad una organizzazione. Non ero io che potevo fare una cosa simile, né mi pareva giusto di sottopormi a forza di bontà alla condanna della noia a vita.

Sentivo tuttavia l'impressione fattami dal mio slancio di bontà come un impegno che avessi preso con Guido, e non potevo addormentarmi. Sospirai più volte profondamente e una volta persino gemetti, certamente nel momento in cui mi pareva di essere obbligato di legarmi all'ufficio di Guido come l'Olivi era legato al mio.

Nel dormiveglia Augusta mormorò:

– Che hai? Hai trovato di nuovo da dire con l'Olivi?

Ecco l'idea che cercavo! Io avrei consigliato Guido di prendere con sé quale direttore il giovine Olivi! Quel giovinotto tanto serio e tanto laborioso e ch'io vedevo tanto malvolentieri nei miei affari perché pareva s'apprestasse di succedere a suo padre nella loro direzione per tenermene definitivamente fuori, apparteneva evidentemente e a vantaggio di tutti, nell'ufficio di Guido. Facendogli una posizione in casa sua, Guido si sarebbe salvato e il giovine Olivi sarebbe stato più utile in quell'ufficio che non nel mio.

L'idea mi esaltò e destai Augusta per comunicargliela. Anch'essa ne fu tanto entusiasmata da destarsi del tutto. Le pareva che così io avrei più facilmente potuto levarmi dagli affari compromettenti di Guido. Mi addormentai con la coscienza tranquilla: avevo trovato il modo di salvare Guido senza condannare me; anzi tutt'altro.

Non c'è niente di più disgustoso che di vedersi respinto un consiglio ch'è stato sinceramente studiato con uno sforzo che costò persino delle ore di sonno. Da me c'era poi stato un altro sforzo: quello di spogliarmi dell'illusione di poter giovare io stesso agli affari di Guido. Uno sforzo immane. Ero dapprima arrivato ad una vera bontà, poi ad un'assoluta oggettività e mi si mandava a quel paese!

Guido rifiutò il mio consiglio addirittura con disdegno. Non credeva capace il giovine Olivi eppoi gli spiaceva il suo aspetto di giovine vecchio e più ancora gli spiacevano quei suoi occhiali tanto lucenti sulla sua scialba faccia. Gli argomenti erano veramente atti a farmi credere che di fondato non ce ne fosse che uno: il desiderio di farmi dispetto. Finì col dirmi che avrebbe accettato come capo del suo ufficio non il giovine ma il vecchio Olivi. Ma io non credevo di potergli procurare la collaborazione di questi, eppoi io non mi credevo pronto per assumere da un momento all'altro la direzione dei miei affari. Ebbi il torto di discutere e gli dissi che il vecchio Olivi valeva poco. Gli raccontai quanto denaro mi avesse costato la sua caparbietà di non aver voluto comperare a tempo quella tale frutta secca.

– Ebbene! – esclamò Guido. – Se il vecchio non vale più di così, che valore potrà avere il giovine che non è altro che un suo scolaro?

Ecco finalmente un buon argomento, e tanto più dispiacevole per me in quanto lo avevo fornito io con la mia chiacchiera imprudente.

Pochi giorni appresso, Augusta mi raccontò che Guido aveva proposto ad Ada di sopportare col suo denaro metà della perdita del bilancio. Ada vi si rifiutava dicendo ad Augusta:

– Mi tradisce e vuole anche il mio denaro!

Augusta non aveva avuto il coraggio di consigliarle di darglielo, ma assicurava che aveva fatto del suo meglio per far ricredere Ada dal suo giudizio sulla fedeltà del marito. Costei aveva risposto in modo da far ritenere ch'essa a quel proposito la sapesse più lunga di quanto noi si credesse. E Augusta con me ragionava così: – Per il marito bisogna saper portare qualunque sacrificio, ma valeva tale assioma anche per Guido?

Nei giorni seguenti il contegno di Guido si fece veramente straordinario. Veniva in ufficio di tempo in tempo e non vi restava mai per più di mezz'ora. Correva via come chi ha dimenticato il fazzoletto a casa. Seppi poi che andava a portare nuovi argomenti ad Ada che gli parevano decisivi per indurla a fare il voler suo. Aveva veramente l'aspetto di persona che ha pianto troppo o troppo gridato o che s'è addirittura battuto, e neppure in nostra presenza arrivava a domare l'emozione che gli contraeva la gola e gli faceva venire le lacrime agli occhi. Gli domandai che cosa avesse. Mi rispose con un sorriso triste, ma amichevole per dimostrarmi che non l'aveva con me. Poi si raccolse onde poter parlarmi senz'agitarsi di troppo. Infine disse poche parole: Ada lo faceva soffrire con la sua gelosia.

Egli dunque mi raccontava che discutevano le loro storie intime mentre io pur sapevo che c'era anche quella storia del «conto utili e danni» fra di loro.

Ma pareva che questo non avesse importanza. Me lo diceva lui e lo diceva anche Ada ad Augusta non parlandole d'altro che della sua gelosia. Anche la violenza di quelle discussioni, che lasciava traccie tanto profonde sulla faccia di Guido, faceva credere dicessero il vero.

Invece poi risultò che fra' due coniugi non si parlò che della questione del denaro. Ada per superbia e per quanto si facesse dirigere dai suoi dolori passionali, non li aveva mai menzionati, e Guido, forse per la coscienza della sua colpa e per quanto sentisse che in Ada imperversasse l'ira della donna, continuò a discutere gli affari come se il resto non esistesse. Egli s'affannò sempre più a correre dietro a quei denari, mentre lei, che non era affatto toccata da quistioni d'affari, protestava contro la proposta di Guido con un solo argomento: i denari dovevano restare ai bambini. E quand'egli trovava altri argomenti, la sua pace, il vantaggio che sarebbe derivato ai bambini stessi dal suo lavoro, la sicurezza di trovarsi in regola con le prescrizioni di legge, essa lo saldava con un duro «No». Ciò esasperava Guido e – come dai bambini – anche il suo desiderio. Ma ambedue – quando ne parlavano ad altri – credevano di essere esatti asserendo di soffrire per amori e gelosie.

Fu una specie di malinteso che m'impedì d'intervenire a tempo per far cessare l'incresciosa quistione del denaro. Io potevo provare a Guido ch'essa effettivamente mancava d'importanza. Quale contabile sono un po' tardo e non capisco le cose che quando le ho distribuite nei libri, nero sul bianco, ma mi pare che presto io abbia capito che il versamento che Guido esigeva da Ada non avrebbe mutate di molto le cose. A che serviva infatti di farsi fare un versamento di denari? La perdita così non appariva mica minore, a meno che Ada non avesse accettato di far getto del denaro in quella contabilità ciò che Guido non domandava. La legge non si sarebbe mica lasciata ingannare al trovare che, dopo di aver perduto tanto, si voleva rischiare un po' di più attirando nell'azienda dei nuovi capitalisti.

Una mattina Guido non si fece veder in ufficio ciò che ci sorprese perché sapevamo che la sera prima non era partito per la caccia. A colazione appresi da Augusta commossa e agitata che Guido la sera prima aveva attentato alla propria vita. Oramai era fuori di pericolo. Devo confessare che la notizia, che ad Augusta sembrava tragica, a me fece rabbia.

Egli era ricorso a quel mezzo drastico per spezzare la resistenza della moglie! Appresi anche subito che l'aveva fatto con tutte le prudenze, perché prima di prendere la morfina se ne era fatta vedere la boccetta stappata in mano. Così al primo torpore in cui cadde, Ada chiamò il medico ed egli fu subito fuori di pericolo. Ada aveva passata una notte orrenda perché il dottore credette di dover fare delle riserve sull'esito dell'avvelenamento, eppoi la sua agitazione fu prolungata da Guido che, quando rinvenne, forse non ancora in piena coscienza, la colmò di rimproveri dicendola la sua nemica, la sua persecutrice, colei che gl'impediva il sano lavoro cui egli voleva accingersi.

Ada gli accordò subito il prestito ch'egli domandava, ma poi, finalmente, nell'intenzione di difendersi, parlò chiaro e gli fece tutti i rimproveri ch'essa tanto tempo aveva trattenuti. Così arrivarono a intendersi perché a lui riuscì – così Augusta credeva – di dissipare in Ada ogni sospetto sulla sua fedeltà. Fu energico e quando lei gli parlò di Carmen, egli gridò:

– Ne sei gelosa? Ebbene, se lo vuoi la mando via oggi stesso.

Ada non aveva risposto e credette così di avere accettata quella proposta e ch'egli vi si fosse impegnato.

Mi meravigliai che Guido avesse saputo comportarsi così nel dormiveglia e giunsi fino a credere ch'egli non avesse ingoiata neppure la piccola dose di morfina ch'egli diceva. A me pareva che uno degli effetti degli annebbiamenti del cervello per sonno, fosse di sciogliere l'animo più indurito, inducendolo alle più ingenue confessioni. Non ero io recente di una tale avventura? Ciò aumentò il mio sdegno e il mio disprezzo per Guido.

Augusta piangeva raccontando in quale stato avesse trovata Ada. No! Ada non era più bella con quegli occhi che sembravano spalancati dal terrore.

Fra me e mia moglie ci fu una lunga discussione se io avessi dovuto far subito una visita a Guido e Ada oppure se non fosse stato meglio di fingere di non saper di nulla e aspettare di rivederlo in ufficio. A me quella visita sembrava una seccatura insopportabile. Vedendolo, come avrei fatto di non dirgli l'animo mio? Dicevo:

– È un'azione indegna per un uomo! Io non ho alcuna voglia di ammazzarmi, ma non v'è dubbio che se decidessi di farlo vi riuscirei subito!

Sentivo proprio così e volevo dirlo ad Augusta. Ma mi sembrava di far troppo onore a Guido paragonandolo a me:

– Non occorre mica essere un chimico per saper distruggere questo nostro organismo ch'è anche troppo sensibile. Non c'è quasi ogni settimana, nella nostra città, la sartina che ingoia la soluzione di fosforo preparata in segreto nella sua povera stanzetta, e da quel veleno rudimentale, ad onta di ogni intervento, viene portata alla morte con la faccina ancora contratta dal dolore fisico e da quello morale che subì la sua animuccia innocente?

Augusta non ammetteva che l'anima della sartina suicida fosse tanto innocente, ma, fatta una lieve protesta, ritornò al suo tentativo d'indurmi a quella visita. Mi raccontò che non dovevo temere di trovarmi in imbarazzo. Essa aveva parlato anche con Guido il quale aveva trattato con lei con tanta serenità come se egli avesse commessa l'azione più comune.

Uscii di casa senza dare la soddisfazione ad Augusta di mostrarmi convinto delle sue ragioni. Dopo lieve esitazione mi avviai senz'altro a compiacere mia moglie. Per quanto breve fosse il percorso, il ritmo del mio passo m'addusse ad una mitigazione del mio giudizio sul conto di Guido. Ricordai la direzione segnatami dalla luce che pochi giorni prima aveva illuminato il mio animo. Guido era un fanciullo, un fanciullo cui avevo promessa la mia indulgenza. Se non gli riusciva di ammazzarsi prima, anche lui prima o poi sarebbe arrivato alla maturità.

La fantesca mi fece entrare in uno stanzino che doveva essere lo studio di Ada. La giornata era fosca e il piccolo ambiente, con la sola finestra coperta da una fitta tenda, era buio. Sulla parete v'erano i ritratti dei genitori di Ada e di Guido. Vi restai poco perché la fantesca ritornò a chiamarmi e mi condusse da Guido e Ada nella loro stanza da letto. Questa era vasta e luminosa anche quel giorno, per le sue due ampie finestre e per la tappezzeria e i mobili chiari. Guido giaceva nel suo letto con la testa fasciata e Ada era seduta accanto a lui.

Guido mi ricevette senz'alcun imbarazzo, anzi con la più viva riconoscenza. Sembrava assonnato, ma per salutarmi eppoi darmi le sue disposizioni, seppe scotersi e apparire desto del tutto. Indi s'abbandonò sul guanciale e chiuse gli occhi. Ricordava che doveva simulare il grande effetto della morfina? Ad ogni modo faceva pietà e non ira ed io mi sentii molto buono.

Non guardai subito Ada: avevo paura della fisonomia di Basedow. Quando la guardai, ebbi una gradevole sorpresa perché mi aspettavo di peggio. I suoi occhi erano veramente ingranditi a dismisura, ma le gonfiezze che sulla sua faccia avevano sostituito le guancie, erano sparite e a me essa parve più bella. Vestiva un'ampia veste rossa, chiusa fino al mento, nella quale il suo povero corpicciuolo si perdeva. C'era in lei qualcosa di molto casto e, per quegli occhi, qualche cosa di molto severo. Non seppi chiarire del tutto i miei sentimenti, ma davvero pensai mi stesse accanto una donna che assomigliava a quell'Ada che io avevo amata.

A un certo momento Guido spalancò gli occhi, trasse di sotto al guanciale un assegno su cui subito vidi la firma di Ada, me lo consegnò, mi pregò di farlo incassare e di accreditarne l'importo in un conto che dovevo aprire al nome di Ada.

– Al nome di Ada Malfenti o Ada Speier? – domandò scherzosamente ad Ada.

Essa si strinse nelle spalle e disse:

– Lo saprete voi due come sia meglio.

– Ti dirò poi come devi fare le altre registrazioni, – aggiunse Guido con una brevità che mi offese.

Ero sul punto di interrompergli la sonnolenza cui s'era subito abbandonato, dichiarandogli che se voleva delle registrazioni se le facesse da sé.

Intanto fu portata una grande tazza di caffè nero che Ada gli porse. Egli trasse le braccia di sotto le coperte e con ambe le mani si portò la tazza alla bocca. Ora, col naso nella tazza, pareva proprio un bambino.

Quando mi congedai, egli m'assicurò che il giorno seguente sarebbe venuto in ufficio.

Io avevo già salutata Ada e perciò fui non poco sorpreso quand'essa mi raggiunse alla porta d'uscita. Ansava:

– Te ne prego, Zeno! Vieni qui per un istante. Ho bisogno di dirti una cosa.

La seguii nel salottino ove ero stato poco prima e da cui adesso si sentiva il pianto di uno dei gemelli.

Restammo in piedi guardandoci in faccia. Essa ansava ancora e per questo, solo per questo, io per un momento pensai che m'avesse fatto entrare in quella stanzuccia buia per domandarmi l'amore che le avevo offerto.

Nell'oscurità i suoi grandi occhi erano terribili. Pieno d'angoscia mi domandavo quello che avrei dovuto fare. Non sarebbe stato mio dovere di prenderla fra le mie braccia e risparmiarle così di dover domandarmi qualche cosa? In un istante quale avvicendarsi di propositi! È una delle grandi difficoltà della vita d'indovinare ciò che una donna vuole. Ascoltarne le parole non serve, perché tutto un discorso può essere annullato da uno sguardo e neppure questo sa dirigerci quando ci si trova con lei, per suo volere, in una comoda buia stanzuccia.

Non sapendo indovinare lei, io tentavo d'intendere me stesso. Quale era il mio desiderio? Volevo baciare quegli occhi e quel corpo scheletrico? Non sapevo dare una risposta decisa perché poco prima l'avevo vista nella severa castità di quella soffice vestaglia, desiderabile come la fanciulla ch'io avevo amata.

Alla sua ansia s'era intanto associato anche il pianto e così s'allungò il tempo in cui io non sapevo quello ch'ella volesse e che io desiderassi. Finalmente, con voce spezzata, essa mi disse ancora una volta il suo amore per Guido, così ch'io non ebbi più con lei né doveri né diritti. Balbettò:

– Augusta m'ha detto che tu vorresti lasciare Guido e non occuparti più dei fatti suoi. Devo pregarti di continuare ad assisterlo. Io non credo ch'egli sia in grado di fare da sé.

Mi domandava di continuare a fare quello che già facevo. Era poco, ben poco ed io tentai di concedere di più:

– Giacché lo vuoi, continuerò ad assistere Guido; farò anzi del mio meglio per assisterlo più efficacemente di quanto non abbia fatto finora.

Ecco di nuovo l'esagerazione! Me ne avvidi nello stesso momento in cui v'incappavo, ma non seppi rinunziarvi. Io volevo dire ad Ada (o forse mentirle) che ella mi premeva. Essa non voleva il mio amore, ma il mio appoggio ed io le parlavo in modo che potesse credere ch'io ero pronto a concederle ambedue.

Ada m'afferrò subito la mano. Ebbi un brivido. Offre molto una donna porgendo la mano! Ho sempre sentito questo. Quando mi fu concessa una mano mi parve di afferrare tutta una donna. Sentii la sua statura e nell'evidente confronto fra la mia e la sua, mi parve di fare atto somigliante all'abbraccio. Certo fu un contatto intimo.

Ella soggiunse:

– Io devo ritornare subito a Bologna in casa di salute e mi sarà di grande tranquillità di saperti con lui.

– Resterò con lui! – risposi con aspetto rassegnato. Ada dovette credere che quel mio aspetto di rassegnazione significasse il sacrificio ch'io consentivo di farle. Invece io stavo rassegnandomi a ritornare ad una vita molto ma molto comune, visto ch'essa non ci pensava di seguirmi in quella d'eccezione ch'io avevo sognata.

Feci uno sforzo per discendere del tutto a terra, e scopersi immediatamente nella mia mente un problema di contabilità non semplice. Dovevo accreditare dell'importo dell'assegno che tenevo in tasca il conto di Ada. Questo era chiaro e invece non chiaro affatto come tale registrazione avrebbe potuto toccare il conto Utili e Danni. Non ne dissi nulla per il dubbio che forse

Ada non sapesse che c'era a questo mondo un libro mastro contenente dei conti di sì varia natura.

Ma non volli uscire da quella stanza senz'aver detto altro. Fu così che invece di parlare di contabilità, dissi una frase che in quel momento gettai lì negligentemente solo per dire qualche cosa, ma che poi sentii di grande importanza per me per Ada e per Guido, ma prima di tutto per me stesso che compromisi una volta di più. Tanto importante fu quella frase che per lunghi anni ricordai come, con movimento trascurato, avessi mosse le labbra per dirla in quello stanzino buio in presenza dei quattro ritratti dei genitori di Ada e Guido sposatisi anch'essi fra di loro sulla parete. Dissi:

– Hai finito con lo sposare un uomo ancora più bizzarro di me, Ada!

Come la parola sa varcare il tempo! Essa stessa avvenimento che si riallaccia agli avvenimenti! Diveniva avvenimento, tragico avvenimento, perché diretta ad Ada. Nel mio pensiero non avrei mai saputo evocare con tanta vivacità l'ora in cui Ada aveva scelto fra me e Guido su quella via soleggiata ove, dopo giorni di attesa, avevo saputo incontrarla per camminarle accanto e affaticarmi di conquistare il suo riso che sciocamente accoglievo come una promessa! E ricordai anche che allora io ero già reso inferiore per l'imbarazzo dei muscoli delle mie gambe mentre Guido si moveva ancora più disinvolto di Ada stessa e non era segnato da alcuna inferiorità se come tale non si avesse dovuto considerare quello strano bastone ch'egli si adattava di portare.

Essa disse a bassa voce:

– È vero!

Poi, sorridendo affettuosamente:

– Ma sono lieta per Augusta che tu sia stato tanto migliore di quanto ti credevo. – Poi, con un sospiro: – Tanto, che mi attenua un poco il dolore che Guido non sia quello che io m'aspettavo.

Io tacevo sempre, ancora dubbioso. Mi pareva che m'avesse detto che io fossi divenuto quello ch'essa si era aspettata dovesse divenire Guido. Era dunque amore? Ed essa disse ancora:

– Sei il migliore uomo della nostra famiglia, la nostra fiducia, la nostra speranza. – Mi riafferrò la mano e io la serrai forse troppo. Essa me la sottrasse però tanto presto, che fu dissipato ogni dubbio. E in quella buia stanzuccia io seppi di nuovo come dovevo comportarmi. Forse per attenuare il suo atto mi mandò un'altra carezza: – È perché ti so così che mi dolgo tanto di averti fatto soffrire. Hai veramente sofferto tanto?

Io ficcai subito l'occhio nell'oscurità del mio passato per ritrovare quel dolore e mormorai:

– Sì!

A poco a poco ricordai il violino di Guido eppoi come m'avrebbero gettato fuori di quel salotto se non mi fossi aggrappato ad Augusta, e poi ancora il salotto in casa Malfenti, ove intorno al tavolino Luigi XIV si faceva all'amore mentre dall'altro tavolino si guardava. Improvvisamente ricordai anche Carla perché anche con lei c'era stata Ada. Allora sentii viva la voce di Carla che mi diceva ch'io appartenevo a mia moglie, cioè ad Ada. Ripetei, mentre le lacrime mi salivano agli occhi:

– Molto! Sì! Molto!

Ada singhiozzava addirittura: – Mi dispiace tanto, tanto!

Si fece forza e disse:

– Ma adesso tu ami Augusta!

Un singhiozzo l'interruppe per un istante ed io trasalii non sapendo se essa si fosse fermata per sentire se io avrei affermato o negato quell'amore. Per mia fortuna non mi diede il tempo di parlare perché continuò:

– Adesso c'è fra noi due e dev'esserci un vero affetto fraterno. Io ho bisogno di te. Per quel ragazzo di là, io ormai dovrò essere una madre, dovrò proteggerlo. Vuoi aiutarmi nel mio difficile compito?

Nella sua grande emozione ella quasi s'appoggiava a me, come nel sogno. Ma io m'attenni alle sue parole. Mi domandava un affetto fraterno; l'impegno di amore che pensavo mi legasse a lei si trasformava così in un altro suo diritto, epperò le promisi subito di aiutare Guido, di aiutare lei, di fare quello che avrebbe voluto. Se fossi stato più sereno avrei dovuto parlare della mia insufficienza al compito ch'essa m'assegnava, ma avrei distrutta tutta l'indimenticabile emozione di quel momento. Del resto ero tanto commosso che non potevo sentire la mia insufficenza. In quel momento pensavo che non esistessero affatto per nessuno delle insufficienze. Anche quella di Guido poteva essere soffiata via con alcune parole che gli dessero il necessario entusiasmo.

Ada m'accompagnò sul pianerottolo e restò lì, appoggiata alla ringhiera, a vedermi scendere. Così aveva fatto sempre Carla, ma era strano lo facesse Ada che amava Guido, ed io gliene fui tanto grato che, prima di passare alla seconda branca della scala, alzai anche una volta il capo per vederla e salutarla. Così si faceva in amore ma, si vedeva, anche quando si trattava di amore fraterno.

Così me ne andai via lieto. Essa m'aveva accompagnato fino su quel pianerottolo, e non oltre. Non v'erano più dubbi. Restavamo così: io l'avevo amata ed ora amavo Augusta, ma il mio antico amore le dava il diritto alla mia devozione. Essa poi continuava ad amare quel fanciullo, ma riservava a me un grande affetto fraterno e non solo perché avevo sposata sua sorella, ma per indennizzarmi dei dolori che m'aveva procurati e che costituivano un legame segreto fra di noi. Tutto ciò era ben dolce, di un sapore raro in questa vita. Tanta dolcezza non avrebbe potuto darmi una vera salute? Infatti io camminai quel giorno senza imbarazzo e senza dolori, mi sentii magnanimo e forte e nel cuore un sentimento di sicurezza che m'era nuovo. Dimenticai di aver tradito mia moglie ed anche nel modo più sconcio oppure mi proposi di non farlo più ciò che si equivale, e mi sentii veramente quale Ada mi vedeva, l'uomo migliore della famiglia.

Allorché tanto eroismo s'affievolì, io avrei voluto ravvivarlo, ma intanto Ada era partita per Bologna ed ogni mio sforzo per trarre un nuovo stimolo da quanto essa m'aveva già detto restava vano. Sì! Avrei fatto quel poco che potevo per Guido, ma un proposito simile non aumentava né l'aria nei miei polmoni né il sangue nelle mie vene. Per Ada mi rimase nel cuore una grande nuova dolcezza rinnovata ogni qualvolta essa nelle sue lettere ad Augusta mi ricordava con qualche parola affettuosa. Le ricambiavo di cuore il suo affetto e accompagnavo la sua cura coi voti migliori. Magari le fosse riuscito di riconquistare tutta la sua salute e tutta la sua bellezza!

Il giorno seguente, Guido venne in ufficio e si mise subito a studiare le registrazioni ch'egli voleva fare. Propose:

– Storniamo ora il Conto Utili e Danni a metà con quello di Ada.

Era proprio questo ch'egli voleva e che non serviva a nulla. Se io fossi stato l'esecutore indifferente della sua volontà come lo ero stato fino a pochi giorni prima, con tutta semplicità avrei eseguite quelle registrazioni e non ci avrei pensato più. Invece sentii il dovere di dirgli tutto; mi pareva di stimolarlo al lavoro facendogli sapere che non era tanto facile di cancellare la perdita in cui si era incorsi.

Gli spiegai che a quanto ne sapevo io, Ada aveva dato quel denaro perché fosse posto a suo credito nel suo conto e ciò non avveniva più se noi lo saldavamo ficcandoci dentro, dall'altra parte, metà della perdita del bilancio. Poi, che la parte della perdita ch'egli voleva trasportare nel conto proprio, vi apparteneva e vi avrebbe anzi appartenuta tutta, ma ciò non era il suo annullamento e invece la constatazione della stessa. Ci avevo pensato tanto che m'era facile di spiegargli tutto, e conclusi:

– Ammettendo che si capitasse – così non voglia Iddio! – nelle circostanze previste dall'Olivi, la perdita sarebbe tuttavia risultata evidente dai nostri libri, non appena fossero stati visti da un perito pratico.

Egli mi guardava attonito. Sapeva abbastanza di contabilità per intendermi e invece non ci arrivava perché il desiderio gl'impediva di adattarsi all'evidenza. Poi aggiunsi, per fargli veder chiaramente tutto:
– Vedi che non c'era nessuno scopo che Ada facesse tale versamento?
Quando finalmente comprese, impallidì fortemente e si mise a rosicchiarsi nervosamente le unghie. Restò trasognato, ma volle vincersi e con quel suo comico fare di comandante, dispose che tuttavia quelle registrazioni fossero fatte, aggiungendo:
– Per esonerarti di ogni responsabilità sono disposto di scrivere io nei libri e magari di firmare!
Compresi! Voleva continuare a sognare in luogo ove non c'è posto a sogni: la partita doppia!
Ricordai quanto avevo promesso a me stesso là sull'erta di via Belvedere, eppoi ad Ada, nel salottino buio di casa sua e parlai generosamente:
– Farò subito le registrazioni che desideri: non sento il bisogno di essere difeso dalla tua firma. Sono qui per aiutarti, non per ostacolarti!
Egli mi strinse affettuosamente la mano:
– La vita è difficile – disse – ed è un grande conforto per me di avere accanto un amico quale sei tu.
Ci guardammo commossi negli occhi. I suoi lucevano. Per sottrarmi alla commozione che minacciava anche me, dissi ridendo:
– La vita non è difficile, ma molto originale.
Ed anche lui rise di cuore.
Poi egli mi restò accanto per vedere come avrei saldato quel Conto Utili e Danni. Fu fatto in pochi minuti. Quel conto morì, ma trascinò nel nulla anche il conto di Ada a cui però notammo il credito in un libercolo, per il caso in cui ogni altra testimonianza in seguito a qualche cataclisma fosse sparita e per avere l'evidenza che dovevamo pagarle gl'interessi. L'altra metà del

Conto Utili e Danni andò ad aumentare il Dare già considerevole del conto di Guido.

Per loro natura i contabili sono un genere di animali molto disposti all'ironia. Facendo quelle registrazioni io pensavo: «Un conto – quello intitolato agli utili e danni – era morto ammazzato, l'altro – quello di Ada – era morto di morte naturale perché non ci riusciva di tenerlo in vita e invece non sapevamo ammazzare quello di Guido, ch'essendo di un debitore dubbioso, tenuto così, era una vera tomba aperta nella nostra azienda».

Di contabilità si continuò a parlare per lungo tempo, in quell'ufficio. Guido s'arrabattava per trovare un altro modo che avesse potuto proteggerlo meglio da eventuali insidie (così egli le chiamava) della legge. Io credo che egli abbia anche consultato qualche contabile perché un giorno venne in ufficio a propormi di distruggere i libri vecchi dopo averne fatti di nuovi sui quali avremmo registrata una vendita falsa ad un nome qualunque che avrebbe poi figurato di averla pagata con l'importo prestato da Ada. Era doloroso dover disilluderlo perché era corso all'ufficio animato da una tanta speranza! Proponeva una falsificazione che proprio mi ripugnava. Finora non avevamo fatto altro che spostare delle realtà minacciando di danneggiare chi implicitamente vi aveva dato il suo consenso. Ora, invece, egli voleva inventare dei movimenti di merci. Vedevo anch'io che così e solo così, si poteva cancellare ogni traccia della perdita subita ma a quale prezzo! Bisognava anche inventare il nome del compratore o prendere il consenso di chi volevamo far figurare come tale. Non avevo niente in contrario di veder distruggere i libri che pur avevo scritti con tanta cura, ma era seccante farne di nuovi. Feci delle obbiezioni che finirono col convincere Guido. Una fattura non si simula facilmente. Bisognerebbe saper falsificare anche i documenti comprovanti l'esistenza e la proprietà della merce.

Egli rinunziò al suo piano, ma il giorno seguente capitò in ufficio con un altro piano che anch'esso implicava la distruzione dei libri vecchi. Stanco di veder intralciato ogni altro lavoro da discussioni simili, protestai:

– Vedendo che ci pensi tanto, si crederebbe tu voglia proprio prepararti al fallimento! Altrimenti quale importanza può aver una diminuzione tanto esigua del tuo capitale? Finora nessuno ha il diritto di guardare nei tuoi libri. Bisogna ora lavorare, lavorare e non occuparsi di sciocchezze.

Mi confessò che quel pensiero era la sua ossessione. E come avrebbe potuto essere altrimenti? Con un po' di sfortuna poteva incappare dritto dritto in quella sanzione penale e finire in carcere!

Dai miei studi giuridici io sapevo che l'Olivi aveva esposto con grande esattezza quali fossero i doveri di un commerciante che ha fatto un simile bilancio, ma per liberare Guido e anche me da tale ossessione, lo consigliai di consultare qualche avvocato amico.

Mi rispose di averlo già fatto ossia di non essere stato da un avvocato espressamente a quello scopo perché non voleva confidare nemmeno ad un avvocato quel suo segreto, ma di aver fatto ciarlare un avvocato suo amico col quale s'era trovato a caccia. Sapeva perciò che l'Olivi non aveva né sbagliato né esagerato... purtroppo!

Vedendone l'inanità, cessò dal fare delle scoperte per falsare la sua contabilità, ma non perciò riacquistò la calma. Ogni qualvolta veniva in ufficio si rabbuiava guardando i suoi libroni. Mi confessò, un giorno, che entrando nella nostra stanza gli era parso di trovarsi nell'anticamera della galera e avrebbe voluto correr via.

Un giorno mi domandò:

– Augusta sa tutto del nostro bilancio?

Arrossii perché nella domanda mi parve sentire un rimprovero. Ma evidentemente se Ada sapeva del bilancio poteva saperne anche Augusta. Non pensai subito così, ma mi parve invece di meritare il rimprovero che egli intendeva di muovermi. Perciò mormorai:

– L'avrà saputo da Ada o forse da Alberta cui Ada l'avrà detto!

Rivedevo tutti i rigagnoli che potevano condurre ad Augusta e non mi pareva con ciò di negare che essa avesse avuto tutto dalla prima fonte, cioè da me, ma di asserire che sarebbe stato inutile per me di tacere. Peccato! Se avessi invece confessato subito ch'io con Augusta non avevo segreti, mi sarei sentito tanto più leale e onesto! Un lieve fatto così, cioè la dissimulazione di un atto che sarebbe stato meglio di confessare e proclamare innocente, basta ad imbarazzare la più sincera amicizia.

Registro qui, quantunque non abbia avuto alcun'importanza né per Guido né per la mia storia, il fatto che alcuni giorni appresso, quel chiacchierone di sensale col quale avevamo avuto da fare per il solfato di rame, mi fermò per istrada e, guardandomi dal basso in alto, come ve lo obbligava la sua bassa statura ch'egli sapeva esagerare abbassandosi sulle gambe, mi disse ironicamente:

– Si dice che abbiate fatti degli altri buoni affari come quello del solfato!

Poi, vedendomi allibire, mi strinse la mano e soggiunse:

– Per conto mio io vi auguro i migliori affari. Spero non ne dubiterete!

E mi lasciò. Io suppongo che i fatti nostri gli sieno stati riferiti dalla figliuola sua che frequentava al Liceo la stessa classe della piccola Anna. Non riferii a Guido la piccola indiscrezione. Il mio compito precipuo era di difenderlo da inutili angustie.

Fui stupito che Guido non prendesse alcuna disposizione per Carmen, perché sapevo che aveva formalmente promesso alla moglie di congedarla. Io credevo che Ada sarebbe ritornata a casa dopo qualche mese come la prima volta. Ma essa, senza passare per Trieste, si recò invece a soggiornare in una villetta sul Lago Maggiore ove poco dopo Guido le portò i bambini.

Ritornato da quel viaggio e non so se egli avesse ricordata la sua promessa da sé oppure che Ada gliel'avesse richiamata alla mente – mi domandò se non sarebbe stato possibile di impiegare Carmen nel mio ufficio, cioè in quello dell'Olivi. Io sapevo già che in quell'ufficio tutti i posti erano occupati, ma visto che Guido me ne pregava calorosamente, acconsentii di andar a parlarne col mio amministratore. Per un caso fortunato, un impiegato dell'Olivi se ne andava proprio in quei giorni, ma aveva una paga inferiore di quella che era stata concessa a Carmen negli ultimi mesi con grande liberalità da Guido il quale, secondo me, faceva così pagare le sue donne dal Conto Spese Generali. Il vecchio Olivi s'informò da me sulla capacità di Carmen e per quanto io gli dessi le migliori informazioni, offerse di prenderla intanto alle stesse condizioni dell'impiegato congedato. Riferii ciò a Guido il quale afflitto e imbarazzato si grattò la testa.

– Come si fa ad offrirle un salario inferiore di quello che percepisce? Non si potrebbe indurre l'Olivi di arrivare a concederle intanto quello che ha già?

Io sapevo che non si poteva eppoi l'Olivi non usava considerarsi sposato con i suoi impiegati come facevamo noi. Quando si fosse accorto che Carmen avesse meritata una corona di meno della paga concessale, gliel'avrebbe levata senza misericordia. E si finì col restare così: l'Olivi non ebbe e non chiese neppure mai una risposta decisiva e Carmen continuò a far roteare i suoi begli occhi nel nostro ufficio.

Fra me e Ada c'era un segreto e restava importante proprio perché rimaneva un segreto. Essa scriveva assiduamente ad Augusta, ma mai le raccontò di aver avute delle spiegazioni con me e neppure di avermi raccomandato Guido. Neppure io ne parlai. Un giorno Augusta mi fece vedere una lettera di Ada che mi riguardava. Essa domandava prima notizie di me e finiva con l'appellarsi alla mia bontà perché le dicessi qualche cosa sull'andamento degli affari di Guido. Mi turbai quando sentii ch'essa si dirigeva a me e mi rasserenai quando vidi che come al solito si dirigeva a me per informarsi di Guido. Di nuovo non avevo da osare niente.

D'accordo con Augusta e senza parlarne a Guido, scrissi io a Ada. Mi misi al tavolo col proposito di scriverle veramente una lettera di affari e le comunicai ch'ero tanto contento del modo come ora Guido dirigeva gli affari, cioè con assiduità e accortezza.

Ciò era vero o almeno ero contento di lui quel giorno, poiché gli era riuscito di guadagnare del denaro vendendo della merce che teneva depositata in città da varii mesi. Era pur vero che egli sembrava più assiduo, ma andava tuttavia ogni settimana a caccia e a pesca. Io esageravo volontieri nella mia lode perché così mi pareva di giovare alla guarigione di Ada.

Rilessi la lettera e non mi bastò. Ci mancava qualche cosa. Ada s'era rivolta a me ed era certo che voleva anche mie notizie. Perciò mancavo di cortesia non dandogliene. E a poco a poco – lo ricordo come se mi avvenisse ora – mi sentii imbarazzato a quel tavolo come se mi fossi trovato di nuovo faccia a faccia con Ada, in quello stanzino buio. Dovevo stringere molto la manina offertami?

Scrissi ma poi dovetti rifare la lettera perché m'ero lasciato sfuggire parole addirittura compromettenti: anelavo di rivederla e speravo riconquistasse tutta la sua salute e tutta la sua bellezza. Questo poi significava prendere per la vita la donna che m'aveva offerta solo la mano. Il mio dovere era di stringere solo quella manina, stringerla dolcemente e lungamente per significare che intendevo tutto, tutto quello che non doveva essere detto giammai.

Non dirò tutto il frasario che passai in rivista per trovarci qualche cosa che potesse sostituire quella stretta di mano lunga e dolce e significativa, ma soltanto quelle frasi che poi scrissi. Parlai lungamente della vecchiaia incombente su di me. Non potevo stare un momento tranquillo senz'invecchiare. Ad ogni giro del mio sangue qualche cosa s'aggiungeva alle mie ossa e alle mie vene che significava vecchiaia. Ogni mattina, quando mi destavo, il mondo appariva più grigio ed io non me ne accorgevo perché tutto restava intonato; non v'era in quel giorno neppure una pennellata del colore del giorno prima, altrimenti l'avrei scorta ed il rimpianto m'avrebbe fatto disperare.

Mi ricordo benissimo di aver spedita la lettera con piena soddisfazione. Non m'ero affatto compromesso con quelle parole, ma mi pareva anche certo che se il pensiero di Ada fosse stato uguale al mio, essa avrebbe compresa quella stretta di mano amorosa. Ci voleva poco acume per indovinare che quella lunga disquisizione sulla vecchiaia non significava altro che il mio timore che trovandomi in corsa traverso il tempo, non potessi più essere raggiunto dall'amore. Pareva gridassi all'amore: «Vieni, vieni!» Invece non sono sicuro di aver voluto quell'amore e, se v'è un dubbio, risulta solo dal fatto che so di aver scritto circa così.

Per Augusta feci una copia di quella lettera lasciandone fuori la disquisizione sulla vecchiaia. Essa non l'avrebbe intesa, ma la prudenza non nuoce. Avrei potuto arrossire sentendo com'essa mi guardava mentre io stringevo la mano della sorella! Sì! Io sapevo ancora arrossire. E arrossii anche quando ricevetti un biglietto di ringraziamento di Ada in cui essa non menzionava affatto le mie chiacchiere sulla mia vecchiaia. Mi parve ch'essa si compromettesse molto di più con me di quanto io mai mi fossi compromesso con lei. Non sottraeva la sua manina alla mia pressione. La lasciava giacere inerte nella mia e, per la donna, l'inerzia è un modo di consentire.

Pochi giorni dopo di aver scritta quella lettera, scopersi che Guido s'era messo a giocare in Borsa. Lo appresi per un'indiscrezione del sensale Nilini.

Io conoscevo costui da lunghi anni perché eravamo stati condiscepoli al liceo ch'egli aveva dovuto abbandonare per entrare subito nell'ufficio di un suo zio. Ci eravamo poi rivisti qualche volta, e ricordo che la differenza del nostro destino aveva costituito nei nostri rapporti una mia superiorità. Mi salutava allora per primo e talvolta cercava di avvicinarmi. Ciò mi sembrava naturale, e invece m'apparve meno spiegabile quando in un'epoca che non so precisare egli si fece con me molto altezzoso. Non mi salutava più e a pena a pena rispondeva al saluto mio. Me ne preoccupai un poco perché la mia cute è molto sensibile ed è facilmente scalfita. Ma che farci? Forse m'aveva scoperto nell'ufficio di Guido ove gli pareva occupassi un posto di subalterno e mi spregiava perciò, o, con la stessa probabilità, si poteva supporre ch'essendo morto un suo zio e lasciatolo indipendente sensale di Borsa, fosse montato in superbia. Nei piccoli ambienti ci sono frequentemente di simili relazioni. Senza che ci sia stato un atto nemico, ci si guarda un bel giorno con avversione e disprezzo.

Fui sorpreso perciò di vederlo entrare nell'ufficio, ove mi trovavo solo, e domandare di Guido. S'era levato il cappello e m'aveva porta la mano. Poi s'era subito abbandonato con grande libertà su una delle nostre grandi poltrone. Io lo guardai con interessamento. Non lo avevo visto da anni tanto da vicino ed ora, con l'avversione che mi manifestava, si era conquistata la mia più intensa attenzione.

Egli aveva allora circa quarant'anni ed era ben brutto per una calvizie quasi generale interrotta da un'oasi di capelli neri e fitti alla nuca e un'altra alle tempie, la faccia gialla e troppo ricca di pelle ad onta del grosso naso. Era piccolo e magro e si ergeva come poteva, tanto che quando parlavo con lui mi sentivo un lieve dolore simpatico al collo, la sola simpatia che provassi per lui. Quel giorno mi parve che si trattenesse dal ridere e che la sua faccia fosse contratta da un'ironia o da un disprezzo che non poteva ferire me, visto ch'egli m'aveva salutato con tanta gentilezza. Invece poi scopersi che quell'ironia gli era stata stampata in faccia da madre natura bizzarra. Le sue piccole mascelle non combaciavano esattamente e fra di esse, da una parte della bocca, era rimasto un buco nel quale abitava stereotipata la sua ironia. Forse per conformarsi alla maschera da cui non sapeva liberarsi che allorquando sbadigliava, egli amava deridere il prossimo. Non era affatto uno sciocco e lanciava delle frecciate velenose, ma di preferenza agli assenti.

Ciarlava molto ed era immaginoso specie per affari di Borsa. Parlava della Borsa come se si fosse trattato di una sola persona ch'egli descriveva trepidante per una minaccia o addormentata nell'inerzia e con una faccia che sapeva ridere e anche piangere. Egli la vedeva salire la scala dei corsi ballando o scenderne a rischio di precipitare, eppoi l'ammirava come accarezzava un valore, come ne strangolava un altro, oppure anche come insegnava alla gente la moderazione e l'attività. Perché solo chi aveva del senno poteva trattare con lei. V'erano tanti di quei denari sparsi per terra in Borsa, ma chinarsi a raccoglierli non era facile.

Lo lasciai attendere dopo di avergli offerta una sigaretta e mi diedi da fare con certa corrispondenza. Dopo un po' di tempo egli si stancò e disse che non poteva restare di più. Del resto era venuto solo per raccontare a Guido che certe azioni dallo strano nome di Rio Tinto e di cui egli a Guido aveva consigliato l'acquisto il giorno prima – sì, proprio ventiquattr'ore prima – erano quel giorno balzate in alto di circa il dieci per cento. Si mise a ridere di cuore.

– Intanto che noi parliamo qui, ossia che io attendo, il dopo-Borsa avrà fatto il resto. Se il signor Speier ora volesse comperare quelle azioni chissà a quale prezzo dovrebbe pagarle. Come ho indovinato io dove mirava la Borsa.

Si vantò del suo colpo d'occhio dovuto alla sua lunga intimità con la Borsa. S'interruppe per domandarmi:

– Chi credi istruisca meglio: l'Università o la Borsa?

La sua mandibola calò ancora un poco e il buco dell'ironia s'ingrandì.

– Evidentemente la Borsa! – dissi io con convinzione. Ciò mi valse da lui una stretta di mano affettuosa quando mi lasciò.

Dunque Guido giocava in Borsa! Se fossi stato più attento avrei potuto indovinarlo prima, perché quando io gli avevo presentato un conto esatto degli importi non insignificanti che avevamo guadagnati con gli ultimi nostri affari, egli lo aveva guardato sorridendo, ma con qualche disprezzo. Trovava che avevamo dovuto lavorare troppo per guadagnare quel denaro. E si noti che con qualche decina di quegli affari si avrebbe potuto coprire la perdita in cui eravamo incorsi l'anno precedente! Che cosa dovevo far ora, io che pochi giorni prima avevo scritte le sue lodi?

Poco dopo Guido venne in ufficio ed io fedelmente gli riferii le parole del Nilini. Stette a sentire con tanta ansietà che neppure si accorse che io avevo così appreso ch'egli giocava, e corse via.

Alla sera ne parlai con Augusta, che ritenne si dovesse lasciare in pace Ada e invece avvisare la signora Malfenti dei pericoli cui s'esponeva Guido. Mi domandò di fare anch'io del mio meglio per impedirgli spropositi.

Preparai lungamente le parole che dovevo dirgli. Finalmente attuavo i miei propositi di bontà attiva e mantenevo la promessa che avevo fatta ad Ada. Sapevo come dovevo afferrare Guido per indurlo ad obbedirmi. Ognuno commette una leggerezza, – gli avrei spiegato, – giocando in Borsa, ma più di tutti un commerciante che abbia un simile bilancio dietro di sé.

Il giorno seguente cominciai benissimo:

– Tu dunque ora giochi alla Borsa? Vuoi finire in carcere? – gli domandai severamente. Ero preparato ad una scena e tenevo anche in serbo la dichiarazione che giacché egli procedeva in modo da compromettere la ditta, io avrei abbandonato senz'altro l'ufficio.

Guido seppe disarmarmi subito. Avevo tenuto sinora il segreto, ma ora, con un abbandono da buon ragazzo, mi disse ogni particolare di quei suoi affari. Lavorava in valori minerarii di non so che paese, che gli avevano già dato un utile che quasi sarebbe bastato a coprire la perdita del nostro bilancio. Oramai era cessato ogni rischio e poteva raccontarmi tutto. Quando avesse avuta la sfortuna di perdere quello che aveva guadagnato, avrebbe semplicemente cessato di giocare. Se invece la fortuna avesse continuato ad assisterlo, si sarebbe affrettato di mettere in regola le mie registrazioni di cui sentiva sempre la minaccia.

Vidi che non era il caso di arrabbiarsi e che si doveva invece congratularsi con lui. In quanto alle questioni di contabilità, gli dissi che poteva oramai essere tranquillo, perché ove c'era disponibile del contante era facilissimo di regolare la contabilità più fastidiosa. Quando nei nostri libri fosse stato reintegrato come di diritto il conto di Ada e almeno diminuito quello ch'io dicevo l'abisso della nostra azienda, cioè il conto di Guido, la nostra contabilità non avrebbe fatta una grinza.

Poi gli proposi di fare tale regolazione subito e mettere in conto della ditta le operazioni di Borsa. Per fortuna egli non accettò perché altrimenti io sarei divenuto il contabile del giocatore e mi sarei addossata una maggiore responsabilità. Così invece le cose procedettero come se io non avessi esistito. Egli rifiutò la mia proposta con delle ragioni che mi parvero buone. Era di malaugurio di pagare così subito i suoi debiti ed è una superstizione divulgatissima a tutti i tavoli da giuoco che il denaro altrui porti fortuna. Io non ci credo, ma quando giuoco non trascuro neppur io alcuna prudenza.

Per un certo tempo mi feci dei rimproveri di aver accolte le comunicazioni di Guido senz'alcuna protesta. Ma quando vidi comportarsi allo stesso modo la signora Malfenti che mi raccontò come suo marito aveva saputo guadagnare dei bei denari alla borsa, eppoi anche Ada, dalla quale sentii considerare il giuoco come un qualsiasi genere di commercio, compresi che assolutamente a questo riguardo non si avrebbe potuto movermi alcun rimprovero. Per arrestare Guido su quella china non sarebbe bastata la mia protesta che non avrebbe avuta alcun'efficacia se non fosse stata appoggiata da tutti i membri della famiglia.

Fu così che Guido continuò a giocare, e tutta la sua famiglia con lui. Ero anch'io della comitiva, tant'è vero ch'entrai in una relazione d'amicizia alquanto curiosa col Nilini. È sicuro ch'io non potevo soffrirlo perché lo sentivo ignorante e presuntuoso, ma pare che per riguardo a Guido, che da lui aspettava i buoni consigli, sapessi celare tanto bene i miei sentimenti ch'egli finì col credere di avere in me un amico devoto. Non nego che forse la mia gentilezza con lui fosse anche dovuta al desiderio di evitare quel malessere che m'aveva data la sua inimicizia, tanto forte causa quell'ironia che rideva sulla sua brutta faccia. Ma non gli usai mai altre gentilezze fuori di quella di porgergli la mano e il saluto quando veniva e se ne andava. Egli invece fu gentilissimo ed io non seppi non accettare le sue cortesie con gratitudine, ciò ch'è veramente la massima gentilezza che si possa usare a questo mondo. Mi procurava delle sigarette di contrabbando e me le faceva pagare quello che gli costavano, cioè molto poco. Se mi fosse stato più simpatico avrebbe potuto indurmi a giocare col suo mezzo; non lo feci mai, solo per non vederlo più di spesso.

Lo vedevo anzi troppo! Passava delle ore nel nostro ufficio ad onta che – com'era facile di accorgersene – non fosse innamorato di Carmen. Veniva a tener compagnia proprio a me. Pare si fosse prefisso d'istruirmi nella politica in cui egli era profondo causa la Borsa. Mi presentava le grandi potenze come un giorno si stringevano la mano e si pigliavano a schiaffi il giorno seguente. Non so se abbia indovinato il futuro perché io per antipatia non lo stetti mai a sentire. Conservavo un sorriso ebete, stereotipato. Il nostro malinteso sarà certo dipeso da un'interpretazione errata del mio sorriso che gli sarà parso d'ammirazione. Io non ne ho colpa.

So solo le cose che ripeteva ogni giorno. Potei accorgermi ch'egli era un italiano di color dubbio perché gli pareva che per Trieste fosse meglio di restare austriaca. Adorava la Germania e specialmente i treni ferroviari tedeschi che arrivavano con tanta precisione. Era socialista a modo suo e avrebbe voluto fosse proibito che una singola persona possedesse più di centomila corone. Non risi un giorno in cui, conversando con Guido, egli ammise di possedere proprio centomila corone e non un centesimo in più. Non risi, e non gli domandai neppure se guadagnando dell'altro denaro avrebbe modificata la sua teoria. La nostra era una relazione veramente strana. Io non sapevo ridere né con lui né di lui.

Quando aveva snocciolata qualche sua sentenza, si ergeva di tanto sulla sua poltrona che i suoi occhi guardavano il soffitto mentre a me restava rivolto il buco che io dicevo mandibolare. E vedeva con quel buco! Volli talvolta approfittare di quella sua posizione per pensare ad altro, ma egli richiamava la mia attenzione domandandomi subito:

– Mi stai a sentire?

Dopo di quella sua simpatica effusione, Guido per lungo tempo non mi parlò dei suoi affari. Qualche cosa me ne diceva dapprima il Nilini, ma anche lui si fece poi più riservato. Da Ada stessa seppi che Guido continuava a guadagnare.

Quand'essa ritornò, la trovai di nuovo imbruttita parecchio. Era piuttosto imbolsita che ingrassata. Le sue guancie, ricresciute, erano anche questa volta fuori di posto e le facevano una faccia quasi quadrata. Gli occhi avevano continuato a sformare la loro incassatura. La mia sorpresa fu grande, perché da Guido ed altri ch'erano stati a trovarla, avevo sentito dire che ogni giorno che passava le apportava nuova forza e salute. Ma la salute della donna è in primo luogo la sua bellezza.

Con Ada ebbi altre sorprese. Mi salutò affettuosamente, ma non altrimenti di quanto avesse salutata Augusta. Non c'era fra di noi più alcun segreto e certamente essa non ricordava più di aver pianto al ricordo di avermi fatto soffrire tanto. Tanto meglio! Essa dimenticava infine i suoi diritti su di me! Ero il suo buon cognato e mi amava solo perché ritrovava immutati i miei affettuosi rapporti con mia moglie, che formavano sempre l'ammirazione di casa Malfenti.

Un giorno feci una scoperta che mi sorprese assai. Ada si credeva ancora bella! Lontano, sul lago, le avevano fatta la corte ed era evidente ch'essa gioiva dei suoi successi. Probabilmente li esagerava perché mi pareva fosse un eccesso il pretendere di aver dovuto lasciare quella villeggiatura per sottrarsi alle persecuzioni di un innamorato. Ammetto che qualche cosa di vero ci possa essere stato, perché probabilmente ella poteva apparire meno brutta a chi prima non l'aveva conosciuta. Ma già, non tanto, con quegli occhi e quel colorito e quella forma di faccia! A noi essa appariva più brutta perché, ricordando com'era stata, scorgevamo più evidenti le devastazioni compiute dalla malattia.

Invitammo una sera Guido e lei a casa nostra. Fu un ritrovo gradevole, veramente di famiglia. Pareva la continuazione di quel nostro fidanzamento a quattro. Ma la chioma di Ada non era illuminata da alcuna luce.

Al momento di dividerci, io, per aiutarla a indossare il mantello, restai per un istante solo con lei. Ebbi subito un senso un po' differente delle nostre relazioni. Eravamo lasciati soli e forse potevamo dirci quello che in presenza degli altri non volevamo. Mentre l'aiutavo, riflettei e finii col trovare quello che dovevo dirle:

– Tu sai ch'egli ora giuoca! – le dissi con voce seria. Mi viene talvolta il dubbio ch'io con tali parole avessi voluto rievocare l'ultimo nostro ritrovo che non ammettevo fosse talmente dimenticato.

– Sì – essa disse sorridendo, – e fa molto bene. È divenuto bravo abbastanza, a quanto mi dicono.

Risi con lei, forte. Mi sentivo sollevato da ogni responsabilità. Andandosene essa mormorò:

– Quella Carmen è sempre nel vostro ufficio?

Non arrivai a rispondere perché corse via. Fra di noi non c'era più il nostro passato. C'era però la sua gelosia. Quella era viva come nell'ultimo nostro incontro.

Adesso, ripensandoci, trovo che avrei dovuto accorgermi molto tempo prima di esserne espressamente avvisato, che Guido aveva cominciato a perdere in Borsa. Sparve dalla sua faccia l'aria di trionfo che l'aveva illuminata e manifestò di nuovo quella grande ansietà per quel bilancio chiuso a quel modo.

– Perché te ne preoccupi – gli domandai io nella mia innocenza – quando hai già in tasca quello che occorre per rendere del tutto reali queste registrazioni? Avendo tanti denari non si va in carcere. – Allora, come lo seppi poi, egli in tasca non aveva più nulla.

Credetti tanto fermamente ch'egli avesse legata a sé la fortuna che non tenni conto di tanti indizii che avrebbero potuto convincermi altrimenti.

Una sera, di Agosto, egli mi trascinò di nuovo a pesca con lui. Alla luce abbagliante di una luna quasi piena c'era poca probabilità di pigliare qualche cosa all'amo. Ma egli insistette dicendo che in mare avremmo trovato qualche sollievo al caldo. Infatti non vi trovammo altro. Dopo un solo tentativo, non inescammo neppure più gli ami e lasciammo pendere le lenze dalla barchetta che Luciano spinse al largo. I raggi della luna raggiungevano certo il fondo del mare affinando la vista agli animali grossi e rendendoli accorti dell'insidia ed anche agli animalucci piccoli capaci di rosicchiarci l'esca, ma non d'arrivare con la piccola bocca all'amo. Le nostre esche non erano altro che un dono alla minutaglia.

Guido si coricò a poppa ed io a prua. Egli mormorò poco dopo:

– Che tristezza tutta questa luce!

Probabilmente diceva così perché la luce gl'impediva di dormire ed io assentii per fargli piacere ed anche per non turbare con una sciocca discussione la quiete solenne in cui lentamente ci movevamo. Ma Luciano protestò dicendo che a lui quella luce piaceva moltissimo. Visto che Guido non rispondeva, volli farlo tacere dicendogli che la luce era certamente una cosa triste perché si vedevano le cose di questo mondo. Eppoi impediva la pesca. Luciano rise e tacque.

Stemmo zitti molto tempo. Io sbadigliai più volte in faccia alla luna. Rimpiangevo di essermi lasciato indurre di montare in quella barchetta.

Guido improvvisamente mi domandò:

– Tu che sei chimico, sapresti dirmi se sia più efficace il veronal puro o il veronal al sodio? Io veramente non sapevo neppure che ci fosse un veronal al sodio. Non si può mica pretendere che un chimico sappia il mondo a mente. Io di chimica so tanto da poter trovare subito nei miei libri qualsiasi informazione e inoltre da poter discutere – come si vide in quel caso – anche delle cose che ignoro.

Al sodio? Ma se era saputo da tutti che le combinazioni al sodio erano quelle che più facilmente si assimilavano.

Anzi a proposito del sodio ricordai – e riprodussi più o meno esattamente – un inno a quell'elemento elevato da un mio professore all'unica sua prelezione cui avessi assistito. Il sodio era un veicolo sul quale gli elementi montavano per moversi più rapidi. E il professore aveva ricordato come il cloruro di sodio passava da organismo ad organismo e come andava adunandosi per la sola gravità nel buco più profondo della terra, il mare. Io non so se riproducessi esattamente il pensiero del mio professore, ma in quel momento, dinanzi a quell'enorme distesa di cloruro di sodio, parlai del sodio con un rispetto infinito.

Dopo un'esitazione, Guido domandò ancora:

– Sicché chi volesse morire dovrebbe prendere il veronal al sodio?

– Sì, – risposi.

Poi ricordando che ci sono dei casi in cui si può voler simulare un suicidio e non accorgendomi subito che ricordavo a Guido un episodio spiacevole della sua vita, aggiunsi:

– E chi non vuole morire deve prendere del veronal puro.

Gli studii di Guido sul veronal avrebbero potuto darmi da pensare. Invece io non compresi nulla, preoccupato com'ero dal sodio. Nei giorni seguenti fui in grado di portare a Guido nuove prove delle qualità che io avevo attribuite al sodio: anche per accelerare gli amalgami che non sono altro che degli abbracci intensi fra due corpi, abbracci che sostituiscono la combinazione o l'assimilazione, si aggiungeva al mercurio del sodio. Il sodio era il mezzano fra l'oro e il mercurio. Ma a Guido il veronal non importava più, ed io ora penso che in quel momento le sue viste alla Borsa si fossero migliorate.

Nel corso di una settimana, Ada venne in ufficio ben tre volte. Soltanto dopo la seconda, sorse in me l'idea ch'essa mi volesse parlare.

La prima s'imbatté nel Nilini che s'era messo una volta di più ad educarmi. Essa attese per un'ora intera che se ne andasse, ma ebbe il torto di ciarlare con lui ed egli credette perciò di dover restare. Dopo fatte le presentazioni, io respirai, sollevato che il buco mandibolare del Nilini non fosse rivolto a me. Non presi parte alla loro conversazione.

Il Nilini fu persino spiritoso e sorprese Ada raccontando che si facevano altrettante maldicenze al Tergesteo come nel salotto di una signora. Soltanto, secondo lui, alla Borsa, come sempre, si era meglio informati che altrove. Ad Ada sembrò ch'egli calunniasse le donne. Disse di non saper neppure ciò che fosse la maldicenza. A questo punto intervenni io per confermare che, nei lunghi anni in cui la conoscevo, non avevo mai sentita venir dalla sua bocca una parola che avesse neppur ricordato la maldicenza. Sorrisi dicendo ciò perché mi parve di moverle un rimprovero. Essa non era maldicente perché dei fatti altrui non s'occupava. Dapprima, in piena salute, aveva pensato ai fatti proprii e, quando la malattia l'invase, non restò in lei che un piccolo posticino libero, occupato dalla sua gelosia. Era una vera egoista, ma essa accolse la mia testimonianza con gratitudine.

Il Nilini finse di non prestar fede né a lei né a me. Disse di conoscermi da molti anni e di credermi di una grande ingenuità. Ciò mi divertì e divertì anche Ada. Fui molto seccato invece quand'egli – per la prima volta dinanzi a terzi – proclamò ch'ero uno dei migliori suoi amici e che perciò mi conosceva a fondo. Non osai protestare, ma da quella dichiarazione sfacciata mi sentii offeso nel mio pudore, come una fanciulla cui in pubblico fosse stato rimproverato di aver fornicato.

Io ero tanto ingenuo, diceva il Nilini, che Ada, con la solita furberia delle donne, avrebbe potuto fare della maldicenza in mia presenza senza ch'io me ne accorgessi. A me parve che Ada continuasse a divertirsi a quei complimenti di carattere dubbio mentre poi seppi ch'essa lo lasciava parlare sperando si esaurisse e se ne andasse. Ma ebbe un bell'attendere.

Quando Ada ritornò per la seconda volta, mi trovò con Guido. Allora lessi sulla sua faccia un'espressione d'impazienza e indovinai ch'essa voleva proprio me. Finché non ritornò, io mi baloccai coi miei soliti sogni. In fondo essa da me non domandava amore, ma troppo frequentemente voleva trovarsi da sola a solo con me. Per gli uomini era difficile d'intendere quello che le donne volevano anche perché esse stesse talvolta lo ignoravano.

Non mi derivò invece alcun nuovo sentimento dalle sue parole. Essa, non appena poté parlarmi, ebbe la voce strozzata dall'emozione, ma non già perché avesse rivolta la parola a me. Voleva sapere per quale ragione Carmen non fosse stata mandata via. Io le raccontai tutto quanto ne sapevo, compreso quel nostro tentativo di procurarle un posto presso l'Olivi.

Essa fu subito più calma perché quello che le dicevo corrispondeva esattamente a quanto gliene era stato detto da Guido. Poi seppi che gli accessi di gelosia si seguivano da lei a periodi. Venivano senza causa apparente e andavano via per una parola che la convincesse.

Mi fece ancora due domande: se era proprio tanto difficile di trovare un posto per un'impiegata e se la famiglia di Carmen si trovasse in tali condizioni da dipendere dal guadagno della fanciulla.

Le spiegai che infatti a Trieste era difficile allora di trovare del lavoro per le donne, negli uffici. In quanto alla sua seconda domanda, non potevo risponderle perché della famiglia di Carmen io non conoscevo nessuno.

– Guido invece conosce tutti in quella casa, – mormorò Ada con ira e le lacrime le irorarono di nuovo le guancie.

Poi mi strinse la mano per congedarsi e mi ringraziò. Sorridendo traverso le lacrime, disse che sapeva di poter contare su di me. Il sorriso mi piacque perché certamente non era rivolto al cognato, ma a chi era legato a lei da vincoli segreti. Tentai di dar prova che meritavo quel sorriso e mormorai:

– Quello ch'io temo per Guido non è Carmen, ma il suo giuoco alla Borsa!

Essa si strinse nelle spalle:

– Quello non ha importanza. Ne parlai anche con mamma. Papà giuocava anche lui alla Borsa e vi guadagnò tanti di quei denari!

Io rimasi sconcertato dalla risposta e insistetti:

– Quel Nilini non mi piace. Non è mica vero ch'io sia suo amico!

Essa mi guardò sorpresa:

– A me pare un gentiluomo. Anche Guido gli vuole molto bene. Io credo, poi, che Guido sia ora molto attento ai suoi affari.

Ero ben deciso di non dirle male di Guido e tacqui. Quando mi trovai solo non pensai a Guido, ma a me stesso. Era forse bene che Ada finalmente m'apparisse quale una mia sorella e null'altro. Essa non prometteva e non minacciava amore. Per varii giorni corsi la città inquieto e squilibrato. Non arrivavo a intendermi. Perché mi sentivo come se Carla m'avesse lasciato in quell'istante? Non m'era avvenuto niente di nuovo. Sinceramente credo ch'io abbia avuto sempre bisogno dell'avventura o di qualche complicazione che le somigli. I miei rapporti con Ada non erano ormai più complicati affatto.

Il Nilini dal suo seggiolone un giorno predicò più del solito: dall'orizzonte s'avanzava un nembo, nient'altro che il rincaro del denaro. La Borsa era tutt'ad un tratto satura e non poteva assorbire più nulla!

– Gettiamoci del sodio! – proposi io.

L'interruzione non gli piacque affatto, ma per non dover arrabbiarsi, la trascurò: tutt'ad un tratto il denaro a questo mondo era divenuto scarso e perciò caro. Egli era sorpreso che ciò avvenisse ora mentre egli l'aveva preveduto per un mese più tardi.

– Avranno mandato tutto il denaro alla luna! – dissi io.

– Sono cose serie di cui non bisogna ridere, – affermò il Nilini guardando sempre il soffitto. – Adesso si vedrà chi avrà l'anima del vero lottatore e chi invece al primo colpo soggiacerà.

Come non intesi perché il denaro a questo mondo potesse divenire più scarso, così non indovinai che il Nilini ponesse Guido fra i lottatori di cui si doveva provare il valore. Ero tanto abituato a difendermi dalle sue prediche con la disattenzione, che anche questa, che pur sentii, passò via senza neppur scalfirmi.

Ma pochi giorni appresso il Nilini intonò tutt'altra musica. Era avvenuto un fatto nuovo. Egli aveva scoperto che Guido aveva fatti degli affari con un altro agente di cambio. Il Nilini cominciò col protestare in un tono concitato che egli non aveva mai mancato in nulla verso Guido, neppure nella dovuta discrezione. Di questo egli voleva la mia testimonianza. Non aveva tenuto celati gli affari di Guido persino a me ch'egli continuava a ritenere quale il suo miglior amico? Ma ormai egli era svincolato da qualunque riserbo e poteva gridarmi nelle orecchie che Guido era in perdita fino alla punta dei capelli. Per gli affari ch'erano stati fatti col suo mezzo, egli assicurava che alla più lieve miglioria si sarebbe potuto resistere e aspettare tempi migliori. Era però enorme che alla prima avversità Guido gli avesse fatto torto.

Altro che Ada! La gelosia del Nilini era indomabile. Io volevo avere da lui delle notizie ed egli invece si esasperava sempre più e continuava a parlare del torto che gli era stato fatto. Perciò, contro ogni suo proposito, egli continuò a rimanere discreto.

Nel pomeriggio trovai Guido in ufficio. Era sdraiato sul nostro sofà in un curioso stato intermedio fra la disperazione e il sonno. Gli domandai:

– Tu sei ora in perdita fino agli occhi?

Non mi rispose subito. Levò il braccio col quale si copriva il volto sfatto e disse:

– Hai mai visto un uomo più disgraziato di me?

Riabbassò il braccio e cambiò di posizione mettendosi supino. Rinchiuse gli occhi e parve avesse già dimenticata la mia presenza.

Io non seppi offrirgli alcun conforto. Davvero mi offendeva ch'egli credesse di essere l'uomo più disgraziato del mondo. Non era un'esagerazione la sua; era una vera e propria menzogna. L'avrei soccorso se avessi potuto, ma mi era impossibile di confortarlo. Secondo me neanche chi è più innocente e più disgraziato di Guido merita compassione, perché altrimenti nella nostra vita non ci sarebbe posto che per quel sentimento, ciò che sarebbe un grande tedio. La legge naturale non dà il diritto alla felicità, ma anzi prescrive la miseria e il dolore. Quando viene esposto il commestibile, vi accorrono da tutte le parti i parassiti e, se mancano, s'affrettano di nascere. Presto la preda basta appena, e subito dopo non basta più perché la natura non fa calcoli, ma esperienze. Quando non basta più, ecco che i consumatori devono diminuire a forza di morte preceduta dal dolore e così l'equilibrio, per un istante, viene ristabilito. Perché lagnarsi? Eppure tutti si lagnano. Quelli che non hanno avuto niente della preda muoiono gridando all'ingiustizia e quelli che ne hanno avuto parte trovano che avrebbero avuto diritto ad una parte maggiore. Perché non muoiono e non vivono tacendo? È invece simpatica la gioia di chi ha saputo conquistarsi una parte esuberante del commestibile e si manifesti pure al sole in mezzo agli applausi. L'unico grido ammissibile è quello del trionfatore.

Guido, poi! Egli mancava di tutte le qualità per conquistare od anche solo per tenere la ricchezza. Veniva dal tavolo di giuoco e piangeva per aver perduto. Non si comportava dunque neppure da gentiluomo e a me faceva nausea. Perciò e solo perciò, nel momento in cui Guido avrebbe avuto tanto bisogno del mio affetto, non lo trovò. Neppure i miei ripetuti propositi poterono accompagnarmi fin là.

Intanto la respirazione di Guido andava facendosi sempre più regolare e rumorosa. S'addormentava! Com'era poco virile nella sventura! Gli avevano portato via il commestibile e chiudeva gli occhi forse per sognare di possederlo tuttavia, invece di aprirli ben bene per vedere di strapparne una piccola parte.

Mi venne la curiosità di sapere se Ada fosse stata informata della disgrazia che gli era toccata. Glielo domandai ad alta voce. Egli trasalì ed ebbe bisogno di una pausa per assuefarsi alla sua disgrazia che improvvisamente rivide intera.

– No! – mormorò. Poi rinchiuse gli occhi.

Certamente tutti coloro che sono stati duramente percossi inclinano al sonno. Il sonno ridà le forze. Stetti ancora a guardarlo esitante. Ma come si poteva aiutarlo se dormiva? Non era questo il momento per dormire. Lo afferrai rudemente per una spalla e lo scossi:

– Guido!

Aveva proprio dormito. Mi guardò incerto con l'occhio ancora velato dal sonno eppoi mi domandò:

– Che vuoi? – Subito dopo, adirato, ripeté la sua domanda: – Che vuoi dunque?

Io volevo aiutarlo, altrimenti non avrei neppure avuto il diritto di destarlo. M'arrabbiai anch'io e gridai che questo non era il momento di dormire perché bisognava affrettarsi di vedere come si avrebbe potuto correre ai ripari. C'era da calcolare e discutere con tutti i membri della nostra famiglia e quelli della sua di Buenos Aires.

Guido si mise a sedere. Era ancora un po' sconvolto di essere stato destato a quel modo. Mi disse amaramente:

– Avresti fatto meglio di lasciarmi dormire. Chi vuoi che ora m'aiuti? Non ricordi a quale punto dovetti giungere l'altra volta per avere quel poco di cui abbisognavo per salvarmi? Adesso si tratta di somme considerevoli! A chi vuoi mi rivolga?

Senza nessun affetto e anzi con l'ira di dover dare e privare me e i miei, esclamai:

– E non ci sono anch'io qui? – Poi l'avarizia mi suggerì di attenuare da bel principio il mio sacrificio:

– Non c'è Ada? Non c'è nostra suocera? Non possiamo unirci per salvarti?

Egli si levò e mi si appressò con l'evidente intenzione di abbracciarmi. Ma era proprio questo ch'io non volevo. Avendogli offerto il mio aiuto, avevo ora il diritto di rampognarlo, e ne feci l'uso più largo. Gli rimproverai la sua attuale debolezza eppoi anche la sua presunzione durata fino a quel momento e che l'aveva tratto alla rovina. Aveva agito di propria testa non consultandosi con nessuno. Tante volte io avevo tentato di avere sue comunicazioni per trattenerlo e salvarlo ed egli me le aveva rifiutate serbando la sua fiducia per il solo Nilini.

Qui Guido sorrise, proprio sorrise, il disgraziato! Mi disse che da quindici giorni egli non lavorava più col Nilini essendosi fitto in capo che il grugno di costui gli portasse sventura.

Egli era caratterizzato da quel sonno e da quel sorriso: rovinava tutti attorno a sé e sorrideva. M'atteggiai a giudice severo perché per salvare Guido bisognava prima educarlo. Volli sapere quanto egli avesse perduto e m'arrabbiai quando mi disse di non saperlo esattamente. M'arrabbiai ancora quand'egli mi disse una cifra relativamente piccola che poi risultò rappresentare l'importo che bisognava pagare alla liquidazione del quindici del mese da cui distavamo di soli due giorni. Ma Guido asseriva che fino alla fine del mese c'era del tempo e che le cose potevano mutarsi. La scarsezza del denaro sul mercato non sarebbe durata eternamente.

Gridai:

– Se a questo mondo manca il denaro, vuoi riceverne dalla luna? – Aggiunsi che non bisognava giocare neppure per un giorno di più. Non si doveva rischiare di veder aumentare la perdita già enorme. Dissi anche che la perdita sarebbe stata divisa in quattro parti che avremmo sopportate io, lui (cioè suo padre), la signora Malfenti e Ada, che bisognava ritornare al nostro commercio privo di rischi e che non volevo mai più vedere nel nostro ufficio né il Nilini né alcun altro sensale di cambio.

Egli, mite, mite, mi pregò di non gridare tanto, perché avremmo potuto essere sentiti dai vicini.

Feci un grande sforzo per calmarmi e vi riuscii anche a patto di poter dirgli a bassavoce delle altre insolenze. La sua perdita era addirittura l'effetto di un crimine. Bisognava essere un bestione per mettersi in frangenti simili. Proprio mi pareva ch'era necessario egli subisse intera la lezione.

Qui Guido mitemente protestò. Chi non aveva giocato in Borsa? Nostro suocero, ch'era stato un commerciante tanto solido, non era stato un giorno solo della sua vita privo di qualche impegno. Eppoi – Guido lo sapeva – avevo giocato anch'io.

Protestai che fra gioco e gioco c'era una differenza. Egli aveva rischiato alla Borsa tutto il suo patrimonio, io le rendite di un mese.

Mi fece un triste effetto che Guido tentasse puerilmente di liberarsi della sua responsabilità. Egli asserì che il Nilini lo aveva indotto a giocare più di quanto egli avesse voluto, facendogli credere di avviarlo ad una grande fortuna.

Io risi e lo derisi. Il Nilini non era da biasimarsi perché faceva gli affari suoi. E – del resto – dopo di aver lasciato il Nilini, non si era egli precipitato ad aumentare la propria posta col mezzo di un altro sensale? Avrebbe potuto vantarsi della nuova relazione se con essa si fosse messo a giocare al ribasso ad insaputa del Nilini. Per riparare non poteva certo bastare di cambiare di rappresentante e continuare sulla stessa via perseguitato dallo stesso malocchio. Egli volle indurmi finalmente a lasciarlo in pace, e, con un singhiozzo nella gola, riconobbe di aver sbagliato.

Cessai dal rampognarlo. Ora mi faceva veramente compassione e l'avrei anche abbracciato se egli avesse voluto. Gli dissi che mi sarei occupato subito di provvedere il denaro che io dovevo fornire e che avrei potuto anche occuparmi di parlare con nostra suocera. Egli, invece, si sarebbe incaricato di Ada.

La mia compassione aumentò quand'egli mi confidò che volentieri avrebbe parlato con nostra suocera in vece mia, ma che lo tormentava di dover parlare con Ada.

– Tu sai come son fatte le donne! Gli affari non li capiscono o soltanto quando finiscono bene! – Egli non avrebbe parlato affatto e avrebbe pregata la signora Malfenti d'informarla lei di tutto.

Questa decisione l'alleggerì grandemente e uscimmo insieme. Lo vedevo camminare accanto a me con la testa bassa e mi sentivo pentito di averlo trattato con tanta rudezza. Ma come fare altrimenti se lo amavo? Doveva pur ravvedersi, se non voleva andare incontro alla sua rovina! Come dovevano essere fatte le sue relazioni con la moglie se temeva tanto di parlare con lei!

Ma intanto egli scoperse un modo per indispettirmi di nuovo. Camminando aveva trovato di perfezionare il piano che gli era tanto piaciuto. Non soltanto egli non avrebbe avuto da parlare con la moglie, ma avrebbe fatto in modo di non vederla per quella sera, perché sarebbe subito partito per la caccia. Dopo quel proposito, fu libero da ogni nube. Pareva fosse bastata la prospettiva di poter recarsi all'aria aperta, lontano da ogni pensiero, per avere l'aspetto di trovarvisi diggià e di goderne pienamente. Io ne fui indignato! Con lo stesso aspetto, certo, avrebbe potuto ritornare in Borsa per riprendervi il giuoco nel quale rischiava la fortuna della famiglia e anche la mia.

Mi disse:

– Voglio concedermi quest'ultimo divertimento e t'invito di venire con me a patto che tu prenda l'impegno di non rammentare con una sola parola gli avvenimenti di oggi.

Fin qui aveva parlato sorridendo. Dinanzi alla mia faccia seria, si fece più serio anche lui. Aggiunse:

– Vedi anche tu che ho bisogno di un riposo dopo un colpo simile. Poi mi sarà più facile di riprendere il mio posto nella lotta.

La sua voce s'era velata di un'emozione della cui sincerità non seppi dubitare. Perciò seppi rattenere il mio dispetto o manifestarlo solo col rifiuto del suo invito, dicendogli che io dovevo restare in città per provvedere al denaro necessario. Era già un rimprovero il mio! Io, innocente, restavo al mio posto, mentre lui, il colpevole, poteva andare a spassarsela.

Eravamo giunti dinanzi alla porta di casa della signora Malfenti. Egli non aveva più ritrovato l'aspetto di gioia per il divertimento di alcune ore che l'aspettava e, finché rimase con me, conservò stereotipata sulla faccia l'espressione del dolore cui io l'avevo richiamato. Ma prima di lasciarmi, trovò uno sfogo in una manifestazione d'indipendenza e – come a me parve – di rancore. Mi disse ch'era veramente stupito di scoprire in me un tale amico. Esitava di accettare il sacrificio che gli volevo portare e intendeva (proprio intendeva) ch'io sapessi ch'egli non mi riteneva impegnato in alcun modo e ch'ero perciò libero di dare o non dare.

Son sicuro di aver arrossito. Per levarmi dall'imbarazzo gli dissi:

– Perché vuoi ch'io desideri di ritirarmi quando pochi minuti or sono senza che tu m'abbia chiesto nulla, mi son proferto di aiutarti?

Egli mi guardò un po' incerto eppoi disse:

– Giacché lo vuoi, accetto senz'altro e ti ringrazio. Ma faremo un contratto di società nuovo del tutto, perché ognuno abbia quello che gli compete. Anzi se ci sarà lavoro e vorrai continuare ad attendervi, dovrai avere il tuo salario. Metteremo la nuova società su tutt'altra base. Così non avremo più da temere altri danni dall'aver occultata la perdita del nostro primo anno d'esercizio.

Risposi:

– Questa perdita non ha più alcuna importanza e non devi pensarci più. Cerca ora di mettere dalla parte tua nostra suocera. Questo e null'altro per adesso importa.

Così ci lasciammo. Io credo di aver sorriso dell'ingenuità con cui Guido manifestava i suoi più intimi sentimenti. Egli m'aveva tenuto quel lungo discorso solo per poter accettare il mio dono senz'aver da manifestarmi della gratitudine. Ma io non pretendevo nulla. Mi bastava di sapere che tale riconoscenza egli proprio me la doveva.

Del resto, staccatomi da lui, anch'io sentii un sollievo come se fossi andato appena allora all'aria libera. Sentivo veramente la libertà che m'era tolta per i propositi di educarlo e rimetterlo sulla buona strada. In fondo il pedagogo è incatenato peggio dell'alunno. Ero ben deciso di procurargli quel denaro. Naturalmente non so dire se lo facessi per affetto a lui o ad Ada, o forse per liberarmi da quella piccola parte di responsabilità che poteva toccarmi per aver lavorato nel suo ufficio. Insomma avevo deciso di sacrificare una parte del mio patrimonio e ancora oggidì guardo a quel giorno della mia vita con una grande soddisfazione. Quel denaro salvava Guido e a me garantiva una grande tranquillità di coscienza.

Camminai fino a sera nella più grande tranquillità e così perdetti il tempo utile per andar a rintracciare alla Borsa l'Olivi cui dovevo rivolgermi per procurarmi una somma così forte. Poi pensai che la cosa non fosse tanto urgente. Io avevo parecchio denaro a mia disposizione e quello bastava intanto per partecipare alla regolazione che si doveva fare il quindici del mese. Per la fine del mese avrei provveduto più tardi.

Per quella sera non pensai più a Guido. Più tardi, e cioè quando i bambini furono coricati, m'accinsi varie volte a dire ad Augusta del disastro finanziario di Guido e del danno che doveva riverberarne a me, ma poi non volli seccarmi con discussioni e pensai sarebbe meglio mi riservassi di convincere Augusta nel momento in cui la regolazione di quegli affari sarebbe stata decisa da tutti. Eppoi mentre Guido stava divertendosi sarebbe stato curioso che io mi fossi seccato.

Dormii benissimo e, alla mattina, con la tasca non molto carica di denaro (ci avevo l'antica busta abbandonatami da Carla e che fino ad allora religiosamente avevo conservato per lei stessa o per qualche sua erede e qualche po' di altro denaro che avevo potuto prelevare da una Banca) mi recai in ufficio. Passai la mattina a leggere giornali, fra Carmen che cuciva e Luciano che s'addestrava in moltipliche e addizioni.

Quando ritornai a casa all'ora della colazione, trovai Augusta perplessa e abbattuta. La sua faccia era coperta da quel grande pallore che non si produceva che per dolori che le provenivano da me. Mitemente mi disse:

– Ho saputo che hai deciso di sacrificare una parte del tuo patrimonio per salvare Guido! Io so che non avevo il diritto di esserne informata...

Era tanto dubbiosa del suo diritto che esitò. Poi riprese a rimproverarmi il mio silenzio:

– Ma è vero ch'io non sono come Ada, perché mai mi sono opposta alla tua volontà.

Ci volle del tempo per apprendere quello ch'era avvenuto. Augusta era capitata da Ada quando stava discutendo la quistione di Guido con la madre. Vedendola, Ada s'era abbandonata ad un gran pianto e le aveva detto della mia generosità ch'essa assolutamente non voleva accettare. Aveva anzi pregata Augusta d'invitarmi a desistere dalla mia profferta.

M'accorsi subito che Augusta soffriva della sua antica malattia, la gelosia per la sorella, ma non vi diedi peso. Mi sorprendeva l'attitudine assunta da Ada:

– Ti parve risentita? – domandai facendo tanto d'occhi per la sorpresa.

– No! No! Non offesa! – gridò la sincera Augusta. – Mi baciò e abbracciò... forse perché abbracci te.

Pareva un modo di esprimersi assai comico. Essa mi guardava, studiandomi, diffidente.

Protestai.

– Credi che Ada sia innamorata di me? cosa ti salta in testa?

Ma non riuscii a calmar Augusta la cui gelosia mi seccava orribilmente. Sta bene che Guido a quell'ora non era più a divertirsi e passava certamente un brutto quarto d'ora fra sua suocera e sua moglie ma ero seccatissimo anch'io e mi pareva di dover soffrir troppo essendo del tutto innocente.

Tentai di calmare Augusta facendole delle carezze. Essa allontanò la sua faccia dalla mia per vedermi meglio e mi fece dolcemente un mite rimprovero che mi commosse molto:

– Io so che ami anche me, – mi disse.

Evidentemente lo stato d'animo di Ada non aveva importanza per lei, ma il mio ed ebbi un'ispirazione per provarle la mia innocenza:

– Ada è dunque innamorata di me? – feci ridendo.

Poi staccatomi da Augusta per farmi veder meglio, gonfiai un po' le guancie e spalancai in modo innaturale gli occhi così da somigliare ad Ada malata. Augusta mi guardò stupita, ma presto indovinò la mia intenzione. Fu colta da uno scoppio d'ilarità di cui subito si vergognò.

– No! – mi disse, – ti prego di non deriderla. – Poi confessò, sempre ridendo, ch'ero riuscito di imitare proprio quelle protuberanze che davano alla faccia di Ada un aspetto tanto sorprendente. Ed io lo sapevo perché imitandola m'era parso di abbracciare Ada. E quando fui solo, più volte ripetei quello sforzo con desiderio e disgusto.

Nel pomeriggio andai all'ufficio nella speranza di trovarvi Guido. Ve l'attesi per qualche tempo eppoi decisi di recarmi a casa sua. Dovevo pur sapere se era necessario di domandare del denaro all'Olivi. Dovevo compiere il mio dovere per quanto mi seccasse di rivedere Ada alterata una volta di più dalla riconoscenza. Chissà quali sorprese mi potevano ancora provenire da quella donna!

Sulle scale della casa di Guido m'imbattei nella signora Malfenti che pesantemente le saliva. Mi raccontò per lungo e per largo quanto fino ad allora era stato deciso nell'affare di Guido. La sera prima s'erano divisi circa d'accordo nella convinzione che bisognava salvare quell'uomo che aveva una disdetta disastrosa. Soltanto alla mattina Ada aveva appreso ch'io dovevo collaborare a coprire la perdita di Guido e s'era recisamente rifiutata di accettare. La signora Malfenti la scusava:

– Che vuoi farci? Essa non vuole caricarsi del rimorso di aver impoverita la sua sorella prediletta.

Sul pianerottolo, la signora si fermò per respirare e anche per parlare, e mi disse ridendo che la cosa sarebbe finita senza danno per nessuno. Prima di colazione, lei, Ada e Guido s'erano recati per averne consiglio da un avvocato, vecchio amico di famiglia e ora anche tutore della piccola Anna. L'avvocato aveva detto che non occorreva pagare perché per legge non vi si era obbligati. Guido s'era vivamente opposto parlando di onore e di dovere, ma senza dubbio, una volta che tutti, compresa Ada, decidevano di non pagare, anche lui avrebbe dovuto rassegnarvisi.

– Ma la sua ditta alla Borsa sarà dichiarata bancarotta? – dissi io perplesso.

– Probabilmente! – disse la signora Malfenti con un sospiro prima d'imprendere la salita dell'ultima scala.

Guido dopo colazione usava di riposare e perciò fummo ricevuti dalla sola Ada in quel salottino ch'io conoscevo tanto bene. Al vedermi essa fu per un istante confusa, per un solo istante, ch'io però afferrai e ritenni, chiaro, evidente, come se la sua confusione mi fosse stata detta. Poi si fece forza e mi stese la mano con un movimento deciso, virile, che doveva cancellare l'esitazione femminea che l'aveva precorso.

Mi disse:

– Augusta ti avrà detto come io ti sia riconoscente. Non saprei ora dirti quello che sento perché sono confusa. Sono anche malata. Sì, molto malata! Avrei di nuovo bisogno della casa di salute di Bologna!

Un singhiozzo l'interruppe:

– Ti domando ora un favore. Ti prego di dire a Guido che neppure tu sei al caso di dargli quel denaro. Così ci sarà più facile d'indurlo a fare quello che deve.

Prima aveva avuto un singhiozzo ricordando la propria malattia; singhiozzò poi di nuovo prima di continuare a parlare del marito:

– È un ragazzo, e bisogna trattarlo come tale. Se egli sa che tu consenti di dargli quel denaro, s'ostinerà ancora maggiormente nella sua idea di sacrificare anche il resto inutilmente. Inutilmente, perché oramai sappiamo con assoluta certezza che il fallimento in Borsa è permesso. L'ha detto l'avvocato.

Mi comunicava il parere di un'alta autorità senza domandarmi il mio. Come vecchio frequentatore di Borsa, il mio parere, anche accanto a quello dell'avvocato, avrebbe potuto avere il suo peso, ma non ricordai neppure il mio parere seppure ne avevo uno. Ricordai invece che venivo messo in una posizione difficile. Io non potevo ritirarmi dall'impegno che avevo preso con Guido: era in compenso di quell'impegno, che m'ero creduto autorizzato di gridargli nelle orecchie tante insolenze, intascando così una specie d'interessi sul capitale che ora non potevo più rifiutargli.

– Ada! – dissi esitante. – Io non credo di potermi disdire così da un giorno all'altro. Non sarebbe meglio che tu convincessi Guido di fare le cose come le desideri tu?

La signora Malfenti con la grande simpatia che sempre mi dimostrava, disse che intendeva benissimo la mia speciale posizione e che del resto, quando Guido si sarebbe visto messo a disposizione soltanto un quarto dell'importo di cui abbisognava, avrebbe pur dovuto adattarsi al loro volere.

Ma Ada non aveva esaurite le sue lacrime. Piangendo con la faccia celata nel fazzoletto, disse:

– Hai fatto male, molto male di fare quell'offerta veramente straordinaria! Ora si vede quanto male hai fatto!

Mi pareva esitante fra una grande gratitudine e un grande rancore. Poi soggiunse che non voleva si parlasse mai più di quella mia offerta e mi pregava di non provvedere quel denaro, perché essa m'avrebbe impedito di darlo o avrebbe impedito a Guido di accettarlo.

Ero tanto imbarazzato che finii col dire una bugia. Le dissi cioè che quel denaro io l'avevo già procurato e accennai alla mia tasca di petto dove giaceva quella busta dal peso tanto lieve. Ada mi guardò questa volta con un'espressione di vera ammirazione di cui forse mi sarei compiaciuto se non avessi saputo di non meritarla. Ad ogni modo fu proprio questa mia bugia per la quale non so dare altra spiegazione che una mia strana tendenza a rappresentarmi dinanzi ad Ada maggiore di quanto non sia, che m'impedì di attendere Guido e mi cacciò da quella casa. Avrebbe potuto anche avvenire che a un dato punto, contrariamente a quanto appariva, mi fosse stato chiesto di consegnare il denaro che dicevo di avere con me, e allora che figura ci avrei fatta? Dissi che avevo degli affari urgenti in ufficio e corsi via.

Ada m'accompagnò alla porta e m'assicurò ch'essa avrebbe indotto Guido di venire lui da me per ringraziarmi della mia bontà e per rifiutarla. Fece tale dichiarazione con tale risolutezza che io trasalii. A me parve che quel fermo proposito andasse a colpire in parte anche me. No! In quel momento essa non mi amava. Il mio atto di bontà era troppo grande. Schiacciava la gente su cui s'abbatteva e non c'era da meravigliarsi che i beneficati protestassero. Andando all'ufficio cercai di liberarmi del malessere che m'aveva dato il contegno di Ada, ricordando che io portavo quel sacrificio a Guido e a nessun altro. Che c'entrava Ada? Mi ripromisi di farlo sapere ad Ada stessa alla prima occasione.

Andai all'ufficio proprio per non avere il rimorso di aver mentito una volta di più. Nulla mi vi attendeva. Cadeva dalla mattina una pioggerella minuta e continua che aveva rinfrescata considerevolmente l'aria di quella primavera esitante. In due passi sarei stato a casa, mentre per andare all'ufficio dovevo percorrere una strada ben più lunga ciò ch'era abbastanza fastidioso. Ma mi pareva di dover corrispondere ad un impegno.

Poco dopo vi fui raggiunto da Guido. Allontanò dall'ufficio Luciano per restare solo con me. Aveva quel suo aspetto sconvolto che l'aiutava nelle sue lotte con la moglie e che io conoscevo tanto bene. Doveva aver pianto e gridato.

Mi domandò che cosa mi paresse dei progetti di sua moglie e di nostra suocera ch'egli sapeva m'erano già stati comunicati. Gli parvi esitante. Non volevo dire la mia opinione che non poteva accordarsi con quella delle due donne e sapevo che se avessi adottata la loro, avrei provocate delle nuove scene da parte di Guido. Poi mi sarebbe dispiaciuto troppo di far apparire esitante il mio aiuto e infine eravamo d'accordo con Ada che la decisione doveva venire da Guido e non da me. Gli dissi che bisognava calcolare, vedere, sentire anche altre persone. Io non ero un tale uomo d'affari da poter dare un consiglio in argomento tanto importante. E, per guadagnare del tempo, gli domandai se voleva che consultassi l'Olivi.

Bastò questo per farlo gridare:

– Quell'imbecille! – urlò. – Te ne prego lascialo da parte!

Non ero affatto disposto di accalorarmi alla difesa dell'Olivi, ma non bastò la mia calma per rasserenare Guido. Eravamo nell'identica situazione del giorno prima, ma ora era lui che gridava e toccava a me di tacere. È quistione di disposizione. Io ero pieno di un imbarazzo che mi legava le membra.

Ma egli assolutamente volle io dicessi il mio parere. Per un'ispirazione che credo divina parlai molto bene, tanto bene che se le mie parole avessero avuto un effetto qualunque, la catastrofe che poi seguì sarebbe stata evitata. Gli dissi che io intanto avrei scisse le due quistioni, quella della liquidazione del quindici da quella di fine mese. In complesso al quindici non si aveva da pagare un importo troppo rilevante e bisognava intanto indurre le donne a sottostare a quella perdita relativamente lieve. Poi avremmo avuto il tempo necessario per provvedere saggiamente all'altra liquidazione.

Guido m'interruppe per domandarmi:

– Ada m'ha detto che tu hai già pronto il denaro in tasca. L'hai qui?

Arrossii. Ma trovai subito pronta un'altra bugia che mi salvò:

– Visto che a casa tua non accettarono quel denaro, lo depositai poco fa alla Banca. Ma possiamo riaverlo quando vorremo, anche subito domattina.

Allora egli mi rimproverò di aver cambiato di parere. Se proprio io il giorno prima avevo dichiarato di non voler aspettare l'altra liquidazione per mettere in regola tutto! E qui egli ebbe uno scoppio d'ira violenta che finì col gettarlo privo di forze sul sofà! Egli avrebbe gettato fuori d'ufficio il Nilini e quegli altri agenti che lo avevano trascinato al giuoco. Oh! Giuocando egli aveva bensì intravvista la possibilità della rovina, ma mai più la soggezione a donne che non capivano niente di niente.

Andai a stringergli la mano e se lo avesse permesso lo avrei abbracciato. Non volevo nient'altro che vederlo arrivare a quella decisione. Niente più giuoco, ma il lavoro di ogni giorno!

Questo sarebbe stato il nostro avvenire e la sua indipendenza. Ora si trattava di passare quel breve duro periodo, ma poi tutto sarebbe stato facile e semplice.

Abbattuto, ma più calmo, egli poco dopo mi lasciò. Anche lui nella sua debolezza era tutto pervaso da una forte decisione.

– Ritorno da Ada! – mormorò ed ebbe un sorriso amaro, ma sicuro.

L'accompagnai fino alla porta e l'avrei accompagnato fino a casa sua se egli non avesse avuta alla porta la vettura che l'attendeva.

La Nemesi perseguitava Guido. Mezz'ora dopo ch'egli m'aveva lasciato, io pensai che sarebbe stato prudente da parte mia di recarmi a casa sua ad assisterlo. Non che io avessi sospettato che su lui potesse incombere un pericolo, ma ormai io ero tutto dalla parte sua e avrei potuto contribuire a convincere Ada e la signora Malfenti ad aiutarlo. Il fallimento in Borsa non era una cosa che mi piaceva ed in complesso la perdita ripartita fra noi quattro non era insignificante, ma non rappresentava per nessuno di noi la rovina.

Poi ricordai che il mio maggior dovere era oramai non di assistere Guido, ma di fargli trovare pronto il giorno appresso l'importo che gli avevo promesso. Andai subito in cerca dell'Olivi e mi preparai ad una nuova lotta. Avevo escogitato un sistema di rifondere alla mia firma il grosso importo in varii anni, versando però di lì ad alcuni mesi tutto quello che ancora restava dell'eredità di mia madre. Speravo che l'Olivi non avrebbe fatte delle difficoltà, perché io fino ad allora non gli avevo mai domandato più di quanto mi fosse spettato per utili ed interessi e potevo anche promettere di non inquietarlo mai più con domande simili. Era evidente che pur potevo sperare di ricuperare da Guido almeno parte di quell'importo.

Quella sera non seppi trovare l'Olivi. Era appena uscito dall'ufficio quand'io vi entrai. Supponevano si fosse recato alla Borsa. Non lo trovai neppure colà e allora mi recai a casa sua ove appresi che si trovava ad una seduta di un'associazione economica nella quale occupava un posto onorifico. Avrei potuto raggiungerlo colà, ma oramai s'era fatto notte, e cadeva ininterrotta una pioggia abbondante che convertiva le vie in tanti ruscelli.

Fu un diluvio che durò per tutta la notte e di cui per lunghi anni non si perdette il ricordo. La pioggia cadeva tranquilla, tranquilla, addirittura perpendicolarmente, sempre nella stessa abbondanza. Dalle alture che circondano la città scese il fango che, associato alle scorie della nostra vita cittadina, andò ad ostruire i nostri scarsi canali. Quando mi decisi a rincasare dopo di aver atteso inutilmente in un rifugio che la pioggia cessasse e quand'ebbi chiara la visione che il tempo s'era assestato nella pioggia e ch'era vano di sperare un mutamento, si camminava nell'acqua anche movendosi sulla parte più alta del selciato. Corsi a casa bestemmiando e fracido fino alle ossa. Bestemmiavo anche perché avevo perduto tanto buon tempo per rintracciare l'Olivi. Può essere che il mio tempo non sia poi tanto prezioso, ma è sicuro ch'io soffro orrendamente quando posso constatare di aver lavorato invano. E correndo pensavo: «Lasciamo tutto per domani quando sarà chiaro e bello e asciutto. Domani andrò dall'Olivi e domani mi recherò da Guido. Magari mi leverò di buon'ora, ma sarà chiaro e asciutto». Ero tanto convinto della giustezza della mia decisione che dissi ad Augusta che da tutti si era stabilito di rimandare ogni decisione alla dimane. Mi cambiai, mi rasciugai e con le comode e calde pantofole sui piedi torturati, dapprima cenai eppoi mi coricai per dormire profondamente fino alla mattina mentre ai vetri delle mie finestre batteva la pioggia grossa come funi.

Così seppi solo tardi gli avvenimenti della notte. Dapprima apprendemmo che la pioggia aveva finito col provocare in varie parti della città delle inondazioni, poi che Guido era morto.

Molto più tardi seppi come poté accadere una cosa simile. Alle undici di sera circa, quando la signora Malfenti si fu allontanata,

Guido avvertì la moglie ch'egli aveva ingoiata una quantità enorme di veronal. Volle convincere la moglie che era condannato. L'abbracciò, la baciò, le domandò perdono di averla fatta soffrire. Poi, ancora prima che la sua parola si convertisse in un balbettio, l'assicurò ch'essa era stata il solo amore della sua vita. Essa non credette per allora né a quest'assicurazione né ch'egli avesse ingoiato tanto veleno da poter morirne. Non credette neppure ch'egli avesse perduti i sensi, ma si figurò che fingesse per strapparle di nuovo dei denari.

Poi, trascorsa quasi un'ora, vedendo ch'egli dormiva sempre più profondamente, ebbe un certo terrore e scrisse un biglietto ad un medico che abitava non lontano dalla sua abitazione. Su quel biglietto scisse che suo marito abbisognava di pronto aiuto avendo ingoiato una grande quantità di veronal.

Fino ad allora non c'era stata in quella casa alcun'emozione che avesse potuto avvisare la fantesca, una vecchia donna ch'era in casa da poco tempo, della gravità della sua missione.

La pioggia fece il resto. La fantesca si trovò con l'acqua a mezza gamba e smarrì il biglietto. Se ne accorse solo quando si trovò alla presenza del dottore. Seppe però dirgli che c'era urgenza e lo indusse a seguirla.

Il dottor Mali era un uomo di circa cinquant'anni, tutt'altro che una genialità, ma un medico pratico che aveva fatto sempre il suo dovere come meglio aveva potuto. Non aveva una grande clientela propria, ma invece aveva molto da fare per conto di una società dai numerosissimi membri, che lo retribuiva poco lautamente. Era rincasato poco prima ed era arrivato finalmente a riscaldarsi e rasciugarsi accanto al fuoco. Si può immaginare con quale animo abbandonasse ora il suo caldo cantuccio. Quando io mi misi ad indagare meglio le cause della morte del mio povero amico, mi preoccupai anche di fare la conoscenza del dottor Mali. Da lui non seppi altro che questo: quando giunse all'aperto e si sentì bagnare dalla pioggia traverso l'ombrello, si pentì d'aver studiato medicina invece di agricoltura, ricordando che il contadino, quando piove, resta a casa.

Giunto al letto di Guido, trovò Ada del tutto calmata. Ora che aveva accanto il dottore, ricordava meglio come Guido l'avesse giocata mesi prima simulando un suicidio. Non toccava più a lei di assumersi una responsabilità, ma al dottore il quale doveva essere informato di tutto, anche delle ragioni che dovevano far credere in una simulazione di suicidio. E queste ragioni il dottore le ebbe tutte come prestava nello stesso tempo l'orecchio alle onde che spazzavano la via. Non essendo stato avvisato che lo si aveva chiamato per curare un caso di avvelenamento, egli mancava di ogni ordigno necessario alla cura. Lo deplorò balbettando qualche parola che Ada non intese. Il peggio era che, per poter imprendere un lavacro dello stomaco, egli non avrebbe potuto mandar a prendere le cose necessarie, ma avrebbe dovuto andar a prenderle lui stesso traversando per due volte la via. Toccò il polso di Guido e lo trovò magnifico. Domandò ad Ada se forse Guido avesse sempre avuto un sonno molto profondo. Ada rispose di sì, ma non a quel punto. Il dottore esaminò gli occhi di Guido: reagivano prontamente alla luce! Se ne andò raccomandando di dargli di tempo in tempo dei cucchiaini di caffè nero fortissimo.

Seppi anche che, giunto sulla via, mormorò con rabbia:

– Non dovrebbe essere permesso di simulare un suicidio con questo tempo!

Io, quando lo conobbi, non osai di fargli un rimprovero per la sua negligenza, ma egli l'indovinò e si difese: mi disse che rimase stupito all'apprendere alla mattina che Guido era morto, tanto che sospettò fosse rinvenuto e avesse preso dell'altro veronal. Poi soggiunse che i profani d'arte medica non potevano immaginare come nel corso della sua pratica il dottore venisse abituato a difendere la sua vita contro i clienti che vi attentavano non pensando che alla loro.

Dopo poco più di un'ora, Ada si stancò di cacciare a Guido il cucchiaino fra' denti e vedendo ch'egli ne sorbiva sempre meno e che il resto andava a bagnare il guanciale, si spaventò di nuovo e pregò la fantesca di recarsi dal dottor Paoli. Questa volta la fantesca tenne da conto il bigliettino. Ma ci mise più di un'ora per raggiungere l'abitazione del medico. È naturale che quando piove tanto si senta il bisogno di tempo in tempo di fermarsi sotto qualche portico. Una pioggia simile non solo bagna, ma sferza.

Il dottor Paoli non era in casa. Era stato chiamato poco prima da un cliente e se ne era andato dicendo che sperava di ritornare presto. Ma poi pare avesse preferito di attendere presso il cliente che la pioggia cessasse. La sua donna di servizio, una buonissima persona in età, fece sedere la fantesca di Ada accanto al fuoco e si preoccupò di rifocillarla. Il dottore non aveva lasciato l'indirizzo del suo cliente e così le due donne passarono insieme varie ore accanto al fuoco. Il dottore ritornò, solo quando la pioggia fu cessata. Quando poi arrivò da Ada con tutti gli ordigni che già aveva esperiti su Guido, albeggiava. A quel letto ebbe un solo compito: celare ad Ada che Guido era già morto e far venire la signora Malfenti prima che Ada se ne accorgesse, per assisterla nel primo dolore.

Per questo la notizia ci pervenne molto tardi e imprecisa.

Levatomi dal letto ebbi per l'ultima volta uno slancio d'ira contro il povero Guido: complicava ogni sventura con le sue commedie! Uscii di casa senza Augusta che non poteva abbandonare il bimbo così su due piedi. Fuori, fui trattenuto da un dubbio! Non avrei potuto attendere che le Banche si aprissero e l'Olivi fosse nel suo ufficio per comparire dinanzi a Guido fornito del denaro che avevo promesso? Tanto poco credevo alla notizia della gravità delle condizioni di Guido che pur m'era stata annunziata!

La verità la ebbi dal dottor Paoli in cui m'imbattei sulle scale. Ne ebbi uno sconvolgimento che quasi mi fece precipitare. Guido, dacché vivevo con lui, era divenuto per me un personaggio di grande importanza. Finché era vivo lo vedevo in una data luce ch'era la luce di parte delle mie giornate. Morendo, quella luce si modificava in modo come se improvvisamente fosse passata traverso un prisma. Era proprio questo che m'abbacinava. Egli aveva sbagliato, ma io subito vidi ch'essendo morto, dei suoi errori non restava niente. Secondo me era un imbecille quel buffone che in un cimitero coperto di epigrafi laudatorie domandò dove si seppellissero in quel paese i peccatori. I morti non sono mai stati peccatori. Guido era ormai un puro! La morte l'aveva purificato.

Il dottore era commosso per aver assistito al dolore di Ada. Mi disse qualche cosa dell'orrenda notte ch'essa aveva passata. Oramai si era riusciti a farle credere che la quantità di veleno ingerita da Guido era stata tale che nessun soccorso avrebbe potuto giovare. Guai se avesse saputo altrimenti!

– Invece – aggiunse il dottore con sconforto – se io fossi arrivato qualche ora prima l'avrei salvato. Ho trovate le boccette vuote del veleno.

Le esaminai. Una dose forte ma poco più forte dell'altra volta. Mi fece vedere alcune boccette sulle quali lessi stampato: Veronal. Dunque non veronal al sodio. Come nessun altro io potevo ora essere certo che Guido non aveva voluto morire. Non lo dissi però mai a nessuno.

Il Paoli mi lasciò dopo di avermi detto che per il momento non cercassi di vedere Ada. Egli le aveva propinati dei forti calmanti e non dubitava che presto avrebbero avuto il loro effetto.

Sul corridoio sentii venire da quella stanzuccia, ove ero stato ricevuto due volte da Ada, il suo pianto mite. Erano parole singole che non intendevo, ma pregne di affanno. La parola *lui* era ripetuta più volte ed io immaginai quello ch'essa diceva. Stava ricostruendo la sua relazione col povero morto. Non doveva somigliare affatto a quella ch'essa aveva avuta col vivo. Per me era evidente ch'essa col marito vivo aveva sbagliato. Egli moriva per un delitto commesso da tutti insieme perché egli aveva giocato alla Borsa col consenso di tutti loro. Quando s'era trattato di pagare allora l'avevano lasciato solo. E lui s'era affrettato di pagare. Unico dei congiunti io, che veramente non ci entravo, avevo sentito il dovere di soccorrerlo.

Nella stanza da letto matrimoniale il povero Guido giaceva abbandonato, coperto dal lenzuolo. La rigidezza già avanzata, esprimeva qui non una forza ma la grande stupefazione di essere morto senz'averlo voluto. Sulla sua faccia bruna e bella era impronto un rimprovero. Certamente non diretto a me.

Andai da Augusta a sollecitarla di venire ad assistere la sorella. Io ero molto commosso ed Augusta pianse abbracciandomi:

– Tu sei stato un fratello per lui, – mormorò. – Solo adesso io sono d'accordo con te di sacrificare una parte del nostro patrimonio per purificare la sua memoria.

Mi preoccupai di rendere ogni onore al mio povero amico. Intanto affissi alla porta dell'ufficio un bollettino che ne annunciava la chiusura per la morte del proprietario. Composi io stesso l'avviso mortuario. Ma soltanto il giorno seguente, d'accordo con Ada, furono prese le disposizioni per il funerale. Seppi allora che Ada aveva deciso di seguire il feretro al cimitero. Voleva concedergli tutte le prove d'affetto che poteva. Poverina! Io sapevo quale dolore fosse quello del rimorso su una tomba. Ne avevo tanto sofferto anch'io alla morte di mio padre.

Passai il pomeriggio chiuso nell'ufficio in compagnia del Nilini. Si arrivò così a fare un piccolo bilancio della situazione di Guido. Spaventevole! Non solo era distrutto il capitale della ditta, ma Guido restava debitore di altrettanto, se avesse dovuto rispondere di tutto.

Io avrei avuto bisogno di lavorare, proprio lavorare a vantaggio del mio povero defunto amico, ma non sapevo far altro che sognare. La prima mia idea sarebbe stata di sacrificare tutta la mia vita in quell'ufficio e di lavorare a vantaggio di Ada e dei suoi figliuoli. Ma ero poi sicuro di saper far bene?

Il Nilini, come al solito, chiacchierava mentre io guardavo tanto, tanto lontano. Anche lui sentiva il bisogno di mutare radicalmente le sue relazioni con Guido. Ora comprendeva tutto! Il povero Guido, quando gli aveva fatto di torto, era stato già colto dalla malattia che doveva condurlo al suicidio. Perciò tutto era dimenticato oramai. E predicò dicendosi proprio fatto così. Non poteva serbare rancore a nessuno. Egli aveva sempre voluto bene a Guido e gliene voleva tuttavia.

Finì che i sogni del Nilini s'associarono ai miei e vi si sovrapposero. Non era nel lento commercio che si avrebbe potuto trovare il riparo ad una catastrofe simile, ma alla Borsa stessa. E il Nilini mi raccontò di persona a lui amica che all'ultimo momento aveva saputo salvarsi raddoppiando la posta.

Parlammo insieme per molte ore, ma la proposta del Nilini di proseguire nel gioco iniziato da Guido, arrivò in ultimo, poco prima del mezzodì e fu subito accettata da me. L'accettai con una gioia tale come se così fossi riuscito di far rivivere il mio amico. Finì che io comperai a nome del povero Guido una quantità di altre azioni dal nome bizzarro: *Rio Tinto*, *South French* e così via.

Così s'iniziarono per me le cinquanta ore di massimo lavoro cui abbia atteso in tutta la mia vita. Dapprima e fino a sera restai a misurare a grandi passi su e giù l'ufficio in attesa di sentire se i miei ordini fossero stati eseguiti. Io temevo che alla Borsa si fosse risaputo del suicidio di Guido e che il suo nome non venisse più ritenuto buono per impegni ulteriori. Invece per varii giorni non si attribuì quella morte a suicidio.

Poi, quando il Nilini finalmente poté avvisarmi che tutti i miei ordini erano stati eseguiti, incominciò per me una vera agitazione, aumentata dal fatto che al momento di ricevere gli stabiliti, fui informato che su tutti io perdevo già qualche frazione abbastanza importante. Ricordo quell'agitazione come un vero e proprio lavoro. Ho la curiosa sensazione nel mio ricordo che ininterrottamente, per cinquanta ore, io fossi rimasto assiso al tavolo da giuoco succhiellando le carte. Io non conosco nessuno che per tante ore abbia saputo resistere ad una fatica simile. Ogni movimento di prezzo fu da me registrato, sorvegliato, eppoi (perché non dirlo?) ora spinto innanzi ed ora trattenuto, come a me, ossia al mio povero amico, conveniva. Persino le mie notti furono insonni.

Temendo che qualcuno della famiglia avesse potuto intervenire ad impedirmi l'opera di salvataggio cui m'ero accinto, non parlai a nessuno della liquidazione di metà del mese quando giunse. Pagai tutto io, perché nessun altro si ricordò di quegli impegni, visto che tutti erano intorno al cadavere che attendeva la tumulazione. Del resto, in quella liquidazione era da pagare meno di quanto fosse stato stabilito a suo tempo, perché la fortuna m'aveva subito assecondato. Era tale il mio dolore per la morte di Guido, che mi pareva di attenuarlo compromettendomi in tutti i modi tanto con la mia firma che con l'esposizione del mio danaro. Fin qui m'accompagnava il sogno di bontà che avevo fatto lungo tempo prima accanto a lui. Soffersi tanto di quell'agitazione, che non giuocai mai più in Borsa per conto mio.

Ma a forza di «succhiellare» (questa era la mia occupazione precipua) finii col non intervenire al funerale di Guido. La cosa avvenne così. Proprio quel giorno i valori in cui eravamo impegnati fecero un balzo in alto. Il Nilini ed io passammo il nostro tempo a fare il calcolo di quanto avessimo ricuperato della perdita. Il patrimonio del vecchio Speier figurava ora solamente dimezzato! Un magnifico risultato che mi riempiva di orgoglio. Avveniva proprio quello che il Nilini aveva preveduto in tono molto dubitativo bensì ma che ora, naturalmente, quando ripeteva le parole dette, spariva ed egli si presentava quale un sicuro profeta. Secondo me egli aveva previsto questo e anche il contrario. Non avrebbe fallato mai, ma non glielo dissi perché a me conveniva ch'egli restasse nell'affare con la sua ambizione. Anche il suo desiderio poteva influire sui prezzi.

Partimmo dall'ufficio alle tre e corremmo perché allora ricordammo che il funerale doveva aver luogo alle due e tre quarti.

All'altezza dei volti di Chiozza, vidi in lontananza il convoglio e mi parve persino di riconoscere la carrozza di un amico mandata al funerale per Ada. Saltai col Nilini in una vettura di piazza, dando ordine al cocchiere di seguire il funerale. E in quella vettura il Nilini ed io continuammo a succhiellare. Eravamo tanto lontani dal pensiero al povero defunto che ci lagnavamo dell'andatura lenta della vettura. Chissà quello che intanto avveniva alla Borsa non sorvegliata da noi? Il Nilini, a un dato momento, mi guardò proprio con gli occhi e mi domandò perché non facessi alla Borsa qualche cosa per conto mio.

– Per il momento – dissi io, e non so perché arrossissi, – io non lavoro che per conto del mio povero amico.

Quindi, dopo una lieve esitazione, aggiunsi:

– Poi penserò a me stesso. – Volevo lasciargli la speranza di poter indurmi al giuoco sempre nello sforzo di conservarmelo interamente amico. Ma fra me e me formulai proprio le parole che non osavo dirgli: «Non mi metterò mai in mano tua!» Egli si mise a predicare.

– Chissà se si può cogliere un'altra simile occasione! – Dimenticava d'avermi insegnato che alla Borsa v'era l'occasione ad ogni ora.

Quando si arrivò al posto dove di solito le vetture si fermano, il Nilini sporse la testa dalla finestra e diede un grido di sorpresa. La vettura continuava a procedere dietro al funerale che s'avviava al cimitero greco.

– Il signor Guido era greco? – domandò sorpreso.

Infatti il funerale passava oltre al cimitero cattolico e s'avviava a qualche altro cimitero, giudaico, greco, protestante o serbo.

– Può essere che sia stato protestante! – dissi io dapprima, ma subito mi ricordai d'aver assistito al suo matrimonio nella chiesa cattolica.

– Dev'essere un errore! – esclamai pensando dapprima che volessero seppellirlo fuori di posto.

Il Nilini improvvisamente scoppiò a ridere di un riso irrefrenabile che lo gettò privo di forze in fondo alla vettura con la sua boccaccia spalancata nella piccola faccia.

– Ci siamo sbagliati! – esclamò. Quando arrivò a frenare lo scoppio della sua ilarità, mi colmò di rimproveri. Io avrei dovuto vedere dove si andava perché io avrei dovuto sapere l'ora e le persone ecc. Era il funerale di un altro!

Irritato, io non avevo riso con lui ed ora m'era difficile di sopportare i suoi rimproveri. Perché non aveva guardato meglio anche lui? Frenai il mio malumore solo perché mi premeva più la Borsa, che il funerale. Scendemmo dalla vettura per orizzontarci meglio e ci avviammo verso l'entrata del cimitero cattolico. La vettura ci seguì. M'accorsi che i superstiti dell'altro defunto ci guardavano sorpresi non sapendo spiegarsi perché dopo di aver onorato fino a quell'estremo limite quel poverino lo abbandonassimo sul più bello.

Il Nilini spazientito mi precedeva. Domandò al portiere dopo una breve esitazione:

– Il funerale del signor Guido Speier è già arrivato?

Il portiere non sembrò sorpreso della domanda che a me parve comica. Rispose che non lo sapeva. Sapeva solo dire che nel recinto erano entrati nell'ultima mezz'ora due funerali.

Perplessi ci consultammo. Evidentemente non si poteva sapere se il funerale si trovasse già dentro o fuori. Allora decisi per mio conto. A me non era permesso d'intervenire alla funzione forse già cominciata e turbarla. Dunque non sarei entrato in cimitero. Ma d'altronde non potevo rischiare d'imbattermi nel funerale, ritornando. Rinunziavo perciò ad assistere all'interramento e sarei ritornato in città facendo un lungo giro oltre Servola. Lasciai la vettura al Nilini che non voleva rinunziare di far atto di presenza per riguardo ad Ada ch'egli conosceva.

Con passo rapido, per sfuggire a qualunque incontro, salii la strada di campagna che conduceva al villaggio. Oramai non mi dispiaceva affatto di essermi sbagliato di funerale e di non aver reso gli ultimi onori al povero Guido. Non potevo indugiarmi in quelle pratiche religiose. Altro dovere m'incombeva: dovevo salvare l'onore del mio amico e difenderne il patrimonio a vantaggio della vedova e dei figli. Quando avrei informata Ada ch'ero riuscito di ricuperare tre quarti della perdita (e riandavo con la mente su tutto il conto fatto tante volte: Guido aveva perduto il doppio del patrimonio del padre e, dopo il mio intervento, la perdita si riduceva a metà di quel patrimonio. Era perciò esatto. Io avevo ricuperata proprio tre quarti della perdita), essa certamente m'avrebbe perdonato di non essere intervenuto al suo funerale.

Quel giorno il tempo s'era rimesso al bello. Brillava un magnifico sole primaverile e, sulla campagna ancora bagnata, l'aria era nitida e sana. I miei polmoni, nel movimento che non m'ero concesso da varii giorni, si dilatavano. Ero tutto salute e forza. La salute non risalta che da un paragone. Mi paragonavo al povero Guido e salivo, salivo in alto con la mia vittoria nella stessa lotta nella quale egli era soggiaciuto. Tutto era salute e forza intorno a me. Anche la campagna dall'erba giovine. L'estesa e abbondante bagnatura, la catastrofe dell'altro giorno, dava ora soli benefici effetti ed il sole luminoso era il tepore desiderato dalla terra ancora ghiacciata. Era certo che quanto più ci si sarebbe allontanati dalla catastrofe, tanto più discaro sarebbe stato quel cielo azzurro se non avesse saputo oscurarsi a tempo. Ma questa era la previsione dell'esperienza ed io non la ricordai; m'afferra solo ora che scrivo. In quel momento c'era nel mio animo solo un inno alla salute mia e di tutta la natura; salute perenne.

Il mio passo si fece più rapido. Mi beavo di sentirlo tanto leggero. Scendendo dalla collina di Servola s'affrettò fin qui quasi alla corsa. Giunto al passeggio di Sant'Andrea, sul piano, si rallentò di nuovo, ma avevo sempre il senso di una grande facilità. L'aria mi portava.

Avevo perfettamente dimenticato che venivo dal funerale del mio più intimo amico. Avevo il passo e il respiro del vittorioso. Però la mia gioia per la vittoria era un omaggio al mio povero amico nel cui interesse era sceso in lizza.

Andai all'ufficio a vedere i corsi di chiusa. Erano un po' più deboli, ma non fu questo che mi tolse la fiducia. Sarei tornato a «succhiellare» e non dubitavo che sarei arrivato allo scopo.

Dovetti finalmente recarmi alla casa di Ada. Venne ad aprirmi Augusta. Mi domandò subito:

– Come hai fatto a mancare al funerale, tu, l'unico uomo nella nostra famiglia?

Deposi l'ombrello e il cappello, e un po' perplesso le dissi che avrei voluto parlare subito anche con Ada per non dover ripetermi. Intanto potevo assicurarla che avevo avute le mie buone ragioni per mancare dal funerale. Non ne ero più tanto sicuro e improvvisamente il mio fianco s'era fatto dolente forse per la stanchezza. Doveva essere quell'osservazione di Augusta, che mi faceva dubitare della possibilità di far scusare la mia assenza che doveva aver causato uno scandalo; vedevo dinanzi a me tutti i partecipi alla mesta funzione che si distraevano dal loro dolore per domandarsi dove io potessi essere.

Ada non venne. Poi seppi che non era stata neppure avvisata ch'io l'attendessi. Fui ricevuto dalla signora Malfenti che incominciò a parlarmi con un cipiglio severo quale non le avevo mai visto. Cominciai a scusarmi, ma ero ben lontano dalla sicurezza con cui ero volato dal cimitero in città. Balbettavo. Le raccontai anche qualche cosa di meno vero in appendice della verità, ch'era la mia coraggiosa iniziativa alla Borsa a favore di Guido, e cioè che poco prima dell'ora del funerale avevo dovuto spedire un dispaccio a Parigi per dare un ordine e che non m'ero sentito di allontanarmi dall'ufficio prima di aver ricevuta la risposta. Era vero che il Nilini ed io avevamo dovuto telegrafare a

Parigi, ma due giorni prima, e due giorni prima avevamo ricevuta anche la risposta. Insomma comprendevo che la verità non bastava a scusarmi fors'anche perché non potevo dirla tutta e raccontare dell'operazione tanto importante cui io da giorni attendevo cioè a regolare col mio desiderio i cambii mondiali. Ma la signora Malfenti mi scusò quando sentì la cifra cui ora ammontava la perdita di Guido. Mi ringraziò con le lacrime agli occhi. Ero di nuovo non l'unico uomo della famiglia, ma il migliore.

Mi domandò di venire di sera con Augusta a salutare Ada cui essa nel frattempo avrebbe raccontato tutto. Per il momento Ada non era al caso di ricevere nessuno. Ed io, volentieri, me ne andai con mia moglie. Neppure essa, prima di lasciare quella casa, sentì il bisogno di congedarsi da Ada, che passava da pianti disperati ad abbattimenti che le impedivano persino di accorgersi della presenza di chi le parlava.

Ebbi una speranza:

– Allora non è Ada che si è accorta della mia assenza?

Augusta mi confessò che avrebbe voluto tacerne, tanto le era sembrata eccessiva la manifestazione di risentimento di Ada per tale mia mancanza. Ada esigette delle spiegazioni da lei e quando Augusta dovette dirle di non saperne nulla non avendomi ancora visto, essa s'abbandonò di nuovo alla sua disperazione urlando che Guido aveva dovuto finire così essendo stato odiato da tutta la famiglia.

A me parve che Augusta avrebbe dovuto difendermi e ricordare ad Ada come io solo ero stato pronto di soccorrere Guido nel modo che si doveva. Se fossi stato ascoltato, Guido non avrebbe avuto alcun motivo di tentare o simulare un suicidio.

Augusta invece aveva taciuto. Era stata tanto commossa dalla disperazione di Ada che avrebbe temuto di oltraggiarla mettendosi a discutere. Del resto essa era fiduciosa che ora le spiegazioni della signora Malfenti avrebbero convinto Ada dell'ingiustizia ch'essa mi usava. Devo dire che avevo anch'io tale fiducia ed anzi confessare che da quel momento gustai la certezza di assistere alla sorpresa di Ada e alle sue manifestazioni di gratitudine. Già da lei, causa Basedow, tutto era eccessivo.

Ritornai all'ufficio ove appresi che c'era alla Borsa di nuovo un lieve accenno all'ascesa, lievissimo, ma già tale che si poteva sperare di ritrovare il giorno dopo, all'apertura, i corsi della mattina.

Dopo cena dovetti andar da Ada da solo perché Augusta fu impedita di accompagnarmi per una indisposizione della bambina. Fui ricevuto dalla signora Malfenti che mi disse che doveva attendere a qualche lavoro in cucina e che perciò avrebbe dovuto lasciarmi solo con Ada. Poi mi confessò che Ada l'aveva pregata di lasciarla sola con me perché voleva dirmi qualche cosa che non doveva esser sentito da altri. Prima di lasciarmi in quel salottino ove già due volte m'ero trovato con Ada, la signora Malfenti mi disse sorridendo:

– Sai, non è ancora disposta a perdonarti la tua assenza dal funerale di Guido, ma... quasi!

In quel camerino mi batteva sempre il cuore. Questa volta non per il timore di vedermi amato da chi non amavo. Da pochi istanti e solo per le parole della signora Malfenti, avevo riconosciuto di aver commessa una grave mancanza verso la memoria del povero Guido. La stessa Ada, ora che sapeva che a scusare tale mancanza le offrivo un patrimonio, non sapeva perdonarmi subito. M'ero seduto e guardavo i ritratti dei genitori di Guido. Il vecchio *Cada* aveva un'aria di soddisfazione che mi pareva dovuta al mio operato, mentre la madre di Guido, una donna magra vestita di un vestito dalle maniche abbondanti e un cappellino che le stava in equilibrio su una montagna di capelli, aveva l'aria molto severa. Ma già! Ognuno dinanzi alla macchina fotografica assume un altro aspetto ed io guardai altrove sdegnato con me stesso d'indagare quelle faccie. La madre non poteva certo aver previsto ch'io non avrei assistito all'interramento del figlio!

Ma il modo come Ada mi parlò fu una dolorosa sorpresa. Essa doveva aver studiato a lungo quello ch'essa voleva dirmi e non tenne addirittura conto delle mie spiegazioni, delle mie proteste e delle mie rettifiche ch'essa non poteva aver previste e cui perciò non era preparata. Corse la sua via come un cavallo spaventato, fino in fondo.

Entrò vestita semplicemente di una vestaglia nera, la capigliatura nel grande disordine di capelli sconvolti e fors'anche strappati da una mano che s'accanisce a trovar da far qualche cosa, quando non può altrimenti lenire. Giunse fino al tavolino a cui ero seduto e vi si appoggiò con le mani per vedermi meglio. La sua faccina era di nuovo dimagrata e liberata da quella strana salute che le cresceva fuori di posto. Non era bella come quando Guido l'aveva conquistata, ma nessuno guardandola avrebbe ricordata la malattia. Non c'era! C'era invece un dolore tanto grande che la rilevava tutta. Io lo compresi tanto bene quell'enorme dolore, che non seppi parlare. Finché la guardai pensai: «quali parole potrei dirle che potrebbero equivalere a prenderla fraternamente fra le mie braccia per confortarla e indurla a piangere e sfogarsi?». Poi, quando mi sentii aggredito, volli reagire, ma troppo debolmente ed essa non mi sentì.

Essa disse, disse, disse ed io non so ripetere tutte le sue parole. Se non sbaglio cominciò col ringraziarmi seriamente, ma senza calore di aver fatto tanto per lei e per i bambini. Poi subito rimproverò:

– Così hai fatto in modo ch'egli è morto proprio per una cosa che non ne valeva la pena!

Poi abbassò la voce come se avesse voluto tener segreto quello che mi diceva e nella sua voce vi fu maggior calore, un calore che risultava dal suo affetto per Guido e (o mi parve?) anche per me:

– Ed io ti scuso per non esser venuto al suo funerale. Tu non potevi farlo ed io ti scuso. Anche lui ti scuserebbe se fosse ancora vivo. Che ci avresti fatto tu al suo funerale? Tu che non lo amavi! Buono come sei, avresti potuto piangere per me, per le mie lagrime, ma non per lui che tu... odiavi! Povero Zeno! Fratello mio!

Era enorme che mi si potesse dire una cosa simile alterando in tale modo la verità. Io protestai, ma essa non mi sentì. Credo di aver urlato o almeno ne sentii lo sforzo nella strozza:

– Ma è un errore, una menzogna, una calunnia. Come fai a credere una cosa simile?

Essa continuò sempre a bassa voce:

– Ma neppure io seppi amarlo. Non lo tradii neppure col pensiero, ma sentivo in modo che non ebbi la forza di proteggerlo. Guardavo ai tuoi rapporti con tua moglie e li invidiavo. Mi parevano migliori di quelli ch'egli mi offriva. Ti sono grata di non essere intervenuto al funerale perché altrimenti non avrei neppur oggi compreso nulla. Così invece vedo e intendo tutto. Anche che io non l'amai: altrimenti come avrei potuto odiare persino il suo violino, l'espressione più completa del suo grande animo?

Fu allora che io poggiai la mia testa sul braccio e nascosi la mia faccia. Le accuse ch'essa mi rivolgeva erano tanto ingiuste che non si potevano discutere ed anche la loro irragionevolezza era tanto mitigata dal suo tono affettuoso che la mia reazione non poteva essere aspra come avrebbe dovuto per riuscire vittoriosa. D'altronde già Augusta m'aveva dato l'esempio di un silenzio riguardoso per non oltraggiare ed esasperare tanto dolore. Quando però i miei occhi si chiusero, nell'oscurità vidi che le sue parole avevano creato un mondo nuovo come tutte le parole non vere. Mi parve d'intendere anch'io di aver sempre odiato Guido e di essergli stato accanto, assiduo, in attesa di poter colpirlo. Essa poi aveva messo Guido insieme al suo violino. Se non avessi saputo ch'essa brancolava nel suo dolore e nel suo rimorso, avrei potuto credere che quel violino fosse stato sfoderato come parte di Guido per convincere dell'accusa di odio l'animo mio.

Poi nell'oscurità rividi il cadavere di Guido e nella sua faccia sempre stampato lo stupore di essere là, privato dalla vita.

Spaventato rizzai la testa. Era preferibile affrontare l'accusa di Ada che io sapevo ingiusta che guardare nell'oscurità.

Ma essa parlava sempre di me e di Guido:

– E tu, povero Zeno, senza saperlo, continuavi a vivergli accanto odiandolo. Gli facevi del bene per mio amore. Non si poteva! Doveva finire così! Anch'io credetti una volta di poter approfittare dell'amore ch'io sapevo tu mi serbavi per aumentare d'intorno a lui la protezione che poteva essergli utile. Non poteva essere protetto che da chi lo amava e, fra noi, nessuno l'amò.

– Che cosa avrei potuto fare di più per lui? – domandai io piangendo a calde lacrime per far sentire a lei e a me stesso la mia innocenza. Le lacrime sostituiscono talvolta un grido. Io non volevo gridare ed ero persino dubbioso se dovessi parlare. Ma dovevo soverchiare le sue asserzioni e piansi.

– Salvarlo, caro fratello! Io o tu, noi si avrebbe dovuto salvarlo. Io invece gli stetti accanto e non seppi farlo per mancanza di vero affetto e tu restasti lontano, assente, sempre assente finché egli non fu sepolto. Poi apparisti sicuro armato di tutto il tuo affetto. Ma, prima, di lui non ti curasti. Eppure fu con te fino alla sera. E tu avresti potuto immaginare, se di lui ti fossi preoccupato, che qualche cosa di grave stava per succedere.

Le lacrime m'impedivano di parlare, ma borbottai qualche cosa che doveva stabilire il fatto che la notte innanzi egli l'aveva passata a divertirsi in palude a caccia, per cui nessuno a questo mondo avrebbe potuto prevedere quale uso egli avrebbe fatto della notte seguente.

– Egli abbisognava della caccia, egli ne abbisognava! – mi rampognò essa ad alta voce. Eppoi, come se lo sforzo di quel grido fosse stato soverchio, essa tutt'ad un tratto crollò e s'abbatté priva di sensi sul pavimento.

Mi ricordo che per un istante esitai di chiamare la signora Malfenti. Mi pareva che quello svenimento rivelasse qualche cosa di quanto aveva detto.

Accorsero la signora Malfenti e Alberta. La signora Malfenti sostenendo Ada mi domandò:

– Ha parlato con te di quelle benedette operazioni di Borsa? – Poi: – È il secondo svenimento quest'oggi!

Mi pregò di allontanarmi per un istante ed io andai sul corridoio ove attesi per sapere se dovevo rientrare o andarmene. Mi preparavo ad ulteriori spiegazioni con Ada. Essa dimenticava che se si fosse proceduto come io l'avevo proposto, la disgrazia sicuramente sarebbe stata evitata. Bastava dirle questo per convincerla del torto ch'essa mi faceva.

Poco dopo, la signora Malfenti mi raggiunse e mi disse che Ada era rinvenuta e che voleva salutarmi. Riposava sul divano su cui fino a poco prima ero stato seduto io. Vedendomi, si mise a piangere e furono le prime lagrime ch'io le vidi spargere. Mi porse la manina madida di sudore:

– Addio, caro Zeno! Te ne prego, ricorda! Ricorda sempre! Non dimenticarlo!

Intervenne la signora Malfenti a domandare quello che avessi da ricordare ed io le dissi che Ada desiderava che subito fosse liquidata tutta la posizione di Guido alla Borsa. Arrossii della mia bugia e temetti anche una smentita da parte di Ada. Invece di smentirmi essa si mise ad urlare:

– Sì! Sì! Tutto dev'essere liquidato! Di quell'orribile Borsa non voglio più sentirne parlare!

Era di nuovo più pallida e la signora Malfenti, per quietarla, l'assicurò che subito sarebbe stato fatto com'essa desiderava.

Poi la signora Malfenti m'accompagnò alla porta e mi pregò di non precipitare le cose: facessi il meglio che credessi nell'interesse di Guido. Ma io risposi che non mi fidavo più. Il rischio era enorme e non potevo più osare di trattare a quel modo gl'interessi altrui. Non credevo più nel giuoco di Borsa o almeno mi mancava la fiducia che il mio «succhiellare» potesse regolarne l'andamento. Dovevo liquidare perciò subito, ben contento che fosse andata così.

Non ripetei ad Augusta le parole di Ada. Perché avrei dovuto affliggerla? Ma quelle parole, anche perché non le riferii ad alcuno, restarono a martellarmi l'orecchio, e m'accompagnarono per lunghi anni. Risuonano tuttavia nell'anima mia. Tante volte ancora oggidì le analizzo. Io non posso dire di aver amato Guido, ma ciò solo perché era stato uno strano uomo. Ma gli stetti accanto fraternamente e lo assistetti come seppi. Il rimprovero di Ada non lo merito.

Con lei non mi trovai mai più da solo. Essa non sentì il bisogno di dirmi altro né io osai esigere una spiegazione, forse per non rinnovarle il dolore.

In Borsa la cosa finì come avevo previsto e il padre di Guido, dopo che col primo dispaccio gli era stata avvisata la perdita di tutta la sua sostanza, ebbe certamente piacere a ritrovarne la metà intatta. Opera mia di cui non seppi godere come m'ero atteso.

Ada mi trattò affettuosamente tutto il tempo fino alla sua partenza per Buenos Aires ove coi suoi bambini andò a raggiungere la famiglia del marito. Amava di ritrovarsi con me ed Augusta. Io talvolta volli figurarmi che tutto quel suo discorso fosse stato dovuto ad uno scoppio di dolore addirittura pazzesco e ch'essa neppure lo ricordasse. Ma poi una volta che si riparlò in nostra presenza di Guido, essa ripeté e confermò in due parole tutto quello che quel giorno essa m'aveva detto:

– Non fu amato da nessuno, il poverino!

Al momento d'imbarcarsi con in braccio uno dei suoi bambini lievemente indisposto, essa mi baciò. Poi, in un momento in cui nessuno ci stava accanto essa mi disse:

– Addio, Zeno, fratello mio. Io ricorderò sempre che non seppi amarlo abbastanza. Devi saperlo! Io abbandono volentieri il mio paese. Mi pare di allontanarmi dai miei rimorsi!

La rimproverai di crucciarsi così. Dichiarai ch'essa era stata una buona moglie e che io lo sapevo e avrei potuto testimoniarlo. Non so se riuscii a convincerla. Essa non parlò più, vinta dai singhiozzi. Poi, molto tempo dopo, sentii che congedandosi da me, essa aveva voluto con quelle parole rinnovare anche i rimproveri fatti a me. Ma so ch'essa mi giudicò a torto. Certo io non ho da rimproverarmi di non aver voluto bene a Guido.

La giornata era torbida e fosca. Pareva che una sola nube distesa e niente minacciosa offuscasse il cielo. Dal porto tentava di uscire a forza di remi un grande bragozzo le cui vele pendevano inerti dagli alberi. Due soli uomini vogavano e, con colpi innumeri, arrivavano appena a muovere il grosso bastimento. Al largo avrebbero trovata una brezza favorevole, forse.

Ada, dalla tolda del piroscafo, salutava agitando il suo fazzoletto. Poi ci volse le spalle. Certo guardava verso sant'Anna ove riposava Guido. La sua figurina elegante diveniva più perfetta quanto più si allontanava. Io ebbi gli occhi offuscati dalle lacrime. Ecco ch'essa ci abbandonava e che mai più avrei potuto provarle la mia innocenza.

8.
PSICO-ANALISI

3 Maggio 1915

L'ho finita con la psico-analisi. Dopo di averla praticata assiduamente per sei mesi interi sto peggio di prima. Non ho ancora congedato il dottore, ma la mia risoluzione è irrevocabile. Ieri intanto gli mandai a dire ch'ero impedito, e per qualche giorno lascio che m'aspetti. Se fossi ben sicuro di saper ridere di lui senz'adirarmi, sarei anche capace di rivederlo. Ma ho paura che finirei col mettergli le mani addosso.

In questa città, dopo lo scoppio della guerra, ci si annoia più di prima e, per rimpiazzare la psico-analisi, io mi rimetto ai miei cari fogli. Da un anno non avevo scritto una parola, in questo come in tutto il resto obbediente alle prescrizioni del dottore il quale asseriva che durante la cura dovevo raccogliermi solo accanto a lui perché un raccoglimento da lui non sorvegliato avrebbe rafforzati i freni che impedivano la mia sincerità, il mio abbandono. Ma ora mi trovo squilibrato e malato più che mai e, scrivendo, credo che mi netterò più facilmente del male che la cura m'ha fatto. Almeno sono sicuro che questo è il vero sistema per ridare importanza ad un passato che più non duole e far andare via più rapido il presente uggioso.

Tanto fiduciosamente m'ero abbandonato al dottore che quando egli mi disse ch'ero guarito, gli credetti con fede intera e invece non credetti ai miei dolori che tuttavia m'assalivano. Dicevo loro: «Non siete mica voi!». Ma adesso non v'è dubbio!

Son proprio loro! Le ossa delle mie gambe si sono convertite in lische vibranti che ledono la carne e i muscoli.

Ma di ciò non m'importerebbe gran fatto e non è questa la ragione per cui lascio la cura. Se le ore di raccoglimento presso il dottore avessero continuato ad essere interessanti apportatrici di sorprese e di emozioni, non le avrei abbandonate o, per abbandonarle, avrei atteso la fine della guerra che m'impedisce ogni altra attività. Ma ora che sapevo tutto, cioè che non si trattava d'altro che di una sciocca illusione, un trucco buono per commuovere qualche vecchia donna isterica, come potevo sopportare la compagnia di quell'uomo ridicolo, con quel suo occhio che vuole essere scrutatore e quella sua presunzione che gli permette di aggruppare tutti i fenomeni di questo mondo intorno alla sua grande, nuova teoria? Impiegherò il tempo che mi resta libero scrivendo. Scriverò intanto sinceramente la storia della mia cura. Ogni sincerità fra me e il dottore era sparita ed ora respiro. Non m'è più imposto alcuno sforzo. Non debbo costringermi ad una fede né ho da simulare di averla. Proprio per celare meglio il mio vero pensiero, credevo di dover dimostrargli un ossequio supino e lui ne approfittava per inventarne ogni giorno di nuove. La mia cura doveva essere finita perché la mia malattia era stata scoperta. Non era altra che quella diagnosticata a suo tempo dal defunto Sofocle sul povero Edipo: avevo amata mia madre e avrei voluto ammazzare mio padre.

Né io m'arrabbiai! Incantato stetti a sentire. Era una malattia che mi elevava alla più alta nobiltà. Cospicua quella malattia di cui gli antenati arrivavano all'epoca mitologica! E non m'arrabbio neppure adesso che sono qui solo con la penna in mano. Ne rido di cuore. La miglior prova ch'io non ho avuta quella malattia risulta dal fatto che non ne sono guarito. Questa prova convincerebbe anche il dottore. Se ne dia pace: le sue parole non poterono guastare il ricordo della mia giovinezza. Io chiudo gli occhi e vedo subito puro, infantile, ingenuo, il mio amore per mia madre, il mio rispetto ed il grande mio affetto per mio padre.

Il dottore presta una fede troppo grande anche a quelle mie benedette confessioni che non vuole restituirmi perché le riveda. Dio mio! Egli non studiò che la medicina e perciò ignora che cosa signifchi scrivere in italiano per noi che parliamo e non sappiamo scrivere il dialetto. Una confessione in iscritto è sempre menzognera. Con ogni nostra parola toscana noi mentiamo! Se egli sapesse come raccontiamo con predilezione tutte le cose per le quali abbiamo pronta la frase e come evitiamo quelle che ci obbligherebbero di ricorrere al vocabolario! È proprio così che scegliamo dalla nostra vita gli episodi da notarsi. Si capisce come la nostra vita avrebbe tutt'altro aspetto se fosse detta nel nostro dialetto.

Il dottore mi confessò che, in tutta la sua lunga pratica, giammai gli era avvenuto di assistere ad un'emozione tanto forte come la mia all'imbattermi nelle immagini ch'egli credeva di aver saputo procurarmi. Perciò anche fu tanto pronto a dichiararmi guarito.

Ed io non simulai quell'emozione. Fu anzi una delle più profonde ch'io abbia avuta in tutta la mia vita. Madida di sudore quando l'immagine creai, di lagrime quando l'ebbi. Io avevo già adorata la speranza di poter rivivere un giorno d'innocenza e d'ingenuità. Per mesi e mesi tale speranza mi resse e m'animò. Non si trattava forse di ottenere col vivo ricordo in pieno inverno le rose del Maggio? Il dottore stesso assicurava che il ricordo sarebbe stato lucente e completo, tale che avrebbe rappresentato un giorno di più della mia vita. Le rose avrebbero avuto il loro pieno effluvio e magari anche le loro spine.

È così che a forza di correr dietro a quelle immagini, io le raggiunsi. Ora so di averle inventate. Ma inventare è una creazione, non già una menzogna. Le mie erano delle invenzioni come quelle della febbre, che camminano per la stanza perché le vediate da tutti i lati e che poi anche vi toccano. Avevano la solidità, il colore, la petulanza delle cose vive. A forza di desiderio, io proiettai le immagini, che non c'erano che nel mio cervello, nello spazio in cui guardavo, uno spazio di cui sentivo l'aria, la luce ed anche gli angoli contundenti che non mancarono in alcuno spazio per cui io sia passato.

Quando arrivai al torpore che doveva facilitare l'illusione e che mi pareva nient'altro che l'associazione di un grande sforzo con una grande inerzia, credetti che quelle immagini fossero delle vere riproduzioni di giorni lontani. Avrei potuto sospettare subito che non erano tali perché, appena svanite, le ricordavo, ma senz'alcun'eccitazione o commozione. Le ricordavo come si ricorda il fatto raccontato da chi non vi assistette. Se fossero state vere riproduzioni avrei continuato a riderne e a piangerne come quando le avevo avute. E il dottore registrava. Diceva: «Abbiamo avuto questo, abbiamo avuto quello». In verità, noi non avevamo più che dei segni grafici, degli scheletri d'immagini.

Fui indotto a credere che si trattasse di una rievocazione della mia infanzia perché la prima delle immagini mi pose in un'epoca relativamente recente di cui avevo conservato anche prima un pallido ricordo ch'essa parve confermare. C'è stato un anno nella mia vita in cui io andavo a scuola e mio fratello non ancora. E pareva fosse appartenuta a quell'anno l'ora che rievocai. Io mi vidi uscire dalla mia villa una mattina soleggiata di primavera, passare per il nostro giardino per scendere in città, giù, giù, tenuto per mano da una nostra vecchia fantesca, Catina. Mio fratello nella scena che sognai non appariva, ma ne era l'eroe. Io lo sentivo in casa libero e felice mentre io andavo a scuola. Vi andavo coi singhiozzi nella gola, il passo riluttante e, nell'animo, un intenso rancore. Io non vidi che una di quelle passeggiate alla scuola, ma il rancore nel mio animo mi diceva che ogni giorno io andavo a scuola ed ogni giorno mio fratello restava a casa. All'infinito, mentre in verità credo che, dopo non lungo tempo, mio fratello più giovine di me di un anno solo, sia andato a scuola anche lui. Ma allora la verità del sogno mi parve indiscutibile: io ero condannato ad andare sempre a scuola mentre mio fratello aveva il permesso di restare a casa. Camminando a canto a Catina calcolavo la durata della tortura: fino a mezzodì! Mentre lui è a casa! E ricordavo anche che nei giorni precedenti dovevo essere stato turbato a scuola da minaccie e rampogne e che io avevo pensato anche allora: a lui non possono toccare. Era stata una visione di un'evidenza enorme. Catina che io avevo conosciuta piccola, m'era parsa grande, certamente perché io ero tanto piccolo. Vecchissima m'era sembrata anche allora, ma si sa che i giovanissimi vedono sempre vecchi gli anziani. E sulla via che io dovevo percorrere per andare a scuola, scorsi anche i colonnini strani che arginavano in quel tempo i marciapiedi della nostra città. Vero è che io nacqui abbastanza presto per vedere ancora da adulto quei colonnini nelle nostre vie centriche. Ma nella via che io con Catina quel giorno percorsi, non ci furono più non appena io uscii dall'infanzia.

La fede nell'autenticità di quelle immagini perdurò nel mio animo anche quando, presto, stimolata da quel sogno, la mia fredda memoria scoperse altri particolari di quell'epoca. Il principale: anche mio fratello invidiava me perché io andavo a scuola. Ero sicuro d'essermene avvisto, ma non subito ciò bastò ad infirmare la verità del sogno. Più tardi gli tolse ogni aspetto di verità: la gelosia in realtà c'era stata, ma nel sogno era stata spostata.

La seconda visione mi riportò anch'essa ad un'epoca recente, benché anteriore di molto a quella della prima: una stanza della mia villa, ma non so quale, perché più vasta di qualunque altra che vi è realmente. È strano che io mi vedevo chiuso in quella stanza e che subito ne seppi un particolare che dalla semplice visione non poteva essere risultato: la stanza era lontana dal posto ove allora soggiornavano mia madre e Catina. Ed un secondo: io ancora non sono stato a scuola.

La stanza era tutta bianca ed anzi io non vidi giammai una stanza tanto bianca né tanto completamente illuminata dal sole. Il sole di allora passava traverso le pareti? Esso era certamente già alto, ma io mi trovavo tuttavia nel mio letto con in mano una tazza da cui avevo sorbito tutto il caffelatte e nella quale continuavo a lavorare con un cucchiaino traendone lo zucchero. Ad un certo punto il cucchiaio non arrivò più a raccoglierne altro ed allora io tentai di arrivare al fondo della tazza con la mia lingua. Ma non vi riuscii. Perciò finii col tenere la tazza in una mano e il cucchiaio nell'altra e stetti a guardare mio fratello coricato nel letto accanto al mio come, tardivo, stava ancora sorbendo il suo caffè col naso nella tazza. Quando levò finalmente la faccia, io la vidi tutta come si contrasse ai raggi del sole che la colpirono in pieno mentre la mia (Dio ne sa il perché) si trovava nell'ombra. Il suo viso era pallido ed un poco imbruttito da un lieve prognatismo. Mi disse:

– Mi presti il tuo cucchiaio?

Allora appena m'avvidi che Catina aveva dimenticato di portargli il cucchiaio. Subito e senz'alcuna esitazione gli risposi:

– Sì! Se mi dài in compenso un poco del tuo zucchero.

Tenni in alto il cucchiaio per farne rilevare il valore. Ma subito la voce di Catina risuonò nella stanza:

– Vergogna! Strozzino!

Lo spavento e la vergogna mi fecero ripiombare nel presente. Avrei voluto discutere con Catina, ma lei, mio fratello ed io, come ero fatto allora, piccolo, innocente e strozzino, sparimmo ripiombando nell'abisso.

Rimpiansi di aver sentita tanto forte quella vergogna da aver distrutta l'immagine cui ero arrivato con tanta fatica. Avrei fatto tanto bene di offrire invece mitemente e *gratis* il cucchiaino e non discutere quella mia mala azione ch'era probabilmente la prima che avessi commessa. Forse Catina avrebbe invocato l'ausilio di mia madre per infliggermi una punizione ed io finalmente l'avrei rivista.

La vidi però pochi giorni appresso o credetti di rivederla. Avrei potuto intendere subito ch'era un'illusione perché l'immagine di mia madre, come l'avevo evocata, somigliava troppo al suo ritratto che ho sul mio letto. Ma devo confessare che nell'apparizione mia madre si mosse come una persona viva.

Molto, molto sole, tanto da abbacinare! Da quella ch'io credevo la mia giovinezza mi perveniva tanto di quel sole ch'era difficile dubitare non fosse dessa. Il nostro tinello nelle ore pomeridiane. Mio padre è ritornato a casa e siede su un sofà accanto a mamma che sta imprimendo con certo inchiostro indelebile delle iniziali su molta biancheria distribuita sul tavolo a cui essa siede. Io mi trovo sotto il tavolo dove giuoco con delle pallottole. M'avvicino sempre più a mamma. Probabilmente desidero ch'essa s'associ ai miei giuochi. A un dato punto, per rizzarmi in piedi fra di loro, m'aggrappo alla biancheria che pende dal tavolo e allora avviene un disastro. La boccetta d'inchiostro mi capita sulla testa, bagna la mia faccia e le mie vesti, la gonna di mamma e produce una lieve macchia anche sui calzoni di papà. Mio padre alza una gamba per appiopparmi un calcio...

Ma io in tempo ero ritornato dal mio lontano viaggio e mi trovavo al sicuro qui, adulto, vecchio. Devo dirlo! Per un istante soffersi della punizione minacciatami e subito dopo mi dolse di non aver potuto assistere all'atto di protezione che senza dubbio sarà partito da mamma. Ma chi può arrestare quelle immagini quando si mettono a fuggire traverso quel tempo che giammai somigliò tanto allo spazio? Quest'era il mio concetto finché credetti nell'autenticità di quelle immagini! Ora, purtroppo (oh! quanto me ne dolgo!) non ci credo più e so che non erano le immagini che correvano via, ma i miei occhi snebbiati che guardavano di nuovo nel vero spazio in cui non c'è posto per fantasmi.

Racconterò ancora delle immagini di un altro giorno alle quali il dottore attribuì tale importanza da dichiararmi guarito.

Nel mezzo sonno cui m'abbandonai ebbi un sogno dall'immobilità dell'incubo. Sognai di me stesso ridivenuto bambino e soltanto per vedere quel bambino come sognava anche lui. Giaceva muto in preda ad una letizia che pervadeva il suo minuto organismo. Gli pareva di aver finalmente raggiunto il suo antico desiderio. Eppure giaceva là solo e abbandonato! Ma vedeva e sentiva con quell'evidenza come si sa vedere e sentire nel sogno anche le cose lontane. Il bambino, giacendo in una stanza della mia villa, vedeva (Dio sa in quale modo) che sul tetto della stessa ci fosse una gabbia murata su basi solidissime, priva di porte e di finestre, ma illuminata di quanta luce può far piacere e fornita di aria pura e profumata. Ed il bambino sapeva che a quella gabbia egli solo avrebbe saputo giungere e senza neppur andare perché forse la gabbia sarebbe venuta a lui. In quella gabbia non v'era che un solo mobile, una poltrona e su questa sedeva una donna formosa, costruita deliziosamente, vestita di nero, bionda, dagli occhi grandi e azzurri, le mani bianchissime e i piedi piccoli in scarpine laccate delle quali, di sotto alle gonne, sporgeva solo un lieve bagliore. Devo dire che quella donna mi pareva una cosa sola col suo vestito nero e le sue scarpine di lacca. Tutto era lei! Ed il bambino sognava di possedere quella donna, ma nel modo più strano: era sicuro cioè di poter mangiarne dei pezzettini al vertice e alla base.

Adesso, pensandoci, sono stupito che il dottore che ha letto, a quanto ne dice, con tanta attenzione il mio manoscritto non abbia ricordato il sogno ch'io ebbi prima di andar a raggiungere Carla. A me qualche tempo dopo, quando ci ripensai, parve che questo sogno non fosse altro che l'altro un po' variato, reso più infantile.

Invece il dottore registrò accuratamente tutto eppoi mi domandò con aspetto un po' melenso:

– Vostra madre era bionda e formosa?

Fui stupito della domanda e risposi che anche mia nonna era stata tale. Ma per lui ero guarito, ben guarito. Spalancai la bocca per gioirne con lui e m'adattai a quanto doveva seguire, cioè non più indagini, ricerche, meditazioni, ma una vera e assidua rieducazione.

Da allora quelle sedute furono una vera tortura ed io le continuai solo perché m'è sempre stato tanto difficile di fermarmi quando mi movo o di mettermi in movimento quando son fermo. Qualche volta, quando egli me ne diceva di troppo grosse, arrischiavo qualche obbiezione. Non era mica vero – com'egli lo credeva – che ogni mia parola, ogni mio pensiero fosse di delinquente. Egli allora faceva tanto d'occhi. Ero guarito e non volevo accorgermene! Era una vera cecità questa: avevo appreso che avevo desiderato di portar via la moglie – mia madre! – a mio padre e non mi sentivo guarito? Inaudita ostinazione la mia: però il dottore ammetteva che sarei guarito ancora meglio quando fosse finita la mia rieducazione in seguito alla quale mi sarei abituato a considerare quelle cose (il desiderio di uccidere il padre e di baciare la propria madre) come cose innocentissime per le quali non c'era da soffrire di rimorsi, perché avvenivano frequentemente nelle migliori famiglie. In fondo che cosa ci perdevo? Egli un giorno mi disse ch'io oramai ero come un convalescente che ancora non s'era abituato a vivere privo di febbre. Ebbene: avrei atteso di abituarmivi.

Egli sentiva che non ero ancora ben suo ed oltre alla rieducazione, di tempo in tempo, ritornava anche alla cura. Tentava di nuovo i sogni, ma di autentici non ne ebbimo più alcuno. Seccato di tanta attesa, finii coll'inventarne uno. Non l'avrei fatto se avessi potuto prevedere la difficoltà di una simile simulazione. Non è mica facile di balbettare come se ci si trovasse immersi in un mezzo sogno, coprirsi di sudore o sbiancarsi, non tradirsi, eventualmente diventar vermigli dallo sforzo e non arrossire: parlai come se fossi ritornato alla donna della gabbia e l'avessi indotta a porgermi per un buco improvvisamente prodottosi nella parete dello stanzino un suo piede da succhiare e mangiare. «Il sinistro, il sinistro!», mormorai mettendo nella visione un particolare curioso che potesse farla somigliare meglio ai sogni precedenti. Dimostravo così anche di aver capito perfettamente la malattia che il dottore esigeva da me.

Edipo infantile era fatto proprio così: succhiava il piede sinistro della madre per lasciare il destro al padre. Nel mio sforzo d'immaginare realmente (tutt'altro che una contraddizione, questa) ingannai anche me stesso col sentire il sapore di quel piede. Quasi dovetti recere.

Non solo il dottore ma anch'io avrei desiderato di esser visitato ancora da quelle care immagini della mia gioventù, autentiche o meno, ma che io non avevo avuto bisogno di costruire. Visto che accanto al dottore non venivano più, tentai di evocarle lontano da lui. Da solo ero esposto al pericolo di dimenticarle, ma già io non miravo mica ad una cura! Io volevo ancora rose del Maggio in Dicembre. Le avevo già avute; perché non avrei potuto riaverle?

Anche nella solitudine m'annoiai abbastanza, ma poi, invece delle immagini venne qualche cosa che per qualche tempo le sostituì. Semplicemente credetti di aver fatta un'importante scoperta scientifica. Mi credetti chiamato a completare tutta la teoria dei colori fisiologici. I miei predecessori, Goethe e Schopenhauer, non avevano mai immaginato dove si potesse arrivare maneggiando abilmente i colori complementari.

Bisogna sapere ch'io passavo il mio tempo gettato sul sofà di faccia alla finestra del mio studio donde vedevo un pezzo di mare e d'orizzonte. Ora una sera dal tramonto colorito nel cielo frastagliato di nubi, m'indugiai lungamente ad ammirare su un lembo limpido, un colore magnifico, verde, puro e mite. Nel cielo c'era anche molto color rosso gettato sui margini delle nubi a ponente, ma era un rosso ancora pallido, sbiaccato dai diretti, bianchi raggi del sole. Abbacinato, dopo un certo intervallo di tempo, chiusi gli occhi e si vide che al verde era stata rivolta la mia attenzione, il mio affetto, perché sulla mia rètina si produsse il suo colore complementare, un rosso smagliante che non aveva nulla da fare col rosso luminoso, ma pallido nel cielo. Guardai, accarezzai quel colore fabbricato da me. La grande sorpresa la ebbi quando una volta aperti gli occhi, vidi quel rosso fiammeggiante invadere tutto il cielo e coprire anche il verde smeraldo che per lungo tempo non ritrovai più. Ma io, dunque, avevo scoperto il modo di tingere la natura! Naturalmente l'esperimento fu da me ripetuto più volte. Il bello si è che v'era anche del movimento in quella colorazione. Quando riaprivo gli occhi, il cielo non accettava subito il colore dalla mia rètina. V'era anzi un istante di esitazione nel quale arrivavo ancora a rivedere il verde smeraldo che aveva figliato quel rosso da cui sarebbe stato distrutto. Questo sorgeva dal fondo, inaspettato e si dilatava come un incendio spaventoso.

Quando fui sicuro dell'esattezza della mia osservazione, la portai al dottore nella speranza di ravvivare con essa le nostre noiose sedute. Il dottore mi saldò dicendomi che io avevo la rètina più sensibile causa la nicotina. Quasi mi sarei lasciato scappar detto che in allora anche le immagini, che noi avevamo attribuite a riproduzioni di avvenimenti della mia gioventù, potevano invece esser derivate dall'effetto dello stesso veleno. Ma così gli avrei rivelato che non ero guarito ed egli avrebbe cercato d'indurmi a ricominciare la cura da capo.

Eppure quel bestione non sempre mi credette tanto avvelenato. Ciò viene provato anche dalla rieducazione ch'egli tentò per guarirmi da quella ch'egli diceva la mia malattia del fumo. Ecco le sue parole: il fumo non mi faceva male e quando mi fossi convinto ch'era innocuo sarebbe stato veramente tale. Eppoi continuava: oramai che i rapporti con mio padre erano stati riportati alla luce del giorno e ripresentati al mio giudizio di adulto, potevo intendere che avevo assunto quel vizio per competere con mio padre e attribuito un effetto velenoso al tabacco per il mio intimo sentimento morale che volle punirmi della mia competizione con lui.

Quel giorno lasciai la casa del dottore fumando come un turco. Si trattava di fare una prova ed io mi vi prestai volontieri. Per tutto il giorno fumai ininterrottamente. Seguì poi una notte del tutto insonne. La mia bronchite cronica aveva rifiorito e di quella non c'era dubbio perché era facile scoprirne le conseguenze nella sputacchiera.

Il giorno appresso raccontai al dottore di aver fumato molto e che ora non me ne importava più. Il dottore mi guardò sorridendo e io indovinai che il petto gli si gonfiava dall'orgoglio. Con calma riprese la mia rieducazione! Procedeva con la sicurezza di veder fiorire ogni zolla su cui poneva il piede.

Di quella rieducazione ricordo pochissimo. Io la subii e quando uscivo da quella stanza mi scotevo come un cane ch'esce dall'acqua ed anch'io restavo umido, ma non bagnato.

Ricordo però con indignazione che il mio educatore asseriva che il dottor Coprosich avesse avuto ragione di dirigermi le parole che avevano provocato tanto mio risentimento. Ma allora io avrei meritato anche lo schiaffo che mio padre volle darmi morendo? Non so se egli abbia detto anche questo. So invece con certezza ch'egli asseriva ch'io avessi odiato anche il vecchio Malfenti che avevo messo al posto di mio padre. Tanti a questo mondo credono di non saper vivere senza un dato affetto; io, invece, secondo lui, perdevo l'equilibrio se mi mancava un dato odio. Ne sposai una o l'altra delle figliuole ed era indifferente quale perché si trattava di mettere il loro padre ad un posto dove il mio odio potesse raggiungerlo. Eppoi sfregiai la casa che avevo fatta mia come meglio seppi. Tradii mia moglie ed è evidente che se mi fosse riuscito avrei sedotta Ada ed anche Alberta. Naturalmente io non penso di negare questo ed anzi mi fece da ridere quando dicendomelo il dottore assunse l'aspetto di Cristoforo Colombo allorché raggiunse l'America. Credo però ch'egli sia il solo a questo mondo il quale sentendo che volevo andare a letto con due bellissime donne si domanda: vediamo perché costui vuole andare a letto con esse.

Mi fu anche più difficile di sopportare quello ch'egli credette di poter dire dei miei rapporti con Guido. Dal mio stesso racconto egli aveva appreso dell'antipatia che aveva accompagnato l'inizio della mia relazione con lui. Tale antipatia non cessò mai secondo lui e Ada avrebbe avuto ragione di vederne l'ultima manifestazione nella mia assenza dal suo funerale. Non ricordò ch'io ero allora intento nella mia opera d'amore di salvare il patrimonio di Ada, né io mi degnai di ricordarglielo.

Pare che il dottore a proposito di Guido abbia fatte anche delle indagini. Egli asserisce che, scelto da Ada, egli non poteva essere quale io lo descrissi. Scoperse che un grandioso deposito di legnami, vicinissimo alla casa dove noi pratichiamo la psicoanalisi, era appartenuto alla ditta Guido Speier e C. Perché non ne avevo io parlato?

Se ne avessi parlato sarebbe stata una nuova difficoltà nella mia esposizione già tanto difficile. Quest'eliminazione non è che la prova che una confessione fatta da me in italiano non poteva essere né completa né sincera. In un deposito di legnami ci sono varietà enormi di qualità che noi a Trieste appelliamo con termini barbari presi dal dialetto, dal croato, dal tedesco e qualche volta persino dal francese (*zapin* p.e. e non equivale mica a *sapin*). Chi m'avrebbe fornito il vero vocabolario? Vecchio come sono avrei dovuto prendere un impiego da un commerciante in legnami toscano? Del resto il deposito legnami della ditta Guido Speier e C. non diede che delle perdite. Eppoi non avevo da parlarne perché rimase sempre inerte, salvo quando intervennero i ladri e fecero volare quel legname dai nomi barbari, come se fosse stato destinato a costruire dei tavolini per esperimenti spiritistici.

Io proposi al dottore di prendere delle informazioni su Guido da mia moglie, da Carmen oppure da Luciano ch'è un grande commerciante noto a tutti. A mio sapere egli non s'indirizzò a nessuno di costoro e devo credere che se ne astenne per la paura di veder precipitare per quelle informazioni tutto il suo edificio di accuse e di sospetti. Chissà perché si sia preso di tale odio per me? Anche lui dev'essere un istericone che per aver desiderata invano sua madre se ne vendica su chi non c'entra affatto.

Finì che mi sentii molto stanco di quella lotta che dovevo sostenere col dottore ch'io pagavo. Credo che anche quei sogni non m'abbiano fatto bene, eppoi la libertà di fumare quanto volevo finì con l'abbattermi del tutto. Ebbi una buona idea: andai dal dottor Paoli.

Non l'avevo visto da molti anni. Era un po' incanutito, ma la sua figura di granatiere non era ancora troppo arrotondata dall'età, né piegata. Guardava sempre le cose con un'occhiata che pareva una carezza. Quella volta scopersi perché mi sembrasse così. Evidentemente a lui fa piacere di guardare e guarda le belle e le brutte cose con la compiacenza con cui altri accarezza.

Ero salito da lui col proposito di domandargli se credeva dovessi continuare la psico-analisi. Ma quando mi trovai dinanzi a quel suo occhio, freddamente indagatore, non ne ebbi il coraggio. Forse mi rendevo ridicolo raccontando che alla mia età m'ero lasciato prendere ad una ciarlataneria simile. Mi spiacque di dover tacere, perché se il Paoli m'avesse proibita la psico-analisi, la mia posizione sarebbe stata semplificata di molto, ma mi sarebbe spiaciuto troppo di vedermi troppo a lungo carezzato da quel suo grande occhio.

Gli raccontai delle mie insonnie, della mia bronchite cronica, di un'espulsione alle guancie che allora mi tormentava, di certi dolori lancinanti alle gambe e infine di strane mie smemoratezze.

Il Paoli analizzò la mia orina in mia presenza. Il miscuglio si colorì in nero e il Paoli si fece pensieroso. Ecco finalmente una vera analisi e non più una psico-analisi. Mi ricordai con simpatia e commozione del mio passato lontano di chimico e di analisi vere: io, un tubetto e un reagente! L'altro, l'analizzato, dorme finché il reagente imperiosamente non lo desti. La resistenza nel tubetto non c'è o cede alla minima elevazione della temperatura e la simulazione manca del tutto. In quel tubetto non avveniva nulla che potesse ricordare il mio comportamento quando per far piacere al dottor S. inventavo nuovi particolari della mia infanzia che dovevano confermare la diagnosi di Sofocle. Qui, invece, tutto era verità. La cosa da analizzarsi era imprigionata nel provino e, sempre uguale a se stessa, aspettava il reagente.

Quand'esso arrivava essa diceva sempre la stessa parola. Nella psico-analisi non si ripetono mai né le stesse immagini né le stesse parole. Bisognerebbe chiamarla altrimenti. Chiamiamola l'avventura psichica. Proprio così: quando s'inizia una simile analisi è come se ci si recasse in un bosco non sapendo se c'imbatteremo in un brigante o in un amico. E non lo si sa neppure quando l'avventura è passata. In questo la psico-analisi ricorda lo spiritismo.

Ma il Paoli non credeva che si trattasse di zucchero. Voleva rivedermi il giorno appresso dopo di aver analizzato quel liquido per polarizzazione.

Io, intanto, me ne andai glorioso, carico di diabete. Fui in procinto di andare dal dottor S. a domandargli com'egli avrebbe ora analizzato nel mio seno le cause di tale malattia per annullarle. Ma di quell'individuo ne avevo avuto abbastanza e non volevo rivederlo neppure per deriderlo.

Devo confessare che il diabete fu per me una grande dolcezza. Ne parlai ad Augusta ch'ebbe subito le lacrime agli occhi:

– Hai parlato tanto di malattie in tutta la tua vita, che dovevi pur finire coll'averne una! – disse; poi cercò di consolarmi.

Io amavo la mia malattia. Ricordai con simpatia il povero Copler che preferiva la malattia reale all'immaginaria. Ero oramai d'accordo con lui. La malattia reale era tanto semplice: bastava lasciarla fare. Infatti, quando lessi in un libro di medicina la descrizione della mia dolce malattia, vi scopersi come un programma di vita (non di morte!) nei varii suoi stadii. Addio propositi: finalmente ne ero libero. Tutto avrebbe seguito la sua via senz'alcun mio intervento.

Scopersi anche che la mia malattia era sempre o quasi sempre molto dolce. Il malato mangia e beve molto e di grandi sofferenze non ci sono se si bada di evitare i bubboni. Poi si muore in un dolcissimo coma.

Poco dopo il Paoli mi chiamò al telefono. Mi comunicò che non v'era traccia di zucchero. Andai da lui il giorno appresso e mi prescrisse una dieta che non seguii che per pochi giorni e un intruglio che descrisse in una ricetta illeggibile e che mi fece bene per un mese intero.

– Il diabete le ha fatto molta paura? – mi domandò sorridendo.

Protestai, ma non gli dissi che ora che il diabete m'aveva abbandonato mi sentivo molto solo. Non m'avrebbe creduto.

In quel torno di tempo mi capitò in mano la celebre opera del dottor Beard sulla nevrastenia. Seguii il suo consiglio e cambiai di medicina ogni otto giorni con le sue ricette che copiai con scrittura chiara. Per alcuni mesi la cura mi parve buona. Neppure il Copler aveva avuto in vita sua tale abbondante consolazione di medicinali come io allora. Poi passò anche quella fede, ma intanto io avevo rimandato di giorno in giorno il mio ritorno alla psico-analisi.

M'imbattei poi nel dottor S. Mi domandò se avevo deciso di lasciare la cura. Fu però molto cortese, molto più che non quando mi teneva in mano sua. Evidentemente voleva riprendermi. Io gli dissi che avevo degli affari urgenti, delle quistioni di famiglia che mi occupavano e preoccupavano e che non appena mi fossi trovato in quiete sarei ritornato da lui. Avrei voluto pregarlo di restituirmi il mio manoscritto, ma non osai; sarebbe equivaluto a confessargli che della cura non volevo più saperne. Riservai un tentativo simile ad altra epoca quand'egli si sarebbe accorto che alla cura non ci pensavo più e vi si fosse rassegnato.

Prima di lasciarmi egli mi disse alcune parole intese a riprendermi:

– Se lei esamina il suo animo, lo troverà mutato. Vedrà che ritornerà subito a me solo che s'accorga come io seppi in un tempo relativamente breve avvicinarla alla salute.

Ma io, in verità, credo che col suo aiuto, a forza di studiare l'animo mio, vi abbia cacciato dentro delle nuove malattie.

Sono intento a guarire della sua cura. Evito i sogni ed i ricordi. Per essi la mia povera testa si è trasformata in modo da non saper sentirsi sicura sul collo. Ho delle distrazioni spaventose. Parlo con la gente e mentre dico una cosa tento involontariamente di ricordarne un'altra che poco prima dissi o feci e che non ricordo più o anche un mio pensiero che mi pare di un'importanza enorme, di quell'importanza che mio padre attribuì a quei pensieri ch'ebbe poco prima di morire e che pur lui non seppe ricordare.

Se non voglio finire al manicomio, via con questi giocattoli.

15 Maggio 1915

Passammo due giorni di festa a Lucinico nella nostra villa. Mio figlio Alfio deve rimettersi di un'influenza e resterà nella villa con la sorella per qualche settimana. Noi ritorneremo qui per le Pentecoste.

Sono riuscito finalmente di ritornare alle mie dolci abitudini, e a cessar di fumare. Sto già molto meglio dacché ho saputo eliminare la libertà che quello sciocco di un dottore aveva voluto concedermi. Oggi che siamo alla metà del mese sono rimasto colpito della difficoltà che offre il nostro calendario ad una regolare e ordinata risoluzione. Nessun mese è uguale all'altro. Per rilevare meglio la propria risoluzione si vorrebbe finire di fumare insieme a qualche cosa d'altro, il mese p.e. Ma salvo il Luglio e Agosto e il Dicembre e il Gennaio non vi sono altri mesi che si susseguano e facciano il paio in quanto a quantità di giorni. Un vero disordine nel tempo!

Per raccogliermi meglio passai il pomeriggio del secondo giorno solitario alle rive dell'Isonzo. Non c'è miglior raccoglimento che star a guardare un'acqua corrente. Si sta fermi e l'acqua corrente fornisce lo svago che occorre perché non è uguale a se stessa nel colore e nel disegno neppure per un attimo.

Era una giornata strana. Certamente in alto soffiava un forte vento perché le nubi vi mutavano continuamente di forma, ma giù l'atmosfera non si moveva. Avveniva che di tempo in tempo, traverso le nubi in movimento, il sole già caldo trovasse il pertugio per inondare dei suoi raggi questo o quel tratto di collina o una cima di montagna, dando risalto al verde dolce del Maggio in mezzo all'ombra che copriva tutto il paesaggio. La temperatura era mite ed anche quella fuga di nubi nel cielo, aveva qualche cosa di primaverile. Non v'era dubbio: il tempo stava risanando!

Fu un vero raccoglimento il mio, uno di quegl'istanti rari che l'avara vita concede, di vera grande oggettività in cui si cessa finalmente di credersi e sentirsi vittima. In mezzo a quel verde rilevato tanto deliziosamente da quegli sprazzi di sole, seppi sorridere alla mia vita ed anche alla mia malattia. La donna vi ebbe un'importanza enorme. Magari a pezzi, i suoi piedini, la sua cintura, la sua bocca, riempirono i miei giorni. E rivedendo la mia vita e anche la mia malattia le amai, le intesi! Com'era stata più bella la mia vita che non quella dei cosidetti sani, coloro che picchiavano o avrebbero voluto picchiare la loro donna ogni giorno salvo in certi momenti. Io, invece, ero stato accompagnato sempre dall'amore. Quando non avevo pensato alla mia donna, vi avevo pensato ancora per farmi perdonare che pensavo anche alle altre. Gli altri abbandonavano la donna delusi e disperando della vita. Da me la vita non fu mai privata del desiderio e l'illusione rinacque subito intera dopo ogni naufragio, nel sogno di membra, di voci, di atteggiamenti più perfetti.

In quel momento ricordai che fra le tante bugie che avevo propinate a quel profondo osservatore ch'era il dottor S., c'era anche quella ch'io non avessi più tradita mia moglie dopo la partenza di Ada. Anche su questa bugia egli fabbricò le sue teorie. Ma là, alla riva di quel fiume, improvvisamente, con spavento, ricordai ch'era vero che da qualche giorno, forse dacché avevo abbandonata la cura, io non avevo ricercata la compagnia di altre donne. Che fossi stato guarito come il dottor S. pretende? Vecchio come sono, da un pezzo le donne non mi guardano più. Se io cesso dal guardare loro, ecco che ogni relazione fra di noi è tagliata.

Se un dubbio simile mi fosse capitato a Trieste, avrei saputo solverlo subito. Qui era alquanto più difficile.

Pochi giorni prima avevo avuto in mano il libro di memorie del Da Ponte, l'avventuriere contemporaneo del Casanova. Anche lui era passato certamente per Lucinico ed io sognai d'imbattermi in quelle sue dame incipriate dalle membra celate dalla crinolina. Dio mio! Come facevano quelle donne ad arrendersi così presto e tanto di frequente essendo difese da tutti quegli stracci?

Mi parve che il ricordo della crinolina, ad onta della cura, fosse abbastanza eccitante. Ma il mio era un desiderio alquanto fatturato e non bastò a rassicurarmi.

L'esperienza che cercavo l'ebbi poco dopo e fu sufficiente per rassicurarmi, ma non mi costò poco. Per averla, turbai e guastai la relazione più pura che avessi avuta nella mia vita.

M'imbattei in Teresina, la figlia anziana del colono di una tenuta situata accanto alla mia villa. Il padre, da due anni, era rimasto vedovo e la sua numerosa figliuolanza aveva ritrovata la madre in Teresina, una robusta fanciulla che si levava di mattina per lavorare, e cessava il lavoro per coricarsi e raccogliersi per poter riprendere il lavoro. Quel giorno essa guidava l'asinello di solito affidato alle cure del fratellino e camminava accanto al carretto carico di erba fresca, perché il non grande animale non avrebbe saputo portare su per l'erta lieve anche il peso della fanciulla.

L'anno prima Teresina m'era sembrata tuttavia una bimba e non avevo avuta per lei che una simpatia sorridente e paterna. Ma anche il giorno prima, quando l'avevo rivista per la prima volta, ad onta che l'avessi ritrovata cresciuta, la bruna faccina divenuta più seria, le esili spalle allargate sopra il seno che andava arcuandosi nello sviluppo parco del piccolo corpo affaticato, avevo continuato a vederla una bimba immatura di cui non potevo amare che la straordinaria attività e l'istinto materno di cui fruivano i fratellini. Se non ci fosse stata quella maledetta cura e la necessità di verificare subito in quale stato si trovasse la mia malattia, anche quella volta avrei potuto lasciare Lucinico senz'aver turbata tanta innocenza.

Essa non aveva la crinolina. E la faccina pienotta e sorridente non conosceva la cipria. Aveva i piedi nudi e faceva vedere nuda anche metà della gamba. La faccina e i piedini e la gamba non seppero accendermi. La faccia e le membra che Teresina lasciava vedere erano dello stesso colore; all'aria appartenevano tutte e non c'era niente di male che all'aria fossero abbandonate. Forse perciò non riuscivano ad accendermi. Ma al sentirmi tanto freddo mi spaventai. Che dopo la cura mi fosse occorsa la crinolina?

Cominciai coll'accarezzare l'asinello cui avevo procurato un po' di riposo. Poi tentai di ritornare a Teresina e le misi in mano niente meno che dieci corone. Era il primo attentato! L'anno prima, a lei e ai suoi fratellini, per esprimere loro il mio affetto paterno, avevo messo nelle manine solo dei centesimi. Ma si sa che l'affetto paterno è altra cosa. Teresina fu stupita del ricco dono. Accuratamente sollevò il suo gonnellino per riporre in non so che tasca celata il prezioso pezzo di carta. Così vidi un ulteriore pezzo di gamba, ma anch'esso sempre bruno e casto.

Ritornai all'asinello e gli diedi un bacio sulla testa. La mia affettuosità provocò la sua. Allungò il muso ed emise il suo grande grido d'amore che io ascoltai sempre con rispetto. Come varca le distanze e com'è significante con quel primo grido che invoca e si ripete, attenuandosi poi e terminando in un pianto disperato. Ma sentito così da vicino, mi fece dolere il timpano.

Teresina rideva e il suo riso m'incoraggiò. Ritornai a lei e subito l'afferrai per l'avambraccio sul quale salii con la mano, lento, verso la spalluccia, studiando le mie sensazioni. Grazie al cielo non ero guarito ancora! Avevo cessata la cura in tempo.

Ma Teresina con una legnata fece procedere l'asino per seguirlo e lasciarmi.

Ridendo di cuore perché io restavo lieto anche se la villanella non voleva saperne di me, le dissi:

– Hai lo sposo? Dovresti averlo. E peccato tu non l'abbia già!

Sempre allontanandosi da me, essa mi disse:
– Se ne prendo uno, sarà certamente più giovine di lei!

La mia letizia non s'offuscò per questo. Avrei voluto dare una lezioncina a Teresina e cercai di ricordarmi come da Boccaccio «Maestro Alberto da Bologna onestamente fa vergognare una donna la quale lui d'esser di lei innamorato voleva far vergognare». Ma il ragionamento di Maestro Alberto non ebbe il suo effetto perché Madonna Malgherida de' Ghisolieri gli disse: «Il vostro amor m'è caro sì come di savio e valente uomo esser dee; e per ciò, *salva la mia onestà*, come a cosa vostra ogni vostro piacere imponete sicuramente».

Tentai di fare di meglio:
– Quando ti dedicherai ai vecchi, Teresina? – gridai per essere inteso da lei che m'era già lontana.

– Quando sarò vecchia anch'io, – urlò essa ridendo di gusto e senza fermarsi.

– Ma allora i vecchi non vorranno più saperne di te. Ascoltami! Io li conosco!

Urlavo, compiacendomi del mio spirito che veniva direttamente dal mio sesso.

In quel momento, in qualche punto del cielo le nubi s'apersero e lasciarono passare dei raggi di sole che andarono a raggiungere Teresina che oramai era lontana da me di una quarantina di metri e di me più in alto di una decina o più. Era bruna, piccola, ma luminosa!

Il sole non illuminò me! Quando si è vecchi si resta all'ombra anche avendo dello spirito.

26 Giugno 1915

La guerra m'ha raggiunto! Io che stavo a sentire le storie di guerra come se si fosse trattato di una guerra di altri tempi di cui era divertente parlare, ma sarebbe stato sciocco di preoccuparsi, ecco che vi capitai in mezzo stupefatto e nello stesso tempo stupito di non essermi accorto prima che dovevo esservi prima o poi coinvolto. Io avevo vissuto in piena calma in un fabbricato di cui il pianoterra bruciava e non avevo previsto che prima o poi tutto il fabbricato con me si sarebbe sprofondato nelle fiamme.

La guerra mi prese, mi squassò come un cencio, mi privò in una sola volta di tutta la mia famiglia ed anche del mio amministratore. Da un giorno all'altro io fui un uomo del tutto nuovo, anzi, per essere più esatto, tutte le mie ventiquattr'ore furono nuove del tutto. Da ieri sono un po' più calmo perché finalmente, dopo l'attesa di un mese, ebbi le prime notizie della mia famiglia. Si trova sana e salva a Torino mentre io già avevo perduta ogni speranza di rivederla.

Devo passare la giornata intera nel mio ufficio. Non vi ho niente da fare, ma gli Olivi, quali cittadini italiani, hanno dovuto partire e tutti i miei pochi migliori impiegati sono andati a battersi di qua o di là e perciò devo restare al mio posto quale sorvegliante. Alla sera vado a casa carico delle grosse chiavi del magazzino. Oggi che mi sento tanto più calmo, portai con me in ufficio questo manoscritto che potrebbe farmi passar meglio il lungo tempo. Infatti esso mi procura un quarto d'ora meraviglioso in cui appresi che ci fu a questo mondo un'epoca di tanta quiete e silenzio da permettere di occuparsi di giocattoletti simili.

Sarebbe anche bello che qualcuno m'invitasse sul serio di piombare in uno stato di mezza coscienza tale da poter rivivere anche soltanto un'ora della mia vita precedente. Gli riderei in faccia. Come si può abbandonare un presente simile per andare alla ricerca di cose di nessun'importanza? A me pare che soltanto ora sono staccato definitivamente dalla mia salute e dalla mia malattia. Cammino per le vie della nostra misera città, sentendo di essere un privilegiato che non va alla guerra e che trova ogni giorno quello che gli occorre per mangiare. In confronto a tutti mi sento tanto felice – specie dacché ebbi notizie dei miei – che mi sembrerebbe di provocare l'ira degli dei se stessi anche perfettamente bene.

La guerra ed io ci siamo incontrati in un modo violento, ma che adesso mi pare un poco buffo.

Augusta ed io eravamo ritornati a Lucinico a passarvi le Pentecoste insieme ai figliuoli. Il 23 di Maggio io mi levai in buon'ora. Dovevo prendere il sale di Carlsbad e fare anche una passeggiata prima del caffè. Fu durante questa cura a Lucinico che m'accorsi che il cuore, quando si è a digiuno, attende più attivamente ad altre riparazioni irraggiando su tutto l'organismo un grande benessere. La mia teoria doveva perfezionarsi quel giorno stesso in cui mi si costrinse di soffrire la fame che mi fece tanto bene.

Augusta, per salutarmi, levò la testa tutta bianca dal guanciale e mi ricordò che avevo promesso a mia figlia di procurarle delle rose. Il nostro unico rosaio era appassito e bisognava perciò provvedere. Mia figlia s'è fatta una bella fanciulla e somiglia ad Ada. Da un momento all'altro, con essa avevo dimenticato il fare dell'educatore burbero ed ero passato a quello del cavaliere che rispetta la femminilità anche nella propria figliuola. Subito essa s'accorse del suo potere e con grande divertimento mio e d'Augusta ne abusò. Voleva delle rose e bisognava procurargliene.

Mi proposi di camminare per un due orette. Faceva un bel sole e visto che il mio proposito era di camminare sempre e di non arrestarmi finché non ero ritornato a casa, non presi meco neppure la giubba e il cappello. Per fortuna ricordai che avrei dovuto pagare le rose e non lasciai perciò a casa insieme alla giubba anche il portafoglio.

Prima di tutto mi recai alla campagna vicina, dal padre di Teresina, per pregarlo di tagliare le rose che sarei venuto a prendere al mio ritorno. Entrai nel grande cortile cinto da un muro alquanto rovinato e non vi trovai nessuno. Urlai il nome di Teresina. Uscì dalla casa il più piccolo dei bambini che allora avrà avuto sei anni. Posi nella sua manina qualche centesimo ed egli mi raccontò che tutta la famigliuola di buon'ora s'era recata al di là dell'Isonzo, per una giornata di lavoro, su un suo campo di patate di cui la terra aveva bisogno di essere rassodata.

Ciò non mi spiaceva. Io conoscevo quel campo e sapevo che per giungervi abbisognavo di circa un'ora di tempo. Visto che avevo stabilito di camminare per un due ore, mi piaceva di poter attribuire alla mia passeggiata uno scopo determinato. Così non c'era la paura d'interromperla per un assalto improvviso d'infingardaggine. M'avviai traverso la pianura ch'è più alta della strada e di cui perciò non vedevo che i margini e qualche corona d'albero in fiore. Ero veramente giocondo: così in maniche di camicia e senza cappello mi sentivo molto leggero. Aspiravo quell'aria tanto pura e, come usavo spesso da qualche tempo, camminando facevo la ginnastica polmonare del Niemeyer che m'era stata insegnata da un amico tedesco, una cosa utilissima a chi fa una vita piuttosto sedentaria.

Arrivato in quel campo, vidi Teresina che lavorava proprio dalla parte della strada. M'avvicinai a lei e allora m'accorsi che più in là lavoravano insieme al padre i due fratellini di Teresina di un'età che io non avrei saputo precisare, fra' dieci e i quattordici anni. Nella fatica i vecchi si sentono magari esausti, ma per l'eccitazione che l'accompagna, sempre più giovini che nell'inerzia. Ridendo m'accostai a Teresina:

– Sei ancora in tempo, Teresina. Non tardare.

Essa non m'intese ed io non le spiegai nulla. Non occorreva. Giacché essa non ricordava, si poteva ritornare con lei ai nostri antichi rapporti. Avevo già ripetuto l'esperimento ed aveva avuto anche questa volta un risultato favorevole. Indirizzandole quelle poche parole l'avevo accarezzata altrimenti che col solo occhio.

Col padre di Teresina m'accordai facilmente per le rose. Mi permetteva di tagliarne quante volevo eppoi non si avrebbe litigato per il prezzo. Egli voleva subito ritornare al lavoro mentre io m'accingevo di mettermi sulla via del ritorno, ma poi si pentì e mi corse dietro. Raggiuntomi, a voce molto bassa, mi domandò:

– Lei non ha sentito niente? Dicono sia scoppiata la guerra.

– Già! Lo sappiamo tutti! Da un anno circa, – risposi io.

– Non parlo di quella, – disse lui spazientito. – Parlo di quella con... – e fece un segno dalla parte della vicina frontiera italiana. – Lei non ne sa nulla? – Mi guardò ansioso della risposta.

– Capirai, – gli dissi io con piena sicurezza, – che se io non so nulla vuol proprio dire che nulla c'è. Vengo da Trieste e le ultime parole che sentii colà significavano che la guerra è proprio definitivamente scongiurata. A Roma hanno ribaltato il Ministero che voleva la guerra e ci hanno ora il Giolitti.

Egli si rasserenò immediatamente:

– Perciò queste patate che stiamo coprendo e che promettono tanto bene saranno poi nostre! Vi sono tanti di quei chiacchieroni a questo mondo! – Con la manica della camicia s'asciugò il sudore che gli colava dalla fronte.

Vedendolo tanto contento, tentai di renderlo più contento ancora. Amo tanto le persone felici, io. Perciò dissi delle cose che veramente non amo di rammentare. Asserii che se anche la guerra fosse scoppiata, non sarebbe stata combattuta colà. C'era prima di tutto il mare dove era ora si battessero, eppoi oramai in Europa non mancavano dei campi di battaglia per chi ne voleva. C'erano le Fiandre e varii dipartimenti della Francia. Avevo poi sentito dire – non sapevo più da chi – che a questo mondo c'era oramai tale un bisogno di patate che le raccoglievano accuratamente anche sui campi di battaglia. Parlai molto, sempre guardando Teresina che piccola, minuta, s'era accovacciata sulla terra per tastarla prima di applicarvi la vanga.

Il contadino perfettamente tranquillizzato ritornò al suo lavoro. Io, invece, avevo consegnato una parte della mia tranquillità a lui e ne restava a me molto di meno. Era certo che a Lucinico eravamo troppo vicini alla frontiera. Ne avrei parlato ad Augusta. Avremmo forse fatto bene di ritornare a Trieste e forse andare anche più in là o in qua. Certamente Giolitti era ritornato al potere, ma non si poteva sapere se, arrivato lassù, avrebbe continuato a vedere le cose nella luce in cui le vedeva quando lassù c'era qualcuno d'altro.

Mi rese anche più nervoso l'incontro casuale con un plotone di soldati che marciava sulla strada in direzione di Lucinico. Erano dei soldati non giovini e vestiti ed attrezzati molto male. Dal loro fianco pendeva quella che noi a Trieste dicevamo la Durlindana, quella baionetta lunga che in Austria, nell'estate del 1915, avevano dovuto levare dai vecchi depositi.

Per qualche tempo camminai dietro di loro inquieto d'essere presto a casa. Poi mi seccò un certo odore di selvatico frollo che emanava da loro e rallentai il passo. La mia inquietudine e la mia fretta erano sciocche. Era pure sciocco d'inquietarsi per aver assistito all'inquietudine di un contadino. Oramai vedevo da lontano la mia villa ed il plotone non c'era più sulla strada. Accelerai il passo per arrivare finalmente al mio caffelatte.

Fu qui che cominciò la mia avventura. Ad uno svolto di via, mi trovai arrestato da una sentinella che urlò:

– *Zurück*! – mettendosi addirittura in posizione di sparare. Volli parlargli in tedesco giacché in tedesco aveva urlato, ma egli del tedesco non conosceva che quella sola parola che ripeté sempre più minacciosamente.

Bisognava andare *zurück* ed io guardandomi sempre dietro nel timore che l'altro, per farsi intendere meglio, sparasse, mi ritirai con una certa premura che non m'abbandonò neppure quando il soldato non vidi più.

Ma ancora non avevo rinunciato di arrivare subito alla mia villa. Pensai che varcando la collina alla mia destra, sarei arrivato molto dietro la sentinella minacciosa.

L'ascesa non fu difficile specie perché l'alta erba era stata curvata da molta gente che doveva essere passata per di là prima di me. Certamente doveva esservi stata costretta dalla proibizione di passare per la strada. Camminando riacquistai la mia sicurezza e pensai che al mio arrivo a Lucinico mi sarei subito recato a protestare dal capovilla per il trattamento che avevo dovuto subire. Se permetteva che i villeggianti fossero trattati così, presto a Lucinico non ci sarebbe venuto nessuno!

Ma arrivato alla cima della collina, ebbi la brutta sorpresa di trovarla occupata da quel plotone di soldati dall'odore di selvatico. Molti soldati riposavano all'ombra di una casetta di contadini che io conoscevo da molto tempo e che a quell'ora era del tutto vuota; tre di essi parevano messi a guardia, ma non verso il versante da cui io ero venuto, e alcuni altri stavano in un semi circolo dinanzi ad un ufficiale che dava loro delle istruzioni che illustrava con una carta topografica ch'egli teneva in mano.

Io non possedevo neppure un cappello che potesse servirmi per salutare. Inchinandomi varie volte e col mio più bel sorriso, m'appressai all'ufficiale il quale, vedendomi, cessò di parlare coi suoi soldati e si mise a guardarmi. Anche i cinque mammelucchi che lo circondavano mi regalavano tutta la loro attenzione. Sotto tutti quegli sguardi e sul terreno non piano era difficilissimo di moversi.

L'ufficiale urlò:

– *Was will der dumme Kerl hier?* – (Che cosa vuole quello scimunito?).

Stupito che senz'alcuna provocazione mi si offendesse così, volli dimostrarmi offeso virilmente ma tuttavia con la discrezione del caso, deviai di strada e tentai di arrivare al versante che m'avrebbe portato a Lucinico. L'ufficiale si mise ad urlare che, se facevo un solo passo di più, m'avrebbe fatto tirare adosso. Ridivenni subito molto cortese e da quel giorno a tutt'oggi che scrivo, rimasi sempre molto cortese. Era una barbarie d'essere costretto di trattare con un tomo simile, ma intanto si aveva il vantaggio ch'egli parlava correntemente il tedesco. Era un tale vantaggio che, ricordandolo, riusciva più facile di parlargli con dolcezza. Guai se bestia come era non avesse neppur compreso il tedesco. Sarei stato perduto.

Peccato che io non parlavo abbastanza correntemente quella lingua perché altrimenti mi sarebbe stato facile di far ridere quell'arcigno signore. Gli raccontai che a Lucinico m'aspettava il mio caffelatte da cui ero diviso soltanto dal suo plotone.

Egli rise, in fede mia rise. Rise sempre bestemmiando e non ebbe la pazienza di lasciarmi finire. Dichiarò che il caffelatte di Lucinico sarebbe stato bevuto da altri e quando sentì che oltre al caffè c'era anche mia moglie che m'aspettava, urlò:

– *Auch Ihre Frau wird von anderen gegessen werden.* – (Anche vostra moglie sarà mangiata da altri).

Egli era oramai di miglior umore di me. Pare poi gli fosse spiaciuto di avermi dette delle parole che, sottolineate dal riso clamoroso dei cinque mammalucchi, potevano apparire offensive; si fece serio e mi spiegò che non dovevo sperare di rivedere per qualche giorno Lucinico ed anzi in amicizia mi consigliava di non domandarlo più perché bastava quella domanda per compromettermi!

– *Haben Sie verstanden?* – (Avete capito?)

Io avevo capito, ma non era mica facile di adattarsi di rinunziare al caffelatte da cui distavo non più di mezzo chilometro. Solo perciò esitavo di andarmene perché era evidente che quando fossi disceso da quella collina, alla mia villa, per quel giorno, non sarei giunto più. E, per guadagnar tempo, mitemente domandai all'ufficiale:

– Ma a chi dovrei rivolgermi per poter ritornare a Lucinico a prendere almeno la mia giubba e il mio cappello?

Avrei dovuto accorgermi che all'ufficiale tardava di esser lasciato solo con la sua carta e i suoi uomini, ma non m'aspettavo di provocare tanta sua ira.

Urlò, in modo da intronarmi l'orecchie, che m'aveva già detto che non dovevo più domandarlo. Poi m'impose di andare dove il diavolo vorrà portarmi (*wo der Teufel Sie tragen will*). L'idea di farmi portare non mi spiaceva molto perché ero molto stanco, ma esitavo ancora. Intanto però l'ufficiale a forza d'urlare s'accese sempre più e con accento di grande minaccia chiamò a sé uno dei cinque uomini che l'attorniavano e appellandolo *signor caporale* gli diede l'ordine di condurmi già della collina e di sorvegliarmi finché non fossi sparito sulla via che conduce a Gorizia, tirandomi addosso se avessi esitato ad ubbidire.

Perciò scesi da quella cima piuttosto volontieri:

– *Danke schön*, – dissi anche senz'alcun'intenzione d'ironia.

Il caporale era uno slavo che parlava discretamente l'italiano. Gli parve di dover essere brutale in presenza dell'ufficiale e, per indurmi a precederlo nella discesa, mi gridò:

– Marsch! – Ma quando fummo un po' più lontani si fece dolce e familiare. Mi domandò se avevo delle notizie sulla guerra e se era vero ch'era imminente l'intervento italiano. Mi guardava ansioso in attesa della risposta.

Dunque neppure loro che la facevano sapevano se la guerra ci fosse o no! Volli renderlo più felice che fosse possibile e gli diedi le notizie che avevo propinate anche al padre di Teresina. Poi mi pesarono sulla coscienza. Nell'orrendo temporale che scoppiò, probabilmente tutte le persone ch'io rassicurai perirono. Chissà quale sorpresa ci sarà stata sulla loro faccia cristallizzata dalla morte. Era un ottimismo incoercibile il mio. Non avevo sentita la guerra nelle parole dell'ufficiale e meglio ancora nel loro suono?

Il caporale si rallegrò molto e, per compensarmi, mi diede anche lui il consiglio di non tentare più di arrivare a Lucinico. Date le notizie mie, egli riteneva che le disposizioni che m'impedivano di rincasare sarebbero state levate il giorno appresso. Ma intanto mi consigliava di andare a Trieste al *Platzkommando* dal quale forse avrei potuto ottenere un permesso speciale.

– Fino a Trieste? – domandai io spaventato. – A Trieste, senza giubba, senza cappello e senza caffelatte?

A quanto ne sapeva il caporale, mentre parlavamo, un fitto cordone di fanteria chiudeva il transito per l'Italia, creando una nuova ed insuperabile frontiera. Con un sorriso di persona superiore mi dichiarò che, secondo lui, la via più breve per Lucinico era quella che conduceva oltre Trieste.

A forza di sentirmelo dire, io mi rassegnai e m'avviai verso Gorizia pensando di prendere il treno del mezzodì per recarmi a Trieste. Ero agitato, ma devo dire che mi sentivo molto bene. Avevo fumato poco e non mangiato affatto. Mi sentivo di una leggerezza che da lungo tempo m'era mancata. Non mi dispiaceva affatto di dover ancora camminare. Mi dolevano un poco le gambe, ma mi pareva che avrei potuto reggere fino a Gorizia, tanto era libero e profondo il mio respiro. Scaldatemi le gambe con un buon passo, il camminare infatti non mi pesò. E nel benessere, battendomi il tempo, allegro perché insolitamente celere, ritornai al mio ottimismo. Minacciavano di qua, minacciavano di là, ma alla guerra non sarebbero giunti. Ed è così che, quando giunsi a Gorizia, esitai se non avessi dovuto stabilire una stanza all'albergo nella quale passare la notte e ritornare il giorno appresso a Lucinico per presentare le mie rimostranze al capovilla.

Corsi intanto all'ufficio postale per telefonare ad Augusta. Ma dalla mia villa non si rispose.

L'impiegato, un omino dalla barbetta rada che pareva nella sua piccolezza e rigidezza qualche cosa di ridicolo e d'ostinato – la sola cosa che di lui ricordi – sentendomi bestemmiare furibondo al telefono muto, mi si avvicinò e mi disse:

– È già la quarta volta oggi che Lucinico non risponde.

Quando mi rivolsi a lui, nel suo occhio brillò una grande lieta malizia (sbagliavo! anche quella ricordo ancora!) e quel suo occhio brillante cercò il mio per vedere se proprio ero tanto sorpreso e arrabbiato. Ci vollero un dieci buoni minuti perché comprendessi. Allora non ci furono dubbii per me. Lucinico si trovava o fra pochi istanti si troverebbe sulla linea del fuoco. Quando intesi perfettamente quell'occhiata eloquente ero avviato al caffè per prendere in aspettativa della colazione la tazza di caffè che m'era dovuta dalla mattina. Deviai subito e andai alla stazione. Volevo trovarmi più vicino ai miei e – seguendo le indicazioni del mio amico caporale – mi recavo a Trieste.

Fu durante quel mio breve viaggio che la guerra scoppiò.

Pensando di arrivare tanto presto a Trieste, alla stazione di Gorizia e per quanto ne avessi avuto il tempo, non presi neppure la tazza di caffè cui anelavo da tanto tempo. Salii nella mia vettura e, lasciato solo, rivolsi il mio pensiero ai miei cari da cui ero stato staccato in un modo tanto strano. Il treno camminò bene fino oltre Monfalcone.

Pareva che la guerra non fosse giunta ancora fin là. Io mi conquistai la tranquillità pensando che probabilmente a Lucinico le cose si sarebbero svolte come al di qua della frontiera. A quell'ora Augusta e i miei figli si sarebbero trovati in viaggio verso l'interno dell'Italia. Questa tranquillità associatasi a quella enorme, sorprendente, della mia fame, mi procurò un lungo sonno.

Fu probabilmente la stessa fame che mi destò. Il mio treno s'era fermato in mezzo alla cosidetta Sassonia di Trieste. Il mare non si vedeva, per quanto dovesse essere vicinissimo, perché una leggera foschia impediva di guardare lontano. Il Carso ha una grande dolcezza nel Maggio, ma la può intendere solo chi non è viziato dalle primavere esuberanti di colore e di vita di altre campagne. Qui la pietra che sporge dappertutto è circondata da un mite verde che non è umile perché presto diventa la nota predominante del paesaggio.

In altre condizioni io mi sarei adirato enormemente di non poter mangiare avendo tanta fame. Invece quel giorno la grandezza dell'avvenimento storico cui avevo assistito, m'imponeva e m'induceva alla rassegnazione. Il conduttore cui regalai delle sigarette non seppe procurarmi neppure un tozzo di pane. Non raccontai a nessuno delle mie esperienze della mattina. Ne avrei parlato a Trieste a qualche intimo. Dalla frontiera verso la quale tendevo il mio orecchio non veniva alcun suono di combattimento. Noi eravamo fermi a quel posto per lasciar passare un otto o nove treni che scendevano turbinando verso l'Italia. La piaga cancrenosa (come in Austria si appellò subito la fronte italiana) s'era aperta e abbisognava di materiale per nutrire la sua purulenza. E i poveri uomini vi andavano sghignazzando e cantando. Da tutti quei treni uscivano i medesimi suoni di gioia o di ebbrezza.

Quando arrivai a Trieste la notte era già scesa sulla città.

La notte era illuminata dal bagliore di molti incendi e un amico che mi vide andare verso casa mia in maniche di camicia mi gridò:

– Hai preso parte ai saccheggi?

Finalmente arrivai a mangiare qualche cosa e subito mi coricai.

Una vera, grande stanchezza mi spingeva a letto. Io credo fosse prodotta dalle speranze e dai dubbii che tenzonavano nella mia mente. Stavo sempre molto bene e nel periodo breve che precedette il sogno di cui con la psico-analisi m'ero esercitato a ritenere le immagini, ricordo che conclusi la mia giornata con un'ultima infantile idea ottimistica: alla frontiera non era morto ancora nessuno e perciò la pace si poteva rifare.

Adesso che so che la mia famiglia è sana e salva, la vita che faccio non mi spiace. Non ho molto da fare ma non si può dire che io sia inerte. Non si deve né comperare né vendere. Il commercio rinascerà quando ci sarà la pace. L'Olivi dalla Svizzera mi fece pervenire dei consigli. Se sapesse come i suoi consigli stonano in quest'ambiente ch'è mutato del tutto! Io, intanto, per il momento, non faccio nulla.

24 Marzo 1916

Dal Maggio dell'anno scorso non avevo più toccato questo libercolo. Ecco che dalla Svizzera il dr. S. mi scrive pregandomi di mandargli quanto avessi ancora annotato. È una domanda curiosa, ma non ho nulla in contrario di mandargli anche questo libercolo dal quale chiaramente vedrà come io la pensi di lui e della sua cura. Giacché possiede tutte le mie confessioni, si tenga anche queste poche pagine e ancora qualcuna che volentieri aggiungo a sua edificazione. Ho poco tempo perché il mio commercio occupa la mia giornata. Ma al signor dottor S. voglio pur dire il fatto suo. Ci pensai tanto che oramai ho le idee ben chiare.

Intanto egli crede di ricevere altre confessioni di malattia e debolezza e invece riceverà la descrizione di una salute solida, perfetta quanto la mia età abbastanza innoltrata può permettere. Io sono guarito! Non solo non voglio fare la psico-analisi, ma non ne ho neppur di bisogno. E la mia salute non proviene solo dal fatto che mi sento un privilegiato in mezzo a tanti martiri. Non è per il confronto ch'io mi senta sano. Io sono sano, assolutamente. Da lungo tempo io sapevo che la mia salute non poteva essere altro che la mia convinzione e ch'era una sciocchezza degna di un sognatore ipnagogico di volerla curare anziché persuadere. Io soffro bensì di certi dolori, ma mancano d'importanza nella mia grande salute. Posso mettere un impiastro qui o là, ma il resto ha da moversi e battersi e mai indugiarsi nell'immobilità come gl'incancreniti. Dolore e amore, poi, la vita insomma, non può essere considerata quale una malattia perché duole.

Ammetto che per avere la persuasione della salute il mio destino dovette mutare e scaldare il mio organismo con la lotta e sopratutto col trionfo. Fu il mio commercio che mi guarì e voglio che il dottor S. lo sappia.

Attonito e inerte, stetti a guardare il mondo sconvolto, fino al principio dell'Agosto dell'anno scorso. Allora io cominciai a *comperare*. Sottolineo questo verbo perché ha un significato più alto di prima della guerra. In bocca di un commerciante, allora, significava ch'egli era disposto a comperare un dato articolo. Ma quando io lo dissi, volli significare ch'io ero compratore di qualunque merce che mi sarebbe stata offerta. Come tutte le persone forti, io ebbi nella mia testa una sola idea e di quella vissi e fu la mia fortuna. L'Olivi non era a Trieste, ma è certo ch'egli non avrebbe permesso un rischio simile e lo avrebbe riservato agli altri. Invece per me non era un rischio. Io ne sapevo il risultato felice con piena certezza. Dapprima m'ero messo, secondo l'antico costume in epoca di guerra, a convertire tutto il patrimonio in oro, ma v'era una certa difficoltà di comperare e vendere dell'oro. L'oro per così dire liquido, perché più mobile, era la merce e ne feci incetta. Io effettuo di tempo in tempo anche delle vendite ma sempre in misura inferiore agli acquisti. Perché cominciai nel giusto momento i miei acquisti e le mie vendite furono tanto felici che queste mi davano i grandi mezzi di cui abbisognavo per quelli.

Con grande orgoglio ricordo che il mio primo acquisto fu addirittura apparentemente una sciocchezza e inteso unicamente a realizzare subito la mia nuova idea: una partita non grande d'incenso. Il venditore mi vantava la possibilità d'impiegare l'incenso quale un surrogato della resina che già cominciava a mancare, ma io quale chimico sapevo con piena certezza che l'incenso mai più avrebbe potuto sostituire la resina di cui era differente *toto genere*. Secondo la mia idea il mondo sarebbe arrivato ad una miseria tale da dover accettare l'incenso quale un surrogato della resina. E comperai! Pochi giorni or sono ne vendetti una piccola parte e ne ricavai l'importo che m'era occorso per appropriarmi della partita intera. Nel momento in cui incassai quei denari mi si allargò il petto al sentimento della mia forza e della mia salute.

Il dottore, quando avrà ricevuta quest'ultima parte del mio manoscritto, dovrebbe restituirmelo tutto. Lo rifarei con chiarezza vera perché come potevo intendere la mia vita quando non ne conoscevo quest'ultimo periodo? Forse io vissi tanti anni solo per prepararmi ad esso!

Naturalmente io non sono un ingenuo e scuso il dottore di vedere nella vita stessa una manifestazione di malattia. La vita somiglia un poco alla malattia come procede per crisi e lisi ed ha i giornalieri miglioramenti e peggioramenti. A differenza delle altre malattie la vita è sempre mortale. Non sopporta cure. Sarebbe come voler turare i buchi che abbiamo nel corpo credendoli delle ferite. Morremmo strangolati non appena curati.

La vita attuale è inquinata alle radici. L'uomo s'è messo al posto degli alberi e delle bestie ed ha inquinata l'aria, ha impedito il libero spazio. Può avvenire di peggio. Il triste e attivo animale potrebbe scoprire e mettere al proprio servizio delle altre forze. V'è una minaccia di questo genere in aria. Ne seguirà una grande ricchezza... nel numero degli uomini. Ogni metro quadrato sarà occupato da un uomo. Chi ci guarirà dalla mancanza di aria e di spazio? Solamente al pensarci soffoco!

Ma non è questo, non è questo soltanto.

Qualunque sforzo di darci la salute è vano. Questa non può appartenere che alla bestia che conosce un solo progresso, quello del proprio organismo. Allorché la rondinella comprese che per essa non c'era altra possibile vita fuori dell'emigrazione, essa ingrossò il muscolo che muove le sue ali e che divenne la parte più considerevole del suo organismo. La talpa s'interrò e tutto il suo corpo si conformò al suo bisogno. Il cavallo s'ingrandì e trasformò il suo piede. Di alcuni animali non sappiamo il progresso, ma ci sarà stato e non avrà mai leso la loro salute.

Ma l'occhialuto uomo, invece, inventa gli ordigni fuori del suo corpo e se c'è stata salute e nobiltà in chi li inventò, quasi sempre manca in chi li usa. Gli ordigni si comperano, si vendono e si rubano e l'uomo diventa sempre più furbo e più debole. Anzi si capisce che la sua furbizia cresce in proporzione della sua debolezza. I primi suoi ordigni parevano prolungazioni del suo braccio e non potevano essere efficaci che per la forza dello stesso, ma, oramai, l'ordigno non ha più alcuna relazione con l'arto. Ed è l'ordigno che crea la malattia con l'abbandono della legge che fu su tutta la terra la creatrice. La legge del più forte sparì e perdemmo la selezione salutare. Altro che psico-analisi ci vorrebbe: sotto la legge del possessore del maggior numero di ordigni prospereranno malattie e ammalati.

Forse traverso una catastrofe inaudita prodotta dagli ordigni ritorneremo alla salute. Quando i gas velenosi non basteranno più, un uomo fatto come tutti gli altri, nel segreto di una stanza di questo mondo, inventerà un esplosivo incomparabile, in confronto al quale gli esplosivi attualmente esistenti saranno considerati quali innocui giocattoli. Ed un altro uomo fatto anche lui come tutti gli altri, ma degli altri un po' più ammalato, ruberà tale esplosivo e s'arrampicherà al centro della terra per porlo nel punto ove il suo effetto potrà essere il massimo. Ci sarà un'esplosione enorme che nessuno udrà e la terra ritornata alla forma di nebulosa errerà nei cieli priva di parassiti e di malattie.

Printed in Great Britain
by Amazon